Danielle Steel

Remembranza

Círculo de Lectores

A Popeye.
Una dedicatoria distinta esta vez,
como no se ha hecho nunca:
yo,
por el resto de mi vida.
Con todo mi amor,
Olivia.

Una tumba no es más que una caja vacía. La persona que yo amo existe enteramente en mi recuerdo, en un pañuelo que aún guarda su perfume cuando lo desdoblo, en la entonación de una voz que repentinamente recuerdo y escucho durante largo rato, con la cabeza inclinada...

[...] y qué amargura al principio –¡pero qué dulce alivio después!– al descubrir un día, cuando la primavera se estremece por el frío, la inquietud y la esperanza, que nada ha cambiado: ni la fragancia de la tierra, ni el murmullo del arroyo, ni la forma, como de capullo, de los retoños de los castaños [...] inclinarse con asombro sobre las pequeñas copas afiligranadas de las anémonas silvestres, sobre la alfombra de innumerables violetas –¿son de color malva o son azules?–; dejar vagar la mirada acariciando el inolvidable perfil de las montañas; apurar con un suspiro de vacilación el áspero vino de un nuevo sol..., ¡vivir de nuevo!

COLETTE, *La retraite sentimentale*

LIBRO PRIMERO

Serena: los primeros años

Capítulo 1

El tren corría inexorablemente, envuelto en la noche que oscurecía la tierra de Italia; sus ruedas traqueteaban rítmicamente sobre los rieles. Por todas partes se veían rollizos campesinos, niños demacrados, comerciantes desaliñados y hordas de soldados norteamericanos. Había sido una guerra larga e infernal. Y ahora había terminado. Hacía tres meses. Era el mes de agosto de 1945. Y el tren corría inexorablemente como lo había hecho durante dos interminables jornadas.

Serena había abordado el tren en París, y viajado, sin hablar con nadie, a través de Francia y Suiza, hasta entrar por fin en Italia. Aquélla era la última parte del viaje..., la última..., la última... Las ruedas del tren repetían sus pensamientos mientras ella seguía acurrucada en un rincón, con los ojos cerrados y la cara apretada contra el vidrio. Estaba cansada. ¡Dios, qué cansada estaba! Le dolía todo el cuerpo, hasta los brazos, que mantenía cruzados sobre el pecho, como si tuviese frío, aunque no era así. En total llevaba casi nueve días viajando. Aquél había sido un viaje interminable; y aún no había llegado a casa.

Seguía pensando en su hogar, recordándolo una y otra vez. Cuando cruzaron los Alpes y comprendió que se hallaba en Italia de nuevo, tuvo que hacer un esfuerzo para no lanzar un grito de júbilo. Pero aquello sólo era el comienzo. De hecho –se recordó a sí misma al abrir los ojos lentamente bajo el resplandor de las luces de la estación–, para ella el viaje ni siquiera había empezado. No se iniciaría hasta la mañana siguiente, cuando llegara a su destino y pudiese ver, pudiese descubrir..., por fin...

Se removió en el asiento medio dormida, estirando sus gráciles piernas por debajo del asiento de delante. Frente a ella dormitaban dos viejas, una muy delgada y la otra muy gorda. Serena las observó con cara inexpresiva. Nada podía leerse en sus ojos, que semejaban glaciales lagunas verdes como esmeraldas, de una belleza extraordinaria, pero carentes de calidez. Sin embargo, había algo llamativo en los profundos ojos de la joven. Uno se sentía atraído por ellos, como si así pudiese asomarse a su interior, descubrir lo que estaba pensando, como si quisiera escrutar las profundidades... y no pudiera hacerlo. Las puertas del alma de Serena estaban firmemente cerradas, y no había nada que ver, salvo las perfectas proporciones de su aristocrático rostro, delicadamente tallado. Éste poseía la translucidez del mármol blanco. Sin embargo, no era la suya la cara que uno se atreviera a tocar. A pesar de su evidente juventud y belleza, no había nada en su persona que fuese provocador, incitante, cálido. Se había rodeado de un aura que la tornaba distante y encubría su ternura y fragilidad.

–*Scusi* –murmuraba con voz queda, mientras pasaba de puntillas ante las mujeres dormidas y por encima de las piernas de un anciano.

A veces se detestaba a sí misma por las cosas que pensaba, pero ya estaba harta de los viejos. Sólo había visto personas de edad avanzada desde su llegada. ¿Acaso no quedaba nadie más? Sólo hombres y mujeres viejos, y unos cuantos niños que correteaban como locos con el fin de llamar la atención de los soldados. Ellos, los soldados, eran los únicos jóvenes que se veían ahora. Los norteamericanos, con sus uniformes pardos, con sus radiantes sonrisas y sanos dientes, y sus ojos brillantes. Serena había visto tantos como no vería en el resto de su vida. A ella le importaba un comino de qué lado estaban. Simplemente formaban parte de la situación. Llevaban uniformes al igual que los otros. ¿Qué importancia tenía que fuesen de diferente color?

–¿Un cigarrillo?

Una mano se interpuso de pronto en el campo visual de la joven y, sobresaltada, meneó la cabeza y la hundió entre los hombros, como si quisiera protegerse de lo que había pasado, de lo que había sido. Serena daba una impresión de sufrimiento; a pesar de su extraordinaria belleza, daba la sensación de haber sufrido una ruptura, un daño irreparable, como si la agobiara una pesada y terrible carga; o de seguir viviendo a pesar de un dolor casi intolerable.

Sin embargo, nada de eso se manifestaba en su físico. Tenía unos ojos diáfanos y una tez sin arrugas. A despecho de la ropa fea y ajada que vestía, era una joven que causaba impacto. Y no obstante, si uno se sustraía a esa primera impresión, no podía dejar de advertir el dolor. Uno de los soldados se había percatado de ello mientras la observaba, y ahora, al tiempo que daba una última chupada al cigarrillo antes de arrojarlo al andén, notó que sus ojos se volvían irresistiblemente hacia ella. ¡Cielos, qué bonita era! Sus cabellos de un rubio platino asomaban por el borde del pañuelo de algodón verde oscuro que llevaba en la cabeza, como una campesina. Pero no resultaba convincente. Serena nunca podría ser confundida con una campesina, cualquiera que fuese la ropa que usara. Su figura la delataba de inmediato, al igual que su manera de moverse, de volver la cabeza, como una tierna gacela, de la que tenía toda la gracia.

Su belleza resultaba casi excesiva, y se experimentaba una especie de sensación dolorosa si se la contemplaba durante mucho tiempo. Sólo verla con la ropa parda que llevaba causaba una cierta inquietud. Se sentía el deseo de tocarle suavemente el hombro y preguntarle por qué iba vestida de aquella manera y qué hacía entre aquella hez de la humanidad, en aquel tren tan repleto. Y además, de dónde venía, adónde iba y por qué conservaba aquella expresión distante en sus ojos.

Mientras permaneció en el andén, sumida en la oscuridad de la cálida noche veraniega, no ofreció respuesta alguna. Se limitó a estar allí, de pie. Muy erguida, muy alta, muy esbelta y tan joven, en su arrugado vestido de algodón... Contempló las arrugas profundas de la basta tela y se alisó la falda con sus largos y delicados dedos, en tanto su mente parecía recordar un gesto, el de su madre al hacer la misma acción; su cuidada mano alisando la falda del vestido, un vestido de seda blanco, en una fiesta celebrada en el jardín de un *palazzo*... Serena cerró los ojos con fuerza un instante, desechando aquel recuerdo. Era un gesto que debía repetir a menudo; sin embargo, los recuerdos seguían acudiendo a su mente.

Uno de los soldados la estaba observando cuando volvió a abrir los ojos y cruzó con rapidez el andén para abordar de nuevo el tren. Daba la sensación de estar huyendo de algo, y el soldado se preguntó de qué huiría, al tiempo que ella ponía el pie en el estribo y subía graciosamente al tren, como si estuviese montando a un pura sangre y se dispusiera a salir galopando hacia la noche. Por un instante, el soldado contempló su esbelta figura, los elegantes y altivos hombros. Aquella joven poseía una gracia extraordinaria, como si fuese una personalidad importante. Y lo era.

–*Scusi* –musitó otra vez mientras se abría paso por el pasillo para volver a su asiento, donde exhaló un sordo suspiro y apoyó de nuevo la cabeza en el respaldo, si bien esta vez no cerró los ojos.

Le dolían los huesos de cansancio, pero no tenía sueño. Cómo iba a dormir ahora, cuando sólo faltaban unas pocas horas para llegar. Sólo unas pocas horas más..., sólo unas pocas horas más..., pocas más... El tren emprendió la marcha y retomó el estribillo de sus pensamientos, en tanto ella escrutaba las sombras de la noche por la ventanilla, sintiendo en lo más profundo de su corazón, de su alma y hasta de los mismos huesos que, pasara lo que pasase, por fin había vuelto a su patria. Hasta el sonido de la lengua italiana que se hablaba a su alrededor le proporcionaba cierto alivio.

El paisaje que vislumbraba a través de la ventanilla era tan familiar, tan íntimo, tan suyo...; incluso ahora, después de vivir cuatro años con las monjas en el convento situado al norte del estado de Nueva York. Para llegar hasta allí, cuatro años atrás, se había visto obligada a hacer otro viaje interminable. Primero, cruzar la frontera hasta el Ticino con su abuela y Flavio, uno de los pocos criados que les habían dejado. Una vez en el cantón italiano de Suiza, fueron recibidos clandestinamente por dos mujeres armadas y dos monjas. Fue allí donde se separó de su abuela, con ríos de lágrimas corriendo por sus mejillas, al tiempo que abrazaba fuertemente a la vieja dama por última vez, deseando aferrarse a ella e implorarle que no la enviase tan lejos. Era mucho lo que ya había perdido en Roma dos años antes, cuando... No pudo soportar aquel recuerdo, mientras respiraba el frío aire de los Alpes italianos, entre los brazos de su abuela, que la estrechaba con firmeza por última vez...

–Te irás con ellas, Serena, y allí estarás a salvo.

Hacía un mes que los planes se habían elaborado con todo cuidado. ¡Pero América quedaba tan lejos!

–Cuando todo haya concluido, volverás a casa.

Cuando todo haya concluido..., pero ¿cuándo sería eso? En aquel momento, a Serena le pareció que había pasado toda una vida, diez vidas. A los catorce años ya había vivido dos de guerra, de pérdidas y de miedos. No había sufrido tanto su propio miedo como el de los demás. Los adultos habían vivido bajo el constante terror que les inspiraba Mussolini. En un primer momento, los niños habían tratado de simular indiferencia. Pero no se podía permanecer indiferente. Más tarde o más temprano, los acontecimientos les afectaban a todos. Más tarde o más temprano, los hechos le atenazaban a uno por el cuello y se lo apretaban hasta que se sentía morir.

Ella aún recordaba la sensación que la embargó al ver cómo los hombres de Mussolini se llevaban a su padre a rastras, cómo él se esforzaba en no gritar, en aparentar coraje, a la vez que con la mirada bregaba infructuosamente por proteger a su esposa. Y luego los horribles ruidos que acompañaron a lo que le hicieron en el patio del *palazzo*, y los terribles aullidos que había proferido al fin. Con todo, no lo mataron todavía. Aguardaron hasta el día siguiente, y entonces lo fusilaron junto con media docena de hombres más en el patio del Palazzo Venezia, donde Mussolini había establecido su cuartel general. La madre de Serena estuvo presente cuando le mataron, implorando, chillando, llorando, ante la risa burlona de los soldados. La *principessa* di San Tibaldo se arrastraba a sus pies mientras les imploraba, en tanto los hombres uniformados la escarnecían. Uno de ellos la cogió por el pelo, la besó brutalmente y luego escupió antes de arrojarla de nuevo al suelo. Y al cabo de unos momentos todo había terminado. Su padre quedó colgado del poste al que lo habían atado. Su esposa corrió hacia él, sollozando, y lo abrazó un instante antes de que, casi por diversión, los soldados la mataran a ella también.

¿Y todo por qué? Porque eran aristócratas. Porque su padre detestaba a Mussolini. En aquella época, toda Italia sufrió los síntomas de un envenenamiento debido a un tipo de toxina muy especial que tenía como base el odio, la paranoia, la avaricia y el miedo. Un horror que había logrado volver al hermano contra el hermano, y a veces a la esposa contra el esposo. Así, el tío de Serena se volvió contra su padre, dominado por una pasión que la niña no podía comprender. Su padre creía que Mussolini era un salvaje, un bufón, un imbécil, y así lo manifestaba, pero su hermano no pudo tolerar sus diferencias. Sergio di San Tibaldo se había convertido en el perro faldero de Mussolini al comienzo de la guerra. Fue Sergio el que delató a Umberto, el que insistió en afirmar que éste era un sujeto peligroso y hasta medio loco, que estaba relacionado con los Aliados, lo que no era cierto. La verdad era que Sergio tenía mucho que ganar si se deshacía de Umberto, y por eso lo hizo. Al ser el hijo menor, era muy poco lo que había heredado de su padre: sólo la granja de Umbria, que él detestaba desde que era niño. Y ni siquiera estaba facultado para venderla. Le había sido legada para que la usufructuara durante toda su vida, y luego tenía la obligación de dejársela a sus hijos, o a los de Umberto si él no tenía. Por lo que a Sergio se refería, su hermano mayor lo tenía todo: título, dinero, apariencia, el *palazzo* que había pertenecido a la familia durante siete generaciones, las obras de arte, la categoría, el encanto, y a Graziella, claro, que había constituido la chispa final y había encendido el odio que sentía por su hermano mayor.

El odio de Sergio por el padre de Serena había sido más acendrado por el hecho de que éste poseía a Graziella, el hada de cabellos dorados e increíbles ojos verdes. Era una mujer exquisita, y él la había amado desde su más tierna infancia. La había amado siempre..., siempre..., cuando todos veraneaban juntos en Umbria o en San Remo o en Rapallo, cuando ella era niña. Sin embargo, Graziella siempre había amado a Umberto. Todos amaban a Umberto; todo el mundo, especialmente Graziella.

El día de su funeral en Santa Maria Maggiore, Sergio se había arrodillado sollozando y preguntándose por qué había tenido que suceder todo aquello. ¿Por qué se había casado con Umberto? ¿Por qué había corrido hacia él cuando ya estaba muerto? Ninguno de los presentes en el funeral sabía a ciencia cierta qué papel había jugado Sergio en las muertes de su cuñada y de su hermano. Sus amigos siempre habían tenido la impresión de que era un inútil, un alfeñique. Y ahora nadie conocía la verdad, salvo la abuela de Serena. Fue ella quien indagó, inquirió y presionó sin cesar en todas partes con el fin de averiguar la verdad. Sólo ella había tenido la valentía de enfrentarse a él, presa de horror y de dolor, de una manera tan abrumadora que cuando se retiró, Sergio se dio cuenta como nunca de la pesadilla que había hecho vivir a los de su propia sangre. ¿Y por qué? ¿Por un *palazzo* de mármol blanco? ¿Por una mujer que había muerto a los pies de su marido y que, en definitiva, jamás había amado a ningún otro hombre?

¿Por qué lo había hecho?, le había gritado su madre. ¿Por el afecto de Mussolini? «¿Ese cerdo, Sergio? ¿Ese cerdo? ¿Por él mataste a mi hijo mayor?» Él se había quedado temblando después de presenciar el estallido de ira de su madre, y comprendió que toda su vida viviría torturado por aquella realidad. Lo había negado todo ante su madre: negó que hubiera traicionado a Umberto, negó que hubiese tenido nada que ver en el asunto. Pero ella adivinó lo ocurrido, y Serena también. Los brillantes ojos verdes de la niña le habían seguido a todas partes durante el funeral, y él dio gracias al cielo cuando pudo librarse de ellos. Incapaz de resistir los embates de Mussolini, y no queriendo exponer el horror del fratricidio de su hijo a los ojos del mundo, la anciana *principessa* di San Tibaldo había abandonado Roma, llevándose consigo a Serena y al más viejo de los criados. El *palazzo* era ahora de él, le había dicho a su hijo poco antes de alejarse del vestíbulo de mármol blanco y negro, brillantemente iluminado. Deseaba no volver a ver jamás a Sergio ni la casa. Él ya no era su hijo, sino un extraño, y en el postrer momento le había mirado con los ancianos y fatigados ojos anegados en lágrimas. Luego meneó lentamente la cabeza y se encaminó hacia la puerta.

Ni ella ni Serena habían vuelto a ver a su tío, ni puesto de nuevo los pies en la casa o en Roma. Serena tenía doce años cuando salió por las puertas de bronce ornamentadas de la Via Giulia, y cuando dos años más tarde se encontró en los Alpes todavía tenía la sensación de haber abandonado Roma aquella misma tarde. Habían sido años difíciles, años de lucha contra los recuerdos que evocaban los sonidos proferidos por su padre al ser golpeado por los soldados en el patio; la frenética expresión de su madre al salir corriendo de la casa al día siguiente, casi sin peinar, con los ojos desorbitados por el terror, y un abrigo de lana rojo sobre los hombros; la visión de sus cuerpos cuando los soldados los dejaron frente a la verja, tendidos sobre los níveos escalones de mármol, mientras la sangre se deslizaba lentamente hasta caer goteando sobre el césped..., y los gritos interminables de Serena al verlos. Los recuerdos aún no se habían borrado, y ahora ella perdía también a su abuela. La perdía al ser enviada al extranjero, en busca de su seguridad, por decisión de su abuela. Pero, ¿dónde podía uno estar seguro ahora?; nada era seguro, como bien sabía Serena a los catorce años. Nada volvería a ser seguro otra vez. Nada. A excepción de su abuela, ella lo había perdido todo.

–Te escribiré, Serena. Te lo prometo. Todos los días. Y cuando Italia vuelva a ser un bonito país, regresarás aquí y vivirás conmigo. Te lo prometo, cariño, te lo prometo...

A pesar de su fortaleza, a la *principessa* se le quebró la voz mientras abrazaba a Serena, aquel último pedazo de su propia carne, el último vínculo que la unía a su primogénito. Cuando Serena se marchara, ya no le quedaría nadie. Pero no había otra alternativa. Era demasiado peligroso para la criatura quedarse allí. Tres veces en los dos últimos meses los soldados habían acosado a Serena en la *piazza* San Marco. Aun con ropa carente de gracia, la niña era muy hermosa, muy alta y muy mujer, a pesar de sus cortos años. El último la había seguido hasta casa al salir ella de la escuela, y luego la aferró con fuerza por los brazos y comenzó a besarla al tiempo que la apretaba con su cuerpo contra la pared. Uno de los criados les había visto. Serena, jadeando, con la cara demudada por el espanto y los ojos desorbitados, guardaba sin embargo silencio por temor a que esta vez se la llevaran a ella o a su abuela. Había quedado aterrada por el rostro de los soldados, por sus risas y sus ojos. Y la anciana sabía que día a día aumentaba el riesgo para Serena, que el mero hecho de dejarla salir de casa entrañaba un peligro para la pequeña. No había manera de dominar a los soldados, de proteger a Serena de aquella locura que parecía haberse desatado. Cualquier día podían ser protagonistas de una pesadilla, y antes de que eso ocurriera, Alicia di San Tibaldo comprendió que debía poner a la niña a salvo. Le había llevado varias semanas encontrar la solución, pero cuando el obispo se lo sugirió con voz queda, se dio cuenta de que no tenía otra salida. Con gran serenidad, esa noche, después de cenar, le expuso el plan a Serena. La niña lloró, y le rogó, le imploró que no la enviara tan lejos; le dijo que podía ocultarse en la granja de Umbria, cortarse el pelo, llevar vestidos ordinarios, trabajar la tierra... Haría cualquier cosa. «Pero, por favor, *nonna*, te lo ruego...» Sus desgarradores sollozos, empero, no sirvieron para nada. Permitir que se quedara en Italia significaba dejarla expuesta a riesgos cotidianos, a un constante transitar por la cuerda floja, sabiendo que podían asesinarla, lastimarla o violarla.

Lo único que podía hacer su abuela por ella era enviarla al extranjero, hasta que terminara la guerra. Y ambas sabían, mientras permanecían en la frontera suiza, que hasta ese momento podía pasar muchísimo tiempo.

–Volverás pronto, Serena. Y yo estaré aquí, cariño. Pase lo que pase.

Rogaba por que sus palabras fuesen sinceras, en tanto ríos de lágrimas brotaban de los ojos de la niña, y sus hombros se estremecían bajo las manos de la anciana.

–*Me lo prometti?* –inquirió la niña, con voz ahogada.

La vieja dama asintió en silencio y besó a Serena por última vez, y luego, haciendo una seña con la cabeza a las dos mujeres y a las monjas, retrocedió un paso y entonces las monjas rodearon a la niña con sus brazos y comenzaron a alejarla del lugar. Esa noche tendría que caminar varios kilómetros hasta el convento. Al día siguiente la conducirían en un autobús, junto con otros niños, a casa de una hermana de ellas, situada a doscientos kilómetros. De allí sería transferida a otro grupo y, finalmente, saldría de Suiza. Su destino era Londres, y desde allí viajaría a Estados Unidos. El viaje sería largo y penoso, y siempre existía el peligro de un bombardeo en Londres o en alta mar. La ruta que Alicia había elegido para su nieta entrañaba un riesgo posible, así como muchas probabilidades de salir con vida y de estar a salvo. Permanecer en Italia habría sido un verdadero desastre, de un modo u otro, y ella habría dado la vida antes que permitir que nadie pusiera las manos sobre Serena. Era lo menos que podía hacer en memoria de Graziella y Umberto, después de la acción de Sergio. Ahora no tenía a nadie en el mundo, salvo a Serena..., una motita marrón oscuro, con el pelo rubio platino recogido dentro de un gorro negro tejido a mano, que se iba alejando hasta la última loma; al llegar allí, se volvieron todas para saludar con la mano, y luego se perdieron de vista.

Para Serena fue un viaje largo y aterrador, que se completó con cinco días con sus noches pasados en refugios antiaéreos en Londres, hasta que por fin huyeron al campo y partieron en un carguero desde Dover. La travesía del Atlántico hasta Estados Unidos fue horrenda, y Serena pasó varios días sin pronunciar una sola palabra. No hablaba inglés. Varias de las monjas que la acompañaban hablaban francés, al igual que Serena, pero ésta no sentía deseos de hablar con nadie. Lo había perdido todo. Todo y a todos. A sus padres, sus tíos, su abuela, su hogar y, por último, su patria. No le quedaba nada. Se pasaba las horas en cubierta; una figura solitaria vestida de gris y marrón, con los lacios cabellos rubios azotados por el viento. Las monjas la observaban sin hacer comentarios. Al principio temieron que cometiera un acto desesperado, pero con el tiempo llegaron a comprender lo que le sucedía. La niña tenía un aire que denotaba una gran dignidad. Se presentía la fortaleza y el orgullo que la animaban, y al mismo tiempo todo su dolor y toda su pena. Había otros niños en el grupo que se dirigía a Estados Unidos que también habían sufrido pérdidas similares a las de Serena: dos de ellos habían perdido a sus padres y a todos sus hermanos y hermanas en un bombardeo; varios habían perdido a la madre o al padre, y todos habían perdido a muchos amigos. Pero Serena se había visto privada de algo más. Cuando se enteró de que su tío había traicionado a su padre, perdió toda su fe y confianza en la humanidad. La única persona que había merecido su confianza en los últimos dos años era su abuela. No confiaba en nadie más. Ni en los criados, ni en los soldados, ni en el gobierno. En nadie. Y ahora la única persona con la que podía contar se encontraba muy lejos de allí. Cuando se observaban sus profundos ojos verdes, se percibía el insondable pesar que desgarraba el corazón, una aflicción inconmensurable, una desesperación que sólo se puede descubrir en los ojos de los niños en épocas de guerra.

Con el tiempo, aquel dolor se tornó menos evidente. Una vez instalada en el convento del estado de Nueva York, se la veía reír, aunque raramente. Por lo general conservaba una actitud retraída, seria, concentrada, y aprovechaba todos los momentos libres para escribir a su abuela, formulándole miles de preguntas, contándole detalladamente todos los incidentes cotidianos.

Fue en la primavera de 1943 cuando las cartas de la *principessa* dejaron de llegar. Al principio Serena se inquietó ligeramente, pero al poco tiempo se hizo evidente que estaba hondamente preocupada. Entonces, todas las noches se quedaba despierta, presa de terror, formulándose preguntas, imaginando, temiendo y hasta odiando... Era Sergio de nuevo... Él había ido a Venecia a matar a su abuela también. Lo había hecho, suponía, porque su abuela conocía la verdad acerca de lo que le había hecho a su propio hermano, y él no podía tolerar que nadie lo supiese; por eso la había asesinado, y un día la mataría a ella también. «Pero que se atreva», se decía Serena, con los maravillosos ojos verdes entrecerrados, denotando una perversidad cuya existencia ella misma desconocía. «¡Que lo intente! Yo le mataré a él primero, y presenciaré su lenta agonía, y...»

–¿Serena? –Se había encendido una tenue luz en el pasillo, y la Madre Superiora apareció en el vano de la puerta de su cuarto esa noche–. ¿Ocurre algo malo? ¿Has recibido malas noticias de tu casa?

–No.

Serena se sentó prestamente en la cama, meneando la cabeza, con los verdes ojos velados instantáneamente por las lágrimas.

–¿Seguro?

–Sí, gracias, Madre. Ha sido muy amable al preguntar.

Serena no le abría el corazón a nadie. Salvo a su abuela, en las cartas diarias, que desde hacía dos meses no obtenían respuesta alguna. Saltó enseguida al suelo y permaneció de pie sobre las frías baldosas con su camisón de hilo, y la cortina de rubios cabellos caída sobre los hombros; las delicadas facciones de su rostro, dignas de una estatua, parecían talladas por un maravilloso artista, y resultaban verdaderamente notables en una jovencita de sólo dieciséis años.

–¿Puedo sentarme? –preguntó la Madre Superiora, mirando a Serena con ternura.

–Sí, Madre.

La Madre Constance ocupó la única silla de madera del cuarto, en tanto Serena vacilaba un instante, para terminar sentándose en el borde de la cama, sintiéndose molesta, y sin poder disimular la preocupación que se reflejaba en sus ojos.

–¿No hay nada que pueda hacer por ti, pequeña?

Los otros niños habían fundado su hogar en aquel convento. Los ingleses, los italianos, los holandeses, los franceses... Hacía cuatro años que el convento estaba repleto de chiquillos de toda Europa, muchos de los cuales regresarían finalmente a su país de origen, si sus familias lograban sobrevivir a la guerra. Serena era mayor que la mayoría de ellos. Cuando ella llegó, la niña mayor tenía doce años, pero todos los demás tenían entre cinco y nueve. Se habían adaptado a la situación con facilidad, como si no supieran nada de la guerra ni tuvieran miedo alguno. En todo caso, el miedo estaba latente en ellos, y a veces, por la noche, algunos tenían pesadillas; pero en conjunto constituían un grupo alegre y feliz. Nadie hubiera creído lo que habían pasado antes de llegar allí, y en la mayoría de los casos no se advertía ninguno de los síntomas característicos del estrés de guerra. Sin embargo, Serena había sido diferente desde el principio. Sólo la Madre Superiora y otras dos monjas conocían a fondo su historia, a raíz de una carta que les había enviado su abuela poco después de su llegada. La *principessa* consideró que debían conocerla con todo detalle, pero no habían sabido nada en absoluto por boca de la niña. En todos aquellos años, jamás se había sincerado con ellas. Aún no.

–¿Qué es lo que te atormenta, hijita? ¿No te encuentras bien?

–Estoy bien...

Durante una fracción de segundo pareció titubear, como si por un instante hubiera considerado la posibilidad de abrir una puerta secreta. Fue la primera vez, y en esta ocasión la Madre Superiora comprendió que debía mostrarse insistente. Aun cuando a Serena le resultase doloroso revelar sus sentimientos, era obvio que la niña sufría una angustia tan intensa como jamás había experimentado antes.

–Estoy bien... Es sólo que...

La Madre Constance no dijo nada, pero sus ojos se posaron dulcemente en Serena, hasta que la niña no pudo resistir más. Bruscamente los ojos se le llenaron de lágrimas, que se derramaron por sus mejillas.

–Hace casi dos meses que no he recibido carta de mi abuela.

–Comprendo –repuso la Madre Constance, moviendo lentamente la cabeza–. ¿No crees que puede haber salido de viaje?

Serena meneó la cabeza y se enjugó las lágrimas con su larga y graciosa mano.

–¿Adónde podría haber ido?

–¿A Roma, quizá? ¿Por razones familiares?

La mirada de Serena se endureció repentinamente:

–¡Ya no tiene familiares allí!

–Comprendo. –La Madre Superiora no quiso insistir más sobre el particular–. Es posible que cada vez resulte más y más difícil pasar la correspondencia. Hasta la de Londres llega con retraso.

Durante su estancia en Nueva York, las cartas de la abuela habían llegado hasta ella después de pasar por una intrincada red de canales clandestinos. Enviar las cartas de Italia a Estados Unidos no era tarea fácil. Pero siempre habían llegado a su destino. Siempre.

Serena miró a la Madre Superiora escrutándole los ojos.

–No creo que se deba a eso.

–¿Hay alguna otra persona a la que puedas escribir?

–Sólo una.

Su abuela sólo tenía ahora una vieja criada. Todos los demás sirvientes habían tenido que abandonarla. Mussolini no permitía que nadie de la vieja guardia conservara tantos criados como tenía la *principessa*. Se le dejó tener uno y nada más que uno. Algunos de los restantes quisieron quedarse con ella sin cobrar nada, pero no se lo permitieron. Y como el obispo había fallecido el invierno anterior, no quedaba nadie más a quien ella pudiera escribir.

–Le escribiré a Marcella mañana. –Sonrió por primera vez desde que la monja entrara en el cuarto–. Debí pensarlo antes.

–Estoy segura de que tu abuela está perfectamente, Serena.

La jovencita asintió con la cabeza. Con todo, dado que la abuela ya había pasado de los ochenta, ella no estaba tan segura. Pero nunca había dicho que estuviera enferma o que no se encontrara bien. Por lo tanto, no había razón alguna para pensar que algo andaba mal. A excepción del silencio, que proseguía inexplicablemente. La carta que dirigió a Marcella le fue devuelta cuatro semanas después, con una anotación escrita en el sobre por el cartero en la que decía que Marcella Fabriani ya no vivía en aquella dirección. ¿Acaso se habían mudado a la granja? Las cosas debían de haber empeorado en Venecia. Con una creciente sensación de pánico, Serena se volvió más callada y tensa. Entonces escribió a la abuela a la granja de Umbria, pero también esta vez le fue devuelta la carta. Le escribió al capataz, y la carta volvió con la palabra «Falleció» estampada en el sobre. Durante las primeras semanas, y luego los primeros meses, se sintió dominada por el pánico y presa de la desesperación; sin embargo, con el tiempo el terror se fue esfumando para convertirse en un sordo dolor. Algo había ocurrido, de eso no tenía ninguna duda, pero parecía no haber manera de obtener una explicación. No había quedado nadie. Ningún familiar, a excepción de Sergio, claro. Y ahora, en su desesperación, Serena no sabía hacia dónde volverse. Todo lo que podía hacer era esperar hasta que pudiese regresar a Italia para averiguarlo por sí misma.

Se dirigiría directamente a Venecia y lo averiguaría, y si le había sucedido algo a la anciana por culpa de Sergio, iría enseguida a Roma y le mataría.

Hacía casi dos años que acariciaba ese pensamiento. La guerra había terminado en Europa en mayo de 1945 y a partir de ese momento Serena comenzó a hacer planes para volver a su patria. Algunos de los otros niños aún estaban esperando que sus padres les reclamaran, pero Serena no tenía nada que esperar, salvo su pasaje y la documentación. Ni siquiera necesitaba el permiso de las monjas. Tenía más de dieciocho años, y cumplió los diecinueve el día de la victoria sobre Japón. Le hacía el efecto de que había tenido que esperar una eternidad para conseguir el pasaje, pero al fin lo había obtenido.

La Madre Constance la había acompañado hasta el barco en Nueva York. Durante largo rato la mantuvo abrazada.

–Recuerda, hija mía, que sea lo que fuere lo que ocurra, no está en tus manos poder cambiar el curso de los acontecimientos. Ya no. Y tampoco hubieras podido hacerlo antes. Estuviste en el lugar donde ella quiso que estuvieras. Y fue conveniente para ti permanecer aquí con nosotras.

Serena se separó de ella, y la anciana monja vio que las lágrimas se escurrían por las delicadas mejillas de la jovencita y anegaban los grandes ojos verdes, brillantes como esmeraldas, mientras se debatía entre la esperanza y el terror, la aflicción y el remordimiento.

–Ha sido usted muy buena conmigo todos estos años, Madre. Gracias.

Abrazó a la Madre Constance una vez más, mientras sonaba de nuevo el silbato del barco, esta vez con más insistencia, y la majestuosa monja abandonó el camarote. Las últimas palabras que dirigió a Serena fueron: «Que Dios te bendiga», y Serena la vio agitando la mano en señal de despedida en el muelle, en tanto ella hacía lo propio desde el buque, con una sonrisa en los labios.

Sólo habían transcurrido nueve días desde entonces. El recuerdo de la Madre Constance ocupaba su mente mientras Serena miraba por la ventanilla y veía la llegada del alba desde el tren que se desplazaba velozmente.

Al cabo de media hora penetraban en la estación de Santa Lucia, y lentamente, casi sin aliento, ella descendió del convoy, detrás de las viejas, los niños, los desdentados ancianos y los soldados, y se detuvo allí, en la fría puerta trasera de Venecia, contemplando la misma escena que había visto en las dos ocasiones en que ella y sus padres habían ido a visitar la ciudad desde Roma. Sin embargo, ahora estaban muertos, y aquél no era un viaje de vacaciones de Pascua. Aquél era un mundo nuevo, y se iniciaba para ella una nueva vida. Y al tiempo que se alejaba pausadamente de la estación, admiraba los antiguos edificios bañados por la luz del sol que se reflejaba en las aguas del Gran Canal. Unas cuantas góndolas se mecían junto al embarcadero, y una flota de embarcaciones dispares se apiñaba cerca del muelle; los remeros gritaban invitando a los posibles pasajeros, y de repente todo adquirió un frenético movimiento a su alrededor. Mientras Serena lo observaba todo, sonrió por primera vez en muchos días. Hacía años que aquella sonrisa no aleteaba en su corazón.

Nada había cambiado, y todo era diferente. La guerra había llegado y había pasado; se había producido un holocausto; ella lo había perdido todo, al igual que innumerables seres humanos, y no obstante, allí estaba Venecia, como había estado a lo largo de los siglos, con todo su dorado esplendor. Serena sonreía, y luego, mientras se afanaba con los demás, se echó a reír suavemente. Había llegado a su mayoría de edad en aquel postrer instante, y ahora ya estaba en su tierra.

–*Signorina!* –gritaba un gondolero, contemplando con admiración sus gráciles piernas–. *Signorina!*

–*Si..., gondola, per piacere.*

Eran palabras que ella había pronunciado miles de veces. Sus padres siempre le dejaban elegir la que ella quería.

–*Ecco!*

El gondolero le hizo una reverencia, la ayudó a sentarse, colocó su única y maltrecha maleta en lugar apropiado, y en cuanto ella le dio la dirección, diestramente gobernó la embarcación por entre el enloquecedor tráfico del Gran Canal.

Capítulo 2

En tanto el gondolero se abría camino pausadamente canal abajo, Serena se recostó en el asiento y se sumió con temor en los recuerdos que había mantenido en el fondo de su mente durante cuatro años, y que ahora de repente afloraban a la superficie.

–Hermoso, ¿eh, *signorina*?

El gondolero contemplaba San Marco con orgullo. Sin embargo, ella se limitó a asentir. Era extraordinario estar de vuelta al cabo de tantos años; sin embargo, nada había cambiado allí. El resto del mundo había sido puesto patas arriba, pero ni siquiera la guerra había afectado a Venecia. Las bombas habían caído cerca pero, milagrosamente, Venecia había permanecido incólume.

Empero, ahora Serena no estaba fascinada por la arquitectura. Desde el momento en que se introdujeron por el dédalo de canales menores, su cara permaneció tensa, y fruncía el ceño ante las marcas familiares que descubría en los edificios que desfilaban a su paso. Se estaba acercando, y las respuestas a las preguntas que la habían atormentado durante dos años se encontraban al alcance de la mano.

El gondolero se volvió para confirmar la dirección que ella le había dado, y luego, habiéndole visto la cara, no dijo nada más. Comprendía lo que le ocurría. Otros habían regresado a su hogar antes que ella. Soldados en su mayoría.

Algunos habían sido prisioneros de guerra, y habían vuelto para reencontrarse con sus madres, sus novias o sus esposas. Se preguntó a quién andaría buscando aquella hermosa joven y dónde habría estado hasta aquel momento. Fuera lo que fuese lo que buscaba, él rogaba para que lo encontrase. Ahora se hallaban a sólo unos cuantos metros de la casa, y Serena ya la había divisado. Vio los postigos colgando de sus goznes, algunas de las ventanas tapiadas con tablas y las aguas del estrecho canal lamiendo los escalones de piedra bajo la reja de hierro del embarcadero. Mientras el gondolero se acercaba a la orilla, Serena se puso de pie.

–¿Quiere que toque la campanilla?

Había una enorme y anticuada campanilla y una aldaba, pero Serena se apresuró a denegar con la cabeza. El hombre le tomó el brazo para sostenerla al tiempo que ella ponía con cuidado el pie en el embarcadero. Por un instante, la joven se quedó mirando las oscuras ventanas, que le contaban una historia que ella conocía demasiado bien.

Titubeó un momento interminable, y luego tiró bruscamente de la cadena de la campana y cerró los ojos mientras aguardaba, rememorando todas las veces que había tocado aquella campana, esperando..., contando los segundos hasta que apareciera una cara conocida, y su abuela detrás de ella, sonriendo, ansiosa por abrazar a Serena, y subir corriendo alegremente los escalones hasta el salón principal..., los tapices, los ricos bordados, las estatuas, las miniaturas de los exquisitos caballos de cobre dorado de San Marco en lo alto de la escalinata... Pero esta vez sólo la acogió el silencio y los ruidos del canal a sus espaldas. Serena ya sabía que su llamada no recibiría respuesta alguna.

–*Non c'e nessuno, signorina?* –inquirió el gondolero.

La pregunta, empero, era ociosa. No, claro que no había nadie en la casa, y no había habido nadie durante muchos años. Por un momento, los ojos de Serena se posaron en la aldaba, con el deseo de probar a llamar también con ella, de urgir a alguien en las conocidas honduras de la casa, de *obligarles* a abrir la puerta, de inducirles a retrasar el reloj hasta donde ella quisiera.

–¡Eh!... ¡Eh! –la llamó alguien a sus espaldas con insistencia, casi con agresividad; y cuando se volvió, se encontró con un verdulero que pasaba en su embarcación y la observaba con desconfianza–. ¿No ve que no hay nadie?

–¿No sabe dónde están? –le preguntó Serena, gritando por encima de las demás embarcaciones, disfrutando de nuevo con el sonido de su lengua materna.

Era como si nunca se hubiera movido de allí. El verdulero se encogió de hombros.

–¿Quién sabe? –Y filosóficamente añadió–: La guerra... Mucha gente se marchó.

–¿Sabe usted lo que le pasó a la mujer que vivía aquí?

Un asomo de rabia le alteró la voz a Serena, y el gondolero observó la expresión de su cara, al tiempo que se acercaba un cartero en un lanchón y contemplaba a la joven con interés.

–La casa fue vendida, *signorina* –contestó éste a su pregunta.

–¿A quién? ¿Cuándo?

De pronto, Serena pareció conmocionada. ¿Vendida? ¿La casa había sido vendida? Eso no se le había ocurrido. Pero ¿por qué su abuela había tenido que venderla? ¿Por falta de dinero quizá? No había pensado en esa posibilidad.

–La vendieron el año pasado, cuando aún estábamos en guerra. La compró una gente de Milán. Dijeron que cuando terminara la guerra se jubilarían y se radicarían en Venecia..., que arreglarían la casa... –explicó el hombre, encogiéndose de hombros, y Serena irguió la cabeza.

–¿Arreglar la casa?

¿Qué demonios quería decir? ¿Arreglar qué? ¿Los bronces? ¿Las antigüedades o los suelos de mármol de incalculable valor? ¿Los impecables jardines de atrás? ¿Qué había allí para arreglar? El cartero, que la observaba, comprendió su dolor. Acercó su embarcación al atracadero y fijó la vista en el rostro de la joven.

–¿Era amiga suya... la vieja dama?

Serena asintió lentamente con la cabeza, sin atreverse a decir nada.

–*Ecco. Capisco allora*. –Él creía que la comprendía, pero no era así–. Falleció, ¿sabe? Hace dos años. En la primavera.

–¿De qué?

Serena sintió que se le aflojaban los miembros, como si le hubiesen sacado todos los huesos del cuerpo. Tuvo la sensación de que iba a desmayarse. Aquéllas eran las palabras que esperaba oír, las palabras que temía, y ahora que las había oído, le parecieron cortantes como un cuchillo. Deseó que el cartero estuviese equivocado, pero al mirar su amable y envejecida cara comprendió que lo que decía era la verdad. Su abuela había muerto.

–Era muy vieja, ¿sabe, *signorina*? Tenía casi noventa años.

Serena sacudió la cabeza casi distraídamente y le contestó en voz baja:

–No, esa primavera cumplió los ochenta.

–¡Ah! –exclamó él afablemente, pues deseaba consolarla y no sabía cómo hacerlo–. Su hijo vino de Roma, pero sólo un par de días. Luego supe que había ordenado que se lo enviaran todo a Roma. Todo, todas las cosas de la señora. Enseguida puso la casa en venta. Sin embargo, le llevó un año venderla.

De modo que se trataba de Sergio otra vez, se decía Serena. Sergio. Él había ordenado que se le enviara todo a Roma.

–¿Y la correspondencia? –preguntó ella en tono airado, como si en su interior algo comenzara a arder lentamente–. ¿Adónde le enviaban las cartas? ¿A él?

El cartero asintió.

–Salvo las de los criados. Ésas me dijo que las devolviera al remitente.

Entonces, Sergio había recibido todas sus cartas. ¿Por qué no se lo había dicho? ¿Por qué nadie le había escrito para comunicárselo? Durante más de dos años ella se había vuelto loca esperando, devanándose los sesos, formulando preguntas que nadie podía responder. Pero él hubiese podido contestarlas, el muy canalla.

–*Signorina?* –El cartero y el gondolero aguardaban–. *Va bene?*

Ella hizo un gesto de asentimiento.

–Sí..., *grazie*... Es sólo que...

Estuvo a punto de ofrecerles una explicación, pero en vez de eso se le llenaron de nuevo los ojos de lágrimas. Se volvió de espaldas, y los dos hombres intercambiaron una mirada de inteligencia.

–Lo siento, *signorina*.

Ella movió la cabeza, de espaldas a ellos aún, y el cartero prosiguió su camino. Sólo el gondolero esperó.

Al cabo de un instante, tras echar un último vistazo a los goznes herrumbrosos de la verja, rozó con los dedos la anilla que colgaba de la cadena de la campana, como si al establecer contacto con algo que su abuela había tocado pudiese volver a tenerla con ella, y luego con paso tardo volvió a la góndola, con la sensación de que una parte de su ser había muerto. Así que por fin Sergio tenía lo que siempre había ambicionado: el título. Lo odiaba. Deseaba que el dichoso título se le atragantara, que le pudriese la sangre, que sufriera una muerte más horrenda que su padre, que...

–*Signorina?* –El gondolero advirtió que se le contraía el rostro en una expresión de rabia y angustia, y se preguntó qué mal se habría apoderado de un alma tan joven para que pareciese tan atormentada–. ¿Adónde desea ir ahora?

Ella titubeó un instante, sin saber qué hacer. ¿Debía volver a la estación del ferrocarril? No, aún no. Había algo que debía hacer primero. Se volvió hacia el gondolero, recordando la pequeña iglesia con toda claridad. Tal vez habría alguien allí que pudiera darle más información.

–Lléveme al Campo Santa Maria Nuova, por favor.

–¿Maria dei Miracoli? –inquirió él.

Serena asintió con un gesto, y el hombre la ayudó a subir a la embarcación y comenzó a alejarse del embarcadero, mientras los ojos de la joven permanecían clavados en la fachada que siempre recordaría y jamás volvería a ver. Aquél sería su último viaje a Venecia. Estaba segura. No tenía razón alguna para volver. Ya no.

Encontró Santa Maria dei Miracoli tal como la recordaba, casi oculta tras los altos muros y con la sencillez exterior que la caracterizaba. Al entrar, Serena tuvo la impresión de que su abuela se encontraba a su lado, como todos los domingos en que iban allí a oír misa. Permaneció quieta y callada unos instantes y luego enfiló el pasillo central hacia el altar, se arrodilló ante él y trató desesperadamente de no pensar en lo que debía hacer ahora, en el lugar adonde debía ir...

Encerrarse en su dolor no la ayudaría en nada. Pero a pesar de todo, la realidad de los hechos se le hacía casi intolerable, y dos solitarias lágrimas se deslizaron lentamente por sus mejillas, hasta la delicada línea del mentón. Se puso de pie al cabo de unos momentos y se encaminó a la sacristía, con el fin de ver al cura. Al entrar en ella se encontró con un hombre bastante viejo que vestía sotana. Estaba sentado tras un pequeño escritorio, leyendo un breviario con tapas de cuero.

–¿Padre?

El sacerdote levantó lentamente la vista del libro, para fijar la mirada en los verdes ojos de Serena. La joven tuvo la impresión de que era nuevo en la parroquia. No recordaba haberle visto antes de su partida.

–Pensé que quizá podría ayudarme. Ando buscando información sobre mi abuela.

El viejo sacerdote lanzó un suspiro y se puso de pie. Después de terminada la guerra, había tenido que atender infinidad de peticiones similares. Personas que habían fallecido, que se habían marchado o que habían desaparecido. Era improbable que pudiese serle útil.

–Vamos a ver. Consultaré el registro. ¿Su nombre?

–La *principessa* Alicia di San Tibaldo –repuso ella en voz baja, sin ánimo de impresionarle; pero la actitud del cura cambió.

Pareció animarse, mostrándose más servicial, y a su pesar Serena se sintió molesta. ¿Tanto significaba el título? ¿Tan importante era? ¿Por qué? ¡Tan banal que parecía todo ahora! Para ella lo único que importaba era que su abuela estaba muerta.

El sacerdote consultó un enorme libraco y volvió a mirar a Serena.

–Sí. –Volvió el libro hacia ella–. Aquí está. Nueve de abril de mil novecientos cuarenta y tres. Falleció de causa natural. Un sacerdote de esta parroquia le administró la extremaunción. Está enterrada aquí. ¿Quiere ver su tumba?

Serena asintió y le siguió con aire solemne hasta el jardincito inundado por la luz del sol, lleno de flores y de antiguas tumbas, rodeadas de arbolitos. El sacerdote hizo un gesto hacia la lápida de mármol blanco, observó a Serena un instante y luego giró sobre sus talones y la dejó allí de pie, con una expresión pasmada en el rostro. La búsqueda había concluido; la respuesta había llegado. Allí estaba, pues, entre los muros de Santa Maria dei Miracoli, y allí había estado todo el tiempo en que Serena le escribía carta tras carta, rogando que su abuela estuviese aún con vida. Serena quería sentir rabia, deseaba odiar a alguien, luchar contra alguien. Pero no había nadie a quien odiar, ni batalla que librar. Todo había terminado, en aquel tranquilo jardín, y lo único que le restaba a Serena era la tristeza.

–*Ciao*, *nonna* –musitó al tiempo que se volvía por fin, con los ojos velados por las lágrimas.

No regresó a la sacristía para despedirse del sacerdote, pero cuando se dirigió a la salida a través de la hermosa iglesia, él se encontraba en el umbral; se le acercó, solícito e interesado, y le estrechó dos veces la mano antes de que Serena se fuese.

–Adiós, *principessa*..., adiós...

Principessa? La joven se detuvo bruscamente, sobresaltada, y volvió la cabeza hacia el cura. La había llamado princesa... ¿Princesa...? Y luego, pausadamente, movió la cabeza en señal de asentimiento. Ahora que su abuela había fallecido, ella era la princesa, y mientras descendía apresuradamente los escalones hasta el embarcadero, donde la aguardaba el gondolero, comprendió que eso no tenía importancia alguna.

Mientras el gondolero emprendía el camino de regreso, a Serena la cabeza le daba vueltas. Sergio. ¿Qué había hecho con el dinero obtenido por la venta de la casa? ¿Qué había hecho con los tesoros de la familia y los hermosos objetos de su abuela? De repente, quiso una explicación, un inventario de las posesiones. Quería que el ser despreciable que había destruido a su familia le pagara todo lo que le había quitado. Sin embargo, al tiempo que lo pensaba, se decía que Sergio jamás podría compensarla por todo lo que había perdido. Con todo, por alguna razón, la asaltó un acuciante deseo de verle, de exigirle que le rindiera cuentas de lo que en cierto modo también le pertenecía a ella. Y mientras la góndola la llevaba despacio hacia el Gran Canal y la *piazza* San Marco, supo adónde quería ir. Venecia había pertenecido a su abuela. Formaba parte de ella. *Era* ella. Pero no era un lugar para Serena. Nunca lo había sido. Ella siempre la había visto como un sitio extraño, diferente, irritante, excitante, como una especie de escenario donde vivir aventuras, incluso durante los dos años que pasó allí después de la muerte de sus padres. Sin embargo, ahora, habiendo llegado tan lejos, se dijo que debía ir aún más allá. Debía recorrer todo el camino hasta las fuentes. Tenía que ir a su hogar.

–¿Desea ir a la *piazza*, *signorina*?

–No –contestó, meneando la cabeza.

A la *piazza* no. Lo que tenía que hacer en Venecia ya estaba hecho. A las tres horas de estar en ella, ya había llegado el momento de partir.

–No, *grazie*. A la *piazza* no. Llévame de vuelta a Santa Lucia.

Cuando llegaron a la estación, Serena le pagó, agregando una buena propina, que el gondolero agradeció profusamente, en tanto le escrutaba los ojos.

–¿Adónde va usted ahora, *signorina*?

–A Roma.

El hombre asintió lentamente con la cabeza.

–¿No ha vuelto allí después de terminada la guerra? –Ella denegó con la cabeza–. La encontrará muy cambiada.

Pero no podía estarlo más que Venecia. Para ella todo estaría cambiado, dondequiera que fuese.

–¿Tiene familia en Roma?

–No... El único pariente que tenía era mi abuela, que vivía aquí.

–¿Aquélla era su casa?

Serena asintió, y el gondolero meneó la cabeza.

–Lo lamento.

–Yo también.

La joven le sonrió dulcemente y le tendió la mano. El hombre tomó aquella delicada manita con su rugosa y morena diestra, y luego le palmeó suavemente el hombro al tiempo que la ayudaba a descargar la maleta.

–Espero que vuelva a Venecia algún día, *signorina* –le dijo con una sonrisa, y ella le prometió que así lo haría.

Acto seguido cargó solemnemente con la maleta y se encaminó hacia la estación del ferrocarril.

Capítulo 3

Cuando el tren arribó a la estación Termini poco después del anochecer, a las ocho de la tarde, Serena no lucía una sonrisa en los labios: estaba encogida en su asiento como si esperara que ocurriese algo terrible en cualquier momento; tenía el cuerpo en tensión y su cara había perdido todo el color. Ante sus ojos pasaban raudos lugares y cosas que no había vuelto a ver en siete años, y era como si por primera vez en mucho tiempo hubiese sido arrancada de sus goznes una puerta en lo más profundo de su ser, como si quedara expuesta ante su vista su propia alma. Si en aquel momento le hubiese hablado alguien, Serena no le habría oído.

Una vocecita en su interior le decía que aguardara hasta el día siguiente, hasta que su cuerpo estuviera descansado y tuviese la cabeza despejada. Sin embargo, tenía un sitio adonde ir, un lugar que deseaba visitar con desesperación, sin importarle cuán cansada se sintiera... Y sus pies se dirigieron inexorablemente hacia la dirección familiar de la Via Giulia. Tenía que ver la casa, permanecer allí aunque sólo fuese un momento, antes de volver la espalda al pasado para siempre e iniciar una nueva etapa de su vida. Al doblar la última esquina notó que el corazón le latía más aprisa, y aceleró el paso, presintiendo la casa antes de que apareciera ante su vista. Y entonces, de pronto..., bajo los faroles de la calle, allende los árboles, apareció la masa esplendorosa de mármol blanco, con las ventanas francesas, los balcones, los pisos bajos ocultos por los altos setos, y los largos escalones de mármol que nacían al filo de la verja del frente, todo ello rodeado por canteros de flores y parterres de césped.

–¡Dios mío! –musitó.

En la semipenumbra era fácil engañarse y suponer que nada había cambiado, que todo era como antaño, que en cualquier momento aparecería una cara en la ventana o que vería salir a su padre fumando un habano, a tomar un poco de aire puro. A la madre de Serena le molestaba que su esposo fumase en el dormitorio por la noche, y de cuando en cuando él acostumbraba a dar un paseo por el jardín. Cuando Serena se despertaba de noche, siendo muy niña, a veces le veía salir. Inconscientemente, ahora también le buscaba recorriendo el jardín con la mirada. Pero no vio a nadie; al igual que la casa de Venecia, también aquélla estaba cerrada. Sólo que ella imaginó que su tío estaba durmiendo allí dentro; mas a pesar de ello, ya había perdido el afán de verle..., de pelear con él. ¿Qué importancia tenía eso ahora?

Permaneció ante la casa lo que le pareció una eternidad, incapaz de apartar los ojos de ella, incapaz de acercarse más y sin voluntad de intentarlo. Hasta allí la había llevado el sueño. No seguiría más adelante. No sentía necesidad de hacerlo. El sueño ya había terminado.

Y entonces, al volverse lentamente, con los ojos anegados en lágrimas, la cabeza erguida, la maleta aún en la mano, distinguió la voluminosa forma de una vieja, allí plantada, que la observaba con un chal sobre sus corpulentos hombros, el cabello recogido en un moño, sin apartar los ojos de Serena, como si se preguntara qué estaba haciendo aquella joven allí, con una maleta, contemplando el Palazzo Tibaldo en plena noche. Cuando Serena siguió caminando calle abajo con paso decidido, la vieja de repente se puso a correr tras ella, lanzando un agudo chillido y extendiendo los brazos, en tanto el chal caía de sus hombros al suelo, y no tardó en detenerse ante Serena, con el cuerpo tembloroso y los ojos desbordantes de lágrimas. Cuando la mujer le tendió los brazos, Serena hizo amago de retroceder un paso, impresionada por aquella aparición, pero al examinar con más detenimiento su cara surcada de arrugas, soltó una exclamación de sorpresa y luego comenzó a sollozar también quedamente mientras se echaba en los brazos de la anciana. Era Marcella, la última sirvienta de su abuela en Venecia... Y ahora, de repente, estaba allí..., en su antigua casa de Roma. La vieja y la jovencita se abrazaron fuertemente, y se hubiera dicho que no iban a separarse nunca más, como si no pudiesen soltarse ni liberarse de los mutuos recuerdos. Así permanecieron largo rato.

–*Bambina... Ah, Dio, bambina mia... ma che fai?* ¿Qué haces aquí?

–¿Cómo murió? –le preguntó Serena, que no podía pensar en otra cosa mientras seguía en los brazos de la anciana.

–Mientras dormía. –Marcella se sonó la nariz y se apartó para contemplar a Serena–. Era muy vieja.

Fijó la vista en los ojos de Serena y meneó la cabeza. Era notable cómo la joven se parecía a su madre. Por un instante, al verla de pie allí en la calle, Marcella había tenido la impresión de que estaba viendo una aparición.

–¿Por qué no me lo comunicaron?

La anciana se encogió de hombros con embarazo y desvió la mirada.

–Pensé que tu tío..., pero él no tuvo tiempo...

Entonces comprendió que Serena no sabía nada de lo que había ocurrido después del fallecimiento de la abuela.

–¿Nadie te escribió, *cara*?

–*Nessuno* –repuso ella, y luego inquirió–: ¿Por qué no lo hiciste tú?

Esta vez la mujer la miró de hito en hito. La niña tenía derecho a saber por qué no le había escrito.

–No pude.

–¿Por qué?

Serena parecía confundida, y Marcella sonrió tímidamente.

–Yo no sé escribir, Serena... Tu abuela siempre me decía que tenía que aprender, *ma*...

Se encogió de hombros como ante lo irremediable, en tanto Serena le sonreía.

–*Va bene.*

Pero qué fácil era decir que no importaba después de dos años preñados de terror. ¡Cuánta ansiedad se habría ahorrado si aquella vieja mujer al menos hubiese sabido escribir y le hubiera comunicado el fallecimiento de su abuela!

–¿Y... –detestaba pronunciar su nombre, aun ahora– Sergio?

Siguió un instante de silencio, y Marcella suspiró hondamente.

–Se fue, Serena.

–¿Adónde? –Sus ojos escrutaron los de la anciana. Había recorrido seis mil kilómetros después de un lapso de dos años y medio para conocer esa novedad–. ¿Dónde está ahora?

–Está muerto.

–¿Sergio? –Esta vez Serena no pudo disimular su conmoción–. ¿Qué pasó?

Por una fracción de segundo se reflejó en su rostro una expresión de satisfacción. Tal vez, al fin, le habían matado a él también.

–No conozco todos los detalles. Contrajo deudas tremendas. Tuvo que vender la casa de Venecia. –Y entonces, casi como excusándose, señaló con un gesto el *palazzo* de mármol blanco que tenía a sus espaldas–. Vendió esto... a los dos meses tan sólo de morir tu abuela, y entonces me trajo de vuelta a Roma. No comprendo lo que pasó. Se enfadaron con él. Y él bebía. Estaba siempre borracho. Pedía dinero prestado a gente mala, según creo. Se presentaron aquí, en el *palazzo*, a altas horas de la noche. Le gritaron. Él les gritó a su vez. Y luego... También vinieron los hombres del Duce. Ellos también estaban rabiosos, tal vez por instigación de los otros. No lo sé. Una noche oí que le amenazaban con matarle...

–¿Y lo hicieron?

Un sórdido fuego brilló en los ojos de Serena. Quizás al fin había recibido su merecido.

–No –contestó Marcella, meneando la cabeza–. Se suicidó, Serena. Se descerrajó un tiro en el jardín. No tenía dinero, no tenía nada. Sólo deudas. Los abogados me explicaron que se requirió todo el dinero recaudado por la venta de las dos propiedades para cancelar sus deudas.

Eso significaba que no quedaba nada. Pero daba igual. Ella no había regresado a su tierra por eso.

–¿Y la casa, a quién pertenece ahora?

–Lo ignoro. A gente desconocida para mí. Desde que terminó la guerra la tienen alquilada a los norteamericanos. Antes estaba desocupada. Yo vivía sola aquí. Todos los meses el abogado me trae el sueldo. Quieren que permanezca en ella para cuidarla, para vigilarla. En cierta ocasión los alemanes casi llegaron a incautarse de ella, pero no lo hicieron.

–¿Y ahora viven los norteamericanos aquí?

–Aún no. Hasta el momento sólo trabajan en la casa. Ahora... la semana entrante, se mudarán aquí. Antes sólo la utilizaban como oficina, pero ayer vinieron a avisarme que se mudarán aquí el martes. –Se encogió de hombros con el mismo aire de la Marcella que Serena conocía cuando era niña–. Para mí es lo mismo, pues tienen su propio personal de servicio. Y ayer me dijeron que contratarían a dos muchachas para que me ayuden. Por lo tanto, eso no cambia nada. –La vieja la miró escrutando su cara–. *E tu? Vai bene?* ¿Qué pasó en todos estos años? ¿Estuviste con las monjas?

–Así es –repuso, asintiendo con la cabeza–. Y no veía llegar el momento de volver.

–¿Y ahora? ¿Dónde vives?

Echó una mirada a la maleta que Serena había dejado caer a sus pies, pero la joven se encogió de hombros.

–No importa.

De repente se sentía extrañamente libre, sin nada que la atara a ningún lugar, a ninguna persona ni a ninguna época. En las últimas doce horas se habían roto todos los lazos que ella se empeñaba en mantener. Ahora dependía de sí misma, y sabía que lograría sobrevivir.

–Pensaba buscar un hotel, pero primero quise venir aquí. Sólo para ver el *palazzo*.

Marcella escrutó su rostro y luego agachó la cabeza mientras las lágrimas inundaban de nuevo sus ojos.

–*Principessa*... –dijo en voz tan baja que Serena apenas pudo oírla; sin embargo, cuando entendió lo que Marcella había dicho, un escalofrío le recorrió el espinazo–. Todos estos años estuve con tu abuela. –Señaló vagamente el imponente palacio que se alzaba a espaldas de Serena–. Ahora vivo aquí, en el *palazzo*, y tú... –agregó, indicando con un gesto la destartalada maleta–, como una pordiosera andrajosa, buscando un hotel. ¡No, no! ¡Tú no vas a ningún hotel!

–¿Qué pretendes decir, Marcella? –preguntó Serena, sonriendo dulcemente–. ¿Sugieres acaso que me instale aquí con los norteamericanos?

–*Pazza, va!* –exclamó la vieja con una mueca–. No con los norteamericanos. Conmigo. *Ecco!*

Al tiempo que profería la última exclamación, cogió la maleta del suelo, le tomó con firmeza la mano a Serena y quiso emprender la marcha hacia el *palazzo*, pero la joven no se movió de su lugar, y meneó la cabeza.

–No puedo.

Permanecieron allí plantadas un instante, y Marcella fijó una mirada inquisitiva en los ojos de Serena. Sabía lo que la jovencita estaba pensando. Ella también había tenido sus propias pesadillas, cuando volvió a Roma después de la muerte de la anciana dama.

–Puedes vivir conmigo, Serena. Debes hacerlo. No puedes estar sola en Roma. –Y luego, más afablemente, añadió–: Éste es tu sitio: la casa de tu padre.

Serena meneó la cabeza lentamente, con los ojos anegados en lágrimas.

–Ya no es la casa de mi padre.

Con más dulzura aún, la vieja insistió:

–Ahora es mi hogar. ¿No quieres venir a vivir conmigo?

Entonces descubrió en aquellos profundos ojos verdes la angustia que había vivido en ellos la mañana en que mataron a su padre, y comprendió que no estaba hablándole a la mujer sino a la niña.

–Está bien, Serena. Ven, hijita... Marcella cuidará de ti... Todo saldrá bien.

La rodeó con sus brazos, y estuvieron abrazadas como al principio, estrechándose fuertemente como para salvar el abismo de todos aquellos largos años.

–*Andiamo*, *cara*.

Y sin que pudiera comprender la razón, Serena se dejó llevar por la buena mujer. Ella sólo había ido allí para ver, no para quedarse. Para contemplarlo todo y recordar, no para penetrar en los recuerdos de nuevo. Aquello era demasiado; no podía soportarlo. Pero mientras la anciana la conducía hacia la entrada posterior, Serena sintió que la invadía un cansancio abrumador..., como si todo el día se concentrase en un segundo, superior a sus fuerzas. Todo lo que deseaba era acostarse en cualquier sitio y dejar de pensar, dejar de descifrar todos los hechos acaecidos en los últimos años.

No tardaron en llegar a la puerta posterior del *palazzo* que otrora había pertenecido a sus padres. Marcella introdujo prestamente la pesada llave en la cerradura y la hizo girar. La puerta crujió, tal como Serena recordaba, y al abrirse, la joven se encontró en el vestíbulo de las dependencias de la servidumbre. Los ojos de Serena se abrieron con asombro, y por primera vez en muchos años no experimentó ira ni dolor. Al fin había llegado a casa.

Había completado el círculo, y no tenía a nadie con quien compartir aquellos momentos salvo Marcella, que cloqueaba como una gallina clueca mientras la guiaba por el pasillo tan familiar y recogía al pasar ante el armario de pared viejas sábanas deshilachadas y una manta.

Luego sonrió con ternura a Serena, que ya estaba agradablemente abrigada en la angosta cama de aquel sencillo cuarto, dándose cuenta de repente de que estaba contemplando a la última *principessa* de los Tibaldo. Serena di San Tibaldo. *Principessa* Serena..., dormida al fin en las dependencias de la servidumbre de la casa de su padre.

Capítulo 4

Cuando los rayos del sol se filtraron por la estrecha ventana a la mañana siguiente, Serena yacía en la cama como una joven diosa, con los cabellos abiertos en abanico bajo su cabeza como una lámina de oro. Marcella se asomó de nuevo por la puerta para admirar el deslumbrante esplendor de su belleza, más asombrada aún que la noche anterior. Era un milagro, se había dicho a sí misma.

–*Ciao,* Cella. –Soñolienta, Serena abrió un ojo y le sonrió–. ¿Es tarde?

–¿Para qué? ¿Tienes alguna cita? ¿El primer día en Roma y ya estás ocupada?

Marcella se adelantó hacia ella, y la joven se sentó en la cama, sonriéndole. Parecía que le hubieran arrancado años de encima durante las horas de descanso. A pesar de los acontecimientos de la noche anterior, estaba menos preocupada que cuando había partido de Estados Unidos. Al menos ahora sabía. Sabía todo lo que había penado por saber. Lo peor había pasado. Ahora tenía el resto de su vida por delante.

–¿Qué le gustaría comer para desayunar, *signorina*? –Pero Marcella rectificó enseguida–: *Scusi*, *principessa*.

–¿Cómo? ¡No me llames así! ¡Eso lo era la *nonna*!

Serena parecía medio divertida y medio ofendida. Sin embargo, Marcella tenía un aspecto feroz cuando se plantó en toda su estatura de un metro y medio junto a la cama.

–Ahora lo eres tú. Y por su memoria, y por la de todos los que la precedieron, debes respetar lo que eres y quién eres.

–Yo soy yo. Serena di San Tibaldo. *Punto. Finito. Basta.*

–¡Tonterías! –Marcella comenzó a alisarle las ropas de la cama, pues no podía estarse quieta, y luego la miró con grave expresión–. No te olvides nunca de quién eres, Serena, como nunca lo olvidó tu abuela.

–Ella no tenía por qué olvidarlo. Y además no vivía en el mundo que nos ha tocado a nosotros. Todo eso ha terminado, Marcella. Todo. Desapareció junto con... –Quiso decir «mis padres», pero no tuvo el valor de hacerlo–. Desapareció junto con toda una generación que nuestro encantador Duce quiso destruir. Y lo logró, en muchos casos. ¿Y qué ha quedado? Personas como yo, que no tienen ni diez liras a su nombre y tienen que dedicarse a cavar zanjas. ¿Es eso lo que significa ser *principessa*, Cella?

–Se lleva aquí –replicó la mujer, señalándose el vasto pecho, indicando el sitio donde estaba su generoso corazón, y luego la cabeza–: y aquí. Eso no tiene nada que ver con lo que uno hace o deja de hacer, ni con si se tiene mucho dinero o no. Ser príncipe o princesa no es tener dinero. Ella tampoco tenía mucho dinero últimamente. Pero siempre fue la *principessa*. Y un día tú también te portarás así.

Serena meneó la cabeza con firmeza.

–El mundo ha cambiado, Marcella. Créeme. Yo lo sé.

–¿Y qué es lo que has visto desde que pusiste los pies aquí? ¿La estación de ferrocarril y qué más?

–La gente. En el tren, en las calles; soldados, gente joven, gente vieja. Todos son diferentes, Cella. Les importan un cuerno las *principesse*, y probablemente nunca les importaron un bledo. Sólo nosotros nos preocupábamos por esas tonterías, y si somos inteligentes lo mejor que podemos hacer ahora es olvidarnos de ello. –Y entonces, asumiendo una actitud un tanto cínica, miró a la anciana fijamente–. ¿Crees realmente que los norteamericanos darán importancia a esas cosas? Si les dijeses que tienes escondida a una *principessa* en el sótano, ¿crees que se inmutarían?

–Yo no te estoy escondiendo, Serena.

Marcella puso una cara triste. Ella no quería oír hablar de aquel mundo nuevo. El viejo había sido importante para ella. Globalmente. Creía en el viejo orden y en sus resultados.

–Tú vives aquí conmigo.

–¿Por qué? –Serena la miró unos instantes con una dura expresión en el rostro–. ¿Porque soy una *principessa*?

–Porque yo te quiero. Siempre te quise y siempre te querré.

La anciana la contemplaba con orgullo, y a Serena se le llenaron los ojos de lágrimas y enseguida le tendió los brazos desde la cama.

–Lo siento. No quería decir eso. –Marcella se acercó y se sentó en el borde del lecho–. Me duele recordar los viejos tiempos. Todo lo que amaba entonces ha desaparecido. Para mí lo importante eran las personas queridas. Yo no quiero ese maldito título. Lo que quisiera es que la *nonna* estuviese aquí conmigo y poder ser simplemente lo que soy.

–Pero ella no está aquí, y eso es lo que te ha legado. Es todo lo que te ha dejado, y estoy segura de que desearía que te sintieras orgullosa de ello. ¿No quieres ser una *principessa*, Serena?

–No –contestó ella meneando la cabeza–. Lo que quiero es el desayuno.

El día anterior sólo había comido pan y queso en la estación. Y se había olvidado por completo de la cena. Pero ahora se reía de la seriedad de Marcella, y la vieja se enjugó los ojos y gruñó:

–¡Eres una chiquilla! ¡Sigues siendo tan imposible como siempre! ¡Fresca! ¡Desvergonzada!

Mientras Marcella rezongaba, Serena se desperezó y saltó con renuencia de la cama, sonriendo.

–Te lo he dicho. Las princesas son unas malas pécoras, Cella. Sangre corrupta.

–¡Basta de bromear con eso!

Esta vez la represión iba en serio.

–Sólo si tú dejas de tomártelo con tanta gravedad. –Serena la miraba con ternura, pero tenía una expresión decidida en los ojos–. Ahora tengo cosas mejores en qué pensar.

La anciana no hizo ningún otro comentario, pero se fue a la cocina a preparar el café, otra mercancía preciosa que aún escaseaba a pesar de haber terminado la guerra. Pero a Serena no le escatimaba nada. Lo derrochaba todo con gusto para complacer a la joven princesa de ideas modernas.

Al cabo de diez minutos la llamaba para desayunar, y la joven de sorprendente belleza hizo su aparición envuelta en una bata de algodón azul, que le habían dado en el convento, y el cabello tan cepillado que brillaba como hebras de oro bajo el esplendoroso sol matutino.

–¿Qué hay para desayunar, Cella?

–Tostadas, jamón, jalea, melocotones y café.

Una verdadera riqueza de productos, algunos de los cuales, como la jalea y el azúcar, hacía meses que Marcella andaba economizando. Serena se dio cuenta de ello de inmediato, y depositó un beso en la arrugada y vieja mejilla antes de sentarse. Se prometió a sí misma comer parcamente, aun cuando estuviese muy hambrienta.

–¿Todo eso es para mí, Marcella?

Le causaba un sentimiento de culpa comerse todos aquellos tesoros alimenticios de la anciana, pero al mismo tiempo sabía que si no los comía hería sus sentimientos. De modo que comió, sin voracidad aunque con evidente placer, y compartieron el café hasta la última gota.

–Cocinas como un ángel.

Serena entrecerró los ojos y sonrió feliz en la franja de sol que entraba en la estancia, y la vieja acarició la suave mejilla esbozando una sonrisa.

–Bienvenida a casa, Serena.

Siguió un momento de gozoso silencio, y luego Serena estiró las largas piernas hacia delante y sonrió.

–Haces que me entren deseos de quedarme aquí para siempre.

No obstante, comprendía que no podía hacerlo, y pensó que debía irse antes de que la tentación fuese demasiado grande y la impulsara a recorrer el resto de la casa.

Marcella la observaba atentamente mientras se ponía de pie.

–¿Por qué no habrías de quedarte, Serena? No tienes que regresar a Estados Unidos, ¿verdad?

–No, pero tampoco tengo nada que me obligue a quedarme aquí.

Salvo que era su hogar y lo amaba.

–¿No quieres quedarte?

–Claro que quiero. Pero no puedo instalarme tranquilamente aquí. Tengo que buscar un sitio donde vivir, un empleo, todas esas cosas. No tengo la seguridad de poder encontrar trabajo en Roma.

–¿Por qué tienes que trabajar?

La anciana parecía asombrada. Quería aferrarse al pasado, se decía Serena sonriendo.

–Porque tengo que comer. Si no trabajo, no como.

–Puedes vivir aquí.

–¿Y comerme tus reservas? ¿Y tú?

–Tendríamos suficiente para las dos. Los norteamericanos desperdician más alimentos que lo que comen todos los romanos juntos. En cuanto se muden aquí tendremos todo lo que nos haga falta.

–¿Y cómo les explicarías mi presencia en la casa, Marcella? –Serena seguía con ganas de bromear–. ¿La *principessa* residente? ¿La mascota de la buena suerte? ¿Una buena amiga tuya? ¿O simplemente les dirías que son muy afortunados al tenerme aquí?

–A ellos no les importa quién eres tú –saltó Marcella, poniéndose a la defensiva.

–Quizás ellos no opinen lo mismo, Cella.

–Entonces podrías trabajar para ellos. Como secretaria. Tú hablas inglés, ¿no?

–Sí, pero no querrán tomarme como secretaria. Tienen a su propia gente para eso. ¿Por qué razón habrían de emplearme?

Y entonces, repentinamente, los ojos se le iluminaron. Acababa de tener una idea.

–¿Se te ha ocurrido algo?

Marcella conocía muy bien aquella mirada.

–Tal vez. ¿Con quién hay que hablar para conseguir trabajo aquí?

–No lo sé... –Se quedó pensativa un instante–. Me dieron una dirección, por si acaso sabía de algunas muchachas que pudieran ayudarme en la casa. –La miró con desconfianza–. ¿Por qué?

–Porque quiero solicitar trabajo.

–¿Para hacer qué?

–Veré qué pueden ofrecerme.

Una cosa era llegar, sin fijarse para nada en el cansancio, y pasar una noche en las acogedoras dependencias de los sirvientes. Y otra instalarse en el sótano de una casa que le había pertenecido. Y sabía que todavía no estaba en condiciones de subir a los pisos superiores. Sin embargo, si le daban un empleo tendría que hacerlo. Entonces tendría que asumir que aquella casa era de ellos, que nada tenía que ver con ella, ni con nadie conocido, y que no la había visto antes; sin embargo, aún temblaba un poco cuando recorría la curva final de la Via Nazionale, pasaba ante los Baños de Diocleciano al tiempo que entraba en la Piazza della Republica y encontraba la dirección que buscaba. ¿Y si no le daban el empleo? ¿Qué haría entonces? ¿Reunir el dinero que le quedaba y regresar a Estados Unidos? ¿O bien quedarse en Roma? Pero, ¿con qué fin? Con el de obedecer a su corazón, se dijo mientras abría la pesada puerta de las oficinas norteamericanas que habían instalado allí. Roma era el lugar donde ella tenía que estar. Sonrió al pensarlo, y aún sonreía al entrar en el edificio y chocar casi en el mismo momento con un hombre alto de sonrisa aniñada y unos mechones de rubios cabellos que asomaban por debajo de su gorra militar. Ligeramente ladeada, la gorra le daba un aspecto airoso, y sus ojos grises parecían danzar alegremente al fijarse en los verdes de Serena. Por un instante, ella sintió deseos de sonreírle a su vez, pero su cara se puso rápidamente seria y, como solía hacer en todas las ocasiones en que se topaba con un hombre de uniforme, esquivó su mirada. No importaba que fuese bien parecido, o que se mostrase amistoso: los uniformes siempre traían a su mente el recuerdo de sus antiguas pesadillas, y no podía reunir fuerzas para mirar a los hombres a los ojos.

–Lo siento. –Él le tocó ligeramente el codo como para demostrarle que se disculpaba por si no hablaba su idioma–. ¿Habla usted inglés?

Sus ojos recorrieron el rostro de la joven, y quedó impresionado por la perfección de sus facciones y su cutis satinado, el cabello dorado como el trigo y los enormes ojos verdes, pero también advirtió la tiesura con que se apartó de él después del súbito choque, así como la frialdad con que le miró una vez hubo recobrado el aliento y la compostura, y retrocediendo un paso. Parecía no comprender lo que él le decía, por lo que le sonrió y le dijo unas palabras en italiano:

–*Scusi, signorina. Mi dispiace molto...*

Y luego enmudeció, esbozando una cautivadora sonrisa. No obstante, Serena no pareció cautivada; inclinó la cabeza, indicando que le había comprendido y musitó:

–*Grazie.*

La actitud de la joven le habría desconcertado si no hubiese percibido una sombra de dolor en sus profundos ojos verdes durante el breve instante en que había podido vérselos. Había conocido a otras jóvenes como aquélla. Todo el mundo había sufrido la guerra. La «Doncella de Hielo», se dijo para sus adentros mientras proseguía su camino.

Había advertido enseguida su espectacular belleza, pero andar a la caza de las nativas no había sido nunca el fuerte del comandante B. J. Fullerton. Jamás lo había hecho desde su llegada a Italia. Tenía sus buenas razones para ello. El comandante estaba comprometido con una de las más bellas jóvenes de la sociedad neoyorquina. Pattie Atherton había sido una de las más arrebatadoras jovencitas que hicieron su presentación en sociedad en 1940, y ahora, a los veintitrés años, la convertiría en su esposa. B. J. sonrió para sus adentros, mientras dejaba escapar un ligero silbido y se precipitaba escalera abajo hasta la limusina que le aguardaba. Tenía muchas cosas que hacer aquella mañana, y el recuerdo de su encuentro con Serena se desvaneció al poco rato en su mente.

Una vez dentro de las oficinas, Serena examinó en silencio los escritorios que llenaban la sala y se dirigió hacia el que ostentaba un cartel que decía: EMPLEOS, con la correspondiente traducción al italiano en un subtítulo: LAVORO. En un inglés entrecortado, expuso la clase de empleo que buscaba. Procuraba ansiosamente que no se dieran cuenta de cuán bien dominaba el inglés. Había resuelto que no les importaba. Y sobre todo, no quería un puesto de traductora ni de secretaria, como Marcella había sugerido. Todo lo que ella quería era fregar pisos en su antiguo hogar, junto a Marcella, y para eso no precisaba en absoluto saber hablar inglés.

–¿Dice que conoce a la casera que reside actualmente allí, señorita? –Ella asintió con la cabeza–. ¿La ha enviado ella aquí? –Los norteamericanos hablaban a los italianos con voz estentórea y marcada pronunciación de las palabras, como si supusieran que todos eran estúpidos y sordos. Serena asintió de nuevo–. ¿Habla bien inglés? ¿Un poco? ¿Más que un poco? ¿Me entiende usted?

–Sí. *Un pó...* Un poco. Lo suficiente.

Lo suficiente para fregar platos y pulir la plata, se dijo a sí misma, y al parecer la mujer uniformada que la atendía opinó lo mismo.

–Bien. El comandante se mudará allí el martes. También vivirán allí su ayudante de campo y el sargento que le hace de asistente. Además, habrá tres ordenanzas. Supongo que se alojarán en los cuartos de los antiguos criados, en la planta alta.

Serena sabía perfectamente a cuáles se refería. Los cuartos bajo tejado eran calurosos pero bien aireados, y habían sido ocupados por los criados de su padre. Las mejores dependencias se encontraban en el sótano y se alegró de que ella y Marcella pudiesen alojarse allí.

–Aún no hemos encontrado a la otra muchacha, pero seguimos buscándola. ¿Le parece que mientras tanto usted y esa mujer, Marcella, podrán arreglárselas solas?

–Sí –se apresuró a contestar Serena.

No quería tener una intrusa en aquel lugar de la casa.

–La otra mujer me pareció muy vieja cuando la vi. ¿Qué me dice del trabajo pesado?

–Lo haré yo. –Serena se enderezó aún más, tratando de parecer más alta y fuerte de lo que era–. Tengo diecinueve años.

–Bien. Entonces quizá no necesitemos a la otra muchacha –observó la mujer, con sorna.

De repente, Serena comprendió que si ella hacía el trabajo pesado y les disuadía de emplear a otra muchacha, tendría que pasar la mayor parte del tiempo arriba con «ellos», en las habitaciones que pretendía esquivar. Pero no se podía tener todo en la vida. Tendría que esforzarse en hacerlo. Valía la pena, con el fin de no tener a una extraña en la casa, en las dependencias del sótano, con ella y Marcella. Eso le habría dolido más que el hecho de tener a los oficiales norteamericanos en la planta alta del *palazzo* que había sido su hogar. Realmente, era una locura estar viviendo con Marcella en una casa que había pertenecido a su familia y que ahora había pasado a otras manos, que la habían alquilado al ejército de Estados Unidos. ¿Qué demonios estaba haciendo ella allí? No estaba muy segura de los motivos, pero por de pronto le parecía conveniente, por lo que seguiría estando allí.

–El lunes mandaremos a alguien para que haga una inspección y les daremos a ustedes las instrucciones necesarias. Le ruego que pongan especial cuidado en la limpieza de todas las habitaciones, en especial el dormitorio del jefe. El comandante está acostumbrado a vivir en ambientes muy bonitos –explicó la mujer con una coqueta sonrisa, que a Serena le pareció absurda.

Aquel comentario era superfluo, pues eso a Serena la tenía sin cuidado. Entonces la norteamericana se puso de pie, le hizo firmar unos papeles y le explicó que se le pagaría el sueldo en liras los días uno y quince de cada mes, el cual equivaldría a cincuenta dólares mensuales más alimentación y cama. A Serena le pareció bien. Muy bien. Abandonó el edificio de la Piazza della Republica con una sonrisa de contento, y para cuando llegó al *palazzo* y entró en el apartamento del sótano, donde se encontraba Marcella, iba cantando canciones populares.

–Vaya, vaya, ¡qué contentos estamos! Debes de haberte empleado para trabajar a las órdenes del general, por lo menos.

–No –repuso Serena sonriendo–. ¿O debería decir sí? Me emplearon para trabajar a las órdenes de mi propio general: tú.

–¿Cómo?

–Lo que oyes. Trabajaré a tus órdenes. A partir del lunes. O antes si quieres.

–¿Aquí? –Marcella estaba estupefacta–. ¿En el *palazzo*?

–Así es.

–¡No! –exclamó la anciana–. ¡Me has engañado! ¡Te di la dirección para que consiguieras un buen empleo! ¡No un trabajo como éste!

–Éste es un buen trabajo. –Y con voz más dulce agregó–: Es bueno para ti, Cella. Y yo quiero estar aquí contigo. No deseo trabajar en una oficina. Sólo quiero estar aquí, en la casa.

–¡Pero no de esta manera! ¡Santa María, qué locura! ¡Estás chiflada! ¡No puedes hacer eso!

–¿Por qué no?

–Porque de nuevo te olvidas de quién eres, *principessa*.

Los ojos de Serena comenzaron a lanzar chispas verdes mientras miraba a aquella mujercita que había trabajado para su familia durante cuarenta y seis años.

–Y será mejor que tú también lo olvides, Marcella. Esa época ha pasado ya. ¿Y de qué sirve un título, cuando se está sin una lira en el bolsillo? Yo no tengo nada. Si no fuese por ti, que me diste amparo, estaría durmiendo en algún nido de pulgas, y si no me hubiesen dado este trabajo, muy pronto estaría muriéndome de hambre. Ahora no soy muy distinta a ti, Marcella. Eso es todo. Así de simple. Y si yo estoy contenta, mejor será que tú también lo estés.

Capítulo 5

Al día siguiente, Serena se levantó al despertar el alba. Se lavó y luego se recogió el pelo en un moño en la nuca, que enseguida ocultó debajo de un pañuelo de algodón negro. Acto seguido, se ató una cinta azul marino en torno a la cabeza y se puso un vestido del mismo color, que usaba en el convento para ir a recoger moras con las niñas más pequeñas. Ya había sido remendado en distintos sitios, y estaba tan descolorido que decía a las claras los muchos años de uso que tenía. Bajo el vestido se puso unas medias negras y gruesas, calzándose unos bastos zapatones, y sobre el vestido se colocó un delantal impecablemente blanco; después se contempló en el espejo con grave expresión. Era evidente que aquél no era un atuendo para una *principessa*. Pero ni siquiera el pañuelo oscuro de la cabeza podía paliar la belleza de su rostro. En todo caso, hacía resaltar aún más la suavidad de sus pálidas mejillas y el verde brillante de sus ojos.

–Te ves ridícula con esa ropa. –Marcella la contemplaba con desaprobación mientras servía el café, y las primeras luces del amanecer teñían los picos de la colina–. ¿Por qué no te pones algo decente, por el amor de Dios?

Serena no replicó. Se limitó a sonreír mientras tomaba el café caliente a pequeños sorbos y cerraba los ojos ante el vapor que se elevaba de la taza que sostenía entre las manos.

–¿Qué crees que pensarán los norteamericanos cuando te vean con ese vestido andrajoso, Serena?

–Pensarán que soy una ferviente trabajadora, Marcella.

–¡Bah, tonterías!

Parecía más indignada que la noche anterior. Consideraba que todo aquello era absurdo. Aún esperaba que Serena se distrajera y hablase a sus nuevos jefes en perfecto inglés, y que a la mañana siguiente comenzara a trabajar como secretaria del comandante, en una de las espaciosas salas de la planta alta.

Pero al cabo de media hora hasta Marcella se había olvidado de sus esperanzas. Ambas estaban subiendo y bajando la escalera, ayudando a los ordenanzas a transportar las cajas y pensando en la forma de distribuirlas en las habitaciones. Serena era la que más les ayudaba. Marcella era demasiado vieja para andar corriendo arriba y abajo por la escalera. Pero Serena trabajaba a la par que los hombres y parecía estar en cien sitios a la vez, hablando poco, supervisándolo todo y ayudando, al parecer, con doce pares de manos.

–Gracias.

El ordenanza principal le sonrió al fin de la tarde cuando ella les llevó, a él y a sus hombres, seis tazas de humeante café.

–No sé cómo nos las hubiéramos arreglado sin usted.

No estaba seguro de si ella le entendía, pero sabía que hablaba un poco de inglés y que no le resultaría difícil entender el significado de sus palabras por el tono de su voz y su amplia sonrisa.

–¿Cómo se llama usted, señorita?

Serena vaciló un instante, pero sabiendo que tarde o temprano lo averiguarían, le contestó con voz queda:

–Serena.

–Serena –repitió él enseguida pronunciándolo a la norteamericana, lo que a ella no le importó.

Y después de haberle visto trabajar con el mismo ahínco que sus hombres, tampoco le molestó su interés. Era un buen hombre y un esforzado trabajador, que la había ayudado a menudo, cargando las cajas más pesadas, a despecho de las protestas de la joven. Él se limitaba a quitárselas de las manos y subirlas tranquilamente por la escalera.

Era el primer hombre uniformado de cualquier país que se había ganado una de sus raras sonrisas.

–Yo me llamo Charlie, Serena. Charlie Crockman. –Le tendió la gruesa mano, y ella se la estrechó. Sus miradas se encontraron, y él le sonrió de nuevo–. Ha trabajado denodadamente hoy.

–Y usted también –repuso Serena, sonriendo tímidamente sin mirar a los demás hombres.

Pero Charlie se echó a reír.

–No tanto como tendremos que trabajar mañana.

–¿Más? –exclamó ella, sorprendida.

Habían llenado ya todas las habitaciones con cajas, baúles y maletas, mesas de despacho, archivos, lámparas y sillas, así como con otros cien objetos más.

–No, no habrá más cosas. Mañana deberemos afrontar el verdadero trabajo que hay que hacer aquí. El comandante llegará por la mañana. –Puso los ojos en blanco e hizo una mueca–. Y mejor será que lo tengamos todo desembalado para después de almorzar. Si no me equivoco, tendremos al comandante aquí esta noche, hasta las primeras horas de la madrugada, ordenando su escritorio y el archivo.

Ahora que el comandante y sus hombres se habían instalado allí, el ejército le había asignado una serie de tareas complementarias. B. J. Fullerton había sido una especie de héroe durante la guerra, y ahora debía librar la primera batalla importante detrás de un escritorio. De ahí el *palazzo*.

Serena se alejó de allí. En la acogedora cocina encontró a Marcella, con los pies en remojo y los ojos cerrados.

Deslizó las manos por los hombros de la anciana y comenzó a hacerle un masaje, lo que Marcella recibía con una sonrisa.

–*Sei tu?*

–¿Y quién supones que puede ser?

–Mi ángel de la guarda.

Ambas sonrieron. Había sido una larga y pesada jornada.

–¿Por qué no me dejas preparar la cena esta noche, Marcella?

Sin embargo la vieja no quiso ni oír hablar de ello. Ya había puesto un pollito en el horno, y una cacerola con pasta hervía en el fuego. Había lechuga recién cortada, unas zanahorias y albahaca, y los tomatitos que Marcella comenzaba a cosechar. La cena resultó deliciosa, y Serena apenas podía mantener los ojos abiertos mientras ayudaba a quitar la mesa e instigaba a Marcella para que se acostara. Era demasiado vieja para trabajar de aquella manera.

–Y esta noche te tomarás un vaso de leche caliente con azúcar. ¡Es una orden!

–¡Ah, *principessa*, qué buena eres!

Pero Serena saltó enseguida. Sus ojos despidieron chispas al tiempo que daba un paso atrás y erguía la cabeza.

–¡Basta de eso, Marcella!

–Lo siento.

Esa noche la anciana no tenía ganas de discutir. Estaba demasiado cansada y le dolía todo el cuerpo.

–Vamos, acuéstate, Cella. Yo te llevaré la leche dentro de un instante.

Con un soñoliento bostezo, la mujer obedeció y se dirigió a la puerta arrastrando los pies, y entonces, mirándola por encima del hombro, se detuvo en el umbral con el ceño fruncido.

–Tengo que volver a subir.

–¿Para qué?

–Para cerrar la puerta. No sé si ellos sabrán hacerlo. Quiero ver si está cerrada la puerta de entrada antes de acostarme. Les dije que lo haría. Y me recomendaron que comprobara si estaban apagadas todas las luces de la casa.

–Yo lo haré.

–Bueno, pero sólo por esta noche.

–Sí, señora.

Serena le sonrió, al tiempo que vertía la leche en una taza e iba por el azúcar. A los pocos minutos ya estaba en la puerta del pequeño cuarto de Marcella, pero los suaves ronquidos que provenían de la cama le indicaron que ya era demasiado tarde. Sonrió y tomó un sorbo del caliente líquido; luego volvió despacio a la cocina, se sentó y se bebió ella la leche. Cuando hubo terminado, abrió la puerta que daba a sus dependencias y subió con paso lento la escalera.

Encontró todo en orden en el salón principal. El piano de cola seguía allí tal como había estado siempre durante décadas, y la araña de la entrada despedía el mismo resplandor que cuando sus padres ocupaban la casa. Sin pensar, volvió la cara hacia ella, sonriendo mientras recordaba cómo le encantaba cuando era niña. Era lo más relevante de las fiestas que daban sus padres, en las que ella se situaba en lo alto de la escalera circular de mármol y contemplaba embelesada a los hombres vestidos con trajes de etiqueta y a las mujeres ataviadas con vestidos de gala de brillantes colores, desfilando por debajo de los cristales facetados de la araña cuando se dirigían al jardín, para beber champán junto a la fuente. Ella les oía reír, tratando de escuchar sus conversaciones. Solía sentarse en los escalones en camisón, justo en el recodo de la escalera, para atisbar, y ahora se rió de sí misma al recordarlo, mientras subía por el mismo lugar. Experimentaba una rara sensación al encontrarse allí en la oscuridad de la noche, ahora que los demás se habían ido para siempre. Los recuerdos le proporcionaban placer y le causaban escalofríos al mismo tiempo. La llenaban de añoranza y a la vez de pesar, y cuando comenzó a caminar por el rellano del segundo piso, se sintió invadida por una oleada de nostalgia, como hacía años que no sentía. De repente sintió deseos de hallarse en su antigua habitación, de sentarse en su cama, de contemplar el jardín desde la ventana, sólo para verlo, para sentirlo, para volver a integrarse al mismo. Sin darse cuenta se quitó la polvorienta cinta azul marino de la cabeza y se soltó los largos y brillantes cabellos rubios. Aquel gesto no difería del que solía hacer cuando se quitaba la gorra del uniforme del colegio en cuanto llegaba a casa y subía a su cuarto. Sólo que ahora se detuvo en el umbral, y la habitación estaba casi vacía. Había una mesa de despacho, un anaquel con libros, varios archivadores, unas sillas..., pero ninguno de los muebles familiares, ninguna de las cosas que le pertenecían. Ahora todo aquello había desaparecido.

Con paso decidido se dirigió a la ventana y desde allí lo vio..., el jardín..., la fuente..., el enorme sauce... Todo estaba exactamente igual a como lo había visto la última vez. Recordaba haber estado de pie en el mismo sitio, en la misma ventana, empañando el vidrio con su aliento en invierno, y deseando no tener que hacer los deberes para poder salir a jugar. Y si cerraba los ojos con fuerza podía oír a su madre y a sus amigas, riendo fuera, charlando, paseando, jugando al croquet en primavera, o chismorreando a costa de las amistades de Roma... La veía con su vestido de hilo azul..., o con uno de seda..., o con un enorme sombrero..., sosteniendo quizás unas rosas recién cortadas, levantando la vista hacia la ventana de Serena y saludándola con la mano...

–¿Quién es usted?

La voz que oyó a sus espaldas tenía un tono siniestro,

y lanzando un breve chillido, Serena se sobresaltó, giró sobre sus talones prestamente y se adosó a la pared, apoyándose en ella con ambas manos. Todo lo que pudo ver fue la silueta de un hombre recortada en el vano de la puerta. Ella no sabía quién era ni lo que estaba haciendo allí, ni si le causaría algún daño. Entonces, cuando él avanzó un paso hacia la joven, ésta vislumbró el brillo de las insignias en las solapas. El hombre llevaba uniforme; de repente Serena recordó lo que el jefe de los ordenanzas había dicho por la tarde, acerca de que el comandante permanecería allí hasta la medianoche, ordenando su escritorio.

–¿Es usted el comandante? –preguntó ella con voz apenas audible y temblando como una hoja.

–Le he preguntado quién es usted.

Su voz sonaba tremendamente firme, pero ninguno de los dos se movió, y él tampoco encendió la luz. Permaneció allí plantado, observando a la joven a la luz de la luna que se filtraba por la ventana del jardín, y preguntándose por qué le resultaba tan familiar. Tuvo la impresión de que la había visto en alguna parte. La había estado observando desde que penetrara en el cuarto que ahora era su despacho. Había apagado la luz al oír sus pasos en la escalera. En un primer momento acercó la mano a la pistola que reposaba sobre su escritorio, si bien enseguida consideró que no la precisaría; y ahora sólo le preocupaba saber quién era esa joven, de dónde procedía y qué hacía allí, en el Palazzo Tibaldo, en su despacho, a las diez de la noche.

–Lo..., lo siento... Subí a apagar las luces. –Estuvo a punto de agregar «señor», pero luego se asombró de su propia reacción–. Lo siento.

–¿De veras? Sin embargo, aún no ha respondido a mi pregunta –replicó él con voz glacial y sin inflexiones–. Le he preguntado quién es usted.

–Serena. Trabajo aquí.

Su inglés era más fluido de lo que ella deseaba que fuera, pero dadas las circunstancias prefería no andar jugando con aquel hombre. Era mejor que la entendiese, pues en caso contrario, Dios no lo quisiera, podría hacerla arrestar, o despedir, y eso era lo que ella menos deseaba en esos instantes.

–Estoy empleada como sirvienta de la casa.

–¿Y qué hace usted aquí arriba, Serena? –le preguntó el comandante, en un tono más afable que el que había utilizado antes.

–Me pareció oír algo..., ruidos... –Los ojos de Serena esquivaron los de él. Tal vez tendría que jugar un poco con él–. Vine a ver qué pasaba.

–Comprendo. –La miró con más detenimiento al sospechar que mentía. Él no había hecho ruido alguno en varias horas, ni siquiera al apagar la luz–. Es usted muy valiente, Serena. –La miraba con ojos burlones, y ella se dio cuenta–. ¿Y qué habría hecho si yo hubiese sido un intruso?

Su mirada recorrió los estrechos hombros, los largos y graciosos brazos, las delicadas manos, y ella comprendió lo que quería decir.

–No lo sé. Habría llamado a alguien... para que me ayudara, supongo.

Él siguió contemplándola y se acercó lentamente al interruptor que había apagado hacía un instante. Encendió la luz de nuevo y se volvió para mirarla con más atención. Era una muchacha extremadamente hermosa, alta, graciosa y adorable, con ojos verdes que parecían esmeraldas encendidas, y cabellos dorados como el oro de Bernini.

–Supongo que sabe que nadie habría acudido a ayudarla. No hay nadie más aquí.

Pero esta vez fue Serena quien irguió la cabeza mientras le observaba. ¿Acaso acababa de hacerle una amenaza?

¿Sería capaz de abusar de ella en aquella habitación? ¿Creía que estaban solos? Miró al joven norteamericano, que era alto y apuesto, y presintió que a pesar del uniforme no era como los demás militares. No era un comandante norteamericano como cualquier otro; era un hombre acostumbrado a mandar y a ser obedecido, y si ahora la deseaba tomaría las medidas necesarias para tenerla.

–Está usted equivocado. No estamos solos –dijo con precisión y firmeza, con una incipiente furia reflejada en sus ojos verdes.

–¿Ah, no?

Él pareció sorprendido. ¿Habría traído a alguien con ella? En ese caso, era una chiquilla desvergonzada; pero nada podía sorprenderle; tal vez ella y su amiguito habían acudido al espléndido *palazzo* para hacerse el amor. Arqueó una ceja, y Serena retrocedió un paso.

–No; no estamos solos.

–¿Ha traído a un amigo?

–Yo vivo aquí con mi *zia*..., mi tía –balbuceó a propósito.

–¿Aquí? ¿En el *palazzo*?

–Ella me está esperando al pie de la escalera.

Era una flagrante mentira, pero él la creyó.

–¿Su tía trabaja aquí también?

–Sí. Se llama Marcella Fabiani.

Confiaba en que el comandante no la conociera. Tenía la esperanza de haber conjurado la imagen de una matrona que no consentiría que le hicieran daño alguno.

–Entonces usted es Serena Fabiani, supongo.

La observó con atención de nuevo, y Serena vaciló sólo un segundo antes de asentir con la cabeza.

–Sí, así es...

–Yo soy el comandante Fullerton, como imagino que ya habrá comprendido. No un intruso. Éste es mi despacho. Y no quiero verla aquí de nuevo, a menos que sea durante el día y que esté usted trabajando o que yo la haya hecho llamar. ¿Está claro?

Ella asintió, pero a pesar de las enérgicas palabras tuvo la impresión de que el comandante se burlaba de ella. Unas finas arrugas en torno a sus ojos grises sugerían que no era tan serio como quería aparentar.

–¿Hay alguna puerta entre sus dependencias y el *palazzo*?

Él la miraba con interés, pero esta vez también ella lo observó atentamente. Poseía una hermosa y espesa melena, que tendía a ondularse, anchos hombros y, al parecer, fuertes brazos. Sus manos eran bien formadas y con largos dedos..., y sus piernas, largas. De hecho, era muy atractivo, pero también terriblemente engreído. Se preguntó de qué clase de familia debía de provenir. De repente le recordó a los antiguos *playboys* de Roma. Tal vez por eso le preguntaba si había una puerta entre sus dependencias y el *palazzo*. Entonces se irguió en toda su estatura y no hizo nada para ocultar el fuego que ardía en sus verdes ojos.

–Sí, comandante, la hay. Da directamente al dormitorio de mi tía.

Comprendiendo lo que la joven había pensado, B. J. Fullerton tuvo que hacer un esfuerzo para contener una carcajada. Era realmente una jovencita injuriosa, y en cierto modo la encontraba divertida, pero no tenía la intención de tolerárselo. Hela allí, en plena noche, en su despacho, y mirándole de arriba abajo, dando a entender que *él* había tenido la intención de introducirse en ella.

–Comprendo. Entonces procuraremos no molestar a su tía en el futuro. Me disponía a sugerir que mantengamos la puerta entre sus dependencias y el resto del *palazzo* permanentemente cerrada, de tal manera que... no sienta usted la tentación de pasear por aquí. Y ni qué decir tiene que, en cuanto me mude al palacio mañana, será apostado un centinela en la puerta de entrada, de modo que si oye usted algún ruido por la noche –siguió diciendo, mirándola fijamente, sin que Serena pestañeara siquiera–, no tendrá usted necesidad de venir a salvarme.

–Yo no he venido a salvarle, comandante. He venido a ver si había un ladrón. Tengo la obligación de proteger la casa.

–Sin duda le estoy profundamente agradecido por sus esfuerzos, Serena. Pero en el futuro eso no formará parte de su trabajo.

–*Bene. Capisco.*

–Muy bien, pues. –Vaciló durante una fracción de segundo–. Buenas noches.

Ella no hizo ningún movimiento para marcharse.

–¿Y la puerta?

–¿La puerta? –exclamó él, sin comprender.

–La puerta que da a nuestras dependencias. ¿La hará cerrar mañana?

En ese caso, ellas tendrían que salir por detrás y subir la escalinata del frente cada vez que alguien las llamara o tuviesen algo que hacer en el cuerpo principal del *palazzo*. Para Marcella sería muy pesado, y una verdadera molestia para Serena también. Pero el comandante esbozó una sonrisa. No pudo contenerse más. La joven era realmente muy graciosa, y además tan obstinada, valiente y decidida que él se preguntó qué historia tendría tras de sí y dónde habría aprendido el inglés. En su nerviosismo por haber sido descubierta en su despacho, le había dejado ver que hablaba su idioma correctamente.

–Creo que podemos dejar la puerta abierta por el momento. Siempre y cuando resista usted el imperioso impulso de llegarse hasta aquí por la noche. Después de todo –prosiguió, mirándola maliciosamente un instante–, podría ir a parar accidentalmente a mi dormitorio, y eso sería muy embarazoso, ¿no cree? No recuerdo haber oído que llamara a la puerta cuando llegó aquí.

Esta vez vio que la joven se sonrojaba hasta volverse de color púrpura, y por primera vez desde que le dirigiera la palabra en la oscuridad, Serena bajó los ojos. El comandante casi lamentó haber hecho esa broma. De repente, se percató de que era más joven de lo que parecía. Dedujo que era una jovencita de catorce años que parecía tener unos años más. Claro que con las italianas uno nunca sabía a qué atenerse. Entonces se dio cuenta de que no se había portado bien con ella. Serena seguía con la vista fija en los zapatones del convento, y él carraspeó, se dirigió a la puerta, la abrió y esta vez le dijo con firmeza:

–Buenas noches.

Serena salió de la estancia sin mirarle y con la cabeza erguida le respondió:

–*Buona notte*.

Él oyó el ruido de sus pasos en la escalera, pero luego se perdieron en el vestíbulo de mármol. Vio que se apagaban las luces de la planta baja y se quedó escuchando hasta que oyó cerrarse una puerta en la distancia. ¿La puerta del dormitorio de su tía? Sonrió, recordando la anécdota.

Era una muchacha extraña... y también muy bella. Pero todavía constituía un dolor de cabeza que él no deseaba tener. A él le esperaba Pattie Atherton en Nueva York, y al pensar en ella, la evocó con el vestido de organdí blanco con un cinturón de terciopelo azul, y los hombros cubiertos con una capa de la misma tela que el cinturón, ribeteada con piel de armiño, que contrastaba notablemente con la brillante cabellera negra, la cremosa piel y los grandes ojos azules de muñequita. Sonrió mientras se aproximaba a la ventana y fijaba la vista en el jardín, si bien no era Pattie la que ocupaba sus pensamientos en aquellos instantes. Era Serena quien volvía a abrirse paso en su mente, con sus enormes ojos verdes de decidida expresión. ¿En qué debía de estar pensando mientras permanecía allí, contemplando el jardín? ¿Qué estaría viendo? ¿O a quién?

No es que eso tuviese importancia alguna; la jovencita no era más que una de las sirvientas asignadas a la limpieza del *palazzo*, a pesar de ser muy bonita y muy joven.

Pero a pesar de todo, aquel pensamiento aún le mortificaba mientras echaba un último vistazo al despacho antes de retirarse a su habitación.

Capítulo 6

–¡Serena! ¡Deja eso! –le musitaba Marcella con furia por encima del hombro.

Serena se había arrodillado dispuesta a fregar el suelo del cuarto de baño perteneciente a la habitación que ocupaba Charlie Crockman, y verla en aquella posición era algo que Marcella no podía tolerar.

–Marcella, *va bene...* –repuso la joven, haciéndole seña con la mano para que se fuera, pero la mujer se agachó y trató de quitarle la bayeta de la mano–. ¿Quieres dejarte de tonterías?

–No. –Y esta vez los ojos de Marcella se llenaron de malicia cuando se sentó en el borde de la bañera y le dijo a Serena en voz baja–: Y si no me haces caso, Serena, se lo diré a ellos.

–Les dirás, ¿qué? –Serena se quitó de un manotazo el mechón de cabellos que le caía sobre los ojos–. ¿Que no sé lo que me hago? Eso probablemente ya lo saben.

Se sentó sobre los talones y sonrió. Hacía un mes que trabajaba para los norteamericanos, y estaba encantada con su situación. Tenía con qué llenar el estómago, una cama donde dormir, vivía con Marcella, su única familia, y vivía en la casa que otrora fuera su hogar. ¿Qué más podía desear?, se preguntaba diariamente. Muchas cosas, se contestaba de vez en cuando, pero eso no se encontraba ni aquí ni allá. Aquello era lo que tenía. Le había escrito a la Madre Constance diciéndole que todo había salido a pedir de boca. Le contó también que su abuela había fallecido. Siguió diciéndole que volvía a vivir en la casa de sus padres en Roma, si bien no le detalló en qué circunstancias.

–¿Y bien, Serena?

–¿Ahora con qué me amenazas, vieja bruja?

Las dos se pelearon en italiano, hablando en voz baja. No obstante, disfrutaban de aquel breve descanso. Serena había estado trabajando sin cesar desde las seis de la mañana, y ya casi era mediodía.

–¡Si no te portas bien, Serena, te pondré al descubierto!

Serena la miraba, divertida.

–¿Qué harás? ¿Me robarás toda la ropa?

–¡Desvergonzada! No; le diré al comandante quién eres tú.

–¡Oh, vuelta a lo mismo! Marcella, querida, a decir verdad, no creo que le importara. Los cuartos de baño deben ser fregados, sea por una *principessa* o por cualquier otra, y a juzgar por lo mucho que trabaja en su escritorio todas las noches, no creo que se inmutara siquiera.

–¡Eso es lo que tú crees!

Marcella la miró con intención, y Serena inclinó la cabeza hacia un lado.

–¿Qué quieres decir con eso?

El comandante le había tomado afecto a Marcella desde el día en que se había mudado al *palazzo*, y Serena les veía conversar a menudo. Noches atrás la había visto zurciéndole unos calcetines. Por su parte, Serena le había eludido desde su primer encuentro con él. Nunca había estado muy segura de sus intenciones, y le parecía demasiado rápido y perceptivo para andar poniéndose a su alcance. Había demostrado demasiada curiosidad por Serena durante la primera semana de estar en el *palazzo*: ella misma le había descubierto observándola en varias ocasiones, con ojos preñados de preguntas. Gracias a Dios, tenía los papeles en orden, por si se le ocurría verificarlo.

–¿De nuevo has estado charlando con el comandante?

–Es muy amable.

–¿Y qué? No es amigo nuestro, Marcella. Es un militar. Él trabaja aquí al igual que trabajamos nosotras. Y no le importa un rábano quién era yo antes de ahora.

–Cree que hablas el inglés muy bien –le dijo Marcella, en tono desafiante.

–¿Y qué?

–Que quizá podría conseguirte un trabajo mejor.

–Yo no quiero un trabajo mejor. Me gusta éste.

–¿Ah..., *davvero*? –Le brillaron los envejecidos y fatigados ojos–. Me pareció verte llorar la semana pasada por las grietas de las manos. ¿Y no eras tú la que no podía dormir por el terrible dolor de espalda? ¿Y cómo están tus rodillas de arrastrarte fregando suelos, y tus pies, y tus...?

–¡Está bien, está bien! ¡Basta! –Serena lanzó un suspiro y arrojó el cepillo en el balde de agua jabonosa–. Ahora ya me he acostumbrado, y quiero permanecer aquí. –Bajó la voz y la miró con ojos implorantes–. ¿No lo entiendes, Cella? Éste es mi hogar..., nuestro hogar –rectificó enseguida, y a la anciana se le llenaron los ojos de lágrimas al tiempo que le acariciaba la mejilla a Serena.

–Tú mereces mucho más que esto.

Se le partía el corazón al pensar en lo injusta que había sido la vida para con la joven.

Cuando Serena hubo terminado de fregar el cuarto de baño de Charlie Crockman esa mañana, cogió un pedazo de pan, un trozo de queso, una naranja y un cuchillo y salió despacio al jardín, donde se sentó, de cara a las colinas, apoyada en el tronco de su árbol preferido.

Fue allí donde el comandante la encontró media hora más tarde, y se quedó un buen rato observándola mientras ella pelaba la naranja con toda parsimonia y luego se tendía de espaldas con la mirada perdida entre las ramas del árbol. Él no sabía si acercarse a ella o no, pero había algo en aquella jovencita que le intrigaba. Parecía envolverla un aura de misterio. Tenía serias dudas con respecto a la historia que tía y sobrina le habían contado, pero la documentación de la joven estaba en orden, y quienquiera que fuese, se esforzaba denodadamente en cumplir su obligación. ¿Qué importancia tenía saber quién era? Sin embargo, lo curioso del caso era que para él sí que tenía importancia. A menudo la recordaba tal como la había encontrado aquella primera noche, de pie en su despacho, apoyada junto a la ventana y contemplando el sauce del jardín desde la oscuridad.

Se acercó lentamente al sitio donde ella estaba y se sentó a su lado, con la mirada puesta en la cara que contemplaba las ramas del árbol y el cielo, y que terminó por posar su vista en él. Serena se sobresaltó ligeramente y luego se incorporó con presteza, alisándose el delantal sobre la falda y cubriéndose las piernas enfundadas en las gruesas medias, antes de fijar los ojos en los de él.

–Al parecer, tiene usted que sorprenderme siempre, comandante.

De nuevo él advirtió que su inglés era mejor de lo que habitualmente dejaba entrever, y le asaltó el deseo de decirle que ella también le sorprendía siempre. Pero en vez de eso, le sonrió, mientras la brisa de septiembre le agitaba los espesos cabellos rubios.

–Este árbol la atrae, ¿no es cierto, Serena?

Ella asintió con una sonrisa infantil y le ofreció una parte de la naranja. Para ella, aquello significaba haber dado un gran paso. El hecho es que había algo en él que le inspiraba confianza. Quizá porque era amigo de Marcella. Sus ojos denotaban afabilidad cuando aceptó la mitad de la naranja y comenzó a separar los gajos al tiempo que se acercaba más a ella. Por un momento, Serena pareció hallarse muy lejos.

–Cuando era niña vivía en una casa en la que podía ver un árbol exactamente igual a éste desde mi ventana. A veces solía hablarle por la noche.

Entonces se ruborizó y se sintió tonta, pero él dio la impresión de encontrarlo divertido, mientras sus ojos se fijaban en la suavidad de su piel y en sus largas piernas, extendidas sobre el césped.

–¿Le habla también a éste?

–A veces –confesó ella.

–¿Es eso lo que iba a hacer desde mi despacho la noche en que la sorprendí?

Ella denegó moviendo la cabeza con lentitud, mientras se apoderaba de su rostro una expresión de tristeza.

–No, sólo deseaba verlo. Mi ventana... –Calló como si hubiese querido retener aquellas palabras–. La ventana de mi cuarto daba a un sitio parecido.

–Y ese cuarto, ¿dónde se encuentra? –le preguntó, mirándola con ternura.

–Aquí, en Roma.

–¿Aún va a visitarlo?

Sin saber por qué, deseaba conocer más cosas sobre la joven. Ella se encogió de hombros.

–Ahora vive otra gente en la casa.

–¿Y sus padres, Serena? ¿Dónde viven?

Era arriesgado hacer esa pregunta a la gente después de haber pasado una guerra, y él así lo comprendía. Ella se volvió lentamente con una extraña mirada.

–Mis familiares están muertos, comandante. Todos ellos. –Y entonces recordó algo–. Salvo Marcella.

–Lo lamento.

El comandante agachó la cabeza y atusó el césped con la mano. Él no había perdido a nadie en aquella guerra. Y sabía que su familia daba gracias al cielo por no haberle perdido a él. Aquella guerra apenas había afectado al mundo en el cual había vivido. Y también sabía que cualquier día debería volver a su casa. Aunque no todavía. Aún disfrutaba de su labor en Roma.

La llegada de un ordenanza les interrumpió. Había una llamada del general Farnhan que él tenía que atender enseguida. Miró con renuencia a Serena por encima del hombro durante un momento y luego entró en la casa precipitadamente, y ella ya no volvió a verle.

Cuando por la noche se metió entre las frías sábanas después de darle las buenas noches a Marcella, Serena se encontró pensando en el interludio que por la tarde había tenido lugar en el jardín, en las largas manos jugando con la hierba, en los anchos hombros y los ojos grises. Había algo extraordinariamente hermoso en él, como si inspirara el deseo de verle en traje de etiqueta o jugando al rugby. Se parecía a los otros norteamericanos que Serena había visto durante los cuatro años y medio que vivió junto al Hudson, pero él era mucho más apuesto que cualquiera de ellos.

Curiosamente, sus pensamientos no diferían gran cosa de los que en aquel momento poblaban la mente de Bradford Fullerton en relación con ella. El comandante se encontraba de pie en su despacho, con las luces apagadas, la chaqueta tirada sobre una silla y la corbata sobre el escritorio, contemplando el sauce del jardín. Aún podía ver el sol reflejado en los ojos de la joven cuando ella le ofreció la media naranja, y bruscamente, por primera vez en mucho tiempo, experimentó un anhelo físico, un apetito irresistible: su cuerpo deseaba con vehemencia al de Serena, como no había deseado el de ninguna otra mujer durante largo tiempo. Al terminar la guerra le habían concedido un permiso de una semana en su patria, durante el cual había hecho el amor apasionadamente con Pattie, pero le había sido fiel desde su regreso a Italia, y en realidad no había querido introducirse por aquel camino. Hasta ahora. No podía pensar en nada más que en Serena, en la curva de su cuello, la gracia de sus brazos, la forma en que se estrechaba su cintura debajo de las almidonadas cintas del delantal blanco. Era una locura. Allí estaba él, el prometido de la mujer más bella de Nueva York, ardiendo de pasión por una sirvienta italiana. ¿Pero acaso eso tenía alguna importancia? Él sabía que no, que la deseaba y que no sólo la deseaba físicamente, sino que deseaba algo más de ella. Deseaba conocer sus secretos. Deseaba saber qué se ocultaba tras las misteriosas sombras de las profundidades de aquellos enormes ojos verdes.

Permaneció allí durante lo que parecía una eternidad, con los ojos clavados en aquel sauce llorón, y entonces, repentinamente la vio, como una visión, una magnífica aparición que se desplazó entre los árboles y luego se sentó sobre el césped en la oscuridad, con los cabellos flotando en la brisa, plateados por la luz de la luna, el delicado perfil vuelto hacia lo alto como si aspirara el aire de la noche, los ojos cerrados, el cuerpo envuelto en lo que parecía una manta, y las piernas extendidas. Vio que iba descalza y sin medias, y mientras la contemplaba notó de repente que todo su cuerpo se ponía tenso, como si algo hubiera perdido el control de sus actos, giró sobre sus talones y abandonó el despacho, cerrando silenciosamente la puerta a sus espaldas, y enseguida se precipitó por la escalinata de mármol. Cruzó el amplio vestíbulo hasta una puerta lateral que conducía al jardín y, antes de poder detenerse, salvó la distancia que le separaba de la joven, caminando quedamente por el césped, y se situó detrás de ella, estremeciéndose por efecto de la brisa, temblando de deseo y sin saber por qué se había desplazado hasta allí. Como si presintiera su presencia, ella volvió la cabeza y le miró con ojos pasmados, pero no dijo nada, y durante largo rato estuvieron mirándose fijamente, hasta que él se sentó en el suelo junto a ella.

–¿Le estaba hablando a su árbol?

Su voz tenía un tono afable, inducido por la calidez del cuerpo de Serena junto al suyo. No sabía qué decirle, y tenía la impresión de estar cometiendo una tontería, pero al bajar la vista hacia la cara de Serena, descubrió que gruesas lágrimas resplandecían en sus mejillas.

–¿Serena? ¿Qué sucede?

Durante un buen rato, ella no le contestó, y luego se encogió de hombros, con un gesto de las manos vueltas hacia arriba y una torcida sonrisa. Sintió deseos de tomarla entre sus brazos, pero no se atrevió. No sabía cómo reaccionaría. Y tampoco estaba seguro de lo que él mismo pensaba.

–¿De qué se trata?

Entonces ella exhaló un suspiro y, casi sin pensarlo, apoyó la cabeza en el hombro del comandante y cerró los ojos.

–A veces... –dijo con voz queda–. A veces uno se siente muy solo... después de una guerra. –Entonces sus ojos se posaron ardientemente en los de él–. No se tiene a nadie. Ya no.

El militar asintió con la cabeza, tratando de comprender su dolor.

–Debe de ser muy duro. –Y entonces, incapaz de contenerse, le formuló una de las preguntas que pugnaban en su mente–. ¿Cuántos años tiene, Serena?

–Diecinueve –contestó ella en la oscuridad, con voz aterciopelada. Y luego, con una ligera sonrisa, inquirió a su vez–: ¿Y usted?

Él sonrió también.

–Treinta y cuatro.

Sin saber por qué, tuvo la sensación de que ella le aceptaba ahora como un amigo. Fue como si algo hubiera sucedido entre ellos aquella noche. Serena sacudió la cabeza, que separó del hombro del comandante, y él echó de menos la suave presión; entonces la deseó con desesperación, más que nunca, mientras sus ojos se desplazaban hasta sus labios, y hasta sus ojos, y recorrían todo su rostro.

–Serena...

No sabía cómo decírselo, ni qué quería decirle, pero sabía que tenía que expresar de alguna manera lo que estaba sintiendo.

–Sí, comandante...

Entonces él se rió.

–Por el amor de Dios, no me llames así.

Eso le recordó a Serena lo que sentía cuando Marcella la llamaba *principessa*, y se echó a reír también.

–Bueno, entonces ¿cómo debo llamarle? ¿Señor? –le dijo en tono burlón, como si repentinamente se hubiese vuelto más mujer, dejando de ser una adolescente.

Él la observó largamente, con una dulce sonrisa, los ojos grises profundos como el mar, y luego musitó:

–Sí... Quizá debas llamarme «señor».

Pero antes de que ella pudiese responder, la tomó en sus brazos y la besó, con un anhelo, un deseo y una pasión que no sabía que pudiese sentir. La estrechó fuertemente, apretándola contra su cuerpo, resistiéndose a separar los labios de su dulce boca, hasta que los de Serena se entreabrieron y sus lenguas se encontraron con ardor. Él se quedó casi sin aliento, embargado por el deseo, cuando por fin se separó lentamente de ella, que pareció fundirse entre sus brazos con un dulce suspiro.

–¡Oh, Serena...!

Sin decir nada más, la besó de nuevo, y esta vez fue Serena la que perdió el aliento. Meneó la cabeza con lentitud, como si quisiera aclarar sus pensamientos, y le miró con triste expresión bajo la luz de la luna, otra vez con lágrimas en los ojos.

–No deberíamos hacer esto, comandante... No podemos.

–¿Por qué no podemos? –No estaba seguro de que no tuviese razón, pero de lo que estaba convencido era de que no quería poner fin a lo que estaban haciendo–. Serena...

Quería decirle que la amaba, mas eso era una locura. ¿Cómo podía amarla? Si apenas la conocía... Y sin embargo, tenía la certeza de que estaban unidos por un vínculo extraordinario.

–No. –Ella levantó la mano, y él le besó los delicados dedos–. No está bien. Usted tiene su propia vida. Esto es sólo el mágico influjo que ejerce Roma –le dijo sonriendo tristemente.

Ella había visto las fotografías de Pattie Atherton en su dormitorio y en su despacho.

No obstante, el comandante no tenía más que a Serena en su mente mientras contemplaba su exquisito rostro iluminado por la luna y la besaba tiernamente en los labios antes de separarse de nuevo para mirarla. Ella no sabía por qué le permitía besarla, pero era como si no pudiese evitarlo, como si hubiese presentido desde el primer momento que terminaría así. Sin embargo, era una locura. ¿Un norteamericano..., un soldado? ¿Adónde conducía aquello? Se estremeció sólo de pensarlo.

–¿Por qué llorabas, Serena?

–Ya se lo he dicho. Me sentía sola. Estaba triste. –Y agregó–: Estuve pensando en... –No sabía cómo expresarlo. Su mundo había desaparecido–. En cosas del pasado.

–¿Qué clase de cosas? Dímelo.

Quería saberlo todo acerca de ella. Por qué reía, por qué lloraba, a quién amaba, a quién odiaba, y por qué.

–¡Ah! –Serena lanzó un suspiro–. ¿Cómo puedo contarle cómo eran? Un mundo perdido... Otra época, poblada de hermosas mujeres y elegantes caballeros.

Recordaba a sus padres y a los amigos de éstos, muchos de los cuales ya habían muerto o se hallaban en el exilio.

Enmudeció un instante mientras rememoraba las caras de aquellos seres que últimamente parecían perseguirla cada vez con más asiduidad, y el comandante, que la observaba, vio aparecer el brillo de las lágrimas en sus ojos.

–No llores, Serena.

La atrajo hacia sí y la estrechó entre sus brazos en tanto las lágrimas rodaban lentamente por sus mejillas.

–Lo siento.

–Yo también. Lamento que te sucedieran esas cosas.

Y entonces sonrió para sí, recordando el cuento que le había endilgado acerca de que era la sobrina de Marcella. Aquello contrastaba con su «mundo perdido poblado de mujeres hermosas y elegantes caballeros». Contempló la delicada línea de sus facciones durante largo rato, preguntándose quién era realmente, pero sabiendo que para él, eso no importaba, y tal vez nunca importaría. Era una joven muy especial, y él la deseaba como no había deseado a nadie en su vida, ni siquiera a la mujer con la que estaba comprometido. No comprendía por qué era así, pero lo era, y una parte de sí mismo deseaba decirle que la amaba, pero también sabía que aquello era una locura. ¿Cómo podía amar a una mujer a la que casi no conocía? Y sin embargo, mientras permanecían acurrucados bajo la luz de la luna, sentía que la conocía. La besó de nuevo, larga y apasionadamente. Y sin decir nada más, se puso de pie y la hizo levantar a ella también, la besó una vez más y luego la llevó hasta la puerta trasera. La dejó allí, con un postrer beso, y no pronunció ni una sola palabra más. No había nada más que decir. Serena se quedó allí plantada largo rato antes de penetrar en las dependencias de la servidumbre, que compartía con Marcella, y cerrar suavemente la puerta.

Capítulo 7

Durante los siguientes días, el comandante B. J. Fullerton fue un hombre atormentado, que cumplía con sus obligaciones sin pensar ni ver. Y Serena, por su parte, actuaba como en sueños. No comprendía lo que había ocurrido entre ella y el comandante, y no estaba segura de si en realidad quería que sucediera de nuevo. Hacía años que detestaba las guerras, los militares, los uniformes, los ejércitos, y sin embargo, sin pensarlo, se encontró en brazos del comandante, deseándole a él y a nadie más. ¿Y qué era lo que él deseaba de ella? Serena conocía la respuesta a esa pregunta, o al menos así lo creía, y montaba en cólera cada vez que recordaba la fotografía de la joven de la alta sociedad neoyorquina que él tenía junto a la cama. El comandante quería acostarse con su criada italiana, eso era lo que quería, una aventura casual en tiempo de guerra; y a pesar de eso, a pesar de la ira, rememoraba sus caricias y sus besos bajo el sauce, y se daba cuenta de que deseaba repetir la experiencia. Habría sido difícil aseverar quién de los dos parecía más desdichado mientras bregaban por llevar a cabo sus tareas, bajo la atenta mirada de todos, aunque sólo comprendidos por dos personas. El ordenanza del comandante, Charlie Crockman, intercambió una elocuente mirada con Marcella un par de días después, pero ninguno de los dos dijo nada al respecto. El comandante andaba gritándoles a todos, sin realizar nada en concreto; luego extravió dos carpetas llenas de órdenes relativamente importantes, que después encontró cuando ya empezaba a perder los estribos. Serena se pasó casi cuatro horas encerando el mismo trozo de suelo, y luego se marchó dejando todos los cepillos y bayetas abandonados en medio del umbral de una puerta central. Miró a Marcella sin verla y se fue a la cama sin cenar.

Ellos no volvieron a hablarse desde aquella noche en que se encontraron bajo el sauce. A la mañana siguiente, Serena había llegado al convencimiento de que todo era inútil, y el comandante se consumía preso de un sentimiento de culpa y de temor. Estaba seguro de que Serena era inocente en todos los aspectos y, seguramente, virgen; además, la joven ya había sufrido bastante sin necesidad de agregar un idilio con un militar a sus penas. Por otra parte, él tenía su prometida en quien pensar. Pero el problema residía en que no era Pattie la que ocupaba sus pensamientos todas y cada una de las horas del día. Todos los instantes parecían estar poblados por las imágenes de Serena, y no fue hasta el domingo por la mañana, mientras la veía trabajando en la huerta de Marcella, situada en el fondo del jardín, cuando resolvió que no podía soportarlo más y que tenía que hablarle, por lo menos tratar de explicar las cosas antes de volverse absolutamente loco.

Bajó precipitadamente la escalera, vestido con unos pantalones caqui y un suéter azul claro, y con las manos en los bolsillos; ella se incorporó, sorprendida al verle, y se echó hacia atrás el mechón que le caía sobre los ojos.

–¿Sí, comandante?

Al principio le pareció percibir un tono acusador en su voz, pero enseguida la vio sonreír, y entonces él se mostró exultante, y estaba tan contento de verla que no le importaba que le arrojara todas las herramientas de la huerta a la cabeza. Tenía que hablar con ella. El esfuerzo que había tenido que hacer para esquivarla durante los pasados cuatro días había sido una tortura.

–Quería hablarte, Serena. –Y casi con timidez, añadió–: ¿Estás ocupada?

–Un poco. –De repente parecía muy madura mientras dejaba las herramientas a un lado y se enderezaba, con los verdes ojos fijos en él–. Pero no mucho. ¿Quiere sentarse allí?

Señaló un banco de hierro forjado, algo despintado pero aún hermoso, que constituía una reliquia de tiempos mejores. Ella se sintió aliviada al poder hablar con él, casi sin correr el riesgo de ser observados. Como era domingo, todos los ordenanzas habían salido con permiso, y Marcella había ido a misa y a visitar a una amiga. En el lado de la casa que daba a la calle montaban guardia los dos centinelas de costumbre, pero aparte de ellos, estaban solos.

El comandante la siguió en silencio hasta el banco y se sentaron el uno junto al otro. Él encendió un cigarrillo y fijó la vista en la distancia, en las lejanas colinas.

–Lo lamento, pero creo que me he portado muy mal esta semana, Serena. Creo que perdí un poco la cabeza.

–Yo también. No entendía nada de lo que pasaba.

–¿Estabas enfadada?

Esa pregunta le había estado mortificando los cuatro últimos días. ¿O acaso estaba asustada? Sabía que lo estaba, pero desconocía por qué.

–A veces. –Serena esbozó una lenta sonrisa, y luego suspiró–. Pero otras veces, no. Estaba asustada..., confundida..., y...

Se quedó mirándole sin decir nada, y de nuevo él sintió deseos de abrazarla y acariciarla, y una acuciante urgencia de hacerla suya allí mismo, bajo los árboles, bañados por la luz del sol otoñal, sobre el verde césped. Cerró los ojos, como transido de dolor, y Serena extendió el brazo y le tocó la mano.

–¿Qué sucede, comandante?

–Todo. –Él abrió lentamente los ojos–. No comprendo mis sentimientos..., lo que ha sucedido... –Y de repente, comprendió con todo su cuerpo y toda su alma que no podía resistir más–. Te amo. ¡Oh, Dios! –La atrajo hacia sí–. Te amo.

Y en tanto sus labios buscaban los de Serena, ésta se sintió también inundada por una oleada de deseo; y no solamente eso, sino además un mudo anhelo de ser suya para siempre, de formar parte de él, con el fin de integrar un todo. Era como si allí, en el hogar de sus padres, en su jardín, hubiese encontrado su futuro, como si hubiera pertenecido a aquel norteamericano alto y rubio desde el principio, como si hubiese nacido para ser suya.

–Yo también te amo –dijo casi en un murmullo, pero sus labios sonreían y al mismo tiempo tenía lágrimas en los ojos.

–¿Quieres entrar en la casa conmigo?

Serena comprendió el sentido de la pregunta. Él no quería tomarla, alzarla del suelo y llevarla adentro en sus brazos. Quería que ella supiera lo que estaba haciendo. Quería que ella también le deseara.

Serena asintió con un gesto y se puso de pie, con la cabeza vuelta hacia él, los ojos más grandes que nunca... Con toda solemnidad, él le cogió la mano y cruzaron el jardín muy juntos, y Serena se sintió invadida por una extraña sensación, como si ya estuvieran casados... «¿Aceptas a este hombre...?» «Sí...», oyó el eco de su propia voz en lo más profundo de su alma, mientras subían la escalera principal hasta el dormitorio que había pertenecido a la madre de Serena; cuando ésta se detuvo en el umbral comenzó a temblar, con los ojos fijos en la enorme cama y abiertos de pronto desmesuradamente al ser asaltada por los recuerdos y miedos del pasado.

–Yo... no puedo... –dijo en voz apenas audible.

Él asintió con la cabeza. Si no podía, no la obligaría; sin embargo, deseaba tanto abrazarla, acariciarla, sentirla y tocarla, y recorrer con los labios su exquisita piel...

–No tienes que hacerlo, amor mío..., nunca... No te forzaré... Te amo...

Las palabras se filtraron entre sus sedosos cabellos, mientras los labios de él se deslizaban por su cuello hasta sus pechos y delicadamente le abrían el vestido, demorándose golosamente en cada centímetro de su piel, la cual sabía a ambrosía en su lengua, que no dejaba rincón sin explorar, arrancando débiles gemidos a la joven.

–Te amo, Serena, te amo...

No mentía, pues la amaba y la deseaba al mismo tiempo como no había amado a ninguna otra mujer. Luego, olvidándose de lo que había dicho en el umbral de la puerta, la alzó suavemente en brazos y la depositó en la cama; despacio, le quitó la ropa, sin que ella ofreciera resistencia, puesto que sus manos ya buscaban y se apoderaban de su miembro, y él ya no podía resistir más.

–Serena –musitó, con voz ronca–, te deseo, amor mío..., te deseo...

Sus palabras, empero, tenían un tono interrogativo, en tanto sus ojos escrutaban los de ella. Serena asintió con la cabeza. Él acabó de arrancarle la última prenda, y la joven quedó allí tendida, completamente desnuda. Él se libró de su ropa y casi instantáneamente se acostó junto a ella, y la estrechó contra su cuerpo, sintiendo su carne adosada a la suya. Acto seguido, con la misma ternura del principio, y luego con más pasión, la penetró, abriéndose camino más y más profundamente hasta que ella profirió un grito de dolor, y entonces él presionó hasta el centro de su ser, sabiendo que tenía que obrar con rapidez para que el dolor diera paso al gozo. Serena se aferró a él, cuando su amante comenzaba a estremecerse misteriosamente y le enseñaba las maravillas del amor. Con gran ternura se entregaron el uno al otro hasta que ella se arqueó bruscamente al tiempo que soltaba un grito, aunque esta vez no era de dolor. Fue entonces cuando él dio rienda suelta a su pasión hasta que sintió correr el candente oro líquido por todo su cuerpo, que en una postrer oleada le llevó flotando hacia un firmamento tachonado de estrellas. Permanecieron abrazados largo rato, pareciéndoles que regresaban de un viaje al infinito, hasta que él se encontró tendido junto a la joven, tan bella como una mariposa que hubiera apresado entre sus manos.

–Te quiero, Serena.

Con el paso del tiempo sus palabras adquirían mayor profundidad, y ahora ella se volvió hacia él con la sonrisa de una mujer, y le besó, recorriendo suavemente su cuerpo con las manos. Pareció que habían transcurrido horas cuando por fin logró separarse de Serena y se incorporó sobre un codo para contemplar, sonriéndole, aquella maravillosa mezcla de mujer y de niña.

–Hola –le dijo como si acabaran de conocerse, y ella levantó la mirada hacia su rostro y se echó a reír.

Se reía de su expresión, al saludarla, y de los fantasmas que habían ahuyentado juntos, no con brusquedad sino con determinación, mientras yacían en la cama de su madre y ella contemplaba los paneles de raso azul que le recordaban un cielo de verano.

–¿Es bonito, verdad? –dijo él, mirando el raso cerúleo.

Luego sonrió, volviendo los ojos hacia ella, que esbozaba una extraña mueca al tiempo que se echaba a reír como una niña malcriada.

–Sí –repuso, dándole un beso en la punta de la nariz–. Siempre fue bonita.

–¿Cómo? –exclamó él, confundido.

–Esta casa. Esta habitación.

Él le sonrió con dulzura.

–¿Venías aquí a menudo con Marcella? –le preguntó

con toda inocencia, y Serena no pudo contener un estallido de risa.

Ahora tenía que decírselo. Habían sido casados secretamente en el jardín por espíritus amigos, y habían consumado la unión en la cama de su madre. Era hora de decirle la verdad.

–No venía aquí con Marcella. –Agachó la cabeza un instante, acariciándole las manos y preguntándose cómo se lo diría. Luego posó sus ojos en los suyos–. Yo vivía aquí, comandante.

–¿No crees que podrías llamarme Brad de ahora en adelante? ¿O acaso es pedir demasiado?

–De acuerdo, Brad.

–¿Qué quieres decir con eso de que vivías aquí? ¿Con Marcella y tus padres? ¿Toda tu familia trabajaba aquí?

Ella meneó solemnemente la cabeza, con una grave expresión en los ojos. Entonces se sentó en la cama, al tiempo que se arropaba con la sábana y apretaba con fuerza la mano de su amante.

–Ésta era la habitación de mi madre, Brad. Y tu despacho era mi cuarto. Por eso... –Su voz era tan queda que él casi no podía oírla–. Por eso fui allí esa noche. La primera vez que te vi..., esa noche en la oscuridad.

Brad la miraba estupefacto.

–¡Oh, Dios mío! Entonces, ¿quién eres? –Ella guardó silencio largo rato–. No eres la sobrina de Marcella –agregó sonriendo, pues eso ya lo había sospechado hacía tiempo.

–No. –Enmudeció de nuevo, y luego, tras exhalar un suspiro, saltó de la cama para hacerle una profunda y respetuosa reverencia–. Tengo el honor de ser la *principessa* Serena Alessandra Graziella di San Tibaldo...

Luego se enderezó y se irguió ante él en toda su extraordinaria elegancia y belleza, en toda su desnudez, mientras Brad Fullerton la contemplaba sin salir de su asombro.

–¿Que eres qué?

Pero había oído bien. Cuando ella comenzó a repetir sus nombres, él levantó la mano prestamente y se echó a reír. Así que aquélla era la «sirvienta» italiana que había tenido escrúpulos en seducir. La «sobrina» de Marcella. Era un maravilloso absurdo y una deliciosa locura, y no podía dejar de reír mientras miraba a Serena, quien también coreaba su risa. Por fin, Serena se acurrucó de nuevo en brazos de Brad, en la cama de su madre, y éste se quedó gravemente pensativo.

–¡Qué extraña vida la tuya, Serena, hasta terminar viviendo aquí y trabajando para el ejército!

Entonces pensó en el trabajo que la joven había tenido que hacer en el curso de aquel mes y ya no lo encontró tan gracioso. De hecho, resultaba tremendamente cruel.

–¿Cómo demonios llegaste a esta situación?

Entonces ella se lo contó, y le dijo que no poseía nada, que ahora era tan sólo una criada en aquel *palazzo*. No tenía dinero, ni pertenencias, nada, salvo su historia, su prosapia y su nombre.

–Tienes mucho más que eso, amor mío –le dijo él, mirándola con dulzura–. Posees un don, una gracia especial que pocas personas tienen. Dondequiera que estés, Serena, siempre te será útil. Siempre destacarás, porque eres un ser extraordinario. Marcella tiene razón. Eres una *principessa*. Ahora lo entiendo.

Eso explicaba la magia que la envolvía: era una princesa..., su princesa..., su reina. La miró con tanta ternura que casi hizo que acudiesen las lágrimas a los ojos de Serena.

–¿Por qué me ama usted, comandante? –le preguntó, con una expresión que la hacía aparecer extrañamente vieja, sabia y triste.

–Voy detrás de tu dote.

La sonrisa que esbozó Brad le daba un aspecto más joven.

–Eso pensé. ¿Cree que tengo mucho dinero? –le preguntó con ojos risueños.

–¿Cuánto tienes?

–Unos veintidós dólares, después de cobrar el último sueldo.

–Eso es fantástico. Me quedo contigo. Es lo que yo necesito.

Pero ya estaba besándola, y ambos andaban necesitando otra cosa primero. Y después de haber hecho el amor de nuevo, él la estrechó entre sus brazos sin decir nada, pensando en lo que ella había pasado, en el viaje que había tenido que hacer para regresar a su hogar, para volver al *palazzo*, donde, gracias a Dios, él la había encontrado. Sin embargo, mientras pensaba eso de Serena, sus ojos se posaron en la fotografía de una hermosa joven de negros cabellos que en un marco de plata reposaba sobre el mármol de la mesita de noche. Como si Serena hubiese presentido lo que estaba mirando, volvió la cabeza hacia la foto de Pattie, que les sonreía a ambos. Sin decir una sola palabra, sus ojos buscaron los de Brad, con expresión interrogante; él suspiró hondamente y meneó la cabeza.

–No lo sé, Serena. Aún no tengo la respuesta para eso.

Ella hizo un gesto de asentimiento, con ánimo comprensivo; pero de repente puso cara de preocupación. ¿Y si le perdía? Se dijo que era inevitable. La otra mujer formaba parte de un mundo del que ella estaba excluida, y al que quizá jamás tendría acceso.

–¿La amas? –le preguntó con voz dulce y preñada de tristeza.

–Eso creía. Y mucho. –Serena asintió con la cabeza en silencio, y él le tomó la barbilla entre los dedos y la obligó a levantar la cabeza para mirarle los ojos–. Siempre te diré la verdad, Serena. Nunca te ocultaré nada. Esa joven y yo estamos comprometidos formalmente, y no tengo ni la más mínima idea de lo que voy a hacer. Pero lo que sé es que te amo. Te amo sincera y verdaderamente. Lo supe en cuanto te vi por primera vez, cuando entraste de puntillas en mi despacho, sumido en la oscuridad. –Ambos sonrieron al recordarlo–. Tengo que reflexionar acerca de todo esto. No la quiero del mismo modo que te quiero a ti. La amaba como formando parte de un mundo familiar y confortable.

–Pero yo no pertenezco a ese mundo, Brad.

–Eso a mí no me importa. Tú eres tú.

–¿Y tu familia? ¿Les satisfará eso también? –le preguntó ella, y en sus ojos se reflejaba la duda.

–Ellos quieren mucho a Pattie. Sin embargo, eso no significa nada.

–¿No?

Serena trató de aparentar indiferencia al saltar de la cama, pero él la retuvo.

–No. Tengo treinta y cuatro años, y debo vivir mi propia vida, Serena, no la que ellos quieran imponerme. Si quisiera llevar su vida, ya habría abandonado el ejército y estaría trabajando para algún amigo de mi padre en Nueva York.

–¿Haciendo qué?

–De empleado en un banco, probablemente. O en la administración. Mi familia está muy metida en política.

Ella suspiró con cansancio, mientras sus ojos sonreían cínicamente.

–Mi familia también estaba muy metida en política.

–En Estados Unidos es algo muy diferente.

–Eso espero. ¿Es eso lo que tú quieres hacer? ¿Actuar en política?

–Quizás. A decir verdad, preferiría seguir en el ejército. He estado pensando en seguir esta carrera.

–¿Qué dicen tus padres? –Era como si instantáneamente hubiese presentido el poder que ejercían, o pretendían ejercer, sobre él–. ¿Les gusta la idea?

–No. Pero así es la vida. Y ésta es mi vida. Y te amo. Así que no lo olvides nunca. Yo tomaré mis propias decisiones. –Echó una mirada a la foto de nuevo–. Con respecto a eso también. *Capisci?*

Ella sonrió al oírle pronunciar el italiano con acento norteamericano.

–*Capito.*

–Bien.

Entonces él la besó, y al poco rato volvían a hacer deliciosamente el amor.

Capítulo 8

–¿Que hiciste qué?

Marcella la miraba asombrada. Serena hasta llegó a temer que se desmayara.

–Tranquilízate, por el amor de Dios. Se lo dije. Eso es todo.

–¿Se lo dijiste al comandante? –Parecía que iba a darle un ataque–. ¿Qué es lo que le dijiste?

–Todo. Lo de mis padres. Lo de esta casa.

Serena trataba de adoptar un aire despreocupado, pero no pudo lograrlo, y esbozó una sonrisa nerviosa.

–¿Qué te impulsó a hacer una cosa semejante?

La vieja la observaba con desconfianza. No se había equivocado, pues. Serena se había enamorado del apuesto norteamericano. Ahora sólo cabía esperar que se casara con él, y sus plegarias habrían sido escuchadas. Era la única esperanza que podía caber para Serena, y por detalles que había observado, estaba segura de que era un muchacho de buena familia, probablemente rica, y ya hacía tiempo que había llegado a la conclusión de que era un buen chico.

–Simplemente lo hice, eso es todo. Estábamos charlando y me pareció deshonesto no decirle la verdad.

Marcella era demasiado vieja y lista como para creer una sola palabra de lo que Serena le decía, pero movió la cabeza en señal de asentimiento con expresión astuta y simuló que se tragaba el cuento.

–¿Qué te dijo él?

–Nada. –Serena sonrió; «que me ama», pensó, pero dijo–: No creo que le importe el título. Demonios –exclamó, haciéndole una mueca a Marcella–, para él aún soy la sirvienta.

–¿De veras? –La vieja observó su reacción–. ¿Sólo eres eso para él, Serena?

–Claro. Bueno..., supongo que ahora somos amigos...

La frase quedó inconclusa y, tras reflexionar un instante, Marcella resolvió formularle la pregunta que tenía en mente.

–¿Le amas, Serena?

–¿Si le...? Pero, ¿cómo se te...? –farfulló sonrojándose, pero enseguida dejó de disimular y le contestó, asintiendo con la cabeza–: Sí, le amo.

La anciana se acercó a la joven y la estrechó entre sus brazos.

–¿Él también te ama?

–Eso creo. Pero... –suspiró hondamente y se desasió del abrazo de Marcella, para ponerse a pasear por el cuarto–, eso no quiere decir nada, Cella. Tengo que saber aceptar la verdad. Él está aquí, en la romántica Roma... Un día partirá hacia un mundo que conoce, el mundo al que pertenece.

–Y ese día te llevará con él –dijo la mujer con orgullo pues, después de todo, aquella niña tan especial era como una parte de sí misma.

–No lo creo. Y si lo hiciera sería por lástima. Sería porque le apenaría dejarme aquí.

–Bien. Entonces ve con él.

Para Marcella todo estaba arreglado. Pero Serena iba más allá en sus deducciones.

–No es tan sencillo.

–Lo es si tú quieres que lo sea. ¿Le amas lo suficiente como para marcharte con él?

–Por supuesto. Pero no se trata de eso. Él ya tiene su vida establecida allí, Cella. No es la clase de hombre capaz de regresar a su patria con una novia de guerra...

–¡Novia de guerra! –Marcella se puso en pie de un salto–. ¿Novia de guerra, dices? ¿Estás loca? *Sei pazza?* Tú eres una princesa, ¿o no lo recuerdas? ¿Te acordaste de decirle eso también? –inquirió ansiosa, y Serena se echó a reír.

–Sí, se lo dije. Pero eso no es todo. Yo no tengo nada, Cella. Nada en absoluto. Ni dinero ni nada. ¿Qué pensaría su familia si se presentara en su casa conmigo?

De la noche a la mañana se había vuelto lo bastante sensata como para entender cuál era la situación, pero Marcella no quería atender a razones.

–Pensaría que es muy afortunado, eso es lo que pensaría.

–Tal vez.

Sin embargo, Serena no lo creía. Recordaba aquel rostro que tantas veces había visto en las fotografías... «mi familia quiere mucho a Pattie», le había oído decir a Brad. Pero, ¿la querrían a ella? Era improbable. Ahora se sentía avergonzada. Como si hubiese caído en desgracia junto con el tío Sergio y el Duce; su país se había desmoronado a su alrededor, y su vida con él. Entonces salió al jardín ante la mirada absorta de Marcella.

Octubre fue un mes de ensueño para Serena. Ella y Brad habían programado su idilio con absoluta precisión, y todas las noches, después de cenar, él se dirigía a su cuarto, en tanto Serena aguardaba en el suyo. Cuando Marcella se acostaba, por lo general los ordenanzas ya se habían retirado, y entonces la joven penetraba de puntillas en el salón central y subía en silencio la escalinata de mármol hasta la habitación de Brad, donde él la recibía con las noticias del día, divertidas anécdotas, a veces con alguna carta de su hermano menor, vino blanco o champán, o una bandeja de pasteles, o las fotografías que él le había hecho la semana anterior, las cuales contemplaban los dos juntos una y otra vez. Siempre tenían algo que compartir, que gozar, que discutir, hasta que más tarde llegaba inevitablemente el momento de su milagrosa unión, de los interminables descubrimientos y placeres que ella experimentaba en sus brazos. Al fin, las fotografías de Pattie habían sido relegadas al despacho de Brad, y ahora ella ya no tenía ocasión de verlas nunca. Pasaban la noche cómodamente arropados en la cama de Brad, y luego se levantaban los dos a la misma hora, antes que el resto del personal, unos minutos antes de las seis. Se quedaban un rato contemplando la salida del sol y el jardín familiar, y luego, con un postrer beso, una caricia, un abrazo, ella volvía a su cuarto, y cada cual iniciaba la jornada por su lado. En cierto modo, se sentían como recién casados, porque cada uno sólo vivía pensando en el momento de volver a los brazos del otro al final del día.

Un día, hacia fines de octubre, Serena acudió a la habitación de Brad y le encontró inquieto y distraído. Parecía nervioso cuando Serena le abrazó, y cuando le hizo un comentario al respecto, dio la impresión de que no la escuchaba.

–¿Cómo? –Levantó la vista hacia ella desde la butaca donde estaba sentado mirando el fuego con aire distante–. Lo siento, Serena. ¿Qué has dicho?

–He dicho que parecías preocupado por algo, cariño.

Su voz era un susurro junto a su cuello. Brad exhaló un profundo suspiro y apoyó la cabeza contra la suya.

–No. Sólo un poco distraído.

Al mirarle tan de cerca, advirtió una vez más el orgulloso porte de su cabeza y los bonitos ojos grises; ahora sabía también que era inteligente y tierno. A veces en exceso.

Su mayor virtud era la compasión, y siempre se esforzaba por comprender y ayudar a sus hombres. A veces esto restaba firmeza a su carácter oficial. Jamás se mostraba insensible ante los problemas de los demás, sino todo lo contrario.

–¿Qué es lo que te distrae, B. J.?

Él sonrió al oír que le llamaba por sus iniciales, como hacían sus hombres. Serena raras veces lo hacía. Cuando bromeaba con él, le llamaba comandante. En los demás casos, Brad.

Él la miró pensativo y resolvió que tenía que decírselo. Hubiera preferido esperar hasta el día siguiente, pero no tenía objeto: nunca sería el momento oportuno.

–Serena... –A la joven se le paralizó el corazón al oír el tono de su voz. Sabía lo que iba a decirle: que tenía que irse de Roma–. Esta mañana he recibido un telegrama.

–¿Tienes que marcharte? –inquirió con voz ronca, pero él se apresuró a denegar con la cabeza.

–Claro que no. ¿Eso has pensado? –Se separó de ella ligeramente, con los ojos preñados de amor y una sombra de tristeza–. No, amor mío, no me voy. No se trata de un asunto oficial. Se trata de Pattie. Va a venir a Roma. No sé muy bien por qué. Dice que el viaje es un regalo de compromiso de su padre. Francamente, creo que está preocupada. No le he escrito mucho últimamente, y ella me telefoneó el otro día, justo después de... No sé lo que me pasó. No pude hablarle. No pude decirle lo que ella deseaba oír. No tuve valor para jugar con ella, Serena. No sé qué hacer. Probablemente debería haberle escrito hace varias semanas, para romper el compromiso, pero... –Su rostro asumió una expresión de infelicidad–. La verdad es que no estaba seguro.

Serena movió la cabeza comprensivamente, mientras sentía que un afilado cuchillo le desgarraba las entrañas.

–Todavía la amas, ¿verdad?

Era una afirmación más que una pregunta, y Brad la miró con renovada angustia en sus ojos.

–No estoy seguro. Hace varios meses que no la veo, y todo fue tan irreal... Era la primera vez que volvía a casa después de tres años de ausencia. Todo parecía muy sensato y muy romántico, y nuestras familias estaban exultantes. Como en las películas. No estoy seguro de que ocurriese en la vida real.

–Pero ibas a casarte con ella.

Brad asintió con la cabeza.

–Es lo que todos querían. –Comprendió, sin embargo, que debía ser honesto con ella–. Era lo que yo deseaba también. En aquellos momentos me parecía lo más normal. Pero ahora...

Con aire desolado se dejó caer en una butaca junto a la ventana y se mesó los ondulados cabellos. Antes de que ella fuese a su cuarto, él ya se había pasado allí sentado varias horas, pensando, ponderando la situación, formulándose preguntas para las que no tenía respuestas.

–Serena, te amo.

–Y yo también te amo. Sin embargo, entiendo además que lo nuestro es muy romántico, maravilloso, pero no es real, Brad. Esa muchacha y su familia te conocen. Tú también les conoces a ellos. Ésa es tu vida. ¿En qué se convertirá realmente lo nuestro? ¿En un recuerdo extraordinario? ¿En un dulce momento? –Serena se encogió de hombros–. Esto se parece mucho más a las películas; no significa nada en la vida real. No puedes llevarme a tu país. No podemos casarnos. Es con ella con quien debes casarte, y lo sabes.

Se le llenaron los ojos de lágrimas y se volvió de espaldas, mientras él se ponía prestamente de pie y la atraía hacia sus brazos.

–Pero, ¿y si yo no quiero?

–Debes hacerlo. Estás comprometido con ella.

–Puedo romper el compromiso.

No obstante, lo malo del caso era que no estaba seguro de que fuese eso lo que quería. Amaba a aquella jovencita. Pero también había amado a Pattie. ¡Y se había sentido tan orgulloso, tan exultante, tan excitado! ¿Era eso lo que experimentaba ahora? ¿Era eso lo que sentía por Serena? No, no era excitación, era algo diferente, algo más sosegado. Se sentía protector y experimentaba una gran ternura, y a veces hasta se mostraba paternal con ella. Quería estar allí para ella. Y sabía que al final del día deseaba que ella estuviese allí para él. Había llegado a contar con su muda presencia, sus sesudas palabras, sus momentos de meditación en que sopesaba todo cuanto él le había dicho. A menudo, Serena decía cosas que luego le servían a él. Sentado ante su mesa de despacho, devanando un problema, le parecía oír su dulce voz a sus espaldas ayudándole a resolverlo. Serena le proporcionaba una fuerza que Pattie desconocía. La jovencita había soportado penas y pérdidas que la habían fortalecido, y era esa fuerza la que ahora le comunicaba a él. A su lado, Brad se sentía capaz de escalar montañas; en sus brazos descubría una pasión que jamás había conocido antes. Pero, ¿duraría toda la vida? ¿Y podría llevarla consigo a Estados Unidos? Ésas eran las cosas que engendraban dudas en él. Pattie Atherton pertenecía a su mundo, a su cultura, era parte integrante del motivo que decoraba un tapiz ya existente. Era normal que iniciaran una vida juntos. ¿Lo era? Al mirar los profundos ojos verdes de Serena, no estaba seguro de ello. Lo que él deseaba era lo que obtenía al abrazarla: la pasión, el ardor, el anhelo, la fuerza que ambos compartían. Él no podía renunciar a todo eso. Sin embargo, tal vez se vería obligado a hacerlo.

–¡Oh, demonios, Serena..., no estoy seguro! –La estrechó con más fuerza y notó que estaba temblando–. Me siento como un asno. Sé que debería tomar una decisión. Y lo tremendo del caso es que tú lo sabes, y Pattie no. Lo menos que debería hacer es decirle la verdad.

Se sentía culpable ante todo el mundo y destrozado interiormente.

–No, Brad, no lo hagas. No tiene por qué saberlo. Si te casas con ella, no debes hablarle nunca de mí.

Serena se le había entregado en cuerpo y alma, sabiendo que existía otra mujer y que su relación podía terminar en agua de borrajas. Había jugado y lo más probable era que hubiese perdido. Pero ella no se arrepentía de haber entrado en el juego. Le amaba y estaba segura de que él, cualesquiera que fuesen sus sentimientos por su novia, también la quería.

–¿Cuándo llegará?

Los ardientes ojos de Serena se posaron en los suyos, y él exhaló un hondo suspiro.

–Mañana.

–¡Oh, Dios mío! –Aquélla sería, pues, la última noche que pasarían juntos–. ¿Por qué no me lo dijiste?

–No supe con certeza la fecha de su llegada hasta esta noche. Recibí otro telegrama.

Brad la tomó en sus brazos.

–¿Quieres que me marche ya? –preguntó ella con un cierto tono de desafío en la voz.

Brad sacudió la cabeza y la estrechó con más fuerza todavía.

–¡No! ¡Oh, Dios, no te vayas...! Te necesito. –Y entonces le asaltó de nuevo un sentimiento de culpa al darse cuenta de lo injusto que era con ella. Separándose con renuencia de Serena, le preguntó–: ¿Tú quieres irte?

Esta vez fue ella quien meneó la cabeza, con los ojos fijos en los de él.

–No.

–¡Oh, muñeca! –Hundió el rostro en el hueco de su cuello–. Te amo... Me siento tan desvalido...

–No lo eres. Sólo eres un ser humano. Estas cosas suelen suceder. Supongo que ocurren todos los días –dijo ella con un suspiro.

Pero a él nunca le había sucedido nada parecido. Jamás había estado tan confundido. Quería a dos mujeres, y no sabía por cuál tenía que decidirse.

–Ven.

Serena se puso de pie y le tomó la mano. Cuando él levantó los ojos hacia ella, tuvo la impresión de que parecía más mujer que nunca. Resultaba absurdo pensar que sólo tenía diecinueve años. Serena era tan vieja y sabia como el tiempo en aquellos instantes en que le tendía los brazos y le sonreía dulcemente. Él se puso de pie con lentitud.

–Pareces fatigado, querido.

Serena sangraba por dentro, pero no se lo demostraba. Al contrario, sólo dejaba traslucir el amor que sentía por él y su serena fortaleza. Lo condujo en silencio a la habitación, se detuvo junto a la cama de su madre y comenzó a desnudarse lentamente. Se había convertido en un rito nocturno entre ellos: a veces él la ayudaba a desvestirse, y otras sólo la contemplaba, admirando la graciosa belleza de su joven cuerpo y sus largos miembros. Pero esa noche no podía separar las manos de su piel, mientras la luz de la luna rielaba en sus cabellos rubio platino. La ropa de Brad yacía en un montón en el suelo desde antes de que ella se desnudara. La alzó rápidamente en sus brazos para acostarla en la cama y acto seguido cubrió su cuerpo con sus ardientes y sedientos labios.

–¡Oh, Serena, cariño, te amo tanto!

Ella musitó su nombre en la cama bañada por la luz de la luna, y durante largas horas antes del amanecer se olvidaron de que había otra mujer, y Serena fue suya una y otra y otra vez...

Capítulo 9

El comandante B. J. Fullerton se veía muy alto, erguido y apuesto en el aeropuerto militar de las afueras de Roma. Sólo sus ojos revelaban cierta preocupación; sus oscuras ojeras delataban que había dormido poco, y cuando encendió el cigarrillo, advirtió que le temblaban las manos. Parecía una tontería estar nervioso por el hecho de tener que reencontrarse con Pattie, pero lo estaba. El padre de ella, miembro de la Cámara de Representantes de Rhode Island, había dispuesto que viajara en un avión militar, que llegaría dentro de diez minutos. Por un breve instante, B. J. se arrepintió de no haber tomado un trago antes de salir de casa. Y entonces vio el aparato, que describía un círculo en lo alto y luego descendía, enfilando la pista, hasta posarse suavemente en ella; acto seguido, rodó hacia el pequeño edificio de precaria construcción donde se hallaba Brad. Él permaneció muy quieto observando el descenso de dos coroneles y un comandante por la escalerilla, seguidos por un grupo de asistentes militares y una mujer vestida con uniforme de enfermera. Entonces sintió que su corazón se desbocaba al verla de pie en lo alto de la escalerilla, mirando a través de la pista hasta que le descubrió. Pattie agitó la mano, sonriendo, con el pelo negro y lustroso pulcramente recogido bajo un sombrero rojo brillante. Llevaba un abrigo de pieles y medias oscuras, y se apoyaba en la baranda, al bajar, con una mano enfundada en un elegante guante negro de cabritilla. A pesar de la distancia, Brad quedó impresionado por lo bonita que era. Ésa era la palabra que mejor definía a Pattie. Bonita. No era bella como Serena. No era despampanante. Pero era bonita, con una radiante sonrisa, grandes ojos azules de muñeca y una naricita respingona. En verano, cuando iba a Newport con sus padres y veraneaban en su *cottage* de catorce habitaciones, junto con los amigos que se unían a ellos todos los años, tenía la cara ligeramente salpicada de pecas. La bonita y menuda Pattie Atherton. Sintió que se le contraía el estómago al mirarla. Deseaba correr hacia ella, tal como ella corría hacia él, pero había algo que se lo impedía. En lugar de eso, se adelantó con pasos largos y lentos, y una desvaída sonrisa.

–Hola, preciosa, ¿puedo acompañarla para mostrarle Roma, o hay alguien esperándola?

La besó juguetonamente en la frente, y ella lanzó una risita, alzando la cara hacia él con una sonrisa de Miss América.

–Claro, soldado, me encantaría ver Roma contigo.

Deslizó la mano bajo el brazo de Brad y se lo estrujó con fuerza, y B. J. tuvo que hacer un esfuerzo para no cerrar los ojos, temeroso de que pudiera leer en ellos lo que sentía. Él no quería hacer aquello, no quería jugar con ella ni hacerse el gracioso. Sintió deseos de decirle la verdad mientras permanecían en el aeropuerto, mirándose a los ojos. «Pattie, me he enamorado de otra mujer... Tengo que romper nuestro compromiso... Quiero casarme con ella... Ya no te amo...» Pero, ¿acaso era cierto? ¿Había dejado de querer a Pattie Atherton? No le parecía que fuese así, mientras la contemplaba. De hecho, estaba casi seguro de ello.

Había ido a esperarla en un coche con chófer, y a los pocos minutos ya estaban instalados en el asiento posterior del vehículo. Bruscamente, ella le arrojó los brazos al cuello y le besó con pasión en la boca, dejando en ella la brillante marca roja del lápiz de labios, que tan perfectamente combinaba con el color de su sombrero.

–¡Eh, nena, ten calma!

Echó mano rápidamente a su pañuelo, en tanto el chófer acomodaba el equipaje en el baúl.

–¿Por qué habría de tenerla? He hecho seis mil kilómetros para verte. –Sus ojos tenían un brillo demasiado intenso, como si ya lo presintiera, como si notara que algo había cambiado–. ¿No merezco ni siquiera un beso?

–Por supuesto, pero no aquí.

Le palmeó la mano y, mientras ella se quitaba los guantes, vio el fulgor del anillo de compromiso que él le había regalado el verano pasado. Ahora faltaba poco para el Día de Acción de Gracias, y él ya había cambiado de idea.

–Está bien. –Pattie le miró con displicencia, y Brad descubrió que se parecía a su dominante madre por la forma de proyectar el mentón–. Entonces vayamos al palacio. Además –agregó, sonriéndole dulcemente–, me muero de ganas de verlo. Papá dice que es divino.

–Lo es. –Brad sintió que un escalofrío recorría su cuerpo–. ¿Pero no preferirías ir primero al sitio donde te alojas? Por cierto, ¿dónde vas a alojarte?

–Con el general Bryce y su esposa.

Lo dijo con presunción, como la hija de Atherton que era, y por un instante Brad la odió por sus arrogantes maneras. ¡Cuán distinta era de la dulce Serena y cuán áspero resultaba su trato en comparación con ella! ¿Era ésa realmente la bonita muchacha con quien tantos y tan buenos momentos había pasado en Newport, y que tan ardientemente le había recibido cuando fuera con permiso a Estados Unidos en verano? Ahora no la encontraba tan atractiva, al observarla por el rabillo del ojo, al tiempo que le indicaba al chófer que les llevara a casa.

Brad dirigió una mirada a las pulcras ondas de sus cabellos y al costoso sombrero de lana rojo.

–Pattie, ¿qué te hizo venir aquí? –B. J. había subido el cristal que les separaba del chófer, y ahora miraba a Pattie fijamente a los ojos, recostado en el asiento. Se mantenía en guardia sin saber muy bien por qué–. Te dije que trataría de pasar la Navidad en casa.

–Lo sé –repuso ella, procurando adoptar un aire malhumorado y seductor al mismo tiempo, y casi lo consiguió. Casi–. Pero te echaba de menos. –Le besó juguetonamente en el cuello, dejando de nuevo la marca de sus labios–. Y además eres un pésimo corresponsal. ¿Por qué? ¿Te sabe mal que haya venido, Brad?

–En absoluto. Pero en estos momentos estoy terriblemente ocupado. –Miró por la ventanilla, pensando en Serena, antes de volver la vista hacia Pattie de nuevo, para decirle con reproche en la voz y en la mirada–: Deberías habérmelo consultado.

–¿De veras? –Ella arqueó una ceja, y de nuevo a él le pareció que la semblanza con su madre era sorprendente–. ¿Estás enfadado?

–No, claro que no. –Él le palmeó la mano–. Pero, Pattie, debes comprender que seis meses atrás esto era zona de guerra. Tengo trabajo que hacer. No será fácil tenerte por aquí.

Eso era cierto en parte, pero la verdadera razón se hallaba oculta tras sus palabras. Y Pattie pareció presentirlo mientras le observaba ponderativamente.

–Bueno, papá me preguntó qué quería para mi cumpleaños, y le pedí esto. Claro que, si estás demasiado ocupado –agregó, mirándole con una expresión levemente acusadora–, estoy segura de que el general y su esposa estarán encantados de llevarme a visitar la ciudad, y siempre me queda el recurso de ir a París. Papá tiene amigos allí también.

Sonaba tan petulante y tan mezquina su amenaza que a Brad le llenó de fastidio. No podía dejar de establecer una comparación entre sus veladas bravatas invocando el nombre de «papá» y las solemnes explicaciones dadas por Serena a media voz acerca de «mi padre», cuando le contó a B. J. los conflictos que aquél tuvo con su hermano, sus implicaciones y las presiones políticas que terminaron por llevarle a la muerte. ¿Qué sabía Pattie de esas cosas? Nada. Ella sólo sabía ir de compras, jugar al tenis y veranear en Newport; de fiestas y de diamantes; de ir al Morocco y al Stork Club, y de una constante ronda de recepciones en Boston y Nueva York.

–Brad –le dijo ella, con una mirada entre airada y triste–. ¿No te hace feliz que haya venido a verte?

Frunció los labios como una niñita haciendo pucheros, pero tenía los grandes ojos azules muy brillantes, y él se preguntó si habría algo en la vida que le interesara realmente. Sospechaba que lo único que buscaba era salirse con la suya, fuese con su padre o con cualquier otro.

El verano anterior la había encontrado encantadora, atractiva y excitante, y bastante más divertida que las otras jovencitas que habían hecho su presentación en sociedad antes de la guerra. Pero ahora tenía que reconocer que lo único que la distinguía de las demás residía en el hecho de que era un poco más astuta y mucho más lista que ellas. De repente, se preguntó si el compromiso de boda no habría sido fruto de una maquinación suya. Sin duda se había hecho desear en aquel porche de Newport durante el verano. Un anillo de diamantes no le pareció entonces un precio demasiado alto por poder obtener lo que yacía oculto entre sus bien torneados muslos.

–¿Y bien, B. J.?

Aún deseaba una respuesta a su pregunta, y Brad tuvo que hacer un esfuerzo para concentrarse en aquella joven que tenía junto a él en el coche que recorría las estrechas calles de Roma.

–Sí, Pattie, me hace feliz tenerte aquí.

Pero lo dijo en el tono que utilizaría un marido desdichado tras varios años de matrimonio. No se sentía como un novio enamorado, contemplando anhelante el bonito rostro de su futura esposa, enmarcado por el sombrero rojo y el abrigo de pieles.

–Creo que lo que ocurre es que estoy un poco sorprendido.

–Sin embargo, las sorpresas suelen ser agradables, B. J. –replicó ella, frunciendo la naricita–. A mí me encantan.

–Lo sé.

Brad le sonrió ahora con más afabilidad, al recordar lo complacida que se mostraba cuando le hacía algún regalito, o con ocasión de aquel paseo a la luz de la luna en un coche tirado por caballos que un día había organizado especialmente para ella. Al recordárselo ahora, ella sonrió.

–¿Cuándo vas a volver a Estados Unidos, B. J.? –El malhumor se percibía de nuevo en su voz, y Brad exhaló un suspiro–. Quiero decir, para siempre.

–No lo sé.

–Papá dice que podría arreglarlo para que fuese pronto, si tú quisieras. –Y con un guiño añadió–: O tal vez aunque no quieras. Quizá podría ser un regalo de Navidad para ti.

Sólo de oírselo decir, a Brad le entró pánico. El hecho de separarse de Serena antes de que él estuviese dispuesto a hacerlo le inquietaba.

Le apretó la mano a Pattie demasiado fuertemente, y la joven tuvo la impresión de haber descubierto una sombra de terror en sus ojos.

–Pattie, no se te ocurra hacer una cosa semejante jamás. Mi vida en el ejército la regularé yo mismo. ¿Entiendes? –Alzó la voz ásperamente, y ella le sostuvo la mirada–. ¿Entiendes?

–Entiendo –repuso Pattie prestamente–. Tal vez mejor de lo que supones.

Él sintió deseos de preguntarle qué quería decir con aquello, pero no se atrevió. Si algo sabía, o sospechaba, no deseaba averiguarlo todavía. Más pronto o más tarde tendría que hablar con ella. Debería tomar una decisión, y tal vez decirle lo que había ocurrido en los últimos meses. Pero aún no era el momento. En cierto modo, Brad sabía que ella había obrado con astucia al viajar a Roma. Si algún modo había de retenerle, sin duda era ése. Si en verdad iban a casarse, era oportuno que ella le recordara que existía, en persona, antes de que fuese demasiado tarde. Pero en el preciso instante en que sus pensamientos se poblaban con el recuerdo de Serena, cruzaban la verja del *palazzo*.

–¡Santo cielo, B. J.! –Pattie se quedó contemplando el edificio estupefacta–. ¿Es éste? –Él asintió con la cabeza, medio con orgullo medio con aire divertido al ver la expresión de su cara–. ¡Pero si tú eres sólo un comandante! –se le escapó sin querer, llevándose enseguida la mano enguantada a la boca, en tanto él se echaba a reír.

–Celebro que te impresione.

La ayudó a bajar del coche distraídamente, pues se sentía presa de nerviosismo. Él quería llevarla directamente a casa del general en vez de ir allí a plena luz del día. Era probable que se toparan con Serena, y no creía poder resistir una situación semejante.

–Echaremos una rápida ojeada, Pattie, y luego veremos de instalarte en casa de los Bryce.

–No tengo prisa. Dormí todo el viaje hasta Irlanda.

Le sonrió, enfilando con porte majestuoso la escalera que conducía al vestíbulo principal. Uno de los ordenanzas abrió las pesadas puertas de bronce, y Pattie se encontró de pie bajo la magnífica araña. Sus ojos se posaron en el piano, y se volvió hacia B. J., que, a sus espaldas, observaba sus reacciones con aire divertido, a su pesar.

–La guerra es un infierno, ¿eh, comandante?

–En efecto. ¿Quieres ver la parte alta?

–Claro.

Lo siguió escalera arriba, bajo las miradas de todos. A su manera, era una mujer que impresionaba, y ninguno de los ordenanzas había visto una joven como ella desde hacía mucho tiempo. Todo en su persona denotaba clase y opulencia. Parecía arrancada de las páginas de *Vogue*.

B. J. la llevó de una habitación a otra, presentándole a los subordinados y asistentes que trabajaban en los distintos despachos, quienes levantaban la vista de lo que estaban haciendo para admirar la belleza de aquella mujer.

Se instalaron en un saloncito donde él a veces recibía a algún invitado y que tenía vistas al jardín, y entonces, de repente, ella le miró de hito en hito, inclinó la cabeza hacia un lado y le formuló la pregunta que él deseaba evitar:

–¿No vas a mostrarme tu habitación?

Brad la había llevado rápidamente de un despacho a otro, pero había eludido a propósito la espaciosa habitación con la antigua cama endoselada.

–Si así lo quieres...

–Me encantaría. Supongo que debe de ser tan espectacular como el resto del palacio. ¡Pobre B. J.! –exclamó con una risita burlona–. ¡Qué vida tan dura llevas aquí! ¡Y pensar que la gente se compadece de ti porque tienes que estar en Europa, a pesar de haberse acabado la guerra!

Sin embargo, el tono de su voz encerraba algo más que socarronería y burla: se apreciaba un timbre acusador, un acento de desconfianza, de resentimiento y de ira. Brad lo percibió mientras la llevaba por el pasillo de mármol y abría unas puertas bellamente labradas.

–¡Dios santo, B. J.! ¿Todo para ti solo?

Se volvió hacia él tan prestamente que alcanzó a percibir el rubor que teñía su rostro hasta las raíces de sus cabellos. Sin responder, Brad se dirigió a la pared de los amplios ventanales, abrió uno de ellos y salió al balcón, murmurando algo acerca de la vista. Pero no era eso lo que buscaba. Anhelaba ver a Serena. Después de todo, aquél era su hogar también.

–No tenía ni idea de que vivieras tan confortablemente, B. J. –dijo Pattie con voz helada, al tiempo que salía al pequeño balcón y admiraba junto a él los ondulados parterres de césped que se extendían a sus pies.

–¿Te molesta?

Esta vez, los ojos de Brad escrutaron los de ella, como tratando de comprender qué clase de mujer era y cuáles eran sus sentimientos. ¿Le amaba realmente o sólo tenía interés en ser su dueña? Ya hacía tiempo que se estaba formulando aquella pregunta.

–Por supuesto que no... Pero me hace pensar que quizá no quieras volver nunca más a tu país.

–Claro que volveré. A la postre.

–¿Pero no enseguida? –inquirió ella, mientras su mirada buscaba otras respuestas en los ojos acerados de Brad, que denotaban turbación y se desviaron de inmediato.

Entonces la vio, sentada plácidamente bajo el sauce. Tenía la cabeza vuelta hacia un lado, de modo que él podía apreciar su perfil, y por unos instantes se quedó callado, como hipnotizado. En aquel momento, Pattie la descubrió también, y miró rápidamente a los ojos de Brad.

–B. J.

Durante largo rato, él no respondió. No la había oído. Acababa de percibir algo diferente en Serena, algo que no había notado nunca, una especie de serena dignidad, de aire solemne, una belleza casi intolerable, y se dio cuenta de que contemplarla era como admirar el cielo reflejado en tranquilas aguas y que, en cambio, estar con Pattie era como encontrarse constantemente sacudido por un mar turbulento.

–Lo siento –dijo, volviéndose hacia Pattie–. No he oído lo que has dicho.

Pero había algo raro en los ojos de Pattie cuando se volvió hacia ella, y también los de Brad tenían una expresión distinta.

–¿Quién es ella?

–¿Cómo?

–No me vengas con ésas, Brad. Ya me has oído. ¿Quién es ella? ¿Tu puta italiana?

Pattie fue invadida por una oleada de celos, sin tener certeza alguna que avalara sus sospechas, y casi temblaba de rabia. Pero B. J. se puso furioso también. Le cogió el brazo enfundado en la manga del abrigo de pieles y se lo oprimió con su fuerte mano hasta que ella sintió la presión.

–No vuelvas a decirme una cosa semejante. Esa muchacha es una de las criadas de la casa. Y como la mayoría de la gente de este país, ha tenido que pasar por un infierno. Más de lo que tú jamás podrás comprender con tus ideas sobre las «labores de guerra», bailando con los soldados en las organizaciones de ayuda a las tropas o yendo al Morocco con tus amigos todas las noches.

–¿Es eso cierto, comandante? –repuso ella, fulminándole con la mirada–. Entonces, ¿por qué te importa tanto, si no es tu putita?

Pattie escupió la última palabra, y él, sin pensar, la cogió del otro brazo y empezó a zarandearla; cuando volvió a hablar, su voz sonó ronca y grave.

–¡Deja de llamarla así, maldita!

–¿Por qué? ¿Acaso estás enamorado de ella, B. J.? ¿Lo saben tus padres? ¿Saben lo que has estado haciendo aquí? ¿Acostándote con una maldita criada italiana?

B. J. levantó el brazo para abofetearla, pero se contuvo a tiempo, pálido y tembloroso, al tiempo que instintivamente dirigía la vista hacia Serena. La vio de pie justo debajo de ellos, con una expresión horrorizada en el rostro y las lágrimas brillando en sus ojos.

–¡Serena!

Gritó su nombre, pero ella desapareció instantáneamente, y Brad experimentó una punzada de dolor. ¿Qué había oído? ¿La insultante acusación de Pattie, su airado discurso acerca de sus padres, y lo de la «maldita criada italiana»? Estaba horrorizado por lo sucedido, pero sólo porque había podido herir los sentimientos de Serena. De pronto se dio cuenta de que Pattie Atherton no le importaba un comino. Le soltó el brazo y dio un paso atrás, con una expresión sombría en el rostro.

–Pattie, no sabía nada de esto cuando recibí el telegrama anunciando tu llegada, en cuyo caso te hubiera pedido que no vinieras, pero quiero que sepas que voy a casarme con esa joven que acabas de ver en el jardín. Ella no es lo que tú imaginas, pero eso no tiene importancia alguna. La amo. Lamento no habértelo dicho antes.

Pattie Atherton le miraba con horror y estupefacción, al tiempo que comenzaba a sacudir la cabeza lentamente y las lágrimas asomaban a sus ojos.

–¡No! ¡No puedes hacerme eso, maldito! ¡No lo permitiré! ¿Te has vuelto loco, para querer casarte con una criada? ¿Qué vas a hacer? ¿Quedarte a vivir aquí? No puedes llevarla contigo a Nueva York. Tus padres renegarían de ti, y pondrías a todo el mundo en una situación embarazosa... –barbotó, mientras las lágrimas comenzaban a correr por sus mejillas.

–Ésa no es la cuestión, Pattie. Se trata de mi vida, no de la de mis padres. Y no sabes de lo que estás hablando.

De repente, su voz sonaba queda y firme.

–Sé que es una de las criadas que trabajan aquí.

Él asintió con la cabeza y luego se quedó mirándola fijamente.

–No quiero discutir esto contigo, Pattie. La cuestión es lo que nos atañe a nosotros, y lo siento; el verano pasado cometí un error. Pero creo que si nos hubiéramos casado, ninguno de los dos habría sido feliz.

–Y por eso has pensado en deshacerte de mí, ¿no es eso? –Se puso a reír histéricamente sin dejar de llorar–. ¿Así de simple? ¿Y luego qué? ¿Volverás a Nueva York con tu putita? ¡Cielos, debes de estar loco, B. J.! –Y acto seguido, entrecerrando los ojos, agregó–: ¿O bien tengo que creer todas las patrañas que me contaste? ¿Todas aquellas estupideces sobre lo mucho que me querías y cómo me adorabas?

–Eso era cierto..., entonces.

–¿Y ahora ya no me quieres?

Pero B. J. no cedió. Estaba seguro de lo que sentía.

–No lo suficiente como para casarme contigo, Pattie. –Su voz era más afable ahora, a pesar de todo lo que ella le había dicho–. Sería un tremendo error.

–¿Ah, sí? –Pattie se quitó el anillo del dedo y lo depositó en la mano de Brad–. Creo que eres tú quien ha cometido un tremendo error, amigo mío. Pero dejaré que lo descubras por ti mismo.

Él no contestó, pero la siguió a la habitación, donde ella se fijó enseguida en su propia fotografía, que B. J. había vuelto a colocar sobre la mesita de noche en un momento de debilidad. Pattie cruzó la estancia, cogió el marco de plata con la foto y lo arrojó contra la pared. El ruido del vidrio al romperse quebró el silencio que mantenían ambos, y ella comenzó a llorar. B. J. se le acercó y le puso las manos sobre los hombros.

–¡Lo siento, Pattie!

–¡Vete al diablo! –Giró sobre sus talones para encararse con él. Y entonces, con un tono de malignidad, que él recibió como una bofetada, añadió–: ¡Ojalá te pudras! Te aseguro, B. J. Fullerton, que si un día puedo contribuir a joderte la existencia del mismo modo que tú has estropeado la mía, lo haré con mucho gusto. Cuando quiera que sea.

–No digas esas cosas, Pattie.

Brad se compadecía de ella, y no podía creer que Pattie lo dijera en serio.

–¿Por qué no? ¿Acaso crees que no siento lo que he dicho?

–Espero que no.

Brad estaba más apuesto que nunca en aquellos momentos, y ella le odió con toda su alma.

–No te engañes a ti mismo, B. J. No soy una trotona barata. No esperes que me arrodille a tus pies para rogarte... Y tampoco esperes que te perdone. Porque no lo haré.

Y sin decir nada más, se volvió y abandonó la habitación. Él la siguió en silencio escalera abajo y, al llegar al vestíbulo, se ofreció a acompañarla a casa de los Bryce, pero ella le miró con ojos fulgurantes de rabia y sacudió la cabeza.

–Sólo pídele al chófer que me lleve hasta allí, B. J. No quiero volver a verte nunca más.

–¿Te quedarás en Roma unos días? Tal vez podríamos charlar con más calma sobre todo esto mañana. No hay motivo para que no podamos seguir siendo amigos. Sé que es doloroso, Pattie, pero es mejor así.

Ella se limitó a menear la cabeza, y luego dijo:

–No tengo nada más que decirte, B. J. Eres un canalla, una rata inmunda. –Sus ojos despedían chispas–. Te odio. Y si esperas que guarde silencio sobre esto, te equivocas. –Volvió a entornar malignamente los ojos–. Todo el mundo en Nueva York se enterará de lo que haces aquí, B. J., porque se lo contaré yo personalmente. Y si regresas con esa chica, que Dios te ampare, porque se reirán en tus narices.

Por la forma de mirarla, era evidente que él no la temía, pero estaba furioso por lo que acababa de decirle.

–No hagas nada de lo que después puedas arrepentirte.

–Alguien debiera haberte dicho esas mismas palabras antes de que me dejaras plantada.

Dicho esto, salió dando un portazo, y B. J. se quedó allí de pie largo rato, preguntándose si debía salir tras ella, pero sabiendo que no podía hacerlo. Los ordenanzas se habían esfumado discretamente en cuanto les vieron llegar, y al cabo de unos instantes B. J. volvió a subir a su despacho. Necesitaba estar a solas para reflexionar acerca de lo sucedido, aunque ya estaba seguro de que no se arrepentía de nada. Él no la amaba. Ahora tenía la certeza. Amaba a Serena, y ahora tendría que arreglar las cosas con ella. Sólo Dios sabía lo que habría oído cuando Pattie chillaba en el balcón. Al recordar las palabras de ésta, comprendió que no tenía ni un momento que perder para encontrar a Serena, pero cuando se disponía a salir, su secretario le llamó. Tenía una llamada telefónica urgente del cuartel general en Milán. Y sólo quedó libre dos horas más tarde.

Entonces se dirigió a las dependencias de la servidumbre, llamó a la puerta y fue recibido enseguida por Marcella.

–¿Y Serena?

La mujer abrió la puerta rápidamente con lágrimas en los ojos y un pañuelo en la mano. Al ver a B. J., pareció incrementarse su dolor.

–¿No está aquí? –inquirió él asombrado, mientras Marcella meneaba la cabeza y comenzaba a llorar de nuevo.

–No.

Entonces volcó sobre él un chorro de frases en italiano, y B. J. la atajó afablemente, sujetándola con firmeza por los hombros temblorosos.

–Marcella, ¿dónde está Serena?

–*Non so...* No lo sé. –Y en tanto la anciana lloraba con mayor desconsuelo y señalaba la habitación que se abría a sus espaldas, Brad comprendió lo ocurrido–. Se llevó la maleta, comandante. Se fue.

Capítulo 10

El comandante estuvo casi una hora hablando con Marcella, tratando de reconstruir lo que había ocurrido y de imaginar adónde podía haberse ido Serena.

Brad interrogó a Marcella hasta que la vieja campesina quedó como un limón exprimido. Serena había entrado corriendo en su habitación por la puerta que daba al jardín y cerrado la puerta con llave. Marcella lo comprobó porque había tratado de entrar tras ella cuando la oyó llorar, pero Serena no se lo permitió.

Al cabo de media hora, Serena había salido con los ojos enrojecidos, el rostro pálido y la maleta en la mano. Le dijo a Marcella que se marchaba, y en respuesta a las lágrimas y súplicas de la anciana, le confesó que no tenía otra alternativa.

–Y eso es todo lo que sé, comandante... –Marcella se deshizo en lágrimas de nuevo y buscó el consuelo del joven norteamericano–. ¿Por qué tuvo que irse? *Perchè? Non capisco..., non capisco...*

Todo lo que él podía hacer era tranquilizarla. ¿Cómo podía explicarle lo sucedido? Tendría que soportar él solo las torturas de aquel infierno en que había caído.

–Marcella, escúcheme... –Pero la anciana lloró aún con más desconsuelo–. Chist... Escúcheme... Le prometo que la encontraré. *Domani vado a trovarla.*

–*Ma, dove?* –exclamó la mujer, con desesperanza.

Tantos años sin ver a Serena y, ahora que había vuelto a su lado, volvía a perderla otra vez.

–*Non so dove*, Marcella. No sé dónde, pero la encontraré.

Y tras oprimirle afectuosamente los hombros, Brad regresó a su habitación. Permaneció sentado en la oscuridad durante lo que le parecieron horas y horas, pensando, meditando, recordando fragmentos de la conversación que había mantenido con ella. Pero por mucho que profundizara, por mucho que hurgara en la memoria, no lograba resultado alguno. Ahora Serena no tenía a nadie en el mundo, a excepción de Marcella, y comprendía lo desolada que debió de sentirse por ser capaz de abandonar a la anciana y el único hogar que le quedaba.

Sólo cuando un gallo cantó en la distancia, a las cinco y media de la madrugada, se incorporó bruscamente en la cama y se quedó con la vista fija en la ventana.

–¡Oh, Dios mío!

¿Cómo había podido olvidarlo? Debió ser lo primero que acudiera a su mente. Con la velocidad del rayo, apartó las mantas, se metió en el cuarto de baño, se duchó y se afeitó, y diez minutos antes de las seis ya estaba vestido. Dejó una nota a los asistentes y a su secretario, explicándoles que había tenido que salir por un asunto urgente, y al secretario le dejó una nota adicional rogándole que tuviera la amabilidad de «cubrirle las espaldas». Colocó los mensajes donde pudiesen verlos, y acto seguido se puso una gruesa chaqueta y bajó corriendo la escalera. Tenía que hablar con Marcella, y se sintió aliviado al ver la franja de luz por debajo de la puerta. Golpeó suavemente un par de veces y, al cabo de unos instantes, la vieja abrió y puso cara de asombro al verle ante ella; luego su expresión delató su confusión al advertir que el comandante iba con ropa de civil, y no con el uniforme como de costumbre.

–¿Sí?

Aún parecía extrañada al hacerse atrás para que entrara, pero él meneó la cabeza y sonrió con una cálida expresión en sus profundos ojos grises.

–Marcella, creo que sé dónde encontrarla. Pero necesito su ayuda. La granja de Umbria..., ¿puede indicarme cómo llegar allí?

La mujer pareció más confundida aún, pero luego asintió, frunciendo el ceño, pensativa. Volvió a fijar la mirada en los ojos de Brad, con una luz de esperanza en los suyos.

Cerró los ojos un instante, recordando, y luego le llevó al comandante lápiz y papel y le indicó que se sentara.

–Escriba lo que le diga.

Él lo hizo con sumo gusto, y al cabo de un rato cruzaba el umbral de la puerta con el papel en la mano. La saludó con un gesto por última vez mientras se dirigía al cobertizo donde guardaba el jeep que usaba cuando no disponía de chófer, y Marcella se quedó viéndole marchar, con lágrimas de esperanza en sus envejecidos ojos.

El viaje de Roma a Umbria fue largo y pesado: las carreteras eran pésimas, estaban llenas de baches y atestadas de vehículos militares, de personas y carros cargados de pollos, heno o fruta.

En esas condiciones, era ya de noche cuando llegó a la zona, por un camino desierto, en mal estado, en la dirección que Marcella le había indicado; pero comenzaba a preguntarse si en el último momento no habría tomado algún desvío equivocado. De pronto, distinguió a lo lejos un conjunto de construcciones, apiñadas como si buscaran protegerse del frío, y con un fatigado suspiro se dijo que había encontrado la granja.

Contempló con tristeza el establo envuelto en sombras y luego volvió la vista hacia la casa y, al hacerlo, le pareció distinguir algo que se escurría por la oscuridad hacia un rincón. ¿Un animal? ¿Un gato? ¿Una visión? ¿O quizás era alguien que se había asustado por su presencia? Comprendiendo la locura que había cometido al emprender solo aquella aventura, siguió con la vista fija en dirección a lo que había visto, al tiempo que retrocedía hasta el jeep. Al llegar a él, se inclinó hacia su interior y cogió la pistola. La amartilló al tiempo que comenzaba a caminar hacia delante, sosteniendo una linterna apagada en la otra mano. Estaba casi seguro del lugar donde había percibido el movimiento, y pudo ver una forma agazapada detrás de un arbusto. Pensó en lo absurdo de la situación: podía morir sin razón alguna, en aquella granja desierta de la campiña italiana, mientras iba en busca de una mujer, seis meses después de haber terminado la guerra. Después de todos los riesgos que había corrido en el curso de los últimos años, resultaba irónico que pudiese morir ahora, se decía mientras avanzaba paso a paso a lo largo de la casa, con el corazón latiéndole aceleradamente en el pecho.

Cuando llegó a una docena de metros del lugar donde había vislumbrado el movimiento, se apretó en el angosto portal que le servía de refugio y en el mismo instante extendió el brazo con la linterna. La encendió al tiempo que apuntaba con la pistola; al igual que su víctima, parpadeó en la oscuridad, al comprobar que no se trataba de un gato, ni mucho menos. Era una persona que estaba agachada y oculta, con una capucha que le cubría la cabeza hasta las cejas.

–¡Salga de ahí! ¡Estoy con el ejército de Estados Unidos!

Se sintió un poco tonto al pronunciar aquellas palabras, pero no supo qué otra cosa decir. La forma humana, alta, angulosa, envuelta en la prenda de lana azul, se adelantó y se quedó mirándole fijamente, hasta que él profirió una exclamación y luego sonrió.

Era Serena. La joven tenía los ojos muy abiertos; el miedo le había hecho perder el color, y tenía una expresión de asombro.

–¡Ven aquí, maldita! ¡Te he dicho que salgas de ahí!

Pero B. J. no esperó a que ella le obedeciera, sino que corrió hacia la joven y, antes de que pudiese proferir una sola palabra, ya la tenía entre sus brazos.

–¡Condenada niña loca, pude haberte matado!

Los verdes ojos de Serena se veían grandes y brillantes a la luz de la luna mientras le miraba, muda de asombro aún por lo que había pasado.

–¿Cómo me has encontrado?

Él bajó el rostro hacia ella y le dio un beso en cada ojo y luego la besó en los labios.

–No lo sé. Se me ocurrió esta mañana, y Marcella me indicó cómo llegar hasta aquí. –Entonces la miró con el ceño fruncido–. No debiste marcharte, Serena. Nos dejaste a todos tremendamente preocupados.

Ella meneó la cabeza con lentitud y se apartó de él.

–Tenía que hacerlo. No podía seguir permaneciendo allí.

–Pudiste esperar a que habláramos de ello.

Brad le tenía tomada la mano a pesar de que ella mantenía cierta distancia, mientras jugueteaba con el pie con una piedra.

–No hay nada que hablar, ¿no crees? –Le miró con los ojos preñados de dolor, de todo el dolor que la había obligado a irse de Roma–. Oí todo lo que dijo, acerca de mí, de mi familia. Tiene razón. Yo sólo soy tu putita italiana..., una criada... –dijo sin rubor, y él le oprimió la mano.

–Es una perra, Serena. Ahora estoy convencido de ello. Antes no tenía una clara visión de las cosas. Y lo que ella dice no es cierto. Estaba celosa, eso es todo.

–¿Le hablaste de lo nuestro?

–No tenía por qué hacerlo. –Le sonrió dulcemente,

y permanecieron largo rato en silencio en la oscuridad. Tenía algo de misterioso aquel encuentro en el campo, junto a la granja abandonada–. Este lugar debió de ser muy importante en su tiempo.

–Lo era. –Ella sonrió–. A mí me encantaba. Era un sitio extraordinario para un niño. Había vacas, cerdos y caballos, muchos peones en el campo, que eran muy simpáticos, fruta en los huertos y un sitio donde podíamos ir a nadar. Los mejores recuerdos de mi infancia son de este lugar.

–Lo sé. Lo recuerdo.

Intercambiaron una elocuente mirada, y Serena exhaló un suspiro. Aún no podía creer que la hubiera encontrado.

–¿No se habrá enfadado mucho porque te fuiste de Roma?

Serena le miraba con curiosidad, pero él denegó con la cabeza.

–No más que cuando le dije que rompía nuestro compromiso.

Serena quedó impresionada y estupefacta.

–¿Por qué hiciste eso, Brad? –En realidad, hasta parecía un poco airada–. ¿Por mí?

–No; por mí. Cuando la vi, me di cuenta de lo que sentía por ella. –Sacudió la cabeza de nuevo–. Nada. O casi nada. Sentí temor. Es una mujer que inspira miedo, muy autoritaria y dominante. Quería casarse conmigo por alguna secreta razón, que desconozco; pero cuando la oí hablar, se me aclaró todo. Quería manejarme como a un muñeco, según creo; que me metiera en política como su padre y el mío, para poder satisfacer sus ambiciones, y que le siguiera el juego. Es una mujer increíblemente vacía, Serena. Y al verla de nuevo, encontré todas las respuestas a las preguntas que me habían torturado durante muchos meses. Cuando advirtió que te estaba mirando, se dio cuenta de lo que me pasaba. Fue entonces cuando oíste lo que decía.

Serena, que no le había quitado los ojos de encima mientras él hablaba, asintió con la cabeza.

–Estaba furiosa, Brad. Y yo sentí miedo por ti. Estaba asustada. –Cerró los ojos un instante–. Tuve que huir. Pensé que, si me marchaba, las cosas se volverían más fáciles para ti...

Su voz se fue apagando, y él le tendió los brazos de nuevo.

–¿Te he dicho que te amo últimamente?

Ella sonrió en la oscuridad y asintió con la cabeza.

–Supongo que eso es lo que quisiste demostrar al venir aquí. –Serena le miró pensativa e inclinó la cabeza hacia un lado–. ¿Has terminado con ella, pues?

Él asintió y luego esbozó una sonrisa.

–Y ahora lo nuestro puede empezar a tomar visos de seriedad.

–Ya ha empezado a tomarlos.

Serena le tendió los brazos al decirlo, y él le acarició los cabellos con ternura.

–Quiero casarme contigo, Serena. Lo sabías, ¿no?

Pero ella sacudió la cabeza.

–No –repuso simplemente.

–¿Quieres decir que no lo sabías?

–No –replicó ella, alzando dulcemente la vista hacia él–, quiero decir que te amo con toda mi alma, pero que no me casaré contigo. Jamás.

Parecía hablar con absoluta resolución, y Brad la miró, acongojado.

–¿Por qué diablos no quieres casarte conmigo?

–Porque no estaría bien. Yo no tengo nada que ofrecerte, salvo mi corazón. Y tú necesitas una mujer como ella, que pertenezca a tu mundo, que sea de tu misma clase, de tu país, alguien que conozca tus costumbres, alguien que pueda apoyarte si un día resuelves actuar en política. Yo sólo te perjudicaría en ese aspecto, si algún día cambiaras de parecer. La novia de guerra italiana..., la criada... –Las palabras de Pattie aún resonaban en sus oídos–. La putita italiana... Habría otros que me llamarían así también.

–¡Al diablo con ellos! Serena, ¿olvidas acaso quién eres?

–En absoluto. Tú me recuerdas lo que era. Pero ya no lo soy. Ya oíste lo que dijo Pattie.

–¡Basta ya! –La cogió por los brazos y la sacudió ligeramente–. Tú eres mi *principessa*.

–No. –Serena desvió la mirada–. Yo soy tu criada.

Brad la estrechó entre sus brazos, preguntándose cómo podría convencerla, qué podría decirle.

–Te amo, Serena. Y respeto todo lo que tú eres. Estoy orgulloso de ti, ¡demonios! ¿Acaso no puedes dejarme decidir qué es lo que más me conviene?

–No –respondió ella, sonriendo entre apesadumbrada y amorosa–. No sabes lo que estás haciendo. Por eso no dejaré que lo hagas.

–¿No te parece que eso podríamos discutirlo luego? –La miró sonriendo, seguro de que podría convencerla; pero de repente se había dado cuenta de que había estado conduciendo durante horas y estaba exhausto–. ¿No hay un lugar donde podamos pasar la noche? ¿O has resuelto no volver a acostarte conmigo nunca más?

–La respuesta a ambas preguntas es «no». –Le sonrió con timidez–. No hay un lugar donde alojarse en muchos kilómetros a la redonda. Yo me disponía a dormir en el pajar.

–¿Has comido algo hoy? –le preguntó él con preocupación, y ella negó con la cabeza.

–La verdad es que no. Llevaba un poco de queso y un pedazo de salami, pero me lo comí todo esta mañana. Pensaba ir andando a la ciudad mañana, para comprar algo en el mercado. Pero te aseguro que esta noche estaba famélica.

–Vamos.

Le pasó un brazo por los hombros y la condujo hasta el jeep. Abrió la portezuela, la ayudó a instalarse en el asiento y echó mano de la mochila en la que había metido media docena de emparedados, después de pensar en ello en el último momento. También había unas manzanas, una porción de pastel y una tableta de chocolate.

–¿Cómo? ¿No hay medias de seda? –le dijo ella sonriendo, al tiempo que hincaba el diente en el emparedado.

–Sólo las conseguirás si te casas conmigo.

–¡Oh! –exclamó ella, encogiéndose de hombros y apoyándose en el respaldo del asiento–. Entonces ya veo que me quedaré sin medias de seda. Sólo comeré chocolate.

–¡Demonios, qué testaruda eres!

–¡Vaya si lo soy! –repuso Serena, asintiendo y sonriendo orgullosamente.

Pasaron la noche en el jeep, uno en brazos del otro, con las piernas ateridas y el corazón rebosante de gozo. La había encontrado, de modo que todo estaba bien; y antes de dormirse, ella había accedido a regresar a Roma con él. Cuando salió el sol, se comieron una manzana cada uno, se lavaron con agua del pozo, y ella le mostró la granja que tanto había amado cuando era niña, cuando la vida era tan diferente. Y cuando Brad la besó delante del viejo establo, se prometió a sí mismo que tenía que convencerla a toda costa para que un día fuese suya para siempre.

Capítulo 11

Cuando Serena llegó a Roma al día siguiente, Marcella estaba acostada, de modo que dejó la maleta en el pequeño vestíbulo, para que supiera que había regresado, y luego subió de puntillas a la planta alta con el fin de acostarse en la cama de B. J. Hicieron el amor como no se habían atrevido a hacerlo durante el viaje de vuelta, y Serena se sintió gozosa de volver a encontrarse entre sus brazos. Las fotos de Pattie habían desaparecido para siempre, y ella se sentía libre y se alegraba de estar viva. A la mañana siguiente, Marcella la sermoneó hecha una furia por haberse ido; durante casi dos horas la riñó gritando a voz en cuello, a riesgo de perforarle los tímpanos, hasta que finalmente, después de insultarla y zaherirla, prorrumpió en llanto al tiempo que la abrazaba y le rogaba que no volviese a marcharse nunca más.

–No lo haré. Te lo prometo, Cella. Me quedaré aquí para siempre.

–Bueno, para siempre, no. –Marcella la miró con enigmática expresión–. Pero por lo menos mientras permanezcas aquí.

–Debo permanecer siempre aquí –repuso la joven, con calma–. Al menos en Roma, que es mi ciudad natal.

–Tal vez no para siempre.

–No sé de qué estás hablando ni quiero saberlo.

Serena se volvió de espaldas con la intención de preparar el café. Sabía perfectamente lo que Marcella quería decir.

–Él te quiere, Serena –le dijo con voz queda que denotaba una antigua sabiduría, y la joven giró sobre sus talones.

–Yo también le quiero. Lo bastante para no destruir su vida. Rompió su compromiso con la joven norteamericana. Parece estar seguro de haber tenido buenas razones para hacerlo, y quizás esté en lo cierto. Pero yo nunca me casaré con él, Cella. Jamás. No estaría bien. Y con ello le destrozaría la vida. Su familia es algo muy importante para él, y sus padres me odiarían. No me comprenderían. Por lo tanto, no importa lo que él te diga, o lo que tú pienses; la respuesta es «nunca», Marcella. Se lo dije a él y ahora te lo digo a ti. Quiero que lo entiendas. Debes aceptarlo, tal como hago yo.

–Estás loca, Serena. Sus padres se sentirían dichosos de tenerte.

–Estoy segura de que no sería así.

A partir de entonces, la vida transcurrió apaciblemente hasta noviembre. Ella y Brad fueron felices como jamás lo habían sido; Marcella se calmó, y todo siguió como si nada pudiese alterar el curso de los acontecimientos.

Brad estaba sentado ante su mesa de despacho, en tanto el sobre había caído al suelo, con la mirada fija en las órdenes y tratando de contener las lágrimas. El idilio en Roma había llegado a su fin. Iba a ser trasladado. Dentro de siete días.

–No puede ser. –La cara de Serena palideció como había palidecido la de él cuando leyó la orden–. ¿Tan precipitadamente? Creía que siempre avisaban con un mes de antelación.

–No siempre. Esta vez no ha sido así. Partiré hacia París dentro de una semana.

Por suerte, sólo se trataba de París. Brad podría venir a verla. Serena podría ir a verle a él. Pero no sería tan fácil, y ya no podrían mantener la rutina diaria, ni gozar de las largas noches en la vasta cama adoselada, ni de las mañanas que pasaban juntos, ni de las miradas de satisfacción a lo largo del día, ni de los furtivos instantes que compartían cuando él acudía a las dependencias del servicio para darle un beso, decirle una palabra de amor, un saludo o un chiste, con el único fin de verla, de oír su voz, de sentir el contacto de su piel... Ya no gozaría de nada de todo eso y, al pensar en ello, Brad trataba de figurarse cómo sería su vida... Entonces la miró y le preguntó por enésima vez:

–¿Te casarás conmigo y me acompañarás?

Ella movió lentamente la cabeza.

–No puedo casarme contigo, y tú sabes por qué.

–¿Ni siquiera ahora?

–Ni siquiera ahora. –Serena trató valientemente de sonreír–. ¿No podrías llevarme contigo como tu sirvienta personal?

Él pareció enfadarse al oírle decir eso y sacudió la cabeza.

–Eso no tiene gracia. Hablo en serio, Serena. Por el amor de Dios, date cuenta de lo que está pasando. Me voy. Me voy a París dentro de una semana, y sólo Dios sabe adónde iré luego: probablemente a Estados Unidos. Y no puedo llevarte a menos que nos casemos. ¿Quieres hacer el favor de ser sensata y casarte conmigo para que no perdamos esto que tanto significa para nosotros?

–No puedo.

Serena sintió que se le formaba un nudo en la garganta del tamaño de un puño.

Y esa noche, después de que él se quedó dormido en sus brazos, Serena estuvo llorando durante horas. Tenía que dejarle partir, por su propio bien. Sabía que eso era lo que debía hacer, si le amaba realmente, y así era, pero también sabía que sería la labor más penosa de su vida arrancarle de su corazón. Había tratado de endurecerse, de hacerse a la idea día a día, pero cuando llegó la última noche, se apoderó tal terror de su alma, ante la posibilidad de perderle, que le pareció que no podría soportarlo. Durante varios días Marcella anduvo importunándola, atormentándola, implorándole, y por su parte B. J. había estado haciendo lo mismo; sin embargo, Serena estaba tan segura de que si se casaba con él destrozaría su vida, que no quería escucharles. Ella sabía lo que tenía que hacer, y por intolerable y odioso que le resultara, lo llevaría a cabo, aunque se le partiese el corazón cuando él se marchara, pues ya nada le importaría entonces. Ya no le quedaba nada por que vivir. No podría amar a ningún otro hombre como amaba a B. J. Y sabiendo que por tratarse de la última noche todo adquiriría un sabor agridulce, le abrazaba y acariciaba, deseando grabar aquel instante eternamente en su memoria, con el fin de no perderle del todo.

–Serena..., te ruego que reconsideres tu decisión... Casémonos.

Pero ella meneó la cabeza, sin poder hablar por el dolor que experimentaba al verle partir, con la cara bañada por las lágrimas.

–¡Oh, Dios mío, cómo te amo!

–Yo también te amo –fue todo lo que Serena pudo decir cuando los ordenanzas se presentaron a buscarlo.

Cuando él hubo salido de la habitación, ella profirió un gemido casi animal, al tiempo que se apoyaba en la pared con la vista fija en el jardín. En unos minutos más se habría ido..., le habría perdido para siempre... Aquel pensamiento se le hacía casi intolerable, y corrió hasta el jardín, donde llegó, sin aliento, a un lugar cercano a las dependencias que ocupaban ella y Marcella. Sabía que él la vería al pasar en el coche, y así no tendría que estar con los demás; y sólo Brad y su chófer verían su rostro demudado por la tristeza. Cuando pasó el coche, Serena vio que él también estaba llorando, con la cara grave y pálida pegada a la ventanilla, y gruesas lágrimas deslizándose lentamente por sus mejillas. Luego, todo cuanto ella pudo ver fue su cara por la ventanilla trasera, hasta que finalmente el vehículo que lo transportaba desapareció de su vista.

Después, Serena entró con paso lento en la casa, con los ojos vidriosos por el dolor, se dirigió a su cuarto y se encerró en él. Marcella no le dijo nada en absoluto. Era demasiado tarde para hacerle reproches, la joven había tomado su decisión, y ahora tendría que cargar con las consecuencias, aun cuando ello le costara la vida. Después, cuando Serena ya llevaba dos días allí encerrada, Marcella temió que aquel dolor la matara realmente. Al tercer día, la anciana se inquietó hasta experimentar verdadero pánico. Serena se negaba a levantarse, no quería comer, y parecía que no dormía nunca. Permanecía allí tendida, llorando en silencio y con la mirada clavada en el cielo raso. Ni siquiera quiso levantarse el día que él la llamó por teléfono y el ordenanza acudió a avisar a Marcella. Ésta estaba realmente asustada, y al día siguiente fue ella quien se dirigió a ver al ordenanza.

–Tengo que telefonear al comandante –le anunció con firmeza, cuando se plantó en el despacho del secretario con un delantal limpio y un pañuelo recién planchado en la cabeza, tratando de dar la impresión de que se trataba de un asunto oficial.

–¿Al comandante Appleby?

El secretario estaba sorprendido. El nuevo comandante no debía llegar hasta la mañana siguiente. Tal vez la anciana quería renunciar. Todos empezaban a preguntarse si su sobrina se marcharía. Nadie había visto a Serena desde el día en que se fuera el comandante Fullerton.

–No. Quiero llamar al comandante Fullerton en París. Pagaré la llamada. Pero usted debe pedir la conferencia y yo le hablaré en privado.

–Veré lo que puedo hacer. –El secretario miró a la indomable anciana y le prometió hacer cuanto estuviera a su alcance–. Si logro comunicarme, la llamaré.

Al parecer los hados estaban de su parte: consiguió la comunicación en menos de una hora. B. J. se encontraba en su nuevo despacho preguntándose por qué Serena no había querido ponerse al teléfono, cuando recibió la llamada de su antiguo secretario en Roma, la cual le provocó un ligero sobresalto, y luego sonrió al oír una voz conocida.

–Le llamo a petición de Marcella, comandante. Dijo que era importante y particular. Acabo de mandar a alguien a buscarla. Tendrá que aguardar unos minutos, si no le importa.

–Está bien. –Pero enseguida se sintió angustiado. ¿Habría ocurrido algo grave?–. ¿Está todo bien por ahí, Palmers? –preguntó al secretario en tono que denotaba preocupación.

El subordinado sonrió para sí.

–Todo en orden, señor.

–¿Aún está todo el personal de plantilla?

Lo preguntaba refiriéndose a Serena, pero sin atreverse a nombrarla.

–Así es. A la sobrina de Marcella se la ve poco por aquí. En realidad, no la hemos visto desde el día de su partida, señor. Marcella dice que está enferma y que se repondrá en unos días. Aquí llega Marcella, señor. ¿Le parece que podrá usted entenderse con su inglés o quiere que alguien le ayude por alguna extensión?

–No, ya nos arreglaremos. Gracias, Palmers, y me alegro de haber hablado con usted.

–Lo mismo digo, señor. Le pongo con ella.

–*Maggiore?*

La voz de la vieja le llegó como un hálito de aire fresco.

–Sí, Marcella. ¿Todo está bien? ¿Y Serena?

En respuesta a sus preguntas recibió una andanada de frases en italiano, que le resultaron casi todas incomprensibles, a excepción de las palabras *comer* y *dormir*; sin embargo, no acababa de entender quién era el que comía y dormía, ni por qué Marcella estaba tan preocupada.

–¡Espere un minuto! ¡No hable tan aprisa! *Piano! Piano! Non capisco!* ¿Se refiere a Serena?

–Sí.

–¿Está enferma?

–No come nada, no bebe nada, y ni duerme ni se levanta de la cama. No hace más que llorar y llorar y llorar... –Ahora era Marcella quien comenzaba a llorar–. Se va a morir, *Maggiore*. Lo sé. Vi a mi propia madre morir de la misma manera.

–Pero Serena tiene diecinueve años, Marcella. No se va a morir. –«Yo no lo permitiré», se dijo para sus adentros–. ¿Ha tratado de hacerla levantar?

–Sí. *Ogni ora*. Pero no quiere. No escucha. No hace nada. Está enferma.

–¿Ha avisado al médico?

–No está enferma de esa manera. Está enferma por usted, *Maggiore*. ¿Qué puedo hacer?

Él entrecerró los ojos y fijó la vista en la lluvia de diciembre.

–Que se ponga al teléfono. Quiero hablar con ella.

–No querrá. Cuando telefoneó ayer, no quiso ponerse.

–Marcella, cuando telefonee esta noche, procure que se ponga al teléfono aunque tenga que llevarla a rastras. –Maldijo en silencio el hecho de que no hubiese un aparato en la habitación del servicio–. Quiero hablar con ella.

–*Ecco. Va bene.*

–¿Podrá conseguirlo?

–Claro. Usted fue a buscarla a Umbria; yo podré traerla al teléfono. *Facciamo miracoli insieme.*

Marcella sonrió, mostrando los escasos dientes. Le había dicho que hacían milagros juntos, y sería necesario un milagro para arrancar a Serena de la cama.

–A ver si puede conseguir que se levante unos minutos antes, pues en caso contrario estará demasiado débil. Espere un momento. –Brad reflexionó un instante–. Tengo una idea. Ahora el cuarto de huéspedes no lo ocupa nadie, ¿no es cierto?

Marcella meneó la cabeza.

–*Nessuno, Maggiore.*

–Bien. Yo me encargo de todo.

–¿Va a ponerla usted allí? –preguntó Marcella, asombrada.

–Voy a ponerla allí, Marcella, tanto si quiere como si no. Llame a Palmers. Él se encargará de llevarla arriba en cuanto usted la tenga lista. Y dentro de una hora –agregó, consultando el reloj–, pondré una conferencia.

–¿Qué le digo al sargento Palmers?

–Yo hablaré con él. Podemos alegar que Serena está muy enferma y tememos que tenga pulmonía, que hay demasiada humedad en su cuarto; yo ordenaré que la lleve arriba.

–¿Qué haremos cuando llegue el nuevo *Maggiore*?

–Marcella... –Brad no se atrevía a decirle lo que pensaba–. No se preocupe por eso. Llame a Palmers, quiero hablar con él. Usted vaya a preparar a Serena.

–Sí, *Maggiore*. –Marcella le envió un beso por teléfono–. Le quiero, *Maggiore*. Si Serena no quiere casarse con usted, me casaré yo.

Brad rió.

–Trato hecho, Marcella.

Del mismo modo que cuando vio a Pattie comprendió lo que deseaba hacer, también ahora se dio cuenta de que

Serena había cometido un error. No sólo con respecto a él, sino con respecto a sí misma, y no estaba dispuesto a consentir que eso redundara en perjuicio de ambos. Mientras impartía órdenes a Palmers, advirtió que había tomado una férrea decisión. Y si no lograba hacerla entrar en razón por teléfono, viajaría a Roma. Se ausentaría sin permiso oficial si era necesario, y cuando volviese ya daría las explicaciones pertinentes. No obstante, antes de recurrir a una medida tan drástica, al cabo de una hora le pedía al operador militar que le comunicara con Roma. Ya había dispuesto por mediación de Palmers que el teléfono fuese colocado en el cuarto de huéspedes, de modo que cuando sonó, primero contestó Palmers, luego habló Marcella y, por último, pudo oír ruidos, voces apagadas, una puerta que se cerraba y después la voz de Serena, apenas un murmullo.

–¿Brad? ¿Qué sucede? Me han sacado de mi habitación.

–Ésas eran mis órdenes. Ahora quiero que prestes atención a lo que voy a decirte, Serena. Y no voy a atender razones en ningún momento. Te amo y quiero casarme contigo. Lo que hiciste nos está matando a los dos. Tú quisieras morirte, y yo me siento como si hubiese muerto el día que partí de Roma. Esto es una locura..., una locura, ¿me oyes? Te amo. Por todos los diablos, ¿quieres ser razonable, venir a París y casarte conmigo, o quieres que vaya a buscarte y te traiga a rastras?

Ella rió quedamente, y luego siguió un prolongado silencio, durante el cual a Brad casi le pareció verla sopesar sus pensamientos. Lo que no pudo visualizar durante aquella pausa fue a Serena luchando por no decir lo que quería, hasta que haciendo un gran esfuerzo exclamó:

–¡Sí!

Fue sólo un murmullo, y él no estuvo seguro de haber oído bien.

–¿Qué has dicho? –inquirió, conteniendo el aliento.

–He dicho que me casaré con usted, comandante.

–¡Bien dicho! –exclamó él, tratando de adoptar un tono arrogante; sin embargo, las manos le temblaban más que a ella, y tenía un nudo en la garganta que casi no le dejaba hablar–. Prepararé los papeles enseguida, querida, y vendrás tan pronto como sea posible.

«¡Dios mío! –se decía para sus adentros–. ¡Ha dicho que sí! ¡Ha dicho que sí!»

Hubiese querido preguntarle si hablaba en serio, pero no se atrevió. No quería darle la oportunidad de reconsiderar su decisión. No ahora.

–¡Te amo, amor mío, con todo mi corazón!

Capítulo 12

La mañana en que Serena debía partir de Roma, se quedó largo tiempo en el jardín, bajo el sauce llorón, manteniendo la chaqueta bien apretada contra su cuerpo. El sol acababa de salir y aún hacía frío. Su mirada se perdía en las colinas distantes, para volver a posarse luego en la fachada de mármol blanco de aquella casa que ahora iba a abandonar por segunda vez.

Exhaló un profundo suspiro mientras contemplaba las ventanas del antiguo despacho de B. J., de su antiguo cuarto, y enseguida sus ojos se desplazaron hasta el balcón del dormitorio de su madre, la estancia que había compartido con él.

–*Addio*... –musitó al viento.

No dijo *a rivederci* o *a rivederla*, sino *addio*...

Los momentos finales precedentes a la partida fueron dolorosos y emocionantes: un último abrazo de la llorosa Marcella, en tanto ambas reían entre las lágrimas. Marcella había rehusado la invitación de Serena de acompañarla a París. Roma era la ciudad natal de la bondadosa mujer, y ésta sabía que su princesa estaría ahora en buenas manos. Serena prometió escribirle a menudo, sabiendo que alguien le leería las cartas; y si B. J. podía arreglarlo, la llamaría por teléfono. Al poco rato se alejaba en el vehículo que la llevaría a la estación Termini, dejando atrás las calles y paseos familiares, mientras se grababan en su memoria rápidas visiones de la Fontana di Trevi, la Piazza di Spagna, Piazza Navona. De repente, se encontró sumergida en un mar de gente que se preparaba a abordar los trenes, cargada de maletas y paquetes, con aire alegre o fatigado, y demostrando una gran excitación; como Serena, que de pronto parecía muy joven mientras cogía la maleta de manos del ordenanza que la había llevado a la estación; luego le tendió la mano para despedirse de él antes de la partida del tren.

–Gracias. *Grazie mille* –le dijo con cara radiante.

Las lágrimas que había derramado con Marcella ya se habían esfumado, y ahora sólo B. J. ocupaba sus pensamientos. No tenía la sensación de partir, sino de regresar a su hogar.

–Adiós... –dijo en voz baja, hablando consigo misma, en el instante en que el tren tomaba velocidad, y ella veía el perfil de la ciudad que comenzaba a difuminarse a medida que se perdía en la distancia.

Esta vez no había lágrimas en sus ojos; ahora sólo pensaba en París y en lo que allí la aguardaba.

Llegó a París poco después del mediodía. A medida que se acercaba a la ciudad, Serena pudo divisar la torre Eiffel en la distancia, así como una variedad de monumentos acerca de los cuales ella nada sabía. Lentamente, el tren entró en la Gare de Lyon, y mientras recorría los últimos metros dentro de la estación, Serena se puso de pie y acercó la cara al cristal de la ventanilla para ver si descubría a B. J. entre la multitud. Había grupos de gente esperando, pero no le vio por ninguna parte, y comenzó a inquietarse por si no lo encontraba. La estación era vastísima y de pronto se sintió muy sola. Al detenerse el tren, cogió la maleta y la cesta en la que Marcella le había puesto unas provisiones, salió del compartimiento con los demás pasajeros y descendió al andén. De nuevo miró en torno, recorriendo con la vista las caras de los extraños que la rodeaban, con el corazón latiéndole enloquecidamente dentro del pecho. Sabía que él no podía haberla olvidado, y también sabía dónde buscarle si no se encontraban en la estación, pero a pesar de todo se sentía angustiada. Estaba en París, y había hecho el viaje para reunirse con B. J. y casarse con él. En aquellos momentos se dio cuenta de que se iniciaba una nueva etapa de su vida.

–¿Cree que la habrá olvidado? –le preguntó un joven soldado norteamericano con quien había estado charlando la noche pasada, y que ahora le sonreía amigablemente.

Pero apenas Serena meneó la cabeza, vio que el soldado se cuadraba y saludaba a alguien que se encontraba a espaldas de ella. Como si hubiese presentido su presencia, Serena giró sobre sus talones, con los ojos muy abiertos y la emoción oprimiéndole la garganta. Antes de que ella pudiese pronunciar una sola palabra, el comandante Bradford Jarvis Fullerton ya la había tomado entre sus brazos y levantado del suelo. El joven soldado se alejó de ellos, encogiéndose de hombros y esbozando una sonrisa.

Capítulo 13

París se había vestido con sus más bellos colores para recibir a Serena: el cielo lucía su azul más brillante, los pinos se mostraban en toda su esplendorosa gama de verdes, los monumentos conservaban el mismo tono grisáceo de que habían hecho gala a lo largo de los siglos, y algunas fachadas, engalanadas con el blanco y lujoso mármol y sus ribetes dorados, parecían querer cubrir púdicamente su desnudez con la pátina del tiempo. Por todas partes se veía gente contenta y feliz con sus gorros y bufandas de lana, las caras ruborosas por el viento helado y los ojos brillantes de excitación. Era casi Navidad, y a pesar de la gran confusión que aún reinaba en París, sería la primera que celebrarían en paz, la primera vez en seis años que los parisinos podrían celebrarla verdaderamente con alegría.

Cogidos de la mano, en el automóvil oficial de B. J., recorrían los amplios bulevares o bien se introducían por las estrechas callejuelas, mientras Serena, con ojos de asombro, miraba absorta a su alrededor. Enfilaron suavemente la avenida Hoche, donde B. J. estaba alojado en un elegante *hôtel particulier*, una casa que parecía una mansión, propiedad de uno de los vinicultores más conocidos de Francia antes de la guerra, un barón. Preso de la angustia que había precedido a la ocupación de París, el vinicultor resolvió reunirse con una hermana en Génova, y la casa quedó al cuidado de los sirvientes durante el resto de la guerra. Al fin, los alemanes se incautaron de ella durante su estancia en la ciudad, si bien el oficial que la había ocupado era un hombre civilizado, y la casa no sufrió daño alguno en el período que él vivió en ella. Ahora el barón había caído enfermo, y aún no estaba en condiciones de poder regresar. Mientras tanto, los norteamericanos se la alquilaron por un año por una cantidad simbólica. Y allí estaba felizmente instalado B. J., viviendo no tan regaladamente como en el *palazzo* Tibaldo, pero con suficiente comodidad, en compañía de dos amables criados franceses que atendían a sus necesidades.

Al acercarse a ella, Serena advirtió que la casa poseía un hermoso jardín, rodeado por un seto bien cuidado y una alta reja de hierro forjado. El chófer de B. J. detuvo el coche ante la verja y luego se apresuró a abrirla. El vehículo quedó estacionado frente a la casa, y B. J. se volvió hacia Serena.

–Bien, amor mío, hemos llegado.

–Es muy bonita.

Serena estaba radiante, aunque la casa no le importaba un comino; sólo tenía ojos para ver lo que descubría en los ojos de Brad. Y éstos parecían refulgir cuando él la besó con ternura. Luego descendió para acompañarla al interior de la casa.

Subieron los escalones que les condujeron ante otra pesada puerta de hierro, que no tardó en ser abierta por un hombre bajito y calvo, regordete, de chispeantes ojos azules y radiante sonrisa; junto a él se encontraba una mujer también bajita de aire jovial.

–Pierre y Marie-Rose, *monsieur y madame* Lavisse, mi prometida la *principessa* di San Tibaldo.

Serena se mostró turbada al oír mencionar el título. Extendió la mano, y los dos sirvientes la saludaron con tiesas reverencias.

–Mucho gusto en conocerla –dijeron, sonriendo afectuosamente.

–Y yo tengo mucho gusto en conocerles a ustedes. –Echó una mirada a la parte de la casa que se ofrecía a su vista–. ¡Qué bonita es!

Los sirvientes se mostraron complacidos ante el cumplido, casi como si la mansión hubiese sido de su propiedad, y enseguida se ofrecieron para enseñarle toda la casa.

–Es una casa magnífica, Pierre –comentó Serena–. No sé qué decir. Es mucho más bonita que cualquiera de las que vi en Italia o en Estados Unidos. ¿No opinas lo mismo, Brad?

Miró a B. J. con ojos enamorados, preñados de gozo. Pierre pensó que se le aligeraba el corazón con sólo contemplarles.

–Le dije que le encantaría la casa, ¿no es así? –dijo B. J., asintiendo con la cabeza y mirando a Pierre.

–Sí, señor. Y ahora, si usted y *mademoiselle* quieren bajar a la biblioteca..., estoy seguro de que Marie-Rose ha preparado algo para la señorita.

Su suposición fue acertada, como pudieron comprobar minutos más tarde al entrar en la biblioteca, donde descubrieron una fuente llena de emparedados, otra que contenía bizcochos y pastelillos, y una alta jarra de plata con chocolate caliente.

B. J. esperaba impaciente a que Pierre se retirara, cosa que el prudente criado no tardó en hacer. Brad encerró entre sus brazos a su amada y la besó golosamente en cuanto se acomodaron en el sofá.

–¡Demonios, pensaba que jamás podría estar a solas contigo! ¡Oh, cariño, cómo te he echado de menos!

–¡Y yo a ti! –Durante una fracción de segundo se reflejó en sus ojos el dolor que había experimentado en el curso de los días que pasó sin él, y se abrazó a Brad fuertemente–. ¡Tuve tanto miedo de no volver a verte nunca más! –Cerró los ojos unos instantes, y luego le besó en el cuello–. No puedo creer que esté aquí contigo, en esta hermosa casa... Es todo como un sueño, y temo despertar en cualquier momento.

Serena miró en torno, sonriendo de felicidad, y él volvió a besarla.

–Si despiertas me encontrarás a tu lado. Y no sólo eso, sino que cuando vuelvas a despertar ya serás mi esposa.

–¿Qué? –exclamó ella, estupefacta–. ¿Tan pronto?

–¿Por qué no? ¿Acaso necesitas tiempo para pensarlo?

Pero el joven teniente coronel no parecía nada preocupado cuando cogió uno de los emparedados que Marie-Rose les había preparado y se repantigó en el sofá. A partir de Roma, lo habían ascendido.

–No seas tonto. Sólo pensé que haría falta un poco más de tiempo para hacer los arreglos necesarios. –Serena le miró con expresión de haberlo comprendido todo en aquel mismo instante, y una maliciosa sonrisa comenzó a reflejarse en sus ojos–. ¿Quieres decir que nos casaremos hoy?

–Más o menos. Nos casaremos a medias, para ser más exactos.

–¿A medias? –repitió ella sumamente divertida, tomando un sorbo de chocolate–. ¿Significa eso que yo me casaré y tú no?

–No. Ambos nos casaremos a medias. En este país tienes que casarte dos veces, según parece. Una en *l'hôtel de ville*, el ayuntamiento, para el registro civil. Y al día siguiente se celebra la ceremonia religiosa en la iglesia que uno quiere. –De repente, adoptó un aire apocado al mirarla–. Podría casarnos el capellán castrense, pero hay una pequeña iglesia cerca de aquí, y pensé que si tú querías..., si quieres...

Se había ruborizado como un adolescente, y Serena le tomó la cara entre sus manos y le besó.

–¿Sabe usted cuánto le quiero, señor?

–No; dímelo.

–Con todo mi corazón y con toda mi alma.

–¿Nada más? –dijo él, tratando de parecer decepcionado sin lograrlo–. ¿Y qué hay de lo demás?

–Tienes una mente sucia. Lo demás no será tuyo hasta después de la boda.

–¿Cómo? –Esta vez se mostró verdaderamente sorprendido–. ¿Qué quieres decir?

–Justo lo que estás pensando. Iré al altar como una novia virgen..., ¡relativamente!

Serena hizo una mueca, y él lanzó una exclamación.

–Bueno, yo... ¿A cuál de las dos bodas te refieres? ¿A la de hoy o a la de mañana?

–A la de mañana, claro. En Italia tenemos la misma costumbre.

Tenía un aspecto recatado y virginal cuando cruzó las largas y bien torneadas piernas y le miró por encima de la taza de chocolate.

–¡Vaya, eres una maldita incitadora!

Entonces, con decisión, le quitó la taza de las manos y empezó a besarla, al tiempo que deslizaba una mano por su pierna hacia el muslo y con la otra la estrechaba contra su cuerpo.

–¡Brad! ¡Basta!

En ese momento entró Pierre, tosiendo con discreción al tiempo que cerraba ruidosamente la puerta de vidrio a sus espaldas. Serena se alisó la falda mientras acuchillaba a Brad con la mirada, el cual se limitó a sonreír.

–¿Sí, Pierre?

–El coche ha llegado, señor.

B. J. miró a Serena con ternura. Apenas había tenido tiempo de explicarle nada, y ya estaba a punto de suceder.

–Querida, ha llegado el momento. Primer asalto. ¿Quieres subir a lavarte la cara o algo antes de que nos marchemos?

–¿Ahora? ¿Ya? –exclamó ella, presa de pánico–. ¡Pero si acabo de bajar del tren! ¡Estoy hecha un adefesio!

–A mí no me lo parece.

Brad le sonrió, y ella se dio cuenta de que se lo decía sinceramente, pero se puso de pie con presteza y se quedó con la vista fija en él un instante antes de dirigirse precipitadamente a la puerta, donde se volvió para mirarle.

–Volveré enseguida. No te vayas sin mí.

Serena lo oyó reír mientras cruzaba el vestíbulo de mármol rosado, y luego él la oyó subir raudamente por la escalera. Le pareció que hacía un siglo que se había marchado, pero de hecho hacía tan sólo diez minutos. Cuando Serena volvió, estaba adorable, y casi parecía una novia. La última semana que había pasado en Roma, Marcella le había confeccionado un sencillo vestido de lana blanco con hombreras, cuello de puntas redondeadas, mangas cortas, entallado en la cintura y con una falda de airoso vuelo. La anciana le había pedido que se lo pusiera para la boda. Ahora, mientras bajaba por la escalera, con la dorada cabellera recogida en un moño en forma de ocho, tenía los ojos brillantes y el primoroso vestido parecía flotar en torno a sus piernas, parecía una *principessa* de pies a cabeza. Se acercó a B. J. con toda su prestancia, y él vio que llevaba un collar de perlas de una sola vuelta que hacía juego con los pendientes. Entonces ella levantó la cara hacia él, y Brad la besó en los labios.

–Estás preciosa, Serena.

Radiante de felicidad, la joven alcanzó el abrigo marrón que había llevado colgado del brazo, pero en aquel instante, Pierre se adelantó discretamente y meneó la cabeza.

–No, teniente coronel... no.

–¿No? ¿No qué? ¿Ocurre algo?

–Sí. –El viejo mayordomo asintió resueltamente con la cabeza, al tiempo que levantaba el dedo como un director de orquesta y les decía a ambos–: Tengan la bondad de esperar. Sólo un instante. Vuelvo enseguida.

Se alejó hacia las dependencias del servicio, y el ruido de sus pasos les indicó que había bajado al sótano.

–No puedo creer que vayamos a casarnos. Es como un cuento de hadas. Quiero decir, ¿quién iba a pensar...? –Siguió charlando mientras aguardaban y de pronto le preguntó–: ¿Lo saben tus padres?

–Claro.

Pero su respuesta fue demasiado rápida, y Serena le miró con cierto recelo.

–¿Se lo dijiste?

–Te he dicho que sí –replicó en voz más queda, mientras ella se sentaba en una de las banquetas de terciopelo color de melocotón.

–¿Y qué dijeron?

–Enhorabuena –contestó él, sonriendo con la boca torcida.

Ella le hizo una mueca.

–Eres imposible. Hablo en serio. ¿Se enfadaron?

–Por supuesto que no. Se pusieron muy contentos. Y lo que es más importante, Serena: yo también estoy muy contento. ¿No es suficiente eso?

Se quedó mirándola con grave expresión, y ella se puso de pie y le dio un beso.

–Claro que es suficiente.

En aquel preciso instante volvió Pierre, resoplando de agitación, seguido por Marie-Rose, que llevaba en la mano una funda de raso negro, la cual cubría una prenda colgada de una percha. Cuando Marie-Rose dejó de hablar, Pierre tomó el voluminoso bulto de su mano y, levantando la percha lo más alto que pudo, abrió la cremallera de la bolsa de raso y quedó a la vista un suntuoso abrigo de pieles color marrón, que una vez fuera de la funda resultó ser de marta cebellina. Serena lo miró fijamente, sin comprender por qué lo habían traído.

–*Mademoiselle... Principessa...* –Le dijo Pierre, con radiante sonrisa y prosopopeya oficial–. Este abrigo de marta cebellina perteneció a la difunta baronesa, y nosotros lo hemos conservado con las demás cosas del barón en el sótano, en un cuarto cerrado, durante todos estos años. Creemos oportuno... Nos gustaría que usted se lo pusiera hoy, cuando se case con el teniente coronel, y en la ceremonia religiosa de mañana.

Le tendió el abrigo con una sonrisa; le temblaban las manos.

–Quedará muy bien con el vestido blanco –agregó Marie-Rose desde detrás de su esposo.

–Pero es tan valioso... Marta cebellina... Cielo santo, no podría... –Se volvió hacia su prometido sin saber qué hacer–. Brad, yo...

Sin embargo, éste acababa de intercambiar una prolongada mirada con Pierre, y el raído abrigo de cheviot marrón de la joven yacía hecho un ovillo informe sobre la banqueta. Después de todo, Serena era una princesa, y estaba a punto de convertirse en su esposa; ¿qué mal podía haber, pues, en que lo luciera un par de veces?

–Vamos, cariño, ¿por qué no te lo pones? Pierre tiene razón, y además es tan bonito... –le dijo con una tierna sonrisa.

–Pero, Brad...

Ella tenía las mejillas encendidas, en parte por lo embarazoso de la situación y en parte por la excitación que sentía. Para ganar tiempo, B. J. tomó el abrigo de manos del mayordomo y lo colocó suavemente sobre los hombros de Serena. Ésta parecía una princesa encantada de cuento de hadas ruso, y Brad se inclinó sobre ella para besarla, para satisfacción de Pierre y de Marie-Rose, que les contemplaban embelesados.

–Buena suerte, *mademoiselle*.

Pierre se adelantó para estrecharle la mano y, sin pensar, ella se inclinó para darle un beso en la mejilla.

–Gracias –fue todo cuanto pudo decir, ahogada por la emoción.

Marie-Rose se acercó a ella, y las dos mujeres se abrazaron fuertemente, después de que la sirvienta la hubo besado en ambas mejillas.

Cuando llegaron a *l'hôtel de ville*, en el extremo de la calle Rivoli, subieron los escalones cogidos de la mano, y Brad sostuvo la puerta abierta para que ella entrara, lo que Serena hizo enseguida pasando por debajo de su brazo, acompañada por el remolino de los faldones del abrigo de marta.

Les recibió un empleado de recia complexión, quien les pidió que firmaran en un voluminoso libro. Revisó atentamente sus documentos, verificó los datos de sus pasaportes y acto seguido estampó un sello de carácter oficial en varios papeles. Luego contorneó el escritorio hasta el frente, musitó varias frases banales en francés y enseguida tendió una Biblia de gastadas cubiertas a Serena, rogándole que repitiera las frases que él iba a pronunciar, lo que ella hizo con los enormes ojos verdes muy abiertos, la cara pálida y el corazón latiéndole aceleradamente. Luego le tocó el turno a Brad. Al cabo de unos segundos todo había terminado, y el hombre de recia complexión giró sobre sus talones y volvió a ocupar su sitio tras el escritorio.

–Ya pueden irse. Enhorabuena.

–¿Ya está?

–Sí –contestó el empleado, mirándoles como si fuesen estúpidos–. Ya están casados.

Los novios se marcharon cogidos de la mano, e hicieron el camino hasta casa como en sueños. Al llegar allí encontraron el champán que Pierre y Marie-Rose les habían dejado preparado, y Brad brindó por su flamante esposa con una sonrisa.

–Bien, señora Fullerton, ¿qué le parece, es hora de acostarse?

Brad tenía un malicioso brillo en los ojos, y Serena sacudió la cabeza con expresión alegre y apenada a la vez.

–¿Ya? ¿En nuestra noche de bodas? ¿No crees que deberíamos trasnochar hasta la madrugada, ir a bailar o algo parecido?

–¿Es eso realmente lo que quieres hacer?

Se miraron a los ojos, sonriendo, y Serena meneó lentamente la cabeza.

–Yo sólo quiero estar contigo... el resto de mi vida.

–Así será, vida mía, así será.

Aquellas palabras constituían una promesa de seguridad y protección, y Serena estaba segura de que él la cumpliría hasta el fin de sus días. Entonces Brad cargó en sus brazos a su bella esposa de largas piernas y abandonó la sala de estar para dirigirse hacia la amplia escalinata, y luego hacia el dormitorio, donde la depositó suavemente sobre la cama.

–Brad... –murmuró ella.

Sus manos se mostraron tan ávidas como las de él al recorrer todo su cuerpo hasta penetrar rápidamente por debajo de la camisa; acto seguido, con más calma, le desabrochó los pantalones, notando la gran protuberancia que latía anhelante bajo la tela de los calzoncillos.

–Te amo, cariño –musitó él.

–¡Oh, Brad!

–¿Me permites?

Se separó de ella lo justo para bajarle la cremallera que cerraba el vestido blanco y quitárselo por la cabeza, en tanto ella asentía lentamente.

–¡Oh, amor mío, te deseo con toda mi alma! –musitó Brad.

Sus manos y sus labios se posaron en ella, y al cabo de unos instantes Serena se encontraba desnuda sobre la amplia cama, al igual que él, bajo la tenue luz que iluminaba la habitación, mientras el fuego ardía en el hogar, y fuera reinaba la oscuridad; en aquella noche de bodas, en que el cuerpo de la novia se arqueó ávidamente hacia su amante, quien la tomó tierna y plenamente, deleitándose al pensar que ahora era su esposa.

Capítulo 14

A la mañana siguiente, la ceremonia religiosa que tuvo lugar en la pequeña iglesia inglesa, situada en el extremo de la avenida Hoche, fue muy breve y bella. Serena llevaba el mismo vestido blanco del día anterior pero, milagrosamente, Marie-Rose había conseguido un ramillete de rosas blancas, que la novia sostenía entre las manos mientras avanzaba por el pasillo central, con los dorados cabellos cubiertos por la capucha del abrigo de marta cebellina marrón oscuro. Estaba verdaderamente adorable cuando volvió el rostro hacia Brad y de nuevo formuló el juramento, esta vez ante el pintoresco altar, con los rayos del sol de invierno filtrándose por los ventanales, y el modesto cura sonriéndoles al darles la bendición y declararles marido y mujer. Marie-Rose y Pierre oficiaron de padrinos de boda. En el curso de los días siguientes, durante las fiestas de Navidad, que se celebraron oficialmente en todo París, Brad la presentó a todo el mundo como su esposa.

–Bien, señora Fullerton, ¿se siente usted casada ahora? –le preguntó con una sonrisa, mientras le tomaba la mano durante el breve trayecto hasta su casa, custodiados por Marie-Rose y Pierre, que iban sentados junto al chófer.

–Claro que sí. Dos veces más que ayer.

–¿Eres feliz, cariño?

–Muchísimo. ¿Y usted, mi teniente coronel?

Serena sonrió al inclinarse hacia él para besarle en los labios, con la cara casi oculta bajo la suntuosa capucha de pieles, y los ojos brillantes como esmeraldas a la luz del día invernal.

–Jamás lo fui tanto. Y un día de éstos saldremos de luna de miel, te lo prometo.

Sin embargo, aún no llevaba tiempo suficiente en París para solicitar un permiso prolongado. A Serena, empero, no le importaba. Todo el tiempo que pasaban juntos era como una luna de miel. Ella nunca había sido tan feliz como estando con él.

–Tal vez podríamos ir a pasar el día al campo, para celebrar la Navidad.

Brad la miraba embelesado. La verdad era que no tenía ganas de ir a ninguna parte. Lo que deseaba era pasarse toda la semana en la cama, haciendo el amor. Entonces ella lanzó una risita, casi como si hubiese adivinado sus pensamientos.

–¿Qué es lo que te parece tan divertido?

–Tú. –Se inclinó hacia delante y le murmuró al oído–: No creo una palabra de lo que estás diciendo. No creo que estés dispuesto a llevarme al campo en absoluto. Todo obedece a un complot para mantenerme encerrada en esta habitación.

–¿Cómo lo has adivinado? –musitó él a su vez–. ¿Quién te lo ha dicho?

–Tú. –Rió de nuevo, pero luego alisó el abrigo de marta sobre sus muslos y adoptó una expresión seria–. Tengo que ir a hacer las compras de Navidad, ¿sabes, Brad?

–¿El día de nuestra boda? –exclamó él, con asombro.

–Hoy o mañana, a lo sumo.

–Pero, ¿y yo qué haré?

–Puedes acompañarme, al menos a algunos sitios. –Sonrió feliz, y agregó en voz baja–: Quiero comprar algo para Marie-Rose y Pierre.

–Es una buena idea. –Brad consultó el reloj y frunció el ceño–. Después de almorzar quiero telefonear a mis padres.

Serena asintió con la cabeza en silencio. Aquella perspectiva la inquietaba, pero sabía que tarde o temprano tendría que conocerles, por lo tanto todo sería más fácil si hablaba con ellos por teléfono un par de veces. No obstante, cada vez que pensaba en ellos, no podía evitar el recuerdo de Pattie Atherton y de todo lo que la joven había dicho aquel día, presa de ira, en el balcón que daba al jardín... «Tú y tu maldita criada italiana...» «Tu putita italiana...» Serena casi se sobresaltó al oír de nuevo en su interior aquellas palabras, y Brad le tomó las manos entre las suyas.

–No tienes que inquietarte por ellos, Serena. Mis padres te querrán. Y lo que es más importante: yo te amo. Además... –añadió, sonriendo al pensar en su familia–, están mis hermanos. Los adorarás. Sobre todo a Teddy.

–¿El menor?

Con expresión de felicidad observaba la cara de su esposo, tratando de olvidar las palabras de Pattie. Quizá sus hermanos simpatizaran con ella, después de todo.

–Sí, Teddy es el menor. Greg es el mediano. –Su rostro se ensombreció unos instantes–. Greg es... Bueno, es diferente. Es más reservado que nosotros. Es..., no sé, tal vez es más como mi padre. Suele hacer su voluntad, y es raro. Es más fácil influir en él que en mí o en Teddy. Nosotros dos somos más tercos que él, y sin embargo, cuando se le mete una cosa en la cabeza que realmente le importa, puede ser más testarudo que una mula. –La miró con expresión risueña–. Pero Teddy... Teddy es el genio de la familia, el diablillo, el elfo. Es más honesto que todos nosotros juntos, y el más creativo de los tres. Teddy tiene... –se quedó pensativo unos segundos– alma, gracia, sagacidad... y atractivo.

–¡Oye, a ver si resulta que me equivoqué de hermano!

B. J. la miró con absoluta seriedad.

–Podría ser. Y por cierto, es más de tu edad que yo, Serena. –Sin embargo, enseguida se le iluminó el rostro de nuevo–. De todos modos, soy yo el que te ha tocado en suerte, muñeca, y tendrás que apechugar conmigo. –Pero se hizo evidente, como siempre ocurría cuando hablaba de su hermano, que entre ellos existían lazos de afecto y una gran ternura que a Serena le llegaba al alma–. Cuando se gradúe en Princeton, el mes de junio próximo, dice que quiere ingresar en la facultad de medicina, ¿sabes?, y que me cuelguen si no logra salir airoso y ser un médico extraordinario.

Volvió a dedicarle una amplia sonrisa, y ella se inclinó hacia él y le besó.

De vuelta en la casa de la avenida Hoche, descorcharon otra botella de champán, que tomaron en compañía de Marie-Rose y Pierre, y acto seguido, la pareja de sirvientes se dirigió a sus dependencias para preparar el almuerzo, en tanto que Brad y Serena subían a su habitación para celebrar otra vez su luna de miel. Cuando una hora más tarde, Marie-Rose tocó el timbre para anunciarles que la comida estaba lista, se mostraron reacios a levantarse y vestirse para bajar a almorzar.

Finalmente, Serena se puso una falda gris y un suéter del mismo color, luciendo otra vez el collar de perlas de una sola vuelta. Al salir del cuarto de baño, Brad notó que aquel atuendo le daba un aspecto muy sobrio.

–¿Qué ha pasado con el vestido blanco?

Le había gustado aquella prenda, que le afinaba la cintura y le sentaba maravillosamente bien. El color gris parecía demasiado triste para un día tan feliz. Sin embargo, aquélla era la mejor falda que poseía, y el suéter era de cachemira, una verdadera rareza para ella. Casi no tenía ropa que ponerse, salvo la que había traído del convento y la que se había comprado con el fruto de su trabajo en el *palazzo*. Sabía que tendría que comprarse algo más ahora que era la esposa de un teniente coronel, y tenía pensado destinar parte del dinero que le quedaba a ese fin. No quería hacerle quedar en ridículo acompañándole vestida con aquellas horribles prendas de confección barata que componían la mayor parte de su vestuario.

–No te preocupes. Ya me compraré vestidos nuevos –repuso con embarazo–. ¿Es muy feo lo que llevo...?

Se miró en el espejo y vio lo horrible que estaba. Nada que ver con el vestido blanco y el abrigo de marta cebellina que le habían prestado. Pero era lo único que tenía. Se ruborizó ligeramente, y él se le acercó para tomarla entre sus brazos.

–Yo te amaría aunque anduvieras envuelta en una manta, tontuela. Nada de lo que te pones es horrible. ¡Es sólo que estabas tan bonita con el vestido blanco y el abrigo de pieles! ¿Por qué no vas de compras esta misma tarde y eliges algunas cosas elegantes y bonitas? Será mi regalo de Navidad para ti.

Antes de que Serena pudiese protestar, como él sabía que lo haría, le pasó un brazo por los hombros y la condujo a la planta baja, donde se sentaron a la mesa para saborear un delicioso almuerzo. Marie-Rose se había esmerado para complacerles. Les sirvió una cremosa sopa de verduras delicadamente sazonada, un sabroso paté con pan recién horneado, unos exquisitos pichones a la brasa, acompañados con un puré de corazones de alcachofas, que B. J. literalmente adoraba. Había ensalada, queso Brie y peras, que Marie-Rose había estado guardando en honor de tan señalada fecha, y para postre había preparado un *soufflé* de chocolate con chantilly y salsa de vainilla.

–¡Dios santo, creo que no voy a poder moverme nunca más! –exclamó Serena mirándole con asombro–. Jamás había comido tanto en toda mi vida.

–¡Ha sido estupendo!

B. J. miraba a Pierre con ojos velados, en tanto éste le ofrecía una copa de coñac y un cigarro, que el teniente coronel rechazó con renuencia.

En cuanto Pierre se hubo retirado, B. J. se puso de pie y se desperezó bajo los tibios rayos del sol invernal que penetraban por las ventanas; luego se dirigió al lugar donde Serena estaba sentada y le frotó suavemente los hombros con sus fuertes manos. Ella echó la cabeza hacia atrás para mirarle a los ojos.

–Hola, amor mío. ¿Eres tan feliz como yo?

–Mucho más. Y también estoy mucho más gordo. Cielos, después de semejante almuerzo no voy a poder ponerme el uniforme nunca más.

–Menos mal que no llevaba el vestido blanco que me hizo Marcella, pues habría estallado en mil pedazos. –Él se echó a reír, al tiempo que le retiraba la silla para que Serena pudiese ponerse de pie, mientras se desperezaba también–. No tengo ganas de ir de compras, pero me parece que no voy a tener más remedio que hacerlo.

–Primero –dijo él, consultando el reloj–, tenemos que llamar a mis padres. Tal vez tarden en darnos la comunicación, pero es importante. Quiero presentarles a mi esposa.

Brad la besó y la llevó hacia la biblioteca, donde tomó el teléfono, llamó a la operadora y comenzó a dictarle, en mal francés, el número de Nueva York con el que quería comunicarse.

–¿Me dejas hacerlo a mí? –se ofreció ella en un murmullo.

–Me siento muy importante al hacerme entender en francés –musitó él a su vez.

Sin embargo, sabía que su francés era apenas tolerable y, en cambio, el de Serena era fluido; pero logró salir airoso, y al cabo de un momento, tras haberle facilitado toda la información a la operadora, colgó.

Pierre había encendido la chimenea antes del almuerzo, y ahora el fuego ardía alegremente. B. J. fue a sentarse ante él, e invitó a Serena a imitarle con un gesto. La joven se ubicó a su lado y le cogió la mano. Ella parecía preocupada, y Brad le acarició el cabello, como si así confiara en calmarla y borrar de su mente lo que la inquietaba.

–¿Crees que se enfadarán mucho, Brad?

–No. Tal vez se sorprendan –repuso él, con la mirada fija en las llamas.

En aquel preciso instante estaba pensando en su madre.

–Pero tú dijiste que les habías comunicado que nos íbamos a casar.

–Sí, eso dije.

Entonces se volvió hacia ella, con una plácida expresión en los ojos, como si nada temiese y estuviera muy seguro de lo que estaba haciendo. Era en momentos como aquél cuando ella volvía a darse cuenta de la fuerza que le animaba y de la confianza que tenía en sí mismo. Brad siempre parecía absolutamente seguro de lo que hacía. Era una cualidad que le había ayudado a llegar muy lejos en su actividad, y que le había sido útil toda su vida.

–Ya sé que te dije que se lo había comunicado, Serena. Pero la verdad es que no lo hice. No había razón alguna para ello. Se trataba de una decisión que yo había tomado, que nosotros habíamos tomado. Quería esperar hasta que estuviéramos casados.

–Pero, ¿por qué?

Serena estaba asombrada ante el hecho de que él le hubiese mentido el día anterior. Brad lanzó un hondo suspiro y fijó la vista en el fuego, y luego volvió a mirarla a ella.

–Porque mi madre es una mujer de mucho carácter, Serena. Le gusta hacer su voluntad, y a veces cree saber qué es lo que más nos conviene. Pero no siempre es así. Si pudiese, elegiría por nosotros. Yo nunca se lo he permitido; sin embargo, mi padre siempre cedió. Y ella ha obrado muchas veces acertadamente para él. Pero no para mí, Serena, no para mí. –Parecía que estuviera haciendo un balance de toda su vida pasada hasta aquel momento–. Pensé que si le telefoneaba, quizá querría meter baza; tomar el avión hasta aquí para conocerte primero, o Dios sabe qué. Sobre todo, no quería que nada te perturbara. Ya has pasado por demasiadas cosas en tu vida, y quise facilitarte ésta, Serena, no complicártela. No tenía sentido dejar que viniera aquí para someterte a un examen, decirme que eras espantosa y causarte un disgusto. Por lo tanto, pensé que era preferible resolver las cosas por nuestra cuenta y luego decírselo a ellos, cuando ya fuese un hecho consumado. –Tras una pausa, le preguntó–: ¿Me perdonas?

–Supongo que sí. –Brad hablaba con sensatez, mas a pesar de todo no desapareció por completo la expresión sombría que tenían los ojos de Serena–. Pero ¿qué pasará si se enfada, si no le simpatizo?

–Eso no es posible, cariño. ¿Cómo podría dejar de simpatizar contigo? Tendría que estar loca. Y mi madre será muchas cosas, pero no está loca.

En ese momento, como retomando la última frase, sonó el timbre del teléfono, y la operadora francesa anunció que tenía la comunicación transatlántica. En el otro extremo de la línea se oyó la voz nasal de la operadora de Nueva York, que se disponía a llamar a su casa. Brad oyó sonar el timbre tres veces, y luego respondió la voz de su hermano menor. Éste aceptó la llamada, y su voz tronó por encima de los ruidos parásitos de la línea.

–¿Cómo estás, muchacho? Y, rayos, ¿cómo está París? ¡Cómo me gustaría estar ahí contigo!

–Olvídate de eso. ¿Cómo va la escuela?

–Como siempre. Más aburrida que un demonio. Pero ya tengo un pie fuera, gracias a Dios; y he logrado ingresar en la Stanford Med School, donde empezaré a estudiar en septiembre.

Hablaba con el entusiasmo de un escolar, y B. J. sonrió.

–Eso es formidable, muchacho. Oye, ¿está mamá en casa?

Raras veces preguntaba por su padre, que había sido el hombre invisible durante treinta años. En cierto modo, su padre tenía muchas cosas en común con su hermano Greg. El señor Fullerton era mucho más emprendedor que éste, pues después de todo había permanecido en el Senado durante todo un período; sin embargo, ello se había debido más al prestigio de la familia, a las buenas relaciones y a grandes sumas de dinero invertidas en la campaña electoral que a su carisma personal. En verdad, era Margaret Fullerton quien hubiera debido meterse en política. B. J. solía bromear con ella, diciéndole que sería la primera mujer que llegaría a presidente. Y si se lo hubiese propuesto, lo habría logrado sin duda. Pero ella se había contentado con alentar a su esposo, alternando en los círculos donde solían encontrarse personas como Eleanor Roosevelt.

–Sí, está aquí. ¿Cómo te va, Brad?

–Estupendamente. ¿Y a vosotros?

–A Greg lo licenciaron hace unas semanas.

Sin embargo, eso no había conmocionado a nadie, pues se había pasado la guerra sentado ante un escritorio en Fort Dix, Nueva Jersey, yendo los fines de semana a casa, o a Southampton durante el verano.

–¿Qué piensa hacer ahora?

–¿Por qué no se lo preguntas a él? –repuso Teddy, tras cierta vacilación–. Papá le hará entrar en el bufete. ¿Y tú, Brad? ¿No vas a volver a casa?

–Algún día. Aquí nadie me ha dicho nada todavía.

–¿Ya estás preparado para regresar?

El tono de la voz de Teddy denotaba una ligera ironía, y Brad se preguntó qué era lo que sabía.

–Tal vez no. Se está estupendamente bien aquí, Ted. Escucha, si aún estoy aquí la primavera que viene, cuando te gradúes, ¿por qué no vienes a vernos..., a verme? –rectificó enseguida, dirigiendo una rápida mirada a Serena.

–¿Piensas estar todavía ahí para entonces? –exclamó Teddy, con desencanto–. Diablos, ¿acaso no piensas aceptar la baja, B. J.?

Hubo una breve pausa.

–No lo creo, Ted. Me gusta el ejército. Jamás pensé que ocurriría. Pero me parece que es lo mejor para mí. Y... –Miró a Serena con ternura. Deseaba contarle a Teddy lo que había hecho, pero consideró que tenía que decírselo a su madre en primer lugar–. Escucha, después hablaré de nuevo contigo. Dile a mamá que se ponga al teléfono, Ted. Y óyeme bien: no les digas nada a ellos. A mamá le dará un ataque cuando le diga que pienso seguir en el ejército.

–Brad... –dijo Teddy con una extraña entonación–, creo que ya lo sabe.

Parecía querer advertir de algo a su hermano mayor.

–¿Ocurre algo? –inquirió Brad, repentinamente tenso.

–No. –Brad no tardaría en averiguarlo–. Voy a llamar a mamá.

En aquellos momentos su madre estaba desayunando en el comedor en compañía de Greg y de Pattie Atherton, que había ido a tomar el desayuno con ellos por estar en vísperas de Navidad. Cuando Ted, desde la puerta, le hizo señas a su madre para que acudiera urgentemente, ella se acercó enseguida, con el ceño fruncido.

–¿Ocurre algo malo, Ted?

–No, mamá. Brad está al teléfono. Ha llamado para desearnos felices fiestas.

En su fuero interno deseó que su madre no le aguara las fiestas. La mujer cogió el aparato de manos de su hijo, alisándose los blancos cabellos con la otra mano, y se sentó en el sillón de la mesa de despacho. Estaba elegantemente ataviada con un vestido de Dior negro que realzaba de manera admirable las aún estilizadas líneas de su figura. Era una mujer de cincuenta y ocho años, pero podía quitarse diez o doce sin que nadie lo advirtiera, aunque ella nunca lo había hecho. Siempre parecía estar al acecho, como tratando de percibir algún sonido sobrehumano, extraterrestre, que sólo ella pudiera oír. Siempre había en ella una especie de crispación, como causada por una corriente eléctrica, y a todas horas parecía estar a punto de descargar esa tensión, lo que hacía a menudo, ora en su esposo, ora en sus hijos. Era una mujer a la que uno hablaba con reservas, con suma cautela, a fin de no excitarla o de no «provocarla», como decía su familia. «No provoquéis a mamá, muchachos», les imploraba siempre su padre. Y con el fin de no ser él mismo el causante, casi nunca abría la boca, si bien siempre estaba dispuesto a asentir con la cabeza. Cuando eran niños, los muchachos solían imitarle con frecuencia, y B. J. llegó a remedar y a perfeccionar su constante y casi mecánico «Hum», que a nada le comprometía.

–¡Hola, mamá! ¿Cómo están las cosas en Nueva York?

–Interesantes. Muy interesantes. Ayer vino Eleanor a almorzar. –Brad comprendió que se refería a la señora Roosevelt–. Estos días las noticias políticas cambian diariamente. Son tiempos duros para ella; la verdad es que lo son para todos. Hay que reajustar muchas cosas después de la guerra. Pero no te preocupes por eso, Brad, querido. Hablemos de cosas más importantes: ¿cómo estás tú?

Lo dijo con un énfasis que diez años atrás le hubiera puesto extraordinariamente nervioso. Sin embargo, el día en que renunció a su puesto en Washington y se trasladó a

Pittsburgh, consiguió que su madre dejara de intimidarle. Ella había desaprobado violentamente el cambio, pero por primera vez en su vida Brad resolvió que la reacción de su madre no alteraría en absoluto sus decisiones.

–¿Estás bien, querido? ¿Y tu salud? ¿Eres feliz? ¿Regresas a casa?

–Un «sí» para las tres primeras preguntas y un «no» para la cuarta. Me temo que no van a embarcarme para Estados Unidos por el momento. Pero estoy bien, todo va bien.

Notaba los expectantes ojos de Serena fijos en él, y por primera vez en mucho tiempo se dio cuenta de que temía a su madre. No obstante, esta vez tenía que hacerle frente; no sólo por él mismo, sino por Serena. Eso acrecentó su valor cuando resolvió lanzarse de cabeza al agua.

–Tengo que darte una buena noticia.

–¿Otro ascenso, Brad?

La madre parecía complacida. A pesar de lo que le disgustaba que su hijo estuviera en el ejército, y puesto que él insistía en seguir en él, los frecuentes ascensos aplacaban sus ánimos y satisfacían sus ansias de prestigio.

–No precisamente, mamá. De hecho, se trata de algo mejor.

Tragó saliva penosamente, dándose cuenta de pronto de lo que había hecho. Serena tenía razón. Tenía que haberla telefoneado antes. ¡Diablos, ahora tenía que decírselo cuando ya era un hecho consumado! Sintió que se le formaban unas tenues gotas de sudor en la raíz de los cabellos y rogó por que Serena no lo notara.

–Acabo de casarme.

Quiso cerrar los ojos y aspirar una bocanada de aire, pero no podía hacerlo, no con aquellos confiados y expectantes ojos verdes fijos en él. En lugar de eso, sonrió a Serena y le indicó con un gesto que todo estaba saliendo a pedir de boca.

–¿Que has hecho *qué*? Es una broma, claro.

Se hizo un silencio, pero Brad percibió una nota tensa en la voz de su madre, lo que le llevó a imaginar la rigidez que se había apoderado de sus facciones. No le costó trabajo visualizar su mano delgada, elegante, casi huesuda, con los pesados anillos de diamantes, aferrando el aparato telefónico.

–¿A qué viene todo esto?

–Viene a raíz de una maravillosa jovencita que conocí en Roma. Nos hemos casado esta mañana, madre, en una iglesia inglesa.

La pausa que siguió se hizo interminable.

–¿Existe alguna razón de peso que te haya obligado a mantenerlo en secreto, Brad?

–No; sólo quería daros una sorpresa.

–Supongo que está embarazada –repuso su madre, con voz glacial.

Lentamente, a Brad comenzaba a hervirle la sangre. Nada había cambiado. No importaba que pasaran los años: ella seguía tratándolos de la misma manera. Como muñecos dementes y malignos. Eso era lo que le había impulsado a huir años atrás. Él siempre solía olvidar ese aspecto de la cuestión, pero tenía que reconocer que nada había cambiado.

–No; estás equivocada –replicó como si nada hubiese pasado, a fin de no inquietar a Serena–. Se llama Serena, es rubia y muy hermosa. –Estaba a punto de enloquecer, y todo lo que deseaba era soltar aquel maldito teléfono–. Y somos muy felices.

–¡Qué maravilla! –Las palabras que pronunciaba su madre le llegaban a través de la línea con la contundencia de las balas–. ¿Acaso quieres que te aplauda? ¿Se trata quizá de la misma chica de la que habló Pattie en noviembre? –El tono que utilizaba su madre hubiese podido resquebrajar una losa de mármol–. Creo que mencionó que hacía de sirvienta en el lugar donde tú vivías. ¿O se trata de otra?

«Con qué derecho me lo preguntas, maldita sea», sintió deseos de gritarle, pero se contuvo lo mejor que pudo y procuró no dejarse dominar por la furia.

–Eso es algo que no quiero discutir contigo. Creo que cuando Pattie estuvo en Roma vio las cosas con una visión deformada...

–¿Por qué? ¿Porque rompió el compromiso?

–¿Es eso lo que ella te dijo?

–¿No es lo que ocurrió?

–No exactamente. Le dije que las cosas habían cambiado y que deseaba anular el compromiso.

–No es ésa la versión que yo tengo. –Al parecer, Margaret Fullerton no daba crédito a lo que le decía su hijo–. Pattie dijo que mantenías relaciones con tu fregona, y que cuando lo descubrió, te devolvió el anillo y regresó a casa.

–Es una buena historia, muy bien tramada, madre. El único defecto es que no contiene ni una pizca de verdad. Lo único que hay de cierto en ella es que Serena trabajaba en el *palazzo*. Antes de la guerra, éste pertenecía a sus padres. Pero su padre formaba parte de la aristocracia que se manifestó contraria a Mussolini, y tanto su padre como su madre fueron muertos al comienzo de la guerra. Se trata de una larga historia, y ahora no puedo darte todos los detalles. Serena es princesa, tiene sangre noble, y durante la guerra estuvo encerrada en un convento en Estados Unidos. Y cuando volvió a Italia el verano pasado, se encontró con que el resto de su familia había muerto. No tenía nada ni a nadie. Entonces volvió al *palazzo* para verlo, y una de las antiguas criadas le ofreció su techo. Ha pasado muchas penurias, madre. –Sonrió a Serena–. Pero ahora todo eso pertenece al pasado.

–¡Qué conmovedor! ¡Qué buen partido! Una novia de guerra –comentó la madre, con voz que destilaba veneno–. Querido mío, ¿tienes idea de cuántos don nadies andan vagando por Europa y pregonando que antaño eran príncipes, condes o duques? ¡Dios mío, si hasta aquí han llegado representando esa comedia! En el club de tu padre hay un camarero que asegura ser un príncipe ruso. Tal vez quieras presentarle a tu princesa –sugirió su madre dulcemente–. Estoy segura de que será mejor compañía para ella que tú.

–Decir eso es de muy mal gusto. –Los ojos de Brad lanzaron chispas–. He telefoneado para darte la noticia. Eso es todo. Me parece que ya hemos hablado lo suficiente por ahora.

Por el rabillo del ojo vio que a Serena se le llenaban los ojos de lágrimas. La joven había comprendido lo que estaba sucediendo, y a Brad se le desgarró el corazón. Él quería que todo fuese perfecto para su esposa, y le importaba un rábano la opinión de su madre.

–Adiós, madre. Volveré a telefonearte pronto.

Su madre no le brindó ni una sola palabra de felicitación.

–Antes de que cortes, tal vez te guste saber que tu hermano Gregory acaba de comprometerse.

–¿De veras? ¿Con quién?

Lo cierto era que eso ahora no le importaba. Estaba demasiado alterado por el comportamiento de su madre y por su reacción ante el anuncio de su casamiento con Serena. Sólo una cosa le llamó la atención de aquella noticia: que Ted no le hubiera dicho ni una sola palabra sobre el particular.

–Se ha comprometido con Pattie –contestó la madre, con una satisfacción casi rayana en el júbilo.

–¿Atherton? –exclamó Brad, estupefacto.

–En efecto, Pattie Atherton. No quise escribirte porque aún no era seguro, y además no quise causarte un dolor innecesario.

¡Un cuerno! Lo que ella quería era impartir la máxima potencia al golpe. B. J. conocía demasiado bien a su madre.

–Comenzó a salir con él en cuanto volvió de Roma.

–Eso es estupendo.

Brad se admiró de la habilidad manipuladora de la zorrita de Pattie. Al menos esta vez había elegido al hermano adecuado. Greg haría cualquier cosa que ella le pidiese. Había sabido escoger al que más le convenía. No obstante, B. J. se preguntaba si Pattie no destruiría a su hermano. Esperaba que no, pero estaba casi seguro de que así sería. Se moría de ganas de preguntarle a Ted qué opinaba de ello, pero ahora no se sentía con ánimos de volver a hablar con su hermano.

–¿Cuándo se casan, madre?

–En junio. Antes de que Greg cumpla los treinta años.

¡Qué conmovedor! Y Pattie tenía veinticuatro y sería la novia perfecta con su vestido de encaje blanco. De pronto, la imagen que se perfiló en su mente casi le hizo vomitar. Su hermano devorado por aquella perra.

–Estoy segura de que será muy penoso para ti, Brad, pero creo que debes asistir a la boda.

–Por supuesto. No me la perdería por nada del mundo.

Ahora se sentía más seguro de sí mismo, aunque aún estaba asombrado por la habilidad de su madre.

–Y puedes dejar a la novia de guerra en su casa.

–Eso ni lo sueñes, madre. Esperamos veros a todos para entonces, y por ahora felices Navidades. No quiero hablar con Greg ahora, pero dale mi más sincera felicitación.

–Creo que aún está en el comedor con Pattie. Acabábamos de tomar el desayuno cuando llamaste. Pattie ha venido temprano hoy porque se va a Tiffany's a primera hora de la mañana para elegir el anillo.

–¡Maravilloso!

–¡Y pensar que pudiste haber sido tú, Brad!

–Celebro no haberlo sido.

Siguió un opresivo silencio.

–Yo hubiera preferido que lo fueras, en vez de hacer lo que has hecho.

–Dejarás de pensar así cuando conozcas a Serena.

De nuevo reinó un tenso silencio.

–Normalmente no suelo alternar con las criadas.

Brad hubiera querido estallar ante la respuesta de su madre, pero tuvo que contenerse por Serena.

–Eres un necio, Brad –se apresuró a decir la madre, aprovechando el silencio de su hijo–. Deberías avergonzarte. Un hombre con tus relaciones y oportunidades, y mira lo que has hecho con tu vida. Siento ganas de llorar por lo que estás arrojando por la borda. ¿Acaso crees que tienes alguna probabilidad de triunfar en la política ahora, con esa mujer por esposa? A juzgar por lo que dices, es una vulgar prostituta que se atribuye el título de princesa. Pattie comentó que parecía una pordiosera.

–Eso dejaré que lo juzgues por ti misma. Es diez veces más refinada que Pattie. Y esa zorra hace años que anda brindando gratis sus encantos.

–¿Cómo te atreves a hablar de la prometida de tu hermano en términos tan insultantes?

–Entonces no vuelvas jamás... –su voz penetró en el teléfono como un torpedo, y al otro extremo de la línea, Margaret Fullerton se echó hacia atrás–, jamás, a hablar de mi esposa de esa manera. ¿Está claro? Ahora es mi mujer. De ahora en adelante, sea lo que fuere lo que pienses de ella, harás bien en guardártelo para ti. Serena es mía. Eso es todo lo que precisas saber. Y espero que todos los miembros de mi familia, incluida la zorra de Pattie, la traten con respeto. No hay duda de que todos tendríais que quererla, porque es mucho mejor que cualquiera de vosotros, pero aunque así no sea, será mejor que os mostréis corteses con ella, y conmigo cuando hable de ella, o no volveréis a verme nunca más.

–No toleraré tus amenazas, Bradford.

–Y yo no toleraré las tuyas. Feliz Navidad, madre.

Dicho esto, colgó el teléfono con absoluta calma. Cuando se volvió con sombría expresión de cara a Serena, la vio sentada ante el fuego, con la cara entre las manos, y cuando se le acercó y la obligó a levantar la vista hasta él, descubrió que tenía el rostro bañado en lágrimas.

–¡Oh, amor mío, cuánto lamento que hayas tenido que oír eso!

–Tu madre me odia..., me odia... Le hemos dado un gran disgusto, le hemos partido el corazón...

–Serena... –La atrajo hacia sí y la estrechó entre sus brazos–. Mi madre no tiene corazón, querida. Desde hace muchísimos años. Eso lo sabe toda la familia, y yo debería habértelo dicho antes. Mi madre tiene una mente que es como un látigo, y un corazón de piedra. Es más dura que muchos hombres que conozco, y todo cuanto quiere es imponer su voluntad. Ha logrado dominar a mi padre durante treinta y seis años, y lo mismo ha intentado hacer conmigo. Ha tenido más suerte con mi hermano Greg, y no sé cómo conseguirá Teddy superar todo esto. Pero lo único que no le gusta de ti es que no has sido elegida por ella... No fue ella quien te descubrió y me forzó a casarme contigo. Lo que la enfurece de todo esto es el hecho de no haber tenido nada que ver en ello. He elegido por mí mismo, tal como hice cuando entré en el ejército. Eso es lo que ella no puede aceptar. No tiene nada que ver contigo. La cuestión es una batalla librada entre ella y yo que tiene varios años de duración.

–Pero Pattie le dijo que yo era una sirvienta del *palazzo*... ¿Qué debe de haber pensado tu madre?

Serena seguía sollozando en sus brazos.

–Serena, amor mío, en primer lugar no debes olvidar nunca quién eres. Y además, ¿crees acaso que me importa que fueras sirvienta o cualquier otra cosa? Lo único que me preocupa es que hayas tenido que pasar este mal rato, tan traumático y tan desagradable. Pero te diré una cosa: de ahora en adelante voy a hacer que tu vida sea feliz, y trataré de compensar todo lo que has sufrido.

Le besó los ojos llenos de lágrimas y le acarició el cabello con ternura.

–¿Crees que podrá llegar a perdonarnos alguna vez?

–Claro que sí. No es tan grave la cosa. La ha cogido por sorpresa, eso es todo. Y le ha molestado que no se lo anunciáramos antes.

Aquélla era una manera de suavizar la realidad de la situación, pero Brad consideró que era conveniente por el momento.

Serena meneó la cabeza con tristeza.

–Siempre me odiará. Siempre pensará en mí como una criada.

B. J. se echó a reír al oírle decir eso.

–No seas tonta. Verás como no. Te lo prometo.

–¿Cómo puedes estar tan seguro?

–Conozco a mi madre. Y ella me conoce a mí. Sabe que no puede dominarme. Por lo tanto, a la larga aceptará el hecho consumado, y cuando por fin te conozca, quedará sencillamente fascinada, como me ocurrió a mí, y se dará cuenta de la clase de chica que eres: bella, simpática, adorable, inteligente y la mujer que yo amo. Todos te querrán, Serena, hasta mi endemoniada madre. Te lo prometo. Ya lo verás...

–Pero todo eso que dijo Pattie...

–Las uvas están verdes, amor. Hasta mi madre lo comprenderá cuando te vea junto a ella.

–¿Junto a ella? –exclamó Serena, alarmada.

–Va a casarse con mi hermano Greg en junio. Resulta interesante ver cómo se han desarrollado los acontecimientos, ¿verdad?

Serena lo miró con atención, enjugándose los ojos.

–¿Va a casarse con tu hermano? –Él asintió con la cabeza–. ¿Lo sientes?

–No en el sentido que tú crees. Lo que lamento es que casarse con ella es lo peor que podía sucederle a mi hermano. O tal vez no; quizá necesite a alguien que dirija su vida. Mi madre no podrá hacerlo eternamente.

–¿Tan débil de carácter es?

B. J. asintió lentamente con la cabeza.

–Detesto reconocerlo, pero lo es, el pobre diablo. Es exactamente igual que mi padre.

–¿Tu padre también es débil de carácter?

Serena se quedó estupefacta al ver que Brad se despachaba contra su familia con toda naturalidad. Nunca había hecho nada semejante ante ella.

–Sí, mi padre también es débil. Y mi madre tiene más agallas que todos los integrantes de un equipo de rugby juntos. No creo que eso la haya hecho feliz, y te aseguro que varias veces nos ha enloquecido a todos, pero así son las cosas. Sin embargo, lo que importa, cariño, es que te amo. Ahora ya he cumplido con mi deber, ya le he comunicado a mi familia que me he casado. Lamento que no se hayan puesto a brincar de alegría, pero lo harán cuando te conozcan; por lo tanto, no nos preocupemos por eso, y salgamos a hacer las compras de Navidad. ¿De acuerdo?

Ella levantó hacia él los llorosos ojos y esbozó una sonrisa.

–Te amo –dijo, pero casi instantáneamente se puso a llorar de nuevo–. ¡Lo siento tanto!

–¿Por qué? Lo que deberías lamentar es pasarte todo el día de tu boda llorando. Sobre todo después de ese horrible almuerzo.

Le dio su pañuelo, y ella se sonó la nariz.

–Siento haber causado un disgusto tan grande a tu familia.

–No se lo has causado, te lo aseguro. Le has dado a mi

madre un motivo para reflexionar, lo cual no le hará mal alguno, y el resto de la familia seguramente lo recibirá como una gran noticia.

En aquel momento, antes de que él pudiese seguir hablando, sonó el teléfono. Era su hermano Teddy, llamando desde Estados Unidos.

–¿Qué pasa? –preguntó Brad con una sombra de preocupación, pero enseguida Serena vio que su rostro se iluminaba con una amplia sonrisa–. Es sensacional, ya verás como te encantará... De acuerdo..., de acuerdo... Puedes hablar con ella si quieres. –Y sin previo aviso, le dio el aparato a Serena, con esta breve introducción–: Mi hermano Ted.

–Hola, Serena, habla Teddy. Soy el hermano menor de Brad, y sólo quería felicitarte personalmente. Quería que supieras que lo celebro por ti y por Brad. Y estoy seguro de que si mi hermano te adora es porque debes de ser una chica formidable, y me muero de ganas de conocerte.

Serena tenía los ojos anegados en lágrimas cuando contestó:

–Muchas gracias. –Se ruborizó y empezó a tartamudear, al tiempo que le cogía la mano a su marido–. Espero... con toda mi alma... no haber causado un disgusto a vuestra familia...

Brad percibió el terror que delataba el tono de su voz. Ted se apresuró a tranquilizarla.

–La única manera de causar un disgusto a nuestra familia sería hacer desgraciado a Brad, y no puedo imaginar que seas capaz de eso.

–¡Oh, no! –exclamó la joven, alarmada.

–Bien. Entonces quiero que sepas que estoy muy contento de que te hayas incorporado a la familia.

A Serena se le volvieron a llenar los ojos de lágrimas; se despidió de su nuevo hermano, para devolverle el aparato a Brad.

–¿No es extraordinaria?

Brad la miraba radiante, mientras hablaba con su hermano. Teddy adoptó de nuevo un tono más grave.

–Sólo espero que no estés tan chiflado como afirma mamá. ¿De veras es una buena chica, Brad?

–La mejor.

–¿Os amáis?

–Así es.

–Entonces os deseo toda la felicidad del mundo, Brad. Quisiera estar ahí para decírtelo personalmente, para compartir vuestra alegría.

Y Brad sabía que su hermano lo decía de corazón.

–A mí también me gustaría tenerte aquí. Pero no te preocupes, ya lo celebraremos con creces cuando nos reunamos. Por cierto, ¿qué fundamento tiene esa locura de Greg?

–Ya lo has oído. Supongo que Pattie pensó que, puesto que no podía tenerte a ti, se conformaría con él. ¡Suerte que no decidió pescarme a mí!

–Más suerte de la que supones, muchacho.

–Así lo imagino. Espero que el bueno de Greg pueda resistirlo.

–Yo también.

Ambos parecían preocupados con respecto al inminente casamiento de Greg.

–De cualquier manera, sólo deseaba felicitaros, desearos suerte y expresaros mi cariño.

–Eres sensacional, Teddy. Y un hermano fabuloso. Te quiero –dijo Brad con voz ronca.

–Todo mi cariño para ambos –concluyó Ted antes de despedirse.

En cuanto hubo colgado, Brad se volvió hacia Serena con una expresión que denotaba una gran ternura.

–¡Vaya un hermano menor que tengo!

–Parece un muchacho maravilloso.

–Lo es. Me muero de ganas de que le conozcas.

Permanecieron largo rato abrazados en el estudio, mientras los pensamientos de Brad se remontaban hasta la familia lejana, y a pesar de los días gozosos que vivía con Serena, de repente fue presa de la añoranza por su país, por su familia y sobre todo por Ted.

–¿Quieres que salgamos ahora? –le preguntó a su esposa.

–¿Qué te gustaría hacer a ti, Brad?

Serena reconocía que ambos habían pasado una hora muy emotiva, y se sentía fatigada, pero a pesar de todo aún deseaba comprarle un regalo.

Él la miró amorosamente y le tomó la mano.

–Me gustaría salir contigo y comprarte todo cuanto esté a la vista, Serena Fullerton, eso es lo que me gustaría hacer. –Ella sonrió al oírse llamar por su nuevo apellido–. Vámonos de compras.

–¿Estás seguro?

–Muy seguro. Ve a buscar tu horrible abrigo. Voy a comprarte uno nuevo.

–No será de marta cebellina, supongo.

–No lo creo.

Con todo, le compró un exquisito abrigo de piel de lince de tonos dorados, y cajas y más cajas de vestidos. Cuando estuvieron de vuelta en casa a las seis de la tarde, el inventario de las compras arrojó por lo menos una docena de vestidos, dos trajes chaqueta, media docena de sombreros, el abrigo de piel de lince, unos pendientes de oro, un chaquetón de lana negro, zapatos, carteras, pañuelos para el cuello, ropa interior y camisones. Serena se quedó pasmada ante aquella montaña de artículos costosos que su esposo le había comprado, por lo que el regalo que le hizo a él le pareció insignificante en comparación con todo aquello, aunque le había costado el resto de sus ahorros. Le había comprado una pitillera de oro con su encendedor, en los que más adelante, luego que se los hubiera entregado, haría grabar sus iniciales y la fecha. Pensaba regalárselos a la noche siguiente, que era Nochebuena.

El chófer les ayudó a depositar las cajas en el vestíbulo y, lentamente, Serena y Brad enfilaron la escalera cogidos del brazo, sin que él pudiese apartar los ojos de su esposa, a quien admiraba con renovado placer, y sin que ella pudiese dejar de contemplarle arrobada. ¿Quién era el hombre con el que se había casado? ¿Era posible que contara con tantos medios? Ella no había visto tanta riqueza desde antes de la guerra. Eso le hizo pensar si la familia de Brad no supondría que se había casado con él por interés.

–¿Ocurre algo, señora Fullerton?

Brad deseaba con ansia protegerla de la rudeza que se desprendía de la crueldad de su madre.

–No; sólo pensaba en lo afortunada que soy al tenerte por marido.

–¡Qué curioso! Yo estaba pensando lo mismo con respecto a ti.

Se detuvieron al llegar a lo alto de la escalera; él la levantó en brazos, envuelta en el abrigo de piel de lince y con los rubios cabellos confundiéndose con el color de éste, y traspuso el umbral del dormitorio.

–¿Qué haces? –le preguntó ella con voz soñolienta y la cabeza apoyada en su hombro.

El día había sido largo y pesado, preñado de emociones y excitación. La boda, la madre de Brad, el opíparo almuerzo de bodas, las compras... No era de extrañar que estuviese exhausta.

–Llevarte en brazos a través del umbral, es una costumbre norteamericana, para celebrar el hecho de que acabamos de casarnos. Se me ocurre, además, otra manera de celebrarlo.

Serena soltó una risita al tiempo que él la depositaba blandamente sobre la cama y la besaba. Momentos más tarde, el abrigo de pieles y el resto de su ropa yacían en un montón. Hicieron el amor hasta la saciedad, y entonces se quedaron dormidos el uno en brazos del otro. Marie-Rose les había dejado la cena preparada en una mesita, tal como Brad le había sugerido, pero no se despertaron en toda la noche después de haberse amado. Aquella noche durmieron como dos niños.

Capítulo 15

Dos días más tarde, Serena se despertó antes que su esposo y saltó prestamente de la cama para ir a buscar las dos cajitas que había ocultado en su vestidor la noche anterior. Cuando él abrió los ojos, adormilado y feliz, se desperezó lujuriosamente, al tiempo que le tendía los brazos.

–Ven a mí, adorable esposa.

Ella lo hizo gozosa y lo abrazó un instante, con los dos estuches aún en la mano.

–Feliz Navidad, mi amor.

–¿Es Navidad? –Brad simuló sorpresa y olvido a la vez que la atraía hacia la cama de nuevo, hasta que ella cayó junto a él, cálida y dulce–. ¿Acaso no es mañana?

–¡Oh, calla, ya sabes que es hoy! –le retó bromeando, contenta al recordar los maravillosos regalos que él le había hecho–. Toma, esto es para ti.

Esta vez la sorpresa que Brad demostró era genuina.

–¿Cuándo compraste esto, Serena? –Había estado tan absorto en la adquisición de los regalos para ella que no se había dado cuenta de que Serena había efectuado aquella compra en Cartier, mientras él elegía los pendientes–. Eres escurridiza y astuta, ¿eh?

–Por una buena causa. Vamos, ábrelos.

Primero él le dio un beso, y luego comenzó a desenvolver con una parsimonia irritante y estudiada el primer paquete. Lo hacía con ánimo juguetón, y ella se echó a reír, hasta que por fin cayó el envoltorio al suelo y quedó al descubierto la lisa belleza satinada de la pitillera de oro.

–¡Serena! Cariño, ¿por qué lo has hecho?

Se mostró emocionado al pensar en la fortuna que debía de haberle costado. Ni siquiera sospechaba que pudiese tener tanto dinero en su poder. Era evidente que, si había tenido algunos ahorros, ahora éstos se encontraban concentrados en su mano. En Europa, una pitillera de oro siempre había sido el regalo de boda tradicional para el joven novio, y un regalo importante, por cierto.

–¡Querida, estás loca!

–Por ti.

Y riendo de felicidad, le entregó el otro regalo, que Brad desenvolvió con idéntico gozo.

–¡Santo Dios, Serena, vas a malcriarme!

–¡Ojalá pudiese malcriarte aún más! Si...

Pero él la tomó en sus brazos antes de que pudiese seguir hablando.

–No podría ser más feliz de lo que soy ahora. Tú constituyes el mejor regalo que jamás me hayan hecho.

Así diciendo, Brad se separó lentamente de ella y saltó de la cama para dirigirse a la cómoda, bajo la atenta mirada de su esposa.

–¿Qué estás haciendo?

–¡Oh, no sé! Pensaba que tal vez Papá Noel había dejado algo para ti –le contestó él por encima del hombro desnudo, con una amplia sonrisa.

–¿Estás loco? ¿Después de todos los regalos que me hiciste ayer?

Pero él ya regresaba con paso decidido hacia la cama, con un paquetito envuelto en papel plateado en la mano. Estaba atado con una fina cinta de plata, y era intrigantemente pequeño.

–Para ti, amor mío.

Ella sacudió la cabeza con desaprobación.

–No me merezco más regalos.

–Te mereces lo mejor..., pues eres lo mejor. ¿Entendido?

–Sí, señor –respondió ella, remedando un saludo militar.

Sus ojos se abrían desmesuradamente a medida que desenvolvía el paquete. Hasta el envoltorio se veía costoso, y el pequeño estuche de gamuza negro aún más; cuando lo abrió, dejando a la vista el brillante forro de seda negro y lo que reposaba entre sus pliegues, Serena no pudo contener una exclamación. Las manos le temblaban, y hasta una expresión de temor asomó a su rostro al verlo.

–¡Oh, Brad!

–¿Te gusta?

Brad lo sacó enseguida del estuche y tomó la temblorosa mano de Serena para ponérselo en el dedo. Era una delgada sortija de oro con un brillante de color rosado y forma ovalada, toda ella rodeada de diminutos brillantitos blancos.

–¡Oh, Brad!

Las lágrimas inundaron sus ojos, y él le sonrió, gozoso al verla tan evidentemente emocionada.

–Te mereces docenas de alhajas como ésa, Serena. Los alemanes no dejaron muchas de ellas en París. Cuando volvamos a Estados Unidos, compraremos todo lo que podamos. Cosas bonitas para ti, fantásticos vestidos, pieles, montañas de joyas, sombreros, todo lo que te guste. Siempre serás una princesa..., mi princesa.

Durante los meses siguientes, Serena tuvo la sensación de que lo único que hacía era pasar el tiempo en el Bois de Boulogne, visitando los museos aún casi vacíos, contemplando los escaparates o recorriendo sin rumbo el interior de las tiendas, esperando siempre ansiosamente la vuelta de B. J. a casa por la noche. Todo cuanto deseaba era verle; lo único que le importaba era su marido. Y B. J. sentía por ella una pasión como jamás hubiera imaginado que podía sentir. Pasaban horas y horas juntos, sentados uno al lado del otro en la biblioteca, contemplando el fuego, charlando, besándose, abrazándose y acariciándose, hasta que tenían que salir corriendo escalera arriba como dos niños. Cuando llegaban, sin embargo, distaban mucho de actuar como niños. Su actividad amorosa parecía no tener fin, y era llevada a cabo con destreza. Y así, el invierno fue dando paso a la primavera.

Brad estaba muy ocupado en su trabajo, pero ahora tenía muchas menos cosas que hacer. Los más acuciantes problemas de la posguerra habían comenzado a resolverse, y los de más largo plazo no serían atendidos en forma global hasta dentro de muchos años. Por lo tanto, vivía inmerso en una agradable calma, en una especie de limbo apacible, en el que sólo podía dedicarse a soñar despierto sentado a su mesa de despacho, reunirse con su esposa para almorzar, emprender largos paseos por los parques y regresar juntos precipitadamente a casa, con el fin de iniciar otra apasionada aventura antes de volver a su despacho.

Una tarde del mes de mayo, Brad le sonreía soñoliento, mientras yacía en sus brazos, feliz y exhausto.

–No puedo seguir encontrándome contigo así –le dijo.

–¿Por qué no? ¿Acaso crees que tu esposa se opondrá? –repuso ella con una mueca.

Ahora la joven parecía mucho más madura que cinco meses atrás, cuando llegó a París en el tren procedente de Roma.

–¿Mi esposa? ¡Cielos, no, es una maníaca sexual! –Serena soltó una carcajada–. ¿No te das cuenta de que si seguimos así, cuando tenga cuarenta años parecerá que tengo sesenta?

Sin embargo, eso no parecía importarle, a juzgar por la manera de decirlo, y Serena le miró con expresión jocosa.

–¿Te quejas pues? –inquirió, con un extraño brillo en sus ojos, como si hubiese algo que no quisiera decir.

A él le había parecido notarlo al reunirse con ella para almorzar, pero luego, durante la conversación, lo olvidó. Más tarde le preguntaría de qué se trataba, se dijo. Pero primero él tenía algo que comunicarle.

–¿Se queja usted mi teniente coronel?

–En realidad, no. Pero creo que debería usted saber que no voy a poder seguir actuando así cuando regresemos a Estados Unidos.

–¿De veras?

Él asintió con la cabeza, si bien no parecía decirlo con gran convencimiento.

–Bueno, después de todo los norteamericanos no se comportan de este modo.

–¿No hacen el amor? –preguntó ella, simulando estar horrorizada.

–Jamás.

–Mientes.

–No miento –replicó él sonriendo–. Demonios, no podemos seguir haciendo el amor así cuando volvamos. No dispondré de tanto tiempo para almorzar.

–Brad –dijo ella de pronto, mirándole extrañada–: ¿Tratas de decirme algo?

–Sí –contestó él con una sonrisa.

–¿Qué? –le preguntó Serena, a pesar de que ya creía saberlo.

–Nos vamos a casa, princesa.

–¿A Estados Unidos? –exclamó ella, estupefacta. Sabía que llegaría aquel momento, pero no suponía que sería tan pronto–. ¿A Nueva York?

–Sólo con un permiso de tres semanas. Después de eso, amor mío, iremos a Presidio, en San Francisco, y allí recibiré el nombramiento de coronel. ¿Qué le parece eso, señora Fullerton?

Brad sabía que haber obtenido aquella graduación a los treinta y cuatro años era un triunfo, y ella también lo comprendía así.

–¡Brad! –exclamó la joven, con entusiasmo–. ¡Qué fantástico! ¿Y San Francisco?

–Te encantará. No sólo eso, sino que tendremos a Teddy muy cerca, pues en otoño ingresará en la facultad de medicina de Stanford. Y hasta estaremos en casa para la boda de Greg. Todo encaja perfectamente, ¿no te parece, mi amor?

–Más o menos.

Serena se dejó caer sobre la almohada, de nuevo con aquella misteriosa sonrisa en los labios.

–¿Más o menos? Me ascienden, nos envían a casa, me asignan un puesto en uno de los mejores lugares del país, ¿y tú dices «más o menos»? Serena, debería darte unos azotes.

–Yo no haría eso –le dijo ella, con dulce voz y ojos brillantes.

Algo en su cara hizo que Brad dejara de tirar de ella, como si de repente supiera lo que iba a decirle, como si lo presintiera.

–¿Por qué no?

–Porque voy a tener un hijo, Brad.

Lo dijo con tanta ternura que aparecieron lágrimas en los ojos de su esposo, al tiempo que la estrechaba entre sus brazos.

–¡Oh, cariño!

–Espero que sea un niño –exclamó Serena, abrazándole muy eufórica.

Pero él meneó la cabeza.

–Una niña. Una niña que sea exactamente igual a ti.

–¿No quieres un niño?

Serena parecía asombrada, pero él la miraba como si ella acabara de hacer un milagro, sin prestar atención a sus palabras, sólo fascinado por la plenitud que experimentaba.

Capítulo 16

El coche que debía llevarles a Le Havre llegó a las ocho de la mañana. Las maletas estaban preparadas y apiladas en el vestíbulo, y junto a ellas, muy pálidos y tiesos, se hallaban Marie-Rose y Pierre. Marie-Rose no había dejado de enjugarse los ojos desde que le sirviera el desayuno a Serena, y cuando le estrechó la mano a B. J. por última vez, Pierre tenía la expresión dolorida del padre que acaba de perder a un hijo. Para Brad, allí terminaba una etapa de su vida y comenzaba otra, como bien sabía. Durante la guerra se había convertido en otra persona, se había encontrado a sí mismo, en el anonimato que le ofrecían el uniforme y un apellido común y corriente, Fullerton. Aquel nombre no significaba nada en particular para ningún miembro del ejército. Pero ahora regresaba a Estados Unidos. Era Bradford Jarvis Fullerton III, con todo lo que eso implicaba. Se reuniría con su familia, con sus amigos; asistiría a la boda de Greg, y trataría de explicarles a todos por qué seguía en el ejército, por qué le gustaba y por qué ya no deseaba abandonar el uniforme. Tendría que dar alguna razón de por qué no quería dedicarse a la política, como su padre, ni ingresar en el bufete de abogados de la familia, así como de por qué estaba tan seguro de haber tomado la decisión acertada. Asimismo sabía que la pregunta que nadie formularía, pero que también debería contestar, era por qué se había casado con Serena. Ante la perspectiva de abandonar el seguro y familiar refugio que les brindaba Europa, B. J. se sentía más protector para con ella. En particular ahora que llevaba un hijo en sus entrañas. No obstante, aunque no hubiese sido así, Brad habría tratado igualmente de suavizarle las cosas, de que la transición le resultara fácil; suponía que los primeros días de convivencia con su madre sin duda estarían cargados de una gran tensión. Después de ese período, empero, estaba seguro de que hasta su indomable madre quedaría prendada de los encantos de Serena. Pero si eso no llegaba a suceder, le importaba un bledo. Ahora toda su alma pertenecía a Serena. Después de tantos años en el ejército, su familia le parecía menos importante, menos real.

Sin embargo, todo ello pesaba gravemente sobre sus hombros cuando estrechó la mano de Pierre y se agachó para besar a Marie-Rose en ambas mejillas, tal como Serena había hecho momentos antes.

–¿Me prometen que me enviarán una foto del niño?

Eran casi las mismas palabras que había dicho Marcella la noche anterior por teléfono desde Roma.

–Les mandaremos docenas de fotos, se lo prometo.

Serena estrechó la mano de Marie-Rose.

Los Fullerton se despidieron de los sirvientes por enésima vez, y les saludaron con la mano mientras el coche se alejaba. Por un instante, Serena apoyó la cabeza en el hombro de su marido mientras el auto corría por la avenida Hoche en dirección a L'Étoile, y tal como había hecho en Roma, se preguntó cuándo volvería a contemplar aquellos lugares tan conocidos.

Brad se había acostumbrado a tocarle el vientre todos los días, para comprobar si el niño había crecido, y Serena se burlaba de él al verle tan embobado con su hijo. «Mi hija», se apresuraba a corregirla enfáticamente, y ella se echaba a reír. La joven quería que fuese un niño para perpetuar el apellido de su esposo, pero Brad siempre decía que le importaba un comino el apellido, y que sólo deseaba que fuese una niña exactamente igual a ella.

–¿Te encuentras bien?

Brad la miró con inquietud al ver la grave expresión de sus ojos, temiendo que estuviese enferma, pero ella le sonrió, al tiempo que denegaba con la cabeza.

–Estoy bien. –Y tras echar una mirada por la ventanilla del vehículo, agregó–: Sólo estaba despidiéndome... de nuevo.

Él le acarició la mano, que luego retuvo tiernamente entre las suyas.

–Has tenido que hacerlo muchas veces, amor mío –le dijo, mirándola a los ojos–. Afortunadamente, ahora vamos a poder fundar un hogar estable. Al menos durante una temporada. –Sabía que posiblemente debería permanecer en San Francisco unos cinco años, o tal vez más–. Decoraremos la casa para recibir a la niña y nos afincaremos allí, te lo prometo. ¿Echarás mucho de menos todo esto, mi amor?

–¿París?

Serena se quedó unos instantes meditabunda, pero él meneó la cabeza.

–Me refiero a todo, no sólo a París. Europa...

–La verdad es que sí. Tuve tanto miedo todo el tiempo, por la guerra, por mi abuela, por todo lo que podía ocurrir en Venecia o en Roma... En Estados Unidos me sentía como prisionera. Ahora todo será diferente.

Por otra parte, ya no le quedaba nadie en Europa. Aparte de Marcella, la única persona que tenía era su esposo, y sabía que su sitio estaba junto a él. Había telefoneado a Marcella el día anterior para anunciarle su partida. También le había hablado del niño, y Marcella se puso tan contenta que lloraba y reía al mismo tiempo. Pero había rehusado la invitación de Serena a que les acompañara a Estados Unidos. Ahora Serena tenía a Brad, y ella, por su parte, consideraba que debía quedarse en Roma, que allí estaba su sitio.

–Esta vez es diferente –dijo Serena, encogiéndose de hombros con una sonrisa. Todo en ella pareció adquirir un aire muy italiano–. Me causa tristeza partir, pero sólo porque conozco esto, porque me es familiar, porque hablo el idioma.

–No seas tonta. Hablas inglés casi tan bien como yo. En realidad –agregó con una mueca–, aún mejor.

–No me refiero a eso. Quiero decir que aquí la gente comprende mi modo de vida, mi espíritu, mi alma. En Estados Unidos es distinto. Allí no piensan como nosotros.

–No –repuso él, meditando sus palabras–. Es cierto.

Y se dijo también para sus adentros que la mayoría de la gente no sabría comprender sus raíces.

B. J. había resuelto no viajar en tren hasta Le Havre, porque suponía que el trayecto sería demasiado pesado para Serena, por lo que prefirió que uno de sus ordenanzas les llevara hasta allí en coche sin ninguna prisa. De ese modo podrían detenerse dónde y cuándo quisieran, y ella se sentiría mejor para embarcar.

El viaje transcurrió sin apenas darse cuenta; de pronto se encontraron en el muelle, donde el chófer descargó las maletas, y momentos más tarde un camarero les acompañaba por la pasarela del embarque hasta su camarote, ante los ojos asombrados de Serena. El barco no tenía nada que ver con el carguero en que había embarcado en Dover, en compañía de docenas de niños refugiados y unas cuantas monjas. Éste era un lujoso transatlántico de primera clase, y mientras recorría los largos pasillos bellamente decorados, echaba una mirada a los salones provistos de opulentos cortinajes de terciopelo rojo y observaba a los demás pasajeros, Serena comprendió que aquél iba a ser un viaje muy especial.

Sus ojos bailaban de contento cuando los volvió hacia su esposo. Éste la contemplaba expectante, con una mirada que delataba su propia emoción. Le había costado mucho conseguir pasajes para el *Liberté* en tan corto tiempo, y resultaba muy importante para él que el viaje fuese algo muy especial a los ojos de su esposa. Deseaba que el ingreso de ella en su mundo fuera gradual y plácido, que tuviese un comienzo feliz, y estaba dispuesto a hacer todo lo posible para que así fuese. Ya suponía que la boda de su hermano posiblemente se convertiría en algo penoso: el enfrentamiento con Pattie Atherton era algo que Brad hubiese preferido evitar pero, puesto que era inevitable, al menos que fuera precedido por un período de alegría y felicidad.

–¿Te gusta?

–¡Brad! –murmuró ella, mientras seguían pausadamente al camarero hasta el camarote, donde encontrarían los baúles que habían enviado unos días antes–. ¡Esto es maravilloso! Es... ¡como un *palazzo*!

La joven sonreía y reía gozosa, colgada del brazo de su marido.

–Esta noche te llevaré a bailar. –De pronto su rostro se ensombreció–. ¿O acaso no es conveniente?

Ella se echó a reír, al tiempo que penetraban en el camarote.

–No seas tonto. A tu hijo le encantará.

–A mi hija –replicó él en voz baja, antes de que ambos enmudecieran de sorpresa al constatar la espectacularidad del camarote en que se encontraban.

Aquél era el sitio ideal para pasar la luna de miel que no habían podido gozar aún; se respiraba en él tanto lujo y confort que hubiesen deseado quedarse un año en lugar de una semana. Sus baúles ya se encontraban perfectamente colocados en los correspondientes soportes, y a ellos se sumaron ahora las maletas, antes de que el camarero les saludara con una cortés reverencia.

–La doncella vendrá dentro de unos instantes para ayudar a *madame* a deshacer el equipaje. –Luego señaló un bol enorme lleno de fruta fresca, una bandeja de pastelillos y una botella de jerez, que se encontraban sobre una estrecha repisa–. Serviremos el almuerzo poco después de zarpar, a la una, pero mientras tanto tal vez al teniente coronel y a *madame* les apetezca un ligero refrigerio.

Todo estaba perfectamente previsto, y la pareja contempló encantada cómo el camarero les saludaba una vez más y se retiraba.

–¡Oh, querido, es maravilloso!

Serena se echó en brazos de su esposo y le estrechó efusivamente, ante la inmensa complacencia de Brad.

–Es aún mejor de lo que imaginaba –asintió éste–. ¡Cielos, esto sí que es manera de viajar! –Llenó dos copitas de jerez, le ofreció una a Serena y levantó la suya para brindar–. Por la mujer más hermosa que conozco: la mujer que amo... –una cálida sonrisa le iluminó los ojos– y la madre de mi hija.

–Hijo.

–Que la vida en Estados Unidos sea una fuente eterna de felicidad para ti, amor mío.

–Gracias. –Serena fijó la vista en la copa unos instantes y luego le miró–. Sé que así será. –Tomó un sorbo y enseguida levantó la copa para brindar por él–. Por el hombre que me lo ha dado todo y al que amo con todo mi corazón... Que nunca tengas que arrepentirte de haber llevado a tu país a tu novia de guerra.

Había una cierta tristeza en sus ojos al pronunciar esas palabras, y Brad la tomó enseguida entre sus brazos.

–No digas eso.

–¿Por qué no?

–Porque te amo. Y cuando dices cosas como ésa, te olvidas de quién eres. No debes olvidar nunca quién eres, Serena. *Principessa* Serena.

Le sonrió dulcemente, pero ella meneó la cabeza.

–Ahora soy la señora Fullerton, no la *principessa* no-sécuántos; y así quiero que sea. –Y tras una pausa, añadió–: ¿No tratas tú también de olvidarte de quién eres, Brad? –Hacía meses que tenía esa impresión. Se había dado cuenta del juego que su esposo se llevaba entre manos para permanecer en el anonimato, al quedarse en el ejército y en el extranjero–. ¿No estás haciendo lo mismo que yo?

–Tal vez. La verdad es que mis progenitores y la escala social a la que pertenezco constituyen una pesada carga para mí, Serena. –Nunca había reconocido eso ante nadie hasta entonces, y era raro que lo hiciera ahora, justo cuando se disponía a emprender el camino de vuelta al hogar–. Jamás me sentí adaptado a ese medio. Siempre fui la oveja negra. No sé por qué, pero así es como ha ocurrido. No creo que ninguno de mis hermanos experimentara esa sensación. Teddy encajaría en cualquier parte, y Greg se esforzaría en ello, aun contra su voluntad; pero yo no puedo hacerlo. Y ya no creo en todas esas patrañas. Jamás lo hice. Los valores de gente como Pattie Atherton, mi madre, mi padre... Todo tiene por objeto la ostentación, el engreimiento. Nada se hace por el gusto de hacerlo, por el deseo de hacerlo, porque signifique e importe algo. Lo que cuenta es aquello que les parece bien a los demás. Ya no puedo vivir de acuerdo con esos conceptos.

–¿Por eso quieres seguir en el ejército?

–Ni más ni menos. Como quiera que mi sueldo en el ejército es bastante pasable, puedo darme el gusto de vivir en lugares fantásticos, probablemente a una saludable distancia de Nueva York; a menos que me destinen a Washington –agregó, poniendo los ojos en blanco y simulando estar horrorizado–. De modo que ya no tengo que participar en el juego de la familia. Yo no quiero ser B. J.

Fullerton III. Quiero ser yo, el primero. Yo mismo, Brad, B. J., alguien a quien ambos podamos respetar. No tengo por qué concurrir a los clubes de mi padre o casarme con la hija de los amigos de mi madre con el fin de sentirme satisfecho de mí mismo, Serena. Nunca me sentí bien en ese mundo, y ahora sé por qué. Sencillamente porque no fui moldeado para eso. En cambio, tú naciste para ser princesa –le dijo, mirándola con ternura–. Es algo de lo que no puedes escapar ni ocultarte, así como tampoco puedes cambiarlo, renunciar a ello ni pretender que no es un hecho. Eres tú misma. Al igual que esos espléndidos ojos verdes que tienes.

–¿Y cómo sabes que no me disgusta tanto como te disgusta a ti el medio en que naciste?

–Porque te conozco. Lo único que a ti no te gusta es estar en candelero, llamando la atención. Lo que no quieres es aparecer como una esnob. Pero no conservas diferencias básicas con respecto a tus raíces, Serena. Tú perteneces a ese mundo, y si aún existiera, jamás habría podido arrancarte de él, porque en la actualidad Norteamérica es un sitio donde la gente no comprende esa clase de mundo del que tú provienes. Sin embargo, es lo mejor que tenemos, muñeca, y todo lo que podemos intentar es hacérselo comprender. Pero por poco listos que sean –agregó, sonriéndole con dulzura–, no tendremos que explicarles nada. Porque lo que tú eres, toda la belleza, la gracia, la bondad y la extrema elegancia de tu persona, se encuentra a la vista, seas princesa o no lo seas. Daría lo mismo que te llamaras Jones, amor mío, pues eres una princesa hasta en el último rincón de tu alma.

–Eso es una tontería –repuso ella, sonriendo y ruborizándose ligeramente a causa de la turbación–. Si no te lo hubiera dicho, nunca lo habrías adivinado.

–Claro que lo habría adivinado.

–No.

Serena le tomaba el pelo, y él dejó la copa y la besó con pasión en los labios; luego la levantó en brazos y la depositó sobre la amplia y bonita cama del camarote.

–No te muevas. Tengo que arreglar algo. –Ella sonrió mientras Brad se dirigía a la puerta del camarote, cogía el cartelito que decía «No molestar», abría la puerta y lo colgaba del pomo exterior–. Así no nos molestará la sirvienta.

Se volvió hacia Serena con una amplia sonrisa en los labios, corrió las cortinas y comenzó a desanudarse la corbata.

Capítulo 17

Los días en el *Liberté* pasaron volando. El viaje proseguía plácido, alegre, sin sobresaltos. Al llegar la última noche, ambos lamentaron su próximo fin, en cuanto tocaran el puerto de Nueva York.

A las seis en punto de la mañana siguiente, el camarero llamó a la puerta para hacerles saber que estaban llegando a destino. No desembarcarían hasta las diez de la mañana, pero era costumbre entrar en el puerto muy temprano. Después seguía el cumplimiento de las formalidades de rigor, de modo que se tomaban todas las medidas necesarias a fin de no incomodar a los pasajeros arribando a puerto demasiado pronto. Sin embargo, había algo muy especial en el hecho de pasar frente a la Estatua de la Libertad a la salida del sol, cuyos rayos dorados se proyectaban en el cielo hasta reflejarse en los brazos, la corona y la antorcha de la figura. Aquella vista raras veces dejaba de conmover al espectador, y quienes se levantaban temprano para admirarla experimentaban un nexo especial con su patria mientras la nave se iba adentrando en el puerto. Serena se emocionó profundamente al pasar ante la estatua que parecía iluminar su camino hacia una nueva vida.

Hasta B. J. guardaba un extraño silencio. La última vez que había vuelto a su país había sido sólo por breve tiempo, en un vuelo militar. Esta vez tuvo la sensación de volver por fin de la guerra, con su esposa junto a él, a la tierra que amaba. Era una sensación que le causaba bienestar y despertaba gratitud en lo más profundo de su ser, y no tuvo otra forma de manifestarla que tomando a Serena en sus brazos y estrechándola fuertemente.

–Bienvenida a casa, Serena.

–*Grazie* –musitó ella al besarle bajo la suave luz anaranjada de aquella mañana de junio.

–Vamos a gozar de una vida hermosa aquí, amor mío.

Era una promesa que le hacía con toda sinceridad, y deseaba cumplirla toda su vida, la de ella así como la propia.

–Lo sé. Y nuestro hijo también lo sabe.

Brad le estrechó con fuerza la mano, y permanecieron allí casi una hora, contemplando Nueva York en la distancia, en tanto el transatlántico se deslizaba con lentitud en el puerto, aguardando la llegada de los funcionarios de inmigración, los remolcadores, los inspectores de sanidad, la autorización y todas las demás formalidades burocráticas que acompañan a las arribadas. Sin embargo, Serena y B. J. se mantenían al margen de todo aquello, mientras seguían en cubierta cogidos de la mano, perdidos en sus pensamientos sobre el futuro.

En aquel preciso instante la madre de Brad estaba sentada en su cama, en la Quinta Avenida, tomando una taza de café, con el ceño fruncido y una sombría expresión en los ojos, y pensando en su hijo mayor y en la mujer que traía a casa. Si hubiese podido, le habría ordenado a Brad que se deshiciera de Serena lo más rápidamente posible, pero aún no había encontrado un modo práctico de llevar a cabo aquel deseo. Ya no tenía ningún derecho ni ejercía poder alguno sobre el dinero de Brad, y tampoco había ningún puesto a disposición de su hijo en las empresas familiares. En cierto modo, Brad había abandonado el nido, y ahora revoloteaba sobre ellos haciendo lo que le venía en gana, a su manera, con aquella maldita golfa italiana que traía a casa... La mujer dejó la taza de café con enérgico gesto sobre la mesita de noche, apartó las mantas y saltó de la cama con aire decidido.

Capítulo 18

Cuando Serena bajó por la pasarela, caminando delante de Brad, sintió los fuertes latidos de su corazón dentro del pecho. ¿Cómo serían todos? ¿Qué dirían? En el fondo, Serena conservaba la esperanza de que la señora Fullerton –la otra señora Fullerton– acabaría entrando en razón. La angustia le pesaba como una carga de una tonelada al bajar de la nave, en su traje chaqueta de hilo color crema, una blusa de seda color marfil y el cabello recogido en el característico moño en forma de ocho. Los guantes de cabritilla blancos resultaban impecables en sus manos, que apenas se posaban en la baranda. Cuando miró a Brad, éste pudo leer en sus ojos todo lo que pensaba. Se inclinó hacia ella para darle ánimos cuando ya estaban a punto de poner pie en tierra firme.

–No pongas esa cara de preocupación. No te atacarán, te lo juro.

Para sus adentros, agregó: «No se atreverán a hacerlo»; sin embargo, sabía que alguno de los miembros de la familia lo haría: su madre..., Pattie..., Greg, si se dejaba influir por las dos mujeres... ¿Su padre? No estaba seguro. Sólo de Teddy podía tener la seguridad de que no lo haría.

El camarero le había ofrecido a Serena dos bonitas gardenias al abandonar el camarote por la mañana, y ahora ella las lucía en la solapa de la chaqueta. Brad aspiraba su fragancia mientras caminaba a sus espaldas.

–¡Arriba ese ánimo, pequeña!

Cuando ella volvió la cabeza, pudo ver que había palidecido de miedo. No era justo hacerle pasar aquel mal rato, y en aquel momento sintió odio hacia su madre. ¿Por qué no podía ser una mujer gorda y amable, en vez de la astuta y felina reina de la jungla que era? Una auténtica pantera al acecho para destrozar a su presa. B. J. la imaginaba paseando por el muelle, como un depredador, dominada por la impaciencia. Tuvo que sacudir la cabeza para ahuyentar aquella imagen de su mente. No obstante, cuando llegaron a la sección F del muelle, donde debían aguardar para retirar los baúles y pasar la inspección de aduana, Brad se dio cuenta de que no había nadie esperándoles. No vio a sus padres ni ningún otro conocido. Aquello distaba mucho del entusiasta recibimiento que le habían hecho en el aeropuerto un año atrás, y sintió que le invadía una rara sensación, mezcla de alivio y de desencanto, al tomar la mano de Serena.

–Ya puedes tranquilizarte. No han venido a esperarnos.

Serena frunció el ceño, inquieta.

–¿Crees que no vendrán?

–Por el amor de Dios, Serena, pones una cara como si se hubiese muerto alguien. Sosiégate. Probablemente están enloquecidos como demonios a causa de la maldita boda. Sólo tenemos que tomar un taxi y nos llevará a casa.

Pero hasta él se sentía raro al tener que volver de aquella manera después de tantos años.

Y entonces lo vio, de pie a unos cincuenta metros; les estaba observando con la cara iluminada por una sonrisa, que animaba sus ojos azules, según imaginó Brad sin necesidad de vérselos. Su hermano tenía un modo de sonreír que le iluminaba toda la cara, formando dos profundos hoyuelos que habían sido una pesadilla para él cuando era niño. Llevaba pantalones de franela blancos, una chaqueta de lana azul y un sombrero de paja. Brad, encantado de verle, sintió deseos de abrazarlo fuertemente, pero el muchacho no se dirigió hacia él sino hacia Serena, cargado con un enorme ramo de rosas rojas, la radiante sonrisa que Brad adoraba y los ojos fijos en ella, como si fuese un hermano o un amigo que hubiese estado lejos mucho tiempo. Se detuvo bruscamente ante ella, estupefacto al constatar su belleza y elegancia abrumadoras, le pasó los brazos por la cintura y la abrazó hasta quitarle el aliento.

–¡Hola, Serena! ¡Bienvenida a casa! –exclamó con tanto énfasis y entusiasmo que ninguno de ellos pudo contener las lágrimas sin dejar de sonreír.

Serena le devolvió el abrazo con la misma efusión. Se sentía como en los brazos de alguien a quien siempre hubiese querido, deseando ser amada por él.

–¡Qué contento estoy de teneros aquí!

Miraba por encima del hombro de Serena a su hermano favorito, y Brad no pudo aguardar más. Los abrazó a ambos, y así estuvieron largo rato, riendo y llorando al mismo tiempo, frente al enorme transatlántico que los había traído a casa.

Pareció que había transcurrido un siglo cuando Teddy la soltó, y Serena retrocedió un poco para contemplar a aquel hermano menor del que tanto había oído hablar. Era aún más alto que Brad, y en cierto modo más bien parecido; sin embargo, luego comprobó que no lo era tanto, mientras observaba los rostros de ambos en tanto charlaban animadamente de todo, de la boda, de sus padres, del viaje... Las facciones de Brad eran más perfectas; sus hombros, más anchos, y parecía mucho más seductor. No obstante, Teddy tenía algo muy especial, y resultaba imposible no advertirlo. Era casi como una especie de halo, que iluminaba su alma y a todo aquel que caía bajo su influjo. La alegría, la calidez y el amor que irradiaba eran tan intensos que resultaba imposible no tenerle simpatía, resistirse a su atractivo y no desear pasar a formar parte de su vida. También Serena fue víctima de aquel magnetismo, pero al mismo tiempo sintió algo más: la oleada de admiración que había provocado en él, tan intensa que no sabía cómo reaccionar. A pesar de la conversación que, como fuego cruzado, mantenía con su hermano, Teddy no le había quitado los ojos de encima desde su llegada. Y al fin volvió a dirigirle la palabra.

–Serena, ¡qué hermosa eres!

Parecía realmente fascinado, y Serena no pudo contener la risa.

–No sólo eso –terció su esposo–, sino que es una princesa. ¿Qué me dices?

–Lo parece –repuso el hermano menor con absoluta seriedad, mientras Brad lo contemplaba con ternura y con aire risueño.

–Ahora, no vayas a enamorarte de ella, jovencito, que yo la vi primero.

Pero había tal expresión de arrobamiento en la cara de Teddy que casi inspiraba el deseo de desviar la mirada mientras él mantenía los ojos fijos en Serena.

–¡Dios mío, eres adorable!

No podía apartar la vista de su cara, y fue Serena quien rompió el encantamiento.

Mirándole por encima del ramo de rosas que él le había entregado después de abrazarla, la joven musitó:

–Verás, en realidad yo no soy Serena. Soy una chica que Brad conoció en el barco, y me pidió que ocupara el lugar de ella.

–Simpática además, ¿eh? –exclamó Brad, pasando el brazo por los hombros de su esposa–. Por cierto, ¿cómo está nuestra futura cuñada?

La cara alegre de Teddy se ensombreció.

–Bien, supongo. –Su voz sonó vaga y velada, mientras Brad y Serena le observaban con interés–. Hace dos semanas que Greg acaba borracho todas las noches. No sé a qué atribuirlo, si a los buenos tiempos que se avecinan o al terror que siente.

–Tal vez se deba un poco a ambas cosas.

–Creo que Greg no sabe lo que se hace, Brad. O tal vez no quiere saberlo, lo que es mucho peor.

–¿Sugieres que alguien debería poner fin a esto? ¿Ahora?

–No lo sé. Seguro que mamá no lo hará. Greg se está convirtiendo en su gran esperanza. Desde que decidiste convertirte en soldado profesional –agregó mirando a su hermano desdeñosamente, con lo que sólo logró arrancar una sonrisa a Brad–, y desde que se ha hecho evidente que yo no entraré en el juego familiar, todo hace suponer que Greg es el candidato.

–¡Pobre chico!

Capítulo 19

Teddy había dejado al chófer de sus padres aguardando pacientemente fuera del área del muelle, en la limusina Cadillac de color azul marino que su padre había adquirido para uso de su esposa la Navidad pasada. Sin embargo, la mayoría de las veces Margaret Fullerton prefería conducir su propio coche, un bonito descapotable verde botella, Lincoln Zephyr, que ella sacaba todos los días. Con la consiguiente alegría de sus hijos, ya que eso les permitía utilizar el Cadillac y al viejo chófer para sus propios fines. Su madre había tenido que asistir a una reunión, por cuyo motivo no había podido acudir al puerto para recibir a Serena y a Brad. Y Greg había tenido que mantener una entrevista muy importante con su padre en el centro de la ciudad, por lo que sólo Ted pudo acudir en busca de B. J. y de su esposa en el elegante automóvil azul marino.

–¡Vaya, vaya! ¿Es nuevo?

–Sí. Regalo de Navidad de papá.

–¿Para ti?

–¡Diablos, no! –exclamó Teddy sonriendo–. Para mamá.

–¡Ah, bueno! Eso es más coherente. ¿Lo usa a menudo o sólo en ocasiones especiales?

–Sólo cuando Greg no anda por ahí.

–Eso también es coherente.

Pero antes de que pudieran decir nada más, Jimmy, el viejo chófer, descendió del coche y corrió hacia ellos. Se quitó la gorra, y una sonrisa le iluminó el rostro de oreja a oreja. Estaba al servicio de los Fullerton desde que Brad era niño.

Luego Brad ayudó a su viejo compinche a colocar las maletas y los baúles en el espacioso portaequipajes.

En el interior del coche, Teddy seguía sin poder apartar los ojos de Serena.

–¿Cómo fue la travesía?

El muchacho no sabía muy bien qué decir, y experimentaba una rara sensación al estar a solas con ella.

–¿Te encuentras bien? –le preguntó Serena, que le miraba intrigada.

–No... Lo lamento. No sé, creo..., creo que es sólo la emoción. Ver a Brad de nuevo, conocerte a ti, Greg que se casa, la fiesta de graduación la semana pasada... –Se enjugó la frente con un pañuelo de hilo blanco y se recostó en el asiento–. Veamos, ¿dónde estábamos?

Pero no podía dejar de pensar en aquel rostro, en aquellos ojos. Era como si lo traspasaran y pudieran penetrar hasta lo más íntimo de su ser. Jamás había visto a una mujer tan adorable como aquélla.

Serena, en cambio, le contemplaba con plácida expresión, con una sombra de inquietud y un mudo entendimiento.

–Por favor... Te has alterado por mí, ¿verdad? ¿Tanto te he afectado? ¿Tan diferente soy?

Parecía consumirla la angustia y el sentimiento de culpa. Sin embargo, Teddy meneó la cabeza lentamente.

–Sí, lo eres, pero no de la manera que tú piensas, Serena –repuso él con un suspiro, tomándole la mano. ¡Qué demonios, Brad no le mataría por eso!–. ¡Eres la mujer más hermosa que conozco, y si no fueras la esposa de mi hermano te pediría que te casaras conmigo en este mismo instante!

En un primer momento ella creyó que estaba bromeando, pero luego vio algo en sus ojos que casi resultaba desolador, y se quedó mirándole con expresión sorprendida.

–¿Cortejando a mi esposa, hermanito? –dijo B. J. abriendo la portezuela de la elegante limusina y subiendo con expresión despreocupada, la cual se contradecía con la ligera aprensión que había experimentado mientras se afanaba con el equipaje en el exterior.

Teddy siempre había sido el más apuesto de los hermanos, y Serena se adaptaba más a su edad; no obstante, lo que estaba pensando era absurdo, y así lo comprendió. Serena era su esposa, le amaba e iba a tener un hijo suyo.

Por su parte, Teddy se limitó a reír, meneando la cabeza.

–Creo que acabas de evitar que me comportara como un asno redomado, Brad.

–¿Quieres que me baje para que puedas intentarlo de nuevo?

–¡No! –exclamaron al unísono Teddy y Serena.

Entonces se miraron el uno al otro, comenzaron a reír como chicos histéricos, y se disipó lo embarazoso de la situación. Se pasaron riendo la mayor parte del camino hasta casa, gastándose bromas; y de ese modo, aquella mañana quedó consolidada una verdadera amistad.

Teddy les informó someramente de lo que sería la boda, lo que se esperaba de ellos y quiénes asistirían a la cena de ensayo. Brad ya sabía que él sería el padrino, y Teddy formaría parte de la corte de honor.

La cena de ensayo se daría en el club de su padre, el Knickerbocker, y habría solamente unos cuarenta y cinco invitados, con traje de etiqueta.

–¡Oh, cielos! –gruñó Brad–. ¿Cuándo será eso?

–Mañana.

–¿Y esta noche? ¿Dispondremos de un poco de tiempo para nosotros o tendremos que participar en alguna otra danza ritual con toda la tribu?

–Mamá ha organizado una cena familiar. Sólo con mamá y papá, Greg y yo, y por supuesto Pattie.

–Seguro que será una reunión agradable.

Momentos más tarde el coche se detenía ante la marquesina del edificio, y el portero se adelantó para abrir la portezuela, al tiempo que Jimmy saltaba del vehículo con el fin de hacerlo él.

–¿Está mamá arriba?

Brad estaba ansioso por terminar de una vez por todas con aquella entrevista. Sus ojos escrutaron los de Teddy, como tratando de buscar el apoyo y la energía que le permitieran proteger a su esposa.

–Aún no. No llegará hasta las tres. Tendremos toda la casa para nosotros solos, y así Serena se irá ambientando.

Aquello era una bendición.

Brad y Ted la llevaron hasta el ascensor y subieron al último piso, donde el pasillo conducía a un único apartamento, el ático que se abría sobre Central Park y donde se habían criado los tres hermanos; a Brad, verlo le provocó un escalofrío de emoción, después de que Teddy abriera la puerta y se hiciese a un lado para dejarles pasar. Dos doncellas con uniformes negros, delantales de encaje y cofia quitaban frenéticamente el polvo en el vestíbulo principal.

–Bienvenido al hogar, hermano mayor.

–Gracias, muchacho. –Brad oprimió con fuerza el hombro de su hermano, y enlazó a su esposa por la cintura–. ¿Estás bien, amor mío? ¿No te sientes demasiado cansada?

Por el tono con que se lo preguntó, Teddy creyó adivinar que algo raro pasaba.

–¿Ocurre algo? –inquirió, mirándoles con preocupación, pero Brad denegó con la cabeza sonriendo, y con una expresión en la mirada que Teddy no había visto nunca: una expresión de ternura, de orgullo y de emoción–. ¿Qué sucede? ¿O estoy metiendo la nariz donde no me importa?

–Supongo que no. Quería anunciároslo a todos esta noche. Pero me encantará decírtelo a ti primero. –Tenía derecho a saberlo antes que nadie, por lo que B. J. tomó la mano de Serena y le dirigió una sonrisa a su hermano–. Vamos a tener un hijo.

–¿Ya? –exclamó Teddy, con asombro–. ¿Cuándo?

–Dentro de seis meses, o seis y medio para ser más exactos –repuso Brad, con cara risueña–. Es decente. Ya hace seis meses que estamos casados.

–No quise decir eso. –Teddy parecía turbado, y luego dirigió una mirada a Serena–. Es sólo que me parece muy pronto.

–Es pronto, y yo estoy contento. No soy tan joven como tú; no quiero perder el tiempo. Y Serena es muy feliz también.

La miró radiante, y Teddy sonrió mientras los contemplaba.

–Creo que estoy muerto de envidia, pero lo grave del caso es que ni siquiera sé si me importa.

B. J. se echó a reír ante la candidez de su hermano menor, y los otros dos corearon su risa. Algo muy raro había ocurrido aquel día entre ellos. Un nuevo vínculo se había creado entre dos personas que se habían querido toda la vida, al tiempo que daban entrada a otra persona en él. Era como si los tres se encontraran dentro de un círculo mágico, y tuvieran conciencia de ello.

–¡Demonios, así que voy a ser tío!

Teddy empezó a proferir alaridos de alegría, mientras B. J. se esforzaba inútilmente en hacerle callar.

–No lo proclames a los cuatro vientos todavía, ¡por el amor de Dios! Primero quiero decírselo a mamá. ¿Te parece que ya estará preparada para ser abuela, Teddy?

Siguió un prolongado silencio, y los dos hermanos intercambiaron una mirada de inteligencia.

–No estoy muy seguro.

Sólo Serena había guardado silencio durante los últimos minutos, desde el momento en que habían comenzado a hablar del niño.

–¿Te encuentras bien, Serena?

Ahora Teddy compartía la preocupación de Brad, y Serena se rió de ambos.

–Sí, estoy bien. Perfectamente. Estupendamente.

–Magnífico –dijo Teddy, y con una maliciosa sonrisa que acentuó los hoyuelos de su cara, agregó–: Lástima que no puedas esperar un par de años a tenerlo, pues entonces podría atenderte cuando dieras a luz.

–Ésa es una emoción que podemos ahorrarnos –terció Brad de inmediato–. Pero por lo menos estarás presente para compartir ese momento con nosotros.

A Brad le complacía saber que su hermano estaría en San Francisco también, o muy cerca de allí. Se lo dijo a Teddy, y éste asintió con la cabeza enfáticamente.

–Sobre todo ahora. Así podré ir a ver a mi sobrino.

–No.

–¿No? ¿No podré ir a verlo?

–Podrás *verla*. Es una sobrina.

–¿Una sobrina? ¿Quieres tener una niña? –exclamó Teddy, asombrado–. ¡Eso es antinatural! ¿Acaso no está establecido que todos los miembros de nuestra familia deben perpetuar su noble apellido?

–Sí. Y yo voy a tener una hija que se casará con un fulano llamado Obadiah Farthingblitz, y el día de su boda voy a ser más feliz que un demonio.

–Estás chiflado. En realidad –añadió, mirando alternativamente a uno y a otro–, sospecho que ambos lo estáis. Lo cual puede ser vuestra salvación. ¿Sabéis una cosa? Creo que vamos a pasarlo de maravilla en California, muchachos.

–¿Vendrás a vernos a menudo, Teddy? –le preguntó Serena, con una cálida mirada.

–Tan a menudo como me lo permitáis. En septiembre iré a la facultad de medicina. Pero este verano voy a ir a Newport a hacer todo el mal que pueda. Pasaré por Chicago y os alcanzaré a finales de agosto. Y no me moveré de allí –dijo con el tono firme característico de la familia; Brad se echó a reír.

Dicho esto, los tres se metieron en la cocina, saludaron a la cocinera, robaron unos pastelillos, probaron los espárragos, olieron un misterioso trozo de carne asada al horno, que Brad juró olía a pavo, y al poco rato abandonaron el lugar para buscar refugio en el antiguo estudio de Brad. Ahora pertenecía a Teddy, y ambos pasaron revista a sus recuerdos mientras saboreaban unos deliciosos emparedados de berro y bebían limonada. Fue una agradable manera de pasar el tiempo, esperando el regreso del resto de la familia. Poco después de almorzar, Serena se quedó dormida en el sofá. Ambos hermanos se alegraron de ello, pues sabían cuán tensas habrían de ser las siguientes horas para todos. Ahora que se encontraba de nuevo en su hogar, algo le decía a Brad que nada iba a resultar fácil en lo sucesivo. Antes de llegar a aquella casa, había podido darse el lujo de especular acerca de lo que ocurriría, de cómo se comportaría su madre. Había tratado de practicar un juego que ya no podía llevar a la práctica sobre el terreno. La energía de su madre se hacía tan evidente en aquella casa que resultaba imposible engañarse a sí mismo acerca de ella, ni siquiera por un instante. Aquello no iba a ser fácil bajo ningún punto de vista. Margaret Fullerton deseaba que Brad volviese a casa con una esposa que fuese como las miles de chicas de la sociedad que ella había conocido a lo largo de los años, una joven poco más o menos como Pattie Atherton; ella no quería una princesa traída de Roma como nuera. El título le importaba un comino. Quería una nuera que fuese la hija de alguno de sus amigos del Colony Club, alguien que frecuentara los sitios adonde ellos solían ir, que conociera a la misma gente, que hiciera las mismas cosas que todos los de su clase hacían. Y había algo innegable en Serena que a su madre jamás llegaría a caerle bien: Serena era absolutamente distinta. Eso era precisamente lo que a él le había cautivado, lo que había fascinado también a Teddy en sólo unas pocas horas. Serena no era en absoluto una chica vulgar. Era una mujer extraordinaria en todos los aspectos. Era espectacular, bella, elegante; pero no se parecía en nada al modelo estereotipado que solía frecuentar el Stork Club, el 21 y el Colony Club de Nueva York. Y más que nunca, mientras contemplaba a su aristocrática esposa italiana plácidamente dormida, Brad comprendió y sintió hasta en las más recónditas fibras de su ser que habría dificultades.

Capítulo 20

Margaret Fullerton llegó a casa esa tarde exactamente a las tres y cuarto, con el mismo aspecto que tenía cuando salió de su hogar por la mañana. Impecable y elegante, luciendo un conjunto de seda gris perla de Chanel con una blusa de seda de color rosado ceniciento, haciendo juego con el forro de la chaqueta. Llevaba unos delicados zapatos de cabritilla gris, y el estirado cabello blanco estaba tan impecablemente peinado como a las ocho de aquella misma mañana. Como tenía por costumbre, en cuanto saludó a los criados, dejó la cartera y los guantes en una amplia fuente de plata del vestíbulo, echó un vistazo al correo que una doncella había colocado sobre la mesa, y se dirigió a la biblioteca.

Una vez en ella, pediría el té o realizaría algunas llamadas telefónicas para corresponder a todos los mensajes recibidos, que el mayordomo había dejado en su escritorio. Aquella tarde, empero, sabía que Brad volvía a casa. No sabía con seguridad si ya había llegado o no, y lamentaba no haber podido estar allí para recibirle, pero ahora experimentaba una cierta impaciencia y llamó al mayordomo. Al cabo de un instante, éste apareció en el marco de la puerta, expectante.

–¿Sí, señora?

–¿Ha llegado mi hijo, Mike?

–Sí, señora. Dos de ellos. El señor Theodore y también el señor Bradford.

Mike llevaba treinta años sirviendo en la casa.

–¿Dónde están?

–Arriba. En el estudio del señor Theodore. ¿Desea que los llame?

–No. –Se puso lentamente de pie–. Yo subiré a verles. ¿Están solos? –preguntó esperanzada.

Quizá Serena ya estuviera descansando. Pero el mayordomo meneó la cabeza.

–No, señora. La señora Fullerton..., la señora de Bradford Fullerton –rectificó–, se encuentra con ellos.

Los ojos de Margaret Fullerton despidieron chispas, pero se limitó a mover la cabeza.

–Bien. Gracias, Mike. Subiré enseguida.

Tenía que meditar unos instantes acerca de lo que le diría y cómo se lo diría. Aquel delicado asunto debía manejarlo con cuidado o, en caso contrario, perdería a Brad para siempre.

Mientras subía al estudio de Teddy, Margaret no dejaba de pensar en los papeles que habían quedado sobre su escritorio. Todo sería muy simple. Había vuelto a prestarle atención al asunto por la mañana, y era un alivio pensar que la cuestión llegaba a su fin. Últimamente, su intenso deseo de desembarazarse de Serena le había hecho olvidarse de todo lo demás. Apenas había pensado en la boda, y hasta le había ensombrecido la alegría de ver a Brad de nuevo en casa. En parte, eso era la causa de que no hubiera ido a esperarle al puerto. Lo único que deseaba era librarse de Serena; después ya tendría tiempo de gozar de la compañía de su hijo mayor.

–¿Sí?

Fue la voz de Teddy la que contestó, y se oían risas en

el interior. Pudo percibir la voz de una mujer, así como la más grave de Brad y su dulce risa, cuando ella contestó:

–Soy yo, querido. ¿Puedo pasar?

–Claro –repuso Teddy, al tiempo que abría la puerta y miraba a su madre con una sonrisa titilando en sus ojos.

Pero la sonrisa se esfumó cuando vio su cara. Percibió de inmediato la tensión que se estableció entre ambos, y experimentó el instantáneo deseo de proteger a Serena.

–Entra, mamá. Brad y Serena están aquí.

La mujer asintió con la cabeza, traspuso el umbral y se encontró cara a cara con su hijo mayor. Se detuvo, pero no hizo movimiento alguno para acercársele, si bien una intensa emoción se reflejaba en sus ojos.

–¡Hola, Brad!

Sin dar muestras de nerviosismo, Brad se adelantó y la abrazó afectuosamente.

–¡Hola, madre!

Ella lo estrechó posesivamente entre sus brazos un instante y luego se separó de él, con los ojos velados por las lágrimas.

–¡Dios mío, qué alivio tenerte sano y salvo en casa de nuevo!

–Así es; aquí estoy, todo de una pieza. De vuelta de la guerra al fin. –Le sonrió alegremente; luego se hizo a un lado y con gesto amoroso señaló a la alta y graciosa joven rubia que estaba junto a él, con el conjunto de seda color marfil y sus enormes ojos verde esmeralda–. Quiero que conozcas a mi esposa, madre. Serena, te presento a mi madre.

Brad hizo una pequeña reverencia, y por un instante no hubo ni el más ligero movimiento en la acogedora estancia. El silencio fue absoluto, como si todos contuvieran el aliento, en espera del encuentro de las dos mujeres. Fue Serena quien rompió el hielo. Se adelantó rápidamente, con su delicada mano extendida y una nerviosa pero simpática sonrisa en los labios.

–Señora Fullerton, es un placer. –Se veía exquisita allí de pie, y los ojos de la otra mujer se entrecerraron al tiempo que la observaba atentamente, mirándola de arriba abajo–. Estoy encantada de conocerla.

Margaret Fullerton extendió la mano, con una helada expresión en su mirada.

–¿Cómo estás? Espero que hayas tenido un buen viaje.

Nada en su actitud sugirió que se trataba de su nuera, a quien saludaba por primera vez. Para ella era una extraña, y Margaret estaba dispuesta a hacer todo lo posible para que siguiera siéndolo.

–Lamento no haber podido ir a esperarte al puerto, Brad. –Se volvió hacia su hijo con una sonrisa–. Quedé atrapada por una serie de cosas y le dejé ese honor a Teddy. Pero esta noche cenaremos todos juntos. Y mañana también. –Hizo caso omiso de Serena al ir enumerando sus planes–. Y luego, por supuesto, el sábado se celebrará la boda. Mañana deberás asistir al ensayo, y tendrás una docena de cosas más que hacer. Tendrás que pasar a ver al sastre de papá por la mañana. Te ha cortado un chaqué y unos pantalones a rayas basándose en tus antiguas medidas, pero será mejor que vayas a probártelos enseguida, para que tengan tiempo de hacerte los arreglos necesarios.

–Bien.

Unas finas arrugas en torno a los ojos de Brad delataban la tensión que lo dominaba. Le importaban un cuerno el chaqué y los pantalones a rayas. Lo que él quería era detectar alguna señal en su madre que denotara su deseo de aceptar a Serena como nuera.

–¿Qué te parece si almorzamos los tres solos mañana, en algún sitio tranquilo?

–Querido, no puedo. Ya te imaginarás el loco ajetreo que suele preceder a una boda.

Nada pudo percibir en los ojos de su madre, pero notó que su propio cuerpo se ponía tenso.

–¿Acaso eso no es problema de los Atherton? Creía que todos los dolores de cabeza se concentraban en la madre de la novia.

–Para mañana por la noche debo organizar la cena de ensayo.

–Bueno, en ese caso podremos estar un rato juntos luego.

Su tono no era de imploración, pero lo estaba pidiendo, y a Teddy se le encogió el corazón al oír a su hermano mayor. Se dio perfecta cuenta del juego que su madre se llevaba entre manos. De la misma manera que se las había arreglado para no ir al puerto, ahora buscaba la forma de eludir el compromiso de estar a solas con ellos. ¿Qué demonios se proponía? ¿Simulaba que Serena no existía, o bien había alguna otra razón para que se comportara de aquel modo? Teddy tuvo el presentimiento de que estaba a punto de ocurrir algo que todos habrían de lamentar.

–Haré lo imposible, querido –repuso la madre, sin comprometerse en absoluto–. ¿Has visto a tu padre?

–Aún no.

Se le ocurrió que nadie salvo Teddy se había preocupado por ir a darle la bienvenida y conocer a Serena, y hasta llegó a lamentar haberse tomado la molestia de pasar por casa en vez de ir directamente a San Francisco. Hubieran podido aprovechar aquel tiempo para despedirse de Roma o pasar un par de semanas rondando por Europa, antes de regresar a Estados Unidos y limitarse a efectuar el transbordo de avión en Nueva York.

Pero quizá debía concederles un poco de crédito. Todos andaban muy atareados, y no podía pretender que dejaran de cumplir con sus obligaciones sólo para atenderle a él. Sin embargo, no lo lamentaba por él mismo, sino por Serena. No se le había escapado la cauta expresión que había en sus ojos.

–Cenarás con nosotros esta noche, ¿verdad, Brad?

Su madre le miraba como si fuese el único a quien iba dirigida la invitación.

–Sí –contestó Brad con aspereza–. Ambos lo haremos. Y por cierto, ¿qué habitación nos has destinado?

Por una fracción de segundo, su madre dio muestras de fastidio. Brad la obligaba a encarar la cuestión de Serena, y eso era algo que ella no quería hacer por nada del mundo en aquel instante. Pero comprendió que por el momento no había manera de evitarlo.

–Creo que la habitación azul es la más indicada. ¿Cuánto tiempo piensas quedarte, querido?

Sólo miraba a su hijo; ni una sola vez dirigió la vista hacia Serena.

–Un par de semanas, hasta que nos vayamos a San Francisco.

–Eso es maravilloso. –Entonces se volvió, miró escrutadoramente a Serena y luego volvió a mirar a Brad–. Tengo algunas cosillas que atender, querido. Te veré dentro de un rato. –Entonces, inesperadamente, volvió a mirar a Serena y le habló con la más absoluta indiferencia–. Creo que quizá sería una buena idea que estuviéramos un rato juntas. Si puedes venir a mi *boudoir* media hora antes de cenar, pienso que podremos conversar a solas.

Serena asintió enseguida con la cabeza, y Brad pareció sorprendido. Quizá la vieja estaba haciendo un esfuerzo, después de todo; quizá la había juzgado mal.

–Yo le mostraré dónde es, madre.

Brad parecía complacido pero, si bien nadie lo advirtió, en los ojos de Teddy había una expresión de temor.

Su madre se retiró enseguida, y Teddy se quedó extrañamente preocupado. Brad se burló de él, y Serena se sentó exhalando un nervioso suspiro, con la mirada clavada en ellos.

–¿Por qué supones que quiere verme a solas?

Serena parecía inquieta, y su esposo sonrió.

–Sólo quiere conocerte. No te dejes intimidar por ella, amor mío. No tenemos nada que ocultar.

–¿Te parece que le diga lo del bebé?

–¿Por qué no?

Brad la miraba con orgullo, y ambos intercambiaron una sonrisa, pero Teddy se apresuró a intervenir.

–No, no se lo digas.

Le miraron con asombro, y el muchacho se ruborizó.

–Demonios, ¿por qué no?

B. J. casi parecía molesto. Hacía sólo unas pocas horas que se encontraban en casa, y ya estaba con los nervios de punta a causa de su familia. Ahora se acordaba de cuán raros eran todos, y de las intrigas, tensiones e insultos que imperaban en aquella casa. Su madre siempre les mantenía en un estado febril, y le fastidió profundamente volver a formar parte de todo aquello.

–¿Por qué no se lo ha de decir?

–¿Por qué no se lo decís los dos juntos?

–¿Qué diferencia hay?

–No lo sé. Pero mamá podría decir algo que molestara a Serena.

Brad sopesó sus palabras un instante y luego asintió.

–De acuerdo. De cualquier modo –agregó, mirando fijamente a su esposa–, no dejes que la vieja arpía te domine, amor. Sé tú misma, y ella no podrá resistirse a tu encanto. –Se inclinó para darle un abrazo y le pareció notar que temblaba–. No le tienes miedo, ¿verdad?

Serena se quedó pensativa un segundo y luego asintió con la cabeza.

–Sí, creo que sí. Es una mujer sorprendente, muy fuerte.

También era más bonita de lo que había imaginado, y mucho más recia. Serena no conocía a otra como ella. Su abuela había sido una mujer fuerte, pero en un sentido mucho más puro; tenía un carácter firme y decidido.

Margaret Fullerton poseía algo muy diferente. Uno presentía inmediatamente que utilizaba su fuerza para lograr lo que deseaba, y hasta quizá por medios no del todo limpios. Había algo que se encontraba justo bajo la superficie de Margaret Fullerton que era tan frío como el hielo y tan duro como el pedernal.

–No hay nada que temer, Serena –le dijo Brad con ternura al tiempo que la hacía levantar del sofá, dispuesto a llevarla a la habitación azul, donde su madre había dicho que podían instalarse.

Y mientras les seguía por la escalera, Teddy rogaba para que su hermano tuviese razón.

Capítulo 21

Cuando llegó la hora en que Serena tenía que reunirse con la madre de Brad, resultó que éste se encontraba aún en la bañera. De modo que un mayordomo se encargó de acompañarla a la planta baja. Al llegar ante la puerta del *boudoir*, el sirviente se hizo a un lado para que la joven llamara; luego la saludó con una reverencia y se retiró, al tiempo que ella entraba en el cuarto. Encontró a su madre política sentada ante una bonita mesa ovalada de la época de George III, con una copa en la mano, mientras un botellón de cristal tallado y otra copa aguardaban sobre una bandeja la llegada de Serena. Detrás del sofá de marfil en que estaba sentada colgaba un cuadro enorme, con la figura de un hombre que llevaba unos bigotes muy grandes y unos quevedos; iba vestido con ropas oscuras de principios de siglo, y sus ojos parecían tener vida y formular miles de preguntas.

–El abuelo de mi esposo –explicó la mujer a Serena cuando ésta sintió la mirada del hombre del cuadro y levantó la vista hacia él–. A él se debe casi todo lo que tu marido posee. –Hablaba con énfasis, como si con ello quisiera que Serena comprendiese lo que quería decirle a aquella jovencita italiana que parecía mirarla como si fuese un bicho raro–. Siéntate, por favor.

Serena obedeció, y se sentó muy erguida en el borde de

una sillita reina Anne. Llevaba un vestido de terciopelo negro, que resultaba perfecto para la cena, y una chaqueta corta de raso blanco, así como pendientes y un collar de perlas, que le daban un aire de madurez y realzaban su belleza. Margaret Fullerton la miró de arriba abajo por segunda vez. Hasta ella tuvo que reconocer que la chica era bonita, pero ésa no era la cuestión. El caso era que si no regresaba a Europa, destruiría la vida de Brad.

–¿Te apetece una copa?

Serena meneó la cabeza rápidamente. A causa del embarazo, durante las últimas semanas le molestaba hasta el aroma del vino.

–Serena, voy a ser muy sincera contigo. No creo que sea necesario malgastar palabras ni andar con rodeos. He sabido por..., por unos amigos... –Margaret Fullerton vaciló unos instantes– que conociste a Brad mientras trabajabas para él en Roma. ¿Estoy en lo cierto?

–Sí... Conseguí el empleo cuando volví a Roma.

–Ésa debió de ser una circunstancia afortunada para ti.

–En aquel momento lo fue. No tenía a nadie en Roma, a excepción de... –calló, buscando la manera de explicar quién era Marcella para ella–, de una antigua amiga.

–Comprendo. Entonces el trabajo en el *palazzo* debió de ser como un regalo del cielo.

–Lo fue. Como también lo fue su hijo.

Margaret Fullerton se echó ligeramente hacia atrás, mientras la joven se mantenía muy erguida en su asiento, con el precioso rostro marfileño enmarcado por el cuello de la chaqueta de raso blanco, los ojos brillantes, y los cabellos cepillados hasta adquirir el resplandor que tenían en aquellos momentos. Resultaba difícil encontrarle algún defecto a Serena, pero Margaret no era mujer que se dejara engañar por las apariencias. Ella ya tenía una opinión formada de aquella joven. Con una expresión que denotaba una enérgica determinación, prosiguió:

–Ésa es exactamente la impresión que yo tenía, Serena. Que necesitabas la ayuda de Brad, y él fue en tu ayuda, quizás hasta para sacarte de Italia. Todo eso es admirable por su parte, y hasta tal vez muy romántico. Pero creo que al casarse llevó las cosas demasiado lejos, ¿no te parece? Todos sabemos que a veces los hombres se meten en situaciones insólitas en épocas de guerra; sin embargo, fue una locura traerte aquí.

–Comprendo. –Serena pareció hundirse en la silla–. Pensé que tal vez..., cuando nos conociéramos...

–¿Qué pensaste? ¿Que podías engañarme? Eso es difícil. Eres muy bonita, Serena. Ambas lo sabemos. Pero todas esas tonterías acerca de ser una princesa son precisamente eso: tonterías. Tú eres una criada al servicio del ejército de Estados Unidos, y pescaste algo bueno. Lo único digno de lamentar es que no fueras lo bastante lista para saber cuándo era el momento de renunciar a ello.

Por un instante, Serena se sintió como si la hubiesen abofeteado. Había lágrimas en sus ojos cuando se dejó caer contra el respaldo de la silla. Margaret Fullerton se puso de pie y se acercó a su escritorio. Volvió enseguida con una pequeña carpeta, se sentó de nuevo en el sofá y fijó su mirada en Serena.

–Voy a hablarte con franqueza. Si lo que querías era salir de Italia, ya lo has logrado. Si deseas quedarte en Estados Unidos, me encargaré de hacer los arreglos correspondientes. Podrás radicarte en cualquier parte del país, salvo en el lugar donde viva Brad, por supuesto, lo cual quiere decir que no podrá ser en San Francisco ni aquí. Si quieres regresar a Europa, te conseguiré enseguida el pasaje de vuelta. En cualquier caso, después de que hayas firmado estos papeles, el bufete de su padre iniciará de inmediato los trámites de anulación del matrimonio, y tú percibirás una espléndida suma de compensación por todos los inconvenientes.

Margaret Fullerton hablaba con aire displicente, y no parecía encontrar en absoluto embarazoso lo que acababa de decirle a Serena.

Sin embargo, la joven pareció erguirse aún más en el asiento, y las esmeraldas de sus ojos refulgieron de repente como brasas encendidas.

–¿Me recompensará?

–Sí –contestó Margaret, con complacencia. Era evidente que andaba por la buena senda–. Espléndidamente. El padre de Brad y yo lo hablamos de nuevo anoche. Claro que debes comprender que una vez hayas firmado estos papeles, no tendrás derecho a ulteriores reclamaciones de sumas adicionales. Tendrás que conformarte con lo que te demos, y nada más.

–Claro –dijo Serena con ojos fulgurantes, aunque también ella había adoptado ahora un aire displicente–. ¿Y cuál es exactamente el precio que ofrece por recobrar a su hijo?

Margaret Fullerton se quedó estupefacta.

–No me gusta que lo expreses de ese modo.

–Pero, ¿no es eso acaso lo que está usted haciendo, señora Fullerton? ¿Pagar un precio para quitárselo a la putita italiana? ¿No es así como lo ve usted?

–La manera en que yo lo vea no tiene importancia alguna. Sin embargo, lo que tú has hecho, o sea obligar a mi hijo a picar el anzuelo mientras estaba en el extranjero, es algo que puede afectar a su futuro y a toda su carrera. Lo que él necesita es una esposa norteamericana, alguien que pertenezca a su propia clase, a su mundo, alguien que pueda ayudarle.

–¿Y eso yo no podría hacerlo jamás?

Margaret Fullerton se echó a reír, extendiendo las manos en un gesto que pretendía abarcar el elegante estudio.

–Mira a tu alrededor. ¿Es éste tu mundo? ¿El mundo del cual provienes? ¿O esto es sólo el mundo al que deseabas pertenecer? ¿Qué es exactamente lo que pretendías ofrecerle, aparte de tu cuerpo y de tu cara bonita? ¿Tienes algo más para brindarle? ¿Una posición, relaciones, recursos, amigos? ¿No te das cuenta de que Brad podría hacer carrera en el mundo de la política? Pero no casado con una criada italiana, querida. ¿Cómo puedes vivir sin sentir remordimientos por lo que le has hecho a su carrera..., a su vida?

Las lágrimas asomaron de nuevo a los ojos de Serena, y su voz sonó ronca al responder.

–No, yo no tengo nada que ofrecerle, señora Fullerton. Salvo mi corazón.

Sin embargo, no contestó a ninguna de las restantes preguntas. A aquella mujer no le importaba saber a qué mundo pertenecía ella. Lo cierto era que ella procedía de un mundo mucho más elevado que el de su suegra, pero, ¿cómo podía explicárselo ahora? Todo aquello había desaparecido, todo había terminado.

–Exactamente –repuso la señora Fullerton–. No tienes nada. Y para decirlo crudamente, no eres nadie. Sin embargo, sospecho que tienes aspiraciones. Y yo puedo proporcionarte lo que tú deseas.

«¿De veras, perra? –Serena se sulfuraba en silencio–. ¿Puedes proporcionarme amor, y paciencia, y comprensión, y bondad, y toda una vida? Porque eso es lo que yo puedo brindarle a él.» No obstante, todo eso se limitó a pensarlo, sin expresarlo verbalmente.

Sin decir una sola palabra más, Margaret Fullerton abrió la carpeta que había ido a buscar al escritorio y le entregó un cheque a Serena. Estaba extendido por la suma de veinticinco mil dólares.

–¿Por qué no le echas una mirada a esto?

Por curiosidad, la joven lo cogió y miró la cifra sin dar crédito a sus ojos.

–¿Me daría usted esa suma si accediese a dejarle?

–Te la daría y te la doy. En realidad, podemos poner fin a este asunto en cuestión de minutos. Simplemente tienes que firmar aquí.

Le tendió un documento de una sola hoja escrito a máquina, que Serena se quedó mirando asombrada. En él se decía que prestaba su consentimiento para divorciarse de Bradford Jarvis Fullerton III, o para lograr la anulación de su matrimonio, lo más pronto posible; que accedía a salir del país o a radicarse en otra ciudad, y que jamás, en ningún momento de su vida, se avendría a formular declaraciones sobre el particular a la prensa. Se esfumaría de la vida de Brad de inmediato, a cambio de lo cual percibiría la suma de veinticinco mil dólares. Además, seguía diciendo el escrito, Serena juraba que en el momento de firmar no estaba embarazada, y que jamás formularía reclamación alguna a Brad, aduciendo su paternidad en el caso de tener un hijo en el futuro. Al leer aquel párrafo, Serena esbozó una sonrisa y acto seguido comenzó a reír. Habían pensado en todo, los muy canallas, pero de repente aquello le parecía muy cómico.

–Al parecer has encontrado algo que te resulta gracioso.

–Así es, señora Fullerton.

Los ojos de Serena aún brillaban con un verde fulgor, pero ahora volvía a ser dueña de la situación.

–¿Puedo preguntarte qué es? Este documento fue preparado con suma atención.

Estaba furiosa por la reacción de la joven, pero no quiso que ésta se diera cuenta.

–Señora Fullerton –le respondió con una dulce sonrisa, poniéndose de pie–, Brad y yo vamos a tener un hijo.

–¿Qué?

–Estoy encinta.

–¿Y cuándo sucedió eso?

–Hace un par de meses –replicó Serena, mirándola con orgullo–. El niño nacerá en diciembre.

–Eso otorga una nueva dimensión a tus propósitos, ¿no es así?

La mujer estaba casi dominada por la furia.

–¿Sabe una cosa? –repuso Serena, con la mano en el pomo de la puerta–. Aunque le cueste creerlo, yo no tengo propósito alguno con respecto a Brad, ni jamás lo tuve. Sé que usted cree que soy una pobre y miserable mujerzuela de Roma, pero sólo en parte está usted en lo cierto: en que no tengo dinero. En nada más. Mi familia es tan ilustre como la suya. –Sus ojos se posaron en el retrato de la pared–. Mi abuelo no era muy distinto de ese señor. Nuestra casa era muchísimo más grande que ésta –agregó, sonriéndole–. En realidad, las tres lo eran. Pero lo importante, señora Fullerton, es que yo no pretendo nada de su hijo. A excepción de su amor y de nuestro hijo. Del resto no quiero nada: ni su dinero, ni el de usted, ni el de su padre, ni ese cheque por veinticinco mil dólares. Jamás aceptaré nada de ninguno de ustedes, salvo el amor de mi marido –concluyó en voz muy baja.

Luego salió despacio de la habitación y cerró la puerta, mientras Margaret Fullerton se quedaba con la vista fija en la hoja, presa de furia. Si alguien hubiese pasado ante su *boudoir*, habría oído el estrépito de vidrios al romperse. Margaret Fullerton había arrojado la copa de jerez contra la chimenea. Pero por lo que a ella se refería, la batalla no había concluido. Antes de que Brad partiera hacia San Francisco se desembarazaría de Serena, tanto si estaba encinta como si no lo estaba. Disponía de quince días para lograrlo. Y no tenía ninguna duda de que lo haría.

Capítulo 22

Esa noche, la cena familiar estuvo poblada de intrigas. Margaret, sentada a la cabecera de la mesa, con un vestido de seda azul zafiro, estaba bella y fascinante. Nada en ella indicaba lo que había ocurrido antes de la comida, y si eludió entrar en conversación con Serena en el curso de la velada, nadie lo advirtió. En el extremo opuesto de la mesa, Charles Fullerton, orgulloso de tener a sus tres hijos en casa juntos, por primera vez después de la guerra, brindó por cada uno de ellos con palabras elocuentes, así como por las dos jóvenes, que constituían las «nuevas adiciones» a la familia, según expresó. Greg se mostró inusitadamente expansivo durante la cena. Después del primer plato, Brad se dio cuenta de que su hermano estaba borracho, y miró inquisitivamente a Teddy, preguntándose por qué. ¿Acaso se debía a la excitación causada por la inminente boda? ¿Nervios? ¿O bien se sentía incómodo a causa de Brad, por el hecho de casarse con Pattie? Ésta, por su parte, charlaba sin cesar, y representaba el papel de la joven «adorable» flirteando con sus ojos azules y reclamando la atención de todos los hombres de la familia cada vez que contaba una anécdota. Demostraba tanta deferencia para con la madre de su prometido que su actitud daba náuseas; y lograba ignorar a Serena por completo. Sólo Teddy prestaba atención a Serena. Brad estaba demasiado lejos de ella para poder ayudarla. La joven se encontraba sentada entre Teddy y Charles, y su padre no solía conversar mucho durante las comidas, de modo que fue Teddy quien tuvo que hacerse cargo de agasajarla, lo que hizo con sumo gusto. El muchacho se inclinaba hacia ella y le hablaba en voz baja; la hizo reír un par de veces, pero observó que Serena se mostraba más reservada que por la tarde en el estudio. Quiso preguntarle qué había sucedido durante la entrevista con su madre, pero temió que alguien pudiera oírle.

–¿Te encuentras bien? –le preguntó por fin en un susurro.

Serena se había quedado mirando la copa de vino de hito en hito sin decir una sola palabra.

–Lo siento –se disculpó, alegando que estaba exhausta por tantas emociones, sin llegar a convencerlo.

–Creo que algo anda mal, Brad –le dijo Teddy a su hermano con gesto preocupado al término de la cena, cuando se dirigían con los demás hacia la biblioteca.

–De eso no tengo ninguna duda. Greg no está en sus cabales, Pattie está empeñada en representar a Scarlett O'Hara, tú tienes cara de haber estado en un funeral, y mamá está tan ocupada en dirigir el espectáculo que papá no puede meter baza.

Al parecer, Brad se sentía muy deprimido aquella primera noche que pasaba en casa.

–¿Quieres decir que era distinto en otros tiempos? –le preguntó Teddy, tratando de adoptar un aire divertido–. ¿O acaso esperabas que todo hubiera cambiado en tu ausencia?

–Tal vez un poco de ambas cosas.

–No desesperes. Las cosas pueden empeorar con el correr de los años –dijo Teddy, mirando a Greg y a Pattie–. ¿Te ha dicho algo ella?

–Sólo «gracias» cuando les felicité. –Frunciendo el

ceño, añadió–: No le dijo ni una maldita palabra a Serena en toda la noche, y mamá tampoco.

–De Pattie, era de esperar, pero en el caso de mamá... –Teddy parecía preocupado, y entonces le tocó el brazo a su hermano–. Brad, algo anduvo mal durante la cena. No sé si Serena se encontraba mal a causa del embarazo o qué, pero se mantuvo extremadamente callada.

–¿Crees que era por mamá?

–Será mejor que se lo preguntes a ella. ¿La viste después de su entrevista con mamá, antes de la cena?

–No, no la vi hasta que nos sentamos a la mesa.

Teddy movió la cabeza en señal de asentimiento, con una expresión de inquietud en los ojos.

–Me da mala espina.

–Vamos, hombre –le dijo Brad sonriendo–, te preocupas más tú que todos nosotros juntos. Por qué no te tomas un trago y te tranquilizas, ¿eh?

–¿Como Greg?

–¿Cuánto tiempo hace que anda en eso?

–Dos o tres años –repuso Teddy en voz baja, y Brad quedó estupefacto.

–¿Estás bromeando?

–No. En absoluto. Comenzó a beber cuando entró en el ejército. Papá lo atribuye al aburrimiento. Mamá dice que lo que necesita es un empleo que le exija esfuerzo, como una actividad de carácter político, por ejemplo. Y Pattie no deja de insistir para que se ponga a trabajar con el padre de ella.

Brad, con gesto de amargura, se topó con la mirada de su esposa y se olvidó de lo que su hermano le estaba diciendo.

–Enseguida vuelvo, Ted. Quiero asegurarme de que Serena está bien. –Se acercó prestamente a ella y le musitó al oído–: ¿Te encuentras bien, cariño?

–Muy bien –le contestó Serena con una sonrisa, que

distaba mucho de ser aquélla tan rutilante que a Brad le cortaba el aliento y despertaba en él deseos de besarla.

Había algo en su actitud que le hizo reconocer a Brad que su hermano tenía razón. Algo le pasaba a Serena.

–Sólo estoy cansada –le dijo ella, sabiendo que su esposo no le creía.

Pero, ¿qué podía decirle? ¿La verdad? Al salir de la habitación de su suegra se había prometido a sí misma no hacerlo jamás. Quería olvidar lo que la mujer le había dicho, así como lo que le había mostrado, el cheque, el documento, y las palabras desagradables, las acusaciones, todo ello.

–¿Deseas retirarte? –le preguntó él en un susurro, conservando el ceño fruncido.

–Cuando tú quieras –murmuró ella a su vez.

De hecho, había sido una velada muy deprimente. El señor Fullerton era tal cual Brad lo había descrito. Débil; un hombre sin personalidad. A ella le había faltado literalmente coraje para mirar a la madre de Brad; Pattie la había llenado de horror al verla flirteando y exhibiéndose toda la velada; y Serena temió que hiciera una escena y le espetara durante la cena alguna de las cosas que le había oído decir desde la terraza en Roma. Greg estuvo patético, ebrio desde antes del primer plato. Brad se hallaba demasiado lejos de ella para poder tranquilizarla; y sólo Teddy había contribuido a mitigar lo penosa que se le hizo la situación. Era mucho lo que había tenido que soportar en las pasadas tres horas, y ahora experimentaba sus efectos.

–Voy a llevarte arriba.

Brad lo había advertido, y Teddy, que se encontraba cerca de él, le oyó y asintió con la cabeza.

–Se la ve muy abatida.

Con un movimiento de cabeza, Brad le ofreció el brazo a su esposa, que lo aceptó con una mirada de agradecimiento, mientras él la excusaba ante el resto de la familia, y al cabo de unos instantes subían la escalera y llegaban a su habitación. En cuanto Brad hubo cerrado la puerta, Serena se tiró sobre la cama y comenzó a llorar.

–Serena... Cariño..., ¿qué sucede? –Brad la miraba con asombro. Le llevó unos segundos comprender lo que ocurría, y entonces se precipitó hacia ella, se estiró en la cama y comenzó a acariciarle los cabellos, diciéndole con dulzura–: Serena..., amor mío..., dime qué pasa. ¿Alguien te ha lastimado?

Pero ella estaba decidida a no decirle ni una sola palabra de lo ocurrido. Siguió allí tendida, sollozando y sacudiendo la cabeza, sin dejar de repetir que todo se debía al cansancio y a los efectos del embarazo.

–Bien –le dijo él, mirándola con creciente inquietud, cuando ella por fin se incorporó, y se enjugó los ojos–, en ese caso, mañana guardarás cama.

–No seas tonto. Después de un buen descanso estaré como nueva.

–Tonterías. Y si es necesario, llamaré al médico.

–¿Para qué? Si estoy bien.

La perspectiva de quedar atrapada en la cama en casa de su suegra aún la sumía en una más profunda depresión. ¿Y si a Margaret se le ocurría subir a atormentarla de nuevo, o a presionarla con otros papeles? Aunque eso parecía improbable, se dijo, pues, ¿qué podía hacerle ahora, sabiendo que iba a tener un hijo?

–No quiero quedarme en cama, Brad.

–Eso lo discutiremos por la mañana.

Durante la noche la mantuvo fuertemente abrazada, pues varias veces se puso a llorar en sueños, y por la mañana Brad estaba verdaderamente preocupado.

–Está decidido. No hay nada que discutir. Quiero que hoy te quedes en cama. Esta tarde tenemos el ensayo de la boda, y luego el de la cena. Tienes que descansar para recobrar fuerzas. –Brad tenía razón en cuanto al aspecto emocional, aunque no en lo que al estado físico se refería, pero la perspectiva de quedarse en cama aumentaba todavía más su depresión–. Volveré en cuanto termine el sastre, y me quedaré haciéndote compañía.

–¿Lo prometes?

Sentada en la cama, en aquella habitación inundada de sol, parecía una niña muy hermosa.

–De todo corazón.

Brad la besó antes de marcharse, y ella permaneció en la cama con los ojos cerrados por espacio de media hora, dejando vagar los pensamientos, recordando el jardín de Roma, los momentos vividos en París, el día en que se casaron... Tan concentrada estaba en sus deliciosas ensoñaciones que no oyó llamar a la puerta poco antes de la hora del almuerzo.

–¿Sí?

Supuso que sería Teddy, y cuando se abrió la puerta esperaba que entrara él, por lo que esbozó una cálida sonrisa. Pero ésta se desvaneció prestamente en cuanto vio que se trataba de Margaret.

–¿Puedo pasar?

–Claro.

Serena saltó rápidamente de la cama y se puso la bata de seda rosada que Brad le había comprado en París. Margaret guardó silencio mientras la observaba, y aguardó hasta que la joven se plantó frente a ella, nerviosa y expectante. Serena sabía que su suegra no había ido a su habitación con el único propósito de preguntar por su salud. Sentía los fuertes latidos de su corazón dentro del pecho, y con un gesto indicó a la madre de Brad las dos cómodas butacas del extremo de la habitación.

–¿No quiere sentarse?

Margaret asintió con la cabeza, y ambas se acomodaron en los sillones. Entonces la mujer miró a Serena inquisitivamente.

–¿Le contaste a Brad la conversación que mantuvimos? –Serena denegó con la cabeza en silencio–. Bien.

Margaret consideró el hecho como un signo favorable. Probablemente eso indicaba que Serena estaba dispuesta a cerrar un trato con ella. Si hubiese sido una chica decente, barruntó Margaret, se habría escandalizado y se lo habría explicado a Brad.

–Acabo de conversar durante dos horas con mi abogado.

–¡Oh!

Enseguida asomaron lágrimas en los ojos de Serena, aunque eso le ocurría muy a menudo últimamente. El médico le había explicado que en los primeros meses del embarazo no era raro que le diese por llorar, y que ni ella ni su marido debían tomárselo demasiado a pecho. Hasta el día anterior no lo habían hecho, ni ella ni Brad. Pero de repente su actitud había cambiado. Presentía que aquella mujer estaba dispuesta a destruirla. Y no se equivocaba.

–Desearía que leyeses unos papeles, Serena. Tal vez podamos llegar a un acuerdo después de todo, a pesar del niño –dijo como si la criatura fuese un obstáculo, y Serena comenzó a odiarla con toda su alma.

Meneó la cabeza en silencio y alzó la mano como si quisiera detener a Margaret físicamente, puesto que no podía parar el flujo de sus palabras.

–No quiero verlos.

–Creo que te conviene hacerlo.

–No.

Las lágrimas comenzaron a rodar por sus mejillas. Sin decir una sola palabra, Margaret extrajo los papeles de la cartera y se los tendió a Serena.

–Comprendo que esto debe de ser muy difícil para ti, Serena. –Aquello era la primera cosa humana que decía–. Estoy segura de que aún existe cierto afecto entre mi hijo y tú. Pero debes pensar en lo que más le conviene a él, si es que le amas. Confía en mí. Yo sé lo que es mejor para Brad.

Su voz, grave y profunda, trataba de dominar a Serena, y ésta tuvo que leer, para su asombro, los papeles que le había entregado. Era extraordinaria, y como una pesadilla, la desesperación con que aquella mujer se dedicaba a tratar de separarla de su hijo. Era peor que todo cuanto ella había imaginado. Esperaba lágrimas, histerismo, insultos, acusaciones, pero no aquella serie de escritos fríamente redactados, contratos y cifras, tendentes a poner punto final a su amor. Esta vez, Margaret venía preparada con diversas alternativas. Por cien mil dólares ella y su hijo debían renunciar a todos sus derechos con respecto a Brad, y no debía volver a verle jamás. Complementariamente, recibiría la suma de doscientos dólares mensuales hasta que el niño cumpliera veintiún años, lo cual representaba una cifra de cincuenta mil cuatrocientos dólares, según constaba en el contrato. O bien, podría provocarse un aborto, en cuyo caso percibiría ciento cincuenta mil dólares de inmediato, en efectivo. Por supuesto, también en este caso debería renunciar a Brad. Margaret consideraba que éste era el mejor plan, según manifestó a Serena, que la contemplaba sin dar crédito a sus ojos.

–¿Habla usted en serio? –exclamó Serena, pasmada.

–Claro que sí. ¿Qué dices tú?

Con absoluta calma, ella le devolvió los papeles.

–Me quedé tan asombrada anoche que casi no pude articular palabra; sin embargo, supuse que había comprendido que jamás haría una cosa como la que me proponía. Jamás renunciaré a Brad de ese modo, por dinero. Si lo hiciera sería por estar convencida de que eso redundaría en su beneficio, no por una «recompensa», como usted dice. Y jamás... jamás... –balbuceó–, me desharé de nuestro hijo.

Las lágrimas se deslizaban por sus mejillas. Entonces levantó la vista hacia Margaret Fullerton; sus ojos verdes y cándidos estaban llenos de dolor y de una sombra de desesperación, y por un instante, Margaret Fullerton se sintió avergonzada.

–Dígame: ¿por qué me odia tanto? ¿De veras cree que deseo hacerle algún mal a su hijo?

–Ya se lo has hecho. Gracias a ti decidió quedarse en el ejército. Ahora está convencido de que no hay nada mejor para él que el ejército, con sus hombres rudos, sus novias de guerra y sus hijos mestizos. ¿Es ésa la vida que deseas para él, cuando dices que le amas? –A Serena la ahogaban los sollozos, y Margaret prosiguió diciendo–: De no haber sido por ti, Brad gozaría de una vida espléndida, haría una gran carrera y se habría casado con Pattie.

–Pero él no la quería –arguyó Serena llorando, casi desconsoladamente–. Y yo le haré feliz.

–Físicamente, quizá. Pero hay cosas que son mucho más importantes.

–Sí, el amor, los hijos, un hogar feliz y...

Margaret Fullerton agitó la mano con impaciencia. Ella deseaba dejar aquel asunto cerrado antes de que Brad volviese del centro de la ciudad.

–Eres una niña, Serena. No lo comprendes. Ahora, tenemos un asunto que resolver, ¿no es así?

Su tono era dominante, pero Serena se puso de pie, con todo el cuerpo temblando, y la voz ahogada por los sollozos.

–No. No podrá quitarme a Brad. Le amo. Y él también me ama.

–¿De veras? ¿No has pensado que sólo está cegado por una ilusión pasajera, Serena? ¿Y qué harás dentro de uno o dos años si se cansa de ti? ¿Te divorciarás o dejarás que él se divorcie de ti? ¿Y qué harás entonces? Tratarás de conseguir el dinero que ahora rehúsas.

–Jamás aceptaré dinero de Brad.

Serena temblaba de tal manera que apenas podía hablar, pero Margaret Fullerton también había pensado en aquella contingencia.

–Demuéstralo. Si no quieres su dinero, Serena, demuéstralo.

–¿Cómo? ¿Huyendo? ¿Matando al niño?

Serena sollozaba casi de una manera histérica.

–No; firmando esto.

Extrajo otro escrito de la cartera y se lo entregó a Serena, quien lo estrujó con su mano temblorosa sin leerlo. Luego se quedó mirando a la mujer que había llegado a odiar en sólo dos días.

–El papel dice que si Brad te abandona, o muere sin dejar testamento, tú renuncias a reclamar sus bienes, o los que le correspondan por herencia, para ti o para los hijos que pudieses tener. Lo que dice básicamente es que si no le tienes a él, tampoco quieres su dinero. ¿Lo firmarás?

Esta vez Serena asintió con la cabeza.

–Sí, lo firmaré, porque si me abandonase yo no querría su dinero bajo ningún concepto. Yo sólo le quiero a él.

–Entonces fírmalo.

No era eso lo que ella deseaba. Quería deshacerse de la chica de una vez por todas y enseguida, pero al no lograrlo, por lo menos así sabía que Brad estaba protegido, y con el tiempo podría influir en él. No podía seguir casado con la chica eternamente, por bonita que fuese. Por el momento era joven, pero dentro de unos años se cansaría de ella. Y tal vez para entonces ya se habría hartado del ejército también. Después de todo, no era demasiado tarde; Brad sólo tenía treinta y cuatro años. Y mientras tanto, tendría que ocuparse de Greg. Disponía de tiempo para esperar a que Brad se quitara a la muchacha de encima. Mientras la observaba, Serena firmó el papel con dedos temblorosos y se lo devolvió a su suegra. Margaret Fullerton abandonó enseguida la habitación, pero antes de salir se volvió de cara a Serena con expresión resuelta.

–Este documento es legal, Serena. No podrás anularlo. En cuanto dejes de estar casada con Brad, ya sea porque te hayas quedado viuda o porque te hayas divorciado de él, no recibirás un centavo por su parte ni de la nuestra. Aun cuando Brad quisiera ofrecerte algo, yo tendré esto y no lo permitiré. Ahora no podrás sacarle nada.

–Jamás quise hacerlo.

–No lo creo.

Y con esas palabras, giró sobre sus talones y cerró la puerta.

Serena casi tropezó con la cama, se dejó caer en ella y de nuevo, al igual que durante la noche pasada, los sollozos sacudieron todo su cuerpo, hasta que quedó exhausta.

Cuando Brad llegó del centro de la ciudad, se horrorizó al verla tan pálida y desencajada. Serena tenía los ojos hinchados de tanto llorar, y era evidente que estaba muy enferma.

–Mi amor, ¿qué ha sucedido?

Al igual que la noche anterior, había resuelto no decirle ni una sola palabra. Contarle lo que su madre había hecho le parecía una traición. Aquello era un asunto entre ella y Margaret Fullerton. Jamás se lo diría a Brad.

–No lo sé. Tal vez se deba al cambio de aguas o al clima. Me he sentido muy mal.

–¿Has estado llorando?

–Sólo porque no me encontraba bien –le contestó con una desvaída sonrisa.

Él meneó la cabeza lentamente, preocupado por el aspecto de Serena.

–Creo que debería llamar al médico.

–No, Brad.

Finalmente, él cedió; sin embargo, cuando al cabo de media hora bajó a prepararse una taza de té, aún seguía inquieto. En la cocina encontró a Teddy, que se estaba preparando un emparedado.

–¿Quieres que te prepare uno? –le ofreció a Brad, quien denegó con un gesto al tiempo que ponía la tetera en el fuego–. ¿Qué pasa?

–Estoy preocupado por Serena. Desde anoche no se encuentra bien.

De repente, también Teddy demostró inquietud.

–¿Ha ocurrido algo hoy?

–No que yo sepa. Pero cuando volví después de almorzar la encontré en pésimo estado. Parece haber estado llorando desde que me fui, y está pálida y nerviosa. –Sonrió débilmente a su hermano–. Aún no sabes lo bastante para examinarla facultativamente, ¿verdad? Quise llamar al médico de mamá, pero Serena no me lo permitió. Tengo miedo de que pueda sufrir un aborto o algo.

–¿Acaso tiene calambres?

–No me lo dijo. ¿Supones que ésa puede ser la causa de su llanto? Tal vez sabe que hay algo grave y no quiere decirlo. –De repente fue presa del pánico, al tiempo que el agua de la tetera comenzaba a hervir–. Voy a avisar al médico.

–Vamos, cálmate. –Teddy le quitó la tetera de las manos y volvió a colocarla sobre el fuego–. ¿Por qué no se lo preguntas a ella primero? Averigua si ha tenido dolores o alguna hemorragia.

–¡Oh, cielos! –exclamó Brad, pálido sólo de pensarlo–. Si algo llegara a pasarle a ella o al niño...

–Nada va a pasarle a Serena ni al niño. Así que deja de torturarte. ¿Por qué no subes a ver cómo se encuentra? Yo subiré el té enseguida. ¿De acuerdo?

Brad le dirigió una mirada preñada de inconmensurable afecto.

–¿Sabes una cosa? Eres aún mejor que cuando eras niño. Llegarás a ser un gran médico, Teddy.

–Calla. Vas a hacer que me ruborice. Ahora ve a cuidar a tu esposa. Subiré enseguida.

Minutos más tarde, cuando subía la escalera, Teddy se topó con su madre en el rellano.

–¿Adónde vas? ¿Y tomando té? ¡Santo Dios, ésta es nueva! –exclamó la madre, sonriendo divertida.

–Es para Serena. Brad dice que no se encuentra bien.

Estaba a punto de quitarle importancia a la cuestión, pero entonces observó la expresión de su madre y resolvió no hacerlo.

–Bueno, si precisa un médico ya te avisaré.

–No dejes de hacerlo.

Sin embargo, no se había interesado en absoluto en saber cómo estaba su nuera.

Teddy llamó con los nudillos en la puerta del dormitorio, y Brad le abrió enseguida, haciéndose a un lado.

–¿Ocurre algo? –preguntó al ver la mirada de Teddy.

Pero su hermano se limitó a menear la cabeza y a disimular su preocupación con una sonrisa.

–No. Nada. ¿Cómo se encuentra?

–Mejor, según creo. Quizá tengas razón. Tal vez todo se deba al cansancio –repuso Brad bajando la voz, pues Serena se estaba cepillando el pelo en el cuarto de baño–. Dice que no ha tenido calambres ni hemorragias, de modo que quizá no sea nada. Pero demonios, Teddy, juraría que Serena ha estado llorando toda la mañana.

La conversación se interrumpió al salir Serena del cuarto de baño; su aspecto había cambiado radicalmente en media hora. Llevaba los cabellos cepillados, la cara lavada y los ojos brillantes, y acogió a Teddy con una sonrisa.

–Cielos, Serena, estás encantadora. –La besó en ambas mejillas, le tomó las manos y se sentó junto a ella a los pies de la cama–. Brad me ha dicho que no te sentías muy bien, pero yo te encuentro estupenda. –Y con un aire casi profesional, que hizo sonreír a su hermano, pues le recordaba la época en que tenía nueve años y sembraba el terror rompiendo los vidrios de las ventanas, agregó–: ¿Te encuentras bien, Serena? Nos tienes a los dos muy preocupados.

–Estoy bien.

Meneó la cabeza enfáticamente, pero al hacerlo los ojos se le llenaron de lágrimas, y al cabo de un instante, como si no pudiese contenerse, tendió los brazos a Brad y se puso a llorar sobre su pecho. Estaba mortificada por la escena que protagonizaba, pero no podía evitarlo. Brad se quedó mirando a su hermano con desesperación por encima del hombro de su esposa, hasta que por fin los sollozos fueron disminuyendo, y Serena se sonó la nariz con el pañuelo que Teddy le ofreció. Éste le palmeó la mano tiernamente con una sonrisa y fijó su mirada en los ojos de su cuñada, cuando ésta se volvió hacia él.

–Estas cosas le ocurren a todo el mundo, ¿sabes, Serena? En los últimos días has sufrido muchas experiencias nuevas, has conocido a muchas personas, y es difícil apechugar con todo eso. Aun cuando no estuvieses embarazada, pienso que estarías agotada.

–Lo siento –repuso ella, sacudiendo la cabeza y enjugándose las lágrimas de nuevo–. ¡Me siento tan estúpida!

–No tienes motivo alguno para sentirte así. –Teddy le dio la taza de té, luego miró a su hermano y, ladeando la cabeza, le sonrió como un chiquillo–. Si te prometo no jugar a médicos con ella, ¿te parece que podrías dejarnos solos un momento, hermano mayor?

Se lo pidió de una manera tan ingenua, que Brad no pudo negarse. Asintió con la cabeza y abandonó la habitación, prometiendo regresar al cabo de un rato con un par de tazas de té. Teddy aguardó a que su hermano llegase hasta la escalera y entonces se volvió hacia Serena. Le tomó una mano entre las suyas y la miró fijamente a los ojos.

–Quiero preguntarte algo, Serena, y me gustaría saber la verdad. Prometo no decírselo a Brad. –Había adivinado que si lo que sospechaba tenía visos de ser verdad, ella no querría que Brad lo supiese–. ¿Me dirás la verdad?

Serena asintió lentamente con la cabeza. Presentía que con Teddy no tenía necesidad de mostrarse recelosa. Contrariamente a lo que le ocurría con Brad, a quien deseaba proteger.

–¿Es mi madre la causante de tu angustia?

La joven vaciló, balbuceó unas palabras, se ruborizó violentamente, al tiempo que liberaba su mano, y comenzó a caminar por la habitación. Todos sus actos no hacían sino delatarla a los ojos de su cuñado.

–¿Vino a verte hoy, Serena?

–Sí –respondió ella, volviéndose prestamente–. Pero sólo para ver cómo me encontraba antes de irse a almorzar.

–Hoy mamá no salió a almorzar, Serena. Y ella me dijo que no te había visto en todo el día. De modo que ambas estáis mintiendo. –La miró de hito en hito, pero no con expresión acusadora–. ¿Por qué? –le preguntó abiertamente, y cuando ella percibió la expresión de sus ojos, se puso a llorar de nuevo.

–No puedo decírtelo.

–Te he prometido que no le contaría nada a Brad.

–Pero es que no puedo...

Se sentó en la cama y comenzó a sollozar de nuevo, y esta vez fue Teddy quien la tomó entre sus brazos. La sintió tan tierna, cálida y delicada junto a su cuerpo que casi se le cortó la respiración. En un momento de locura quiso decirle que la amaba, pero recordó que no era por ese motivo que la estaba abrazando.

–Serena..., dímelo... Te juro que te ayudaré. Pero tengo que saber de qué se trata.

–Tú no puedes hacer nada. Es sólo que... –Enmudeció, y luego le espetó–: Me odia.

–Eso es ridículo –repuso él, sonriendo entre sus cabellos–. ¿Qué te hace suponer una cosa semejante?

Y entonces, bruscamente, sin ninguna razón en especial, salvo por la confianza que le inspiraba, resolvió contarle lo que había ocurrido en el enfrentamiento de la noche anterior, lo del horrible contrato y, finalmente, lo del papel que había firmado.

–¿Lo firmaste?

Ella asintió.

–Sí. ¿Qué importancia tiene eso? Si Brad me abandona, yo no quiero su dinero. Cuidaré a mi hijo con mis propios medios.

–¡Oh, Serena! –Teddy la estrechó fuertemente entre sus brazos–. Pero eso es una locura. Tú tienes derecho a percibir una suma que os permita vivir a ti y a tu hijo. Y si muriese...

Serena le hizo callar con la mirada. No quería oír hablar de eso. Empero, lo único que deseaba Teddy era mitigar su dolor.

–Él jamás te dejará sin recursos, ni a ti ni al pequeño. Sin embargo, eso que te han hecho es detestable. –Se quedó mirando a Serena con aire abatido–. ¡Bienvenida al seno de la familia Fullerton, cariño! Qué encanto de gente, ¿no? ¡Demonios! Si algo le ocurriera a Brad, Serena, y no dejase testamento, yo me haría cargo de ti y de tus hijos, te lo prometo.

–No seas tonto... –Y con un ligero estremecimiento, añadió–: No hables de eso. Pero gracias.

–Sin embargo, creo que deberías decírselo a Brad.

–No puedo.

–¿Por qué no?

–Se pondría furioso con su madre. Y no puedo hacerles eso a ninguno de los dos.

–Estás loca, Serena. Ella se lo merece. Lo que ha hecho es bajo, ruin y sórdido.

Pero Teddy no pudo seguir hablando porque Brad acababa de abrir la puerta; entró cargado con una bandeja en la que humeaban tres tazas de té.

–¿Cómo está mi mujercita? ¿Mejor?

–Mucho mejor –respondió Serena antes de que Teddy pudiese hacerlo–. Y tu hermano va a ser un excelente médico. Me tomó el pulso y eso le bastó para saber que estoy embarazada.

–¿Y cuál es el pronóstico?

–Por lo menos mellizos. Posiblemente, trillizos.

Sin embargo, Brad se dio cuenta de que su hermano seguía preocupado, y a pesar de la aparente alegría y las ganas de bromear, era evidente que Serena aún estaba turbada. Al cabo de un rato, cuando la joven se encerró en el cuarto de baño, Brad miró a Teddy.

–¿Y bien? ¿Crees que debería llamar al médico?

–¿Quieres saber lo que creo? Creo que en cuanto Greg se case con esa zorrita mañana vosotros dos tenéis que largaros de Nueva York como alma que lleva el diablo, e iros a algún lugar saludable y hermoso, donde podáis descansar y estar tranquilos. A juzgar por lo que me has dicho, y por lo que yo mismo he podido constatar, para Serena ha sido muy duro todo esto; así que llévatela lejos de Nueva York, lejos de nuestra familia, y pasad unos días de descanso en algún sitio antes de instalaros en San Francisco.

Brad se quedó pensativo.

–Puede ser un buen consejo. Lo pensaré, Teddy.

–No lo pienses. Hazlo. Y mi otro consejo es que no la dejes sola ni un minuto mientras estéis aquí.

–¿Quieres decir en Nueva York? –inquirió Brad, sorprendido.

–Quiero decir incluso en esta casa. Necesita estar contigo en todo momento. Ella se encuentra en un país extraño, con gente extraña, y está más asustada de lo que aparenta. Además de eso, está encinta, lo que para algunas mujeres, al principio, puede resultar una difícil experiencia, emocionalmente hablando. Quédate aquí con ella,

Brad. Todo el tiempo. Creo que eso es lo que pasó hoy: se sintió turbada, y tú no estabas cerca para consolarla.

Aquello no cuadraba con el carácter de Serena, pero Brad se aferró a ello como un náufrago a una tabla.

–¿Qué estáis tramando vosotros dos?

Al salir del cuarto de baño, Serena dirigió una mirada de desconfianza a Teddy, pero al ver la expresión de sus ojos y la calma que denotaba la cara de Brad, comprendió que no la había traicionado.

–Le estaba diciendo a tu marido que te lleve de luna de miel inmediatamente, mañana mismo.

–Me temo que ya no tengo atractivos suficientes para eso –repuso Serena mirándose la barriguita, que echó hacia delante.

Entonces su esposo la atrajo hacia sí y la sentó sobre sus rodillas.

–Señora, quiero que sepa que va a tener suficientes atractivos para que desee pasar con usted una luna de miel durante los próximos noventa años. ¿Qué le parece? Creo que Teddy ha tenido una buena idea.

Ella asintió lentamente con la cabeza.

–¿No quieres quedarte aquí? –le preguntó con aire pensativo.

–Creo que ambos hemos tenido más que suficiente con la boda –repuso él, meneando la cabeza.

–¿Por qué no lo piensas un poco antes de tomar una decisión?

Pero Teddy terció en la conversación, mirando directamente a Serena.

–Creo que este ambiente te perjudica, Serena. Necesitas aire fresco y descanso, y nada de eso encontrarás en Nueva York. ¿Qué me decís? ¿Os vais o no? –inquirió, mirándoles a ambos.

Brad se puso a reír.

–Diablos, se diría que nos estás echando de esta casa.

–Exactamente. La semana próxima vienen unos amigos, y necesito el cuarto de huéspedes para ellos –replicó Teddy con una mueca.

–¿Adónde iremos, Serena? ¿Al Canadá? ¿Al Gran Cañón? ¿A Denver, camino del oeste?

Ninguno de aquellos lugares le resultaba familiar a Serena, pero Teddy miró a Brad pensativamente.

–¿Por qué no vais a Aspen? El verano pasado estuve unas semanas en casa de un amigo, y es un sitio fabuloso. Podríais ir en coche desde Denver.

–Lo estudiaré –repuso Brad, y luego miró a su esposa–. Ahora, vamos a dejar algo bien sentado. Quiero que esta noche te quedes en cama en vez de asistir a la cena de ensayo.

–No –contestó ella, negando con la cabeza–. Iré con vosotros.

–¿No crees que debería quedarse en cama?

De nuevo el hermano mayor recurrió a la autoridad del menor, y ambos lo encontraron divertido.

–Aún no soy médico, B. J., pero no creo que deba hacerlo. –Luego miró a Serena en silencio–. Ahora bien, sería lo más sensato.

Sabía que ella comprendería por qué lo decía; sin embargo, Serena se dijo de pronto que no podía perder otra batalla con aquella mujer. Ésta había logrado hacerle firmar uno de los papeles, y ahora tenía la seguridad de que Serena no abandonaría a Brad ni trataría de huir con la fortuna de la familia; pero por lo demás, no se dejaría vencer de nuevo. Si la odiaban, tendría que aprender a vivir asumiéndolo. No obstante, nada la obligaría a quedarse encerrada en su cuarto como un ratón rechazado por todos. Estaban convencidos de que ella era una perdida, una prostituta y una criada, y sólo Dios sabía qué otras cosas más, y si no se presentaba en público, todos supondrían que Brad se avergonzaba de ella. Por lo tanto, le acompañaría, permanecería siempre a su lado y lograría que todos sintieran envidia de él. Sus ojos chispearon al pensar en ello, y dirigió una mirada a su esposo y a su cuñado en la cual se mezclaban la malicia y la decisión.

–Caballeros, voy a ir con ustedes.

Capítulo 23

Cuando Serena bajó por la escalinata desde la planta alta antes de la cena, su aspecto no dejaba lugar a dudas de que era una *principessa*. Por el fulgor de sus ojos, resultó evidente que hasta su suegra se había quedado ligeramente asombrada. La joven llevaba un rutilante vestido de seda blanco, entretejido con hebras de oro, que se prendía sobre uno de los hombros y caía hasta los pies formando unos suaves pliegues, los cuales disimulaban la línea de la cintura, que ya comenzaba a agrandársele lentamente. Semejaba a una diosa, de pie junto a su esposo, con una flor blanca en el pelo, sandalias doradas y su adorable rostro de facciones casi perfectas.

Teddy lanzó un silbido, y Greg se quedó más que asombrado.

El grupo, compuesto por los tres hermanos, los padres y Serena, partió al poco rato de reunirse en el vestíbulo. Pattie y sus padres se encontrarían con ellos en el club, donde habían reservado un salón privado para la cena.

Al poco rato de comenzar el baile, Brad se encontró de pronto a solas con Pattie.

–Parece que nos han dejado solos.

Era una solemne tontería, pero no se le ocurrió nada mejor que decir. Ella volvió su carita en forma de corazón hacia él, con los labios fruncidos como los de una niña haciendo pucheros.

–¿Acaso te molesta, Brad?

–No –respondió él, lo que era una flagrante mentira.

En realidad, la situación le resultaba sumamente embarazosa.

–¿No quieres bailar, Brad? –le propuso Pattie, molesta.

Él se sonrojó, al tiempo que se apresuraba a asentir con la cabeza.

–Por supuesto, Pattie. ¿Por qué no?

Siguieron bailando, con gran satisfacción de Pattie, hasta que el vals concluyó para dar paso al tango; entonces, después de ver que no salían airosos del trance, Pattie le miró con una sonrisa de muñeca al tiempo que se abanicaba con la mano.

–¿No estás a punto de morirte de calor?

–Casi.

–¿Vamos a tomar un poco de aire?

El aire del mes de junio era casi tan cálido como dentro del salón.

–Había olvidado que bailabas tan bien.

–Son muchas las cosas que olvidaste de mí, Brad. Aún no comprendo lo que hiciste. Quiero decir por qué lo hiciste. ¿Fue sólo para burlarte de mí? ¿Y por qué ella? Puede ser bonita, pero no es nada. ¿Cuánto tiempo la desearás, Brad? ¿Un año? ¿Dos? Y luego, ¿qué? Habrás destrozado tu vida por esa putita.

Brad se disponía a entrar de nuevo en el salón, pero se detuvo bruscamente al oír aquellas palabras, y su voz adquirió un tono glacial al responderle:

–No vuelvas a decirme nunca más una cosa semejante. ¡Eres una perra! A partir de mañana, para bien o para mal, vamos a ser parientes. Serás la esposa de mi hermano; aún no estoy muy seguro de saber qué significa eso para ti, pero por lo que a mí se refiere, haré todo lo posible para respetarte. –Exhaló lentamente una bocanada de humo, mientras la miraba con desprecio–. Y te aseguro que me costará mucho conseguirlo.

Capítulo 24

A la mañana siguiente, Serena bajó de puntillas para prepararse una taza de té y servirle un café a Brad cuando, al entrar en la cocina, se topó con su madre política, enfundada en una bata de raso azul.

–Buenos días, Serena –le dijo la mujer con voz tan fría que habría sido preferible que la hubiese ignorado por completo.

Serena se sintió de inmediato rechazada, y la invadió un profundo desánimo.

–Buenos días, señora Fullerton. ¿Ha dormido usted bien?

–Relativamente. Estuve pensando que sería preferible que hoy alegaras estar enferma, en vez de asistir a la boda. Tu estado te brinda una excelente excusa.

–No sé si Brad...

–Claro que tú tienes la palabra. Pero yo, en tu lugar, me sentiría agradecida por ahorrarme la molestia. Después de todo, se trata de la boda de Pattie, cosa que deberías tener en cuenta para no causarle más dolor del que ya le has causado.

–Lo pensaré.

–Eso espero.

Y con estas palabras, Margaret abandonó la cocina.

Al entrar Serena en el dormitorio, cargada con la bandeja, exhaló un hondo suspiro, y Brad levantó la vista hacia ella al oírlo.

–¿Ocurre algo malo, amor mío?

–No... Tengo una jaqueca terrible.

–¿De veras? ¿Por qué no te acuestas? Debe de ser de tanto bailar anoche.

–No es por eso. Sólo estoy cansada. –Y luego, al tiempo que se echaba sobre la cama, miró a Brad y agregó–: ¿Sabes una cosa? Me fastidia decirlo, Brad, pero... creo que no debería ir.

–¿Tan mal te sientes? ¿Quieres que llame al médico?

–No. –Serena se incorporó en la cama y le besó–. ¿Te parece que tu hermano sabrá disculparme?

–Sí. Si quieres quedarte en casa, no seré yo quien te fuerce a venir.

–Gracias.

Al cabo de un rato, mientras Serena observaba cómo él se iba vistiendo para la boda, sintió que se le oprimía el corazón. A pesar de saber lo mucho que Brad la amaba, le angustiaba el hecho de no ser aceptada y querida por su familia.

–¿Te encuentras bien, cariño?

Brad se quedó contemplándola desde el pie de la cama, después de encasquetarse el sombrero de copa, mientras se ponía los guantes. Sería una boda muy elegante, y de pronto Serena lamentó tener que perdérsela. Al cabo de un instante, Teddy llamó a la puerta, tan impecablemente vestido como su hermano, y con un ramito de muguete en la mano para que Brad se lo pusiera en el ojal.

–No puedo ponerme eso. Pensarán que soy el novio –arguyó con una mueca.

–No lo creas, el de Greg es más grande. –De pronto, vio a Serena acostada en la cama, buscó los ojos de Brad y luego volvió a posar la vista en su cuñada–. ¿Qué pasa, tú no vienes?

–No me encuentro bien.

–Tampoco te encontrabas bien anoche y fuiste a la cena. ¿Qué sucede hoy?

–Me encuentro peor.

–No te creo. –Clavó los ojos en Brad–. ¿Os habéis peleado?

–¡Diablos, no! Serena dijo que no se sentía con ánimos de ir a la boda, y no quise obligarla a hacerlo.

–¿Por qué no? –Teddy sonrió, al tiempo que se sentaba en el borde de la cama–. ¿De veras te sientes mal, Serena?

–De veras.

–Lo lamento. Te echaremos de menos.

Pero mientras él hablaba, dos gruesas lágrimas brotaron de los ojos de Serena. De nuevo se sentía marginada, y nacía en ella el deseo de acompañarles. Si la señora Fullerton no se lo hubiese planteado en términos tan drásticos...

–¿Qué sucede?

Teddy escrutaba su rostro, y ella meneó la cabeza, tratando inútilmente de no seguir llorando.

–¡Oh, detesto estar embarazada! ¡No hago más que llorar!

Se rió, y Brad se acercó a ella para acariciarle los cabellos que caían como una cascada hasta más abajo de sus hombros, rozando la almohada.

–Quédate tranquila; procuraré volver lo antes posible.

Brad salió de la habitación para ir a ver cómo andaba Greg, que se estaba vistiendo nerviosamente en su cuarto, situado al final del pasillo. Hacía años que poseía su propio apartamento, pero la última noche de soltero la había pasado en la antigua habitación de su hogar. Sabía que de ese modo, por mucho que se embriagara la noche anterior, no se quedaría dormido el día de su boda.

En cuanto Brad hubo salido del dormitorio, Teddy miró fijamente a Serena con los ojos entrecerrados.

–¿Qué ha ocurrido?

–Nada.

–No me mientas, Serena. ¿Por qué no quieres venir?

Ella vaciló.

–Tu madre cree que no debo estar presente –dijo al fin–. Pero no se lo digas a Brad. No quiero que él lo sepa.

–¿Te dijo ella eso?

–Dijo que a Pattie le resultaría incómodo, y que si yo tenía una pizca de decencia no debía ir, pues ya le había hecho suficiente daño a la pobre.

–¡Maldita sea, Serena! Si no te pones firme, mi madre te va a tener dominada por el resto de tu vida. ¡No puedes permitir que te haga una cosa semejante!

–No importa. No quiere verme allí. Creo que ella teme que yo sea la causa de la desgracia de todos vosotros.

–Serena –le dijo Teddy, mirándola de hito en hito–, anoche todo el mundo quería saber quién eras, quiero decir quién eras *realmente*. Todos los presentes en el club comentaban que eras una *principessa*, y probablemente eso irritó a mamá. Toda esa basura acerca de que eras una pobretona, una criada, no se la tragará nadie después de anoche. Respiras por todos tus poros lo que realmente eres: una dama aristocrática y muy hermosa. No sé qué demonios le pasa a mi madre, a no ser que esté molesta porque Brad resolvió hacer algo por su cuenta, sin consultarla. Ahora bien, si lo que deseaba era tener a Pattie Atherton por nuera, ya se ha salido con la suya. Uno de estos días cambiará de actitud con respecto a ti, Serena, pero tú no puedes someterte a su voluntad hasta que eso suceda. Lo que te hizo ayer no sólo es ultrajante sino inmoral, y Brad debería estar enterado de ello; pero si insistes, no se lo diré. Ahora bien, lo que mi madre ha hecho hoy es el colmo, es indecente.

–¿Qué es lo indecente? –Brad apareció en el umbral de la puerta y se quedó mirándoles con ojos interrogantes y los músculos de la cara tensos–. Según parece, hay algo que no se me ha dicho, y yo no tolero que haya secretos en mi propia familia. –Mirando a su esposa, le preguntó–: ¿De qué se trata, Serena?

–Ella no quiere decírtelo, Brad, pero yo creo que debes saberlo. Voy a decírselo, Serena –terció Teddy con voz queda, y su cuñada se echó a llorar.

–Por todos los cielos, ¿de qué se trata? –insistió Brad.

Aquel pequeño melodrama le estaba poniendo extremadamente nervioso. Acababa de estar con Greg, que se había pasado la noche bebiendo, y el mayordomo aún estaba tratando de reanimarle.

–¿Qué demonios pasa aquí?

Teddy se puso de pie de cara a su hermano.

–Mamá no quiere que Serena asista a la boda.

Serena se quedó como si le hubiesen aplicado un electrochoque, y su esposo parecía encontrarse en el otro extremo de la corriente eléctrica.

–¿Que mamá *qué*? ¿Estás loco?

–No. Mamá tuvo el valor de decirle a Serena que lo menos que podía hacer por Pattie era no asistir a la boda... Serena se topó con ella en la cocina, y mamá le sugirió que alegara diplomáticamente estar enferma y se quedara en casa.

–¿Es cierto eso? –Brad miró a su esposa sin disimular su enfado, mientras ella asentía con la cabeza. Luego se acercó a la cama, y Serena pudo ver que estaba temblando–. ¿Por qué no me lo dijiste?

–No quería que te enojaras con tu madre.

–¡No vuelvas a hacerlo nunca más! ¡Si alguien vuelve a decirte una cosa semejante, quiero saberlo! ¿Está claro?

Brad tenía una expresión dolorida, y se quedó pensativo. Tras un largo silencio, se dirigió a su hermano.

–Sal de la habitación, Teddy. –Y a su esposa le espetó–: Y tú, levántate de la cama. Me importa un cuerno lo que te pongas, pero quiero que estés vestida dentro de diez minutos.

–Pero, Brad..., no puedo...

–¡Ni una palabra más! –rugió él esta vez–. Soy el padrino de boda de mi hermano, y tú eres mi esposa. ¿Está claro? ¿Lo has comprendido? Eres mi esposa; por lo tanto, allí donde yo vaya debes ir tú, y deben aceptarte las mismas personas que me quieren y me aceptan a mí, sean amigos, familiares o compañeros de trabajo. Y si alguien te rechaza, y no te trata con la deferencia que mereces, quiero saberlo. Inmediatamente, la próxima vez, y no mediante los buenos oficios de mi hermano. ¿Está claro, Serena?

–Sí –murmuró ella.

–Bien. Porque quiero que esto quede bien claro para ti, para mi madre, para Pattie y Greg, y para todos aquellos que parecen no haberlo comprendido. Se lo explicaré a mi madre ahora mismo, y mientras tanto, vas a levantarte de la cama y vas a ponerte lo que se supone que debes llevar para asistir a esa maldita farsa de la boda. Y no vuelvas a hacerme esto nunca más. No simules estar enferma ni me ocultes nada. Debes decírmelo todo. ¿Está claro? –Ella asintió, y entonces Brad se le acercó, la tomó en sus brazos y la besó–. ¡Te amo tanto, demonios! No quiero que nadie te lastime jamás. Juré amarte, honrarte y respetarte hasta que la muerte nos separase. Al menos dame la oportunidad de intentarlo, muñeca. Para eso estoy aquí. Y nunca más, nunca más vuelvas a permitir que mi madre te trate como un trapo. –Brad estudió su reacción–. ¿Acaso ayer ocurrió algo parecido a esto y fue la causa de tu trastorno, Serena? –Observó atentamente la expresión de su esposa, pero ella sólo meneó la cabeza–. ¿Seguro?

–Sí, Brad, seguro.

No podía decirle que su madre le había hecho firmar aquel papel. Entonces, Brad se dirigió prestamente a la puerta y se detuvo un instante en el umbral, sonriendo a su mujercita.

–La amo, señora Fullerton.

–Yo también le amo, mi teniente coronel.

Serena le lanzó un beso con los dedos, y él se marchó tratando de prepararse para el enfrentamiento con su madre. La encontró en su *boudoir*.

–Madre, ¿puedo entrar?

–Claro, querido –repuso ella, sonriéndole con ternura–. Hoy es una fecha importante. ¿Aún no has visto a tu hermano?

–En ambos casos, sí.

–Me refiero a Greg. ¿Cómo está?

–Casi en estado comatoso, madre. Los criados están tratando de reanimarlo. Anoche se emborrachó.

–Pattie lo enderezará.

Margaret demostraba tener una absoluta confianza en ello, confianza que Brad no compartía.

–Tal vez. Pero ya que hablas de Pattie, quisiera enderezarte también a ti.

–¿Perdón?

–Perdón es lo que deberías pedirme, madre. O mejor, deberías pedírselo a Serena. Quiero que comprendas algo de una vez por todas. Serena es mi esposa, tanto si te gusta como si no. Al parecer le pediste que no asistiera a la boda de Greg. Que te hayas atrevido a hacer una cosa semejante me asombra y me duele. Si hubieras querido que no asistiéramos ninguno de los dos, me habría parecido bien; pero si deseabas que yo estuviera presente, entonces debías haber supuesto que llevaría a Serena conmigo. La amo con todo mi corazón, madre. Es una muchacha maravillosa, y dentro de unos meses tendremos un hijo. No puedo obligarte a que la quieras. Pero no permitiré que la lastimes. Jamás vuelvas a hacer una cosa así.

Con paso vacilante, su madre se le acercó.

–Lo siento, Brad. Me confundí... Me temo que todo esto también ha sido muy duro para mí. Nunca imaginé que te casarías con alguien... diferente. Pensé que te casarías con alguien de aquí, con alguien de nuestro círculo.

–Pero no lo he hecho. Y no es justo que castigues a Serena por ello.

–Dime, ¿te lo ha contado ella misma?

–No, madre. Serena me quiere demasiado para interponerse entre tú y yo. Se lo confió a Teddy, y él me lo ha dicho a mí.

–Ya veo. ¿Y te dijo ella algo más?

Brad miró a su madre con expresión intrigada.

–¿Hay algo más que debiera haberme dicho?

–No, no, claro que no.

Con alivio, Margaret comprendió que Serena no le había contado nada, aunque eso no habría cambiado las cosas. No le entregaría aquel papel a nadie por nada del mundo. El documento que Serena había firmado se encontraba a buen recaudo en su caja fuerte. Algún día, Brad le daría las gracias por lo que había hecho.

–He pensado que, dadas las circunstancias, será mejor que nos marchemos hoy mismo, después de la boda. Trataré de conseguir un compartimento en el tren nocturno a Chicago; y en caso contrario, nos alojaremos en un hotel y nos iremos por la mañana.

–No puedes hacer eso –protestó su madre, con ojos fulgurantes.

–¿Por qué no?

–Porque yo quiero que te quedes aquí. Hace años que no pasas una temporada en casa.

–Eso deberías haberlo pensado antes de declararle la guerra a Serena.

Los ojos de Margaret Fullerton adquirieron una expresión airada, cruel y dura.

–Eres mi hijo y harás lo que yo te diga.

–Me temo que te equivocas –respondió Brad con voz queda–. Soy un hombre hecho y derecho, con esposa y una familia propia. No soy un títere tuyo. Tal vez lo sea papá, y mi pobre y débil hermano, pero yo no. No vuelvas a olvidarlo.

–¿Cómo te atreves a hablarme así? ¿Cómo te atreves?

–Madre, no te metas en mi vida o lo lamentarás.

–¡Brad!

Pero él no replicó, sino que giró sobre sus talones y abandonó la habitación, cerrando la puerta con violencia tras de sí.

Capítulo 25

Exactamente a las once menos diez, Serena se dejaba conducir plácidamente a su sitio por su cuñado Teddy, en la iglesia de St. James, en la avenida Madison de Nueva York.

Y exactamente a las once y un minuto, las enormes puertas de la entrada se cerraron, el órgano comenzó a tocar más alto y se hizo un extraño silencio en el interior del templo, sólo alterado por algunos murmullos, y como por arte de magia hicieron su aparición los caballeros y damas de honor de la novia.

Serena se volvió para ver a quien venía tras ellos, y se le cortó la respiración ante aquella visión: era una princesa de cuentos de hadas, con el vestido de encaje más bello que Serena había visto nunca. Era evidente que aquel vestido de cuello alto y mangas largas lo había heredado Pattie de su bisabuela, y tenía más de cien años. Llevaba también un collar de brillantes y una diadema haciendo juego, que no lograban ocultar el esplendor de las perlas y diamantes que brillaban en sus orejas. Y como una nube la envolvía un largo velo que se extendía a sus espaldas, cubriendo todo el extenso pasillo, mientras ella avanzaba regiamente cogida del brazo de su padre. Resultaba imposible no sentirse disminuido en comparación con ella: su morena belleza contrastaba con la blancura de su vestido, y Serena se dijo que era la novia más bella que había visto jamás.

Era totalmente imposible asociar, ni siquiera por un instante, aquella imagen perfecta con todo lo que Brad le había contado acerca de Pattie. No podía tratarse de la misma mujer.

Serena permaneció solemnemente sentada durante toda la ceremonia y, cuando todo hubo terminado, observó el desfile de invitados hacia la salida; luego fue recorriendo la hilera de los integrantes del cortejo de honor como una invitada cualquiera, estrechándoles la mano; hasta que repentinamente se encontró ante Teddy, quien la cogió del brazo.

–¿Qué demonios estás haciendo, tonta?

–No lo sé –repuso ella con embarazo, sin comprender qué error había cometido.

Al ver su confusión, Teddy le rodeó la cintura con el brazo y le sonrió.

–No tienes que ser tan formal. ¿Por qué no te quedas aquí con nosotros?

Pero Serena sabía que si lo hacía, a su suegra seguramente le daría un ataque.

–Aguardaré fuera.

Permaneció todavía un instante junto a él, y entonces la descubrió Pattie, que la fulminó con la mirada.

–Ésta es mi boda, Serena, no la tuya: ¿o acaso lo has olvidado?

Serena se ruborizó hasta la raíz de los cabellos, tartamudeó algo y comenzó a retroceder. Pero Teddy se apresuró a detenerla. Sabía lo mucho que su cuñada había tenido que soportar, y sintió deseos de abofetear a Pattie por lo que acababa de decir.

–¿No puedes mantener esa maldita boca cerrada para variar, Pattie? Si no andas con cuidado, acabarás pareciendo una arpía, aun con ese vestido.

Dicho esto, abandonó su sitio en la hilera, pasándole el brazo por la cintura a Serena y haciéndole señas a Brad de que le esperaba fuera. Margaret los acuchillaba con la mirada, y Pattie se había puesto lívida; pero sólo un par de personas habían oído sus palabras, y al cabo de un momento se encontraban a salvo en la calle.

–Bueno, al menos te tengo a ti a modo de compensación.

–¿Cómo?

–Tengo una cuñada que es maravillosa y otra que es una perra.

Serena no pudo contener la risa; entonces vio a Brad que se dirigía hacia ellos.

–¿Ha ocurrido algo ahí dentro? –se apresuró a preguntar Brad.

Serena meneó la cabeza, pero Teddy agitó el dedo y frunció el entrecejo.

–No le mientas, ¡maldita sea! –Y luego, sonriendo a su hermano–: Nuestra flamante cuñada se ha portado como quien es.

–¿Ha estado descortés con Serena?

–Claro. ¿Acaso no lo es con todo el mundo, salvo con aquellos a quienes quiere causar buena impresión? Demonios, no comprendo cómo Greg puede soportarla.

Al cabo de unos minutos, todos los asistentes a la boda se distribuyeron en seis limusinas y se trasladaron al Plaza, donde habían reservado el gran salón de baile. No se habían escatimado las flores, y la orquesta comenzó a tocar en cuanto ellos llegaron.

De nuevo Serena se encontró sentada entre extraños en una mesa alejada de las demás, y le pareció que había transcurrido un siglo cuando Brad acudió en su rescate. La joven se veía fatigada de tanto esforzarse en mantener una conversación cortés, y se sentía un poco abrumada en medio de tanta gente.

–¿Te encuentras bien, amor mío? –Ella asintió con la cabeza, sonriendo–. ¿Cómo está mi hija?

–Tu hijo está bien.

Ambos rieron por lo bajo, y Brad la llevó hasta la pista, donde comenzaron a bailar al compás de un vals lento. Teddy les observaba desde la mesa nupcial, mientras giraban lentamente alrededor de la sala. Formaban una pareja perfecta.

No tardaron en unirse a Teddy. Brad se inclinó hacia su hermano y le dijo al oído que se marchaban.

–¿Tan pronto?

Brad asintió con un gesto.

–Queremos coger el tren esta noche y quiero que Serena descanse un poco. Además, tenemos que hacer el equipaje. Te veremos en San Francisco, muchacho. –Apoyó la mano sobre el hombro de su hermano, se lo oprimió y le miró a los ojos–. Gracias por todo. Por hacer que Serena se sintiera bien recibida.

–Tú sabes que ha sido bien recibida. –Posó la mirada en su cuñada–. Te veré en el oeste, Serena. –Y con una mueca agregó–: Para entonces estarás gorda como una ballena.

–¡Eso no! –exclamó ella, simulando enfadarse; luego le echó los brazos al cuello y le dio un beso en cada mejilla–. Te echaré de menos, hermanito.

–Cuidaos mucho.

Los dos hermanos se estrecharon la mano, Teddy volvió a besar a Serena, y al cabo de un instante, después de que Serena se hubo despedido cortésmente de la novia, estrechado la mano de sus suegros y felicitado al novio, que sólo atinó a musitar unas palabras casi incoherentes, Serena y Brad se marcharon. Experimentaron un enorme alivio al verse liberados de la boda. Al salir del Plaza cogidos de la mano, Brad se quitó la corbata de lazo, que dejó caer junto con los guantes dentro del sombrero de copa, y llamó a un cabriolé de alquiler para que les llevara a su casa de la Quinta Avenida.

–¿Feliz, cariño? –le preguntó a su esposa, con ojos brillantes de satisfacción al estar por fin a solas con ella.

–¿Cómo no habría de ser feliz a tu lado?

Serena levantó la cabeza para besarle, y se abrazaron largamente, mientras el cabriolé se desplazaba lentamente por la Quinta Avenida hacia la casa de los Fullerton.

Capítulo 26

Abandonaron sus aposentos antes de que volviesen los demás, y Brad se detuvo un instante en el vestíbulo mirando con pesar, casi con dolor a su alrededor.

–Algún día volverás –le dijo Serena con voz queda, recordando lo que ella había sentido al abandonar Roma.

–No estaba pensando en eso –repuso él, meneando la cabeza–. Pensaba que hubiese deseado que te sintieras bien aquí, que fueras feliz en Nueva York..., que fuesen amables contigo...

Se le humedecieron los ojos, y Serena le cogió la mano y se la besó.

–Ambos tenemos nuestras propias vidas, Brad. Pronto tendremos a nuestro hijo. Nos tenemos el uno al otro. El resto importa, pero no mucho.

–Para mí sí. Tú mereces que todo el mundo sea bueno contigo.

–Ya lo eres tú. No preciso nada más. –Y entonces sonrió, al acordarse de Teddy–. Y tu hermano.

–Creo que Teddy está locamente enamorado de ti –repuso él, sonriendo–. Pero no puedo reprochárselo. Yo también lo estoy.

–Lo que yo creo es que ambos sois unos tontos. –Lanzó un suspiro al pensar en su cuñado–. Ojalá encuentre una buena chica en Stanford. Posee lo necesario para hacerla feliz.

Brad se quedó callado unos instantes, pensando en lo mucho que le debía a Teddy. Luego preguntó:

–¿Estás lista?

Ella asintió con la cabeza, y Brad cerró la puerta tras ellos. Un taxi les estaba aguardando. El equipaje fue apilado en el asiento delantero y en el baúl, en tanto distribuían en torno suyo los maletines.

El camino hasta la estación Grand Central transcurrió rápidamente. Minutos después, un mozo de cuerda colocaba todo el equipaje en una carretilla y se abrían paso entre la multitud que poblaba la estación. Serena miraba a su alrededor fascinada por toda aquella gente que se apiñaba en el amplio vestíbulo. Por todas partes se veían carteles, anuncios y tableros con los horarios de los trenes. Ella parecía una niñita mientras caminaba junto a su marido, quien casi tenía que arrastrarla para llegar hasta el andén donde se encontraba su tren.

–¡Pero todo esto es maravilloso, Brad!

Él le sonrió con satisfacción, al tiempo que le daba una generosa propina al mozo que se ocupó de cargar el equipaje en el vagón correspondiente.

–Celebro que te guste.

Sin embargo, el tren le gustó todavía más; era mucho más lujoso que los trenes que circulaban en Europa durante la posguerra. En Italia y Francia nada había sido completamente restaurado, y se encontraba casi en el mismo estado en que lo habían dejado los ejércitos de ocupación. Aquí, en cambio, mozos de tez color de ébano y ataviados con impecables chaquetas blancas les ayudaron a instalarse en su reducido pero magnífico compartimento. El asiento estaba tapizado con terciopelo, las sábanas estaban inmaculadas, una gruesa alfombra cubría el suelo y disponía de un diminuto cuarto de baño. A juicio de Serena, era la perfecta *suite* para una luna de miel, y la perspectiva de pasar tres días allí en compañía de Brad le pareció fabulosa.

Permanecieron casi dos semanas en Aspen, y detestaron tener que irse cuando llegó el día en que debían regresar a Denver, para continuar el viaje en tren. Esta vez sólo tenían veinticuatro horas de viaje hacia el oeste; las Rocosas pronto quedaron atrás. Cuando despertaron al día siguiente, se vieron rodeados de llanuras, que se extendían hasta las colinas que se alzaban en la distancia, y al poco rato Serena estuvo encantada de poder contemplar la bahía. La estación de ferrocarril estaba situada en una zona de la ciudad singularmente fea, pero en cuanto tomaron un taxi y se trasladaron al corazón de la gran urbe, pudieron comprobar lo bonita que era.

A su derecha se encontraba la bahía, cuyas aguas quietas despedían destellos plateados y aparecían tachonadas de embarcaciones y bordeadas de montañas. A su alrededor, todas las calles eran empinadas, con casitas de estilo victoriano; unas estaban construidas con ladrillo visto; también había villas estucadas como las del Mediterráneo, rodeadas de preciosos jardines de estilo inglés. En aquella ciudad parecían mezclarse los encantos de una docena de países y culturas diferentes, bajo un cielo azul poblado de nubes como pintadas. Cuando llegaron a Presidio pudieron divisar el puente Golden Gate, que se extendía majestuosamente hasta Marin County.

–¡Oh, Brad, qué maravilla!

–¿Verdad que sí? –le dijo Brad, complacido, sintiendo que algo se agitaba en su corazón.

Sabía que habían venido de la otra parte del mundo juntos y que allí, en San Francisco, constituirían su primer hogar verdadero. Allí nacería su primer hijo, y tal vez los demás. Miró a Serena, que contemplaba la bahía y el puente, se inclinó hacia ella y le dio un beso.

–Bienvenida a casa, amor mío.

Ella asintió con una tierna sonrisa y miró en torno, embargada por los mismos sentimientos que él experimentaba.

El taxi enfiló la Presidio Avenue Gate en Pacific Heights, y momentos más tarde se detenía frente al edificio del cuartel general. Brad saltó del vehículo, se caló la gorra y saludó con elegante gesto a su esposa. Se había puesto el uniforme, ya que debía presentarse oficialmente ante sus superiores; de modo que penetró en el edificio con la gorra bajo el brazo, en tanto Serena se quedaba esperando y observando con admiración los alrededores. Al parecer, el estilo español era el que predominaba arquitectónicamente. La vista de la bahía y el puente era soberbia, y algunas de las casitas que se levantaban al pie de la colina eran muy bonitas.

La sorprendió el poco rato que tardó Brad en salir del edificio, con una amplia sonrisa, y un juego de llaves en la mano, que agitó con alegre tintineo ante la cara de su esposa. Le dio instrucciones al taxista, y el vehículo siguió un sinuoso camino que se elevaba por otra colina, penetró en un bosquecillo y se detuvo al llegar a un sitio que parecía flotar por encima de todo el paisaje. Allí había un conjunto de cuatro casas, todas muy espaciosas y de sólida construcción, de estilo español, y Brad señaló la que se hallaba más alejada de todas.

–¿Para nosotros? –inquirió Serena con asombro.

La casa era espléndida.

–Sí, señora.

A Serena le impresionó comprobar lo bien que trataban a los coroneles, y Brad sonreía como un bendito mientras abría la puerta y trasponía el umbral con ella en brazos.

–¿Te gusta?

–¡Es un sueño!

–No es tu *palazzo*, querida, pero es bonita.

–Es mejor que el *palazzo* –repuso ella, sonriéndole–, porque es nuestra.

Al menos temporalmente. Sin embargo, Serena sabía que podrían permanecer varios años allí, y Presidio era considerado un lugar de privilegio dentro del ejército.

Esa noche durmieron en los catres que les proporcionaron, pero al día siguiente fueron al centro de la ciudad para adquirir los elementos básicos que precisaban: una cama de matrimonio, dos mesitas de noche estilo francés, un tocador victoriano para Serena y una hermosa cómoda de nogal, así como sillas, mesas, telas para cortinas, una alfombra y una batería de cocina completa. Y así comenzaron a vivir su vida de casados, esperando el nacimiento de su hijo.

A finales de agosto, la casa tenía el aspecto de un hogar, como si ya llevaran muchos años viviendo en ella. Reinaba allí una atmósfera cálida y acogedora que hacía las delicias de Brad cada vez que trasponía el umbral de la puerta de entrada; y los colores que Serena había elegido le causaban un efecto sedante y le hacían sentirse feliz al volver a su hogar. Su esposa había trabajado duramente todo el verano, y el día de la llegada de Teddy, la joven miró en torno cuando se disponían a salir para ir a esperarle, y se sintió satisfecha de su labor.

–¿Has olvidado algo? –le preguntó Brad desde el vano de la puerta, mientras la observaba avanzar anadeando hacia él.

Estaba embarazada de cinco meses, y a él le encantaba verla acostada a su lado o cuando salía de la ducha por la mañana. La veía plena, madura, hermosa, y a pesar de la preciosa carga que abultaba pesadamente su vientre, conservaba toda su gracia. A él le gustaba tocárselo y sentir las patadas del niño. Ahora le acarició suavemente la barriga y le preguntó:

–¿Cómo está nuestro bebé?

–Atareado. No ha dejado de patear en toda la mañana.

Brad pareció inquietarse.

–Quizá te excediste al querer dejarlo todo listo para la llegada de Teddy.

–No. –Y mirando por encima del hombro al cerrar la puerta, agregó–: La casa se ve bonita, ¿no?

–No; está maravillosa. Has hecho un excelente trabajo, amor mío.

Serena se sonrojó, pero evidentemente estaba complacida. Para ser una joven de veinte años, había recorrido un largo camino y realizado varias cosas importantes. Algunas veces tenía que recordarse a sí misma cuán joven era. Él acababa de cumplir los treinta y cinco ese verano.

–Me alegro de que venga Teddy.

–Yo también –dijo Brad, poniendo el Ford azul oscuro en marcha y consultando el reloj.

Le parecía que hacía tan sólo unos días que habían llegado allí; y cuando vieron descender a Teddy del tren, Brad tuvo la sensación de que acababan de partir de Nueva York. Los dos hermanos se estrecharon la mano y se palmearon mutuamente la espalda, en tanto Serena se precipitaba en brazos de Teddy; ambos se abrazaron fuertemente, y luego, riendo, él se apartó para palmearle la protuberante barriga.

–¿Dónde has conseguido esa pelota de playa, Serena?

–Es un regalo de Brad.

Los tres se echaron a reír, y Teddy les siguió hasta el coche.

–¿Cómo os sentís en estos andurriales, parejita?

–Nos encanta estar aquí. Pero espera a ver lo que Serena ha hecho en la casa –dijo Brad, mirando a su esposa con orgullo–. Entonces comprenderás por qué nos encanta.

Y en cuanto Teddy puso los pies en ella, se dio cuenta de lo que su hermano quería decir. Serena había creado una atmósfera de bienestar a la que nadie que entrara en aquel ambiente podía sustraerse. Uno sentía deseos de hundirse en el sofá, contemplar la bahía en plácido silencio y no moverse nunca más de allí.

–Has hecho una estupenda labor, Serena.

Complacida, ésta se puso en pie de un salto y se dispuso a traerle el té, acompañado con unos emparedados y pastelillos.

–¿Quieres sentarte de una vez? –la riñó Teddy.

La siguió, pero ella le empujó de nuevo hacia la sala de estar, donde se encontraba su hermano, que les observaba con satisfacción pensando que parecían dos niños, felices de volver a estar juntos, como dos compañeros de juegos.

Capítulo 27

Teddy suponía que cuando llegara a Stanford quedaría totalmente absorbido por los estudios. Pero resultó que, durante el primer semestre, el león no era tan fiero como había temido. Y aunque la mayor parte del tiempo tenía que leer muchísimo, tuvo tiempo de poder hacer algunas escapadas a la ciudad para visitar a su hermano, en especial hacia el fin del embarazo de Serena. Deseaba estar presente en el caso de que ocurriera algo imprevisto. Ya le había manifestado previamente a Brad su deseo de encontrarse allí. Éste había prometido telefonearle a Stanford en cuanto Serena entrara en el proceso del parto, y ambos calcularon que Teddy tendría tiempo de llegar a la ciudad en tren y de pasear junto a su hermano por la sala de espera del hospital hasta que llegase el niño.

El tercer fin de semana del mes de diciembre, Teddy aprovechó las vacaciones de la facultad para quedarse con ellos, y a Serena aún le faltaban por lo menos cuatro días para dar a luz. Brad había tenido que asistir a unas maniobras que se desarrollaban ese día en San Leandro, y Teddy se encontraba en la planta baja preparándose para los exámenes. Serena estaba en el cuarto del niño, doblando y guardando pequeñas prendas de vestir y revisando todas las cosas por enésima vez, según le echara en cara su cuñado. Acababa de guardar las prendas en la cómoda cuando oyó un extraño ruido, casi como un sordo chasquido, y luego repentinamente sintió que un chorro de agua caliente le corría por las piernas y se estrellaba sobre el brillante suelo de madera. Se quedó inmóvil durante un momento, poniendo expresión de asombro, y acto seguido se dirigió al cuarto de baño del niño, con el fin de coger unas toallas para que el líquido no manchara el suelo. Sintió una rara sensación como de calambre en la espalda y el bajo vientre, y comprendió que debía llamar al médico, pero primero tenía que ocuparse de evitar que se manchara el suelo. El médico ya le había explicado que al primer síntoma de dolor, o si rompía aguas, tenía que avisarle; no obstante, ella sabía que a partir de aquel momento aún le llevaría varias horas el alumbramiento. Ni siquiera le preocupaba el hecho de que Brad estuviese en San Leandro. Regresaría a la hora de cenar, y tampoco había nada que él pudiese hacer una vez la hubiesen llevado al hospital. No le permitirían verla mientras estuviese en el proceso del parto, y por lo menos así se ahorraría unas horas de pasear nerviosamente en compañía de Teddy. No había razón alguna por la que Teddy no pudiera llevarla al hospital y luego volver más tarde a casa con Brad.

De repente, la asaltó una oleada de emoción al darse cuenta de que había llegado el momento y que al cabo de pocas horas podría sostener a su hijo en los brazos, y se rió para sus adentros al tiempo que se arrodillaba en el suelo con las toallas; pero la risa se le quebró en la garganta y tuvo que aferrarse a la cómoda para no lanzar un alarido, pues sufrió una contracción tan violenta que apenas pudo respirar. Le pareció que transcurrían varias horas antes de que hubiese pasado, y entonces un sudor frío le cubría la frente. Sin duda había llegado el momento de avisar al médico, se dijo, y le sorprendió que la primera contracción hubiese sido tan dolorosa. Nadie le había advertido que podía presentarse con tanta virulencia. En realidad, el médico le había comentado que probablemente al principio ni siquiera se daría cuenta de que habían comenzado los dolores. Pero no le hubiese sido posible dejar de percibir aquella primera contracción, como tampoco pudo dudar de la segunda, que la hizo caer de rodillas a mitad de camino del cuarto de baño hacia el que se dirigía con las toallas empapadas en la mano. De pronto, sintió una opresión tan aguda que tuvo que apoyarse con las manos en el suelo. Luego se cogió el vientre con ambas manos al tiempo que profería un quejido de dolor y de pánico. Teddy, en su cuarto, creyó oír un extraño ruido, como el gruñido de un animal herido, pero luego se dijo que debía ser el viento, y se concentró en el estudio de nuevo. Sin embargo, al cabo de un instante volvió a oírlo. Irguió la cabeza y escuchó frunciendo el ceño, y entonces pudo oír claramente que alguien gemía y pronunciaba su nombre. Alarmado, se puso de pie, sin estar seguro del sitio de donde provenían los gritos; entonces se dio cuenta de que se trataba de Serena, y salió corriendo al pasillo.

–¿Serena? ¿Dónde estás?

Pero cuando a él le faltaban unos pasos para llegar al recodo del pasillo, se apoderó de Serena otra punzada de dolor tan fuerte que se quedó sin aliento y no pudo volver a pronunciar el nombre de Teddy.

–¿Serena? ¿Serena? ¿Dónde estás?

Un grito terrible llegó a sus oídos, y Teddy corrió hacia el lugar de donde provenía. Abrió la puerta del cuarto de baño y encontró a Serena en el umbral, acurrucada en el suelo.

–¡Oh, Dios mío! ¿Qué ha sucedido? –La joven estaba tan pálida y demudada por el dolor que Teddy notó que le flaqueaban las piernas–. Serena, ¿te has caído?

Instintivamente le tomó el pulso, pero comprobó que era normal, si bien retuvo la delicada muñeca entre sus dedos, en tanto veía cómo se le contraía la cara por el dolor y trataba de tomarla en sus brazos, mientras ella profería un alarido. Sin embargo, Serena lo contuvo con la mano, como si necesitara espacio para respirar y el mero contacto de su cuñado le resultara doloroso. Transcurrieron por lo menos dos minutos antes de que su cara recobrase la calma y pudiese hablarle con coherencia.

–¡Oh, Teddy... ha llegado el momento! No comprendo cómo... empezó...

–¿Cuándo?

Teddy trataba desesperadamente de pensar con cordura. Sólo había presenciado un parto, aunque ya había estudiado a fondo los capítulos del texto sobre aquella materia, pero no se sentía con ánimos de tener que atender el parto de su propio sobrino o sobrina, y se decía que tenía que llevar a Serena al hospital a toda costa y enseguida.

–¿Cuándo comenzó, Serena? Llamaré al médico...

–No lo sé... Hace unos minutos... Diez..., quince...

Aún bregaba por recuperar el aliento, y permanecía sentada en el suelo con la espalda apoyada contra la pared, como si ya no le quedaran fuerzas para moverse.

–¿Por qué no me llamaste?

–No pude. Rompí aguas, y luego me atacó con tal fuerza el dolor que ni siquiera podía... –su respiración se hizo más agitada– hablar... ¡Oh, Dios...! ¡Teddy! –Sus dedos se cerraron como garfios en torno al brazo de Teddy–. Otra... contracción... ahora... ¡Ohhh!

Soltó un terrible grito de dolor, y su cuñado le retuvo las manos entre las suyas mientras la contemplaba sin saber qué hacer. Obedeciendo a una reacción instintiva, había echado un vistazo al reloj en cuanto comenzó la contracción, y comprobó con asombro que se prolongaba hasta más allá de los tres minutos y medio. Recordaba haber leído, sólo unos días atrás, que por lo general las contracciones duraban de diez a noventa segundos, y que sólo en casos excepcionales se prolongaban más allá de ese lapso, que cuando eso ocurría, con frecuencia se debía a que el parto se presentaba con características anormales, e iba acompañado de frecuentes, prolongadas y violentas contracciones que generalmente acortaban la duración del proceso de alumbramiento en varias horas. Cuanto más terribles fuesen los dolores, más rápidamente nacería el niño.

Sin apartar los ojos de Serena, le pasó un pañuelo por la frente al tiempo que cesaban los dolores.

–Serena, debes permanecer aquí. Voy a llamar al médico.

–No me dejes.

–Debo hacerlo.

Tenía que pedir una ambulancia, pues estaba seguro de que iba a dar a luz; antes de salir de la habitación, vio que volvía a sufrir otra contracción. Pero él tenía que avisar al médico, y lo hizo lo más rápidamente que pudo. Le prometieron enviar una ambulancia, y el médico le dijo que se quedara junto a ella. Teddy le informó que cursaba el primer año de medicina, y entonces el facultativo le explicó cómo debía proceder para cortar el cordón umbilical, si la ambulancia llegaba antes que él. Le expresó que, dadas las circunstancias, prefería acompañarla durante el traslado al hospital. Al igual que Teddy, tenía el presentimiento de que el niño nacería en tiempo récord. Cuando Teddy regresó a la habitación, encontró a Serena acurrucada en el suelo llorando. Al entrar en el cuarto, ella le miró con desesperación, y el muchacho sintió deseos de ponerse a llorar con ella. ¿Por qué tenía que ser tan duro la primera vez, y dónde estaba Brad, y por qué demonios sucedía todo tan aceleradamente?

–Serena, el médico ya está en camino, de modo que tranquilízate. –Entonces se le ocurrió algo–. Voy a ponerte en la cama.

–¡No! –exclamó ella, aterrorizada–. No me muevas.

–Te sentirás mejor acostada.

–No, no estaré mejor –protestó ella, asustada y presa de ira.

–Confía en mí.

Pero la conversación fue interrumpida por otro alarido de dolor. Cuando hubo pasado, sin decir una sola palabra, Teddy la levantó en brazos y la acostó en la cama endoselada del cuarto del niño. Apartó la bonita colcha amarilla y la manta, y dejó que descansara sobre las frescas sábanas, con el enorme vientre hacia arriba, la cara pálida y húmeda, y los ojos desmesuradamente abiertos y asustados. Teddy nunca había visto a nadie que pareciera tan indefenso, y por un instante le asaltó el temor de que Serena pudiese morir. Del fondo de su alma surgieron las palabras que pronunció casi sin pensar.

–Todo va bien cariño. Te amo.

Era como si no tuviese más remedio que decírselo, sólo por esa única vez, con el fin de que ella pudiese superar aquel trance. Jamás había visto a nadie tan transido de dolor. Serena le sonrió y le apretó la mano con fuerza, y él se dio cuenta de que mentalmente estaba rogando para que llegase la ambulancia. Sin embargo sus plegarias no fueron escuchadas. Casi en el mismo instante, vio el gesto del rostro de Serena, que traducía una gran angustia, al tiempo que se incorporaba para aferrarse a sus hombros, presa del terror y esforzándose por no gritar.

–¡Oh, Dios...! ¡Oh, Teddy..., ya viene!

–No, aún no.

¡Oh, no, por favor! Sin darse cuenta, ambos comenzaron a llorar. Eran dos niños, perdidos en una isla desierta, que no tenían a nadie en el mundo más que a ellos mismos. Serena se aferraba a él con tanta fuerza que le dolían los hombros.

–Acuéstate. Vamos. Eso es.

Al cesar el dolor la hizo acostar de nuevo; parecía que Serena respiraba más agitadamente. Antes de que su cabeza tocara la almohada, ya estaba retorciéndose de nuevo; esta vez, cuando se aferró a él, no pudo contener el alarido.

–Teddy..., el niño...

Serena estaba haciendo fuerza, apretándose el vientre; y entonces, al mismo tiempo, Teddy se dio cuenta de que ya no la estaba contemplando como un niño asustado, sino como un hombre. Por los libros de texto sabía lo que estaba ocurriendo, y en nada beneficiaría a Serena que se dejara arrastrar por el pavor que atenazaba a su cuñada. Comprendió que lo que debía hacer era ayudarla. Sin decir palabra, tiró de su falda suavemente y la desnudó en silencio. Fue al cuarto de baño y cogió una pila de toallas limpias.

–¡Teddy!

Serena comenzaba a ser presa del pánico.

–Estoy aquí. –Asomó la cabeza por la puerta y le sonrió–. Todo saldrá bien.

–¿Qué estás haciendo?

–Me estoy lavando las manos.

–¿Por qué?

–Porque vamos a tener un niño.

Serena comenzó a decir algo, pero otro coletazo de dolor la hizo enmudecer. Teddy se apresuró a terminar de lavarse, cogió las toallas y luego tomó un par de almohadas y con ellas levantó las piernas a Serena, que no protestó. Estaba transida de dolor, y agradecía que Teddy estuviera con ella. Entonces, de repente, con la siguiente contracción, pareció que se levantaba de las almohadas, y él, instintivamente, corrió a sujetarla por los hombros justo cuando ella comenzaba a empujar con fuerza.

–Bien, Serena, bien...

–¡Oh, Teddy, el niño!

–Lo sé.

La dejó reposar sobre la almohada cuando hubo pasado el dolor, y dirigió una mirada a las toallas colocadas entre las piernas de Serena; de repente, mientras ella volvía a empujar al iniciarse otra dolorosa contracción, Teddy lanzó un grito de emoción.

–Serena, puedo verlo... Vamos, sigue empujando... Eso es...

La joven se dejó caer sobre la almohada con un gemido, pero sólo por un instante. Jadeaba casi sin aliento, y Teddy le cogía las manos sin dejar de permanecer vigilante; sin embargo, nada podía hacer salvo observar cómo el niño sacaba la cabeza. Entonces lo asió suavemente, le dio la vuelta y le enjugó la cara con una toalla suave; en ese momento, como si protestara porque lo lavaban, el niño soltó un gorgoteo y luego prorrumpió en llanto. Teddy volvió la vista hacia el rostro de Serena y ambos empezaron a llorar a su vez.

–¿Está bien?

–Es precioso.

Teddy lloraba y reía al mismo tiempo, y cuando sobrevino otra contracción, liberó los hombros de la criatura; al cabo de un instante, Serena soltó un grito de dolor que enseguida se tornó de exultación, y el niño quedó en manos de su tío, que lo levantó para mostrárselo a la madre.

–¡Es una niña, Serena! ¡Una niña!

Serena reposaba la cabeza sobre la almohada con ojos llorosos, y al tiempo que extendía el brazo para acariciar la diminuta manecita, oyeron el timbre de la puerta.

Teddy comenzó a reír en tanto colocaba a la pequeña en la cama junto a su madre.

–Debe de ser el médico.

–Dile que ya tenemos uno –bromeó ella, sonriendo; y le cogió la mano antes de que pudiese ir a abrir–. Teddy... ¿cómo podré agradecértelo? Si no hubiese sido por ti, habría muerto.

–No te habrías muerto, tonta.

–Eres extraordinario. –Y al recordar lo que le había oído decir momentos antes, agregó–: Yo también te amo. No lo olvides nunca.

–¿Cómo podría olvidarlo?

La besó suavemente en la frente y fue a abrir la puerta. En efecto, era el médico, y la ambulancia llegaba en aquel preciso instante. El doctor Anderson subió presuroso la escalera y se quedó maravillado al ver el excelente estado en que se encontraban Serena y la niña. Felicitó a Teddy por la excelente labor que había llevado a cabo, ató finalmente el cordón umbilical y dio las órdenes pertinentes a los conductores de la ambulancia para que colocaran a la madre y a la hija en una camilla con sumo cuidado. Cortarían el cordón en el hospital, donde ambas serían meticulosamente examinadas. Sin embargo, el médico tenía la impresión de que todo había salido a pedir de boca. Miró a su paciente con una sonrisa en los labios y consultó el reloj.

–¿Cuánto tiempo ha durado el parto, jovencita?

–¿Qué hora es? –le preguntó ella a su vez, sonriendo.

Se sentía cansada, pero jamás en la vida había sido tan feliz.

–Son exactamente las dos y cuarto. –Dirigiéndose a Teddy, preguntó–: ¿A qué hora nació la niña?

–A las dos y tres minutos.

–Los dolores comenzaron a la una y media –dijo Serena.

–¿Treinta y tres minutos en el primer parto? Jovencita, la próxima vez vamos a instalarla en la sala de espera del hospital durante las dos últimas semanas.

Los tres se echaron a reír, y los de la ambulancia se llevaron a la madre y a la hija en la camilla. Teddy miró en torno de la habitación antes de abandonarla. Jamás olvidaría el momento que había compartido allí con Serena, y de repente se alegró de que hubieran estado solos.

Cuando Brad regresó de las maniobras aquella tarde, encontró a su hermano instalado en la cocina, comiéndose tranquilamente un emparedado.

–¡Hola, muchacho! ¿Dónde está Serena?

–Ha salido.

–¿Adónde ha ido?

–A cenar con tu hija.

A Brad le llevó un instante reaccionar, mientras su hermano menor sonreía burlón.

–¿Qué demonios quieres decir con eso? –Brad sintió que se le aceleraban los latidos del corazón, y de repente comprendió–: ¿Acaso... ha dado a luz... *hoy*?

–Has acertado –repuso Teddy, fríamente–. Ha dado a luz. Y tú tienes una preciosa hija.

–¿Has visto a Serena? ¿Cómo está?

La emoción que sentía se mezclaba con una sombra de temor.

–Está bien. Y la niña también.

–¿Tardó mucho en tenerla?

Teddy sonrió.

–Treinta y tres minutos.

–¿Estás bromeando? –exclamó Brad, amoscado–. ¿Cómo demonios pudiste llevarla al hospital en tan corto tiempo?

–No la llevé al hospital.

–¿Qué?

Teddy soltó una carcajada y estrechó efusivamente a su hermano entre sus brazos. En su manera de actuar, empero, se advertía un mayor grado de madurez, que hasta Brad había advertido al llegar. Era como si de la noche a la mañana hubiese sufrido una transformación.

–Brad, la atendí yo durante el parto.

–¿Qué? ¿Te has vuelto loco? –Y entonces sonrió–. ¡Qué tonto eres! Por un momento te he creído. Buen chiste, muy gracioso. Ahora cuéntame lo que ha sucedido.

Teddy adoptó una grave expresión al fijar la mirada en los ojos de su hermano.

–Hablo en serio, Brad. No tuve alternativa. La encontré en el suelo del cuarto de baño de la habitación de la niña, presa de los dolores del parto. Había roto aguas, y comenzó a dilatar a un ritmo increíble. –Su tono era muy profesional, y a Brad casi se le salían los ojos de las órbitas–. Tenía contracciones de tres minutos y de tres minutos y medio de duración con intervalos de treinta segundos, y para cuando volví de telefonear al médico y pedir una ambulancia, ya estaba comenzando a hacer fuerza. Todo terminó en unos instantes. El médico y la ambulancia llegaron unos diez minutos después que la niña.

–¡Oh, Dios mío!

Brad se dejó caer lentamente en una silla, y Teddy se preguntó si su hermano se habría enfadado. Tal vez estaba molesto por el hecho de que su propio hermano hubiese atendido a su esposa al dar a luz, pero no fue eso lo que descubrió en los ojos de Brad cuando éste los levantó hacia él.

–¿Te imaginas lo que habría ocurrido si hubiese estado yo solo con ella? Me habría muerto de miedo.

Teddy le sonrió, tocándole el brazo.

–Eso es lo que casi me pasó a mí. Por unos instantes sentí verdadero pánico, pero comprendí que tenía que ayudarla, Brad... No había nadie más.

Los dos hermanos se miraron fijo a los ojos durante largo rato, y Brad le tendió una mano con lágrimas corriendo por sus mejillas.

–Gracias, Teddy.

Brad deseaba decirle que le quería, pero no sabía cómo hacerlo, y además tenía un nudo en la garganta que no le dejaba hablar.

Al cabo de veinte minutos se encontraba junto a Serena, quien tenía el mismo aspecto que cuando Brad se había despedido de ella para trasladarse a San Leandro. Se la veía bonita y fresca como una rosa; estaba alegre y tenía los ojos brillantes. La única diferencia visible era que ya no tenía barriga. Nadie habría adivinado que pocas horas antes había sufrido unos terribles dolores.

–¿Cómo fue todo, cariño? ¿Fue realmente espantoso?

–No lo sé. –Le resultaba embarazoso tener que admitir ante él lo mucho que había sufrido–. Por un instante, me pareció que no podría soportarlo... Pero Teddy estuvo a mi lado..., y fue tan bueno, Brad... –agregó, con los ojos anegados en lágrimas de alegría y emoción–; de no haber sido por él, habría muerto.

–Gracias a Dios que estaba aquí.

La enfermera la ayudó a sentarse en la silla de ruedas para que ambos pudiesen ir a ver a la niña. Brad no pudo dejar de reír al contemplar aquel puñadito de carne rosada, con una carita como aplastada y los ojitos hinchados.

–¿Ves? ¡Te lo dije! ¡Una niña! –exclamó Brad.

Le pusieron Vanessa Theodora. Vanessa era el nombre que habían elegido con antelación, y Theodora resolvieron ponérselo en honor al joven tío de la pequeña, el futuro médico.

Esa noche Brad telefoneó a su madre para comunicarle la noticia. Su voz aún vibraba de emoción cuando hizo la llamada, y le pareció que su madre tardaba un siglo en ponerse al aparato. Primero habló con su padre, que le brindó las felicitaciones de rigor. Sin embargo, la voz de su madre no denotaba emoción alguna cuando por fin habló con su hijo.

–Debe de haber sido una experiencia horrible para Teddy.

El tono de su voz le cayó a Brad como un balde de agua fría.

–De ninguna manera, madre. Y diría que si tiene que ser médico, mejor será que no encuentre «horrible» esa clase de experiencias. –Pero ése no era el punto en cuestión, y ambos lo sabían–. Teddy dijo que era la cosa más hermosa que le había tocado vivir.

Se produjo un embarazoso silencio, mientras Brad trataba de superar la frustración que le había causado la reacción de su madre. Era demasiado feliz para permitir que le aguara la fiesta, pero en cierto modo había logrado ensombrecer su espíritu.

–¿Y tu esposa está bien?

–Maravillosamente. –De nuevo comenzó a insinuarse una sonrisa en su cara. Quizás aún había alguna esperanza, después de todo. Al menos se interesaba por Serena–. Y la niña es preciosa. Te enviaremos fotos en cuanto tengamos algunas.

–No creo que sea necesario, Brad. No creo que te des perfecta cuenta de cómo nos sentimos tu padre y yo.

–La verdad es que me doy cuenta. Y no metas a papá en esto. Él no tiene nada que ver en esta guerra que le has declarado a Serena. –Ambos sabían que quien llevaba la batuta era Margaret, y que su esposo no hacía sino seguir el compás que ella marcaba–. Pienso que es algo detestable. Éste es el día más feliz de mi vida, y tú lo único que sabes hacer es estropearlo.

–En absoluto. Encuentro muy conmovedor que te sientas tan paternal. Pero eso no cambia el hecho de que tu casamiento con Serena constituya una tragedia en tu vida, Bradford, aunque tú no quieras reconocerlo todavía. Y que un hijo venga a acentuar lo que ya es una unión desgraciada no me parece un motivo de celebración. Todo esto es un trágico error, como también lo es esa niña.

–Esa niña no es un error, madre. –A Brad le hervía la sangre–. Es mi hija y tu primera nieta. Es parte de nuestra familia, no sólo de la mía, sino de la tuya, tanto si lo quieres reconocer como si no.

Siguió un largo silencio.

–No lo reconozco, ni jamás lo reconoceré.

Brad le dio las buenas noches a su madre; había lágrimas en sus ojos cuando colgó el teléfono, pero eso sólo tuvo como efecto que amara aún más a Serena y a su hija. Si su madre lo hubiera sabido, se habría puesto furiosa.

Capítulo 28

Los años en San Francisco fueron muy gozosos para Brad y Serena. Vivían en su propio mundo feliz, en la bonita casa desde la que se dominaba toda la bahía. A Brad le encantaba su labor en Presidio, y Serena nunca tenía ocasión de aburrirse a causa de Vanessa. Ésta era una encantadora niña de dorados cabellos en la que parecía combinarse lo mejor de cada uno de sus progenitores. Se parecía mucho a Brad, pero poseía la risa fácil y la gracia de su madre.

Teddy acudía a visitarles siempre que le era posible. Llamaba a Vanessa su princesa de cuento de hadas, y le leía cuentos inacabables. No podía ir a verles tan a menudo como hubiese deseado, porque los estudios en Stanford le robaban mucho tiempo. Cuando podía hacer una escapada, la aprovechaba para llevar a Vanessa al zoológico, o a otros lugares. Cuando la niña tenía tres años, se plantaba en la puerta si presentía que Teddy estaba por llegar, con el fin de observar todos los coches que pasaban, hasta que lo veía venir, y entonces lo recibía con gritos de alegría.

–¡Ya viene! ¡Ya viene! ¡Es tío Teddy!

Aparte de sus padres, Teddy era el único miembro de la familia que la pequeña conocía. Sólo había visto a su otro tío en dos ocasiones, cuando Pattie y Greg estuvieron en San Francisco de paso en su viaje a Oriente. Pattie había mirado fijamente a la niña con avidez, y varias veces se mostró ruda con Serena. Greg, por su parte, parecía que ni siquiera se daba cuenta de su presencia, en tanto permanecía sumido en su habitual estado de sopor, entre copa y copa. Pattie no se había privado de señalar lo mucho que su suegra detestaba a la niña sin ni siquiera conocerla.

Poco tiempo después de haber cumplido los tres años, Serena y Brad le anunciaron a Vanessa que iba a tener un hermanito. La pequeña recibió la noticia aplaudiendo con gran alegría y se apresuró a subir a su cuarto con el fin de hacer un dibujo para el futuro hermanito. Dibujó un elefante, que más bien semejaba un perro, y Serena lo enmarcó para colgarlo en el cuarto de juegos. Esta vez el niño debía nacer en agosto. Y Teddy ya le gastaba bromas a Serena por ello. Debía graduarse en la facultad de medicina hacia finales de junio, y para entonces ella ya llevaría siete meses de embarazo.

–Y si cree que voy a abandonarlo todo de entrada con el fin de asistirla en el parto, señora, está usted loca. Además, mis honorarios han subido desde la última vez.

Teddy regresaría a Nueva York en julio tras un breve recorrido por el oeste; y en agosto entraría como interno en la Columbia Presbyterian de Nueva York.

La graduación en sí provocó un gran revuelo en la familia. Todos querían estar presentes, su madre, Greg y Pattie. Su padre había sufrido un ataque de apoplejía y se encontraba en tan mal estado que era imposible llevarlo hasta allí, pero todos los demás acudirían para presenciar la entrega del diploma.

–Y bien, doctor, ¿emocionado?

Brad contemplaba a su hermano, que lucía el birrete y la toga en el día de su graduación, esbozaba una radiante sonrisa. Tenía veintiséis años, y Brad treinta y ocho, pero ambos parecían de la misma edad. Brad aún conservaba un aire juvenil, y Teddy había madurado considerablemente en Stanford.

–Casi no puedo creerlo, ¿sabes? ¡Por fin voy a ser médico!

–Eso ya lo sabía yo cuatro años atrás.

Se sonrieron el uno al otro durante un momento en que pudieron aislarse del tenso grupo familiar que se había formado para presenciar la ceremonia. Margaret Fullerton se había negado a saludar a Serena, lo que Pattie celebró con gran satisfacción. El único miembro de la familia que no se percató de la hostilidad reinante fue Vanessa, y Teddy la contemplaba decididamente embelesado.

–¡La quiero tanto! –comentó.

–Esta vez quizá tenga un hermanito –repuso Brad, sonriendo.

–Supongo que eso es lo que tú querrías, para demostrar que sabes hacer bien las cosas –le dijo su hermano en son de broma.

Entonces Brad recordó algo.

–Claro. Por cierto, desearía que me hicieras un favor.

–Por supuesto. ¿De qué se trata?

Teddy miraba a su hermano algo intrigado, pues era raro que Brad le pidiera algo.

–Voy a tener que viajar a ultramar por unos días, en una misión de asesoramiento en Corea. Quisiera que cuidaras de ellas mientras estoy ausente. Después de lo que ocurrió la otra vez, siempre tengo el temor de que si me voy a trabajar y me olvido de telefonear a casa, Serena tendrá el niño en veinte minutos al volver del supermercado.

–No; digamos que sería en media hora. –Teddy sonrió brevemente, y luego miró a su hermano con expresión preocupada–. ¿Puede ser peligrosa esa misión?

Brad se mostraba anormalmente despreocupado al hablar de aquel asunto, pero en sus ojos se reflejaba una sombra de inquietud.

–Lo dudo. Hace tiempo que tenemos asesores allí, pero quiero comprobar por mí mismo cómo lo están llevando. No nos hemos inmiscuido; sólo nos mantenemos como observadores.

¿Para observar qué?

–¿Por cuánto tiempo, Brad? –inquirió Teddy, preocupado.

–Sólo estaré ausente unos días.

–No me refería a eso. Quise decir por cuánto tiempo nos limitaremos a ser observadores.

–Por un cierto tiempo –repuso Brad, elusivo–. Sin embargo, tengo que ser sincero contigo, Teddy. Creo que el día menos pensado nos encontraremos metidos en una guerra en ese país. Una guerra extraña, debo confesarlo, pero eso es lo que creo. Voy a tener que informar al Pentágono del resultado de mis observaciones.

Teddy asintió con la cabeza.

–Cuídate, Brad. –Los dos hermanos intercambiaron una larga mirada, y Brad le palmeó el brazo antes de ir a contárselo a Serena–. No te preocupes, muchacho. No te preocupes.

Sin embargo, cuando se lo anunció a su esposa, se quedó sorprendido al ver su reacción. Contrariamente a la sumisa aceptación con que recibía todas sus decisiones, esta vez Serena le rogó que no fuese a Corea.

–Pero, ¿por qué? Es sólo por unos días, y el niño no nacerá hasta dentro de dos meses.

–¡No me importa! –gritó ella al principio, y luego se puso a llorar–. No quiero que vayas.

–No seas tonta.

Brad lo atribuyó al nerviosismo propio del embarazo, pero esa noche la oyó llorar en el cuarto de baño, y le rogó una y otra vez que no fuera, aferrándose fuertemente a él, al borde de un ataque de histeria.

–Nunca te había visto así, Serena.

–Es que nunca me había sentido así. No puedo explicarlo.

–Entonces no pienses más en ello. Teddy estará aquí, y yo volveré antes de que tengas tiempo de echarme de menos.

Pero Serena era presa del pánico. Tenía un presentimiento que la llenaba de terror.

Capítulo 29

La mañana que Brad partió hacia Seúl, Serena se sintió extrañamente nerviosa. Experimentaba unos raros calambres en el costado izquierdo; los pies del bebé la habían estado martirizando toda la noche. Vanessa se había puesto a llorar repetidas veces durante el desayuno; y justo antes de que Brad se marchara, Serena tuvo que reprimir un deseo casi incontenible de prorrumpir en llanto de nuevo, como venía haciendo desde que él le anunciara su partida. Una vez más quiso pedirle que no fuera, pero rodeados como estaban de asistentes y ordenanzas, de sargentos y de tropa, con Vanessa y Teddy junto a ellos, no se vio con ánimos de hacerlo. Brad ya sabía lo que ella sentía, y a pesar de todo, había insistido en querer ir.

–Bueno, doctor –le dijo a Teddy estrechándole la mano–, cuida de las chicas por mí. Volveré en unos días.

Después de todos los estallidos histéricos de Serena, trataba de adoptar un aire jovial.

–A la orden, mi coronel –dijo Teddy.

Sus ojos denotaban una intención zumbona, pero sin embargo se veía preocupado. Había algo en el hecho de que Brad se marchara a Corea que le desasosegaba a él también. Pero, al igual que Serena, consideró que aquél no era ni el sitio ni el momento de hablar del asunto.

Serena besó apasionadamente a Brad en la boca, y él

bromeó acerca del volumen de su barriga. La joven llevaba un holgado vestido azul de guinga y calzaba sandalias; la larga cabellera rubia le caía como una cascada hasta los hombros. Se parecía más a Alicia en el País de las Maravillas que a una madre encinta. Vanessa saludó con la mano a su papá mientras éste subía por la rampa. Momentos después, el avión se elevaba por el cielo, y Teddy las guió hasta la salida y luego las llevó en el coche a su casa. Serena acompañó a la niña a su cuarto para que hiciese la siesta, y bajó a los pocos minutos, con expresión preocupada y el rostro tenso, como en los últimos días.

–¿Te encuentras bien?

Ella asintió con la cabeza, si bien guardó un extraño silencio, hasta que por fin decidió confiar en Teddy.

–Tengo mucho miedo, Teddy.

Él se quedó mirándola y preguntándose si debía manifestarle también su inquietud, pero resolvió no hacerlo.

–Estoy seguro de que estará bien.

–Pero, ¿y si le sucede algo?

Las lágrimas afluyeron de nuevo a sus ojos, y Teddy le cogió la mano para inspirarle confianza.

–No le pasará nada. Estoy seguro.

Sin embargo, cuando sonó el teléfono a la mañana siguiente, Teddy tuvo un presentimiento al responder. Actuó casi por reflejo, como cuando acudía a la llamada a clase en la escuela, pero esta vez, cuando levantó el aparato, sintió el impulso de arrojarlo contra el suelo antes de que alguien hablara.

–¿Diga?

–¿Se encuentra ahí la señora Fullerton?

–Aún está acostada. ¿En qué puedo servirle?

–¿Quién habla?

Siguió una muda pausa.

–El señor..., el doctor –Fullerton se corrigió, sonriendo–. Soy el hermano del coronel Fullerton.

Sin embargo, la sonrisa ya se había desvanecido. Se le había formado un nudo en la boca del estómago.

–Doctor –repuso la voz en tono grave–, lamento tener que comunicarle una mala noticia. –Teddy contuvo el aliento. ¡Oh, Dios..., no...! Pero la voz siguió hablando, en tanto Teddy experimentaba un acceso de náusea–. Su hermano ha muerto. Le mataron esta mañana temprano en el norte de Seúl. Había ido a Corea en carácter de asesor, pero hubo un error...

–¿Un error? –exclamó Teddy–. ¡Un error! ¿Le mataron por error?

–Lo lamento muchísimo. Alguien irá a visitar a la señora Fullerton más tarde.

–¡Oh, Dios mío!

Las lágrimas resbalaron por sus mejillas, y no pudo articular ninguna palabra más.

–Sé lo que siente. Lo lamento. Dentro de unos días llegará su cadáver para ser enterrado aquí, en Presidio, con todos los honores militares. Me imagino que sus familiares de Nueva York querrán estar presentes.

Hacía poco tiempo que éstos habían viajado a California para asistir a la graduación de Teddy, y ahora tendrían que volver para los funerales de Brad. Abrumado por la crudeza de aquella realidad, colgó lentamente el teléfono, mientras las lágrimas seguían rodando por sus mejillas. Hundió la cara entre las manos y lloró en silencio, recordando al hermano mayor, que siempre había sido su inspirador, y a Vanessa y a Serena. Entonces, sintiendo la presencia de una persona en la sala, levantó la cabeza y vio a Serena en el umbral de la puerta.

–¿Teddy?

La joven estaba sumamente pálida, e inmóvil como una estatua.

Por un instante, Teddy no supo qué hacer ni qué decir. Le ocurría lo mismo que en los momentos precedentes al parto que había tenido que asistir a la fuerza. Al igual que entonces, se armó de coraje, se acercó prestamente a Serena, la tomó entre sus brazos y le dijo:

–Serena..., se trata de Brad...

Un sollozo le quebró la voz. Su hermano había desaparecido. El hermano al que tanto quería. Y ahora tenía que decírselo a Serena.

–Lo han matado.

El cuerpo de su cuñada se puso tenso, y de repente se desplomó en sus brazos.

–¡Oh, no...! –exclamó, mirando a Teddy con incredulidad–. Oh, no..., Teddy..., no... –Él la condujo lentamente hasta una butaca, y dejó que se hundiera en ella, con los ojos fijos en Teddy–. ¡No!

Abruptamente, se cubrió la cara con las manos y comenzó a gimotear, mientras Teddy se arrodillaba a sus pies, con lágrimas deslizándose por sus mejillas. Cuando ella volvió a fijar los ojos en los de Teddy, éste se dio cuenta de que nunca había visto una expresión tan desolada.

–Lo sabía... Lo supe antes de que se fuera... Lo presentí..., pero él no quiso escucharme.

Los sollozos la sacudían mientras ambos lloraban, y de pronto él vio que Serena se ponía tensa al fijar los ojos en el vano de la puerta. Teddy se volvió para ver qué la había sobresaltado y descubrió que allí de pie, enfundada en su camisón, se encontraba Vanessa.

–¿Dónde está papá?

–Aún no ha regresado, amorcito.

Serena se enjugó las lágrimas con la mano y tendió los brazos a su hija. Mientras la niña se encaramaba a su regazo con expresión que denotaba inquietud, Serena logró sobreponerse a su dolor, en tanto que Teddy no podía soportar el sufrimiento que le causaba mirarlas.

–¿Por qué lloráis tú y tío Teddy?

Serena se quedó pensando largo rato, con la niña entre los brazos y la mirada perdida; luego besó los rubios rizos de Vanessa y la miró con expresión serena y dolorida.

–Estamos llorando, amor mío, porque acabamos de recibir una noticia muy triste. –La pequeña miró a su madre con ojos muy abiertos y confiados–. Y como ya eres una niña mayor, voy a decírtela. –Aspiró hondamente, y Teddy se quedó mirándola, expectante–. Papá no volverá más de su viaje, amorcito.

–¿Por qué no? –inquirió la niña, conmocionada, como si le hubiesen anunciado que Papá Noel se había marchado para siempre.

Y en realidad eso era lo que había pasado para Vanessa y Serena. Ésta pareció adquirir la dureza del acero y trató de hablar con serenidad.

–Porque Dios decidió llevarse a papá junto a él. Tenía necesidad de que papá se uniera a sus ángeles.

–¿Papá es un ángel ahora? –preguntó Vanessa, asombrada.

–Sí.

–¿Y tiene alas?

Serena sonrió, al tiempo que nuevas lágrimas asomaban a sus ojos.

–No lo creo. Pero está en el cielo con Dios, y también está todo el tiempo con nosotros.

–¿Podré verle?

Los ojos de la niña se abrieron desmesuradamente al formular aquella pregunta. Serena negó con la cabeza.

–No, cariño. Pero nosotros lo recordaremos y le amaremos siempre.

–¡Pero yo quiero verle!

Vanessa comenzó a llorar, y Serena la estrechó con fuerza entre sus brazos, repitiendo mentalmente las mismas palabras de su hija... y sabiendo que no volvería a verle nunca..., jamás... Brad se había ido para siempre.

Más tarde, aquella misma mañana, varios oficiales fueron a ver a Serena. Le proporcionaron todos los detalles que ella no deseaba conocer, y pronunciaron un pequeño discurso formal acerca de cómo Brad había muerto sirviendo a su país. Le explicaron lo del funeral y le notificaron que podía permanecer en Presidio otros treinta días a partir de aquel momento; mientras, Serena trataba de comprender lo que le estaban diciendo y llegaba a la conclusión de que no había entendido nada.

–¿Treinta días?

Miró a Teddy confundida. Y entonces se le iluminó la mente. Su casa era propiedad de Presidio, y ahora ella había dejado de pertenecer al ejército. Recibiría una pequeña pensión, pero eso sería todo; debería salir al ancho mundo, donde aprendería a vivir como una ciudadana civil. Recordó también, al igual que Teddy, el escrito que le había hecho firmar su suegra, y a la mañana siguiente Teddy averiguó que su hermano había muerto sin testar. No había dejado testamento alguno, de modo que todo cuanto poseía había pasado a pertenecer a su familia. Nada sería para Serena ni para Vanessa ni para el futuro bebé. La perspectiva que se abría ante ella era tan abrumadora que Serena se pasó dos noches seguidas sin pegar ojo, con la vista fija en el cielo raso. Brad se había ido... y no volvería nunca más. Brad estaba muerto. Se repetía esas palabras una y otra vez, sin cesar. Abrió las puertas del armario y vio allí colgados todos sus trajes; en la planta baja, hasta encontró camisas para planchar. Pero él jamás volvería a ponérselas, y al comprender cuán absurdo era aquel hecho, cayó de rodillas sobre el suelo del lavadero, aferrada a las camisas y llorando desconsoladamente. Teddy la encontró allí y la llevó despacio hasta la planta alta, donde hallaron a Vanessa, pálida y ojerosa, escondida en el armario de Brad. Luego se subió a las rodillas de Teddy y con sus grandes ojos tristes puestos en los de él, le preguntó:

–¿Ahora serás tú mi papá?

Los tres sufrían los efectos de la tensión y el dolor, y al tercer día Teddy advirtió que se había operado un cambio en Serena. La joven se movía como si estuviera en trance, sin comprender nada, casi sin pensar; y de pronto, a media mañana la oyó proferir un grito de dolor. Presintiendo lo sucedido, Teddy corrió hasta el dormitorio de su cuñada, donde se encontró con que ésta había roto aguas y se hallaba doblada sobre sí misma en el suelo, presa de un dolor insoportable. Sin embargo, esta vez todo fue muy diferente de cuando había tenido a Vanessa. Esta vez las dolorosas contracciones no le dieron tregua y para cuando llegaron al hospital, se encontraba al borde de la histeria. El niño no nació en media hora. Teddy había dejado a Vanessa en casa de una vecina, y luego estuvo observando atentamente a Serena hasta que llegó la ambulancia y durante el viaje al hospital. Esta vez tenía el pulso alterado, la respiración agitada y los ojos velados. En el hospital cayó en estado de *shock*, y al cabo de una hora su hijo nació muerto. Teddy pasó varias horas en la sala de espera antes de poder verla, y cuando le permitieron entrar, quedó abrumado al ver aquellos ojos que en el pasado semejaban dos esmeraldas y que ahora eran como dos mares profundos llenos de dolor. Serena estaba tan ensimismada en su pena que ni siquiera le oyó cuando él la llamó por su nombre.

–Serena –le dijo él, cogiéndole la mano–, aquí estoy.

–¿Brad? –preguntó ella, al tiempo que volvía sus ojos velados hacia él.

–No. Soy Teddy.

A la joven se le llenaron los ojos de lágrimas, y volvió la cabeza hacia el otro lado.

A la mañana siguiente continuaba en el mismo estado, y poco había cambiado a los dos días, cuando le dieron de alta. Y esa mañana tuvieron que enterrar a su hijo en un diminuto ataúd blanco, que bajaron lentamente al fondo de la zanja abierta en la tierra al tiempo que Serena se desvanecía. Al día siguiente llevaron a su casa el cadáver de Brad, y ella tuvo que ir al cuartel general a firmar unos papeles. Teddy pensó que su cuñada no podría resistir tanto dolor. Sin embargo, logró salir airosa del trance, y firmó los papeles con una expresión horrorizada que casi le dejó anonadado.

Y además de todo ello, Serena aún tuvo que enfrentarse a Margaret Fullerton. Serena había insistido en telefonearle ella misma, pero cuando le comunicó la noticia, la madre de Brad no profirió ningún grito de angustia. Tuvo un estallido de cólera a la vez que culpaba a Serena por todo lo sucedido. Si su hijo no se hubiese casado con ella, no habría permanecido en el ejército y jamás habría tenido que ir a Corea. Con voz temblorosa por la ira, desahogó su dolor tratando de destruir a Serena.

–Y no creas que vas a recibir de mí ni un solo centavo, ni para ti ni para tu hija. Espero que ambas os pudráis en el infierno por lo que le hiciste a Bradford.

Colgó el teléfono con violencia, y Serena lloró desconsoladamente durante dos horas. Fue entonces cuando Teddy experimentó por su madre el mismo odio que había sentido Brad. Todo lo que él deseaba ahora era proteger a Serena, pero nada podía hacer para modificar lo que había sucedido. Brad había muerto sin dejar testamento, y aun cuando lo hubiera dejado, poco consuelo habría significado eso para Serena. Ella quería recobrar a su marido. No quería dinero ni bien alguno.

Capítulo 30

–¿Serena?

Se le acercó sigilosamente por la espalda, mientras ella permanecía sentada y envuelta por la bruma en el jardín, escuchando las sirenas de niebla de las embarcaciones. En las últimas semanas se había convertido en una especie de espectro, en una persona acosada por el dolor. Resultaba penoso ver que se estaba extinguiendo como una llama.

–¿Sí?

–Tienes que reaccionar, Serena. Tienes que hacerlo.

–¿Por qué?

Le miró con cara inexpresiva.

–Por mí, por ti misma, por Vanessa... –Con los ojos anegados en lágrimas, Teddy agregó–: Por Brad.

–¿Por qué?

–¡Porque debes hacerlo, maldita sea! –Teddy sintió deseos de zarandearla–. Si caes enferma, ¿qué será de la pequeña?

–Tú cuidarás de ella, ¿verdad? –inquirió repentinamente, con desesperación.

Teddy asintió con la cabeza, exhalando un suspiro.

–Sí, pero no es ésa la cuestión. Ella te necesita a ti.

–Pero, ¿la cuidarás? –Los ojos de Serena escrutaron los suyos, y ambos se acordaron del escrito–. Si me muero, ¿cuidarás de ella?

–No te morirás.

–Quiero morir.

Entonces Teddy la zarandeó.

–No puedes...

Y en aquel momento oyeron una vocecita que, desde la puerta, decía:

–Mamá, te necesito.

La niña había tenido una pesadilla, y al oír el sonido de su voz, Serena comenzó a despertar de su propia pesadilla.

La semana siguiente Teddy la ayudó a buscar un apartamento, y Serena embaló todas sus cosas bellas y se mudó a Pacific Heights. Se trataba de un piso de dos habitaciones con vistas a la bahía, cuyo alquiler a duras penas podría pagar con el importe de su pensión; y si además querían comer, no tendría más remedio que buscarse un empleo.

–Tal vez debería ir al centro y comenzar a vender mi cuerpo –dijo mirando a Teddy con cínica expresión; pero él no pareció encontrarlo nada divertido.

Sin embargo, aquella ocurrencia, por sarcástica que hubiera sido Serena al expresarla, le sugirió la idea, y al día siguiente se dirigió al centro e hizo una serie de averiguaciones en todos los grandes almacenes; antes del mediodía ya tenía empleo y regresaba para contárselo a Teddy.

–¿Qué tipo de empleo has conseguido? –le preguntó él, que siempre estaba preocupado por el futuro de la joven.

–Como modelo, por setenta y cinco dólares semanales.

–¿Y quién cuidará de tu hija?

–Ya encontraré a alguien –replicó ella con expresión resuelta.

Se negaba a ser vencida por la vida, sin que importara cuánto tendría que luchar por ello. Había logrado sobrevivir a la muerte de sus padres, y también había sobrevivido a la guerra. Luego había perdido a Brad. Pero estaba decidida a salir adelante. Por Vanessa.

Teddy meneó la cabeza.

–No quiero que hagas ese trabajo. Tienes que dejar que te ayude.

Sin embargo, ella no se mostraba dispuesta a ceder. Entonces miró a su cuñado con una súbita expresión de terror en el rostro.

–¿Cuándo piensas volver a Nueva York?

Sabía que Teddy debía comenzar el período como interno en agosto, y ya casi estaban en julio. Pero él sacudió lentamente la cabeza.

–No voy a volver.

–¿Vas a quedarte aquí? –exclamó ella con entusiasmo.

–No –repuso Teddy, exhalando un suspiro, pues hacía tiempo que estaba posponiendo el momento de decírselo–. Me he enrolado en la marina. Quiero ir a Corea.

–¿Qué? –exclamó ella, aferrándole la camisa inconscientemente–.¡No puedes hacer eso! No quiero que tú también...

Serena comenzó a sollozar quedamente, y él la tomó entre sus brazos con lágrimas en los ojos.

–Tengo que hacerlo. Por él.

Y por ella, se decía para sus adentros. Para huir de los sentimientos que amenazaban con desbordarse en cualquier momento.

–¿Cuándo partes?

–Dentro de unos días. De unas semanas. Cuando me avisen.

–¿Y qué será de nosotras? –inquirió ella, presa del pánico.

–Estaréis bien. –Le sonrió a través de las lágrimas–. ¡Demonios, si ya tienes empleo!

–¡Oh, Teddy, no vayas!

Serena le estrechó contra su cuerpo, y no se dijeron nada más. Permanecían abrazados, como aferrándose a los últimos vestigios de lo que ya no existía y jamás volvería a existir. Del mismo modo que su infancia había concluido el día en que las balas de Mussolini perforaron la carne de sus padres, también ahora llegaba a su fin una nueva etapa de su vida. Jamás volvería a ser la esposa de Brad; jamás volvería a sentir sus brazos en torno a su cuerpo. Y ahora ni siquiera tendría a Teddy. Todos habían madurado. En tres breves semanas. Los días de juventud habían llegado a su fin.

LIBRO SEGUNDO

Serena:
los años de supervivencia

Capítulo 31

A las seis de la mañana de un brumoso día de finales de julio, Serena se encontraba en el muelle de Oakland, estrechando a Teddy entre sus brazos por última vez. Las semanas habían pasado volando, y ella no podía creer que ya hubiese llegado el momento de la partida de Teddy. Al principio Serena le pidió que modificara su decisión, pero luego se resignó a ella. Además, resultaba evidente que, por el giro que tomaban los acontecimientos en Corea, antes o después habría tenido que ir. Por cierto que eso no era lo que ellos habían planeado. Pero desde la muerte de Brad, ¿qué era lo que no había cambiado?

–Oh, Dios mío, Teddy..., quisiera que no tuvieras que ir...

–Yo también lo desearía.

Y entonces, procurando mostrarse como una cuñada valerosa, Serena le sonrió juguetonamente.

–Pero sé un buen chico y ponte las botas de agua, y escríbeme los domingos... –Y con voz ronca, agregó–: Y no te olvides de nosotras...

–¡Serena, no digas eso!

La estrechó fuertemente contra su cuerpo, y cualquiera que les hubiera visto habría dicho que ella se estaba despidiendo de su esposo, y no de su cuñado, mientras él le enjugaba las lágrimas de las mejillas, la abrazaba de nuevo y luego se separaba de ella para admirarla por última vez.

–Volveré pronto. De modo que cuídate y cuida de Vanessa por mí. Serena... –comenzó a decir, pero la sirena del vapor sonó de forma ensordecedora, ahogando sus palabras.

La sirena tocó tres veces más, y luego sonó un gong. Había llegado la hora de partir, y Serena se sintió invadida por el pánico, al tiempo que él la tomaba en sus brazos, la estrechaba y la retenía pegada a su cuerpo.

–Volveré. Puedes estar segura de ello.

–Te amo.

Con los ojos llenos de lágrimas, Serena le dijo aquellas palabras al oído. Teddy asintió con la cabeza, recogió su bolsa y subió al barco junto con los demás. Pasaron varios minutos antes de que volviera a verle aparecer en cubierta, desde donde la saludó agitando la mano, en tanto ella no podía contener las lágrimas, que se deslizaban por sus mejillas. La sirena silbó de nuevo, al unísono con las sirenas de niebla que sonaban en la distancia, y el vapor comenzó a alejarse lentamente del muelle. Ella se sintió como si el barco se llevara consigo su corazón, y cuando la embarcación quedó totalmente engullida por la niebla, Serena giró sobre sus talones muy despacio y volvió al coche con la cabeza gacha y las lágrimas fluyendo aún de sus ojos.

Cuando llegó a San Francisco, Vanessa la estaba esperando con su niñera: enseguida quiso saber cuándo volvería a casa el tío Teddy. Serena tuvo que hacer acopio de todas sus energías para poder explicarle que Teddy estaría mucho tiempo lejos de casa, pero que regresaría tan pronto como pudiera. No obstante, ellas dos tenían muchas cosas que hacer, le dijo para animarla: irían al zoológico, a la rosaleda del parque, a tomar el té en el jardín japonés, al circo cuando viniese a la ciudad... Pero antes de que terminara de enumerar todas las cosas que harían juntas, las lágrimas volvían a correr por sus mejillas, y estrechaba a la niña entre sus brazos con todas sus fuerzas.

–¿Hará como papá y no volverá nunca más? –le preguntó Vanessa, con los ojos muy abiertos y la carita demudada por la tristeza.

Serena se estremeció sólo de pensar en aquella posibilidad.

–¡No! ¡El tío Teddy volverá! ¡Ya te lo he dicho!

Estuvo a punto de gritarle a la niña por haber expresado en voz alta aquellos temores que ella trataba de acallar en su interior.

En el curso de los meses siguientes, hubo momentos en que se preguntaba si lograría sobrevivir. Hubo meses en que apenas podía pagar el alquiler, las facturas se acumulaban sin poder hacerlas efectivas, comían emparedados con mantequilla de cacahuete y mermelada, o solamente huevos. Serena nunca había vivido en condiciones de pobreza tan extremas. Durante la guerra, las monjas habían atendido a sus necesidades; y en el *palazzo* de Roma, después, a ella y a Marcella no les había faltado nada. Sin embargo, ahora no tenía a nadie a quien recurrir, nadie que pudiese ayudarla, nadie que le prestara dinero cuando sólo le quedaban dos dólares y aún faltaban tres días para cobrar. Una y otra vez se acordaba del escrito que había firmado al hacer el acuerdo con Margaret Fullerton. Si no se hubiese visto obligada a firmar aquel maldito pedazo de papel, por lo menos a ella y a Vanessa no les habría faltado qué comer. Vanessa habría tenido bonitos vestidos y zapatos, en vez de un solo par de zapatos gastados. Una vez, presa de la desesperación, casi estuvo a punto de recurrir a ella; pero no pudo hacerlo, y en el fondo de su corazón sabía que de todos modos habría sido inútil. Margaret Fullerton se mostraba tan vehemente e irracional en su manera de odiar a Serena que nada de lo que ésta pudiese hacer o decir conseguiría hacerla cambiar de actitud. Su odio era tan vasto y profundo que hasta llegaba a envolver a Vanessa, su única nieta. A Margaret le importaba un comino que se muriesen de hambre. Serena sospechaba que aquella mujer hasta lo deseaba.

Sólo la alegría de reunirse con Vanessa al término de la jornada la mantenía en pie. Sólo las cartas de Teddy reconfortaban su corazón. Sólo el dinero que ganaba haciendo de modelo en la tienda les permitía seguir con vida. Había días en que tenía la impresión de que se desplomaría exhausta, y en estos momentos sentía deseos de echarse a llorar con desesperación. Pero día tras día, seis días por semana, acudía a cumplir con su trabajo. No fue hasta el segundo año que mejoraron su posición al asignarla al salón de diseño. Entonces sólo exhibía vestidos ante clientes especiales o en los grandes desfiles. Sólo lucía los mejores diseños de Nueva York o París, y aprendía rápidamente los artilugios de la profesión: la manera de peinarse de acuerdo con media docena de estilos diferentes; la manera de maquillarse a la perfección, de moverse, de sonreír, de vender los vestidos gracias a un simple movimiento dotado de encanto y capaz de causar una irresistible seducción. Y si bien era muy bella cuando se inició en aquella profesión, gracias a las nuevas artes que iba aprendiendo su belleza se había acentuado de manera notable. La gente hablaba de ella en la tienda, y a menudo se quedaban mirándola fijamente, como encantados. Las clientas la contemplaban con envidia, pero la mayoría de las veces lo hacían con una especie de fascinación, como si fuese una obra de arte. Sus maridos miraban a Serena completamente cautivados por su belleza, y no pasó mucho tiempo antes de que el departamento de publicidad de la tienda reparara en ella y la convirtiese en la modelo principal de la firma. Todas las semanas su foto aparecía en los periódicos; y a fines de su segundo año en la tienda, la gente de la ciudad ya comenzaba a reconocerla por la calle. Los hombres la invitaban a salir con ellos. Recibía invitaciones para asistir a fiestas organizadas por personas casi desconocidas para ella; pero su respuesta era indefectiblemente la misma. Las rechazaba todas sin excepción. Lo único que le interesaba era regresar a casa junto a Vanessa para jugar con la niña de dorados cabellos que tanto se parecía a B. J.; entonar canciones con ella acompañándose con el pequeño piano que Serena le había comprado en una subasta, leerle cuentos y compartir sus sueños.

La suya era una vida dolorosamente vacía. En ella no parecía tener cabida nadie más que su hija. Por la noche, leía las cartas de Teddy y las contestaba. Él tardaba semanas en recibirlas en las lejanas avanzadas de Corea. Ahora era médico residente, y le escribía extensas y dolientes cartas sobre lo que opinaba de la guerra. Para él, toda aquella horrible carnicería era absurda, una guerra que los norteamericanos no podían ganar ni tenían nada que ver en ella; lo único que anhelaba era volver a casa o que le transfiriesen a Japón. A veces, Serena leía sus cartas una y otra vez, y sosteniéndolas en la mano, se quedaba contemplando la bahía mientras recordaba la cara que había puesto él el día en que se conocieron..., el aspecto que tenía con su chaqué el día de la boda de Greg..., el día en que ella dio a luz a Vanessa..., el de su graduación en Stanford... Era sorprendente cuántas veces se confundía en su mente el rostro de Teddy con el de su marido. Era como si en el curso de los últimos dos años y medio ambos se hubieran fundido en su memoria.

La tercera Navidad que Serena y Vanessa pasaban solas, fueron a la iglesia para rogar por la seguridad de Teddy, como hacían todos los domingos; y esa noche Serena permaneció despierta y llorando en su cama. La soledad y el cansancio la estaban consumiendo. Todas sus energías las volcaba en Vanessa, como si tuviera que darlo todo; y no había nadie capaz de devolverle las fuerzas. Semana tras semana esperaba con ansia las cartas de Teddy. Ellas eran las que la mantenían activa. Al escribirle, daba rienda suelta a todo cuanto llevaba en su alma. En cierto sentido, aquél era el único contacto real que mantenía con una persona adulta, y el único contacto que mantenía con un hombre.

Al cabo de dos años y medio de escribir cartas, de desnudar su alma el uno frente al otro, de abrazarse a través de cientos de kilómetros de distancia, por fin Serena comprendió por qué no le había interesado nadie durante casi tres años: en realidad, estaba esperando a Teddy.

La mañana que se enteró de que la guerra había terminado, se encontraba trabajando en la tienda. Llevaba un vestido de terciopelo negro con cuello de organdí blanco, y se quedó plantada en medio del salón, mientras las lágrimas rodaban por sus mejillas.

Una de las vendedoras le sonrió, y otras se pusieron a charlar ávidamente entre ellas. ¡La guerra de Corea había terminado! Serena sintió deseos de lanzar un alarido de alegría.

–¡Volverá a casa! –musitó–. ¡Volverá a casa!

A pesar de haberlo dicho en voz muy baja, alguien la oyó.

–¿Su marido? –le preguntó.

–No –repuso ella, moviendo la cabeza lentamente, con expresión de asombro–. Su hermano.

La mujer la miró con cara de extrañeza, y Serena comprendió que una pregunta importante estaba a punto de recibir una respuesta. Cuando concluyeran bruscamente todos aquellos años de contacto epistolar, ¿qué sería Teddy para ella?

Capítulo 32

Teddy regresó del Lejano Oriente el 3 de agosto, y al poner pie en el suelo de San Francisco, quedó oficialmente dado de baja de la marina. Había completado la residencia en el fragor de la guerra; se había especializado en cirugía, como pocos habían logrado hacerlo en Estados Unidos, y ahora tenía que trasladarse a Nueva York, donde ejercería un año bajo la supervisión de un afamado cirujano, para perfeccionarse. Sin embargo, nada de eso ocupaba su mente cuando desembarcó del avión en el aeropuerto. Sus rubios cabellos brillaban bajo el sol, contrastando con el tono tostado de su piel, y entrecerró los ojos mientras recorría con la mirada el grupo de gente que aguardaba. ¡Cuán distinto era todo del día en que había embarcado en Oakland! ¡Y cuán diferente se sentía! Había estado tres años fuera del país, y acababa de entrar en la treintena.

Tenía la sensación de que en aquellos tres años de guerra todo en él había sufrido un cambio. Durante el largo vuelo desde Japón se preguntó infinidad de veces cómo lograría adaptarse de nuevo. Durante casi tres años no había visto a su familia. Las cartas de su madre le ponían al corriente de las novedades, pero siempre se sintió a años luz de su hogar. Y la mayoría de sus amistades habían dejado de escribirle, a excepción de Serena. Su principal contacto con la civilización lo había mantenido por mediación de su cuñada; y ahora de repente estaba de vuelta, en medio de un mundo que había dejado de serle familiar, buscando a una mujer a la que no había visto durante tres años.

Sus ojos escrutaban la multitud, al tiempo que se desplazaba despacio hacia el sector donde estaban reunidos los que esperaban. Y entonces, de pronto, la vio, tan sorprendentemente bella que sintió que el corazón le daba un vuelco. Altísima, con sus enormes y plácidos ojos, ataviada con un vestido de seda rojo, y los sedosos cabellos rubios sueltos sobre los hombros. Sus ojos color esmeralda estaban fijos en él. Al igual que Serena, Teddy permaneció callado, sin hacer gestos bruscos, sin correr, sino caminando pausadamente hacia ella. Como si ambos obedecieran a un súbito impulso, él la tomó entre sus brazos y la estrechó con todas sus fuerzas, mientras las lágrimas corrían por las mejillas de ambos; y entonces, olvidando los años que se abrían entre ellos, la besó en los labios, como si quisiera borrar todos los años de soledad y de dolor. Permanecieron largo rato así abrazados, hasta que por fin se separaron para mirarse el uno al otro; sin embargo, cuando Serena levantó la vista hacia él, tenía los ojos preñados de tristeza. Teddy había vuelto a sus brazos, pero sabía que Brad no volvería jamás. Era como si en los últimos tres años, mientras esperaba su regreso, se hubiera engañado a sí misma diciéndose que era Brad y no Teddy quien se encontraba en Corea. Ahora comprendía plenamente que su esposo había desaparecido para siempre, y se sintió como si hubiese recibido un puñetazo. En todos aquellos años de escribir cartas había sido como si ella se dirigiera a Brad al mismo tiempo que a Teddy. En cierto modo, los dos hombres se habían fusionado en uno en su mente. Y ahora tenía que enfrentarse con la realidad de nuevo, mientras su corazón aleteaba como un pájaro en su pecho, y ella se esforzaba en que el dolor no se reflejara en su semblante.

–Hola, Serena.

Superada la primera conmoción, ella le sonrió, y entonces ambos bajaron la vista simultáneamente hacia la pequeña que estaba junto a ellos. Fue en su figura donde los dos descubrieron las huellas de los tres años transcurridos. Vanessa ya casi tenía siete, y sólo tres y medio cuando Teddy se había marchado.

–¡Santo Dios, princesa! –exclamó él, arrodillándose para hablarle en medio de aquella algarabía. Sus ojos azules brillaban de alegría, y su rostro se iluminó con una radiante sonrisa–. Apuesto a que no te acuerdas de tu tío Teddy.

–Sí que me acuerdo. –La niña ladeó la cabeza y, cuando sonrió, Teddy pudo ver que le faltaban los dos dientes de delante–. Mamá me mostraba tu fotografía todas las noches. La tuya y la de papá; pero él no volverá nunca más. Mamá me lo dijo. Sólo tú.

–Así es. –Tanto él como Serena sintieron una punzada, como si un afilado cuchillo les hubiera atravesado el corazón–. Te eché mucho de menos.

Vanessa asintió con la cabeza, al tiempo que lo observaba de arriba abajo.

–¿De veras eres médico? –le preguntó con expresión ansiosa, y él hizo un gesto de asentimiento–. ¿Vas a darme una inyección?

Teddy se echó a reír, meneando la cabeza, al tiempo que la levantaba del suelo y la sentaba sobre su hombro.

–Por supuesto que no. ¿Qué te parece un cucurucho de helado en vez de una inyección?

–¡Estupendo!

Se abrieron paso entre la multitud hacia la terminal del aeropuerto. Teddy tenía que retirar el equipaje; luego podrían seguir su camino, volver al apartamento, al sitio que él recordaba noche y día cuando estaba emplazado en las selvas de Corea, evocando la cara de Serena. Ahora, al mirarla, advirtió que su cuñada había cambiado. No le dijo nada sobre el particular hasta que se encontraron instalados en la sala de estar, tomando café y contemplando la bahía.

Teddy escrutó su cara durante largo rato, descubriendo las huellas de la tristeza aún presentes, así como la gravedad, que al propio tiempo denotaba una cierta ternura. Tomándole cariñosamente la mano, después de dejar la taza de café, le dijo:

–Has madurado, Serena.

–Eso supongo –repuso ella, sonriendo–. Ya tengo veintisiete años.

–Eso no importa. Algunas personas no maduran nunca.

–Hubo una serie de razones que me llevaron a madurar, Teddy. –Miró hacia la habitación contigua, donde Vanessa estaba jugando, y luego volvió a posar los ojos en él–. Tú también has madurado.

Él asintió gravemente, recordando cosas que prefería olvidar.

–Algunas veces no creí que lográramos sobrevivir. Pero lo hicimos. Y supongo que la experiencia nos servirá de algo. –Al percibir todo lo que reflejaba la cara de Serena y sin poder contenerse, le preguntó–: ¿Aún le echas de menos, verdad?

Ella asintió con un gesto.

–Sí. Os eché de menos a los dos.

–Y sólo uno de nosotros ha vuelto –dijo Teddy, mirándola con una enigmática expresión en los ojos. Había comprendido lo que se ocultaba en el rostro de su cuñada en cuanto la descubrió junto a la verja del aeropuerto–. Tal vez nunca llegamos a aceptar del todo el hecho de que un ser querido no vaya a regresar jamás a nuestro lado. No sé. –Meneó la cabeza–. A veces me preguntaba cuándo recibiría alguna carta de Brad, y entonces me asaltaba el funesto recuerdo.

Serena movió la cabeza en señal de comprensión.

–Hacía tan sólo dos meses de su muerte cuando te fuiste. Creo que ninguno de los dos tuvo tiempo de asimilarlo.

Ahora ella se daba más cuenta que nunca de cuánta razón había en sus palabras.

–Así es. –Entonces Teddy la miró inquisitivamente–. ¿Y ahora?

Aquélla era una pregunta tremenda, y ella lo comprendió así.

–Creo que quizás hoy lo he entendido por fin. –Exhaló un sordo suspiro–. En cierto modo, yo misma he estado ocultándome la verdad. No he hecho más que trabajar y cuidar a Vanessa.

Todo eso él lo sabía por las cartas.

–A los veintisiete años, no puede decirse que la tuya sea una vida muy interesante. –Y luego, con una dulce sonrisa, agregó–: ¿Sabes una cosa? Te ves diferente.

Serena pareció sorprenderse.

–¿Acaso has sufrido una desilusión?

Pero Teddy sacudió la cabeza, riendo.

–¿No te has mirado al espejo en estos tres años, Serena?

Esta vez fue ella la que se echó a reír.

–¡Demasiado! No he hecho otra cosa.

–Pues bien, eres mucho más hermosa todavía que cuando me marché.

Ella le miró de soslayo, socarronamente.

–¿Acaso la guerra le ha afectado la vista, teniente?

–No, princesa. Eres la mujer más bella que he conocido en mi vida. Y de eso ya me di cuenta la primera vez que te vi en Nueva York.

–¡Bah! –exclamó ella, agitando la mano con gesto despectivo–. Todo esto es obra del maquillaje.

–No.

Se trataba de otra cosa. Era algo difícil de describir. Algo en su rostro, en sus ojos, en su alma. Era madurez y ternura, sentido común y sufrimiento, y todo el amor que había volcado en Vanessa. Era algo más que ella había generado y que se sumaba a su belleza física. Era algo que a uno le fascinaba, algo que se sentía además de percibirlo con la vista.

–Serena, ¿te has tomado en serio eso de hacer de modelo?

Durante todo el tiempo que estuvo en Corea, no dedicó ni un solo segundo a pensar en ello. Suponía que Serena lo hacía simplemente para poder pagar el alquiler. Pero ahora que la veía, se daba cuenta de que, si ella se lo proponía, lograría hacer una estupenda carrera. La idea acababa de ocurrírsele en aquel mismo momento. Serena, empero, se limitó a encogerse de hombros.

–No lo sé, Teddy. No lo creo. –Sonrió, y de nuevo se transformó en una jovencita–. ¿Por qué habría de tomármelo en serio?

–Porque eres muy bella y podrías ganar mucho dinero. –La miró de hito en hito–. Y puesto que no quieres aceptar nada de lo que puedo darte, te brindo la idea. ¿Has pensado alguna vez en ir a hacer de modelo a Nueva York?

–No sé. Me asusta sólo pensarlo –repuso con expresión angustiada–. Tal vez no conseguiría trabajo en Nueva York.

Sin embargo, la perspectiva la subyugaba, y quizá fuese una manera de ganar más dinero.

–¿Estás bromeando, Serena? –La cogió de la mano y la llevó ante el espejo–. Echa una mirada, cariño.

Serena se mostró turbada, y se ruborizó al verse en el espejo, escoltada por aquel apuesto y rubio muchacho.

–Esa cara encontraría trabajo como modelo en cualquier lugar del mundo. *Principessa* Serena... La princesa...

Mientras ambos contemplaban la imagen de Serena, él se dio cuenta de que algo mágico sucedía, como si se viesen el uno al otro por primera vez.

–Teddy, no... Vamos...

Serena se alejó del espejo, azorada. Teddy la hizo girar lentamente hasta que quedó de cara a él, y entonces la besó; y al hacerlo, se sintió dominado de repente por el deseo de poseer a aquella mujer a la que había amado secretamente desde hacía siete años. Pero cuando se disponía a tocar su hermoso cuerpo, notó que ella se envaraba entre sus brazos, y entonces él refrenó su impulso.

–Serena..., lo lamento... –De repente, Teddy se puso pálido como un muerto y comenzó a temblar de pies a cabeza–. Ha pasado tanto tiempo...

Enmudeció, y Serena le tomó con ternura la cara entre las manos, con los ojos anegados en lágrimas.

–Calla, Teddy. No tienes nada que lamentar. Sabía que esto iba a suceder. Ambos lo sabíamos. Durante tres años no hemos hecho sino una especie de mutuo trasvase espiritual. –Dejó caer las manos, se abrazó a él y hundió el rostro en su hombro–. Te quiero como a un hermano, Teddy. Siempre te he querido así. Me equivoqué al pensar que podía haber algo más. El año pasado comencé a dudar, sin querer reconocerlo, pues esperaba que pudieses volver para... –los sollozos ahogaron sus palabras–, para ocupar su lugar. –Le asaltó un sentimiento de culpa sólo por haberlo manifestado verbalmente, y por fin se separó de Teddy–. No es justo haber esperado de ti una cosa semejante. Simplemente, no es lo mismo. Es curioso. –Sonrió entre las lágrimas–. Eres muy parecido a él, pero tú eres tú. Y te quiero, pero como una hermana, no como amante o esposa.

Aquéllas eran palabras crueles que Teddy percibía como si fuesen piedras lanzadas contra él. Pero tenía necesidad de oírlas. Hacía demasiado tiempo que se estaba engañando a sí mismo.

Serena lo observaba detenidamente; y tras exhalar un hondo suspiro, Teddy la miró con tiernos ojos.

–Está bien, Serena. Lo comprendo.

–¿Me odias por no ser capaz de ofrecerte algo más?

–Jamás podría odiarte. Te amo demasiado. Y te respeto también demasiado.

–¿Por qué? –le preguntó, con una mirada triste y vacía–. ¿Qué he hecho para merecer ese respeto?

–Has logrado sobrevivir bajo circunstancias adversas, por culpa de mi madre... Eres una madre extraordinaria con Vanessa; te has roto el espinazo trabajando para mantenerla... Eres una mujer admirable, Serena.

–Yo no me siento así. –Le miraba con sus enormes ojos fijos en él–. Estoy triste. Por lo que no puedo ser para ti.

–También lo estoy yo. Pero es mejor así. –Teddy volvió a abrazarla, rogando que no le traicionara el deseo que le encendía la sangre. Se separó de ella enseguida–. Sólo permite que te diga una cosa: cuando vuelvas a enamorarte algún día, y no dudes que te enamorarás de nuevo, procura que sea de un tipo fuera de serie.

–¡Teddy! –exclamó ella riendo, y la tensión de la pasada media hora comenzó a aflojarse–. ¡Qué cosas se te ocurren!

–Serena, tú te mereces lo mejor, y necesitas un hombre en tu vida.

–Yo no necesito un hombre –replicó ella, sonriendo.

–¿Por qué no?

–Porque ya tengo al mejor hermano del mundo. –Deslizó un brazo en torno a su cintura y le dio un beso en la mejilla–. Y ése eres tú.

Capítulo 33

A la noche siguiente, los tres comieron un buen plato de espaguetis, y Teddy le leyó varios cuentos a Vanessa cuando la acostó, mientras Serena lavaba los platos. Luego entró en el cuarto de la pequeña y les dijo que había llegado la hora de apagar las luces.

–Anoche hablaba en serio cuando te pregunté por tu trabajo, ¿sabes? –La observaba con atención, comiendo un racimo de uva mientras ella terminaba de limpiar la cocina–. Tienes todas las cualidades de una gran modelo, Serena. Yo no sé nada acerca de esa profesión, pero sé apreciar tu figura, y te aseguro que no hay nada igual en todo el país. Esta tarde, cuando salí con Vanessa, compré varias revistas. –Las extrajo de una bolsa que reposaba sobre una de las sillas de la cocina y se las mostró, pasando rápidamente las hojas–. Fíjate, cariño..., no hay ninguna como tú.

–Quizá son ésas las que gustan. –Serena se resistía a tomarle en serio–. Escucha, Teddy. –Casi le parecía gracioso que tuviera tanta fe en ella–. Tuve suerte. Conseguí un empleo en la tienda, y recurren tanto a mí porque me tienen a mano, y la ropa que hacen luce bien en mí. Pero ésta es una ciudad pequeña. No es como en Nueva York o en otros sitios donde existe una gran competencia. Si fuese a Nueva York, seguramente se me reirían en las narices.

–¿Por qué no haces la prueba?

–No sé. Tengo que pensarlo. –Pero sus ojos habían empezado a animarse, y entonces aceptó el desafío de Teddy–. Sin embargo, no quiero que me pagues el viaje a Nueva York.

–¿Por qué no?

–Porque no acepto limosnas.

–¿Qué me dices de la justicia? –replicó él, con fastidio–. Estoy viviendo a costa tuya, ¿sabes?

–¿De qué hablas?

–Si mi hermano hubiese tenido la suficiente sensatez para hacer un testamento, habrías recibido su dinero, y nada de esto que estamos hablando habría tenido razón de ser. En cambio, gracias a mi encantadora madre, ese dinero fue a parar a manos de sus hermanos. Yo percibí la mitad de su patrimonio, Serena, y en verdad te pertenece a ti.

Ella negó firmemente con la cabeza.

–En todo caso, le correspondería a Vanessa. De modo que si haces testamento, tal vez un día...

–Lo hice antes de partir para Corea, porque fuiste tan testaruda que no quisiste aceptar ni un centavo de mi parte.

–No tienes ninguna obligación para conmigo, Teddy.

Él lanzó un suspiro.

–No cabe la posibilidad de que un día te hagas la viva y te cases conmigo, ¿verdad?

–No –repuso ella con una sonrisa–. Además, ya arranqué a un Fullerton del seno de su familia –añadió, y sus ojos se ensombrecieron al decirlo–. No podría hacer eso contigo.

Y no era probable que Margaret Fullerton lo consintiera tampoco. Antes preferiría ver a Serena muerta. Y ésta lo sabía.

–Lo que te hizo mi madre me causa náuseas, Serena –dijo Teddy, con cara triste y seria.

–Eso ya no importa.

–Claro que importa. ¿A quién crees que estás engañando? Y un día podría importarle mucho a Vanessa.

Ninguno de los dos pronunció palabra alguna durante largo rato. Y luego Serena le miró con expresión preocupada.

–Si voy a Nueva York, ¿crees que tu madre volverá a acosarme?

–¿Qué quieres decir? –preguntó él, estupefacto.

–No sé. Obligarme a abandonar la ciudad, perjudicarme profesionalmente. ¿Te parece que podría hacerlo?

Teddy hubiese querido responder que no, pero al pensar en ello no supo qué contestar.

–Yo no lo permitiría.

–Tú debes vivir tu vida, y sólo Dios sabe de los medios de que se valdría.

–No es tan poderosa como supones, demonios.

–¿No?

Serena le miró fijamente, sabiendo lo vengativa que era su madre. Y con voz queda, Teddy repuso:

–Desearía con toda mi alma que no lo fuese.

Pero lo era. Y ambos lo sabían.

Capítulo 34

–¿Me escribirás?

Serena tenía los ojos brillantes por las lágrimas, pero sonreía, y él la besó por última vez.

–Mejor aún: te telefonearé. Y vendré a visitaros en cuanto pueda hacer una escapada.

Serena movió la cabeza en señal de asentimiento, y Teddy le tendió las manos a Vanessa.

–Cuida a mamita por mí, princesa.

–Lo haré, tío Teddy. –Y con voz plañidera, añadió–: ¿Por qué no podemos ir nosotras también?

Los ojos de Teddy escrutaron los de Serena, quien se sintió como si tuviera una tonelada de plomo en el corazón. Para la niña era como perder de nuevo su pasado. Más aún: Teddy había vuelto a ser una parte importante de su presente.

Ambas lo besaron por enésima vez, y al cabo de un instante él abordaba el avión. Serena y Vanessa se quedaron en el aeropuerto, saludando con la mano al aparato que rodaba por la pista para elevarse raudamente; entonces, cogidas de la mano, las dos regresaron a casa, con la sensación de haber perdido una parte de su alma.

Unos días más tarde, Teddy les telefoneó desde Nueva York, y les manifestó que todo marchaba sobre ruedas. Él comenzaría a trabajar en el hospital pocos días después. Trabajaría junto a uno de los más prestigiosos cirujanos del país, perfeccionado lo que había aprendido en Corea. Como de pasada, mencionó que se había puesto en contacto con la esposa de un amigo, que trabajaba en una agencia de modelos. Le había entregado personalmente unas fotografías de Serena el día anterior, y le dijo que le haría saber la respuesta en cuanto se la comunicaran a él. Después de aquella llamada telefónica, Serena sintió un vacío aún más profundo que antes de haber hablado con Teddy. Se trataba de un dolor casi físico, provocado por la noción de la distancia que la separaba de él y del tiempo que podría transcurrir antes de tener la posibilidad de verle de nuevo. Y aparte de Vanessa, Teddy constituía toda su familia.

Al cabo de cuatro días, él volvió a llamarla. Se reía y hablaba con excitación, y hasta casi tartamudeaba, mientras ella trataba de sacar algo en claro de lo que le decía. Daba la impresión de que había ganado un gran premio en las carreras de caballos.

–¡Te han aceptado! ¡Te han aceptado!

–¿Quién me ha aceptado?

–¡En la agencia! ¡Adonde llevé las fotos!

–¿Qué quieres decir con que me han aceptado? –preguntó ella, sintiendo un súbito cosquilleo de emoción en todo el cuerpo.

–Quiero decir que quiero que vengas a Nueva York. Quieren ser tus representantes. Ya tienen una media docena de trabajos potenciales para ti, sólo para empezar.

–¡Es una broma!

–¡No, no lo es, demonios! Serena, eres la mujer más bella que he visto jamás, y andas escondiéndote en una maldita tienducha. Si quieres ser modelo, vente a Nueva York y sélo, ¡por todos los demonios! ¿Vendrás?

–No sé... Tengo que pensarlo... La tienda... Vanessa...

Pero Serena estaba sonriendo y riendo al mismo tiempo, sintiendo que la cabeza le daba vueltas.

–Estamos en agosto; las clases aún no han empezado. Inscribiremos a Vanessa en una escuela de aquí.

–Pero yo no sé si estaré en condiciones de cargar con ese gasto. –Serena se sentía amedrentada y emocionada a la vez–. Te telefonearé. Tengo que pensarlo.

Luego se quedó mirando por la ventana con la vista perdida en el vacío. Hacer de modelo en Nueva York... «La gran oportunidad», se dijo, sonriendo. ¿Por qué no? Pero de repente volvió a sentir miedo. No podría hacerlo. Era una locura. No obstante, también era demencial quedarse en San Francisco, llevando una vida que no era vida, yendo a trabajar día tras día. Pero ¿y si los Fullerton la hostigaban? ¿O acaso Teddy tenía razón? Quizá debía correr el riesgo de ir, sin importarle lo que sucedería. A la mañana siguiente aún estaba dándole vueltas al asunto, cuando Teddy telefoneó de nuevo.

–Muy bien. Has tenido toda la noche para pensarlo. ¿Cuándo vienes?

–¡Teddy, deja de presionarme!

–Si no te presiono, nunca te decidirás a dar ese paso.

Tenía razón, y ambos lo sabían.

–¿Por qué me torturas así?

–Por dos razones. Porque quiero tenerte aquí, y además porque estoy seguro de que puedes hacer una brillante carrera.

–No sé, Teddy. Tengo que meditarlo.

–Serena, por todos los diablos, ¿cuál es el problema? –Y entonces, mientras esperaba que le contestara, Teddy adivinó instintivamente cuál era el verdadero motivo antes de que ella se lo dijese. No era sólo San Francisco; era Brad–. Es por Brad, ¿verdad? Ahí te sientes más cerca de él, ¿no es así?

Ésa era exactamente la causa.

–Sí –contestó con voz angustiada–. Tengo la impresión de que cuando abandone la ciudad, le abandonaré a él definitivamente.

Las lágrimas brotaron de sus ojos, y Teddy exhaló un suspiro.

–Serena, Brad ya no existe. Tienes que pensar en ti misma.

–Ya lo hago.

–No, no lo haces. Lo que haces es aferrarte a la ciudad donde viviste con él. Lo comprendo. Pero es una razón absurda para renunciar a una carrera. ¿Qué crees que diría Brad?

–Que fuera –contestó, sin vacilar un segundo–. Pero eso no es tan fácil de hacer.

–Estoy seguro de que no lo es. Sin embargo, debes hacer un esfuerzo.

–Lo pensaré.

Eso fue todo lo que Teddy pudo conseguir aquel día. Por la noche, después de acostarse, Serena analizó todos los posibles aspectos de la cuestión. Por una parte, se moría de ganas de ir; por la otra, sentía que se le destrozaba el corazón al pensar que tenía que abandonar San Francisco. Allí se sentía segura, y era donde había convivido con él. Pero ¿hasta cuándo podría seguir atada a un fantasma? Si seguía así, tal vez sería durante toda la vida, y ella lo sabía. En Nueva York, en cambio, tendría la oportunidad de iniciar una nueva vida. Mientras permanecía despierta hasta las cinco de la madrugada, pensando en todo aquello, fue presa de una especie de agitación y, repentinamente, se dio la vuelta en la cama, descolgó el teléfono y llamó a Teddy. En Nueva York eran las ocho, y él se encontraba en la cocina, tomando una taza de café.

–¿Y bien? –le dijo sonriendo, al escuchar la voz de Serena.

Ella cerró los ojos con fuerza en la oscuridad de la alcoba, contuvo el aliento un segundo y luego soltó el aire junto con las palabras.

–Voy a ir.

Capítulo 35

El apartamento que Teddy alquiló para ella en Nueva York era muy pequeño. Serena le había fijado el límite de hasta dónde podía llegar, y él se había ceñido a ello estrictamente sin caer en algo que fuese un verdadero horror. Había encontrado un apartamento de un dormitorio en la calle Sesenta y Tres Este, entre Lexington y la Tercera Avenida.

–¡Teddy, es maravilloso! Me gusta más aún que el de San Francisco.

Él le sonrió como disculpándose.

–Lo que yo no compararía es la vista.

Teddy echó un vistazo a los angostos edificios que poblaban la calle, y los imaginó tal como aparecerían dentro de unos meses, cuando estuviesen cubiertos de nieve, hollín y suciedad. Se volvió hacia ella, con una dulce expresión en los ojos.

–Serena, me alegra que estés aquí.

–Yo también estoy contenta, pero muerta de miedo –repuso ella con una sonrisa–. Sin embargo, soy feliz.

Cuando Serena se presentó a la Agencia Kerr a la mañana siguiente, se sorprendió al ver la agitación que allí reinaba. ¡Qué diferencia con la gente tranquila y paciente con la que había trabajado en San Francisco! Allí todo era bullicio y nerviosismo; se trabajaba a gran velocidad, con prisas, y no había tiempo para la diversión. La oficina estaba llena de jóvenes bien vestidas y hábilmente maquilladas que, sentadas detrás de sus escritorios, hablaban por teléfono, llenaban fichas con datos para futuros trabajos y las colgaban en los tableros que tenían ante ellas. A cada momento sonaban los teléfonos. A Serena la acompañaron hasta una mesa de despacho, y se encontró ante una mujer morena y muy atractiva, que llevaba un traje chaqueta de lana beige, con una blusa haciendo juego, y el cabello impecablemente peinado a lo paje y largo hasta los hombros. Sobre la blusa de seda colgaba un collar de perlas.

–Hace unas semanas vi su fotografía –le dijo a Serena–. Va a necesitar fotos nuevas, probablemente todo un álbum, y un juego de superposiciones. –Serena asintió en silencio, sintiéndose muy estúpida y casi incapaz de articular palabra–. ¿Conoce a alguien que pueda hacerlo?

Con los ojos muy abiertos, denegó con un gesto. Se había puesto un suéter azul claro, una falda gris, una chaqueta de cachemira azul marino, que se había comprado en San Francisco, y sus largas y bien torneadas piernas parecían interminables cuando las cruzó ante la mirada atenta de la mujer, que reparó en los zapatos negros de Dior. Daba la impresión de ir a tomar el té con una amiga en San Francisco, más que a mantener una entrevista profesional en Nueva York.

–Concierte una cita con ese fotógrafo, ponga en orden las fotos de su actividad pasada, córtese el pelo, píntese las uñas de rojo intenso y vuelva a verme dentro de una semana.

Serena la miraba fijamente, preguntándose si tendría algún sentido seguir aquellas instrucciones; y entonces, como si hubiese adivinado sus pensamientos, la mujer le sonrió.

–Todo saldrá bien. Todo el mundo está nervioso al principio. Aquí no es lo mismo que en San Francisco. ¿Es usted de allí?

De repente, la mujer se mostró afable e interesada, y Serena se esforzó con desesperación para no dar la impresión de que se sentía incómoda.

–He vivido allí durante siete años.

–Eso es mucho tiempo. ¿Dónde vivía antes?

–¡Oh! –Serena soltó un suspiro, incómoda–. Es una larga historia. Mi marido y yo vivíamos en París. Y antes vivimos en Roma. Yo soy italiana.

–¿Él lo era también?

–No. Él era norteamericano.

Casi le dijo, burlonamente, que era una novia de guerra; sin embargo, no tenía motivos para mostrarse desagradable con aquella mujer, que demostraba un genuino interés en ella.

–¿Por eso habla tan bien el inglés?

Serena meneó la cabeza con lentitud. En dos minutos, aquella mujer le había sonsacado más cosas que cualquier otra persona en muchos años.

–Durante la guerra viví aquí. Me envió mi familia.

La mujer pareció estar considerando algo mientras volvía a fijar la vista en la ficha de Serena.

–¿Cómo ha dicho que se llamaba?

–Serena Fullerton.

La mujer le sonrió.

–Suena demasiado inglés. ¿No podría tomarlo un poco más exótico? ¿Cuál es su nombre de soltera?

Serena vaciló un instante.

–Serena di San Tibaldo –repuso, pronunciándolo con acento marcadamente italiano.

–Estupendo... –Se quedó pensativa–. Pero es tan largo... –Miró a Serena con expresión esperanzada–. ¿Tiene algún título?

Resultaba chocante que le preguntara eso, pero su ocupación consistía en «colocar» personas; bellos rostros con exóticos nombres. Se quedó mirando a Serena expectante, en tanto ésta parecía no querer soltar prenda.

–Yo... no...

Y entonces, de repente, se dijo «¡Qué demonios! ¿Qué importancia tiene eso?». Si eso significaba más dinero para ella y para Vanessa, ¿por qué iba a dejarse dominar por los escrúpulos?

–Sí –dijo, y la mujer entrecerró los ojos, preguntándose si Serena le decía la verdad–. *Principessa.*

–¿Princesa?

–Sí. Puede verificarlo. Puedo darle mi fecha de nacimiento y todo lo que usted quiera.

–¡Vaya, vaya! –exclamó la mujer, muy complacida–. Estoy segura de que quedaría muy bien en su álbum... Princesa Serena... –Miró de soslayo el papel donde lo había escrito y luego volvió a posar la mirada en Serena–. ¿Quiere ponerse de pie un momento? –Serena lo hizo–. Ahora camine hasta allí y vuelva –le pidió acto seguido, señalando hacia un extremo de la oficina.

Graciosamente, con la cabeza erguida, Serena dio los pasos hasta el lugar indicado y, al volver, sus verdes ojos centelleaban.

–Bien, muy bien. Acaba de ocurrírseme algo. Enseguida vuelvo.

Desapareció por la puerta de un despacho, y habían transcurrido por lo menos cinco minutos cuando volvió, acompañada de otra mujer.

–Le presento a Dorothea Kerr –le dijo simplemente–. La directora de la agencia.

La aclaración era innecesaria. Serena se puso rápidamente de pie y le tendió la mano.

–¿Cómo está usted?

Pero la alta y enjuta mujer de grises cabellos estirados

hacia atrás y pómulos angulosos, espectacularmente prominentes bajo los ojos grises, no le respondió. Se limitó a mirarla de arriba abajo, como si estuviese comprando un caballo o un automóvil muy caro.

–¿El color de tu pelo es natural?

–Sí.

Se volvió hacia la mujer de beige.

–Me gustaría verla sin toda esa ropa, y luego creo que deberíamos mandársela a Andy. No te enredes con ningún otro. –La mujer de beige asintió con la cabeza y tomó nota de sus palabras–. Quiero tener las pruebas dentro de un par de días. ¿Puede ser?

–Claro. –Eso significaba que todo el mundo debería trabajar horas extras, incluyendo a Serena; pero si Dorothea Kerr quería «las pruebas» en un par de días, tendrían que remover cielo y tierra para lograrlo–. Le telefonearé enseguida.

–Bien.

Dorothea saludó a Serena con un movimiento de cabeza y se alejó con paso vivo.

La puerta de su despacho se cerró de inmediato, y a Serena comenzó a darle vueltas la cabeza. Al cabo de un minuto, mientras escuchaba la conversación, comprendió que Andy era Andrew Morgan, el fotógrafo de modas más famoso de la costa del Atlántico. Concertaron una cita para esa misma mañana, pero antes ella debía ponerse en manos del peluquero para que le cortara el pelo.

–Le ha gustado usted de veras. Si no hubiese tenido algo grande en mente con respecto a usted, no habría pedido pruebas fotográficas suyas. –Pero a Serena todo le resultaba aún demasiado asombroso y difícil de creer–. ¿Está emocionada?

Serena la miró, notando que le temblaba ligeramente la mano cuando cogió el papel que la mujer le tendía, donde figuraba la dirección del peluquero.

–Creo que sí. Han pasado tantas cosas en los últimos cinco minutos que ya ni siquiera sé lo que siento.

–Bueno, pues alégrese. No todo el mundo logra ser fotografiado por Andy Morgan.

–¿Debo vestir algo especial para las fotografías?

–No; Dorothea ha dicho que hará que le envíen todo lo necesario. Le ha gustado en particular que sea una princesa. Pienso que le pedirá que trabaje con esa idea para las tomas.

Por un instante, Serena se sintió muy nerviosa y pensó que quizá no había debido decírselo. No obstante, ahora ya era demasiado tarde para retractarse. La mujer de beige le explicó de nuevo en qué lugares la estaban esperando, le deseó suerte y luego se concentró en las pilas de fichas y fotografías que tenía sobre el escritorio.

Serena llegó al estudio de Andrew Morgan a la once y media en punto, tal como se lo habían indicado. Y no salió de allí hasta casi las nueve de la noche. Se había puesto más vestidos, abrigos de pieles, joyas y todo tipo de prendas en nueve horas en aquel estudio que durante todos los años que trabajara como modelo en San Francisco.

Andrew Morgan era un hombrecillo que poseía una maravillosa sonrisa, la cual le iluminaba los ojos negros; llevaba gafas con montura metálica y un mechón de cabellos plateados permanentemente caído sobre los ojos; vestía un suéter negro con cuello de cisne y unos pantalones del mismo color, así como unos zapatos de cabritilla de bailarín de jazz. Cuando sacaba las fotos, parecía saltar por los aires. Constantemente hacía pensar en un bailarín, y Serena quedó tan prendada de él que le obedecía ciegamente. Más aún: parecía que la hubiera fascinado. Estuvo trabajando incansablemente con él durante horas y horas, y sólo cuando traspuso el umbral de la puerta de la calle se dio cuenta de lo muy cansada que estaba. Vanessa ya estaba dormida. Había querido esperar a su mamá levantada, pero Teddy le explicó que le estaban sacando unas magníficas fotografías que eran de suma importancia para su madre.

Exactamente a las cuarenta y ocho horas, la telefoneó Dorothea Kerr en persona para decirle que pasara esa tarde por su despacho.

Cuando Serena llegó a la agencia, casi le temblaban las rodillas; tenía las manos húmedas, y daba las gracias al cielo por el hecho de que Teddy hubiese tenido otra de sus raras tardes libres. Ya había encontrado una agencia de niñeras, pero ni siquiera ellos podían hacer nada cuando se presentaba una solicitud tan de improviso.

En cuanto vio las fotos que Andrew Morgan le había sacado, comprendió por qué gozaba de tanta fama y consideró que la tenía bien merecida. Cada una de ellas era una verdadera obra de arte, digna de figurar en una exposición; mientras se contemplaba en ellas, tenía la impresión de estar viendo a otra persona. Hasta ella tuvo que reconocer que el fotógrafo había captado algo que resultaba extravagante, sorprendente y majestuoso. Serena no podía creer que resultase tan hermosa, sobre todo en la vida real. Levantó la mirada de las fotos y se topó con los ojos de Dorothea Kerr, duros y grises, clavados en los suyos. La mujer se recostó contra el respaldo del asiento, mordisqueando las patillas de las gafas en tanto observaba a Serena con más detenimiento.

–Bien, Serena, aquí tenemos lo que necesitábamos. ¿Qué me dice? ¿Cuán interesada está en todo esto? ¿Mucho? ¿Un poco? ¿Lo suficiente como para trabajar como una condenada? ¿Desea un empleo o bien hacer carrera? Porque eso quiero saberlo antes de perder el tiempo con alguien a quien esta profesión le importa un rábano.

–A mí me importa muchísimo la profesión.

Parecía sincera y lo era, pero para Dorothea eso no era suficiente.

–¿Por qué? ¿Está enamorada de la profesión? ¿O lo está de sí misma?

–No –respondió Serena, mirándola de hito en hito–. Tengo una niña.

–¿Y ésa es la única razón?

–En parte. Éste es el único medio que conozco para ganarme la vida, y me brinda un buen pasar. El trabajo me gusta. –Miraba a Dorothea con ojos chispeantes–. A decir verdad, estoy ansiosa por probar suerte en Nueva York.

Su emoción comenzaba a manifestarse, y la otra mujer sonrió.

–¿Es usted divorciada?

–Soy viuda, con una pequeña pensión del ejército. Eso es todo.

Dorothea se mostró intrigada.

–¿Corea? –Serena asintió con la cabeza–. ¿Y su familia no la ayuda?

–Están todos muertos.

–¿Y la de él?

Serena adoptó una expresión sombría, y Dorothea se apresuró a obviar la cuestión.

–No se preocupe. Si dice que lo precisa para su hija, es evidente que lo precisa. Sólo espero que la pequeña tenga buen apetito y eso la obligue a usted a trabajar con ahínco. –Le ofreció a Serena una de sus enigmáticas sonrisas y enseguida se puso seria de nuevo–. ¿Qué me dice del título? He efectuado una pequeña investigación y he llegado a la conclusión de que es genuino, Serena. ¿Qué le parece la idea de utilizarlo? ¿Va en contra de sus principios?

Serena sonrió dulcemente.

–Sí, pero no importa. Vine a hacer algo con usted, a luchar para hacer carrera, como usted ha dicho, y no sólo para conseguir un empleo. Si cree que puede ser útil, adelante, use el título.

–Contribuirá a crear una imagen. Princesa Serena. «La princesa.» –Se quedó pensativa un instante–. Me gusta. Me gusta mucho. ¿Y a usted? ¿Cómo le suena?

–Un poco tonto. Hace mucho tiempo que soy Serena Fullerton, y en realidad jamás utilicé el título. Se me antoja más como algo perteneciente a mi abuela.

–¿Por qué? Usted parece una princesa, Serena. ¿O acaso no lo sabe? En cualquier caso, espere hasta que comience a ver sus fotografías por toda la ciudad, y entonces lo sabrá. Y puesto que es usted una princesa –agregó, mordisqueando el lápiz con una sonrisa–, pediremos unos honorarios acordes con su rango. Cien dólares la hora por la princesa Serena. Daremos la impresión de que no necesita el dinero, de que todo esto es una mera distracción para usted y que si alguien desea sus servicios, tendrá que pagar un ojo de la cara. Cien dólares la hora. –Serena se quedó sin aliento al pensar en ello. ¿Cien dólares la hora? ¿Conseguiría algún trabajo?–. De acuerdo; nosotros compondremos el álbum de fotos. Vuelva mañana, Serena. Descanse mucho, cuídese el pelo y las uñas, y maquíllese a la perfección. Póngase algo sencillo y negro, y preséntese a las nueve y media. Mañana saldrá con el álbum y comenzará a trabajar. Pero tenga presente que sólo la utilizaremos para trabajos importantes, a cien dólares la hora. Eso significa que entrará por la puerta grande, por todo lo alto, y va a tener que ser perfecta. Al menor descuido, se nos reirán en las narices a usted y a mí, en toda la ciudad.

–Lo haré lo mejor que pueda. –Sus verdes ojos se llenaron de terror, y tuvo la impresión de que sus veintisiete años se convertían en dos–. Lo prometo.

–No prometa nada. Hágalo. –Los ojos de Dorothea se endurecieron al tiempo que se ponía de pie–. En caso contrario, sea princesa o no, estará usted acabada.

Y con esas palabras, giró sobre sus talones y salió del despacho.

Capítulo 36

Fue al cabo de un mes cuando Margaret Fullerton vio el primer anuncio. Un página entera en *The New York Times*, para una nueva línea de cosméticos. Habían trabajado a marchas forzadas para lanzar a Serena, pero la foto era sensacional. La siguiente vez que Teddy fue a cenar a casa de su madre, ella tenía la hoja doblada en el cajón del escritorio. No hizo mención alguna de la cuestión hasta que les sirvieron el café en la biblioteca, y entonces extrajo con todo cuidado la hoja del periódico, cogiéndola con dos dedos como si temiera que estuviese contaminada.

Sus ojos buscaron los de su hijo, y se quedó mirándole fijamente un buen rato mientras su ira iba en aumento.

–No me dijiste que estaba en la ciudad. Supongo que lo sabías.

Su mirada se tornó más escrutadora. Sabía que Teddy había estado en contacto con ella y que quería a Vanessa de una manera extraordinaria. Muchas veces él había intentado en vano que se congraciara con la niña, y Margaret estaba segura de que Serena ya debía de haberle hecho saber que se encontraba en Nueva York.

–¿Por qué no me lo dijiste?

–No creí que te interesara.

–¿La niña también está aquí?

–Sí.

–¿Viven en la ciudad?

–Así es.

Y con una mirada de desdén a la fotografía, la madre comentó:

–Como sospechaba, la golfa sigue siendo increíblemente vulgar.

Por un momento, Teddy se quedó estupefacto.

–Mamá, ¿cómo puedes decir una cosa semejante, en nombre de Dios? Serena no sólo es bellísima, sino tremendamente elegante y aristocrática. Fíjate en esa foto.

–No es más que una prostituta y una modelo. Mi querido muchacho, todo eso es artificio, y la profesión, vulgar en extremo. –Sin embargo, Margaret Fullerton había observado con interés que la línea de cosméticos pertenecía a una firma de cuyo directorio ella formaba parte–. Supongo que la habrás visto.

–En efecto. –El corazón le latía con fuerza por la rabia que trataba de contener–. Y tengo pensado volver a verla, al igual que a Vanessa; tantas veces como pueda. Esa niña es mi sobrina, y Serena la viuda de mi hermano.

–En cuestión de mujeres, tu hermano tenía un gusto francamente detestable.

–Sólo en el caso de la antecesora de Serena. –Tanto decisivo–. No estoy dispuesto a seguir escuchando cómo despotricas contra Serena.

–¿Por qué? ¿Acaso te acuestas también con ella? Sin duda, en estos momentos, ya se habrá acostado contigo y con medio Nueva York.

–¡Demonios! –rugió Teddy–. ¿Puedes decirme qué tienes contra ella?

–Todo. Destruyó la carrera de Brad, e indirectamente lo mató. ¿No es eso suficiente? Tu hermano está muerto por culpa de esa mujer, Teddy.

Pero no había dolor en sus ojos, sino sólo furia y deseos de venganza.

–Lo mató la guerra de Corea, por todos los diablos, ¿o acaso eso no cuenta? ¿Estás tan ofuscada con el ánimo de llevar a cabo tu *vendetta* que eres incapaz de aceptar la verdad? ¿Aún no le has hecho bastante daño? Si de ti hubiese dependido, después de la muerte de Brad se habría muerto de hambre. Ha mantenido a la niña durante casi cuatro años sin ayuda de nadie, trabajando hasta caerse muerta, y tienes el valor de insultarla... Y para que lo sepas, aún le es fiel a mi hermano.

–¿Cómo lo sabes? –inquirió, entrecerrando los ojos con interés.

Pero Teddy estaba fuera de sí y no podía razonar.

–Porque hace años que la amo. ¿Y sabes una cosa? Ella no accedió a mis requerimientos. Por Brad y por ti. No quiere interponerse entre nosotros. –Se mesó los cabellos–. ¡Ojalá lo hiciera!

–Estoy segura de que eso podría arreglarse. Y mientras tanto, hijo mío, te sugiero que abras bien los ojos. La razón por la que no accedió a tus requerimientos radica en el hecho de que soy un hueso demasiado duro de roer para sus dientes y sabe que no podría obtener ningún beneficio de ello.

–¿Crees acaso que ése fue el motivo que la llevó a casarse con Brad?

–Sin ninguna duda. Estoy convencida de que ella confiaba en poder revocar nuestro convenio, llegado el caso.

–¿Entonces por qué no lo intentó?

Teddy aún levantaba excesivamente la voz, y su madre le miraba con expresión de fastidio.

–Supongo que sus abogados le aconsejaron que no lo hiciera.

–Me das náuseas.

–No tantas como las que te haré sentir si no te alejas de esa mujer. Es una tramposa de baja estofa, y no permitiré que te use como usó a Brad.

–Tú no gobiernas mi vida.

–No estés tan seguro de ello. ¿Cómo crees que conseguiste la plaza para perfeccionarte junto a tu famoso cirujano?

Teddy la miró, estupefacto.

–¿Tú hiciste eso?

–En efecto.

Por un instante, se sintió mareado y tomó la decisión de renunciar al día siguiente; pero enseguida comprendió que al hacerlo rechazaría la gran oportunidad de su vida. Por primera vez en todos los años de su existencia, su madre lo tenía en un puño, y la odió por ello.

–Eres una mujer despreciable.

–No, Theodore. –Sus ojos tenían la dureza y la frialdad de dos canicas bruñidas–. Soy una mujer poderosa e inteligente. Tienes que reconocer que la combinación de esas dos cualidades resulta interesante. Y peligrosa. No lo olvides, y apártate de tu amiguita.

Teddy se quedó mirándola sin saber qué decir, y girando sobre sus talones salió de la sala. No había transcurrido ni un minuto cuando Margaret Fullerton oyó cerrarse con estrépito la puerta de la calle.

No fue muy distinto el ruido que oyó Serena a la mañana siguiente en la agencia mientras aguardaba fuera del despacho de Dorothea Kerr. Sonó un portazo, temblaron las paredes y bruscamente Dorothea se plantó ante ella.

–Entre en mi despacho –le ordenó casi gritando a Serena, quien la siguió completamente aturdida.

–¿Ocurre algo grave?

–Eso dígamelo usted. Ese anuncio de la línea de cosméticos que apareció en *The New York Times*... La agencia de publicidad recibió una llamada telefónica de la firma anunciadora diciéndoles que si volvían a ponerla a usted como modelo, dejarían de ser clientes suyos. ¿Cómo explica usted eso? Al parecer, no vino a Nueva York con una hoja de servicios sin antecedentes, sino que tiene viejas cuentas que saldar. Y francamente, no consentiré que sus malditas rencillas interfieran en la buena marcha de mi agencia. Ahora dígame: ¿qué demonios sucede?

Serena estaba asombrada, sin comprender lo que pasaba, hasta que de repente se le iluminó la mente.

–¡Oh, Dios mío, no! –Se llevó la mano a la boca al tiempo que los ojos se le llenaban de lágrimas–. Lo lamento. Presentaré mi renuncia de inmediato.

–¡Un cuerno! –exclamó Dorothea, más airada aún–. Tengo dieciocho trabajos para usted dentro de los próximos dos meses. No se haga la virgen en apuros y dígame de qué se trata para que sepa a qué atenerme. Luego yo decidiré si debo despedirla o no. La que toma las decisiones aquí soy yo; no lo olvide.

Serena estaba anonadada por las ásperas palabras de la mujer, pero si hubiese prestado más atención, se habría dado cuenta de que había una cierta preocupación y sincero interés en los ojos de Dorothea. Ésta comprendía que Serena no era tan sólo una pobre niñita ingenua, y sentía el irresistible impulso de brindarle protección.

–Bien, adelante. Serena, quiero saber qué se oculta detrás de todo esto.

–No sé si debo hablar de ello.

Las lágrimas se deslizaban por sus mejillas, dibujando delgados ríos de color negro al correrse el rímel.

–Tiene un aspecto deplorable. Tome.

Le acercó una caja de pañuelos de papel, y Serena se sonó la nariz y exhaló un profundo suspiro, en tanto Dorothea le ofrecía un vaso de agua. Entonces Serena comenzó a contar toda la historia, desde el principio.

–Eso es todo –dijo al terminar, con un hondo suspiro, mientras volvía a sonarse la nariz.

–Es suficiente. Debe de ser una mujer increíblemente malvada.

Además de sentirse conmovida por las palabras de Serena, Dorothea estaba furiosa, dispuesta a librar batalla.

–¿La conoce usted?

Serena era presa de un profundo desánimo, pues no tenía manera de derrotar a Margaret Fullerton. Y después de cinco semanas en Nueva York, la joven se daba cuenta de que su suegra estaba dispuesta a liquidarla. Antes de decidirse a ir a Nueva York había temido que ocurriera; no obstante, se había engañado a sí misma con la falsa esperanza de que sus temores fuesen infundados.

–Sólo de nombre. Pero por Dios que ahora siento curiosidad por conocerla personalmente.

Serena esbozó una desvaída sonrisa.

–Lo lamentaría. Comparado con ella, Atila parecería un mariquita.

Dorothea miró a su nueva modelo fijamente a los ojos.

–No se engañe usted, jovencita. Esa mujer acaba de encontrar la horma de su zapato.

–Hay una diferencia. Usted no está corrompida. –Serena se recostó en el respaldo de su butaca, completamente exhausta–. Lo único que puedo hacer es renunciar y regresar a San Francisco.

–Si hace eso –replicó Dorothea sin apartar los ojos de su rostro–, la demandaré. Usted ha firmado un contrato con esta agencia, y tanto si le gusta como si no, voy a obligarla a cumplirlo.

Serena sonrió por la manera con que aquella mujer buscaba protegerla.

–Si me quedo, perderá a todos sus clientes.

–Ella no es la dueña de todas las grandes empresas de Nueva York. Y por cierto que quiero verificar hasta qué punto está vinculada con esa línea de cosméticos.

–No quiero pensar...

–Eso es. No piense. No es necesario que lo haga. Componga ese maquillaje. Dentro de quince minutos tiene un compromiso.

–Señora Kerr, le ruego...

–Serena...

La directora de la agencia contorneó el escritorio y, sin decir nada más, rodeó a Serena con sus brazos.

–Querida, has sufrido más contratiempos que ninguna otra mujer que yo conozca. No voy a consentir que te vapuleen. Necesitas a alguien que te proteja. –Su voz se convirtió casi en un susurro–. Necesitas una amiga, pequeña. Es lo menos que puedo hacer por ti.

–¿Pero eso no redundará en perjuicio de la agencia?

La voz de Serena volvía a denotar temor.

–Más nos perjudicarías si te fueras. Pero no es por eso que deseo que te quedes. Te pido que no te rindas porque quiero que les des una lección a esos bastardos. Serena, la única manera de hacerlo es mantenerte firme en tu sitio. Hazlo por mí..., por ti misma... –Y entonces jugó su carta de triunfo–. Hazlo por tu marido. ¿De veras crees que él querría verte huir de su madre?

Serena sopesó aquellas palabras antes de contestar.

–No.

–Bien. Entonces, libremos esta batalla codo a codo. Voy a poner a esa vieja perra en su lugar, aunque tenga que ir a verla en persona.

Y Serena se dijo que era muy capaz de hacerlo.

–No lo haga.

–¿Puedes darme alguna buena razón para no hacerlo?

–Eso desencadenaría una guerra abierta.

–¿Qué crees que se está librando ahora? Telefoneó a un laboratorio de productos de belleza y a una agencia de publicidad, y te metió en un brete. Yo diría que la guerra es bastante abierta. –Serena sonrió ligeramente–. Déjalo todo en mis manos. Tú cumple con tu trabajo. Yo cumpliré con el mío. Pocas veces se me presenta la oportunidad de luchar por una persona que me simpatice, y tú me simpatizas.

–Usted también me simpatiza a mí. Y no sé cómo agradecérselo.

–No me agradezcas nada. Ahora a lo tuyo. Les avisaré que vas a llegar con un poco de retraso.

Azuzó a Serena para que abandonara el despacho, y ésta, antes de llegar a la puerta, se volvió con una sonrisa en los labios y musitó:

–Gracias.

Cuando la puerta se hubo cerrado, Dorothea Kerr tenía los ojos humedecidos por las lágrimas, y al cabo de diez minutos ya estaba con el teléfono en la mano, concertando una entrevista con Margaret Fullerton.

La reunión entre Dorothea Kerr y Margaret Fullerton fue breve, pero no muy apacible. Cuando Margaret se enteró del motivo de aquella visita, sus ojos se endurecieron como el hielo. Sin embargo, eso a Dorothea le importaba un comino. Advirtió a su oponente que no se interpusiera en la carrera de Serena; en caso contrario, sin vacilar un instante, Dorothea la demandaría por ello.

–¿Debo entender que es usted su representante?

–No; soy la presidenta de su agencia. Y hablo en serio.

–Yo también, señora Kerr.

–Entonces nos entenderemos perfectamente.

–Debo sugerirle que su representada cambie de nombre. Ya no tiene derecho alguno a utilizarlo.

–Legalmente tiene todo el derecho, según creo. Pero eso no tiene importancia. Ella no usa el nombre de usted, sino su propio título.

–Característicamente vulgar. –Margaret Fullerton se puso de pie–. Creo que ya ha dicho todo cuanto tenía que decir.

–No todo, señora Fullerton. –Dorothea se irguió en

toda su estatura. En su juventud había sido una alta y bellísima modelo–. Quiero que sepa que esta misma mañana he contratado los servicios de un abogado para Serena, a quien se le informará detalladamente del hostigamiento de que la joven ha sido víctima por parte de usted, y que ya ha perdido un trabajo por su culpa. Si provoca ulteriores inconvenientes, sepa usted que la prensa tendrá un día de interesante actividad. A sus selectos amigos no les encantará leer sobre usted en el *Daily News*.

–Ésa es una amenaza sin fundamento.

Pero era evidente que Margaret Fullerton se había puesto lívida. Jamás había sido amenazada de aquella forma, y pocas veces se había enfrentado con un oponente que estuviese a su altura, y mucho menos una mujer.

–En su lugar, yo no desafiaría a mi buena estrella. Pienso cumplir todo cuanto le he dicho. Serena será la modelo más cotizada de esta ciudad, a pesar de su interferencia; por lo tanto será mejor que vaya haciéndose a la idea.

Cuando llegó al umbral de la puerta, antes de trasponerlo volvió la cabeza y por encima del hombro agregó despectivamente:

–Supuse que estaría usted preocupada después de todo lo que hizo. Tarde o temprano, esas cosas salen a la luz, ¿sabe? Y sospecho que cuando ocurra no le gustará en absoluto.

–¿Es eso una amenaza? –preguntó Margaret Fullerton mirando de hito en hito a su oponente, mientras le temblaban las manos.

–En realidad sí –repuso Dorothea, sonriendo dulcemente.

Capítulo 37

Para el verano siguiente, Kerr había elevado la tarifa a doscientos dólares la hora, y «La princesa» estaba en boca de todos los neoyorquinos y era una codiciada presa para todos los fotógrafos del país. Dorothea Kerr vigilaba de cerca la evolución de su carrera y controlaba con mano férrea todos sus actos, con el beneplácito de Serena. Ésta valoraba la orientación que le brindaba la experimentada mujer, y se habían hecho grandes amigas. Raras veces se veían fuera de los horarios de trabajo, pero pasaban largas horas conversando en el despacho de Dorothea, y los consejos que ésta le ofrecía eran siempre excelentes. Lo eran, en particular, con respecto a Margaret Fullerton, quien por el momento había dejado de constituir un problema. Serena era demasiado popular y gozaba de demasiado éxito como para que los infamantes dardos de la mujer surtieran efecto alguno. Y Dorothea lo celebraba por ella.

–Espero que disfrutes de todo esto, Serena, porque es divertido mientras dura, pero no dura eternamente. Amasarás una fortuna. Invierte bien el dinero y ten en cuenta que sólo se te dará por corto tiempo.

Sin embargo, estaba impresionada por la forma en que Serena manejaba sus finanzas y por su intachable conducta. Se desvivía por su hijita, y Dorothea sospechaba que había pocos hombres en su vida; y aun en esos casos, debía de hacer gala de una gran prudencia. Desde la muerte de su esposo, no había habido nada serio en sus relaciones sentimentales.

Ese verano se cumplió un año de su estancia en Nueva York, y estaba tan ocupada que apenas podía pasar unos minutos en compañía de Teddy. Afortunadamente, Vanessa se encontraba en un campamento por dos meses.

Para mediados de agosto, Serena tenía tantos compromisos profesionales que tuvo que pedirle a Dorothea que dejara de tomar tantos. Necesitaba una temporada de descanso, y había resuelto tomarse una semana, por lo menos, antes de que regresara Vanessa.

–¿No puedes posponer los compromisos por un par de semanas? –pidió a Dorothea con ojos implorantes.

Dorothea examinó la lista de clientes que solicitaban a Serena y luego le sonrió con astuta expresión.

–Eres una dama afortunada, Serena. Sólo tienes que echar un vistazo a esta lista.

Se la entregó a Serena, quien sacudió la cabeza al tiempo que se dejaba caer en una butaca con un gruñido.

–Veré lo que puedo hacer –le aseguró Dorothea, repasando la lista de nuevo–. El único al que no creo poder posponer es Vasili Arbus.

–¿Quién es ése?

–¿No le conoces? –le preguntó Dorothea, sorprendida.

–¿Acaso debería conocerle?

–Los británicos lo consideran un émulo de Andy Morgan. Es medio inglés y medio griego, y está completamente loco. –Se quedó un instante pensando en él–. Pero sus trabajos son extraordinarios.

–¿Tanto como los de Andy?

Dorothea sopesó la pregunta.

–No lo sé. Es realmente bueno. Su trabajo es diferente. Ya lo verás.

–¿Tengo que hacerlo?

–No tenemos otra alternativa. Te contrató hace tres meses, desde Londres, para un trabajo que debía realizar aquí. Pasará sólo unas semanas en Nueva York, para cumplir con algunos de sus clientes norteamericanos, y luego regresará a Londres. Tengo entendido que tiene una casa allí, otra en Atenas, un apartamento en París y una villa en el sur de Francia.

–¿No hace más que viajar o también trabaja? –preguntó Serena.

Por alguna razón, el mero sonido de su nombre le causaba fastidio. Daba la impresión de ser un niño bien, y ella ya había tenido ocasión de conocer a unos cuantos de esa especie. *Playboys* internacionales que se ocultaban tras una cámara, con el fin de utilizarla para pescar a las chicas. Y no era eso lo que ella quería. Como decía Dorothea, ella era una profesional, y como tal trabajaba.

Vasili Arbus no era de su agrado.

Dorothea la observaba por encima de sus gafas.

–¿Por qué no le das una oportunidad? –Y luego, con estudiada deliberación, agregó–: Como fotógrafo, claro, no como hombre. Es encantador, pero Vasili Arbus no es la persona indicada para un idilio. Aunque eso no quiere decir que tú vayas a enredarte con él.

Sonrió a Serena, quien pareció encontrarlo divertido.

–Debo de ser conocida en el ambiente como «La Doncella de Hielo» –acotó sonriendo.

–No lo creo, Serena –repuso Dorothea, meneando la cabeza–. Creo que los tipos ya saben que no andas tonteando por ahí. Sospecho que eso hace que se sientan cómodos trabajando contigo. En lo que al trato se refiere, no existen otras expectativas que las estrictamente profesionales.

–Bueno, espero que ese señor Arbus así lo entienda.

Dorothea no pudo reprimir una sonrisa.

–Debo admitir que con él quizá tengas problemas.

–¿Ah, sí?

Serena arqueó una de sus aristocráticas cejas. Ella nunca tenía problemas con nadie, porque los eludía.

–Ya verás. Es como un niño encantador, pero muy grande.

–Estupendo. Yo quiero irme de vacaciones, y tú me obligas a posar para un *playboy* aniñado.

Dorothea se quedó pensativa un segundo. Sin saberlo, Serena había hecho una descripción perfecta de Vasili. Eso era exactamente: un *playboy* aniñado.

–De cualquier manera, mira qué puedes hacer. Si no te es posible cancelar ese compromiso, lo cumpliré. Espero que termine pronto y yo pueda irme de esta ciudad infernal, mientras el resto de mi familia aún esté fuera.

–Haré lo que pueda.

A la mañana siguiente, Dorothea le informó que había logrado posponer todas las citas con excepción del compromiso con Vasili Arbus, quien la esperaba en su estudio aquella misma tarde a las dos.

–¿Tienes alguna idea del tiempo que le llevará tomar las fotos?

–Él supone que un par de días.

–Estupendo.

Serena lanzó un suspiro. Sacrificaría aquellos dos días, y luego podría irse a cualquier parte para descansar un poco.

Se presentó en la dirección que le habían dado en la agencia a las dos y media. El ayudante de Vasili Arbus, un joven muy atractivo, la condujo hasta el estudio.

–Hemos visto muchas cosas tuyas, Serena –le dijo el joven, mirándola con admiración–. A Vasili le gustaron mucho.

–Gracias.

–¿Quieres una taza de café?

–Gracias. ¿Puedo empezar a maquillarme?

–Tranquilízate. No vamos a trabajar esta tarde. Vasili sólo desea conocerte.

¿A doscientos dólares la hora? Serena se sintió un poco sorprendida.

–¿Cuándo empezaremos a trabajar?

–Mañana. Pasado. Cuando Vasili esté dispuesto.

¡Oh, demonios! Mientras se conocían, sus vacaciones podrían esfumarse como el humo.

–¿Siempre actúa así?

A Serena le parecía una tontería. Si había trabajo que hacer, ella deseaba hacerlo y marcharse a su casa.

–A veces. Cuando el cliente es importante, y la modelo, nueva. Para Vasili es muy importante conocer a sus modelos.

–¿Ah, sí? –exclamó Serena, con cierta irritación en la voz.

Ella no estaba allí para jugar con Vasili. Había ido para posar ante la cámara y nada más. Sin embargo, cuando se disponía a decirle algo más al ayudante, presintió la presencia de alguien a sus espaldas y, al volverse, se encontró con un hombre que la miraba a los ojos con tal magnetismo que se le cortó el aliento. La había sorprendido al encontrarse tan cerca de ella, pero todo en él resultaba sorprendente. Su cabello resplandecía como el ónix; sus ojos semejaban gemas negras, y chispeaban risueños; tenía un rostro anguloso y prominentes pómulos, una boca carnosa y sensual, y un bronceado que otorgaba un tono casi de miel a su piel. Era alto y de anchos hombros, estrechas caderas y largas piernas. En verdad, parecía más uno de sus propios modelos que un fotógrafo. Llevaba una camiseta deportiva de color rojo, unos tejanos y sandalias.

–Hola. Yo soy Vasili.

Hablaba con un ligero pero marcado acento, una interesante mezcla de inglés británico y griego. Tendió la mano a Serena y ella se la estrechó, como fascinada, hasta que de pronto soltó una risita por la turbación que la había embargado tontamente.

–Y yo Serena.

–¡Ah! –Él alzó una mano como para imponer silencio–. «La princesa.»

Hizo una reverencia y luego se irguió con una amplia sonrisa, pero a pesar del aire burlón, sus ojos parecían acariciarla, y Serena experimentó una atracción casi irresistible por aquel ancho pecho y aquellos poderosos brazos.

–Me alegra que pudiese venir hoy para conocernos.

–Pensé que sería para trabajar.

–No –replicó él, levantando de nuevo la mano con gesto imperioso–. Nunca. Nada de eso, tratándose de un trabajo tan importante como éste. Mis clientes siempre se hacen cargo de que tengo que familiarizarme con el tema.

–¿Qué es lo que vamos a fotografiar?

–A usted.

Serena adoptó una actitud distinta, mientras los ojos de él recorrían todo su cuerpo. Parecía que su mirada no iba a separarse jamás de ella. Serena tenía la impresión de que podía sentir su contacto, y experimentó un extraño estremecimiento en lo más íntimo de su ser. Se trataba de un impulso al que ella se resistía, una sensación que simulaba no percibir; y sin embargo, por un instante tuvo el presentimiento de que Vasili Arbus iba a desempeñar un papel importante en su vida. Con un esfuerzo, dejó de pensar en él y retomó el hilo de la conversación.

–¿Quién es el cliente?

Él se lo dijo, y Serena asintió con la cabeza. La fotografiaría con niños, con dos modelos masculinos y sola, para un importante anuncio de un nuevo automóvil.

–¿Sabe conducir?

–Claro.

–Bien. Yo no tengo permiso para conducir en este país. Usted me llevará a la playa y allí sacaremos las fotos.

Por doscientos dólares la hora no solían pedirle que hiciera de chófer, pero en el trato con Vasili Arbus todo parecía tan natural, tan simple y tan amable que uno no podía por menos que hacer lo que él decía. Vasili la observaba con interés, y Serena supuso que estaba estudiando los ángulos de su cara para las fotografías, pero lo cierto era que se sentía como desnuda bajo aquella escrutadora mirada. Ella estaba acostumbrada a posar de una manera casi anónima, después de llegar a un lugar y de maquillarse. Le resultaba extraño y un poco embarazoso someterse a aquel ritmo tan pausado. Se sentía demasiado conspicua mientras él la miraba, como si pudiese ver lo que ella era y lo que no era al mismo tiempo: no sólo «La princesa», la creación de la Agencia Kerr, sino también alguien de carne y hueso.

–¿Ha almorzado?

Serena se sobresaltó. En el curso del año que llevaba en Nueva York haciendo de modelo, nadie le había preguntado jamás si estaba cansada, si tenía hambre o si estaba enferma o exhausta. Nadie se había preocupado de averiguar si había almorzado o no.

–No... He salido tan deprisa...

–No –le interrumpió Vasili, agitando el dedo con que la apuntaba–. Jamás corra. Jamás.

Y acto seguido, con un gesto enérgico, dejó la taza de café, le dijo algo en griego a su ayudante y cogió un suéter Shetland de color verde brillante de una silla.

–Vamos –le dijo, tendiéndole la mano.

Sin pensar, ella la tomó. Ya casi habían llegado a la puerta, cuando de repente Serena se dio cuenta de que olvidaba sus cosas.

–Espere... Olvidaba mi cartera... –Y con cierto nerviosismo, preguntó–: ¿Adónde vamos?

–A comer algo. –Serena quedó fascinada por la nívea blancura de sus dientes–. No se preocupe, princesa. Volveremos.

Ella se sintió como una tonta por estar tan nerviosa a causa de aquel hombre, pero sus informales maneras la dejaban desarmada y no sabía qué pensar de él. En la calle aguardaba un Bentley plateado con chófer. Vasili subió al vehículo con aire desenvuelto y le dio al chófer instrucciones para que les llevara a un sitio que Serena no conocía. Sólo cuando cruzaron el puente de Brooklyn, la joven comenzó a inquietarse.

–¿Adónde vamos?

–Ya se lo he dicho. A almorzar. –Entonces la miró entrecerrando los ojos–. ¿De dónde es usted?

Serena vaciló antes de contestar, pues no estaba segura de haber comprendido la pregunta.

–De Nueva York... –Y añadió–: De la Agencia Kerr.

Pero él se echó a reír.

–No, no. Quiero decir dónde nació.

–¡Oh! –Ella lanzó una risita nerviosa–. En Roma.

–¿Roma? –Vasili la miró, asombrado–. ¿Es usted italiana?

–Sí.

–Entonces el título... ¿es auténtico? –Estaba estupefacto, y ella asintió con la cabeza–. ¡Bueno, que me cuelguen! –Se volvió de lado en el asiento hasta quedar de cara a ella–. Una auténtica princesa. –Y repitió en italiano–: *Una vera principessa*. –Le tendió la mano para saludarla formalmente a la manera italiana–. *Piacere*. –Le besó la mano con aire divertido–. Mi bisabuelo inglés era conde. Pero su hija, mi abuela, se casó con alguien de nivel inferior, un hombre que poseía una fabulosa fortuna pero sin lazos de sangre con la aristocracia. Ganó muchísimo dinero comprando y vendiendo fábricas y comerciando con el Lejano Oriente; y su hijo, mi padre, debió de ser un hombre con algo de loco. Patentó una serie de artefactos para la industria naviera y luego se vinculó con empresas de navegación que recorrían las rutas hacia Sudamérica y el Lejano Oriente. Por fin, se casó con mi madre, Alexandra Nastassos; ambos se mataron en un accidente sufrido en un yate cuando yo tenía dos años. Eso explica –agregó en un susurro, inclinándose hacia ella– por qué yo también estoy algo loco. Sin padre y sin madre. Me crió la familia de mi madre, porque los padres de mi padre por aquel entonces ya habían muerto. De modo que crecí en Atenas. Fui a Eton, en Inglaterra, porque supusieron que a mi padre le hubiera gustado que me educara allí. Me expulsaron de Cambridge –siguió diciendo con orgullo–, me trasladé a París y me casé. Y a partir de entonces todo se tornó muy aburrido. –La radiante sonrisa brilló ante los ojos de Serena en todo su esplendor–. Ahora cuénteme su historia.

–¡Santo Dios! ¿En veinticinco palabras o en menos? –le preguntó ella sonriendo, si bien un poco impresionada por lo que él le había contado.

Sólo el nombre de Nastassos era suficiente para infundir temor a cualquiera. Se trataba de una de las más importantes familias navieras de Grecia. Y ahora que lo pensaba, tenía la impresión de haber oído hablar de él. Vasili Arbus era la oveja negra de la familia, y le parecía recordar que se había casado varias veces. La tercera vez que contrajo matrimonio, la noticia apareció en la primera plana de los diarios de San Francisco: la novia era una prima lejana de la reina.

–¿En qué está pensando?

La miraba como un niño, con franca expresión, mientras se desplazaban en el enorme coche plateado, que el chófer conducía con la vista impasiblemente clavada al frente.

–Pensaba en que me parecía haber leído algo sobre usted –repuso, mirándole francamente.

–¿De veras? –exclamó él, divertido–. Veamos, no pudo haber sido sobre mi boda con Brigitte, pues ella era mi primera esposa, y ambos teníamos diecinueve años. Era la hermana de un muchacho que conocí en Eton. Sin embargo, sobre mi segunda esposa, Anastasia Xanios, podría ser. Tal vez leyó algo acerca de ella, o de Margaret –la miró con sus grandes ojos negros–, la prima de la reina.

–¿Cuántas veces ha estado casado?

–Cuatro.

–Entonces ha olvidado una de ellas.

–La última.

–¿Quién era?

Serena aún no había comprendido que ésa no había sido una mujer como las otras.

–Era..., era francesa. Una modelo. –Miró a Serena con ojos sombríos, trágicos–. Murió a causa de una sobredosis el pasado mes de febrero. Se llamaba Hélène.

–¡Oh, lo lamento! –Impulsivamente, le tocó la mano–. De veras. Yo también perdí a mi marido.

No podía dejar de pensar en el dolor que debió de experimentar cuando murió su última esposa. Ella aún recordaba el increíble pesar causado por la muerte de B. J., a despecho de haber transcurrido ya más de cuatro años.

–¿Cómo murió su marido? –le preguntó Vasili, mirándola con ternura.

–En Corea. Él fue una de las primeras víctimas, pocos días antes de comenzar la guerra.

–Entonces ya sabe lo que es eso. –La miró de una manera enigmática–. Es tan extraño... Todo el mundo bromea al respecto... Casado cuatro veces..., otra esposa más... Pero cada vez es diferente. Cada vez... –Miró a Serena; ésta casi sentía deseos de llorar–. Cada vez amo como si fuese la primera... Y Hélène era sólo una niña. Tenía veintiún años.

Serena no le preguntó por qué lo había hecho. Supuso que la joven se había suicidado con somníferos. Era la única sobredosis que cabía en su mente: la de algún medicamento. Él sacudió la cabeza y estrechó fuertemente la mano de Serena.

–A veces, la vida es extraña. Raras veces la comprendo. Pero desde entonces ya no trato de hacerlo. –Inclinó la cabeza hacia un lado esbozando una sonrisa pueril–. Vivo al día. –Con un quedo suspiro, añadió–: Tengo mi trabajo, mis amigos y los compañeros de profesión. Y cuando estoy detrás de la cámara, me olvido de todo.

–Es usted afortunado. –Serena sabía por experiencia que trabajar duramente mitigaba el dolor–. ¿No tiene hijos, Vasili?

–No –repuso éste con tristeza; y acto seguido, encogiéndose de hombros, forzó una sonrisa–. Tal vez aún no he encontrado a la mujer adecuada. ¿Y usted tiene hijos, Serena?

–Una niña –repuso ella, y se le iluminaron los ojos.

–¿Cómo se llama?

–Vanessa.

–Perfecto. Y es rubia y se parece a usted como una gota de agua a otra.

–No. Es rubia, pero se parece a su padre –replicó Serena, riendo.

–¿Era muy guapo? –inquirió Vasili, intrigado.

–Sí.

Pero Serena parecía encontrarse muy lejos ahora. ¡Cuatro años era tanto tiempo!

–No te preocupes, pequeña.

Vasili se inclinó hacia ella y le dio un beso en la mejilla. Serena tuvo que recordarse a sí misma que él no era un amigo sino un fotógrafo con quien tendría que trabajar. Sin embargo, se le hacía difícil aceptar que no le conocía desde hacía años. Se sentía muy cómoda en su compañía, y cautivada por él, como si la hubiese secuestrado para llevarla a un país extranjero. Cuando el coche se detuvo al cabo de unos instantes y descendieron de él, Serena se dijo que quizás eso era lo que Vasili había hecho. Se encontraban en un restaurante especializado en cocina marinera, en Sheepshead Bay. El aspecto exterior no era muy alentador, pero una vez dentro, el rico olor de las almejas al vapor y de la mantequilla derretida, del pescado cocinado con hierbas y del pan recién horneado les hizo modificar la impresión que habían recibido al llegar. Almorzaron opíparamente, sin que nadie les molestara. Eran casi las cinco de la tarde cuando abandonaron el salón comedor.

–Ha sido estupendo.

Serena se sentía satisfecha, cómoda y tranquila. Le hubiera gustado poder tumbarse en algún sitio para echar una siestecita. Vasili le pasó el brazo por los hombros. Miró a su acompañante brindándole una sonrisa, al tiempo que él se hacía a un lado con una reverencia; el chófer abrió la portezuela del coche y ella se instaló en el asiento trasero. Una vez sentado junto a ella, Vasili dio instrucciones al chófer, y a los pocos minutos Serena pudo darse cuenta de que no se dirigían de vuelta a casa.

–¿Acaso se trata de otra aventura?

Vasili, empero, se limitó a sonreírle mientras le cogía la mano. Por su parte, ella ya no se inquietaba por el tiempo ni por la situación. No tenía dónde ir, salvo a su casa, y allí no había nadie.

–¿Adónde vamos?

–A la playa.

–¿A estas horas?

–Deseo admirar la puesta de sol en tu compañía, Serena.

Le pareció una idea absurda, pero Serena no puso objeción alguna. Se encontraba más a gusto con aquel hombre que con cualquier otro de los que había conocido en los últimos tiempos. Más aún: era feliz. Vasili le insuflaba una alegría de vivir que ella no recordaba haber experimentado desde hacía muchos años, si es que alguna vez la había sentido.

El chófer sabía el lugar exacto al que Vasili deseaba ir, y conducía el coche por una serie de horribles barrios suburbanos, hasta que llegó al sitio deseado y estacionó el enorme Bentley junto a un pequeño malecón, al que estaba amarrado un transbordador que se mecía en el agua. Habían llegado a tiempo: ya había una media docena de pasajeros a bordo.

–Vasili. –Por primera vez, Serena parecía preocupada–. ¿Qué es esto?

–El ferry que va a Fire Island. ¿Has estado allí alguna vez? –Ella negó con la cabeza–. Te encantará. –Parecía tan seguro de lo que hacía que Serena dejó de inquietarse–. No nos quedaremos mucho tiempo. Sólo un rato, para admirar el crepúsculo y pasear por la playa; luego volveremos a casa.

Por alguna extraña razón, Serena confiaba en él. Todo en aquel hombre le causaba la sensación de que a su lado se encontraría a salvo.

Subieron al transbordador cogidos de la mano, y partieron hacia Fire Island. La travesía duró media hora; desembarcaron en un estrecho malecón de la isla, y luego él la llevó directamente a una playa tan espectacular que Serena se quedó sin aliento. Una extensión de kilómetros y kilómetros de arena blanca que se adentraba en el océano, el cual la besaba con suaves olas de nívea cresta.

–¡Oh, Vasili, es increíble!

–¿Verdad que sí? –Sonrió–. Me recuerda a Grecia.

–¿Vienes aquí a menudo?

Vasili meneó la cabeza lentamente, fijando sus ojos ardientes en los de Serena.

–No, Serena. Pero quise venir contigo.

Ella asintió con la cabeza, y luego se volvió, sin saber

qué decir. No quería seguirle el juego a Vasili. ¡Pero era tan franco y tan atractivo! Poseía un magnetismo que a Serena le resultaba irresistible. Caminaron un rato por la playa, hasta que se sentaron para contemplar la puesta de sol; permanecieron allí durante lo que parecieron horas, sumidos en la creciente oscuridad, cada uno perdido en sus propias ensoñaciones. Por fin, él se puso en pie y la ayudó a levantarse. Serena llevaba las sandalias metidas en los bolsillos, y el cabello suelto, agitado por la brisa. Vasili le acarició suavemente la mejilla, se inclinó sobre ella y la besó, antes de emprender el camino de regreso por la playa hasta el malecón. Durante la travesía de vuelta en el transbordador, apenas hablaron, y Serena se quedó asombrada al darse cuenta de que se había quedado dormida unos minutos con la cabeza apoyada en el hombro de él. Vasili era la clase de hombre que inspiraba esa confianza. Cuando volvieron a estar instalados en el Bentley, él se burló de ella por haberse quedado dormida, y pasaron el resto del camino de vuelta bromeando y riendo. Una hora después de haber desembarcado al volver a Fire Island, Serena se encontraba ante su casa, y le resultaba difícil explicarse lo que había sucedido en las últimas ocho horas. Eran poco más de las diez de la noche, y ella tenía la sensación de haber regresado de un mágico viaje en compañía de aquel extraordinario hombre de ojos negros.

–Hasta mañana, Serena –le dijo él muy dulcemente, sin intentar besarla de nuevo.

Ella movió la cabeza, con una sonrisa, y agitó la mano a modo de saludo al cerrar la puerta. Subió la escalera como si estuviera flotando en sueños.

Capítulo 38

Así como el día anterior había sido tranquilo y cargado de magia, el día de labor en el estudio con Vasili fue pesadísimo y de consagración al trabajo. Él disparó su cámara sin cesar durante horas y horas, en el estudio, con el automóvil, con los modelos masculinos, con los niños, sacando primeros planos de Serena y también del coche solo. Ella le vio trabajar y se dio cuenta de que ni siquiera Andy Morgan lo hacía con tanto ahínco. Vasili parecía dominado por una exaltación maníaca, y se movía llenando la estancia de una corriente eléctrica que se percibía físicamente. Cuando el día llegó a su fin, todos en el estudio estaban exhaustos. El propio Vasili estaba bañado de sudor, con la camisa azul marino pegada al cuerpo; se enjugó la cara y los brazos con la toalla y luego se dejó caer en una silla esbozando una amplia sonrisa. Sólo parecía tener ojos para Serena, y ella se sintió atraída por él como le sucedía en todo momento. Se sentó a su lado mirándole con una cálida sonrisa en los labios.

–Debes de sentirte muy satisfecho –le dijo con ternura.

–También tú, princesa. Has estado fantástica. Ya verás las fotos –replicó él, con la cara muy cerca de la suya.

–Supongo que hemos terminado –dijo Serena en tono de desencanto. Le sorprendió ver que él sacudía la cabeza–. ¿No? No es posible que quieras sacar más fotos, Vasili. Hoy hemos hecho todo lo imaginable.

–No, de ninguna manera –replicó él, tratando de parecer ofendido; sin embargo, la risueña expresión de sus ojos le traicionó–. Hoy sólo hemos hecho trabajo de estudio. Mañana nos toca hacerlo al aire libre.

Ella le hizo una mueca.

–¿Dónde?

–Ya lo verás.

Y así fue. Vasili había descubierto unas colinas y un pequeño cañón escarpado en Nueva Jersey, y allí ella tuvo que hacer ver que conducía el coche, descender de él, tumbarse sobre la capota, simular que cambiaba un neumático; cualquier cosa salvo poner en marcha el motor. Y al final del día, hasta lo encontró divertido. Vasili no sólo sabía familiarizarse con sus sujetos sino que, al parecer, también se familiarizaba con sus objetos. Cuando volvían a la ciudad juntos, ella le hizo bromas al respecto, y él la felicitó por su estilo.

–¿Sabes, princesa? Eres estupenda.

Serena le miró encantada, echándose hacia atrás unos mechones de sus rubios cabellos, al tiempo que se moría por acariciar los de Vasili.

–Tú también lo eres.

Esa noche la dejó en la puerta de su casa. Dos días más tarde, la llamó por teléfono.

–Ven a ver lo que hemos hecho.

–¿Cómo?

–Claro, princesa. Tengo las pruebas y los contactos para mostrártelos.

No era habitual que los viera la modelo antes que el cliente, pero Vasili estaba tan emocionado ante el resultado de su esfuerzo que deseaba que ella hiciera una escapada hasta el estudio y compartiera su entusiasmo. Las fotografías eran realmente geniales, merecedoras de un premio, notables; y Vasili estaba exultante. Cuando las vio, también lo estuvo Serena. Como también lo estuvo Dorothea Kerr en la agencia, y el cliente, y todos los que tenían algo que ver con aquel proyecto. A la semana siguiente, Dorothea Kerr volvió a contratarles para trabajar juntos otras cuatro veces.

–¡Mira quién ha llegado! –dijo ella bromeando, al entrar en su estudio por tercera vez–. ¿Aún no te has cansado de mi cara, Vasili?

Serena había deseado tomarse unas vacaciones, pero después de trabajar con él, desechó la idea. Resultaba más emocionante trabajar con Vasili, y sabía que él no permanecería en el país mucho tiempo. Además, existía aquel magnetismo en él que la atraía; y no la abandonaba el recuerdo de la puesta de sol que habían contemplado juntos en Fire Island. Cada vez que se reunían para trabajar, ella rememoraba aquellos momentos, así como cuando se había quedado dormida con la cabeza sobre su hombro en el transbordador. Aquellas remembranzas impartían una dulce expresión a su rostro, que luego se reflejaba en las fotografías, y la labor que ambos desarrollaban se asemejaba a un ballet o a un arte muy sutil.

–¿Cómo está hoy mi princesa?

Le dio un beso en la mejilla y luego le sonrió. El trabajo que tenían que hacer era una bagatela, y esta vez lo terminaron en pocas horas. Se conocían el uno al otro tan bien que cada vez se complementaban mejor y les resultaba más fácil obtener buenos resultados. Una vez terminó de sacar las fotos, Vasili se cambió de camiseta y, mirando a Serena por encima del hombro, le preguntó:

–¿Qué te parecería salir a cenar por ahí?

Sin vacilar un solo instante, ella contestó:

–Me encantaría.

Esta vez Vasili la llevó al Greenwich Village, a su restaurante favorito. Comieron espaguetis, champiñones y una ensalada gigantesca, con vino blanco, y luego pasearon por las calles saboreando unos helados a la italiana.

–¿Nunca sientes añoranza de Italia, Serena?

Ella vaciló antes de contestar meneando la cabeza.

–Ya no.

Entonces le contó todo cuanto había perdido allí, sus padres, su abuela, los dos *palazzi*...

–Ahora éste es mi sitio.

–¿Nueva York? –preguntó, sorprendido; ella asintió–. ¿No serías más feliz en Europa?

–Lo dudo. Hace mucho tiempo que no he estado allí. Viví unos meses en París con mi marido, pero ahora todo parece muy lejano.

–¿Cuán lejano?

–Ocho años.

–Serena –le dijo Vasili, mirándola fijamente, con los negros ojos brillando como por una especie de fuego–, ¿querrías trabajar conmigo en París o en Londres? Me gustaría tenerte a mano como modelo, y mi estancia aquí se termina.

Ella se quedó meditando sus palabras unos instantes. Era maravilloso trabajar con él, y juntos daban vida a algo muy raro. Se establecía una corriente misteriosa entre ambos, que ella no sabía definir, pero que se manifestaba en las imágenes fotográficas.

–Sí, siempre y cuando pudiese hacer los arreglos necesarios para que mi hija quedara bien atendida.

–¿Cuántos años tiene?

–Casi ocho.

Él sonrió.

–Podrías llevarla contigo.

–Tal vez, si fuese tan sólo por unos cuantos días. Tiene que ir a la escuela.

Vasili asintió con la cabeza.

–Pensémoslo un poco más.

–¿Cuándo te vas?

Serena le miró con cierto desconsuelo mientras cruzaban Washington Square y salían del Village.

–No lo sé. –La contempló con extraña expresión–. Aún no lo he decidido. Pero ya casi he terminado con todos los compromisos que me trajeron aquí. –Entonces se encogió de hombros, con la despreocupación de un colegial extraordinariamente guapo–. Quizá debería tratar de conseguir más trabajos. ¿En qué estás pensando?

Serena levantó los ojos hacia él con una sonrisa.

–En que me gusta trabajar contigo y te echaré de menos. –Y casi tímidamente, añadió–: Nunca me había enredado con ninguno de los fotógrafos con que he trabajado hasta ahora.

–Eso es lo que me dijo Dorothea. –La miró con expresión provocadora–. Me dijo que eras una profesional y que yo no debía intentar hacerte caer con ninguna de mis añagazas.

–¡Ajá! ¿Así que generalmente te vales de añagazas? –le preguntó ella, siguiéndole la broma.

Sin embargo, él no bromeaba cuando le respondió:

–Algunas veces. Serena... –Pareció titubear, y luego resolvió decírselo–. Verás, no siempre soy una persona muy circunspecta. ¿Te importa eso?

–No lo creo –le contestó ella rápidamente; pero no estaba muy segura de lo que él había querido decir.

Todos los fotógrafos eran un poco alocados a veces. Vasili no era el único. Lo único chocante en él era el hecho de haberse casado cuatro veces.

De repente, él se detuvo y se volvió de cara hacia ella.

–Sabes, eres una mujer tan fuera de lo común que a veces no se cómo decirte lo que estoy pensando.

–¿Por qué no? –preguntó Serena frunciendo el ceño, pues temía haber sido demasiado estirada o quizá demasiado mojigata. Si habían de ser amigos, él tenía que poder mostrarse tal cual era sin sentirse cohibido por ella–. ¿Por qué no puedes decirme lo que piensas?

Se le nublaron los ojos, y Vasili se inclinó sobre ella y la besó tiernamente.

–Porque te amo. –El tiempo entonces pareció detenerse–. Ése es el motivo. Eres la mujer más adorable que he conocido.

–Vasili...

Ella bajó los ojos y acto seguido volvió a alzarlos para mirarle, pero él no la dejó continuar.

–Está bien. No pretendo que me ames. He sido un loco toda mi vida, y hay que pagar un precio por eso. –Exhaló un suspiro, esbozando una triste sonrisa–. Uno se torna inapropiado para unirse con una persona decente.

–No seas tonto.

Pero él levantó la mano de nuevo.

–¿Te casarías con un hombre que ha tenido cuatro esposas? –le preguntó, escrutándole los ojos con la mirada.

–Tal vez –repuso ella con voz aterciopelada–. Si le amara.

–¿Y crees que podrías amar a ese hombre..., si él te amara con toda su alma? –inquirió Vasili, en voz tan queda como la de Serena.

Como si fuera otra persona quien la obligara a hacer el gesto, Serena notó que asentía con la cabeza; y antes de darse cuenta de lo que sucedía, ya se encontraba entre los brazos de Vasili. Sin embargo, comprendió que aquello era lo que ella deseaba. Quería estar con él, ser suya, permanecer eternamente a su lado; y cuando él la besó esta vez, sintió que le devolvía el beso con todo su corazón.

Esa noche, Vasili la acompañó hasta su apartamento y se despidió en la puerta. La besó tan apasionadamente como antes, pero hizo un esfuerzo para separarse de ella sin trasponer el umbral. Sin embargo, a la mañana siguiente compareció con café recién hecho y *croissants*, una cesta llena de fruta y un ramo de flores; soñolienta, Serena le abrió la puerta en camisón, y se quedó pasmada al verle entrar. Lo que siguió a partir de aquel momento fue un noviazgo común y corriente a la antigua usanza. Permanecían juntos todos y cada uno de los minutos del día. Él había concluido su trabajo, y por fin ella se tomó las ansiadas vacaciones. Iban a la playa, al parque, al campo; se abrazaban, se besaban y se acariciaban. Pero no fue hasta ese fin de semana que ella fue al cuarto del hotel de Vasili. Éste se hospedaba en el hotel Carlyle, en una especie de *suite* con vistas al parque. Él la llevó allí con el único propósito de hacerle admirar el panorama; luego volvió a besarla, pero esta vez ninguno de los dos pudo contenerse más. Vasili la estrechó entre sus brazos con tanta ansia y con tanta pasión que ella no logró soportarlo, comprendiendo que no tenía sentido resistirse a lo inevitable. Se necesitaban y deseaban con demasiada vehemencia como para intentar refrenar los impulsos por más tiempo, por lo que se entregaron el uno al otro con una pasión tan desenfrenada que Serena llegó a dudar si lograrían resistir hasta el amanecer. Sin embargo, al despuntar el alba ambos estaban exhaustos, se amaban con toda su alma, y Serena tenía la sensación de pertenecerle para toda la eternidad. Ahora pertenecía a Vasili hasta la médula de sus huesos.

Lo terrible era que él debía partir hacia París a la mañana siguiente, y Teddy y Vanessa estarían de vuelta dentro de un par de días más.

Después de la primera taza de café, Serena se había quedado muy seria y callada.

–Todo saldrá bien, querida. Te lo prometo. Te reunirás conmigo en Londres.

–Pero, Vasili...

–Entonces, vente conmigo.

–Pero no puedo... Vanessa...

–Que venga ella también. Puede iniciar el año escolar en París o en Londres. Como habla francés, no habría problema alguno. –Y con una sonrisa, agregó–: No existe más complicación que la que tú misma creas.

–Eso no es cierto. No puedo arrancarla de aquí con el objeto de que yo pueda salir corriendo detrás de un hombre.

–No. –Vasili se puso serio–. Pero puedes llevarla contigo, si estás dispuesta a casarte con ese hombre. –Serena no replicó; se quedó mirándole fijamente–. Hablo en serio. Voy a casarme contigo, ¿sabes? La cuestión es saber cuándo estarás en condiciones de hacerlo. Creo que anoche ya resolvimos los restantes problemas. –Serena se ruborizó violentamente, y él la besó–. Te amo, princesa. Quiero que seas mía.

Pero ¿quién era realmente Vasili? Serena sintió que el pánico se adueñaba de ella. ¿Cómo podía hacer una cosa semejante? ¿Qué estaba haciendo? Pareció que Vasili le estuviera leyendo la mente.

–Deja de inquietarte, amor mío. Todo lo resolveremos, ya lo verás.

No obstante, ¿cómo podrían hacerlo a cinco mil kilómetros de distancia? Serena se puso de pie y se dirigió lentamente a la ventana. Su esbelto cuerpo de marfil tallado semejaba una estatua de mármol blanco en movimiento, y su sola contemplación reavivó el deseo de Vasili.

–Serena –le dijo en voz tan queda que no era más que un murmullo–, ¿quieres casarte conmigo?

A ella se le llenaron los ojos de lágrimas.

–No lo sé.

Sin embargo, comprendió que se había embarcado en una nave que marcaba un mar tempestuoso y que no podría gobernarla. Deseaba más a aquel hombre que a cualquier otro de los que había conocido desde la muerte de Brad. Parecía experimentar los mismos sentimientos que él, pero era como desplazarse a gran velocidad por las sinuosas vías de unas montañas rusas, cuyos gritos le cortaran la respiración. Aquella relación no estaba rubricada por la calma y la serenidad, sino por una pasión descarnada y un incesante estallido de deseo.

Vasili se le acercó, irguiéndose en toda su estatura y con los negros ojos fulgurantes como brasas encendidas.

–¿Te casarás conmigo, Serena?

No era una amenaza, pero sonó como un sonoro rugido. Vasili la atrajo a sus brazos, mientras ella contenía la respiración.

–Contesta.

Lentamente y como hipnotizada, Serena asintió con la cabeza.

–Sí.

Entonces la poseyó, tendidos ambos en el suelo del cuarto del hotel, y Serena lanzó gemidos de deseo y de placer.

Cuando todo hubo terminado, Vasili la contempló con una sonrisa triunfal.

–Hablando en serio, mi bienamada princesa. Quiero que seas mi esposa. ¿Tu respuesta también era en serio?

Ella hizo un lento gesto de asentimiento.

–Entonces, dilo, Serena. –Le sujetó los brazos contra el suelo, y por un instante a ella le pareció descubrir una sombra de locura en sus ojos–. Dilo. Di que serás mi esposa.

–Seré tu esposa –repitió ella, sin dejar de observarle.

–¿Por qué? –le preguntó, pero al hacerlo la expresión de su rostro pareció suavizarse, y de nuevo se volvió dulce y plácida–. ¿Por qué, Serena? –musitó con ternura.

–Porque te amo.

Capítulo 39

A la mañana siguiente Vasili partió hacia París, y Serena se quedó en el aeropuerto, con la vista fija en el avión. Todo había sido como un sueño. Cuando volvió a subir al Bentley y se trasladó a su apartamento, tenía la sensación de encontrarse en trance. ¿Habría sido sincero en lo que le había dicho? ¿Hablaba en serio al decirle que quería casarse con ella? ¿Cómo podía saberlo? Apenas le conocía. Ahora que se había ido, se sentía menos dominada por su fascinación. Y en cuanto a Vanessa... La niña ni siquiera le había conocido. El corazón le latía con fuerza al pensar en lo que había hecho. Sintió el impulso de tomar el teléfono y confesárselo a Dorothea, pero le daba vergüenza tener que admitir que se había enamorado con tanta facilidad de los atractivos de Vasili.

Aquella noche, mientras permanecía sentada mirando por la ventana, sonó el teléfono. Era Vasili desde París, diciéndole que la echaba de menos y deseando saber cómo estaba; su voz sonaba tan afable y tan sensual que Serena se sintió exultante de nuevo. A la mañana siguiente, el apartamento se inundó de flores. Había cuatro cestas llenas de rosas blancas para su princesa. Y al mediodía, Serena recibió una caja de Bergdorf Goodman, que contenía un espectacular abrigo de visón.

–¡Oh, Dios mío!

Se contempló en el espejo, con el abrigo sobre el camisón, preguntándose cómo explicaría su posesión; una vez más, le vino a la mente la magnitud de lo que había hecho. Al cabo de dos horas tenía que ir a esperar a Vanessa a la estación Grand Central, y sabía que Teddy regresaría de Newport a última hora de la noche. Deseaba decirle algo acerca de lo ocurrido, pero se le hacía difícil explicarle lo de Vasili. ¡Todo había sucedido tan rápidamente y de una manera tan violenta! Estaba un poco nerviosa, mientras meditaba sobre lo sucedido, cuando volvió a sonar el teléfono. Era Vasili. Quería que se reuniera con él en Londres por unos días, a la semana siguiente. A Serena le pareció que si accedía, tendría al menos la oportunidad de analizar sus sentimientos con más detenimiento. Aceptó enseguida, le agradeció inmensamente el abrigo y le dijo que, en realidad, no podía aceptarlo. Sin embargo, él insistió. Cuando hubieron colgado, volvió a meterlo en la caja y luego lo escondió dentro de una maleta.

Cuando llegó el momento de partir, se sentía muy nerviosa. Lloró al despedirse de Vanessa. Su sentimiento de culpa le daba el convencimiento de que el avión se estrellaría; estaba segura de que aquel viaje sería un desastre, y en realidad no tenía deseos de ir. No obstante, algo la impulsaba a hacerlo; y para cuando se encontrara a mitad de camino del aeropuerto Shannon, donde haría la primera escala, estaba tan excitada que apenas podía respirar. El recuerdo de los seres queridos que había dejado atrás se había esfumado, y tan sólo podía pensar en Vasili, que la esperaba al final del vuelo. Cuando se encontró con él en Londres, el encuentro fue jubiloso.

Vasili la llevó a su casa en Chelsea y le hizo el amor en el bonito dormitorio azul y blanco del segundo piso. Resultó que el compromiso de trabajo había sido cancelado; pero como compensación él había programado una serie de recepciones, y comenzó a llevar a Serena a todas las reuniones sociales de alto vuelo. La temporada en Londres aún no se encontraba en su apogeo, pues todavía estaban a principios de septiembre, pero a Serena le pareció que nunca había concurrido a tantas fiestas en tan pocos días. Vasili le presentó a todas las personalidades que se le ocurrían; la llevaba a hacer largos paseos románticos por el parque; iba de compras con ella por Chelsea, y a Hardy Amies y a Harrods, y luego almorzaban y cenaban en los restaurantes más acogedores e íntimos. Vasili parecía enorgullecerse de presentarla a cuanta persona se le cruzaba en el camino. Al segundo día de estar allí, apareció en el periódico una nota sobre ellos. «¿Quién es la espectacular y flamante novia de Vasili Arbus? Se dice que la arrebatadora rubia italiana es una princesa, y la verdad es que lo parece. ¿No hacen una pareja encantadora?» Al tercer día, alguien se ocupó de reunir varias fotos con el nombre de Serena aparecidas en revistas de modas, y los periódicos se atrevieron a formular ciertas conjeturas. LA PRINCESA SERENA ¿SERÁ LA NÚMERO CINCO DE VASILI ARBUS? Aquel titular hizo estremecer a Serena, recordando que muy a menudo las noticias de Londres eran reproducidas en Nueva York. Pero a fines de semana ya se había acostumbrado a los chismes y tenía la impresión de que siempre habían formado parte de su vida.

Serena le llevaba café y *croissants* a la cama, y él le hacía prolongados masajes preñados de sensualidad por la noche. Charlaban hasta altas horas de la madrugada, y ella observaba a los amigos de Vasili más bien intrigada. A juzgar por lo que veía, tenía la sensación de que se trataba de un grupo de gente alegre y despreocupada, pero Serena pensaba que quizá con el tiempo descubriría en ellos a algunas personas notables. En realidad, no podía decir que le disgustara el estilo de vida de Vasili. Su estudio era fabuloso y muy eficiente; su casa era encantadora, y él mismo, un artista de talento e ingenio, capaz de una gran ternura y dotado de un agudo sentido del humor y un acendrado buen gusto. En muchos aspectos, podía decirse que poseía todo aquello que una mujer podía desear en un hombre. Sin embargo, Serena tenía la impresión de que aún no le conocía lo suficiente, a pesar de que era evidente que él la amaba, como lo era también su mutua pasión. Parecían pasarse horas interminables haciendo el amor, y una y otra vez él la instaba a casarse cuanto antes. Y aunque ella creía que debía posponerlo por un tiempo, en el fondo no quería hacerlo; deseaba estar con él en todo momento, todas y cada una de las horas del día. Ya no podía concebir la vida alejada de él. Por su parte, Vasili quería que se casaran en Navidad. Cuando Serena le exponía sus dudas y temores ante su boda tan precipitada, sobre todo por los efectos que podía provocar en Vanessa, él los desechaba con un gesto.

–No quiero esperar más. No es justificable. Deseo que podamos vivir juntos, compartiendo las horas de trabajo, de diversión, de relación con los amigos. Podríamos tener un hijo, Serena. Yo ya tengo treinta y nueve años. No puedo esperar a que seas mía para siempre.

–Deja que lo resuelva cuando vuelva a casa. Tengo que explicárselo a Vanessa.

–¿Aún quieres casarte conmigo? –inquirió él, repentinamente alicaído.

Serena se inclinó hacia él y le besó en los labios.

–Claro. Lo único que no quiero es causarle trastornos a Vanessa a causa de una decisión demasiado precipitada.

Y además, tendría que contárselo a Teddy. Se preguntaba cuál sería su reacción. Sin embargo, Vasili no cejaba en su insistencia.

Cuando Serena descendió del avión en el aeropuerto Idlewild de Nueva York, Teddy la estaba esperando. Lo notó extrañamente serio, y Serena percibió enseguida la nube de tristeza que ensombrecía sus ojos. Él la besó como de costumbre, y cuando por fin hubieron recogido las maletas y subido al coche, Teddy se volvió hacia ella.

–¿Por qué no me dijiste el motivo que te llevó a Europa?

Serena sintió una punzada de culpa. Ya se había enterado.

–Teddy..., fui a posar, pero luego se canceló el trabajo.

–Pero también fuiste para reunirte con un hombre, ¿no? –le replicó él, clavando la mirada en sus ojos; ella asintió con la cabeza–. ¿Por qué no me lo dijiste?

Serena exhaló un hondo suspiro y meneó la cabeza.

–Lo siento, Teddy, no lo sé. En realidad, no sabía a qué atenerme. Consideré que era mejor decírtelo cuando volviese.

–¿Y?

Estaba profundamente dolido porque no le había dicho nada y había tenido que enterarse por los periódicos.

Entonces ella respiró hondo y le miró a los ojos.

–Voy a casarme.

Sin saber por qué, Serena tenía la sensación de que debía disculparse ante él.

–¿Enseguida? –exclamó Teddy, estupefacto–. ¿Con Vasili Arbus?

–Sí, a ambas preguntas. –Serena le sonrió–. Le amo muchísimo. Es un hombre brillante, maravilloso, creador, y está un poco loco.

–Eso he oído decir. –Teddy calló para mirarla fijamente–. Serena, ¿sabes realmente qué demonios estás haciendo?

–Sí.

Sin embargo, la joven aún experimentaba un ligero temor. ¡Todo había sucedido tan rápidamente!

–¿Cuánto tiempo hace que le conoces?

–El suficiente.

–Serena, puedes hacer lo que quieras: vivir con él, ir a visitarle a Londres, cualquier cosa; pero no te cases con él. Por lo menos, no te cases enseguida... He oído decir una serie de cosas extrañas acerca de ese sujeto.

–Eso no está bien, Teddy. No es propio de ti –replicó ella, enfadada.

Serena deseaba que Teddy aprobara su decisión.

–No te lo digo porque esté celoso. Lo digo porque te quiero. He oído decir que..., que mató a su última esposa.

Teddy estaba pálido y parecía horrorizado, y los enormes ojos de Serena se encendieron de ira.

–¿Cómo te atreves a decir una cosa semejante? Ella murió a causa de una sobredosis.

–¿Sabes de qué? –inquirió él, con voz extrañamente serena.

–¿Cómo diablos voy a saberlo?

–De heroína.

–Eso quiere decir que se pinchaba. ¿Y qué? Él no tenía la culpa; y no la mató.

–¡Oh, Dios, Serena! Sé sensata. Es mucho lo que tienes en juego. Piensa en Vanessa, y en ti misma. –Y mientras le exponía sus objeciones, se decía para sus adentros que aún la amaba–. ¿Por qué no dejas pasar un poco de tiempo?

Sin embargo, con su actitud lo único que conseguía era que ella se empecinara aún más en defender su postura.

–Sé lo que me hago. ¿No confías en mí?

–Sí –repuso él en voz muy queda–. Pero no estoy seguro de confiar en él.

Capítulo 40

–¿Por qué tenemos que irnos a vivir a Londres? –le preguntó Vanessa, mirando a su madre con ojos implorantes.

–Porque voy a casarme, cariño, y allí es donde vive Vasili.

Serena experimentaba una rara sensación al tratar de explicárselo a Vanessa. Aún le parecían más difíciles de explicar los errores que cometía. Era un error actuar con tanta precipitación, echar por la borda su carrera en Nueva York, abandonar a Teddy, el hecho de que Vanessa no conociera a Vasili...

–¿No puedo quedarme aquí? –le preguntó su hija.

Serena se sintió como si la hubiese abofeteado.

–¿No quieres venir conmigo, Vanessa? –le preguntó, conteniendo las lágrimas.

–Pero ¿quién cuidará al tío Teddy?

–Él sabrá cuidar de sí mismo. Además, también él puede casarse en cualquier momento.

–Pero ¿tú no le quieres?

Vanessa parecía más confundida que nunca, y Serena se quedó aturdida.

–Por supuesto que le quiero, pero no de la misma manera... Oh, Vanessa, el amor es muy complicado. –¿Cómo se le podía explicar a una criatura lo que era la pasión?–. Sea como fuere, ese hombre es una buena persona y quiere que las dos nos vayamos a vivir a Londres con él. Y tiene una casa en Atenas y un apartamento en París y...

Se sintió estúpida tratando de convencer a su hija. Vanessa era sólo una chiquilla que aún no había cumplido ocho años, y sin embargo intuía cuándo su madre cometía algún error. Dorothea, en cambio, se había manifestado con mucha mayor brusquedad.

–Francamente, creo que estás loca de remate.

–Lo sé, lo sé. Parece una locura. Pero, Dorothea, esta vez es algo especial. No sé cómo decirlo. Él me ama, y yo le amo. Algo mágico sucedió entre nosotros cuando estuvo aquí.

–De acuerdo: es estupendo en la cama. ¿Y qué? Ve a acostarte en Londres o en París o en el Congo, pero no te cases con él. ¡Por todos los diablos, ese tipo se ha casado cuatro o cinco veces!

–Cuatro.

–¿Y qué crees que será de tu carrera? Piensa que no estarás eternamente en la cumbre, nena. Aparecerán nuevas caras...

–Eso ocurrirá de todas maneras; y también puedo trabajar en Londres.

No hubo forma de convencerla. Para cuando llegó el momento de partir, tres semanas más tarde, Serena estaba psíquicamente agotada. Estaba cansada y pálida, y hacía semanas que dormía mal.

Teddy las llevó al aeropuerto, y los tres lloraron como si hubiese llegado el fin del mundo. Él se mostró callado y contenido, pero las lágrimas se deslizaban por sus mejillas al besar a Vanessa, y la niña se aferró a él como si fuese el último amigo de su vida. Serena tenía la sensación de estar destruyendo la familia que más quería; y cuando por fin se abrazó a Teddy, no pudo articular palabra. Todo lo que pudo decir con gran esfuerzo poco antes de abordar el avión fue un angustiado «Te quiero». Y acto seguido, después de un breve aletear de manos, se separaron.

El vuelo fue agitado, y Vanessa lloró durante casi todo el viaje. Cuando llegaron a Londres, Serena ya deseaba volverse. No obstante, al descender del avión vio a Vasili, y los ojos se le llenaron de lágrimas al tiempo que no podía contener la alegría. Vasili parecía un vendedor de globos, pues sostenía una cincuentena de ellos con una mano, y llevaba una enorme muñeca debajo del otro brazo.

–¿Ése es él? –preguntó Vanessa, mirándole con interés.

Serena se sorprendió al comprobar en aquel instante lo mucho que la niña se parecía a Brad.

–Sí. Se llama Vasili.

–Ya lo sé –repuso la pequeña, mirando a su madre desdeñosamente por encima del hombro; Serena sonrió al constatar lo madura que podía ser a veces.

Vasili se les acercó despacio, con los globos en alto, ante las caras sonrientes de la gente.

–Hola, ¿quiere comprar un globo, jovencita? –Vanessa se echó a reír–. Y además, también me queda esta muñeca. –Se la quitó de debajo del brazo y se la ofreció a Vanessa–. ¿Cómo estás, Vanessa? Yo soy Vasili.

–Ya lo sé.

La niña le miró como valorando sus méritos, y él se rió.

–Me alegro de que estés en Londres –le dijo.

–Yo no quería venir –repuso Vanessa, mirándole con franqueza–. Lloré mucho al salir de Nueva York.

–Lo comprendo –le dijo él con afabilidad–. Cuando era niño vivía en Londres, y un día tuve que ir a vivir a Atenas y eso me entristeció mucho. ¿Te sientes mejor ahora? –Ella miró los globos y asintió con la cabeza–. ¿Quieres que vayamos a casa? –Vasili le tendió la mano, y la pequeña la aceptó. Entonces, por primera vez, él se incorporó y miró a Serena a los ojos–. Bienvenida al hogar, querida.

A Serena se le enternecía el corazón sólo de mirarle. Quería agradecerle la gentileza que había tenido para con

Vanessa, pero comprendió que no era el momento. Sólo pudo expresarle lo que sentía con la mirada.

En la casita de Chelsea, Vasili había hecho todos los preparativos para recibir a Serena y a Vanessa. En el cuarto de huéspedes había una casa de muñecas, y sobre la cama se veían un buen número de ellas. Había una sillita a la medida de la niña. Y toda la casa estaba llena de enormes ramos de flores bellísimas. Y una botella de champán se estaba enfriando en un cubo de hielo de plata, en el dormitorio, donde por fin Serena pudo sentarse en la cama exhalando un suspiro.

–¡Oh, Vasili, creí que no sobreviviría!

Repasó mentalmente los sucesos de las últimas semanas y casi se estremeció. Durante las horas que había pasado en el avión no pudo apartar a Teddy de sus pensamientos; éste se había quedado profundamente desolado, después de recomendarle por enésima vez que no se casara enseguida. Había llorado al despedirse de Dorothea Kerr, y ya comenzaba a experimentar una cierta nostalgia por la vida que acababa de abandonar. Sin embargo, la que iba a iniciar ahora sería mucho mejor, y sabía que era la que más le convenía. Pero se había pasado la vida despidiéndose de lugares y seres queridos, y cada vez que debía volver a hacerlo, se reavivaba en su interior el dolor del pasado.

–¿Te resultó muy penoso?

Ella le miró con un poco de tristeza al contestar.

–En cierto modo, sí, pero me consolaba saber que volvería a estar contigo. –Entonces le sonrió con ternura–. Me costó muchísimo convencer a la gente de que no estamos locos. –Esbozó una dulce sonrisa que denotaba algo de amargura–. ¿Acaso ya nadie cree en el amor?

Sin embargo, en el fondo de su corazón estaba segura de haber cometido una locura o, en el mejor de los casos, un acto impetuoso.

–¿Y tú crees en el amor, Serena? –le preguntó él, al tiempo que le ofrecía una copa de champán frío.

–No estaría aquí si no creyera en él, Vasili.

–Bien. Porque yo te amo con todo mi corazón. –Brindó haciendo chocar su copa con la de Serena–. Por la mujer que amo..., por mi princesa.

Enlazó su brazo con el de ella y ambos tomaron el primer sorbo.

–¿Cuándo será la boda? –le preguntó entonces Vasili, con ojos risueños.

Serena le sonrió con gesto fatigado.

–Cuando tú quieras.

–Mañana –replicó él, en son de broma.

–¿Qué te parece si nos tomamos un poco de tiempo para adaptarnos el uno al otro?

–¿Un par de semanas? –Ella asintió con la cabeza–. Dentro de dos semanas pues, señora Arbus. Hasta entonces seguirás siendo mi princesa.

Le sonrió dulcemente, le tomó la cara entre las manos para besarla y, al cabo de unos instantes, el cuerpo de Serena estaba acoplado al de Vasili en la enorme cama, y Teddy, Dorothea y Nueva York caían en el olvido.

Capítulo 41

La boda fue muy bonita y alegre, y se celebró en casa de uno de los amigos de Vasili en Chelsea. Había unas treinta personas presentes, y ningún miembro de la prensa. Serena lucía un magnífico vestido de seda beige, largo hasta los pies, con un tocado realizado con diminutas orquídeas.

Un ministro ofició la ceremonia. Vanessa permaneció junto a su madre, cogiéndole fuertemente la mano y sin apartar los ojos de Vasili. En los últimos quince días había comenzado a simpatizar con él; sin embargo, todavía era un extraño para ella, y no le veía muy a menudo. Él se pasaba la mayor parte del tiempo en el estudio, y por las noches salía con Serena.

La misma Serena estaba exhausta por aquel ritmo agotador. Trataba de adaptarse al mismo, pero siempre parecía quedar rezagada. Asistían a fiestas, bailes, conciertos y al teatro; las recepciones se sucedían sin cesar, y la mayoría de las veces al amanecer aún no se habían acostado. Cómo se las arreglaba Vasili para trabajar tan arduamente constituía un misterio para Serena. Al término de dos semanas, ella tenía ojeras y estaba derrengada. Las únicas perspectivas de gozar de un ligero descanso residían en la semana de luna de miel, que pasarían en la casa de Vasili en Saint-Tropez. No obstante, Vanessa ya había comenzado a protestar a causa de ello. No quería que la dejaran sola con la sirvienta, y pedía que la llevaran con ellos. Vasili, empero, deseaba estar solo. Y Serena se sentía como si la partieran en dos. Tras una larga discusión con Vanessa, lograron partir al día siguiente de la boda. Cuando despegó el avión, Serena se recostó en el respaldo del asiento exhalando un prolongado suspiro.

–¿Cansada? –le preguntó él, sorprendido.

Serena se echó a reír.

–¿Bromeas? Estoy a punto de caerme muerta. No comprendo cómo te las arreglas para estar tan fresco.

–Es muy sencillo –repuso Vasili, esbozando su sonrisa de adolescente, al tiempo que extraía algo del bolsillo. Era un pequeño frasco de pastillas–. Tomo pastillas.

–¿Pastillas?

Serena parecía asombrada, mientras su vista pasaba de la cara de Vasili al frasco y del frasco de nuevo a su cara. Nunca se lo había dicho.

–Gracias a ellas puedo funcionar día y noche. ¿Quieres una?

–No, gracias. Cuando lleguemos a Saint-Tropez descansaré un poco.

–No pongas esa cara, cariño. –Se inclinó hacia ella para darle un beso–. No van a matarme. Sólo sirven para mantenerme al ritmo que yo quiero.

–¿Pero no te perjudican?

–No –contestó él, divertido–. No hacen nada. Y si tomo demasiadas, tomo otra para contrarrestar el efecto. No te preocupes. ¡Por el amor de Dios, Serena! –le dijo con fastidio, al ver su expresión–. Pones una cara como si hubieses descubierto que soy un sátiro. Por todos los diablos...

Se puso de pie y se dirigió a la parte anterior del avión. A los pocos minutos regresaba con una botella de vino.

–¿También tienes algo que objetar con respecto a esto?

–No es que tenga nada que objetar con respecto a lo otro. Es sólo que me ha sorprendido –replicó ella, herida–. No me lo habías dicho.

–¿Acaso tengo la obligación de decírtelo todo?

–No tienes la obligación de hacer absolutamente nada, Vasili –repuso ella airada, rehusando el vino.

Sin embargo, Vasili la contemplaba con más afabilidad.

–Sí, tengo que hacer una cosa.

–¿El qué? –preguntó ella, aún enfadada.

–Tengo que besarte, eso es todo.

Entonces ella le sonrió, y la tensión no tardó en desaparecer.

Su estancia en Saint-Tropez fue ni más ni menos como debía ser, tratándose de una luna de miel. Se paseaban desnudos por la playa privada, nadaban en las tranquilas aguas del Mediterráneo, recorrían los Alpes marítimos en un Maserati, iban al Casino de Montecarlo, se encontraban con algunos amigos de Vasili, y la mayor parte del tiempo estaban los dos solos. Se quedaban en la cama hasta avanzadas horas de la mañana; se entretenían haciendo el amor hasta altas horas de la noche; y sólo aparecieron una vez en los diarios, cuando uno de los periódicos franceses hizo una gran alharaca cuando fueron al Carlton a tomar unas copas: «Vasili Arbus y su nueva esposa pasan la luna de miel en Cannes [...] Ella, que era princesa y modelo, ahora es su reina...».

Vasili se lo leyó a Serena a la mañana siguiente, mientras tomaban el desayuno.

–¿Cómo supieron que eres mi reina? –le dijo él, sonriéndole henchido de satisfacción.

–Alguien debe de haber abierto el pico.

–¿Sabes lo que me gustaría hacer la semana que viene?

–¿Qué, mi amor? –dijo Serena, sonriendo a su esposo.

Aquella relación era muy distinta de la que había mantenido con Brad. No obstante, ahora ella tenía casi diez años más. Se sentía más mujer con Vasili, y le encantaba la embriagante sensación que experimentaba al ser su esposa.

–Me gustaría ir a pasar unos días a Atenas. –El rostro de Serena se ensombreció–. ¿No te gustaría a ti?

–Tengo que volver junto a Vanessa.

–Estará bien con Marianne.

–Pero no es lo mismo.

Vanessa se encontraba en un medio diferente, nuevo, y quería estar con su madre. Ya había sido bastante difícil convencerla de que realmente necesitaban estar solos durante la semana de luna de miel.

–Entonces, ¿por qué no pasamos por Londres y la llevamos a ella también?

–¿Y la escuela?

Serena se sentía fatigada sólo de pensar en lo complicado que resultaría. A veces era difícil seguirle el paso. Él hacía exactamente lo que quería y cuando quería, y no estaba acostumbrado a todas las consideraciones que formaban parte integrante de la vida de Serena.

–¿No puede dejar de ir a la escuela por unos días?

–Supongo que sí –le contestó ella, pensando que sería más fácil que discutir con él o tratar de hacérselo comprender.

–Bien. Entonces telefonearé a mi hermano para decirle que vamos.

–¿Tienes un hermano? –le preguntó Serena, asombrada, pues él nunca le había mencionado que tuviera alguno.

–Vaya que sí. Andreas es sólo tres años mayor que yo, pero es mucho más serio. Tiene cuatro hijos y una esposa gorda, vive en Atenas y dirige uno de los negocios de la familia. Yo siempre he preferido vivir más cerca de los parientes ingleses. Andreas es griego en cuerpo y alma.

–Me muero por conocerle.

–Y estoy seguro de que a él le ocurre lo mismo con respecto a ti.

Eso Serena no pudo dudarlo cuando los tres descendieron del avión en Atenas a la semana siguiente. Andreas les aguardaba en el aeropuerto con un enorme ramo de rosas para Serena y una muñeca y una gran caja de bombones para Vanessa, y sus hijos habían organizado una pequeña fiesta en honor de la niña en su casa. El menor de sus hijos tenía quince años, y el mayor, veintiuno, pero todos se mostraron encantados de conocer a la hijastra de Vasili. Anteriormente, nunca se había casado con nadie que tuviese hijos, y todos parecían intrigados por conocer a la nueva esposa, la de los cabellos de oro. La encontraron muy hermosa y simpática, y hasta Andreas quedó fascinado por ella. Por su parte, a Serena, instintivamente, también le gustó. Parecía afable, generoso y considerado, y mucho más serio que Vasili, que constantemente le acusaba de ser demasiado estirado. No lo era. Era un hombre muy formal y responsable, lo que contrastaba con el temperamento más voluble de Vasili. Andreas quedó encantado con su nueva sobrina, a quien llevó a conocer Atenas con toda gravedad. Mientras le mostraba aquellos lugares que sabía le interesarían, sus hijos estaban en la escuela, y Serena y Vasili desaparecían para llevar a cabo sus propias excursiones y recorridos turísticos. Vasili tenía mil cosas que enseñarle a Serena, y Vanessa era feliz con Andreas. Le gustaba aún más que su flamante padrastro, quien todavía le parecía un poco raro, y al que no perdonaba que la privara tan a menudo de la compañía de su madre. Andreas, en cambio, le recordaba un poco a Teddy, y a su juicio era más bien parecido que Vasili. Después que le hubo ganado por cuarta vez a las damas, Vanessa descubrió de repente su primera pasión.

Se quedaron en Atenas más de una semana, y cuando llegó el momento de volver a Londres, Vanessa sufrió una amarga decepción. Ella deseaba seguir jugando a las damas con Andreas, por quien sentía ya un verdadero afecto;

pero Serena y Vasili dijeron que tenían compromisos que cumplir.

Durante las semanas siguientes, toda la familia estuvo muy ocupada; Vasili y Serena con su trabajo, y Vanessa en la escuela, como si todos hubiesen vuelto a adaptarse a la vida normal. Una noche en que Serena esperaba que Vasili volviese del estudio para ir a cenar a casa de unos amigos, dos horas después de la convenida él todavía no había aparecido. Confiaba en que no le hubiera ocurrido nada, pero cuando Vasili llegó a casa, Serena sufrió una verdadera conmoción. Se le veía sucio y desaliñado. Llevaba el cabello enmarañado, tenía unas profundas ojeras violáceas, su camisa estaba llena de manchas, y la cremallera de los pantalones, abierta. Se dirigió hacia ella con paso inseguro y demasiado rápido, como si no pudiese controlarlo.

–¡Vasili! –exclamó Serena, suponiendo que le habían golpeado–. ¿Estás bien?

–Estupendamente. Me cambiaré en un minuto.

Hablaba con voz normal, pero él distaba de parecerlo. Serena le siguió escalera arriba profundamente inquieta. Cuando él se volvió para mirarla fijamente, Serena observó que se bamboleaba.

–¿Por qué demonios me andas siguiendo?

–¿Estás borracho?

Él echó la cabeza hacia atrás y lanzó una carcajada.

–¿Estoy borracho? ¿Estoy borracho? Y tú, ¿estás loca?

Serena se dio cuenta de que estaba bebido, aunque no lo parecía, mientras le seguía al dormitorio, con la esperanza de que Vanessa no les hubiese oído.

–Vasili, no podemos ir... No estás en condiciones.

Al acercarse a él, vio que tenía la mirada extraviada, y su boca se movía de un modo extraño en tanto repetía todo cuanto ella decía, imitando el tono de su voz.

–Yo no pienso ir –anunció Serena, con voz dominada por el miedo.

Aquel hombre era un desconocido para ella, y eso la atemorizaba.

–¿Qué te pasa? ¿Te avergüenzas de mí? –Vasili dio un paso hacia ella con gesto amenazador, y Serena retrocedió asustada–. ¿Crees que sería capaz de pegarte? –Ella no respondió, pero estaba pálida como la cera–. No, demonios, te has cagado bajo mis pies.

Serena se horrorizó al oír aquel lenguaje. Giró sobre sus talones y abandonó la habitación. Al cabo de unos instantes, él la encontró en el cuarto de Vanessa, tratando de inventar una excusa ante la niña para justificar el porqué no habían ido a la cena.

–Vasili no se encuentra bien –le decía con toda calma.

–¿Ah, no? –tronó la voz de él en el umbral–. Claro que se encuentra bien. Tu madre está mintiendo, Vanessa.

Madre e hija le miraron aterrorizadas al verle entrar en la habitación. Caminaba con paso firme de nuevo, pero aún persistía en sus ojos aquella extraña luz de la locura.

Serena le salió al paso y le empujó nuevamente hacia la puerta.

–Vamos arriba, por favor.

–¿Por qué? Quiero hablar con Vanessa. Hola, pequeña, ¿qué tal lo has pasado hoy?

Vanessa no respondió; se quedó mirándole con los ojos desmesuradamente abiertos. Entonces, Vasili giró hacia Serena, que seguía en el umbral.

–¿Qué le has dicho? ¿Que estaba borracho?

–¿No lo estás?

–No, estúpida, ¡no lo estoy!

–¡Vasili! –le gritó–. ¡Sal del cuarto de Vanessa!

–Vaya, ¿acaso temes que haga algo que despierte tus celos?

–¡Vasili! –rugió ella como una leona enfurecida.

Vasili abandonó la habitación. Se dirigió a la cocina,

revisó el refrigerador y luego volvió al dormitorio, como un animal al acecho.

–¿Quieres follar?

La miraba por encima del hombro mientras pellizcaba patatas fritas del plato que había encontrado en el refrigerador.

–En nombre de Dios, ¿se puede saber qué diablos te pasa? ¿Has estado tomando píldoras?

Él meneó la cabeza.

–No. ¿Y tú? ¿Tú sí?

Era imposible hablar con él, por lo que Serena se encerró en el cuarto de Vanessa y pasó la noche allí.

A la mañana siguiente Vasili durmió hasta el mediodía, y cuando por fin bajó, se veía claramente que estaba avergonzado y que no se encontraba bien.

–Serena... –le dijo, agobiado por el remordimiento–. Lo siento.

–Debes sentirlo –le replicó ella, mirándole con frialdad–. Y le debes una disculpa a Vanessa. ¿Qué te pasó anoche?

–No lo sé. –Vasili agachó la cabeza–. Tomé unas copas. Sin duda me hicieron una extraña reacción. No volverá a suceder.

Pero sucedió de nuevo. Casi de la misma manera; una vez la semana siguiente y dos veces la otra semana. El día del cumpleaños de Vanessa se comportó peor que nunca, y dos días después desapareció durante una noche entera. Se hubiese dicho que había enloquecido con arranques de violencia, por la forma en que se había comportado en el curso del mes anterior. Serena no lograba comprender a qué se debía. Se había convertido en un hombre totalmente distinto al que ella conocía. Se mostraba airado, hostil, hosco, agresivo, y cada vez estaba de pésimo humor más a menudo. De cuando en cuando, pasaba la noche en su estudio y, si Serena le pedía explicaciones, le contestaba gritando como un desaforado. Dos días antes de Navidad, Serena se puso tan frenética que resolvió ir a ver al médico con el fin de exponerle la serie de pequeños trastornos que sufría, y que incluían náuseas, vómitos, mareos, jaquecas e insomnio; todo debido, según suponía, a los nervios. Resultaba agotador tratar de proteger a Vanessa de lo que estaba sucediendo, y hasta había llegado a considerar seriamente la posibilidad de regresar a Estados Unidos.

–Señora Arbus –le dijo el médico, mirándola con afabilidad–. No creo que los trastornos se deban a los nervios.

–¿Ah, no? Entonces, ¿puede ser algo serio?

–Está usted encinta.

–¡Oh, Dios mío!

La noticia la tomó por sorpresa; no había pensado en esa posibilidad.

Esa noche estuvo abstraída y se sentía desdichada, mientras contemplaba el fuego en el estudio. Vasili se encontraba en casa, y a pesar de mostrarse extrañamente sumiso y calmado, ella no quiso decirle nada con respecto a su estado. Los abortos no eran del todo imposibles en Londres, y Serena aún no había decidido qué era lo que iba a hacer.

–¿Cansada?

Hacía media hora que Vasili trataba de iniciar una conversación pero ella se limitaba a asentir con la cabeza.

–Sí –repuso ahora, pero sin mirarle.

Por último, él se le acercó, se sentó a su lado y le tocó el brazo.

–Serena, ha sido terrible, ¿verdad?

Ella volvió hacia él sus enormes ojos ensombrecidos por la tristeza e hizo un gesto de asentimiento.

–Sí, lo ha sido. No lo comprendo. Es como si hubieses dejado de ser tu mismo.

–Y así es –repuso Vasili, como si supiera algo que ella

desconocía–. Pero yo haré que eso cambie. Lo prometo. Me quedaré aquí contigo y con Vanessa hasta Navidad, y luego iré a donde puedan volverme a la normalidad. Te lo juro.

En sus ojos había la misma tristeza que en los de Serena.

–Vasili... –le dijo ella, mirándole con expresión angustiada–. ¿Qué sucedió? No lo entiendo.

–No es necesario que entiendas nada. Se trata de algo que jamás debe pasar a formar parte de tu vida. Yo me encargaré de ello. Y volveré a ser el hombre que conociste en Nueva York.

Comenzó a besarle el cuello con ternura, y ella quiso creerle. ¡Había echado tanto de menos sus caricias y había estado tan asustada!

–¿Quieres hacer algo especial para Navidad?

Ella negó con la cabeza. Vasili no se había percatado aún de lo mal que ella se encontraba.

–¿Por qué no nos quedamos en casa?

–¿Y qué me dices de Vanessa?

–Ya he pensado algo para ella.

–¿Y con respecto a nosotros? ¿Quieres que vayamos a alguna fiesta?

Ella meneó la cabeza, desinteresada, encerrada en sí misma, infeliz, y Vasili se sintió apenado al verla en aquel estado.

–Serena, amor mío... Te lo ruego... Todo saldrá bien.

Entonces ella le miró, más confundida que nunca. ¡Se mostraba tan cariñoso, tan tierno, tan comprensivo! ¿Cómo podía convertirse en aquel otro ser?

–¿Por qué no nos vamos a la cama? Pareces agotada.

Serena exhaló un leve suspiro.

–Lo estoy.

Sin embargo, cuando él supuso que estaba dormida, se encerró en el cuarto de baño, donde permaneció largo tiempo. Cuando por fin salió, Serena se levantó y, en cuanto entró en él, lanzó una exclamación. En el lavabo, junto a una bola de algodón manchada de sangre, había una jeringa, un fósforo y una cuchara.

–¡Oh, Dios mío!

Serena no acababa de creer lo que veían sus ojos, pero se dio cuenta de que se trataba de algo horrible, y poco a poco lo fue comprendiendo en toda su magnitud. Recordó lo que Teddy le había dicho acerca de la última esposa de Vasili... Heroína... Y entonces, bruscamente, supo lo que significaba aquello que estaba viendo.

De repente, notó la presencia de alguien a sus espaldas, hasta el extremo de percibir prácticamente su respiración, y cuando se volvió, descubrió a Vasili apoyado en la pared, a punto de desplomarse sobre el suelo, con los párpados caídos y una palidez en el rostro que daba la impresión de que estaba a punto de morirse. Aterrada, Serena comenzó a balbucear incoherentemente y a retroceder, al tiempo que Vasili avanzaba hacia ella, musitando:

–¿Qué demonios estás haciendo? ¿Espiándome?

Aterrorizada, Serena salió corriendo del cuarto de baño.

Capítulo 42

La mañana de la víspera de Navidad, Serena estaba sentada en el otro extremo de la mesa del comedor, frente a Vasili, muy pálida, y con manos temblorosas dejó la taza de té sobre el platito. Se encontraban solos y las puertas estaban cerradas. Vasili daba la impresión de que acababan de embalsamarle, y evitaba que su mirada se encontrara con la de su esposa.

–Quiero que sepas que pasado mañana me marcharé de vuelta a Estados Unidos. Si por mí fuera, me iría esta misma noche, pero eso disgustaría a Vanessa. Procura mantenerte alejado de mí hasta que me vaya, Vasili, y todo irá bien.

–Lo comprendo perfectamente.

Luego ella se levantó de la mesa y, mientras se dirigía a la puerta, de pronto todo comenzó a dar vueltas a su alrededor; cuando recobró el conocimiento a los pocos segundos, se encontraba en el suelo. Vasili estaba arrodillado junto a ella, mirándola con cara asustada y pidiéndole a la sirvienta que le trajese una toalla húmeda para ponérsela en la frente.

–¡Serena! ¡Serena...! ¡Oh, Serena!

Vasili lloraba de rodillas a su lado, y Serena notó que también brotaban lágrimas de sus ojos. Sintió deseos de tenderle los brazos, pero no pudo hacerlo. Tenía que ser fuerte. Tenía que dejarle, abandonar Londres y deshacerse del hijo que llevaba en sus entrañas.

–¡Oh, amor mío! ¿Qué ha sucedido? Llamaré al médico.

–¡No! Estoy bien. Me levantaré enseguida.

Pero cuando se incorporó, parecía más mareada aún.

–¿Te encuentras mal? –le preguntó Vasili, preso de desesperación, pensando que era él el causante; pero Serena sacudió la cabeza.

–No. Estoy bien.

–Pero no es normal desmayarse así.

–Tampoco es normal lo que ha estado sucediendo en esta casa. ¿O tal vez no te has dado cuenta de ello?

–Ya te dije anoche que pondría fin a todo esto. Pasado mañana me internaré en un hospital durante unos días, y luego volveré a ser el mismo de siempre.

–¿Por cuánto tiempo? –le espetó ella–. ¿Cuántas veces se ha repetido esto? ¿Es así como murió tu esposa? ¿Acaso os drogabais juntos, y ella se aplicó una dosis excesiva?

A Serena le temblaba la voz, y las lágrimas resbalaban por sus mejillas. Pero entonces comenzó a llorar él también, mientras hablaba en un susurro.

–Sí, Serena... Sí... ¡Sí...! Traté de salvarla, pero no pude. Era demasiado tarde.

Vasili cerró los ojos, como si no pudiese soportar el dolor del recuerdo.

–Me das asco. ¿Es eso lo que esperabas de mí? ¿Que te acompañara cuando te drogases? –le gritó, estremeciéndose.

Ninguno de los dos vio entrar a Vanessa en el comedor.

–Pues bien, no lo haré. ¿Me oyes? Y tampoco seguiré casada contigo. Regreso a Nueva York, y en cuanto llegue allí me haré provocar un aborto y...

Al darse cuenta de lo que había dicho, enmudeció de repente. Vasili se le acercó al instante.

–¿Qué has dicho?

La cogió por los hombros, con los ojos desmesuradamente abiertos.

–Nada, maldita sea... ¡Nada!

Cerró dando un portazo al salir del comedor y corrió hacia la escalera, donde encontró a Vanessa, que estaba llorando quedamente. Vanessa llegó a su lado al cabo de un instante, y los tres se quedaron llorando sentados en los escalones. La escena era patética, y Serena se culpó a sí misma y a Vasili por haberla provocado. Serena abrazaba a Vanessa, y ésta chillaba y le decía a Vasili que estaba matando a su madre. Parecía que nunca iban a poder salir de aquella situación, y por fin fue Vasili quien tomó la iniciativa de conducirlas a la planta alta. Nada más se dijo acerca de la criatura. Sin embargo, cuando luego Vasili se quedó a solas con Serena, después de haber dejado a Vanessa más calmada al cuidado de la sirvienta, él le preguntó si lo que había dicho era cierto.

–Entonces, ¿estás embarazada?

Ella asintió con la cabeza y le volvió la espalda. Vasili se le acercó despacio y apoyó ligeramente las manos en sus hombros.

–Quiero que... No, *te ruego* que conserves a mi hijo, Serena... Por favor..., dame una oportunidad. Dentro de unos días volveré a estar desintoxicado. Todo volverá a ser como antes. No sé lo que sucedió. Tal vez se debió a la adaptación del uno al otro, a la responsabilidad de complacer a Vanessa, y entonces perdí la cordura momentáneamente. Pero eso ha terminado. Te lo juro. Por favor... –Se le quebró la voz y, al volverse, Serena vio que su marido estaba hecho un mar de lágrimas–. No te deshagas de mi hijo, te lo ruego...

Ni siquiera Serena pudo resistirse; le abrió los brazos y le estrechó fuertemente contra ella.

–¿Cómo pudiste hacerlo, Vasili? ¿Cómo pudiste hacerlo?

–No volverá a suceder. Si quieres me iré al hospital esta misma noche. Ni siquiera esperaré a pasar la Navidad. Me iré ahora mismo.

Serena le miró con extrañeza y luego asintió con la cabeza.

–Hazlo. Ve enseguida.

Vasili telefoneó al hospital a los diez minutos, y al cabo de una hora, Serena le llevaba hasta allí en el coche. Le dio un beso en el vestíbulo, y Vasili le prometió telefonearla más tarde. Cuando Serena se separó de él, se dirigió directamente a su casa y se metió en la cama.

Media hora más tarde la telefoneó Teddy, con la excusa de desearle feliz Navidad; pero a los pocos minutos le preguntaba si todo estaba en orden. Serena tuvo que hacer un esfuerzo para controlar la voz, y nada le dijo acerca del proyecto de volver a Estados Unidos. Pero cuando le pasó el aparato a Vanessa, la niña se puso a llorar tan desconsoladamente que casi no podía hablar. Serena la envió a su cuarto, y entonces Teddy se enfrentó con ella.

–¿Vas a decirme qué es lo que está pasando o quieres que vaya a verlo con mis propios ojos?

Sólo pensar en confesarle a Teddy su fracaso le causó un escalofrío, pero se sentía demasiado desgraciada para engañarle, y entre sollozos le contó lo que estaba sucediendo.

–¡Oh, Santo Dios! Debes salir volando de ahí.

–Pero eso no sería justo. Vasili acaba de internarse en un hospital para someterse a un tratamiento de desintoxicación. Quizá deba darle una oportunidad. Dice que cuando salga volverá a ser el mismo de antes.

–Lo cual no es decir mucho.

Serena se enjugó las lágrimas y se sonó la nariz.

–Eres brutal al decir eso.

–Él es un tipo brutal. ¡Abre los ojos, maldita sea! Cometiste un grave error. Y no puedes arrastrar a Vanessa contigo, ni puedes dejarte arrastrar tú misma por ello.

–Pero ¿y si vuelve del hospital restablecido? ¡Oh, Teddy! No sé qué hacer.

–Vente para acá. –Teddy nunca se había mostrado tan enérgico con ella–. Hablo en serio. Toma un avión mañana mismo y vuelve a Nueva York. Podrás vivir en mi casa.

–No puedo marcharme ahora. Él es mi marido. No sería justo.

–Entonces que se venga Vanessa hasta que tengas la seguridad de que se ha liberado de la droga.

–¿Y pasar la Navidad separada de ella?

–¡Oh, por el amor de Dios, Serena! ¿Qué demonios está sucediendo ahí? ¿Qué te está pasando a ti?

Al tratar de contestar a esa pregunta, Serena se sintió más loca que Vasili.

–Me siento tan desgraciada y estoy tan asustada que no puedo pensar con cordura.

–Eso ya lo sé.

Sin embargo, desconocía lo demás.

–Estoy embarazada.

Teddy soltó un sordo silbido.

–¡Mierda!

Después de la llamada telefónica, Serena volvió al cuarto de Vanessa, para escuchar otra diatriba contra Vasili. Aquellos últimos días habían sido demoledores.

–Le odio. ¡Ojalá te hubieses casado con Teddy o con Andreas!

–Lamento que te lo tomes así, Vanessa.

A Serena se le llenaron de nuevo los ojos de lágrimas. Siempre se encontraba tironeada por uno u otro de los dos; y ahora la niña la observaba con una extraña expresión.

–¿De veras vas a tener un niño?

Serena asintió con la cabeza.

–Sí.

Aquello también constituiría un problema. Ya nada resultaba fácil para ella.

–¿Te molesta mucho?

Vanessa se quedó pensativa un instante y luego fijó la vista en su madre.

–¿No podríamos marcharnos y llevarlo con nosotras a Estados Unidos?

–También es hijo de Vasili –repuso ella con dulzura.

–¿Es necesario eso? ¿No puede ser nuestro solamente?

Serena meneó lentamente la cabeza.

–No, no puede ser.

Capítulo 43

Una semana más tarde Vasili salió del hospital con un aspecto casi angélico. A partir de ese momento llevaron una vida tranquila; permanecían en casa la mayor parte del tiempo, y Vasili se mostraba amable, atento y cariñoso con Vanessa. Era como si en su último ataque de desenfreno hubiese visto la luz. Le explicó a Serena que había probado la heroína por primera vez diez años atrás, como quien hace una travesura, para ver qué se experimentaba, y al cabo de pocas semanas ya había quedado atrapado. Al fin, llegó Andreas de Atenas, vio el estado en que se encontraba y lo internó de inmediato en una clínica para desintoxicarlo. Después de ello, permaneció alejado de la droga durante un año, y entonces alguien se la ofreció en una fiesta y volvió a las andadas. Durante los siguientes cinco años anduvo cayendo y levantándose varias veces, y luego siguió sin probarla en absoluto hasta que conoció a su última esposa. Poco después de casarse con ella, descubrió que ella la usaba –«una chispita», solía decir su esposa–; quiso que la compartiera con ella: «para que no me sienta tan sola», le había dicho una vez, haciendo pucheros, y él había sido tan estúpido que volvió a reincidir. Al parecer, su relación fue una catástrofe debido al uso compartido de la droga, y al fin ella murió. Eso le hizo reaccionar, hasta que ahora había vuelto a tomarla. Sin embargo, estaba seguro de que esta vez sería la última. Serena, empero, se sintió muy descorazonada al saber que había estado tantas veces en el hospital para desintoxicarse.

–¿Por qué no me lo dijiste?

Ella le miraba con tristeza, sintiéndose como si la hubiese engañado.

–¿Cómo se le puede decir a alguien una cosa así? «He sido heroinómano.» ¿Sabes la impresión que causa eso?

–Pero, ¿cómo crees que me sentí al enterarme, Vasili? –En sus ojos se reflejaba el dolor que embargaba su alma–. ¿Cómo pudiste pensar que no llegaría a saberlo?

De nuevo las lágrimas fluyeron de sus ojos.

–No creí que volviera a quedar atrapado.

Serena cerró los ojos y se dejó caer sobre la almohada.

–Serena, no..., no te preocupes, amor mío.

–¿Cómo quieres que no me preocupe? –le replicó, mirándole angustiada–. ¿Cómo sabes que no volverás a reincidir?

Ahora Serena ya había perdido la confianza. Vasili levantó solemnemente la mano.

–Lo juro.

Durante los cinco meses siguientes fue fiel a su palabra. Su conducta era ejemplar, y mimaba a Serena tanto como podía, a fin de mitigar el dolor que le había causado y borrar los temores que inquietaban su espíritu. Se mostraba entusiasmado con el niño, anunciando su llegada a todos sus amigos; al primero que telefoneó fue a su hermano Andreas. Éste le envió el oso de felpa más grande que Serena hubiese visto nunca, el cual ya ocupaba su lugar en el cuarto que sería para el pequeño. Al mismo tiempo, había mandado a Vanessa una muñeca muy antigua vestida de novia.

Aquellos fueron días de ternura y amor dulcísimo para Vasili y Serena. Aquel encanto de adolescente que él tenía al principio volvió a ejercer su influjo, y pasaban horas y horas paseando cogidos de la mano. Llevó a Serena a París un par de veces; pasaron la Pascua con Vanessa en Atenas, junto con Andreas, su esposa y los chicos; luego Vasili y Serena hicieron escala en Venecia durante el viaje de vuelta, y ella le mostró el palacio de su abuela y todos sus lugares favoritos. Disfrutaron tanto que al regresar a casa Serena se dijo que no había sido tan feliz en toda su vida.

Entonces, mientras esperaba la llegada del niño, se dispuso a pintar un mural en su cuarto; y Vanessa, por su parte, renunció a las muñecas y a los animalitos de trapo, gozando por anticipado del muñeco de carne y hueso que no tardaría en tener.

Hacia finales de junio estaba muy emocionada a causa del bebé. Serena ya llevaba ocho meses de embarazo, y parecía mentira que ya casi hubiese llegado la hora. A Vanessa la habían invitado a recorrer las islas griegas con la familia de Andreas, pero ella prefirió quedarse junto a su madre para estar presente en el instante del alumbramiento, sin contar con que aún le causaba una cierta inquietud el tener que viajar sola. No quería separarse de Serena, ni siquiera para ir a visitar a Teddy, que la había invitado a pasar las vacaciones en Estados Unidos con él. «Cuando nazca el bebé», le contestaba a todo el mundo, y Serena se reía cuando Vasili respondía con las mismas palabras a todas las invitaciones que le hacían.

Todo estaba tranquilo entre ellos, y el episodio de la heroína ahora parecía una pesadilla lejana. Hasta que un día de la primera semana de julio, Vasili no volvió a casa por la noche. Al principio, ella temió que hubiese ocurrido algo terrible, un accidente automovilístico tal vez; sin embargo, a medida que pasaban las horas se acentuaba su sospecha de que hubiese comenzado todo de nuevo. A las cuatro y media de la madrugada Serena estaba dominada por el terror y la ira, y a las cinco le oyó subir los escalones de enfrente. La puerta se cerró con estrépito detrás de él, y Serena, descalza, bajó de puntillas la escalera, con el cuerpo sacudido por un intenso temblor, que parecía hacer saltar al niño dentro de su vientre. Le asustaba pensar en lo que vería, pero tenía que afrontarlo y saber si Vasili había vuelto a tomar drogas.

Al llegar a la mitad de la escalera, Serena le vio en medio del vestíbulo. Los ojos de Vasili se posaron en los de ella, y trató de impresionarla con una amplia sonrisa de actor cinematográfico.

Serena se dio cuenta de inmediato de que estaba drogado. Él se veía nervioso y torpe al avanzar prestamente hacia ella, procurando dar la impresión de que no había nada extraordinario en el hecho de volver a casa a las cinco de la madrugada.

–Hola, amor mío, ¿cómo está el bebé?

Su voz sonaba ronca como las otras veces que se había drogado antes de Navidad, según Serena había podido observar. Siempre que recurría a la heroína se transformaba en otra persona, y Serena no lograba aceptar el hecho de que hubiera vuelto a reincidir. No le contestó, limitándose a mirarle fijamente. Vasili subió corriendo la escalera y trató de darle un beso. Pero Serena se apartó de él horrorizada, con la absoluta certeza de lo que su esposo había hecho.

–¿Dónde has estado?

La pregunta era estúpida, y ella se dio cuenta. La cuestión no era dónde había estado sino lo que había hecho. Y sin aguardar respuesta, giró sobre sus talones y subió la escalera lo más rápidamente que pudo. Tenía la sensación de que en cualquier momento iba a dar a luz. Se sentía tan tensa y tenía tantas contracciones por la larga noche pasada en vela que no sabía si se trataba de los síntomas del parto o bien que simplemente estaba enferma.

–No seas tan jodidamente severa –le dijo él gritando al llegar al dormitorio.

Serena se volvió hacia él hecha una furia.

–No grites, o despertarás a Vanessa.

No obstante, no era ira lo que sentía, sino terror y desesperación.

–¡Al diablo con Vanessa! ¡Al fin y al cabo, no es más que una zorrita!

Antes de que Vasili terminara la frase, Serena ya se había abalanzado sobre él. Con mano temblorosa, trató de pegarle una bofetada, pero él la cogió por la muñeca y le dio un empujón que la envió contra la pared. Serena trastabilló y cayó al suelo lanzando un grito, más de estupefacción que de dolor.

Permaneció llorando durante más de una hora, y Vasili no volvió a acercársele. Cuando se le secaron las lágrimas, se desplomó sobre la cama; y al despertar, eran las once de la mañana y él aún seguía roncando. Serena salió de la habitación de puntillas para ir a ver a Vanessa, pero Marianne la había llevado a dar un paseo. Deambuló por la casa despacio. Sabía que tenía que marcharse de allí, que debía sacar a Vanessa de aquel ambiente antes de que las cosas llegaran demasiado lejos y se le escaparan de las manos de nuevo. Además, tenía que irse por el bien del niño. Sin embargo, la sola idea de marcharse le causaba un extraño pánico.

Cuando se sentó al pie de la escalera se sentía atrapada, y estaba tan abstraída que no oyó los pasos de Vasili. Sintió de pronto el contacto de su mano en el hombro y se levantó de un salto, al tiempo que profería un grito ahogado. Al volverse, se encontró ante su cara desencajada.

–¿Estás bien? –le preguntó él, mientras una expresión de terror se pintaba en su rostro–. ¿Te lastimé?

–No –repuso ella en voz muy queda–. ¿Qué es lo que piensas hacer?

–No lo sé. Esta vez sé que puedo dominarlo sin ayuda. Sólo lo he hecho unas cuantas veces.

–¿Unas cuantas veces?

Serena pareció asombrarse. Ella no lo había notado, y se sorprendió al ver que era tan sincero. En Atenas, la primavera pasada, cuando ella y Andreas hablaron del asunto, él le dijo que Vasili nunca era sincero respecto a las drogas, una vez que empezaba a usarlas. Entonces, si decía «unas cuantas veces», ¿cuántas serían en realidad? Le miró con desesperanza.

–¿Por qué ahora?

–¿Cómo puedo saberlo? –replicó él, nervioso e irritable.

–¿Vas a volver al hospital?

Le miraba con ojos implorantes, mientras sentía de nuevo contracciones en el vientre.

–Esta vez no es necesario.

–¿Cómo lo sabes?

–¡Porque lo sé, maldita sea! –Serena le ponía muy nervioso–. ¿Por qué no subes y te acuestas?

Entonces ella advirtió que Vasili llevaba los tejanos y la camisa de la noche anterior, y unos zapatos sin calcetines.

–¿Vas a salir?

–Tengo que ir a buscar unas películas.

–¿De veras? ¿Adónde?

–Eso a ti no te importa. ¿Por qué no vas a acostarte?

–Porque acabo de levantarme.

–¿Y eso qué tiene que ver? ¿No se supone que debes descansar? ¿Acaso no te importa el bebé?

La atacaba como si, al hacerlo, pudiera librarse de sí mismo. A pesar de las protestas y los sermones de Serena, Vasili abandonó la casa cinco minutos más tarde y no volvió hasta después de medianoche. Ella había pasado el día caminando arriba y abajo, meditando y detestando a Vasili. Sin embargo, a pesar de los propósitos que se había hecho la noche pasada, no telefoneó a su abogado. Terminó gritándole a Vanessa, prorrumpiendo en sollozos y sufriendo unas contracciones que casi la obligaron a llamar al médico. Y cuando por fin llegó Vasili, se dio cuenta de que había vuelto a recurrir a las drogas.

La pesadilla no hacía más que empeorar con el correr del tiempo. Mientras tanto, Serena permanecía a la expectativa, con la sensación de que se hundía irremisiblemente en las arenas movedizas de la desesperación. Al fin de la primera semana, él le prometía todos los días que buscaría ayuda, y todos los días se iba y volvía a caer en el uso de la droga. Siempre afirmaba que buscaría ayuda a la mañana siguiente; Serena, por su parte, se decía que telefonearía a su abogado y se marcharía a Estados Unidos en cualquier momento. Era como estar subido en un tiovivo de promesas, amenazas y temores. No obstante, ella no tardó en comprender que no iría a ninguna parte, o a lo sumo se marcharía a un hotel. No podía tomar un avión hacia Estados Unidos, porque el embarazo estaba muy avanzado. Así, pasó cuatro semanas hundiéndose en el mismo tremedal, bajo la atenta mirada de Vanessa. Y de pronto se encontró a pocos días de la fecha esperada de alumbramiento. La niña estaba ojerosa y pálida como su madre.

–¿Te encuentras bien? –le preguntó Teddy, que la llamaba desde Long Island, sabiendo que el momento estaba próximo y sintiéndose más inquieto que nunca–. ¿Cómo está él?

–Cada vez peor. ¡Oh, Teddy!

Serena empezó a llorar.

–¿Quieres que tome el avión?

–No. A Vasili le daría un ataque, y con eso no haríamos más que agravar las cosas.

Aunque eso era difícil de imaginar. ¿Acaso las cosas podrían llegar a agravarse aún más?

–Si me necesitas, iré enseguida.

–Te telefonearé.

Sin embargo, al colgar el aparato se dio cuenta de lo mucho que le echaba de menos. Se sentía aislada de todo el mundo, a merced del remolino creado por Vasili, esperando el momento de dar a luz al hijo de ambos. Era presa del miedo permanentemente, estaba preocupada y se sentía enferma. Pero nada de ello le había dicho a su médico. No podía soportar la vergüenza de confesarle a nadie, a excepción de Teddy, la pesadilla que estaba viviendo.

Teddy volvió a telefonearla al cabo de unas horas. No podía soportarlo más. Tomaría un avión dentro de pocos días.

Unos minutos más tarde, Serena fue al cuarto de Vanessa y la encontró mirando por la ventana, sumida en una profunda tristeza.

–¿Estás bien, amorcito?

Serena se horrorizó al verla. Los momentos vividos en el curso del mes habían dejado inclementes huellas en la niña.

–Estoy bien, mamá. ¿Cómo está el nene?

–El nene está bien, pero estoy más preocupada por ti.

–¿Sí? –A Vanessa se le iluminó la cara–. Yo me preocupo por ti todo el tiempo.

–No debes hacerlo. Todo saldrá bien. Sé que Vasili terminará por curarse, pero mientras tanto el tío Teddy llegará pasado mañana.

–¿De veras? –La niña puso una cara como unas pascuas–. ¿Cómo es eso?

–Le conté lo que estaba pasando, y dijo que quería venir a hacerme compañía hasta que nazca el niño.

Vanessa asintió con la cabeza y luego fijó en los ojos de su madre una dolorida mirada preñada de confusión. A los ocho años, había tenido que presenciar cómo le pegaban a su madre; cómo era maltratada, ignorada, abandonada; cómo se quedaba triste, preocupada, inquieta. Eso era algo que ninguna niña debería ver nunca, y Serena rogaba para que no volviese a ser jamás testigo de una cosa semejante. Confiaba en que nada de ello hubiese dejado en la pequeña marcas indelebles.

–Mamá, ¿por qué lo hace? ¿Por qué se pone de esa manera? –Ella sabía que Vasili tomaba droga–. ¿Por qué siente deseos de hacerlo?

–No lo sé, amorcito. Yo tampoco lo comprendo.

–¿Nos odia realmente?

–No –repuso Serena con un suspiro–. Creo que probablemente se odia a sí mismo. No entiendo qué es lo que le impulsa a hacerlo, pero no creo que tenga nada que ver con nosotras.

–Le oí decir que le tenía miedo al bebé.

Serena la miró, pensando que la niña había oído demasiadas cosas y asimilado más de lo que ella misma suponía.

–Tal vez le asusta la responsabilidad que eso acarrea.

–¿A ti te asusta también?

–No. Yo te quiero con todo mi corazón, y estoy segura de que ambas vamos a querer también a tu hermanito.

–Yo le querré muchísimo.

Vanessa miraba a su madre henchida de orgullo, y Serena se sorprendía de que todo cuanto había vivido no la hubiera llevado a detestar al niño. Todos sus malos sentimientos se dirigían contra Vasili.

–Será mi bebé, mamá. Y voy a ser una estupenda hermana –dijo, y le dio un beso en la mejilla a su madre–. ¿Crees que aún tardará mucho en nacer?

–No lo sé.

–A veces me canso de esperar.

Serena sonrió.

–Yo también. Pero ya falta poco. –A juzgar por las contracciones que había sufrido en los últimos días, suponía que nacería en cualquier momento–. Tal vez aguarde a que llegue el tío Teddy.

Vanessa asintió con la cabeza, y ambas se abrazaron fuertemente unos instantes. Luego Serena subió a la planta alta para telefonear a Andreas y contarle lo que estaba sucediendo con Vasili. Andreas se quedó horrorizado cuando lo supo, y se compadeció de Serena.

–¡Pobre niña! ¿Eso es capaz de hacer en momentos como éstos? ¡Merecería ser fusilado!

Aquélla le pareció a Serena una reacción muy griega, y sonrió para sí.

–¿Puedes venir para tratar de convencerle de que debe hospitalizarse, Andreas? A mí ya no me hace ningún caso.

–Haré lo posible. Pero tardaré unos días. Alecca está enferma, y no puedo dejarla sola.

Serena ya sabía que su esposa llevaba varios meses enferma; todos comenzaban a sospechar que se trataba de un cáncer.

–Comprendo. Sólo pensaba que quizá tú podrías tener influencia sobre él.

–Haré lo que pueda. Llegaré hacia el fin de semana, Serena. Cuídate mucho, y cuida también a la pequeña Vanessa. ¿Aún no ha nacido el bebé?

–Aún no, pero ya no tardará. Te lo haré saber enseguida, Andreas.

–Trataré de ir antes de que lo tengas.

Esa noche, Serena se sintió más tranquila, al saber que Teddy y Andreas no tardarían en estar a su lado. Sabía que Vanessa estaría bien atendida, y que con un poco de suerte, Vasili se internaría de nuevo. Ahora todo lo que ella tenía que hacer era procurar no dar a luz antes de que llegaran a Londres. Se quedó toda la noche despierta pensando en esas cosas, y Vasili no compareció. Cuando comenzaba a dormirse, poco antes del amanecer, sintió algo húmedo y caliente entre las piernas, como si estuviese nadando en agua tibia. Trató de dormir a pesar de aquella impresión, sin sentir deseos de averiguar de qué se trataba, y de pronto sintió una opresión en todo el vientre, como si se lo hubieran atenazado con una gigantesca mordaza. Se despertó sobresaltada, sabiendo instantáneamente qué era lo que había sentido.

–¡Maldición! –musitó.

Todas las mujeres que conocía habían comenzado a notar los primeros dolores de una manera lenta. Primero se pasaban horas y horas con dolores suaves, sin saber siquiera si se trataba de los del parto. En cambio, ella comenzaba con los de mayor intensidad. Al incorporarse en la cama, recordó lo que tanto Teddy como su médico inglés le habían advertido. Sabía que tenía que apresurarse si no quería tener otro hijo en su casa, y esta vez no había nadie para asistirla. Saltó del lecho lo más aprisa que pudo, pero enseguida se sintió pesada y torpe, pues el niño había descendido aún más en las últimas horas; de modo que se dirigió al cuarto de baño a buscar unas toallas con pasos torpes. Al llegar allí experimentó otro dolor, y tuvo que respirar pausadamente con el fin de soportarlo. Luego se enderezó, descolgó un vestido de la percha, se quitó el camisón, se puso el vestido de algodón y unas sandalias y cogió el bolso. Comenzó a reír quedamente, al sentirse tan excitada como hacía casi nueve años. ¡Al diablo con Vasili! Le dejaría plantado en cuanto tuviese el niño. Ahora sólo le restaba despertar a Vanessa y llegar al hospital. Era la noche libre de la sirvienta, y ella no podía dejar a Vanessa en la casa sin nadie que la cuidara. Sobre todo, teniendo en cuenta que Vasili andaba entrando y saliendo en su anormal estado. Jamás la habría dejado a solas con él.

Descendió alegremente la escalera y entró en el cuarto de la niña. La sacudió ligeramente por el hombro, le dio un beso y le acarició el cabello. Al arrodillarse junto a la camita tuvo que contener un grito, pero cuando Vanessa se despertó el dolor ya había pasado.

–Vamos, amorcito, ha llegado la hora de irnos.

–¿Adónde?

–A la clínica, a tener el bebé.

–¿Ahora? –exclamó la pequeña con extrañeza; y al mirar hacia la ventana, vio que fuera aún estaba oscuro.

–Vamos, amor, levántate. Ponte cualquier cosa y llévate una bata. Y un libro –agregó, después de pensarlo dos veces.

Enseguida se curvó mientras un horrible dolor se expandía por todo su cuerpo.

–¡Oh, mamá! –Vanessa saltó de la cama, sorprendida por la agónica expresión que vio en la cara de su madre–. Mamá, ¿te encuentras bien? ¡Mamá!

–¡Chist...! Sí, querida, estoy bien. –Serena apretó los dientes y forzó una sonrisa–. Compórtate como una señorita y llama a un taxi... ¡Aprisa!

Vanessa salió corriendo en camisón, llevando consigo unos tejanos y una camiseta deportiva. Se vistió mientras esperaba que le respondieran de la compañía de taxis, y cuando lo hicieron, les explicó que se trataba de una emergencia, que su mamá iba a tener un niño.

El taxi llegó en menos de cinco minutos, y Vanessa ayudó a Serena a instalarse en él. La niña se sentía muy mayor al ayudar a su madre, y estaba menos asustada que cuando había presenciado por primera vez la reacción de su madre ante el dolor, pero aún se encogía sobre sí misma cada vez que Serena sufría una nueva contracción.

–¿Tanto duele?

–Son muy fuertes para que el niño pueda ser expulsado.

Vanessa asintió con la cabeza, pero aún parecía preocupada. Los dolores se hacían más intensos a medida que se acercaban a la clínica, y cuando llegaron, Vanessa tomó dinero del bolso de su madre y le pagó al chófer. Éste las despidió con una sonrisa y le deseó buena suerte a Serena, en tanto dos enfermeras la ayudaban a sentarse en una silla de ruedas. Al alejarse en ella, saludó a Vanessa con la mano, y luego la pequeña se instaló en un rincón de la sala de espera, suponiendo que su hermanito o hermanita tardaría pocos minutos en nacer.

Cuando a cabo de una hora aún no había habido ninguna novedad, le preguntó a una enfermera qué era lo que estaba ocurriendo, pero la mujer se la quitó de encima con un gesto. A media tarde, Vanessa era presa del pánico. ¿Dónde estaba su madre? ¿Qué había sucedido?

–Estas cosas llevan tiempo –le dijo una enfermera.

Cuando cambiaron el turno de las enfermeras a las cuatro de la tarde, las nuevas se mostraron más amables con la niña. Nadie comprendía por qué estaba sola, pero finalmente alguien advirtió que nadie iba a buscarla y la pobre criatura ni siquiera había almorzado. Durante catorce horas nadie se había compadecido de ella, y cuando por fin una de las enfermeras le llevó un emparedado, la niña se echó a llorar.

–¿Dónde está mi madre? ¿Qué ha pasado? ¿Por qué no ha tenido el niño aún? –Y abriendo desmesuradamente los ojos, inquirió–: ¿Se va a morir?

Cuando con una sonrisa le contestaron que eso era una tontería, ella no lo creyó. Al quedarse sola de nuevo, comenzó a caminar por los pasillos hasta llegar delante de una puerta de vidrio ahumado con un cartel que decía: PARTOS. Como presintiendo lo que descubriría en el interior, echó los hombros hacia atrás y entró. La escena que apareció ante sus ojos le cortó el aliento. Era su madre, tendida sobre una mesa blanca, con las piernas levantadas y sujetas con correas a lo que parecían unas tablas, el rostro contorsionado por el dolor, las manos atadas, los rubios cabellos pegados y la boca abierta en un grito.

–¡Mamá! –Vanessa se acercó a ella llorando. En la sala no había nadie más que Serena–. ¡Mamá!

Instintivamente, la niña comenzó a desatarle las manos, mientras Serena la miraba con ojos velados. Tardó unos instantes en reconocer a su hija, y entonces comenzó a llorar tan desconsoladamente como Vanessa.

–¡Oh, hija mía...! ¡Hija mía!

Al quedar libres sus manos, acarició los largos cabellos dorados de la niña, pero de pronto se aferró al hombro de Vanessa con los dedos crispados por el dolor. La pequeña casi lanzó un chillido, y entonces Serena la soltó, pero no pudo contener un terrible aullido.

–¿Qué pasa...? Oh, mamá, ¿qué pasa?

Vanessa la miraba horrorizada. Su madre estaba empapada en sudor, y tenía un color cadavérico.

–El niño está... dado la vuelta... –Y entonces, como si acabase de ocurrírsele algo, añadió–: Vanessa..., pídeles mi... bolso... Tengo dinero... Telefonea a Teddy. ¿Sabes... el número? –Vanessa asintió, tremendamente asustada aún–. Dile... –Pero no pudo seguir, transida de un dolor atroz. Pasaron unos minutos antes de que pudiera hablar de nuevo–. Dile que el niño... se presenta... de nalgas..., *de nalgas*. ¿Entiendes? –Vanessa respondió con un gesto–. Han tratado de darle la vuelta, pero no han podido. Esperarán unas horas... y luego lo intentarán otra vez... Ve... –Sus ojos se posaron con desesperación en su hija–. Dile..., dile que venga enseguida. Hoy mismo. Y date prisa.

Vanessa asintió de nuevo, pero vaciló, sin decidirse a salir. Después de otra dolorosa contracción, Serena le pidió que buscara su bolso y que fuera a telefonear a Teddy sin perder un solo minuto más.

Vanessa tuvo dificultades antes de conseguir que las enfermeras le entregaran el bolso de su madre, pero cuando se dieron cuenta de que la pequeña no tenía dinero ni siquiera para comer, accedieron a dárselo. Entonces, ella se dirigió a una cabina telefónica del final del pasillo, se encerró en ella y colocó las monedas para llamar a la operadora y pedirle que le comunicara con Teddy, a cobro revertido. Para entonces ya eran la siete de la tarde en Londres, pero en Nueva York era la una del mediodía, y la niña sabía que le encontraría en el consultorio.

–¿El doctor Fullerton? –respondió la enfermera, sorprendida–. Sí... ¿Su sobrina? Enseguida le llamo.

Teddy se ponía al aparato al cabo de un instante; aceptó la llamada, y Vanessa, al borde de la histeria, trató de contarle lo que había visto y lo que su madre le había dicho.

–Está toda atada, tío Teddy, con las piernas levantadas, y estamos aquí desde la cinco de la madrugada, y mamá dice..., dice que... el niño da la nalga, y que trataron de darle la vuelta y no pudieron y...

La pequeña se puso a llorar, y Teddy intentó tranquilizarla.

–Está bien, cariño, está bien. Sólo dime lo que mamá te ha dicho.

–Esperarán unas horas más y volverán a tratar de darle la vuelta al bebé. Mamá quiere que vengas enseguida; dijo que te dieses prisa.

Teddy casi se echó a llorar también. Una presentación de nalgas a cinco mil kilómetros de distancia... Aun cuando tomara el siguiente avión tardaría entre doce y dieciocho horas en llegar a su lado. Era preciso efectuarle una cesárea de inmediato; dejar pasar las horas inútilmente con la esperanza de darle la vuelta al niño podría ser la causa de la muerte de Serena y hasta del bebé.

–Todo saldrá bien, cariño –le dijo a Vanessa, esperando que le creyera–. ¿Sabes cómo se llama el médico que la atiende? –Al menos podría telefonearle; pero la niña ignoraba su nombre–. ¿El nombre de la clínica? –Ella se lo dijo enseguida–. Les telefonearé y veremos si podemos hacer algo para aclarar las cosas.

–¿No puedes venir, tío Teddy?

Por el tono de su voz, él se dio cuenta de que la pequeña estaba a punto de ser presa del pánico.

–Tomaré el próximo avión, cariño, y con un poco de suerte espero estar ahí a primeras horas de la mañana, hora de Londres; sin embargo, tal vez el niño nazca antes de que llegue.

Para entonces sólo habrían transcurrido veinticuatro horas; pero sabía que para Serena, sujeta a la mesa de partos, con las piernas atadas a los soportes, con una presentación de nalgas, y posiblemente con un equipo de enfermeras más bien indiferentes tratando constantemente de darle la vuelta al bebé, constituiría una tortura inimaginable.

–¿Puedes volver al lado de mamá, cariño?

–Lo intentaré. No sé si me dejarán entrar.

–Dile que me pondré en camino enseguida. ¿Sabes dónde puede estar Vasili?

–No, y no quiero que venga. Está loco.

–Lo sé, lo sé. Sólo pensaba... ¿Le habéis dejado alguna nota en casa, diciendo dónde os encontráis?

–No.

–¿Y qué sabéis de su hermano?

–Mamá dijo que no podía venir hasta el fin de semana, porque su esposa está enferma.

–Muy bien, tigresa, entonces vas a tener que defender el fuerte tú sola hasta que llegue yo. ¿Crees que podrás hacerlo? La noche puede ser larga, pero yo iré cuanto antes y todo terminará pronto. –Mientras hablaba, iba anotando las instrucciones para su secretaria–. Estoy muy orgulloso de ti, Vanessa querida, te estás portando estupendamente.

–Pero mamá...

–Ella también saldrá de ésta. Te lo prometo. A veces resulta un poco arduo eso de dar a luz, pero no siempre sucede así; y cuando todo haya pasado y tenga el niño, ni siquiera se acordará de esto. Te lo prometo.

–Parece como si se estuviera muriendo –insistió Vanessa, y un sollozo le quebró la voz.

Teddy rogaba para que la pequeña se equivocara. Pero quizás estuviese en lo cierto.

A los cinco minutos de haber colgado, Teddy telefoneó a la clínica; habló con la jefa de enfermeras, pero no pudo hacerlo con el médico. Según ellos, la señora Arbus estaba perfectamente. El niño se presentaba de nalgas, en efecto, pero consideraban que aún no era el momento indicado para una cesárea. Iban a esperar por lo menos hasta la mañana siguiente. Y no, aún no habían logrado darle la vuelta a la criatura, pero tenían confianza en que futuros esfuerzos permitirían que todo fuera bien.

Teddy salió del consultorio y se dirigió al aeropuerto de Idlewild, donde llegó a las 14.30. El siguiente vuelo a Londres saldría a las cuatro de la tarde. Telefoneó de nuevo a la clínica. Nada había cambiado, pero esta vez se mostraron más impresionados. No todos sus pacientes contaban con facultativos dispuestos a viajar desde Nueva York para atenderles.

El vuelo de las cuatro de la tarde debía llegar a Londres a las dos de la madrugada, o sea a las ocho, hora de Londres. Teddy suponía que con un poco de suerte podría llegar a la clínica a las nueve o nueve y media. Era todo cuanto podía hacer. Una vez estuvo en vuelo, le explicó a la azafata el motivo de su viaje. Se dirigía a Londres con el fin de efectuar una cesárea, con complicaciones, a una paciente muy importante. Necesitaba una escolta policial o una ambulancia que le llevara lo más rápidamente posible del aeropuerto a la clínica. La azafata se lo comunicó enseguida al capitán. El mensaje fue transmitido en cuanto establecieron contacto por radio con Londres, y al llegar allí, Teddy fue conducido, por una puerta lateral y sin pasar por la aduana, a la ambulancia que le aguardaba. Se conectó la sirena, y salieron volando por las calles de la ciudad. La suerte había estado de su parte, pues el avión había llegado con media hora de adelanto. Pasaban exactamente cinco minutos de las ocho cuando Teddy descendía de la ambulancia y ponía los pies en Londres. Dio las gracias al conductor del vehículo, le dio una generosa propina, se precipitó hacia el interior de la clínica, averiguó dónde se encontraba la sala de partos y subió corriendo la escalera, con el maletín en la mano, para desembocar en una poco acogedora sala de espera, donde vio a Vanessa dormida en una butaca. Se acercó al mostrador de recepción y le habló a la enfermera de turno, que se mostró muy nerviosa y agitada.

–¿De Estados Unidos? ¿Por la señora Arbus?

La enfermera se apresuró a buscar a la jefa, que a su vez llamó al médico de guardia. El facultativo que asistía a la señora Arbus hacía varias horas que no se encontraba en la clínica, pero si el doctor Fullerton poseía las credenciales pertinentes, y si llegaba a ser necesario llevar a cabo una cesárea en el momento oportuno, no habría inconvenientes en que ayudase al cirujano británico. Teddy presentó de inmediato los papeles solicitados, se lavó las manos y pidió permiso para ver a Serena. Escoltado por una serie de profesionales, fue conducido a la sala donde Vanessa había encontrado a su madre trece horas antes.

Serena se encontraba sin aliento, semiinconsciente, bañada en sudor y tan aturdida por el dolor que, cuando Teddy se acercó a ella, tuvo la impresión de que ni siquiera respiraba. La observó, le tomó el pulso y escuchó los latidos del corazón del niño. Serena no dio muestras de haberle reconocido. Su corazón latía débilmente y muy acelerado; el del niño comenzaba a flaquear; la presión sanguínea de Serena era tan baja que Teddy dudó que pudiera salvarla. Sin pensar, impartió órdenes precipitadamente con el fin de que la prepararan para ser operada. Sentía deseos de asesinar a alguien por no haber sido capaces de tomar aquella decisión veinticuatro horas antes. Cuando examinó a Serena para verificar hasta qué punto había descendido el niño, descubrió lo que le habían hecho con los reiterados intentos por darle la vuelta al feto, y se horrorizó al constatar el estado en que la habían dejado. Hubiese querido tomarla en brazos y llevársela de allí, alejarla de aquel infierno. Mientras le soltaban las correas que le sujetaban las piernas y la colocaba cuidadosamente en la camilla de ruedas, Serena recobró el conocimiento y le miró con ojos extraviados.

–Usted se parece... –dijo, con la voz tan ronca que parecía un graznido–, se parece... a Teddy...

–Soy Teddy, Serena. Todo saldrá bien. Vanessa me telefoneó, y vamos a extraer al niño mediante una cesárea.

Ella asintió con la cabeza, y al cabo de un momento gritaba al ser acometida de nuevo por un acceso de dolor. La llevaron directamente al quirófano. Apareció un médico joven, un poco sulfurado por lo inusual del procedimiento, y sin más la anestesiaron; después del concienzudo lavado y cepillado de las manos, Teddy volvió al quirófano y procedió a efectuar la incisión en el vientre de Serena. El anestesista y dos enfermeras vigilaban con atención el flaqueante ritmo cardíaco. Teddy se encontró operando contra reloj, pues se daba cuenta de que la vida de Serena se escapaba rápidamente de entre sus dedos. Al cabo de un instante tenía en sus manos el cuerpo perfectamente formado de una hermosa niña, pero al extraerla de la matriz no lloró. La niña no respiraba, y Teddy comprendió que corría el riesgo de perder a la niña y a Serena. Impartió escuetas instrucciones a las enfermeras, mientras proseguía la operación en Serena. Se hacían todos los esfuerzos posibles para mantenerla con vida, y se solicitó la colaboración de un pediatra y del joven médico para que junto con las enfermeras trataran de hacer respirar a la niña. Parecía que había transcurrido una eternidad cuando oyeron el primer vagido, pero enseguida la sala se llenó de los fuertes bramidos del pequeño ser, casi en el mismo momento en que el anestesista informaba que la presión sanguínea de Serena había subido y que el ritmo cardíaco, por fin, volvía a ser regular. Teddy estuvo tentado de lanzar un grito de alegría, pero aún no había concluido la operación. Cuando ésta llegó a su fin, se quedó contemplando a la dormida mujer que había amado durante tantos años y, con el más grave de los gestos, se inclinó sobre ella y le dio un beso en la mejilla.

El personal de cirugía le felicitó por la brillante y acelerada operación, y luego Teddy salió del quirófano, caminando lentamente detrás de ellos. Serena y la niña estaban a salvo, pero aún tenía que ir a ver a Vanessa. La pobre criatura había pasado un verdadero calvario completamente sola, y cuando llegó a su lado a las diez y cuarto, la pequeña aún estaba dormida. Se sentó en una butaca cercana, y la niña, como si hubiese presentido su presencia, abrió los ojos con el ceño fruncido; entonces él la saludó con una sonrisa.

–¿Qué tal, pequeña? Tienes una hermanita preciosa y muy gordita.

–¿De veras? –exclamó Vanessa, incorporándose, aturdida–. ¿Cómo lo sabes? ¿Acaso la has visto?

–Claro, Vanessa. Yo mismo me he encargado de traerla al mundo.

–¿Sí? –La pequeña le echó los brazos al cuello–. ¡Oh, tío Teddy, eres estupendo! –Y con una expresión ansiosa en la mirada, inquirió–: ¿Cómo está mamá?

–Está dormida.

Acto seguido le explicó que había tenido que hacerle una cesárea.

–¡Qué terrible! –exclamó ella, haciendo una mueca–.

Yo no voy a tener hijos nunca. La tuvieron toda atada, y... –su voz se fue apagando al recordarlo– gritaba... Pensé que se iba a morir.

Teddy le puso una mano sobre el hombro.

–Pero no ha muerto. Está perfectamente bien. Y la niña es una hermosura. ¿Quieres verla?

–¿Me dejarán?

–Si no te dejan, les diré que eres mi enfermera.

Vanessa soltó una risita. Después de una conversación en voz baja con la jefa de enfermeras, Teddy y Vanessa fueron conducidos hasta un amplio ventanal, detrás del cual había por lo menos dos docenas de recién nacidos. Una enfermera se encargó de levantar en alto a la «niñita Arbus» para que Vanessa la viera, y mientras ésta observaba la carita de su hermana, se dio cuenta de lo que Teddy ya había advertido al extraer a la niña.

–¡Es exactamente igual a mamá! –La pequeña parecía asombrada–. Sólo que tiene el pelo negro.

Ciertamente, era idéntica a su madre, una diminuta y perfecta imagen de Serena.

–Qué bonita es, ¿verdad, tío Teddy?

Éste dejó reposar la mano en el hombro de Vanessa, esbozando una desmayada y fatigada sonrisa, al tiempo que asentía.

–Sí que lo es.

Capítulo 44

Andreas llegó al término de la semana, según lo prometido, y encontró a Vasili sumido en un estado de estupor en su dormitorio. Andreas intentó convencerle de que debía despejarse antes de salir, a lo que su hermano sólo sabía responder con gestos de asentimiento. Entonces Andreas descubrió con disgusto y desesperanza la jeringa sobre la mesa. También advirtió que la cara de su hermano tenía un tinte amarillento, y temió que hubiese contraído una hepatitis. Al fin, tuvo que pedirle a su chófer que le ayudase a levantar a Vasili de la butaca, y entre los dos le llevaron, tal como estaba, al coche y se fueron directamente a la clínica. Vasili aún no había visto a su esposa, que se recuperaba lentamente del calvario que había pasado y de la intervención quirúrgica de urgencia. Tampoco había visto a su hijita, y apenas tenía noción de si ya había nacido o no. Andreas le dejó internado en la clínica.

–Se encuentra en un pésimo estado –le dijo Andreas a Serena francamente cuando fue a visitarla–. Pero no tardará en recuperarse.

No mencionó que tenía hepatitis sérica, según le confirmaron en la clínica. Durante largo rato Serena guardó silencio. Luego exhaló un suspiro. Aún sufría intensos dolores, y la cruda realidad de lo que tenía que hacer con respecto a Vasili había estado atormentándola toda la mañana.

–Creo que voy a divorciarme de Vasili, Andreas.

–¿Y piensas volver a Estados Unidos? –le preguntó él, con aire abatido.

Andreas sentía gran afecto por ella y por la niña, pero en el fondo también deseaba que se liberara de una vez por todas de aquel tormento.

–Eso creo. No hay ninguna razón por la que deba quedarme aquí.

Al haber quedado encinta tan pronto, no había tenido tiempo de establecer contactos para trabajar en Londres como modelo. Y ahora tenía dos hijas que mantener, en vez de una.

–En Nueva York podré volver a trabajar.

Con voz pausada y preñada de tristeza, Andreas le dijo:

–No tendrás necesidad de trabajar. –Serena no respondió–. Serena, si se desintoxica otra vez, ¿volverás a darle otra oportunidad?

–¿Para qué? ¿Qué diferencia habría esta vez? Según él, hace más de diez años que se droga.

–Pero ahora es distinto. Te tiene a ti y a la niña.

Andreas se había quedado prendado de la hermosa muñequita. Pero Serena sospechaba que Vasili iba a quedar mucho menos impresionado que su hermano.

–Hace un año que nos tiene. A mí y a Vanessa. Eso no ha servido de nada.

–Pero ahora tendrá a la niña –arguyó Andreas, sonriendo–. ¿Qué nombre le vas a poner?

–Charlotte –repuso ella con una sonrisa–. Charlotte Andrea.

Pareció que Andreas iba a echarse a llorar, de tan satisfecho y orgulloso que se sentía; se inclinó sobre Serena para besarla.

–Eres una muchacha magnífica. –Y con tono apesadumbrado, agregó–: No debí dejar que arruinaras tu vida con mi hermano. Pero... me apena que deba perderte a ti y a la niña. Sin embargo, debes hacer lo que más te convenga. Sé que lo harás. Y cuando te marches, no te olvides de enviarme tu dirección, Serena. Un día iré a Nueva York para visitar a mi tocaya.

Serena le preguntó por su esposa, y él esquivó su mirada. No quería enfrentarse a la verdad. Sin responder, le dio un tierno beso en la mejilla y la dejó dedicada a sus propias cavilaciones. Serena aún no había tenido noticia alguna de Vasili. Sin embargo, el día antes de que la dieran de alta iba caminando por un pasillo del brazo de una enfermera, cuando de repente lo vio. Iba limpio y se veía muy seguro de sí mismo; pero a la vez parecía tremendamente asustado y, por un momento, Serena se preguntó si no escaparía corriendo de ella. Se detuvo, apoyándose pesadamente en el brazo de la enfermera y deseando poder caminar aprisa para alejarse velozmente de allí; pero no podía hacerlo. Vasili caminó despacio hacia ella y luego se quedó parado, muy quieto.

–Hola, Serena.

–Hola –repuso ella, sintiendo que le flaqueaban las piernas.

–¿Estás bien?

Serena asintió con la cabeza, y la enfermera comenzó a inquietarse al darse cuenta de que aquél era un encuentro embarazoso.

–¿Y la niña?

–Está bien. ¿La has visto?

–Aún no. Deseaba verte a ti primero. Yo... ¡ejem! –Dirigió una rápida mirada a la enfermera–. Acabo de volver a la ciudad hoy.

Serena observó que estaba muy pálido. Pero lamentaba muchísimo que hubiera acudido a la clínica. Ella no quería verle más.

–¿Te parece que podríamos hablar?

Ella señaló con un gesto hacia su habitación, y la enfermera la condujo de vuelta a ella muy despacio. Al llegar allí, Serena se tendió en la cama, con aspecto de estar exhausta. Vasili la miraba con una rara expresión; luego agachó la cabeza, y Serena vio que hacía esfuerzos por no llorar.

–No sé qué decirte, Serena.

–No creo que haya nada más que decir, Vasili.

Por primera vez en mucho tiempo, se dio cuenta de que al mirarle no sentía nada. Se había hecho un profundo silencio en su corazón. Vasili levantó la cabeza y sus intensos ojos negros se posaron en los verdes de Serena.

–¿Qué significa eso de que no hay nada más que decir?

–Sólo eso. ¿Qué se puede decir después de lo que hemos pasado? ¿Lo lamento? ¿Buena suerte? ¿Adiós?

–Podríamos intentarlo de nuevo.

Su voz sonaba dulce y triste. No obstante, para ella Vasili seguía siendo un drogadicto, y lo seguiría siendo siempre. Jamás le perdonaría.

–¿Sí? ¿Por qué?

–Porque te amo.

–Eso ya lo dijiste antes –le replicó ella, dirigiéndole una mirada acusadora–. Si hubieses estado en casa y en tu estado normal, quizá no habría corrido el riesgo de morir al tener a tu hija. ¿Sabías que estuve a punto de morir y que casi perdimos a la nena? Si Vanessa no hubiese acudido a la sala de partos y no hubiera telefoneado a Teddy, en estos momentos ambas estaríamos muertas.

–Lo sé. –Las lágrimas brotaron lentamente de sus ojos–. Andreas me lo dijo.

–¿Hubieras podido vivir con ese peso en tu conciencia?

Vasili sacudió la cabeza y luego volvió a mirarla a la cara.

–No puedo perdonarme nada de lo que hice, y comprenderé que tampoco tú puedas hacerlo. Pero ahora soy otro hombre. He estado demasiado cerca de perderlo todo, a ti y a mi hija, y hasta casi a mí mismo. Si lo intentásemos de nuevo, estoy seguro de que esta vez todo sería diferente.

–Ya no puedo creerlo. ¿Cómo es posible que aún puedas decir eso?

–No puedo estar seguro, pero te aseguro que lo intentaré con toda mi alma. Es todo lo que puedo garantizarte. –Se acercó lentamente a la cama, le cogió la mano y se la besó con ternura–. Te amo. Eso parece ser muy poca cosa, pero es lo mejor que tengo. Sería capaz de hacer cualquier cosa para retenerte. Te lo imploraría..., me arrastraría a tus pies... Serena, no sabes lo mucho que te quiero. –Se le llenaron los ojos de lágrimas, que comenzaron a deslizarse por sus mejillas mientras ella le escuchaba. Luego, Serena agachó la cabeza, y Vasili, conmovido, quiso tomarla entre sus brazos–. ¡Oh, querida, te lo ruego!

–¡No me toques...! ¡Vete!

No quería volver a desearle, no podía dejarse arrastrar otra vez por la misma pendiente. Entonces Vasili la obligó a levantar la cabeza hacia él.

–¿Aún me amas?

Serena negó con la cabeza, pero sus ojos decían todo lo contrario; y al escrutar su rostro, Vasili pudo ver todo lo que su esposa había sufrido por su culpa y al dar a luz a su hija, y sintió odio contra sí mismo.

–¿Qué es lo que he hecho? –musitó.

Entonces comenzó a llorar y, repentinamente, estrechó a Serena entre sus brazos; el único ruido que se oyó en la habitación fue el de los sollozos de Serena. Vasili le rogó que le diera otra oportunidad, pero ella estaba demasiado abrumada por la emoción para poder responderle. Por fin, Serena le preguntó si deseaba ver a la niña.

–Me encantaría. –Y entonces Vasili se acordó de algo–. ¿Vas a ir a casa mañana?

–Mañana salgo de aquí. –Serena se sonó la nariz y esquivó su mirada–. Pero todavía no estoy segura de si voy a ir a casa o a un hotel.

–Comprendo.

Vasili le ofreció el brazo, ella se apoyó, y pausadamente recorrieron el pasillo hasta el ventanal a través de cuyo vidrio podrían ver a su hijita. La enfermera sonrió a Serena y miró con interés al hombre que la acompañaba; recordaba haber visto su foto en los periódicos, aunque parecía distinto. Sin embargo, le reconoció y, muy impresionada, levantó a la niña para que él la viese por primera vez. Vasili permaneció como hipnotizado ante la carita, que era idéntica a la de Serena, y sus brillantes y sedosos cabellos negros, hasta que las lágrimas comenzaron a correr por sus mejillas; sin pronunciar palabra, rodeó con el brazo a Serena por la cintura.

–¡Es tan hermosa y tan pequeñita!

Serena sonrió.

–A mí me parece grande. Tres kilos ochocientos es un buen peso para una niña.

–¿Ah, sí? –Él le sonrió con orgullo–. ¡Es tan perfecta!

–Espera a tenerla en brazos.

–¿Llora mucho?

Serena meneó la cabeza, y durante unos minutos estuvo hablándole de la nena; luego él la llevó de vuelta a su habitación y se miraron fijamente el uno al otro.

–Serena, ¿no podríamos probar de nuevo? No quiero perderte. Ni ahora... ni nunca.

Temblando, Serena cerró los ojos y enseguida los abrió otra vez. Ella aún le amaba, y le parecía que, aunque sólo fuese por la niña, debía brindarle una nueva oportunidad; sin embargo, temía que si Vasili volvía a caer bajo el dominio de las drogas, ella se moriría de horror. Se hallaba en una encrucijada, sin saber si debía pensar en su propio bienestar o tenía que ceder por lo que consideraba un deber para con su hijita.

–Está bien. Lo intentaremos de nuevo –dijo casi en un murmullo–. Pero si vuelves a reincidir, todo habrá terminado. ¿Entiendes?

Sabía que lo que debía hacer era coger a la niña y marcharse sin más contemplaciones, pero aún seguía dominada por el mágico influjo de Vasili. Lo llevaba muy metido dentro de su ser.

–Entiendo.

Entonces, él se le acercó y la besó, y en aquel beso puso toda la amargura que experimentaba por el dolor que le había infligido. Le prometió pasar a buscarla para llevarla a casa al día siguiente. En cuanto Vasili se hubo ido, con un suspiro Serena descolgó el teléfono para llamar a Teddy, preguntándose cómo podría explicarle aquella nueva locura. Sabía que cometía otro error y, no obstante, quería convencerse a sí misma de que obraba bien. Y a pesar de no lograrlo, tenía que buscar la forma de justificarlo ante Teddy.

Capítulo 45

Cuando Serena llegó a casa al salir de la clínica con la niña, tuvo la impresión de que la habían remodelado. Aún conservaba la espectacular decoración moderna y las enormes pinturas al pastel, pero Vasili se había lucido. Había flores por todas partes para ella, montañas de regalos y toda clase de elementos para la niña, así como una colección de muñecas y juguetes nuevos para Vanessa. Les había comprado todo cuanto se le había ocurrido, incluyendo un increíble brazalete de diamantes para Serena. Al igual que en las anteriores tentativas de reconciliación, nada era suficiente para ellas. La primera vez que tomó a la nena en sus brazos, su cara parecía la de una *madonna* masculina. Estaba completamente seducido por la criaturita, y más enamorado que nunca de la madre de la pequeña. Todo el tiempo que pasaba con ellas le parecía poco, y no veía llegar el momento de que Serena pudiese salir con él un poco. Al cabo de dos semanas de estar en casa, le permitieron dar un paseo por las cercanías. Y después de otra semana más, Vasili llevó a la niña a pasear en su cochecito, acompañado de Serena. Eran los primeros días de septiembre, el tiempo era cálido, y Vanessa había vuelto a la escuela. Ahora ya estaba en cuarto curso, y se acercaba el día de su noveno aniversario.

–¿Feliz, amor mío? –le preguntó Vasili a Serena, mientras paseaban por el parque.

Llevaba la cámara colgada del cuello, y ya le había sacado centenares de fotografías a su hijita.

–Mucho.

Sin embargo, Serena tenía un aire abatido, como si ya no fuese tan feliz como antes. Él lo notaba, y a veces eso le ponía nervioso. Siempre temía que un día Serena le abandonara. Podía decirse que los días en el Jardín del Edén habían terminado.

Después del paseo volvieron a casa y jugaron con la niña. Desde su estancia en la clínica para someterse al proceso de desintoxicación, Vasili no había vuelto a trabajar. Deseaba dedicar un poco de su tiempo a Serena y a la niña. Serena comenzaba a preguntarse si aquellas constantes ausencias no terminarían por afectar su carrera. A Vasili, sin embargo, eso no parecía preocuparle. Al cabo de unos días, anunció que se iba a París, donde tenía que atender unos asuntos. Se marchó muy contento, y le dijo a Serena que le telefonearía en cuanto llegara, pero no lo hizo. Cuando ella intentó localizarle en su apartamento, no lo logró; finalmente renunció a ello, diciéndose que ya llamaría él en un momento u otro. Sin embargo, de nuevo la sombra de la preocupación empañó su tranquilidad. No pudo tener la certeza de lo que sospechaba hasta una semana más tarde, cuando él volvió a Londres. Al verle sintió que el alma se le venía a los pies. Todo había terminado. Vasili había vuelto a perder la batalla, y la acción de la heroína había dejado claras huellas en él. Serena le miró, sintiéndose como si hubiese llegado el fin del mundo; pero a él no le dijo ni una sola palabra. Subió a su habitación, metió sus cosas en las maletas, telefoneó a Teddy y reservó los pasajes para el siguiente vuelo. Luego, temblando de pies a cabeza, colocó las maletas en el suelo en el preciso instante en que Vasili entraba en la alcoba.

–¿Qué demonios estás haciendo?

–Te dejo, Vasili. Te lo dije bien claro en la clínica. Si volvías a reincidir te abandonaría. Has vuelto a usarla. Me marcho. No tengo nada más que decir. Todo ha terminado.

Se sentía más cansada que otra cosa, exhausta hasta en lo más profundo de su ser; y también experimentaba un cierto temor por lo que él pudiera decir o hacer. De cualquier manera, le importaba un comino cómo reaccionara. Todo había terminado.

–No he vuelto a tocarla. Estás loca.

Sólo oírle decir eso bastó para que Serena se enfureciera.

–No –le dijo, desencajada por la ira–. Tú eres el que está loco. Y yo me voy de aquí antes de que sea demasiado tarde. A ti nada te importa salvo esa porquería que te inyectas en el brazo. No comprendo por qué lo haces, ya que tienes todas las razones del mundo para no hacerlo, pero puesto que ninguna de ellas parece tener peso para ti, me voy. ¡Adiós!

Esa noche Vasili desapareció de nuevo, y cuando Serena abandonó la casa a la mañana siguiente con las niñas, él aún no había regresado.

Diez horas más tarde, el avión en que viajaban aterrizó en Nueva York, exactamente al cabo de trece meses de haber partido ella de allí. Serena miró en torno, después de descender de la aeronave, y se preguntó si no estaría soñando. Por primera vez en su vida, la partida no había sido dolorosa. Estaba completamente aturdida. Se movía como en sueños, con la niña en brazos y Vanessa cogida de su mano. Por un instante, se sintió como el día en que había llegado acompañada de las monjas y otros niños durante la guerra; al cruzar ese recuerdo por su mente, las lágrimas empezaron a rodar por sus mejillas. Y siguió sollozando al ver a Teddy, como si su imagen hubiese desatado todos sus sentimientos.

Teddy les condujo hasta su coche y luego las llevó al apartamento amueblado que había alquilado por un mes. Serena miró en torno de la desnuda habitación, apretando a la niña contra su pecho. Sólo había un dormitorio, pero no le importaba. Todo lo que deseaba era estar a cinco mil kilómetros de distancia de Vasili. Contaba con escasos recursos, pero tenía el brazalete de diamantes que Vasili le había regalado el mes anterior, y estaba dispuesta a venderlo. Con un poco de suerte, le proporcionaría fondos suficientes para subsistir hasta que pudiese volver a posar como modelo. Ya le había pedido a Teddy que le hablara a Dorothea.

–Y bien, ¿cómo te sientes al estar de vuelta? –le preguntó Teddy sonriendo, si bien había un velo de preocupación en sus ojos.

Serena tenía un aspecto terrible, y el de Vanessa no era mucho mejor.

–Creo que todavía estoy aturdida –fue la respuesta de Serena, mientras seguía mirando a su alrededor.

Las paredes estaban desnudas, pintadas de blanco, y los muebles eran modernos de estilo nórdico.

–No es el Ritz... –se excusó Teddy, con una sonrisa.

Por primera vez Serena se rió.

–Teddy, mi amor, eso me tiene sin cuidado. Por lo menos tenemos un techo sobre nuestras cabezas y no estamos en Londres.

Vanessa también sonrió, y Teddy tomó a la niña en sus brazos.

–¿Cómo está mi amiguita?

–Hambrienta todo el tiempo –repuso Serena, sonriendo.

–A diferencia de su madre, que parece no comer nunca.

Serena había perdido todo el peso que ganara durante el embarazo, junto con unos seis o siete kilos más. Y todo en seis semanas, desde el nacimiento de la niña.

–Si tengo que volver a posar no me vendrá mal. Por cierto, ¿qué dijo Dorothea?

–Que te está esperando con los brazos abiertos, al igual que todos los fotógrafos de la ciudad.

–Vaya, eso es una buena noticia –comentó Serena, complacida.

–¿Crees que él pueda venir a buscarte? –le preguntó Teddy, cuando Vanessa se hubo acostado.

–De nada le serviría. No quiero ni verle.

–¿Y la niña?

–No creo que le importe. Está demasiado ensimismado en sus cosas y dominado por la droga.

–No estés tan segura. Por lo que dijiste, deduzco que estaba loco con la pequeña.

–Pero no lo suficiente como para dejar la heroína.

–Yo aún no puedo creerlo.

–Ni yo tampoco. A veces me pregunto si podré volver a ser la misma de antes.

–Claro. Es sólo cuestión de tiempo.

Había sobrevivido a tantos desastres en su vida que Teddy estaba convencido de que también en esta ocasión sería capaz de superar la crisis. Y gracias a Dios había dejado a Vasili.

–No sé, Teddy, supongo que tienes razón, pero ha sido una pesadilla tan terrible que resulta difícil de entender lo que pasó. ¿Sabes...?, creo que esa porquería le hace volverse loco.

–Es patético.

Entonces ella cambió de tema, y hablaron sobre la escuela para Vanessa. La pobre niña había pasado por demasiadas penalidades en el curso de las últimas seis semanas. Serena estaba casi decidida a concederle una tregua escolar, para que tuviese tiempo de readaptarse. Vanessa, por su parte, sólo parecía interesada en cuidar de la niña. Estaba encantada con su hermanita, a quien llamaba Charlie, en vez de Charlotte. Cuando llegaba la hora de acostarse, Serena no podía quitarle a la pequeña de los brazos. Y era maravilloso ver cómo Vanessa trataba a la encantadora criatura.

–Es una chica estupenda.

Teddy hablaba de su sobrina con evidente orgullo, y Serena se reía.

–Sí, lo sé.

Las dejó solas para que se instalaran en el apartamento, y Serena se fue a la cama en cuanto terminó de darle el biberón a la pequeña. Durmió sin soñar, y cuando despertó, estaba sólo ligeramente menos cansada que antes de acostarse.

Unos días más tarde fue a la Agencia Kerr, y Dorothea se quedó mirándola fijamente con una mano apoyada en la cadera.

–Te lo dije, ¿no? –Le sonrió con una mueca–. Pero te aseguro que estoy muy contenta de que hayas vuelto.

–No tanto como yo de estar aquí.

Tomaron una taza de café, y Dorothea aprovechó para ponerla al tanto de todos los chismes que circulaban por Nueva York.

–¿Y qué me dices de Vasili? ¿Todo ha terminado?

–Así es.

–¿Para siempre? –Serena asintió con la cabeza sin pronunciar palabra–. ¿Quieres contarme el motivo?

Serena, empero, se limitó a negar con un gesto y a palmear la mano de su amiga.

–No, querida, no quiero. Y tú tampoco quieres saberlo. Fue como ir a un lugar del que pensé que jamás volvería. Y ahora que estoy aquí, no quiero recordar ni rememorar, y ni siquiera quiero pensar en el pasado. Mi único recuerdo placentero de ese año que se fue es Charlie, y ella está aquí conmigo.

–Gracias a Dios.

Hacia el final de la semana, Vasili comenzó a telefonear a la agencia, y Dorothea pensó que iba a volverse loca. Vasili quería saber dónde estaba Serena, dónde podía encontrarla, cómo podía comunicarse con ella. Serena había impartido estrictas instrucciones de que no le proporcionaran ningún dato sobre ella. Pero un día una de las modelos contestó al teléfono para hacerle un favor a la empleada, y ese día Vasili dio en el clavo. La joven buscó el número de teléfono y la dirección de Serena en el fichero y se los dictó sin vacilar, sin tener idea de lo que acababa de hacer.

Al día siguiente Vasili viajó a Nueva York para ir a verla. Cuando llegó al apartamento, Serena se disponía a salir.

–Serena...

Al abrir la puerta y oír pronunciar su nombre, la joven se sobresaltó, y tuvo la sensación de que se le helaba la sangre en las venas. Por el brillo de sus ojos se dio cuenta de que Vasili seguía drogándose y de que, evidentemente, estaba medio alienado. Retrocedió unos pasos lentamente hacia el interior del apartamento. Las niñas estaban en la sala de estar con la niñera. Serena quiso cerrarle la puerta en las narices, pero él se abrió paso de un empujón, musitando oscuramente que tenía que ver a su hija y que Serena no podía hacerle eso, en tanto que ella arrojaba la cartera portadocumentos al suelo, sintiendo renacer en su interior el viejo temor y la antigua ira al ver cómo él se inclinaba sobre Charlie. Todo el horror del pasado año pareció danzar ante sus ojos cuando Vasili se volvió de cara a ella, con la mirada vidriosa y extraviada.

–¿Cómo diablos me localizaste? –le preguntó Serena con voz cortante, y lanzando chispas por los ojos.

–Tenía que hacerlo. Eres mi esposa.

La niñera le miraba asustada, y Vanessa, instantáneamente, cogió a la pequeña en sus brazos con gesto protector. Veía que su madre se iba poniendo cada vez más furiosa, y Vasili daba la impresión de estar completamente loco.

–¿Por qué no volviste a casa?

–No voy a volver nunca más. Y no pienso discutir esto aquí –replicó Serena, mirando con inquietud a las niñas.

Vanessa ya había tenido que presenciar demasiadas escenas como aquélla; Serena no quería que viese ninguna más.

–Entonces, entremos aquí –replicó Vasili, señalando el dormitorio. Serena le siguió a grandes y airados pasos–. ¡Quiero que vuelvas a casa! –le gritó él, volviéndose de cara a Serena.

–No. ¿Entiendes? ¡No! –contestó ella, meneando enérgicamente la cabeza–. Jamás volveré a tu lado. Y ahora, sal de esta casa y no vuelvas a entrometerte en mi vida.

–¡De ninguna manera! –chilló él–. Te llevaste a mi hija, y tú eres mi esposa y tienes la obligación de volver conmigo si yo te lo ordeno.

–No tengo ninguna obligación de obedecerte. Eres un maldito heroinómano y casi nos destruiste a mí y a mis hijas...

–Pero no lo hice, no lo hice... –le interrumpió él–. Te amo..., te amo..., te amo...

Y así diciendo, fue avanzando hacia ella, clavando sus negros y enloquecidos ojos en los de Serena, hasta que instintivamente sus manos se cerraron en torno a su cuello y comenzaron a apretar cada vez más y más, y ella comenzó a sofocarse, al tiempo que su cara se tornaba morada, y él seguía diciendo: «Te amo..., te amo..., te amo...».

En la sala contigua, Vanessa le oía hablar, pero de repente, aterrada, se dio cuenta de que no oía a su madre; presintiendo que algo horrible debía de estar pasando, abrió la puerta, con la niña aún en brazos. Lo que vio en el dormitorio fue a Vasili, arrodillado, en el suelo, sollozando, y con las manos apretando todavía el cuello de Serena, quien yacía con la cabeza extrañamente torcida y los ojos muy abiertos.

–¿Qué le has hecho a mi madre? –gritó Vanessa, estrechando fuertemente a Charlie contra su pecho.

–La he matado –repuso Vasili en voz baja–, porque la amo.

Y luego, llorando histéricamente, se desplomó en el suelo junto a Serena.

Capítulo 46

La publicidad que se le dio al caso durante las semanas siguientes adquirió proporciones de alcance internacional. La muerte de Serena Fullerton Arbus causó no poco revuelo. Su pasado, la muerte de sus padres, su boda con Brad y luego con Vasili, todo salió a relucir una y otra vez en las páginas de los periódicos. Fue del dominio público que Vasili Arbus era heroinómano; se habló de sus casamientos y se comentaron hasta el hartazgo sus internamientos en establecimientos asistenciales para someterse a curas de desintoxicación. Y se mencionó en forma muy superficial el litigio por la custodia de las niñas. El escándalo no tuvo parangón; sin embargo, la cuestión de fondo la constituyó la suerte que correrían las pequeñas. Al igual que Brad, Serena tampoco había dejado testamento. Y si bien sus pertenencias podían ser equitativamente repartidas entre sus dos hijas, lo importante era determinar dónde y con quién vivirían en el futuro. ¿Permanecerían juntas o serían la causa de una guerra entre los Fullerton y los Arbus? A fines de octubre se celebró la audiencia sobre su custodia, en la que serían escuchadas todas las partes implicadas y, según era de esperar, resuelta la cuestión. Teddy deseaba adoptar a las dos hijas de Serena, y su madre puso el grito en el cielo.

–No lo permitiré. Sabe Dios en qué se convertirían esas

niñas con una madre como ésa; y en el caso de la pequeña, con esos antecedentes de drogas y crimen.

–¿Y Vanessa? ¿No se te ocurre decir nada terrible acerca de ella también?

Teddy estaba furioso con su madre. Desde la muerte de Serena había estado abatido y abrumado por el dolor; sin embargo, la señora Fullerton, aun en medio de tanto horror, no tenía ni un mínimo de consideración para con su única nieta, y eso acababa de agriar el poco afecto que Teddy sentía por su madre. Sólo Pattie se mostraba excepcionalmente compasiva. En la actualidad, Greg estaba demasiado ebrio la mayor parte del tiempo como para tener conciencia de lo que ocurría. En cambio, Pattie hablaba constantemente de lo que leía en los periódicos, y decía que era una tragedia que todo aquello hubiera tenido que sucederle a la única hija de Brad. Al principio, Teddy se sintió conmovido por el interés que su cuñada demostraba por Vanessa, pero con el paso del tiempo aquella cuestión pareció convertirse en una obsesión para ella, al extremo de provocar en él una extraña inquietud. Le telefoneaba al consultorio para hablar del asunto con él, y unos días antes de la audiencia preguntó el nombre del juez.

–¿Para qué?

–Me preguntaba si papá lo conocería.

–¿En qué cambiaría eso las cosas?

–Las haría más fáciles.

–¿Para quién?

–Pues para Vanessa, claro. Quizá se mostraría más amable y resolvería el caso más rápidamente.

Teddy no le encontró mucho sentido, pero como no era del todo disparatado el razonamiento de su cuñada, se lo dio. Supuso que, si Pattie se lo proponía, lo averiguaría de todos modos, y él ya tenía suficientes preocupaciones con Vanessa. Las niñas estaban viviendo con él desde la muerte de su madre, y Vasili había sido encerrado en

Bellevue, a la espera de la decisión del departamento de inmigración. Su hermano había hecho lo imposible para obtener su extradición. Había prometido que si le permitían llevar a Vasili a Atenas, él se encargaría de internarlo en un hospital. Lo que le horrorizaba era que lo sometieran a juicio por homicidio. Temía que Vasili jamás pudiera salir de la cárcel.

Las preocupaciones de Teddy, sin embargo, eran aún más profundas. Vanessa había caído en una especie de estupor desde el momento en que presenció el asesinato de su madre. Aquella mañana empezó a llorar, y la niñera declaró que no había dejado de gritar hasta que llegó la policía y la sacaron de allí con suma delicadeza. Había conservado a Charlie aferrada contra su pecho hasta que llegó Teddy y se la quitó de los brazos. Éste se llevó a las dos niñas a su casa, llamó a un psiquiatra para que atendiera a Vanessa y consiguió una niñera para el bebé. Llevó a Vanessa varias veces al médico. La niña había borrado por completo de su mente todo lo sucedido, y no recordaba absolutamente nada de un día a otro. Se movía como una autómata, y cuando Teddy trataba de retenerla, ella lo apartaba con las manos. La única persona que merecía su atención y de quien aceptaba su amor era la pequeña Charlotte, a la cual tomaba en brazos, meciéndola durante horas y horas. Pero nunca mencionaba a su madre; y el psiquiatra le había advertido a Teddy que no le dijera ni una palabra de lo ocurrido. En algún momento todo acudiría de nuevo a su mente; la cuestión era cuándo. Podían pasar veinte años, le previno, pero mientras tanto era importante no presionarla.

Como consecuencia de ello, Teddy se ocupó de que la niña no asistiera al entierro. Aquello era más de lo que él mismo podía soportar. La única mujer que había amado de corazón había sido asesinada. Acudió solo, se situó en el segundo banco y permaneció con los ojos clavados en el féretro, con las lágrimas rodando por sus mejillas, mientras anhelaba haber podido acariciarla una sola vez..., verla caminar, bella y altiva, con sus verdes ojos brillantes de alegría. No podía creer que estuviese muerta, y sentía un vacío en su alma que nada podía llenar.

También él seguía en estado de *shock*, en cierto modo, cuando entró en la sala del tribunal y el juez abrió la audiencia para la custodia de las niñas. Mientras el juez desgranaba su monótona letanía, Teddy hacía esfuerzos para pensar razonablemente. Su abogado había presentado una petición, ofreciendo hacerse cargo de las dos niñas, y esperaba convencer al juez de que aquélla era la solución más sensata. El único obstáculo lo constituía Andreas Arbus, quien le explicó meticulosamente al juez las disposiciones que se habían tomado en Atenas con el fin de internar a Vasili, con la mayor reserva y discreción. Los funcionarios del departamento de inmigración y la oficina del fiscal del distrito habían accedido a conceder la extradición aquella misma mañana. Pero, siguió exponiendo al juez, como quiera que la niña recién nacida de Serena no tenía otros parientes cercanos, consideraba que era imperativo que la llevara a Atenas, para que pudiese criarse junto a sus primos, tías y tíos, que la querrían y adorarían. Era justo que viviera con los de su propia sangre. El juez pareció otorgar a sus palabras suma atención, y mientras Teddy trataba de contener el aliento y preparar la argumentación que sustentara la tesis de que las niñas no debían ser separadas, levantó la vista sorprendido al oír la petición que le formulaba al juez un abogado a quien él conocía muy bien. La petición era presentada en nombre de la señora de Gregory Fullerton, quien se ofrecía para hacerse cargo de la custodia de su sobrina. Teddy se quedó boquiabierto al oír que su cuñada alegaba que tanto ella como su marido siempre le habían tenido un gran afecto a la niña, y si bien su cuñado podía ser un padre ejemplar, era preciso tener en cuenta que Vanessa no tendría quien le hiciera de madre en aquel hogar, puesto que Theodore Fullerton era soltero.

De nuevo el juez pareció impresionado por aquel argumento, mientras Teddy se devanaba los sesos pensando cómo podría contrarrestar sus palabras, antes de que fuese demasiado tarde. ¿Por qué, en nombre de Dios, quería Pattie quedarse con Vanessa?, se preguntó. La única respuesta plausible, se dijo, podía residir en el hecho de que era hija de Brad y que ella no había tenido hijos. ¿Era posible que aún conservara su amor por Brad después de tantos años? Pero eso era una locura. ¿O se trataba simplemente de un último acto de venganza contra Serena? Robarle la niña ahora que ella estaba muerta, de la misma manera que Serena le había robado a Brad a Pattie, en Roma. Greg era un borracho. Pattie, una rencorosa. No tenía espíritu maternal. Teddy habló en voz baja a su abogado, quien formuló una objeción, que fue discutida con el juez, pero al cabo de media hora todo había terminado. Charlotte Andrea Arbus fue puesta bajo la custodia de su tío paterno, y Vanessa Theodora Fullerton quedó bajo la protección de su tío y tía paternos, Gregory y Patricia Fullerton, porque Theodore Fullerton, siendo soltero, no podría ofrecerle un hogar tan conveniente como ellos.

Pattie, de pie en la sala del tribunal, sonreía triunfante mientras veía entrar a Vanessa, con su hermanita en brazos, y a quien el juez explicó lo que había pasado.

–¿Le da Charlie a él? –preguntó Vanessa, dirigiendo a Andreas una mirada tan preñada de odio que Teddy experimentó un escalofrío–. No puede usted hacer eso. La niña es mía. Era de mi mamá.

El juez insistió y, al resistirse la pequeña, un ordenanza tuvo que quitarle a Charlie de sus brazos para entregársela a Andreas, quien con lágrimas en los ojos trató de hablarle a Vanessa. Ésta, sin embargo, no le oyó, como si de pronto hubiese caído en un estado catatónico. Se limitó a sentarse en el suelo de la sala y comenzó a mecerse hacia delante y hacia atrás. Teddy avanzó y le indicó con un gesto a Andreas que era preferible que se marchara enseguida; después acarició a la niña que tanto amaba. Ni siquiera tuvo tiempo de ver por última vez a Charlie, pues Andreas se la llevó antes de que él pudiese volver la cabeza.

–Vanessa... –la llamó con voz firme, pero ella no le oyó–. Pequeña, todo va bien. Yo estoy aquí. Todo saldrá bien.

–¿Podemos irnos a casa?

Por fin Vanessa volvió los ojos hacia él, y fue como si hubiese retrocedido un paso más. Esta vez Teddy se vio obligado a sacudir la cabeza.

–Vas a ir a casa de la tía Pattie, cariño. Ella quiere que la acompañes y te quedes a vivir allí.

–¿Contigo no? –inquirió con los ojos anegados en lágrimas–. ¿Por qué?

–Eso es lo que ha resuelto el juez, porque así tendrás un tío y una tía, que serán como un papá y una mamá.

–Pero yo te necesito a ti, tío Teddy.

Su imagen resultaba casi patética cuando le tendió los brazos.

–Yo también te necesito, cariño –repuso él, con el corazón destrozado–. Pero iré a verte. Y serás feliz con el tío Greg y la tía Pattie.

Teddy sintió que era un falso y un mala bestia al decirle aquellas palabras. Al ver a su cuñada abandonar la sala del tribunal con Vanessa, resolvió apelar.

–¿Tengo alguna posibilidad de lograr algo? –le preguntó a su abogado, mientras observaba a Vanessa, que le miraba por encima del hombro al salir en compañía de Pattie.

–Podemos intentarlo –respondió el abogado–. Siempre se puede intentar.

Capítulo 47

Cuando Teddy fue a ver a Vanessa al apartamento de Pattie y Greg, el corazón se le encogió como nunca le había ocurrido antes. Vanessa estaba sentada en su cuarto, frente a la ventana, y cuando él le habló, la niña pareció no oírle. No reaccionó hasta que Teddy le puso una mano en el hombro y la zarandeó ligeramente, pronunciando su nombre.

Entonces Vanessa volvió la cabeza con los ojos muy abiertos, los cuales denotaban un profundo dolor.

Teddy trató de conversar con Greg acerca de la locura que significaba que Pattie se hiciera cargo de Vanessa, pero se dio cuenta de que era virtualmente imposible hablar con él. Después del mediodía ya no estaba nunca sobrio. Se sentaba en su despacho con el fin de simular que aún dirigía la empresa, pero eran otras las personas que se encargaban de hacerlo por él. Él sólo tenía que encerrarse en su despacho y beber tranquilamente un trago tras otro, procurando no caerse del sillón. Para conversar con él con cierta coherencia, Teddy tuvo que ir a verle a primera hora de la mañana, lo que hizo por fin después de una semana de infructuosos intentos. Le atrapó en su despacho a los pocos minutos de llegar antes de que tuviera tiempo de servirse una copa. Después de la estéril conversación que mantuvieron, Teddy se quedó observándole largo rato, preguntándose casi con frialdad profesional cuánto tiempo tardaría en morir de cirrosis; luego, sin pronunciar una sola palabra más, giró sobre sus talones y abandonó el despacho. La siguiente visita esa mañana fue para su madre, pero los resultados que obtuvo con ella no fueron mejores que los que había conseguido con Greg.

–Es ridículo. –La cara de su madre había comenzado a ajarse, pero aún conservaba su belleza, y sus cabellos seguían siendo fuertes y blancos como la nieve–. Esa niña no pertenece a esta familia. Nunca perteneció a ella. Y ahora no tiene por qué estar contigo ni con Greg y Pattie. Deberían enviarla con esos griegos y que se quedara con ellos. Allí es donde debería estar.

–Demonios, no has cambiado nada, ¿verdad?

Teddy se sentía descorazonado al ver que nadie quería ayudarle. Deseaba desesperadamente tener a Vanessa consigo porque la quería, y porque en cierto modo era como una prolongación de Serena. Pero eso era precisamente la causa del odio que le tenía su abuela. Y el hecho de que fuese precisamente por Brad por lo que Pattie deseaba tenerla a su lado.

–Entre todos destruirán a esa criatura; lo sabes, ¿no es cierto?

–Eso no es problema mío ni tuyo.

–¡Un cuerno! Vanessa es nieta tuya y sobrina mía.

–Es la hija de una prostituta –replicó su madre, en voz queda y preñada de malignidad.

–¡Maldita seas!

A Teddy se le llenaron los ojos de lágrimas e hizo un gesto como para abofetear a su madre, pero la violencia de su propia emoción le causó una conmoción, y entonces se dio la vuelta, temblando.

–¿Has terminado ya? –Él no contestó–. Te sugiero que te marches y no vuelvas hasta que hayas recobrado el juicio. Es evidente que la descabellada pasión que sentiste por esa mujer te ha trastornado mentalmente. Buenas tardes, Teddy.

Él salió sin pronunciar palabra, y la puerta se cerró silenciosamente tras él.

Capítulo 48

La primera audiencia de apelación pareció que iba a durar una eternidad. Comenzó la semana después de Navidad y se prolongó casi dos semanas. Teddy y su abogado presentaron todas las evidencias que se les ocurrieron; Pattie y Greg ofrecieron el testimonio de todas las amigas de Pattie sobre lo mucho que ella y su marido querían a Brad y lo mucho que ella deseaba quedarse con su hija. Alegaron que Serena tenía celos de ella y que por eso no les «permitió» ver nunca a la niña. Su testimonio apareció fuertemente respaldado por puras fábulas, que frustraron las tentativas de Teddy por convencer al jurado de que su hogar era el más conveniente para la pequeña. Prometió comprar un apartamento más grande, dedicarse a la práctica de su profesión sólo cuatro días por semana, contratar a un ama de llaves y a una niñera para Vanessa. Presentó testigos que lo habían visto con la niña en el curso de varios años. Al parecer, de nada sirvió todo eso. Y el último día de la audiencia, el juez solicitó que compareciera la niña.

Cuando llamaron a Vanessa, la pequeña se quedó con los pies plantados en el suelo, los brazos caídos a ambos lados del cuerpo y la mirada perdida en el vacío, como ya era habitual en ella últimamente. A Teddy no le permitieron estar a solas con ella en ningún momento, pero hacía meses que tenía la impresión de que Vanessa cada vez se iba encerrando más y más en sí misma. Tenía los ojos vidriosos, y aquella niña que siempre se veía tan llena de vida y que poseía el mágico encanto de su madre ahora estaba siempre apática. Teddy no volvió a tener ocasión de hablar con ella el tiempo suficiente para atraerla de nuevo a la realidad.

El juez la observó unos instantes antes de comenzar la sesión. No permitió que ninguno de los abogados le formulara preguntas. Ambos habían acordado que fuese el juez quien se las hiciera. Sin embargo, cuando éste habló, en un primer momento pareció no oírle, hasta que por fin levantó la vista hacia el estrado al oír pronunciar su nombre.

–¿Vanessa?

La voz del juez sonaba enérgica, pero había ternura en sus ojos. Era un hombre mayor, tenía nietos, y se compadecía de aquella criatura de tristes ojos grises, que parecían vastas extensiones de tierra yerma en invierno; en aquellos momentos sentía deseos de estrecharla entre sus brazos.

–¿Sabes por qué te encuentras aquí? –La pequeña asintió con la cabeza, con los ojos muy abiertos–. ¿Puedes decírmelo?

–Porque el tío Teddy me quiere y desea que vaya a vivir con él.

Le dirigió una mirada a Teddy, pero parecía más asustada que complacida por ello. Estaba impresionada por todo el procedimiento judicial. Le recordaba algo, aunque no sabía muy bien el qué. Sólo sabía que no había sido agradable, como tampoco lo era aquello.

–¿Quieres mucho a tu tío Teddy, cariño?

La niña asintió con la cabeza, y esta vez sonrió.

–Él siempre viene a ayudarme. Y jugamos mucho.

El juez hizo un gesto de asentimiento.

–Cuando dices que viene a ayudarte, ¿a qué te refieres?

–Como cuando sucede algo malo. –Comenzó a verse más animada que antes–. Como una vez, cuando... –entonces pareció turbarse y quedó con la mirada perdida–, cuando mi mamá estuvo enferma... Él vino a buscarnos... No me acuerdo...

Levantó la mirada, con expresión vaga, como si hubiese olvidado lo ocurrido, y Teddy entrecerró los ojos. La niña se estaba refiriendo a cuando Serena dio a luz a Charlotte. ¿Pero lo había olvidado realmente o bien tenía miedo de contarlo? Teddy no sabía qué pensar.

–No lo recuerdo.

Volvió a ponérsele vidriosa la mirada, que bajó hasta fijarla en sus manos.

–Está bien, querida. ¿Crees que te gustaría vivir con tu tío Teddy?

Ella asintió con la cabeza, y sus ojos escrutaron la cara de su tío Teddy, pero con tan poca emoción en su rostro que resultaba inquietante. Era como si al morir su madre se hubiese muerto ella también.

–¿Eres feliz en casa de tus tíos? –Ella volvió a hacer un gesto de asentimiento–. ¿Te tratan bien?

La niña movió afirmativamente la cabeza y miró a Teddy con ojos tristes.

–Me compran muchas muñecas.

–¡Qué bien! ¿Quieres mucho a tu tía?

Vanessa permaneció largo rato sin contestar, y por fin se encogió de hombros.

–Sí.

Teddy sintió pena por la niña, que se veía tan profundamente trastornada y sola. Era evidente que necesitaba el consuelo y el cariño de una madre. Un hombre no sería suficiente.

–¿Echas mucho de menos a tu mamá y a tu hermana? –le preguntó el juez con afabilidad, como si realmente le importara.

Pero Vanessa le miró con expresión de sorpresa.

–Yo no tengo ninguna hermana.

–Claro que la tienes... Quiero decir...

El juez pareció confundido ante la fija mirada de la niña.

–Nunca tuve una hermana. Mi papá murió en la guerra cuando yo tenía tres años y medio –dijo Vanessa, como si recitara un poema.

A Teddy se le iluminaron los ojos. Fue el primero en comprender lo que le pasaba a la pequeña, la cual añadió:

–Y cuando él murió, yo no tenía ni hermanos ni hermanas.

–Pero cuando tu mamá volvió a casarse... –insistió el juez, con el ceño fruncido.

Vanessa meneó la cabeza.

–Mi mamá nunca volvió a casarse.

Al oír eso, el juez pareció fastidiado. Teddy murmuró algo al oído de su abogado, quien le hizo una seña al juez. Sin embargo, éste le hizo guardar silencio.

–Vanessa, tu mamá se casó de nuevo con un hombre llamado...

Pero antes de que pudiese proseguir, el abogado de Teddy se acercó presuroso al estrado. El juez se dispuso a reprenderle; no obstante, el abogado habló en voz baja al magistrado, el cual alzó las cejas, se quedó pensativo un instante y luego conminó a Teddy a acercarse al estrado con un gesto. Los tres conferenciaron brevemente en susurros, mientras la cara del juez se ensombrecía y adoptaba una dolorosa expresión. Después asintió con la cabeza, y Teddy y su abogado regresaron a sus asientos.

–Vanessa –dijo el juez lentamente, observando a la niña con toda atención–. Quisiera hacerte unas preguntas sobre tu mamá. ¿Qué recuerdas de ella?

–Que era muy hermosa –contestó quedamente Vanessa, como si estuviera soñando–. Y me hacía muy feliz.

–¿Dónde vivías con ella?

–En Nueva York.

–¿Alguna vez viviste en algún otro sitio con ella?

Vanessa pensó un instante, comenzó a sacudir la cabeza y luego pareció recordar.

–En San Francisco. Antes de que papá muriese.

–Comprendo. –Entonces el otro abogado comenzó a mirar con extrañeza al juez y a Vanessa, pero aquél le indicó que guardara silencio–. ¿Nunca vivisteis en otro sitio? –La niña negó con un gesto–. ¿Has estado en Londres alguna vez, Vanessa?

Tras meditarlo unos segundos, Vanessa respondió:

–No.

–¿Volvió a casarse otra vez tu mamá?

La niña comenzó a agitarse y removerse en su asiento, y todos los presentes en la sala se compadecieron de ella. Se puso a juguetear con sus trenzas y con voz quebrada repuso:

–No.

–¿No tuvo otros hijos?

Los ojos de Vanessa se velaron otra vez.

–No.

–¿Cómo murió tu mamá, Vanessa?

La sala quedó en absoluto silencio, y la pequeña se quedó quieta con la vista fija al frente. Al fin, apenas con un hilo de voz, respondió:

–No lo recuerdo. Creo que se puso enferma. En un hospital... No lo recuerdo... Vino el tío Teddy... y ella se murió. Se puso enferma... –Comenzó a sollozar–. Eso es lo que me dijeron...

El juez estaba pasmado. Se inclinó y acarició la cabeza de la pequeña.

–Sólo una pregunta más que hacerte, Vanessa. –Ella siguió llorando, pero levantó la cabeza–. ¿Me estás diciendo la verdad? –Ella asintió, sorbiendo por la nariz–. ¿Me lo prometes?

Con una vocecita que se hizo más firme y una desolada mirada, la niña contestó:

–Sí.

Y era evidente que estaba segura de que así era.

–Gracias.

Con una señal el juez indicó a la guardiana que se llevara a la niña, y a Teddy el corazón se le fue con ella; no obstante, sabía que no podía seguirla. Cuando se hubo cerrado la puerta a sus espaldas, la sala se llenó de murmullos, mientras el juez golpeaba con su mazo y literalmente rugía dirigiéndose a ambos abogados:

–¿Por qué nadie me advirtió que esta criatura estaba perturbada?

Pattie fue llamada al banco de los testigos y declaró que lo ignoraba, que no se había atrevido a hablar del homicidio de Serena con la pequeña. Sin embargo, hubo algo en su manera de decirlo que le hizo sospechar a Teddy que Pattie estaba mintiendo. Ella sabía lo muy trastornada que estaba la niña, pero en verdad le tenía sin cuidado, porque no la quería. Vanessa era un objeto para ella; o peor aún, un prisionero de guerra. Teddy afirmó que a él nunca le habían dejado estar el tiempo suficiente con la pequeña como para poder darse cuenta de cuál era su estado, si bien había comenzado a sospecharlo por pequeños detalles y cosas que ella decía. La audiencia se pospuso hasta que se hubieran llevado a cabo ciertas averiguaciones. Se designó a un psiquiatra para que se ocupase de determinar plenamente cuál era el estado de Vanessa antes de que se tomara una resolución.

Al psiquiatra le llevó una semana formular un diagnóstico. Mientras el médico aportaba su testimonio, Vanessa aguardaba en la oficina del juez. La niña se encontraba en grave estado de *shock*, sufría de depresión y de amnesia parcial. Sabía quién era y recordaba con claridad su vida hasta el momento en que su madre se había casado con Vasili

Arbus. En efecto, la criatura había bloqueado todo lo que correspondía al último año y medio, y lo había reprimido de una manera tan intensa que el médico no podía decir cuándo tendría noción de la verdad, si es que llegaba a tenerla. Tenía algunas reminiscencias acerca de la enfermedad de su madre, y se trataba, como Teddy suponía, del recuerdo de su madre mientras estaba en el hospital en Londres; pero no recordaba que aquello había ocurrido en aquella ciudad ni que la causa de su «enfermedad» residía en el hecho de que estaba dando a luz. Junto con el recuerdo de Vasili, el de la hermanita que tanto había amado, la pequeña Charlie, se había desvanecido también. Lo había bloqueado todo para evitar la angustia que le provocaba.

Vanessa no estaba loca, declaró el médico. En cierto modo, lo que había hecho era saludable, temporalmente. Había cercenado la parte de su vida que tan dolorosa le resultaba y la había enterrado en el olvido. Había ocurrido de manera inconsciente, posiblemente momentos después de la muerte de su madre o, tanto el psiquiatra como Teddy suponían, en el momento en que le habían arrebatado a Charlie para dársela a Andreas en la sala del tribunal. Aquél había sido el instante en que todo se le hizo demasiado difícil de aceptar. Desde entonces no había vuelto a ser ella misma. El psiquiatra estaba seguro de que la niña se recuperaría, pero lo que no podía aseverar era si algún día llegaría a recordar la verdad. Si eso llegaba a suceder, le sobrevendría en cualquier momento, dentro de un mes, de un año, de toda una vida. Si no ocurría, en cierto modo viviría torturada por el dolor no manifiesto de aquellos hechos. El facultativo recomendaba tratamiento psiquiátrico por algún tiempo, para ver si los recuerdos afloraban a la superficie. Manifestó, sin embargo, que a la niña no se la debía presionar ni importunar, y que no debía decírsele de qué manera había muerto su madre. Debían dejarla tranquila con sus recuerdos olvidados, y si éstos salían a la superficie por sí solos, tanto mejor. En caso contrario, deberían dejar que siguieran enterrados en el olvido. Era un poco como vivir con una bomba de tiempo, porque un día probablemente aflorarían a la conciencia; no obstante, resultaba imposible asegurar cuándo. Según informó al tribunal y a las partes implicadas, él esperaba que cuando la niña se sintiera más segura de nuevo, su psique actualmente traumatizada cedería lo suficiente como para que ella pudiese aceptar la verdad. Algún día tendría que aceptarla, dijo el psiquiatra con tristeza. De lo contrario, sufriría un grave daño.

El juez inquirió si el médico consideraba que la pequeña necesitaba en especial de una figura materna o si creía que igualmente podría superar la crisis sin ella.

–Rotundamente no –respondió el médico–. Sin la presencia de una mujer que se relacione con ella, esa criatura jamás saldrá de su cascarón. Necesita el amor de una madre.

Entonces el juez frunció los labios. Teddy aguardó, y al cabo de media hora se anunció el veredicto. La custodia permanente había sido otorgada a Greg y Pattie. Greg parecía aliviado al abandonar la sala, y Pattie no cabía en sí de gozo. Ni siquiera se dignó dirigir una mirada a Teddy, mientras obligaba a Vanessa a caminar delante de ella. La niña lo hacía como un autómata, sin ver ni sentir. Teddy ni siquiera se atrevió a tocarla. El dolor que sentía era tan fuerte que no podía soportarlo. Mientras bajaba lentamente los escalones, azotado por el viento helado, le alcanzó su madre.

–Lo lamento, Teddy –le dijo con voz cascada.

Él se volvió hacia ella con ojos airados.

–No, no es cierto. Hubieras podido ayudarla y no lo has hecho. Has preferido dejar que se la llevaran esos dos –replicó Teddy, señalando la limusina que se alejaba del bordillo de la acera, llevando a Vanessa al apartamento de sus tíos.

–Ellos no le harán ningún daño que no le haya hecho ya su madre. Y tú podrás verla siempre que lo desees.

Sin responder, Teddy se separó de ella lo más rápidamente que pudo.

Esa noche se quedó en su apartamento sumido en la oscuridad, mirando las negras sombras de la noche por la ventana. Había empezado a nevar. Pensaba hacer lo mismo que su hermano. Camino a casa había comprado una botella de whisky escocés, y tenía planeado tomársela toda antes del amanecer. Andaba ya por la mitad cuando sonó el timbre de la puerta. Hizo caso omiso. No deseaba ver a nadie, y como las luces estaban apagadas, nadie sabría que estaba en casa. Sin embargo, después de que el timbre hubo sonado por lo menos quince veces, alguien comenzó a aporrear la puerta. Los golpes se sucedieron incansablemente y, por fin, oyó una voz ahogada que gritaba:

–Tío Teddy.

Sobresaltado, dejó el vaso, se puso en pie de un salto, corrió a la puerta y la abrió. Allí estaba Vanessa, llevando una bolsa de papel en una mano y una vieja muñeca que él le había regalado hacía muchos años en la otra.

–¿Qué haces aquí?

Ella se quedó muda durante un minuto por lo menos, y luego pareció asustada.

–Me he fugado.

Teddy no supo si echarse a reír o a llorar. Ambos estaban de pie bajo la luz del pasillo. Casi inconscientemente, encendió las luces del apartamento.

–Entra y charlaremos sobre esto.

No obstante, sabía que no había nada de qué hablar. Tendría que llevarla de vuelta en cuanto hubieran hablado del asunto.

Como si le hubiera leído el pensamiento, la pequeña se empecinó obstinadamente en quedarse en el pasillo.

–No volveré.

–¿Por qué no?

–Greg está borracho de nuevo, y ella me odia.

–Vanessa –repuso él con un suspiro, lamentando haberse tomado la media botella de whisky antes de que ella llegara. No pensaba con la lucidez necesaria, y se alegraba tanto de verla...–. Pattie no te odia. Si de veras te odiara, no habría luchado tan denodadamente para obtener la custodia.

–Ella sólo me quiere como a una cosa –replicó Vanessa, en tono airado–. Como todos esos vestidos que se compra y las figuritas de cristal que tiene sobre la mesita del café o las muñecas que me regala. Eso es todo lo que soy para ella: un objeto. –Teddy reconocía que tenía razón, pero no podía decírselo–. Y les odio.

–No les odias.

–No quiero volver y no volveré.

La niña le miraba con ojos relampagueantes, y Teddy exhaló un suspiro.

–Vanessa, tienes que volver.

–No lo haré.

–Vamos, hablemos un poco sobre esto.

Las piernas le flaqueaban ligeramente estando de pie, y se alegró de poder sentarse de nuevo. No obstante, Vanessa se mostraba tan tozuda como una mula.

–No volveré junto a ellos, pase lo que pase.

Teddy se pasó los dedos por entre los cabellos.

–¿Quieres ser razonable, por todos los cielos? No podemos hacer nada. No puedes vivir conmigo porque el juez les concedió la custodia a ellos.

–Entonces seguiré escapándome, y así tendrán que encerrarme en un colegio.

Teddy le sonrió tristemente.

–No harán una cosa semejante.

–Sí lo harán. Ella me lo dijo.

–¡Santo cielo! –¿Para eso se la habían quitado? ¿Para

amenazarla con meterla interna en un colegio?–. Óyeme, nadie va a enviarte a ninguna parte, Vanessa. Pero no puedes quedarte aquí.

–¿Ni siquiera esta noche?

Los ojos de la niña eran tan grandes y tristes que Teddy se ablandó y le tendió los brazos esbozando una sonrisa.

–¡Oh, princesa! ¿Por qué ha tenido que sucedernos todo esto?

Había lágrimas en sus ojos cuando ella levantó su carita hacia él, y una vez más Teddy vio los rasgos de su hermano en aquel menudo rostro.

–¿Por qué tuvo que morir mamá, tío Teddy? ¡Es tan injusto!

–Sí –dijo él, con voz ahogada por la emoción al recordar a Serena–. Lo es.

–¡Oh, no me obligues a alejarme de tu lado, por favor! –exclamó Vanessa aferrándose a él, que sintió el calor de sus manitas a través de la tela de la camisa–. Sólo por esta noche.

Él exhaló un suspiro, sintiéndose de repente muy sobrio, y luego asintió con la cabeza.

–De acuerdo. Sólo por esta noche.

Pero no tuvo tiempo de telefonear a Greg o a Pattie. Ésta se le adelantó. En cuanto él alzó el aparato, su cuñada comenzó a chillar desaforadamente.

–¿Está ahí?

–¿Vanessa? –repuso él con voz muy calma–. Sí.

–¡Maldita sea, Teddy, tráela a casa enseguida! ¡El juez nos la dio a nosotros! ¡Ahora es nuestra!

Como si fuera una hortaliza o una maleta.

–La llevaré mañana por la mañana.

–¡La quiero ahora!

Pattie gritaba con estridencia, y a Teddy le fulguraban los ojos.

–Ella quiere pasar la noche aquí.

–No importa lo que ella quiera. Ahora es nuestra, y tiene que hacer lo que yo diga. Voy a ir a buscarla.

–Yo de ti no lo haría. –La voz de Teddy era suave como el terciopelo, pero a la vez sonaba dura como el acero–. Te he dicho que te la llevaré mañana por la mañana. Se quedará a dormir aquí.

–No, no puede hacer eso. Ya oíste lo que dijo el juez. No es conveniente, porque eres soltero. No le está permitido pasar la noche en tu casa –dijo Pattie, en tono socarrón–. La quiero en casa de inmediato.

–Bien, pues no irá. Hasta mañana.

Pero a la mañana siguiente no fue Pattie quien se presentó, sino la policía. Llegaron justo cuando Teddy le preparaba el desayuno a Vanessa. Sonó el timbre de la puerta, el agente le preguntó si era Theodore Fullerton, él contestó que sí, le informaron que estaba arrestado, le pusieron las esposas y, ante la mirada horrorizada de Vanessa, se lo llevaron. Otro agente apagó el hornillo en que se estaba calentando la leche para el desayuno, y le dijo con amabilidad a Vanessa que recogiera sus cosas. La niña se puso histérica, mirando a su alrededor con desesperación... Había algo en los uniformes..., la policía... No sabía muy bien de qué se trataba, pero la aterrorizaba... Cogió la muñeca y corrió a la puerta en busca de Teddy. Pero cuando llegó abajo, acompañada por el policía, el coche que llevaba a Teddy a la comisaría ya había partido. A Vanessa la llevaron al apartamento de Greg y Pattie, y se la devolvieron a ésta con una palabra amable y una sonrisa.

En el mismo momento, a Teddy lo estaban fichando en la comisaría, acusado de secuestro. Pattie había formulado la denuncia durante la noche. Le impusieron una fianza de quince mil dólares –una suma exorbitante–, y se fijó su comparecencia ante el mismo juez para el día siguiente.

A la mañana siguiente, cansado y sin afeitar, Teddy fue

llevado a los tribunales; le quitaron las esposas, y el juez le miró echando fuego por los ojos antes de desalojar la sala.

–Bien, doctor Fullerton, no puedo decir que me complazca volver a verle por aquí. ¿Qué tiene usted que decir con respecto a este asunto? Confidencialmente, sólo para información de la corte.

–Yo no la secuestré, su señoría. Ella vino a mi casa.

El juez pareció agitarse.

–¿Le pidió usted que hiciera eso?

–Por supuesto que no.

–¿Le dio ella alguna razón?

–Sí –contestó él, dispuesto a ser honesto. Ahora ya no tenía nada que perder–. La niña detesta a mi hermano y a su esposa.

–Eso no es posible. Ella no dijo nada al respecto durante la audiencia.

–Pregúnteselo usted de nuevo.

El juez se sulfuró.

–¿La presionó usted?

–Yo no hice tal cosa –replicó Teddy, echando chispas por los ojos–. Mi cuñada ya la ha amenazado con meterla interna en un colegio, lo que demuestra lo mucho que la quiere, su señoría. Me atrevería a decir que su decisión no fue muy acertada –añadió con amargura, mirando al juez con una ligera sonrisa.

El juez no pareció muy complacido al oír aquel comentario.

–La niña está muy perturbada. Usted ya lo sabe. Necesita estar en un hogar normal, con una madre y un padre. Por mucho que la quiera, usted sólo puede encarnar el papel del padre.

Teddy lanzó un suspiro.

–Mi cuñada no tiene ni una sola fibra de madre en todo su ser, su señoría. Odiaba a la madre de Vanessa con todo su corazón. El padre de Vanessa la dejó plantada para casarse con la que sería su madre. En cierto modo, creo que Pattie..., la señora Fullerton, sólo busca vengarse. Quiere «tener la posesión» de esa chiquilla a toda costa, para probar algo. No ama a Vanessa, su señoría. Ni siquiera conoce a la pequeña.

–¿Es cierto que la madre de la niña odiaba a la señora Fullerton?

–No lo creo. Creo que todo el odio procedía de la señora Pattie Fullerton. Estaba furiosamente celosa de Serena.

–¡Pobre mujer! –El juez meneó la cabeza al recordar a Serena–. ¿Y su hermano Gregory? –Entonces adoptó una expresión sombría; aquél era el peor caso que había tenido en muchos años, y no parecía haber una solución adecuada para Vanessa–. ¿No quiere a la niña?

–Su señoría –respondió Teddy, con un suspiro–, mi hermano es un alcohólico. En mi opinión, se encuentra ya en la fase final de la enfermedad. No brinda una imagen muy edificante para Vanessa; ni para nadie, de hecho.

El juez meneó la cabeza y se dejó caer contra el respaldo del sillón exhalando un hondo suspiro.

–Bien, debo considerar las denuncias contra usted que le acusan de secuestrador, y todo hace suponer que tendré que reabrir el caso de su sobrina... –La expresión de su rostro era tan triste como la de Teddy–. Voy a hacer algo muy poco usual, doctor. Le voy a condenar a treinta días de cárcel por el supuesto secuestro de su sobrina con posterioridad a mi veredicto. Está en el derecho de solicitar un juicio por este motivo si usted quiere, pero no voy a acusarle de secuestrador, sino que le impondré la pena por desacato a la corte. No existe excarcelación bajo fianza para ese cargo, por lo tanto deberá cumplir la condena completa de treinta días. Así tendré la seguridad de que no va a secuestrar verdaderamente a la niña. –Miró con ojos airados a Teddy, que le escuchaba abatido–. Durante esos treinta días voy a ordenar que se haga una extensa investigación de este caso, y ratificaré o rectificaré mi veredicto dentro de treinta días justos. Eso será... –consultó brevemente el calendario– el cuatro de marzo.

Dicho esto, hizo una seña al alguacil, y sin más preámbulos se llevaron a Teddy de la sala.

Capítulo 49

El cuatro de marzo, a las nueve de la mañana, Teddy fue llevado de vuelta a la sala del tribunal, bien afeitado y bien vestido, y allí se encontró frente a frente con su hermano, su cuñada y Vanessa. Para él aquel mes había sido interminable, y no había podido ver a Vanessa ni un solo minuto. Ahora, al verla allí, el corazón le dio un vuelco, y comenzó a sonreír. Se le iluminaron también los ojos, y vio que la pequeña tenía mejor aspecto. Después de todo, quizá Vanessa estaría bien con ellos.

El alguacil llamó al orden a la sala; todo el mundo se puso de pie; entonces entró el juez y recorrió la cara de todos los presentes con el ceño fruncido. Les informó que la investigación llevada a cabo con respecto a la custodia de Vanessa había sido una de las más extensas que había ordenado en toda su carrera. Les dijo que todos los implicados eran personas muy decentes, y que no se trataba de determinar si unos eran más apropiados que otros para hacerse cargo de la niña. Lo que tenía primordial importancia era el bien de Vanessa. El caso ofrecía ciertos problemas peculiares –el juez escrutó los ojos de todos los adultos, sabiendo que le entenderían– que tornaban especialmente difícil elegir el hogar adecuado para la niña. Cualquiera que fuese la decisión, esperaba que todos seguirían siendo amigos, porque estaba seguro de que la niña los necesitaba a todos ellos, sin importar que viviera con éste o con aquél.

Fue el suyo un largo parlamento, teniendo en cuenta que procedía de un juez normalmente taciturno. Luego se aclaró la garganta, revisó unos papeles y posó la vista en Margaret Fullerton, para fijarla enseguida en su hijo menor.

–Doctor Fullerton, creo que tiene derecho a saber que mantuve una larga conversación con su madre. –Teddy dirigió una mirada preñada de desconfianza a su progenitora, pero nada pudo descubrir en sus ojos–. Al parecer, su devoción por la niña no sólo ha sido admirable sino de larga y firme duración. Según tengo entendido, mantuvo usted una íntima relación con la madre de la pequeña después de la muerte de su hermano, y tanto Vanessa como la madre de ésta depositaron en usted una gran confianza y afecto. También ha llegado a mi conocimiento que el señor Gregory Fullerton y su esposa no tuvieron contacto ni con Vanessa ni con sus padres. –Teddy miró a su madre profundamente asombrado. ¿Le había contado al juez todo eso? Pero ¿por qué? ¿Por qué de pronto había resuelto ayudarle?–. Por consiguiente, me parece que la convivencia con usted, a pesar de no estar usted casado, le proporcionará a Vanessa una sensación de continuidad que, de acuerdo con la opinión del psiquiatra, es de vital importancia para ella. Por lo tanto, doctor Fullerton, le otorgo la custodia definitiva de esta niña.

Vanessa soltó una exclamación y corrió hacia él. Teddy le tendió los brazos y la estrechó fuertemente, mientras le corrían las lágrimas por las mejillas. El juez les contemplaba, y sintió que también se le humedecían los ojos. Cuando Teddy miró a su madre, vio que se enjugaba una lagrimita, y se sintió embargado de gratitud hacia ella. Por fin había hecho algo decente. Sólo Pattie parecía querer asesinarles a todos al salir de la sala. Sin embargo, Greg se detuvo para estrecharle la mano a su hermano, y les deseó suerte. Sabía que era lo más conveniente para Vanessa.

Margaret Fullerton observaba a su hijo menor, pensando en lo que finalmente la había ablandado en relación con Vanessa. El pasado estaba enterrado, y la niña se veía perdida sin su tío Teddy. Parecía haber llegado el momento de que la historia pasara al desván de la memoria.

«Tal vez me estoy volviendo vieja», se había dicho a sí misma, sonriendo.

Teddy aún seguía abrazado a Vanessa, y ambos reían henchidos de felicidad. Cuando salieron del palacio de justicia cogidos de la mano, los fotógrafos entraron en actividad sin que ninguno de los dos se sintiera fastidiado por ello.

Vanessa bajó corriendo la escalinata, cogida de la mano de Teddy, sintiéndose como una estrella de cine, sonriéndole a él de oreja a oreja y apretándole la mano hasta casi dejársela entumecida. Tomaron un taxi y se dirigieron al apartamento de Teddy. Hacía un mes que éste no ponía los pies en él, y cuando hizo girar la llave, tuvo la impresión de que hacía un año que no trasponía el umbral de la puerta. Se quedó inmóvil contemplando a su sobrina, que no dejaba de sonreírle, sin saber si debía tomarla en brazos para cruzar el umbral o no, pues al fin y al cabo ambos iban a iniciar una nueva vida. Entraron juntos, cogidos de la mano, y al encontrarse en el interior del apartamento se la estrecharon ceremoniosamente. Luego la pequeña se puso de puntillas para darle un beso en la mejilla.

–Bienvenida a casa, princesa –le dijo él.

–Te quiero, tío Teddy.

–¡Oh, cariño! –exclamó él, dándole un gran abrazo–. Yo también te quiero. Espero que seas feliz aquí.

Teddy deseaba resarcirla por todo lo que había sufrido en el pasado, pero sabía que no podía hacerlo. Todo lo que podía ofrecerle era el futuro y todo su ser.

–Seré feliz, tío Teddy.

Le miró con una amplia sonrisa; por primera vez en muchos meses parecía de nuevo una niña de nueve años. No se adivinaba en ella ningún rastro de la tragedia o del trauma o de la angustia provocados por lo que había pasado. Se dejó caer en el sofá, riendo alegremente, arrojó el sombrero al aire y se quitó los zapatos de un par de puntapiés, asumiendo la expresión de un duendecillo travieso.

LIBRO TERCERO

Vanessa y Charlie

Capítulo 50

–¿Vanessa? ¿Estás en casa?

Teddy entró cansinamente por la puerta de enfrente, dejó el sombrero sobre la mesa del vestíbulo, se quitó el abrigo y echó un vistazo al estudio. Vanessa no estaba allí, pero mientras recorría las dependencias de la casa, comenzó a sospechar que debía de encontrarse en el cuarto oscuro. Durante los últimos cuatro años se había pasado la mayor parte del tiempo allí encerrada. Teddy había tenido que sacrificar la habitación de huéspedes en aras de su afición por la fotografía, que había descubierto el primer año que pasó en Vassar. No obstante, era tan excelente en su actividad que él lo había hecho con gusto.

En los trece años que llevaban viviendo juntos casi todo había sido placentero. Habían crecido juntos, cogidos de la mano, aprendiendo y madurando, y en ocasiones peleando como el perro y el gato, aunque existía un profundo respeto entre ambos. La madre de Teddy había fallecido cuando Vanessa tenía doce años, pero el hecho no representó una sentida pérdida para ella. Su abuela nunca la había aceptado, y su actitud no se modificó hasta el día de su muerte. No le dejó absolutamente nada de su vasta fortuna. Lo legó todo, dividido en partes iguales, a sus dos hijos. Dos años después Greg falleció de cirrosis, como era previsible, y al poco tiempo Pattie se trasladó a Londres y se casó con «alguien terriblemente importante». Por los rumores que le llegaban, Teddy supuso que era feliz, pero en realidad le importaba un bledo si no volvía a verla nunca más. Una vez perdió la custodia de Vanessa se despreocupó totalmente de la niña, y no volvieron a visitarla nunca más. De modo que llegó un momento en que Teddy y Vanessa se quedaron solos. Él no se casó; se había dedicado en cuerpo y alma a representar el papel de padre soltero. Sufría sus momentos de depresión; en otros se ponía histérico hasta lo indecible, y algunos otros valían por toda una vida. Uno de esos momentos que jamás olvidaría fue cuando Vanessa se graduó en Vassar, la primavera anterior. En algunos aspectos, Vanessa era tan adorable como lo había sido su madre, pero la semejanza era más espiritual que física. Al crecer se había vuelto idéntica a Brad, y a veces Teddy encontraba divertido comprobar lo mucho que se le parecía. Poseía su misma figura larguirucha, sus mismos ojos de color gris azulado, su sentido del humor; y cuando se reía, era como si Brad se hubiese reencarnado en un cuerpo de mujer. La impresión que causaba era extraordinaria, como lo era estar con ella, por su vivacidad y su dinamismo. Era su energía y su impulso lo que había heredado de su madre. Y no quiso ser modelo sino fotógrafa. Había estudiado bellas artes en Vassar con gran provecho; sin embargo, lo único que ahora le interesaba era lo que veía a través de la lente de la cámara, y luego lo que hacía con ello.

Teddy golpeó con los nudillos en la puerta, y Vanessa respondió:

–¿Sí? ¿Quién es?

–El lobo feroz.

–No entres. Estoy revelando.

–¿Terminarás pronto?

–En unos minutos más. ¿Por qué?

Teddy tenía la impresión de que la mayoría de las conversaciones con ella las había mantenido a través de aquella puerta.

–¿Quieres acompañarme a cenar?

–¿No prefieres jugar con jovencitas de tu edad?

Ella siempre le gastaba bromas, diciéndole que debía casarse.

–Mete la nariz en tus propios asuntos, marisabidilla.

–Será mejor que te portes bien conmigo; de lo contrario podría vender a los periódicos la foto que te saqué la semana pasada. Famoso cirujano disfrazado de racimo de uvas.

Teddy lanzó una carcajada al recordarlo. Vanessa y media docena de amigos tenían que asistir a una fiesta la Noche de Brujas en la que debían ir disfrazados de frutas; en el último momento, el que debía ir vestido de racimo de uvas no pudo acompañarles, y ella le pidió a Teddy que le hiciera el favor de sustituirle. Él así lo hizo, y además ganaron el premio, de manera que Vanessa pidió que les sacaran una foto.

–¿Cómo quedaría en las revistas médicas?

–Eso es chantaje.

–Procura ser amable conmigo. Acabo de vender otra foto al *Esquire*.

Hacía cinco meses que se dedicaba a la fotografía como profesional independiente, y no le iba nada mal.

–Estás subiendo como la espuma. –Teddy seguía en el pasillo, hablándole a la puerta–. ¿Vas a salir algún día de ahí dentro?

–No, jamás.

–¿Qué me dices de la cena?

–Suena bien. ¿Adónde vamos a ir?

–¿Qué te parece al J. P. Clarke?

–Estupendo. Voy en tejanos y no pienso cambiarme.

–¡Vaya novedad!

Vanessa siempre llevaba tejanos, con los largos cabellos

increíblemente rubios flotando al viento; y tenía un vasto surtido de cazadoras y chalecos, que constituían todo su vestuario. Lo que ella quería era estar cómoda para poder sacar fotos todo el tiempo. La ropa le tenía completamente sin cuidado.

–Iré a vestirme.

Teddy se metió en su dormitorio y se aflojó el nudo de la corbata. Hacía años que llevaba dos vidas, la de un cirujano prestigioso y formal en el Columbia Presbyterian y luego una totalmente distinta con Vanessa. Una vida vivida en tejanos, camisas o suéteres, con las mejillas sonrosadas y los cabellos revueltos por el viento. Gracias a ella se había mantenido más joven de lo que correspondía a sus cuarenta y cinco años, y por su aspecto nadie le hubiera echado más de treinta. Aún conservaba el color rubio de sus cabellos y la tez blanca, por lo que se parecía mucho más a Vanessa. Ambos tenían una constitución parecida: eran altos y flacos, con los mismos hombros, y su sonrisa también era similar; de hecho, ella hubiese podido pasar por hija suya. Algunas veces, cuando era niña, le presentaba como su «papá»; no obstante, seguía llamándole Teddy, y por lo general les decía a sus amistades que era su tío. Recordaba con todo detalle el glorioso día en que el juez le concedió su custodia a Teddy, pero de los horrores del pasado aún no recordaba ninguno.

Teddy había consultado a varios psiquiatras en el curso de los años, y todos habían terminado por aconsejarle que no se preocupara. Resultaba inquietante que nada de ello hubiese aflorado a la memoria, pero, según coincidían todos en señalar, era muy posible que jamás lo recordara. Era feliz y bien adaptada, de modo que no había motivo alguno que pudiera hacerle revivir el pasado. También le sugirieron que, si lo deseaba, cuando la niña fuese adulta podía contárselo él mismo. Sin embargo, Teddy resolvió no hacerlo; la joven era feliz, y tal vez el dolor de saber que su madre había sido asesinada por su propio marido fuese una carga demasiado pesada para su alma. La única posibilidad de que ello se convirtiera en motivo de preocupación residía en el hecho de que Vanessa sufriera alguna experiencia sumamente traumática. En ese caso, tal vez algunos recuerdos del fondo de la memoria afloraran a la superficie. Cuando Vanessa era pequeña solía tener frecuentes pesadillas, pero ahora hacía años que no las sufría, y al fin Teddy terminó por despreocuparse totalmente del asunto. Vanessa era como cualquier otra chica, feliz, dócil, muy cariñosa, y jamás le había causado los problemas típicos de la adolescencia. Era sencillamente una chica estupenda, y él la quería como si fuese su propia hija. Y ahora que casi tenía veintitrés años, Teddy no podía creer que el tiempo hubiese pasado tan rápidamente.

–¿Va usted a salir de ahí dentro, hermosa dama?

La puerta se abrió cuando él aún no había terminado de pronunciar aquellas palabras, y Vanessa apareció ante él en toda su belleza, con los cabellos flotando sobre los hombros como las mieses mecidas por el viento, y una amplia sonrisa en los labios.

–Acabo de revelar unas fotos verdaderamente grandiosas.

–¿De qué? –le preguntó Teddy, mirándola gozoso a los ojos.

–El otro día tomé unas instantáneas de unos niños en el parque y son estupendas. ¿Quieres verlas?

Teddy la siguió cuando entró de vuelta en el cuarto oscuro. Vanessa encendió la luz, y él examinó las copias. Ella tenía razón. Eran fantásticas.

–¿Vas a venderlas?

–No lo sé. –Inclinó la cabeza hacia un lado, y la rubia cabellera cayó sobre su hombro–. En el centro hay una galería que está interesada en mis trabajos. He pensado mostrárselas.

–Son muy bonitas, cariño. Has hecho cosas maravillosas en estas últimas semanas.

Vanessa le pellizcó la mejilla y le dio un beso.

–Eso se debe a que tengo un tío que me compra unas cámaras magníficas.

Teddy le había regalado una Leica en Navidad, y una Nikon el día que se graduó. La primera se la había regalado al cumplir los dieciocho años, que fue cuando se le despertó la afición por la fotografía.

Salieron del apartamento cogidos del brazo, y subieron a un taxi que les llevó al J. P. Ahora que ella había acabado sus estudios, salían juntos muchas noches. A él le encantaba llevarla a lugares lujosos, y a ella le encantaba estar con él, aunque a veces Teddy sentía remordimientos de conciencia. Vanessa no había tenido muchos amigos cuando iba a la escuela. Era más bien una niña solitaria, y siempre se mantuvo muy aferrada a él. En Vassar hizo algunos amigos, pero parecía más feliz estando a solas con su cámara. Y a punto de cumplir veintitrés años, dentro de pocas semanas, Vanessa aún era virgen. No había habido ningún hombre importante en su vida, y ella parecía eludirles con temor. El contacto de una mano masculina siempre le provocaba un escalofrío. A Teddy le preocupaba mucho. Tal como había dicho el psiquiatra en la sala del tribunal muchos años atrás, los horrores enterrados en el olvido la dejarían marcada para toda la vida si nunca llegaban a aflorar. Eso no había ocurrido, y Teddy se preguntaba si inconscientemente aún recordaba la visión de Vasili matando a su madre y si estaba asustada por ello. ¿O acaso el recuerdo estaba tan profundamente hundido en su mente que no le afectaba en absoluto?

–Está usted muy serio, doctor. ¿A qué se debe que estés tan callado? ¿Ocurre algo?

Vanessa era siempre muy directa con él.

–Sólo estaba pensando.

–¿En qué?

Ella devoraba una hamburguesa con la dedicación y el entusiasmo de una adolescente. Teddy le sonrió.

–En ti. ¿A qué se debe que seas tan buena chica? No es normal.

–Soy retrasada –repuso ella con una mueca, dejando la hamburguesa en el plato–. ¿Preferirías que me aficionara a las drogas? –le preguntó sonriendo, pues sabía lo mucho que le preocupaba aquel problema endémico, si bien desconocía el profundo terror que le inspiraban las drogas y el porqué.

–Por favor, estoy comiendo.

–Bueno, entonces da gracias de que soy un plomazo.

Vanessa había adivinado adónde quería llegar. Le diría que debía salir con un joven muy apuesto y no con un viejo tío. Había oído aquel sermón miles de veces, y ella siempre le contestaba que lo que él debía hacer era casarse.

–¿Quién ha dicho que eres un plomazo?

–Estabas a punto de empezar a pincharme de nuevo por el hecho de que aún soy virgen.

–¿Ah, sí? –exclamó él, divertido–. ¡Qué bien me conoces, Vanessa!

–¿Cómo podría ser de otro modo? –rió ella–. Hace trece años que vivimos juntos.

Vanessa lo dijo en voz tan alta que varias personas volvieron la cabeza para mirarles, en particular dos mujeres que les fulminaron con una severa mirada de evidente desaprobación.

Teddy se inclinó hacia ellas con su más dulce sonrisa y les dijo:

–Es mi sobrina.

–Ese cuento ya lo conozco –le espetó una de las damas, volviéndole la espalda.

Vanessa no pudo contener la risa.

–Eres peor que yo, ¿lo sabías?

La cuestión era que se gustaban tanto mutuamente y se encontraban tan a gusto cuando estaban juntos que ninguno de los dos sentía la necesidad de buscar a otra persona, lo cual no era bueno para ellos. Él no había podido superar la crisis sentimental que vivió a causa de Serena, y los años que pasó asumiendo el papel de padre le mantuvieron tan ocupado que eso le sirvió de excusa para justificar la falta de interés en relacionarse seriamente con otra mujer. Salía con mujeres de cuando en cuando, pero nunca llegaban a convertirse en nada importante. Y en el caso de Vanessa, parecía eludir a los hombres que podían llevarla a una relación formal. Se sentía extrañamente incómoda y tímida cuando se encontraba entre ellos. Teddy se había dado cuenta. Vanessa se ocultaba detrás de la cámara observándolo todo, y tenía la sensación de que nadie se fijaba en ella.

–Es una verdadera pena, cariño.

Teddy la miró con una sonrisa mientras pagaba la cuenta.

–¿El qué?

–Que sigas colgada a mi cuello todo el tiempo. Además, así nunca lograré deshacerme de ti. ¿Es que no quieres casarte?

Pero cada vez que le hablaba de matrimonio, en sus ojos aparecía una expresión de terror.

–No. Jamás. El matrimonio no se ha hecho para mí.

Era entonces cuando él se daba cuenta de lo que aún permanecía oculto en el fondo de su alma, sólo que ella no lo sabía.

A la mañana siguiente desayunaron saboreando tranquilamente unos huevos revueltos con tocino. La preparación del desayuno la alternaban todas las mañanas. Los días que le tocaba a ella prepararlo comían huevos revueltos, y cuando le correspondía a él, tostadas a la francesa.

Habían llegado a hacer una ciencia de ello. Leían el periódico por secciones, pasándoselas en perfecta armonía. Observarles por la mañana era como contemplar la ejecución de un ballet. Todo estaba perfectamente sincronizado, y ninguno de los dos hablaba una sola palabra hasta después de haber apurado la segunda taza de café.

Pero esa mañana, cuando él dejó la taza, no ocurrió nada. Vanessa seguía con la vista fija en el periódico, con cara inexpresiva, y ajena a lo que la rodeaba. Teddy se quedó observándola.

–¿Ocurre algo grave?

Ella meneó la cabeza, sin responder. Teddy se levantó y circundó la mesa hasta situarse a su lado; lo que vio le causó un sobresalto. Era una fotografía de Vasili Arbus. Vanessa estaba leyendo el artículo, pero sus ojos no dejaban de posarse constantemente en la foto. La nota era breve, y sólo decía que Arbus había fallecido a causa de una sobredosis de droga a los 54 años. Decía también que había pasado cinco años de su vida en un hospital para enfermos mentales por haber cometido homicidio, y que había estado casado seis veces. Pero, por primera vez, no figuraba la lista de los nombres de sus ex esposas. Ni siquiera el de Serena. Teddy quiso decir algo mientras leía, pero comprendió que no debía hacerlo. Tenía que dejar que pasara lo que tuviese que pasar. No era conveniente contribuir a que Vanessa lo reprimiera todo de nuevo. Calló pues, y ella siguió mirando la fotografía durante diez minutos más; y luego levantó la vista hacia Teddy, esbozando una sonrisa que denotaba su confusión.

–Lo siento. Es curioso... No sé cómo explicarlo... Tengo la impresión de haber visto a ese hombre antes, y eso me causa una profunda perturbación. –Teddy no hizo comentario alguno, y ella se encogió de hombros–. ¡Diablos, estuvo casado seis veces! Tal vez ejercía una atracción hipnótica sobre las mujeres. Contemplar esa foto ha sido como si entrara en trance.

Teddy se estremeció. Después de tantos años, parecía haber llegado el momento. Pero al parecer Vanessa había logrado sobreponerse. Se sirvió la segunda taza de café y siguió leyendo el periódico. No obstante, a los pocos minutos Teddy vio que había vuelto a fijar la vista en la fotografía de Vasili. Resultaba curioso que no hubieran consignado el nombre de la persona a la que había matado. Teddy dio gracias al cielo por ello.

Esa mañana Teddy la observó con atención, pero cuando se fue al consultorio la joven parecía ser dueña de sí misma. Él se llevó el periódico, como precaución, a fin de que Vanessa no se obsesionara con aquella foto mientras estuviera sola. La posibilidad de que todo saliera a la superficie cuando ella se encontrara sola le ponía nervioso. Al cabo de veinte minutos de intentar concentrarse en sus pacientes en vano, renunció a ello. Telefoneó al último psiquiatra que había atendido a Vanessa, aunque de eso ya hacía más de ocho años. Resultó que el especialista ya se había retirado, y una mujer se había hecho cargo de sus pacientes. Teddy le explicó el caso a ésta, y la psiquiatra fue a buscar la historia clínica. Se puso al teléfono a los pocos instantes y se quedó pensativa mientras estudiaba el caso.

–¿Qué opina usted? ¿Le parece que debiera decírselo ahora? –inquirió Teddy, muy agitado.

La mujer daba la sensación de una sorprendente calma al responder.

–¿Por qué no dejar que se las arregle sola? Sólo recordará aquello que pueda tolerar. A eso se reduce en este tipo de represiones. Es la forma que tiene la mente de autoprotegerse. En tanto ella no esté en condiciones de soportarlo, no recordará nada. Cuando pueda hacerlo, si es que alguna vez puede, todo irá saliendo a la luz.

–Se diría que va a ser un largo proceso.

Y deprimente además, se dijo para sus adentros.

–No necesariamente. Todo puede terminar en un día, o bien puede requerir semanas o meses, o incluso años.

–Terrible. Y yo tengo que quedarme sentado viendo cómo ella sigue rumiando, ¿no es así?

–Así es, doctor. Usted me pregunta, y yo le respondo.

–Gracias.

La psiquiatra se llamaba Linda Evans, y Teddy no hubiese podido afirmar si le simpatizaba o no.

–Hay otra cosa que debería usted tener presente, doctor. La joven puede sufrir pesadillas. Es normal, mientras todo pugna por abrirse paso hasta la superficie.

–¿Qué debo hacer?

–Estar a su alcance. Hable con ella si así lo desea. De ese modo puede acelerarse el proceso. Si me necesita, doctor, telefonéeme –agregó tras una pausa–. Dejaré dicho dónde me encuentro. Éste es un caso muy especial. Si debo acudir a su casa lo haré con mucho gusto, a la hora que sea.

–Gracias. –Era la primera cosa agradable que decía en toda la conversación–. Se lo agradezco mucho. –Y con una risita, agregó–: Y si usted alguna vez necesita que le extirpen el bazo avíseme, que con mucho gusto me encargaré de ello.

La doctora Evans rió, divertida, aquel chiste malo. Los médicos tenían fama de ser pésimos bromistas, pero aquél tenía una voz agradable, y ella realmente lamentaba lo de su sobrina. Además, se trataba de un caso que siempre la había intrigado. Recordaba haber estudiado los antecedentes al hacerse cargo del consultorio.

Cortaron la comunicación, y Teddy volvió a ocuparse de sus pacientes, sintiéndose más bien abatido. No obstante, cuando llegó a casa por la noche Vanessa estaba trabajando de nuevo en el cuarto oscuro y parecía de muy buen talante. La sirvienta les había preparado un asado de carne, y cenaron en casa, charlando del trabajo. Luego ella volvió a encerrarse en el cuarto oscuro durante un rato, y él se fue a la cama temprano.

Cuando se despertó sobresaltado, vio en el reloj de la mesita de noche que eran las dos y media de la madrugada. Supo instantáneamente que era Vanessa quien le había despertado. La oyó gritar a lo lejos. Saltó de la cama y corrió a su cuarto. La encontró incorporada con la mirada fija en la oscuridad y musitando palabras ininteligibles. Aún seguía dormida, y era evidente que estaba llorando. Teddy se quedó sentado a su lado durante la hora siguiente, en que ella siguió murmurando, gimiendo y sollozando quedamente, sin despertarse y sin volver a gritar. Por la mañana, Teddy telefoneó a la doctora Evans y le informó de lo ocurrido. Ella le pidió que se calmara y observara qué sucedía. Por la noche se repitió la escena, y lo mismo pasó a la noche siguiente. Así siguió durante varias semanas, pero nada surgió a la luz de la conciencia de Vanessa. Durante el día, la joven estaba alegre, trabajaba y se mostraba segura de sí misma, y por la noche, en la cama, gemía y lloraba quedamente. Era como si algo en ella se resistiera a reconocer lo que anidaba en el fondo de su ser. Resultaba angustioso verla debatirse todas las noches de aquella manera, así que al término de la tercera semana Teddy se fue a ver a la doctora Evans.

Aguardó quince minutos en la sala de espera, y luego la enfermera le anunció que la doctora ya podía recibirle. Teddy esperaba encontrar a una mujer baja, de recia constitución, piernas gordas y grave aspecto, parapetada tras unas gafas de gruesos cristales. Se encontró, en cambio, ante una escultural morena, de radiante sonrisa, enormes ojos verdes y el cabello recogido en la nuca como una bailarina de ballet. Llevaba una blusa de seda y pantalones, y causaba la sensación de ser una persona inteligente, serena y afable. Al entrar en el consultorio, Teddy se quedó sorprendido y experimentó un cierto nerviosismo.

–¿Ocurre algo, doctor?

Con una rápida mirada al título colgado en la pared, Teddy constató que había estudiado en Harvard, y enseguida calculó que debía de tener treinta y nueve años, a pesar de que no los aparentaba.

–No... Lo siento. –Le sonrió y recobró su aplomo–. No es usted en absoluto como yo la había imaginado.

–¿Y cómo me había imaginado?

La doctora Evans se mostraba dueña de la situación, y él se sintió como un estúpido.

–Bueno... pues... diferente. –Soltó una carcajada–. ¡Demonios! Pensé que sería fea como un pecado y que no levantaría dos palmos del suelo.

–¿Con barba? Como Freud, ¿no? –Ella rió, y luego enrojeció ligeramente–. Usted tampoco es como lo imaginaba.

–¿Ah, no?

–Pensé que sería muy chapado a la antigua, doctor. Traje de rayas finas, gafas con montura metálica... –se fijó en su atractiva melena rubia–, sin pelo...

–¡Vaya, gracias! En realidad, resulta que uso trajes a rayas. Pero hoy me he tomado la tarde libre para venir a verla a usted. Así que me he puesto ropa de paisano –repuso él, sonriendo.

Llevaba unos pantalones de gabardina gris y una chaqueta azul, y se veía muy apuesto.

–¿Puedo formular una sugerencia? ¿No podríamos dejar de llamarnos doctor y doctora? ¿No cree que se está abusando un poco del título? –le preguntó Teddy con una mueca, y ella sonrió, asintiendo con la cabeza.

–Llámeme Linda.

–Yo me llamo Teddy.

–Bien. –Se recostó contra el respaldo del cómodo sillón

de cuero negro y le miró directamente a los ojos–. Hábleme de su sobrina. En detalle.

Teddy le contó todo lo sucedido, y ella le escuchó asintiendo ligeramente. Cuando él hubo terminado su relato, Linda le dijo con afabilidad:

–Recuerde que le dije que podía llevar meses y hasta años. Existía una posibilidad de que recordara toda la historia, debido al *shock* inicial. Lo que parece haber sucedido, en cambio, es que todo ello se va filtrando lentamente en su subconsciente. Puede tardar mucho tiempo, y hasta puede volver a quedar encubierto. Es improbable que algo pueda volver a causarle el impacto que le produjo esa fotografía. Eso fue una casualidad.

–Pero es sorprendente cómo la afectó. Se quedó mirándola durante más de media hora.

Linda Evans movió lentamente la cabeza en señal de asentimiento.

–Debe de tener recuerdos horribles de ese hombre. No es extraño que la foto se haya convertido en la causa de sus pesadillas.

–¿No cree que sería mejor contárselo todo y terminar de una vez por todas?

–No, no lo creo.

–¿Le parece que debería venir a verla a usted?

Linda lo meditó unos instantes y luego sacudió la cabeza.

–¿Con qué pretexto? ¿Por qué motivo debería sugerirle una cosa semejante? Ella no tiene ni idea de lo que está sucediendo. Una cosa es que ella se despierte un día y manifieste el deseo de ver a un psicoanalista. Pero si se lo sugiere usted, puede llegar a recelar. Por ahora, creo que debemos dejarla tranquila.

Teddy asintió, charló un rato más con Linda, luego le estrechó la mano y se fue. Pero al cabo de una semana estaba de vuelta para conversar con ella, hasta que terminó por convertirse en un asiduo concurrente a su consultorio. Ya no se tomaba la tarde para ir a verla, sino que aprovechaba la hora del almuerzo para hacerlo.

–Ves, ya te lo dije. Trajes de rayas finas.

Linda coreó su risa. Ya no tenían mucho que hablar acerca de Vanessa, y al cabo de un par de meses, la joven había dejado prácticamente de tener pesadillas. No obstante, a Teddy le encantaba charlar con Linda Evans. Al parecer coincidían en un sinfín de opiniones y puntos de vista, tenían intereses comunes y compartían los mismos gustos. Al fin, él le sugirió encontrarse en un restaurante a la hora del almuerzo, en vez de hacerlo en su consultorio. Normalmente, ella evitaba salir con sus pacientes, y era muy estricta al respecto; pero Teddy no era un verdadero paciente. Era el tío de una paciente a la que ella ni siquiera conocía. Además, le asombraba lo mucho que gozaba estando en su compañía. Por su parte, Teddy también estaba asombrado de lo que sentía. En algún momento, se preguntó si, al hablar del pasado de Vanessa con Linda, no estaría en cierto modo conjurando sus propios fantasmas. Por primera vez en mucho tiempo podía hablar de Serena sin sentir una punzada de dolor, y lentamente fue dándose cuenta de que se estaba enamorando de Linda. Iban a cenar juntos dos o tres veces por semana, y en ocasiones asistían al teatro o a la ópera. Incluso una vez la llevó a ver un partido de hockey con Vanessa, y le agradó ver que las mujeres se llevaban bien. Eso le brindó a Linda la oportunidad de conocer personalmente a Vanessa. Le pareció una chica encantadora, y no descubrió en ella ningún síntoma de que viviera atormentada psíquicamente.

Para la primavera, Linda y Teddy se veían casi todas las noches. Linda se había vuelto una visitante regular en el apartamento, y Vanessa bromeaba diciendo que si Linda tenía que rondar por la casa tan a menudo como lo estaba haciendo, tendría que entrar en el turno de preparación del desayuno. También empezó a pensar que debía buscarse un apartamento para ella. No quería herir los sentimientos de Teddy, pero ya tenía veintitrés años; deseaba tener su propio estudio, donde a la vez pudiese vivir, y era evidente que él, por su parte, estaba loco por Linda Evans.

–¿Por qué demonios no le pides que se case contigo, Teddy?

–¡No digas tonterías! –dijo él, mientras tomaban el desayuno preparado por Vanessa–. Además, tus huevos están horribles hoy.

Sin embargo, la idea del matrimonio ya le había pasado por la mente, si bien no quería reconocerlo ante ella.

–¡Estoy harta! –exclamó Vanessa, descargando un puñetazo sobre la mesa, que le hizo pegar un salto a Teddy–. ¡Me marcho de esta casa!

–¿Quieres acabar de una vez?

Vanessa le ponía muy nervioso. Pero entonces descubrió una sombra de tristeza y de ternura en sus ojos. Vanessa había empezado bromeando, pero ahora hablaba en serio, y él lo sabía.

–Es que lo siento así, tío Teddy.

–¿Por qué? –le preguntó él, muy apenado–. ¿Por Linda? Pensé que te gustaba.

Parecía tan decepcionado que Vanessa le dio un abrazo.

–Y me gusta, tonto. Lo que pasa es que ya soy una mujer, y quiero tener un estudio para trabajar y..., bueno, mi propio apartamento.

Tenía la impresión de estar traicionándole, y se sentía como si fuera un monstruo.

–¿Has comenzado a buscarlo ya?

–No; había pensado hacerlo en las próximas semanas.

–¿Tan pronto?

Teddy palideció, y luego se escudó detrás del periódico. Cuando se marchó hacia el consultorio, estaba consternado. Media hora más tarde telefoneó a Linda Evans.

–Vanessa quiere mudarse a un apartamento propio –le dijo, en el tono de un hombre al que su esposa le ha anunciado que desea el divorcio.

En el otro extremo de la línea Linda sonrió, pero cuando le habló su voz denotaba una gran dulzura.

–¿Y tú qué le has dicho?

–Nada; estaba demasiado apenado. Es tan joven... ¿Y si empieza a tener pesadillas de nuevo?

–Entonces te llamará. Además, eso puede no volver a ocurrir nunca más. Dijiste que ya estaba calmada.

–Pero podría ver algo...

–Amor mío, Vanessa ya es una mujer. Tu nenita abandona el nido. Y tú vas a tener que aceptarlo.

–Me haces sentirme como un estúpido, ¿sabes?, pero la verdad es que me dejó trastornado.

Ahora también él estaba sonriendo, y se sintió más aliviado al oír la voz de Linda. De repente, se daba cuenta de que la necesitaba más que nunca. Durante años Vanessa había llenado un enorme vacío en su vida, el vacío que había dejado Serena. Pero ahora, poco a poco, Linda iba ocupando su lugar, y él no haría nada para impedirlo.

–No eres tú solo. Eso le pasa a todos los padres. Al padre le cuesta aceptar que su hija ha crecido, y la madre no puede soportar que los hijos abandonen el nido. Tú eres una madre y un padre a la vez, por lo tanto te resulta doblemente doloroso. ¿Se da cuenta, doctor? Es algo muy normal.

–¿Sabes que casi me eché a llorar?

–Claro. Eso le ocurre a cualquiera.

Linda sabía plantearle las cosas de una manera tan amable que le hacía comprender que todo era normal y que no estaba loco.

–¿Sabes una cosa? Eres estupenda. ¿Quieres almorzar conmigo?

Ella consultó su agenda.

–Me parece bien. –Y entonces se le ocurrió algo–. ¿Por qué no vienes a mi casa?

Teddy soltó una risita.

–Bueno, ésa es una magnífica idea, doctora Evans. ¿Una consulta?

–Claro.

Ambos se echaron a reír y colgaron. Al mediodía se reunieron en el apartamento de Linda, e hicieron el amor hasta las dos y media. Con Linda, Teddy sentía una pasión que no había experimentado desde hacía muchos años. Y por primera vez en mucho tiempo, después de hacer el amor no se sentía vacío ni culpable. El fantasma de Serena empezaba por fin a desvanecerse.

–¿Sabes una cosa? –le dijo a Linda, mientras le acariciaba perezosamente los senos con un dedo–. Yo creía que todo había terminado.

–¿El qué?

–¡Oh, no sé! –Lanzó un suspiro–. ¡Hacía tanto tiempo que no sentía algo así! Estaba tan enamorado de la madre de Vanessa que nunca quise realmente a otra mujer.

–Su muerte debió de ser un golpe muy traumático para ti.

A Teddy se le humedecieron los ojos.

–Quise matar al muy hijo de puta con mis propias manos. Jamás comprendí cómo pudo hacerlo... Y consintieron en decretar su extradición.

–Debía de tener mucha influencia.

–La tenía. Su familia era muy poderosa. De todos modos, no sé... Al parecer, después volqué todo mi amor en Vanessa. Creo que todo mi ser quedó como adormecido.

Sonrió a la mujer que tenía a su lado, y ella le acarició dulcemente.

–Ahora ya no estás adormecido.

–Gracias a usted, doctora.

La besó, y sintió que el deseo volvía a despertar en él. Hicieron el amor una vez más, y poco después se separaban con renuencia, para dirigirse cada cual a su respectivo consultorio; por la noche volverían a encontrarse para ir a cenar.

A medida que los preparativos de Vanessa para mudarse adquirían un ritmo más rápido, Teddy y Linda pasaban cada vez más tiempo juntos. Era como si, al aceptar la separación de la joven, le resultara más fácil acudir a los brazos de Linda. Por fin, el primero de mayo Vanessa se mudó a su apartamento-estudio, y el fin de semana siguiente Linda se quedó con él cuatro días seguidos. Después de eso, Teddy pasó casi todo el otro fin de semana en el apartamento de Linda. Ella volvió al de Teddy al siguiente, y permaneció en él toda la semana. Parecía que no iban a separarse nunca más, salvo para ir a sus respectivos consultorios. Por fin, en agosto, cuando los tres fueron a pasar un fin de semana a Cape Cod, Teddy miró a Vanessa con timidez, carraspeó y le dijo:

–Tengo algo que decirte, querida.

Linda le observaba, sintiendo una gran ternura y, a la vez, con ánimo divertido. En cierto modo, Teddy seguía siendo muy tímido. Pero eso formaba parte de todas aquellas cosas que Linda amaba en él, y que eran muchas.

Vanessa, por su parte, le miraba con expresión interrogativa. Por un instante, las miradas de las dos mujeres se encontraron y se trabaron un segundo; luego Linda desvió la suya. No quería estropearle la sorpresa.

–¿De qué se trata? –preguntó Vanessa, tratando de simular indiferencia pero sin lograrlo.

De repente, se sintió excitada como si una corriente eléctrica recorriera todo su ser y no pudiese contener su impaciencia.

–Yo... ¡ejem!, Linda y yo... –Teddy casi se atragantó al

pronunciar aquellas palabras, por lo que hizo una pausa y tomó aliento–. Vamos a casarnos.

–¡Vaya, ya era hora! –exclamó Vanessa, radiante–. ¿Y cuándo es la boda?

–Aún no lo hemos decidido. Pensamos que podría ser en septiembre.

–¿Queréis que saque yo las fotos?

–Por supuesto.

Teddy la miraba inquisitivamente, buscando su aprobación, y ella sonreía, hasta que, por fin, le echó los brazos al cuello. Su relación había sido algo muy especial durante años, y ahora se alteraba ligeramente, si bien de una manera saludable para ambos. La joven se alegraba de todo corazón de que se casara con Linda. Eran realmente el uno para el otro, en todos los aspectos.

–Me alegro mucho por ti, tío Teddy.

Lo estrechó fuertemente, y Linda se enterneció sólo de verles. Luego Vanessa la abrazó a ella, y las lágrimas no tardaron en fluir de los ojos de ambas.

–¿Y yo qué voy a ser, tía...? –preguntó Vanessa, intrigada–. ¿Qué seré? ¿Una prima? Cielos, quisiera poder tener un mejor vínculo familiar, como... –Entonces se le velaron los ojos. Estuvo a punto de decir «como una hermana», pero algo la contuvo. Tanto Teddy como Linda se dieron cuenta de ello, y ninguno de los dos dijo ni una palabra–. ¿Puedo ser su tía?

–Claro –repuso Linda, sonriendo–. Pero vas demasiado lejos, Vanessa. Puedo afirmar con todo orgullo que ésta no es una boda que deba celebrarse a punta de escopeta.

–¡Ah, pero eso yo puedo remediarlo! –terció Teddy, sonriendo y enlazando por la cintura a las dos mujeres.

Mientras caminaban por la playa, charlando acerca de la boda, se sintió el hombre más feliz del mundo.

Capítulo 51

La boda fue maravillosa. La celebraron en el hotel Carlyle a mediados de septiembre. Invitaron a un centenar de amigos, y Vanessa se encargó de sacar las fotografías. Y para Navidad su deseo se hizo realidad. Mientras se sentaban frente a la chimenea después de haber saboreado el pavo, Linda le cogió la mano a su marido y luego miró a Vanessa.

–Quisiera compartir algo contigo, Vanessa –dijo con una misteriosa sonrisa.

Vanessa la contempló bajo el resplandor de las llamas y se dijo que nunca la había visto tan adorable.

–Si se trata de comida, Linda, lo siento, pero no me cabe nada más –contestó, tendiéndose sobre la alfombra, con la mirada fija en sus tíos.

–No, no se trata de comida –rió Linda, y Teddy sonrió, con una beatífica expresión en el rostro que Vanessa jamás había observado en él–. Vamos a tener un hijo.

–¿De veras? –exclamó la joven, estupefacta.

Tardó una fracción de segundo en expresar su complacencia. Se hubiera dicho que había oído como un eco; Teddy la observaba con nerviosismo, temiendo que la noticia pudiera afectarla de alguna manera. Pero de inmediato a Vanessa se le iluminaron los ojos y su cara se puso radiante de alegría.

–¡Oh, Linda!

Abrazó a ambos y luego batió palmas sin poder contener su entusiasmo.

Al día siguiente Vanessa compró un enorme oso de felpa para el niño y en el curso de los cinco meses siguientes siguió comprando un sinnúmero de regalos. Linda y Teddy estaban conmovidos ante aquellas muestras de afecto; no obstante, Linda descubrió algo en Vanessa que la llenó de inquietud. La joven parecía estar más bien tensa últimamente, como a punto de estallar. Linda trató de hablarlo con ella en un par de ocasiones, pero la misma Vanessa no parecía saber a qué se refería. Se trataba de una rara impresión que uno tenía al observarla, sin saber cómo definirla. Era como si, en lo más profundo de su alma, fuese desesperadamente desdichada. Y aquella tensión se fue acentuando a medida que se aproximaba la fecha del nacimiento del niño.

Linda, por su parte, parecía más feliz y más serena a medida que su vientre aumentaba de tamaño. Había una placidez en ella que llamaba la atención de cuantos la conocían. Hasta sus pacientes se impresionaban por lo que uno de ellos definió como «el rosado resplandor de una Madonna». El brillo de sus ojos y la calidez de su sonrisa hablaban a las claras de la felicidad que la embargaba. A los cuarenta años iba a tener el hijo que había anhelado toda su vida, hasta que dejara de hacerse ilusiones.

–Y de pronto, un día apareciste en mi consultorio –le dijo a Teddy una noche en que se lo comentaba con una sonrisa–, y supe que eras el hombre que había esperado toda mi vida. El Príncipe Encantado.

–¿Ah, sí? –exclamó él con una mueca–. ¿Y por eso me hiciste ir a tu consultorio para todas aquellas consultas?

–¿Yo? Eras tú quien insistía en querer hablar de Vanessa.

–Bueno, eso fue al principio. –Se quedó pensativo un

instante–. Hablando de Vanessa, ¿la has visto últimamente? –preguntó con aire inquieto. Linda asintió–. Estoy preocupado por ella. Ha perdido peso y la veo muy nerviosa.

–Eso me pareció notar. El otro día intenté hablarle de ello.

–¿Crees que es importante?

Era natural que Teddy estuviese tan preocupado, pues al fin y al cabo Vanessa era aún como su primogénita.

–Francamente, no lo sé –repuso Linda, tras reflexionar unos instantes–. Se me ocurre que quizás el bebé ha despertado pasadas impresiones en su mente. Tal vez no se haya dado cuenta, pero tiene la impresión de haber vivido todo esto antes. –Y con un suspiro, agregó–: Y creo que el último muchacho que conoció ha terminado de perturbarla.

–¿Cómo? –dijo Teddy, sorprendido–. ¿Quién es el muchacho?

–¿No te ha hablado de él?

Teddy suspiró.

–Casi nunca me cuenta nada. Cuando se decide a hacerlo, ya los ha borrado de la lista.

Le entristecía comprobar cómo se encerraba en sí misma cuando se relacionaba con algún chico o establecía algún tipo de relación íntima. Las únicas personas con las que mantenía una franca vinculación eran Teddy y Linda, pero cuando otros pretendían intimar con ella, parecía un cervatillo asustado. Tenía veinticuatro años, y Teddy sabía que nunca había mantenido relaciones sexuales con nadie.

–¿Quién es él?

–Creo que es agente de fotógrafos. Lo conoció en una fiesta. Ella me dijo que era muy simpático y que al parecer tenía interés en ser su representante. Mientras lo pensaba, él la invitó a salir, y Vanessa se puso muy nerviosa.

–¿Salió con él?

Linda asintió con la cabeza.

–Sí. Creo que salieron tres o cuatro veces. En realidad, a ella le gustaba. Tenían muchas cosas en común, y él estaba entusiasmado con las fotos de Vanessa. Según me dijo ella, hasta le hizo unas cuantas sugerencias muy buenas sobre la forma de comercializar sus trabajos. Todo iba sobre ruedas.

–Hasta que él la besó –dijo Teddy con amargura.

Linda le acarició la mano.

–No lo tomes como algo personal, Teddy.

–No puedo evitarlo. Sigo pensando que si hubiese realizado bien el papel de padre, si hubiese sido el modelo perfecto, no tendría miedo de los hombres.

–Teddy, no olvides que vio cómo un hombre mataba a su madre. Sé razonable. ¿Cómo puede cambiar eso el hecho de que hayas desempeñado bien o mal el papel de padre?

Él lanzó un suspiro.

–Lo sé, lo sé... Pero en el fondo sigo creyendo... –Calló y miró a Linda con tristeza–. ¿Te parece que debería habérselo dicho?

Linda sacudió la cabeza.

–No. Y no creas que si se lo hubieses dicho las cosas serían diferentes. Ella aún tiene que seguir viviendo con su pesadilla, sea consciente de ello o no. Si tiene que llegar a tener confianza en los hombres, o al menos en un hombre, eso se producirá por sí solo, cuando encuentre al indicado. Aún es posible, Teddy. Ella es muy joven todavía. Y no es absolutamente refractaria a la idea. Es sólo que tiene miedo.

–Entonces, ¿qué pasa ahora con este muchacho? –preguntó él, algo más animado tras las palabras de su esposa.

–Por el momento nada. Vanessa ha dejado de salir con él hasta que resuelva si lo acepta como su agente o no.

Dice que si resuelve aceptarlo no saldrá con él, pues quiere que su relación se mantenga estrictamente en el plano profesional.

–Como tú. –Teddy se inclinó sobre ella y la besó, y luego le palmeó suavemente la barriga–. Por cierto, ¿estás segura de que no son mellizos?

Ella se echó a reír, meneando la cabeza.

–Según el médico, no. Es probable que tenga los pies grandes como yo. O que traiga una pelota de fútbol.

–O una bolsa llena de dinero. –Ambos rieron, y luego Teddy exhaló un suspiro al pensar en Vanessa–. ¿Crees que volverá a salir con ese chico?

–Tal vez.

–¿Cómo se llama?

–John Henry.

–John Henry ¿qué?

–Sólo eso. John Henry.

–Me suena a falso –comentó Teddy, frunciendo el ceño.

–Y tú hablas como un padre –le replicó Linda riendo–. Primero te preocupa que no vuelva a salir con él, y acto seguido ya estás pensando que es un sinvergüenza.

–¿Tú le conoces?

–No. Pero Vanessa es una chica lista. Si ella dice que es un muchacho estupendo, estoy segura de que lo es. Piensa que es muy exigente con respecto a los hombres; si éste le gusta tanto, cabe suponer que será un fenómeno.

–Bueno, ya veremos qué pasa.

–Sí, ya veremos. –Linda se quedó observando a su esposo–. No te preocupes tanto. Vanessa está bien, Teddy.

–Eso espero. –Se dejó caer sobre la almohada–. Últimamente me ha tenido muy inquieto.

No obstante, la mayor parte del tiempo las preocupaciones que le ocasionaba Vanessa quedaban eclipsadas. Estaba tan entusiasmado con el futuro bebé que se moría de ganas de que llegara el momento esperado. Le preocupaba bastante el hecho de que Linda tuviese el primer hijo a los cuarenta años. Clínicamente hablando, ambos conocían los peligros que entrañaba dar a luz por primera vez a esa edad, pero su médico parecía tener confianza en que todo saldría a pedir de boca.

Sin embargo, Teddy se descubría rememorando los embarazos de Serena cada vez más frecuentemente. Recordaba el aura dorada que la envolvía antes del nacimiento de Vanessa, y cómo él mismo la había atendido aquella tarde, sin ayuda de nadie, en la casa de Presidio. Una noche se lo contó a Linda, y ella se quedó observándole. Siempre que hablaba de Serena, el rostro de Teddy adquiría una tierna expresión teñida de una sombra de tristeza. Eso le proporcionaba un indicio de la clase de mujer que debió de haber sido, y siempre lamentaba no haberla conocido. Había visto fotografías de ella entre las cosas de Teddy, y pudo comprobar que era increíblemente hermosa.

–¿No tuviste miedo?

Linda se refería al momento en que Teddy encontró a Serena caída en el suelo, sufriendo los dolores del parto.

–Estaba muerto de miedo. –Teddy sonrió–. Llevaba sólo cuatro meses en la facultad de medicina, y lo único que sabía acerca del parto era lo que había visto en las películas. Poner agua a hervir y fumar un cigarrillo tras otro hasta que el médico sale de la habitación enjugándose las manos. Y de repente, la maldita película se trastocó, y me encontré haciendo el papel de médico.

–¿Sufrió mucho?

Había una nota de temor en su voz. En las últimas semanas había comenzado a mostrarse un poco nerviosa. Pero Teddy comprendió enseguida lo que ocurría y le dio un beso.

–No –respondió, meneando la cabeza–. Realmente no

sufrió mucho. Creo que, más que nada, estábamos asustados porque no sabíamos lo que iba a pasar. Pero en cuanto comenzó a empujar fue algo grandioso, y todo fue a las mil maravillas.

–¿Sabes...? –dijo ella, con una tímida sonrisa–. Detesto admitirlo, a mi edad y con mi experiencia... –él sonrió adivinando lo que iba a decirle–, pero últimamente me he sentido algo nerviosa.

–Detesto decirlo, doctora, pero eso es perfectamente normal. Todas las mujeres se ponen nerviosas antes de dar a luz. ¿Quién no lo estaría? Se trata de un gran acontecimiento en la vida de cualquier persona, y físicamente siempre asusta un poco.

–¡Pero me siento tan tonta! Soy psiquiatra, por lo que se supone que debería poder controlarme en una situación como ésta. –Le miraba, repentinamente dominada por el pánico–. ¿Y si no puedo soportar el dolor...? ¿Si flaqueo...?

Él la tomó entre sus brazos y le acarició los negros cabellos.

–Eso no va a suceder. Va a ser maravilloso.

–¿Cómo lo sabes?

Linda hablaba como cualquiera de los millones de parturientas del mundo, y Teddy sintió que la amaba aún más por ello.

–Porque gozas de buena salud, no has tenido problema alguno y porque yo voy a estar a tu lado todo el tiempo.

Linda estaba tan emocionada con su primer hijo que había estado comprándose todo cuanto veía desde el día en que supo que estaba embarazada. Cinco días antes de la fecha señalada se dio finalmente cuenta de lo que en realidad le faltaba, como le dijo a Vanessa mientras almorzaban.

–¡Sólo me falta el niño!

Ambas se echaron a reír ante aquella revelación. Linda

había dejado el consultorio la semana anterior, y estaba disfrutando de los días de espera.

–Debo reconocer que estoy un poco angustiada. Pero en parte se debe al hecho de estar sin trabajar por primera vez en quince años. Me siento terriblemente culpable a causa de eso.

Sin embargo, volvería a trabajar medio día en cuanto el niño tuviese un mes; por lo menos, las cinco semanas que se había tomado no eran más que unas saludables vacaciones.

–Tus pacientes esperarán.

–Eso creo –repuso Linda con un suspiro–, pero estoy preocupada por ellos.

–Eres peor que Teddy. Antes de conocerte a ti, sufría una crisis de nervios cada vez que se tomaba quince días de descanso. Parece que eso es común a todos los médicos. Son más bien compulsivos.

Linda sonrió.

–Yo los llamaría responsables.

–Bueno, debo decir que los admiro. No obstante, yo no tengo ese problema. Me he pasado toda la semana sin hacer nada, y ha sido estupendo.

–¿Ah, sí? –Linda parecía intrigada–. ¿En compañía de alguien en especial, o es una pregunta indiscreta?

Había un asomo de picardía en los ojos de Vanessa cuando contestó:

–He vuelto a ver a John Henry. Decidí no tomarlo como agente.

Para la muchacha eso constituía un gran paso. Linda estaba casi segura de que Vanessa iba a elegir la otra salida: lo aceptaría como su representante y luego argüiría que no podía enredarse con él por ese motivo.

–Ésa es una interesante decisión –comentó Linda con naturalidad.

Vanessa sonrió.

–Hablas como un psiquiatra.

–¿De veras? –Linda rió–. Mis disculpas. Quise hablar como una tía.

–Tampoco lo haces tan mal cuando asumes ese papel. La verdad es que no sé. He pensado mucho en eso. Y en cierto modo creo que nos hemos enredado demasiado como para que pueda hablar de negocios con él de una manera coherente. Lo curioso del caso es que me atrae –continuó Vanessa con expresión de perplejidad.

–¿Tan sorprendente es eso?

–Para mí sí. Por lo general, Linda –repuso Vanessa, encogiéndose de hombros–, cuando conozco a algún muchacho que me gusta, no deseo acostarme con él. Simplemente..., no puedo...

–Cuando llegue el hombre adecuado, será diferente.

–¿Cómo lo sabes? –preguntó Vanessa, con la ingenuidad de una adolescente–. A veces creo que soy un bicho raro. No es que no me gusten los hombres, sino que... –Calló, buscando las palabras–. Es como si se alzara un muro entre ellos y yo, y no pudiera salvarlo.

Eso era exactamente lo que sucedía, como Linda bien sabía. Ella confiaba en que un día Vanessa pudiese encontrar la puerta o tuviese el coraje de saltar el muro.

–Todos los muros pueden saltarse, cariño. Lo que pasa es que unos requieren más tiempo que otros. Creo que sólo depende de lo mucho que uno desee pasar al otro lado.

–No sé –repuso Vanessa, no muy convencida–. No es exactamente eso... Es que no sé cómo empezar ni qué hacer. Lo raro del caso es que John parece comprenderlo.

–¿Cuántos años tiene?

–Veintisiete.

Linda pensó que hubiese preferido que fuera mayor y más maduro.

–Pero parece bastante mayor. Estuvo casado cuatro años. Contrajeron matrimonio cuando él estaba en la universidad. Eran novios de la infancia, y todo eso. Ella se quedó embarazada, de modo que se casaron cuando él tenía dieciocho años. Pero... –Vaciló al darse cuenta de que había metido la pata–. No importa. Es una larga historia.

–Me gustaría oírla.

Lo peor del caso era que Vanessa deseaba contársela. Quería compartir con alguien los sentimientos que le inspiraba John. Necesitaba sacarlos fuera; y siempre le había sido fácil sincerarse con Linda.

–Lo siento, querida. Es una triste historia. Sin embargo, como eres una profesional... Su hijo nació anormal. Tenía una terrible deficiencia congénita, y supongo que siguieron unidos a causa del niño. Me pareció terrible cuando me lo contó. Durante el primer año se turnaban en el hospital, y luego lo llevaron a casa y lo tuvieron hasta que... –tragó saliva– el niño murió. Supongo que eso fue un golpe terrible. Cuando el niño falleció, se separaron; y así acabó todo. Eso ocurrió hace cinco años, y creo que él quedó marcado durante mucho tiempo.

También Linda parecía conmocionada, pero las deficiencias congénitas no eran una novedad para ella; y para alivio de Vanessa, no parecía que la historia la hubiera dejado abatida.

–Eso es comprensible, como también lo es el divorcio. Muchas veces los matrimonios no logran sobrevivir a una tragedia como ésa.

Vanessa asintió con la cabeza.

–Lamento habértelo contado ahora. Cuando comencé, no pensé...

–No te preocupes. –Linda la interrumpió, tocándole el brazo–. Ya soy una mujercita, ¿sabes? Y además soy doctora.

Intercambiaron una sonrisa.

–Lo curioso es que me gusta mucho. Me siento cómoda con él, y me da la impresión de que me comprende realmente.

–¿Tanto te sorprende eso?

–Sí. –Suspiró quedamente–. Los demás siempre me han presionado. Quieren llevarte a la cama la primera noche que sales con ellos. Traté de explicarle a John cómo me sentía, y él lo entendió. Me dijo que después de la muerte de su hijo y de la separación de su esposa no se acostó con ninguna otra mujer en dos años. No lo deseaba. Pensó que algo andaba mal en él, pero no era así, sino que parecía que su deseo estuviera adormecido o algo por el estilo.

–Tiene razón. Eso es muy común.

–Me preguntó si me había pasado algo que me hiciera sentir de ese modo. –Vanessa se encogió de hombros sonriendo, y añadió–: Yo le contesté que estaba loca de nacimiento.

Se echó a reír, pero su sonrisa sonó hueca. Miró a Linda con mirada interrogativa. Linda le dijo con voz muy pausada:

–Creo que debiste de sufrir un gran trauma cuando murió tu madre, y posteriormente, con la cuestión del juicio por la custodia. Uno nunca sabe las consecuencias que esas cosas pueden acarrear.

–Sí. Algunas personas se vuelven tartamudas. Yo soy frígida –dijo Vanessa, con tristeza en la mirada.

Pero Linda meneó la cabeza.

–Eso no es necesariamente cierto. De hecho, yo tengo serias dudas al respecto. Nunca has hecho el amor con nadie, Vanessa. Aún no sabes lo que eres.

–Ésa es la verdad. No hay nada.

La joven parecía decepcionada de sí misma, y Linda sintió pena por ella.

–Debes tener un poco de paciencia. John parece un

buen muchacho. Tal vez llegue a ser alguien importante para ti.

–Tal vez. –Vanessa suspiró de nuevo–. Si yo le dejo.

No parecía ignorar sus problemas. Incluso estaba pensando en volver a ver a un psiquiatra, lo cual a Linda le pareció muy bien. Quizá lograra que todo saliera a la luz por fin. Tal vez ya estaba madura para ello. El bloqueo que sufría desde tanto tiempo atrás finalmente comenzaba a atormentarla.

Durante dos noches Linda durmió mal. El niño había bajado, y ella lo sentía tan pesado que apenas podía caminar. Sobrevino una ola de calor, que le causó una intensa incomodidad y un gran malestar. Una mañana se levantó a las cinco de la madrugada, con dolor de espalda y acedía, y se preparó una taza de café. El café le produjo calambres; y para cuando Teddy se levantó, a las siete, se sentía como un león enjaulado.

–¿A qué hora te has levantado, cariño? –le preguntó, sorprendido al verla levantada tan temprano, y tan atareada.

Desde las seis se encontraba en el cuarto del niño, doblando la ropita de nuevo y verificando todas las cosas que había preparado en una maleta para el niño. Hacía meses que Teddy no la veía tan ocupada. Entonces, mientras ella le hacía muecas, él la observó con más detenimiento.

–¿Sucede algo? –le preguntó, con toda la naturalidad posible.

–Esa maldita taza de café me ha dado calambres.

Al tiempo que lo decía, su rostro se contrajo; se palpó suavemente el vientre, y enseguida comprendió lo que sucedía. Levantó la vista hacia Teddy, con expresión de sorpresa y una sonrisa.

–Dios mío, creo que han comenzado los dolores.

–¿A qué hora te has levantado?

–Alrededor de las cinco. Estaba inquieta y no podía dormir, así que me vine aquí y me entretuve arreglando un poco todo esto.

–A pesar de ser doctora, no eres muy lista –le dijo él, sonriendo–. ¿Cuándo comenzaron esos calambres?

–A eso de las cinco y media.

Pero eran tan poco intensos que no se le había ocurrido pensar que fueran los dolores del parto.

–¿Por qué no llamas al médico?

–¿Ya?

Él asintió con la cabeza.

–Ya.

Linda tenía cuarenta años. No era cuestión de andar tonteando y esperar al último momento. Insistió pues en llevarla al hospital enseguida, aun cuando los dolores eran muy incipientes. No obstante, todo tenía el carácter de una aventura. Ella se puso un vestido limpio y le dio un beso a Teddy.

–Cuando regresemos seremos mamá y papá.

A Teddy la idea le hizo sonreír, y la besó con gran ternura. Hacía semanas que no podían hacer el amor, y él anhelaba su cuerpo.

–Será mejor que se marche, doctora Evans, si no quiere que la viole aquí mismo.

Pero en cuanto terminó de decirlo, a Linda le dio el primer dolor fuerte, y profirió una exclamación de sorpresa, mientras él la sostenía por los hombros con su brazo.

–Me parece, amor mío, que será mejor que nos marchemos. La última vez que ayudé a venir al mundo a una criatura en casa fue hace veinticuatro años, y no me gustaría nada tener que hacerlo de nuevo.

–Gallina –le dijo ella con una mueca.

Para cuando llegaron al hospital, Linda se estaba poniendo nerviosa; los dolores habían comenzado a producirse a intervalos regulares, de unos cinco minutos. Ella sonreía a todo el mundo, y estaba rebosante de energías y de emoción. Teddy la ayudó a deshacer su maletín, y luego la prepararon. Cuando él volvió, Linda estaba tendida en la cama, vestida con un camisón rosado del hospital, con un caramelo de palito entre los dientes y los cabellos recogidos en la nuca con una cinta también rosada.

–Santo cielo, pareces una estrella de cine filmando una película, y no una parturienta.

Ella se sentía orgullosa de sí misma, mientras soportaba otro doloroso embate con estoicismo.

–¿No es éste el aspecto que tienen las mujeres cuando dan a luz?

–No lo sé. Pregúntale a un experto.

El médico acababa de llegar en aquel momento. Examinó a Linda y les aseguró que todo iba espléndidamente. Ella trataría de tener a su hijo por parto natural, si bien el facultativo le ofreció asistencia si la deseaba. Pero tanto Linda como Teddy habían considerado que sería mejor para el niño el parto natural.

Al cabo de unos minutos los dolores aumentaron en ritmo e intensidad, y una hora más tarde Teddy le decía que jadeara suavemente. A Linda la mirada se le había tornado un poco vidriosa; tenía la frente bañada en sudor, los cabellos se le pegaban a la cara, y ella oprimía la mano de Teddy cada vez que atacaba el dolor.

–Esto no es tan fácil como imaginaba.

La siguiente fase se prolongó hasta bien entrada la tarde, y a las seis Linda se veía exhausta. Tenía la cara demudada por el dolor, los cabellos pegados a la cara y el cuello, y trataba desesperadamente de no gemir; sin embargo, con la siguiente contracción soltó un chillido y le tendió los brazos a Teddy.

–No puedo hacerlo... No puedo... Diles que me den algo..., por favor... ¡Oh, Dios!

Sin embargo, Teddy siguió alentándola. Le aseguró que todo iba bien. Evidentemente, Linda sufría dolores terribles; pero las cosas llevaban un ritmo razonable, y no debía dejarse abatir por nada del mundo. El parto seguía su curso normalmente, y ella se encontraba por fin en la etapa de transición. Ambos sabían, empero, por las clases de preparación para el parto natural, que había entrado en la fase más ardua del alumbramiento. Las dos horas siguientes fueron realmente demoledoras, pero Teddy no se movió de su lado. Por fin, con un grito final, apareció en el rostro de Linda una expresión de triunfo, y sin ninguna urgencia comenzó a empujar. Teddy procuró que se contuviera, mas enseguida llegó el médico, quien hizo una seña a las enfermeras y, sin más preámbulos, llevaron la camilla con ruedas a la sala de partos. La trasladaron a la mesa, le pusieron las piernas en los soportes y, al cabo de cinco minutos, ella empezaba a empujar en serio. Todo el personal de la sala comenzó a alentarla, en tanto Teddy la sostenía por los hombros; el sudor le caía profusamente por la cara, los brazos y la espalda. Linda jamás en su vida había bregado tanto, y Teddy se sentía como si empujara con ella.

–¡Vamos, empuje! –le gritaban todos a la vez, mientras a ella se le ponía la cara colorada y gemía por el esfuerzo.

Parecía que aquel instante duraría una eternidad, pero finalmente el médico sonrió y levantó una mano para anunciar:

–Está coronando... Vamos, Linda... ¡Vamos, empuje!

Linda hizo un nuevo esfuerzo, y el niño salió un par de centímetros más. La parte superior de la cabeza ya casi estaba fuera, y Teddy sintió el escozor de las lágrimas en los ojos. A los cuarenta y siete años tenía su primer hijo, y jamás había querido a una mujer como a Linda en aquellos momentos.

–Vamos, amor mío..., tú puedes hacerlo... Eso es... Vamos... ¡Más!

Linda empujaba como si fuese a estallar; y bruscamente, con un grito y un gemido, la cabeza surgió por completo, y todos los presentes soltaron una exclamación. El médico sonrió, las enfermeras rieron, y Linda y Teddy empezaron a llorar al mismo tiempo, a la vez que sonreían y reían con todos los demás.

–¡Oh! ¿Qué es?

Linda se esforzaba para ver, y cuando Teddy la incorporó, pudo distinguir la cara del recién nacido, enrojecida, airada y torcida por el llanto.

–Aún no lo sabemos –dijo el doctor, con una amplia sonrisa–. Empuje un poco más y se lo diré.

Ella empujó con más ahínco, y el médico liberó los hombros del niño; entonces, con un gran empujón final, el niño acabó de nacer. El médico lo tomó en sus manos y exclamó, triunfante:

–¡Es un niño! ¡Un grandote y hermoso niño!

A Linda y a Teddy se les llenaron los ojos de lágrimas mientras lo contemplaban. Linda rió, al tiempo que tendía los brazos a Teddy para besarle; él le alisó los cabellos hacia atrás y se quedó mirándola con adoración.

–Eres la mujer más bella que he visto en mi vida.

–¡Oh, Teddy! –Ella le sonrió a través de las lágrimas–. Te amo.

–Yo también te amo. ¡Oh, mira qué guapo es!

Teddy no salía de su asombro: el niño era perfecto.

–Cuatro kilos. Buen trabajo, señora Fullerton.

El médico parecía complacido al entregar el niño a su padre.

–Y tú que pensabas que iban a ser mellizos –le dijo Linda a su marido.

Teddy hizo una mueca y miró fijamente la cara de su hijo; lo sostuvo un instante en sus brazos y luego lo depositó en los de su esposa.

–Aquí tienes a tu hijo, mamá.

Los ojos se les llenaron de lágrimas de nuevo, al tiempo que ella lo estrechaba contra su pecho.

Fue una noche preñada de júbilo y emoción. Cuando volvieron a la habitación de Linda, ella estaba tan alborozada que tenía la impresión de estar volando. Saltó de la cama y recorrió todo el pasillo para ir a ver a su hijo a través del ventanal. Se quedó aferrada al brazo de su marido, y ambos parecían los padres más orgullosos del mundo.

–¿Verdad que es guapo, Teddy?

–¡Vaya si lo es! –Teddy no podía apartar los ojos de su hijo–. ¿Qué nombre le pondremos?

Linda miró a Teddy con una sonrisa.

–Pensé que podríamos ponerle Bradford, en recuerdo de tu hermano.

Al oírle decir eso, a Teddy se le hizo un nudo en la garganta, y estrechó a Linda entre sus brazos sin decir una sola palabra.

Esa noche se estableció un vínculo entre ambos que nada en el mundo podría romper. Teddy estaba seguro de ello. Habían tardado media vida en encontrarse, y Teddy había creído que jamás podría sobreponerse al dolor por la pérdida de Serena. Pero Serena sólo había sido un sueño para él, una mujer inalcanzable a la que siempre había amado y que jamás había sido suya. Serena había pertenecido a Brad y luego a Vasili, pero jamás a él. Ella le quería, pero nunca había sido suya. En cambio, la mujer que acababa de darle un hijo era suya, y él lo sabía, al igual que él era de ella y jamás pertenecería a nadie más. Y mientras volvían lentamente por el pasillo al cuarto de Linda, fue como si el fantasma de Serena di San Tibaldo se retirase silenciosamente de puntillas para siempre.

Capítulo 52

–¿Un niño? ¡Hurra! –Teddy telefoneó a Vanessa a las once y media de la noche, y ella se mostró entusiasmada–. ¡Oh, Teddy, es maravilloso! –Luego, con voz que denotaba preocupación, preguntó–: ¿Cómo le fue a Linda? ¿Fue muy duro para ella?

Vanessa siempre se ponía nerviosa cuando pensaba en un parto, y afirmaba que jamás tendría hijos. Cuando llegase el momento, adoptaría uno. En eso también John Henry estaba de acuerdo.

Pero Teddy estaba exultante.

–No; fue muy valiente, y se portó estupendamente. Nunca he visto a nadie a quien le fuera mejor. Y estaba preciosa. ¡Espera a que veas al niño!

–Me muero de ganas. ¿Cómo se llama?

–Bradford, como tu padre. Fue idea de Linda. Le llamaremos Brad, supongo.

–Tienes una mujer estupenda, Teddy.

–Lo sé –repuso él como si no pudiese creer en su buena suerte–. Estuvo grandiosa, Vanessa. ¡Deberías haberla visto!

–La veré mañana, a primera hora.

–¡Magnífico! ¿Por qué no le pides a tu amigo John Henry que te acompañe? Quizá le gustaría ver al niño también.

Teddy sentía curiosidad por conocerle, y se moría de ganas de mostrar a su hijo. Vanessa lo comprendió y soltó una risita.

–Veré si tiene tiempo. –Pero ella sabía que no podría ir. Había cosas que le perturbaban, e ir a un hospital a ver a un recién nacido era una de ellas–. Probablemente iré sola, Teddy. ¡Además, no quiero compartir al niño con nadie, ni siquiera contigo!

Teddy se echó a reír. Sin embargo, a la mañana siguiente, cuando Vanessa salió del ascensor en el piso donde estaba la sala de maternidad, estaba muy pálida y parecía desorientada. Teddy avanzó hacia ella con una sonrisa, pero luego se detuvo. Vanessa tenía un color casi ceniciento. Él quiso advertir a Linda, pero no hubo tiempo. Vanessa llegó junto a él en un instante; tenía los ojos muy abiertos, y parecía asustada.

–¿Estás bien, querida?

Ella asintió con un gesto.

–Sí, pero me duele la cabeza. Anoche estuve trabajando hasta tarde en el cuarto oscuro, y creo que me dio jaqueca o algo. –Sonrió forzadamente, pero luego adoptó un aire risueño–. ¿Dónde está mi sobrino? Me muero por verle.

–En el cuarto de su madre.

Teddy la miró con una sonrisa; no obstante, tenía una expresión preocupada cuando la siguió hasta la habitación. Linda se encontraba sentada en la cama, amamantando al niño. Vanessa se detuvo un instante, se escudó tras la cámara y disparó varias veces. Tenía una expresión terriblemente seria mientras contemplaba a Linda; luego, sin pronunciar palabra, sus ojos se posaron en el pequeño. Se quedó sin poder apartar la vista del niño, con los ojos desmesuradamente abiertos, la cara pálida y las manos temblorosas.

–¿Quieres cogerlo en brazos?

Vanessa oyó la voz de Linda como si viniera de muy lejos y, sin decir nada, asintió con la cabeza, y le tendió los brazos. Linda le entregó al bebé. Vanessa se sentó en una silla con cara de asombro, sosteniendo aquel pequeño bulto en sus brazos. El niño se había dormido en el pecho de su madre, y ahora reposaba gozoso en brazos de Vanessa. Ésta permaneció callada unos instantes, mientras Teddy y Linda intercambiaban una mirada; luego, ésta advirtió que las lágrimas se deslizaban por las mejillas de Vanessa, y había una dolorosa expresión en su rostro que le desgarraba el corazón a Teddy. Pero antes de que él pudiese decir nada, Vanessa empezó a hablar lentamente:

–Es tan hermosa... Se parece a ti, mamá –dijo, sin mirar a Linda, que se quedó completamente inmóvil.– ¿Qué nombre le pondremos? –Y luego, en voz baja, empezó a pronunciar su nombre–. Charlotte... Charlie. Quiero llamarla Charlie.

Entonces posó los ojos en Linda; pero no veía a nadie. Acunaba al niño en sus brazos mientras empezaba a entonar una canción de cuna, bajo la atenta mirada de Linda y Teddy.

–¿Verdad que es bonita, Vanessa? –dijo Linda en un murmullo, mientras Teddy observaba con asombro lo que sucedía–. ¿Te gusta?

–Me encanta. –Vanessa miró a Linda y vio a su madre–. Es mía, ¿verdad, mamá? No es suya, es nuestra. Él no se la merece.

–¿Por qué no?

–Porque es muy malo contigo, y..., y esas cosas que hace..., las drogas... Y ese día que no volvió..., y... Tío Teddy dijo que podrías haberte muerto. Pero no te moriste. –Pareció experimentar un gran alivio a su angustia–. Porque llegó el tío Teddy y te sacó a la niña. –Parpadeó al recordar que había visto a su madre al borde de la muerte, con las piernas levantadas y sujetas a los soportes–. ¿Por qué te hicieron eso? ¿Por qué?

Instintivamente, Linda interpretó lo que quería decir.

–Para que pudiese tener al bebé. Eso es todo. No querían lastimarme.

–Pero lo hicieron, y casi te dejaron morir... Y él no estaba allí...

–¿Dónde estaba él?

–No lo sé. Espero que se haya ido para siempre. Le odio.

–¿Y él te odia a ti?

–No lo sé. –Vanessa comenzó a llorar–. Ni me importa... –Continuó acunando al niño, y de pronto, como si se hubiese cansado, se lo entregó a Linda–. Toma, creo que quiere ir contigo.

Linda asintió con un gesto, recibió al niño dormido de sus manos y se lo entregó a Teddy, señalando la puerta con la cabeza. Teddy se lo llevó enseguida y regresó al cabo de un instante. Estaba aterrado al ver lo que le sucedía a Vanessa, si bien siempre había sabido que algún día tenía que ocurrir; y era preferible que fuese ahora que tenía a Linda allí para guiarla.

–¿Él te odia, Vanessa?

–No lo sé..., no lo sé... –Vanessa se levantó de la silla de un salto y se dirigió a la ventana, donde se quedó mirando por ella sin ver. Luego giró sobre sus talones y miró a Linda–. Te odia a ti..., te odia... Te pega... Oh, mamá... Tenemos que irnos... a Nueva York, con el tío Teddy. –Entonces se le ensombreció la cara de nuevo y se quedó con la mirada perdida en el vacío, con una expresión horrorizada–. Con el tío Teddy... –Parecía que entonaba un cántico–. Volver a Nueva York... Oh, no... Oh, no... –Miró en torno con frenesí, a Linda y a Teddy, quien se preguntaba si volvería a estar en sus cabales de nuevo–. ¡Oh, no! ¡No! –Y entonces lanzó un aullido–. ¡La mató! Ese hombre... mató a mamá. –Empezó a sollozar y le tendió los brazos a Linda–. Te mató..., te mató..., te mató... –Entonces levantó la vista como si viera a Linda por primera vez; y no fue la cara de una niña lo que Linda y Teddy vieron, sino el rostro demudado de una mujer–. Ese hombre –prosiguió en un ronco murmullo, siendo de nuevo ella misma–, ese hombre que vi en el periódico aquel día... mató a mi madre. –Miró a Teddy fijamente y siguió hablando como si acabara de despertar de un sueño y tratara de recordar–. Y luego vino la policía... y se lo llevaron. Y yo estaba... –les miró con expresión de asombro– con la niña en brazos. –Entonces cerró los ojos y se estremeció–. Charlie. Se llamaba Charlie... La niña que mamá tuvo en Londres... Me la quitaron en la sala del tribunal. –Comenzó a sollozar entrecortadamente–. Y me obligaron a vivir con Greg y Pattie... –Miró a Teddy y le tendió los brazos–. Y luego fui a vivir contigo... Pero no sabía..., no recordaba... No lo recordé hasta... –volvió la vista hacia Linda, conmocionada y con expresión desesperada–, hasta que vi al niño... Y entonces pensé... –miró a su tío y a Linda–. No sé lo que pensé...

Linda acudió por fin en su ayuda.

–Pensaste que era Charlie.

–¿Ocurrió de veras todo eso? Tengo la impresión de haberlo soñado.

Linda dirigió una mirada a Teddy.

–Es verdad. Lo reprimiste después de que ocurriese, y ha permanecido en estado latente todos estos años.

Entonces Vanessa pareció asustada.

–¿Hay algo más? ¿Sucedió algo más?

Linda le contestó rápidamente:

–Nada más. Lo has recordado todo. Ahora todo ha terminado, Vanessa. Y ha salido a la luz. –Ahora sólo le restaba aprender a convivir con ello, lo cual no le resultaría fácil. Observó a la joven con atención. Vanessa había sufrido un terrible *shock*–. ¿Cómo te sientes?

Vanessa permaneció inexpresiva un instante.

–Asustada..., vacía..., triste. –Dos gruesas lágrimas rodaron por sus mejillas–. Echo de menos a mi madre. –Agachó la cabeza y comenzó a sollozar de nuevo–. Mató a mi madre... –Temblaba de pies a cabeza–. Cuando entré en la habitación, ella yacía..., ella yacía en el suelo..., con los ojos abiertos, y él la tenía cogida por el cuello; comprendí que estaba muerta..., lo supe...

No pudo proseguir, y con lágrimas deslizándose por sus mejillas, Teddy la tomó en sus brazos.

–Oh, pequeña... Lo siento.

–¿Por qué? ¿Por qué lo hizo?

–Porque estaba loco. Y tal vez porque estaba drogado, no lo sé. Yo creo que él la amaba, pero estaba terriblemente perturbado. Serena le dejó, y él creyó que no podía vivir sin ella.

–Así que la mató. –Por primera vez, Vanessa hablaba con amargura. Miró a su tío con expresión alterada–. ¿Qué le pasó a Charlie? ¿Se la dieron a él?

–No, a él lo pusieron en una institución. Al menos durante un tiempo. La custodia de tu hermanita se la otorgaron al hermano de Vasili. Creo que era un hombre decente. Quedó tan disgustado como lo estaba yo en aquellos momentos, y quería quedarse con Charlotte. –Teddy la miró con tristeza–. También a ti te quería mucho. ¿No te acuerdas de él?

Vanessa negó con la cabeza.

–¿Has estado en contacto con él durante estos años?

Teddy lanzó un suspiro.

–No, en absoluto. El juez nos aconsejó que no lo hiciéramos. Dijo que tú y Charlie teníais que llevar vidas separadas. No sé cómo se lo tomó Arbus, pero yo estaba inquieto por ti, porque lo habías reprimido todo.

Ella asintió con la cabeza, y al cabo de un rato habló con voz aguda.

–Ahora debe de tener unos dieciséis años. Me pregunto

cómo será. –Los labios le temblaban de nuevo–. Cuando era pequeñita era idéntica a mamá.

Teddy empezó a pensar en algo, pero consideró que era demasiado pronto para sugerirlo. Tal vez con el tiempo, cuando Vanessa lo hubiese asimilado todo, podrían ir juntos a Grecia a visitar a Andreas Arbus. Teddy sonrió a su esposa. ¡Lo había manejado todo tan bien!

–Lamento haberlo echado todo a perder, Linda. Vine a ver al niño y a compartir tu alegría, y en vez de eso me volví loca.

Se sonó la nariz. Se sentía muy rara, como si hubiese corrido diez kilómetros o escalado una montaña. Pero no se sentía exultante, sino vacía.

Linda le tendió los brazos y la estrechó con aire maternal.

–Nada de eso. Has hecho algo muy saludable. Por fin te has vuelto hacia el pasado y has abierto una puerta que había estado cerrada durante muchos años. Y eso ha ocurrido porque estabas preparada para que ocurriese. Ahora estás en condiciones de afrontarlo. Ha sido una labor de dieciséis años, y nada fácil por cierto. Eso lo sabemos todos.

Vanessa hizo un gesto de afirmación, incapaz de hablar a causa de las lágrimas. Linda miró a Teddy crípticamente, y él la comprendió.

–Voy a llevarte a casa, cariño, para que puedas descansar un poco. –La separó con ternura de los brazos de Linda–. ¿Quieres venir a casa conmigo?

Vanessa le miró con tristeza, forzando una sonrisa.

–Me gustaría. Pero tú querrás quedarte aquí con Linda.

–Volveré más tarde.

–Yo también necesito descansar un poco –terció Linda, sonriéndoles a ambos; había una risueña expresión en sus ojos al mirar a su esposo–. Quédate tranquilo hoy. Brad y yo volveremos a casa dentro de unos pocos días. Tendremos mucho tiempo para estar juntos.

Besó a Vanessa de nuevo y le dijo que lo que experimentaba era normal y saludable, y que debía dejar que afloraran los recuerdos; llorar cuando fuesen tristes, sentir pena y dolor, y así todo se resolvería favorablemente. Luego añadió con dulzura:

–Creo que tu amigo John podrá contarte unas cuantas cosas al respecto.

Pero Vanessa le contestó, estupefacta:

–¿Cómo iba a contarle una cosa semejante? Pensaría que estoy loca.

–No. Confía en él. Por lo que me has explicado, no creo que te decepcione.

–¿Quieres que le diga que al cabo de dieciséis años he recordado que mi madre fue asesinada? A mí me parece una chifladura.

Parecía amargada de nuevo, pero Linda se mostró firme con ella.

–Bueno, pues no es una chifladura, y será mejor que lo entiendas así. Lo que acaba de ocurrirte es la cosa más normal que te ha pasado en veinticuatro años. Y el hecho de que tu madre fuese asesinada no es culpa tuya, Vanessa. Tú no pudiste evitarlo. Ni tú ni ella tuvisteis nada que ver en ello. Simplemente sucedió. Es evidente que su marido estaba loco cuando lo hizo. Tú no habrías podido detenerle.

–Estaba loco mucho antes de eso.

Vanessa le recordaba claramente ahora, y le odiaba de nuevo. Luego se volvió hacia Teddy.

–¿Mi madre te amaba?

Para Teddy, aquélla fue una pregunta dolorosa. Serena le había querido, lo sabía, pero no del mismo modo que él la había amado a ella.

Asintió lentamente con la cabeza.

–Sí. Para ella yo era alguien en quien podía confiar, como un hermano o un amigo muy íntimo.

Teddy miró a su esposa. Era la primera vez que lo decía, y quería que ella lo supiera también. Linda le contemplaba con ternura y con una amorosa expresión en la cara.

–¿Por qué no te permitieron quedarte con Charlie?

–Porque no tenía ningún vínculo de sangre conmigo, y tú sí. Su tío la quería y la reclamó.

–¿Te habrías quedado con ella?

Vanessa necesitaba saberlo. De repente, quería saberlo todo acerca de las causas que la habían separado de su hermanita.

–Por supuesto. Lo deseaba con toda mi alma.

Vanessa asintió con la cabeza. Al poco rato se marcharon. Teddy la llevó a su apartamento. Ella se tendió en el diván y siguieron charlando durante una hora, acerca de su madre, de la primera vez que él la había visto, de cuando tuvo a Charlie en Londres, de Vasili y de cómo Serena se había enamorado de él... Entonces, como si no pudiese soportar más por el momento, Vanessa cerró los ojos y se quedó dormida. Teddy no se movió de su lado en todo el día. Telefoneó a Linda varias veces. Estaba preocupado por Vanessa, pero su esposa le aseguró que tenía la impresión de que las cosas habían ido muy bien. Sugirió que se quedara con ella. Cuando Vanessa despertó cuatro horas más tarde, pudo comprobar que se sentía mejor que antes. Le envolvía un aura de tristeza, como si ahora experimentara la pena que no había podido sentir cuando murió su madre. Teddy recordaba la helada expresión de su carita, la inexpresividad de sus ojos, y en la mujer en que se había convertido ahora podía descubrir todo el dolor que había llevado oculto durante tantos años.

A las cinco Vanessa resolvió volver a su propio apartamento. Tenía una cita con John Henry, y de repente sentía un acuciante deseo de verle.

–Esta noche voy a ser una pésima compañía, pero realmente no quiero cancelar la cita. –Hizo una pausa y, fijando los ojos en Teddy, le dijo–: Gracias, tío Teddy. –Se le llenaron los ojos de lágrimas–. Por todo... –Un sollozo le ahogó la voz–. Por todos estos años.

Se abrazaron fuertemente, y también Teddy lloró en silencio. Fue como si ese día, finalmente, hubiesen enterrado a Serena juntos, y el dolor que ello le causaba, aun en el recuerdo, era más de lo que podía soportar.

Capítulo 53

Tres días más tarde Linda y el niño volvieron a casa. Cuando Vanessa fue a verles, tenía mucho mejor aspecto que días atrás. Tenía los ojos brillantes y no estaba tan pálida, aunque todavía se la veía cansada y abatida cuando tomó a Brad en brazos de nuevo. Sin embargo, esta vez no sufrió trauma alguno ni la asaltaron horribles recuerdos. Éstos habían salido a la luz, junto con las placenteras remembranzas, y sentía tan agudamente la pérdida de Charlie como si hubiese ocurrido la semana anterior. Pero esta vez se trataba de una criatura distinta, y ella lo sabía. Lo acunó en sus brazos, musitándole palabras cariñosas, y reía cuando le parecía que el niño le sonreía. Vanessa le adoraba, y Linda y Teddy estaban arrobados. En general, parecía haberse recobrado perfectamente del trauma; pero a medida que pasaba el verano, Linda se daba cuenta de que aún no había podido superar el dolor que aquello le había causado.

–¿Qué pasa con John? –se atrevió a preguntarle por fin, en el mes de agosto.

Hasta aquel momento no se había atrevido a presionarla.

–No mucho –respondió vagamente–. Aún seguimos viéndonos.

–¿Se ha enfriado?

El muchacho había ido un par de veces a ver al niño con Vanessa, y a Linda y Teddy les causó muy buena impresión. El elogio que Vanessa había hecho de él era merecido: era bien parecido e inteligente, simpático y amable, y muy maduro para sus años. Rehusó tomar al niño en brazos, pero jugó con él en la cuna. Era evidente que el pequeño despertaba muchos recuerdos en él. Se sentía más cómodo charlando con Linda y Teddy en la sala contigua. A decir verdad, Vanessa experimentaba el mismo malestar. A veces el niño aún le hacía recordar a Charlie; pero, no obstante, ella iba a verle muy a menudo.

–No lo sé. Quizás estamos predestinados a ser sólo amigos.

–¿Alguna razón especial? –le preguntó Linda, a pesar de que ella ya la sabía.

–Sí, a despecho de lo que dijiste –le replicó Vanessa, desafiante–, parece que soy frígida. No deseo acostarme con un hombre.

Linda exhaló un suspiro.

–Creo que vuelves a sacar conclusiones prematuras, Vanessa. Dos meses atrás sufriste un terrible *shock*. Tienes que darte tiempo.

–¿Cuánto tiempo? Ya casi tengo veinticinco años.

Parecía enfadada con Linda, pero ahora sabía que estaba enojada consigo misma.

–Me dijiste que cuando falleció el hijo de John, él tardó dos años en volver a sentir deseos de hacer el amor.

–¿Cuánto tardaré yo? ¿Dieciséis?

Estaba harta de sus problemas, de tratar de vivir con ellos, de superarlos, de olvidarlos. Hacía dos meses que no hacía otra cosa.

–¿Cuánto tiempo hace que lo sabes? Sólo dos meses. Eres injusta contigo misma.

–Tal vez.

Pero al cabo de un mes dejó de ver a John por completo. Le dijo que no podía encauzar su relación con él hasta tener las cosas bien claras en su cabeza, y él se mostró muy comprensivo. Le dijo simplemente que la amaba, que deseaba seguir viéndola, ayudarla a salir adelante, pero que si ella quería estar sola, respetaría su decisión. Sólo le pidió que se mantuviera en contacto con él y que de cuando en cuando le hiciera saber cómo se sentía. El día que John abandonó su apartamento por última vez, se detuvo en el umbral con una expresión de pesar en los ojos.

–Quiero que sepas dos cosas, Vanessa. La primera, que te amo, y la segunda, que no estás loca. Has vivido una horrenda experiencia y tal vez tardes un tiempo en sobreponerte. Pero yo estaré esperando. Dentro de un año, de un día, cuando sea. Nunca he conocido a nadie como tú. Cuando lo hayas superado, llámame.

A Vanessa se le llenaron los ojos de lágrimas y asintió con la cabeza, pero luego se volvió mientras él cerraba la puerta. Cuando John se hubo ido, se sintió tan sola como nunca lo había estado en su vida. Le deseaba con desesperación, emocional, física y espiritualmente. Pero cada vez que pensaba en hacer el amor con él, se le representaba Vasili inclinado sobre su madre, y no podía soportarlo. Tenía la sensación de que si dejaba que John se le acercara de aquella manera, le haría lo mismo que a ella le hiciera Vasili.

–¿Es eso normal? –le preguntó un día a Linda en su consultorio.

En otoño, Linda había vuelto a atender normalmente a sus pacientes, y ya estaban a finales de septiembre.

–Sí.

–¿Y cómo demonios podré superarlo?

–Con el tiempo. Y con tu sensatez. Debes repetirte una y otra vez que John no es Vasili, y que el hecho de que Vasili cometiera un delito no significa que John tenga que cometerlo también. Él es un hombre. Y tú no eres tu madre.

Yo no la conocí, pero sospecho que eres muy diferente a ella. Eres una persona completamente distinta, con una vida independiente. No debes dejar de decírtelo a ti misma, y al fin la idea terminará por afianzarse.

Linda le sonrió dulcemente. La joven había pasado unos meses muy malos, y su aspecto lo denotaba. Pero a medida que bregaba con los problemas, iba madurando y creciendo.

–He estado pensando en hacer un viaje, ¿sabes?

–Creo que es una excelente idea. ¿A algún sitio en especial?

Vanessa se quedó mirándola largamente, y luego le respondió:

–A Grecia.

Linda asintió lentamente con la cabeza.

–¿Quieres decirme el porqué o tengo que adivinarlo?

Vanessa respiró hondo; casi con temor de decirlo, pero convencida de que debía hacerlo.

–Desde que nació Brad siento el apremiante deseo de encontrar a Charlie.

–Comprendo –repuso Linda en voz baja.

–En realidad es una tontería; ya sé que no es un bebé, pero es mi hermana. Mis padres están muertos, y salvo Teddy, ella es la única persona que me queda en el mundo. Tengo que encontrarla. Y al mismo tiempo estoy tremendamente asustada. Quizá no tenga el coraje de verla, después de todo. Tal vez sólo vaya a Europa y me dé una vuelta por allí.

–Quizá te haga bien. –Tras una ligera vacilación, inquirió–: ¿Alguna noticia de John?

Vanessa meneó la cabeza.

–Le pedí que no me telefoneara, y no lo hará.

–Podrías llamarle tú.

–Aún no estoy lista. –Y encogiéndose tristemente de hombros, dijo–: Quizá no lo esté nunca.

–Lo dudo. Tal vez no sea el hombre adecuado.

Pero Vanessa sacudió la cabeza de nuevo.

–Eso no es cierto. Si debe haber alguien en mi vida, quisiera que fuese él. John es la clase de hombre con quien desearía pasar el resto de mi vida. Tenemos muchas cosas en común. Nunca..., nunca he logrado hablar con nadie de la manera que lo hago con él.

–Así es como yo me siento con Teddy. Eso es muy importante. Tal vez cuando vuelvas de Europa...

Vanessa se encogió de hombros, con displicencia.

–Tal vez.

Se pasó una semana pensando en el viaje, y entonces hizo las reservas pertinentes. Partiría a primeros de octubre.

La víspera de la partida telefoneó a John y le dijo adónde iba. Él le hizo las mismas preguntas que Linda, y ella le contestó las mismas cosas.

–Deseo ir a Grecia, pero no sé lo que haré. He resuelto comenzar por hacer una especie de peregrinaje en honor a mi madre. Quizás entonces logre decidirme.

–Me parece una buena idea.

John estaba muy contento de que le hubiese llamado, y deseaba poder verla antes de que se fuese; sin embargo, sabía que Vanessa no accedería a ello. Casi parecía temer encontrarse con él, como si le inspirara miedo lo que él representaba y lo mucho que la quería. En cierta ocasión ella le había dado todo a las personas que ya no existían y no tenía manera de volver a recuperarlo.

–¿Por dónde piensas empezar?

–Por Venecia. Sé que mamá vivió allí con su abuela durante un tiempo. Ignoro en qué sitio, pero me gustaría verlo. Todo el mundo dice que es una bella ciudad, sobre todo en octubre.

John asintió con la cabeza.

–Lo es.

–Después, Roma. Quiero conocer el *palazzo*, dar una vuelta por los lugares que Teddy dice haberle oído nombrar a mi padre. Y luego... –Titubeó–. Ya veremos. Quizá Grecia.

–Vanessa –le dijo él casi compulsivamente–, ve.

–¿A Grecia? –preguntó ella, sorprendida.

–Sí.

–¿Por qué?

–Porque allí encontrarás la pieza que falta. Se la diste a Charlie, y luego te la arrebataron. Tienes que ir allí para encontrar a Charlie o para encontrarte a ti misma. Tengo la impresión de que no serás feliz hasta que lo hagas.

–Tal vez tengas razón. Ya veremos.

–¿Me harás saber dónde estás? –preguntó John, en un tono que denotaba preocupación.

–Estaré bien. Y tú, ¿cómo estás?

–Estoy bien. Pero te echo de menos. Muchísimo.

Lo tremendo era que ella también le echaba mucho de menos a él.

–John...

Estuvo a punto de decirle que le amaba, porque era cierto. Pero le parecía que era tan poco lo que podría ofrecerle... Él merecía mucho más de lo que ella tenía para darle. Sin embargo, al fin decidió decírselo de todos modos.

–Te amo.

–Yo también te amo. Prométeme que irás a Atenas. –Ella soltó una risita–. Hablo en serio.

–De acuerdo, lo prometo.

–Bien.

Vanessa colgó el teléfono, y la mañana siguiente tomaba el avión que la llevaría a París, donde transbordaría en el aeropuerto de Orly para dirigirse a Venecia, lugar en que comenzaría su peregrinaje.

Capítulo 54

Vanessa pasó dos días en Venecia y quedó encantada. Era la ciudad más bonita que conocía. Anduvo horas y horas recorriendo sus calles, perdiéndose por el laberinto de callejuelas, paseando por los estrechos puentes, o recostada en una góndola, admirando el Lido o la infinidad de variados palacios. Hubiese querido saber en cuál había vivido su madre cuando era niña, pero eran todos tan magníficos que eso carecía de importancia. Disfrutaba tanto su estancia allí que lamentó no tener a John a su lado.

Después se dirigió a Roma y quedó impresionada al ver el Palazzo Tibaldo. Las pocas veces que había visto la casa de los Fullerton en Nueva York le había sorprendido por su grandiosidad, pero ahora se daba cuenta de que aquella mansión no era nada comparada con el palacio, que a ella se le antojaba inmenso.

El quinto día de su estancia en Roma, estando tendida en la cama, se acordó de las conversaciones que había mantenido con Linda, y de repente resonó en sus oídos la promesa que le hiciera a John. En aquel momento comprendió que no tenía opción. Se había embarcado en una odisea de la que dependía su vida, y ahora debía dar el siguiente paso. Reservó un pasaje en el siguiente vuelo a Atenas. El avión debía partir esa misma tarde a las dos.

Cuando Vanessa llegó al aeropuerto Hellinikon, en

Atenas, tenía los ojos muy abiertos y se sentía terriblemente asustada. No podía recordar por qué motivo había considerado tan importante aquella parte del viaje. Le aterraba pensar lo que descubriría allí, lo que experimentaría, pero no acababa de comprender por qué había ido. Cuando llegó al hotel en Atenas, se sentía desfallecer a causa de la ansiedad; subió a su habitación sintiendo que le flaqueaban las rodillas. Entonces, como si no pudiese esperar un minuto más, cogió el listín telefónico, lo apretó contra su pecho y se sentó en la cama. Pero resultó que no entendía los caracteres griegos, por lo que, como si estuviese atrapada en un sueño, bajó al vestíbulo y pidió en recepción que le buscasen lo que quería. No les llamaría. Sólo quería saber la dirección y el número de teléfono..., «por si acaso». El empleado los encontró enseguida. Andreas Arbus vivía en un barrio residencial, no muy lejos del hotel. Al subir Vanessa a su habitación, con la dirección y el teléfono, se sintió aún peor, y a los diez minutos le resultaba casi insoportable saber que estaba tan cerca y la acometían unas ganas tremendas de huir. Alquiló un taxi y le explicó en inglés al conductor que deseaba dar una vuelta por Atenas. Le pagó espléndidamente, y después de pasear una hora por la ciudad, se detuvieron en un bar y compartieron una jarra de vino.

El tiempo era magnífico, el cielo, azul, y los edificios, de un blanco brillante. Vanessa se quedó con la vista fija en el vaso de vino, deseando no haber hecho aquel viaje. Era como si tratara de postergar el momento inevitable. Al volver al cuarto del hotel comprendió, presa del pánico, que el instante definitivo había llegado. Se dirigió al teléfono como una condenada a muerte, arrastrando los pies, levantó el receptor y marcó el número que le había dado el empleado de recepción.

Respondió una mujer, y Vanessa sintió que el corazón aceleraba sus latidos. La mujer no hablaba ni una sola palabra de inglés, y todo lo que Vanessa pudo hacer fue preguntar por Andreas. Al cabo de un instante oyó una voz masculina al otro extremo de la línea.

–¿Andreas Arbus? –Vanessa estaba desesperada; el hombre le contestó en griego–. No... Lo lamento, no entiendo. ¿Habla usted inglés?

–Sí. –Aun al pronunciar esa sola palabra, ella advirtió que tenía un acento encantador; pero a pesar de todo no lograba imaginar cómo era–. ¿Quién habla?

–Yo...

Vanessa estaba aterrada; no quería decirle quién era. ¿Y si le colgaba? ¿Y si su hermana estaba muerta? Con un esfuerzo, alejó aquellos pensamientos de su mente.

–He venido de Estados Unidos y desearía verle.

–¿Quién es usted? –preguntó el hombre, intrigado.

Su tono era risueño, quizá porque pensaba que se trataba de una broma. Entonces ella comprendió que era absurdo suponer que iba a recibirla si no le decía su nombre. Respiró hondo y casi ahogó su voz en un sollozo.

–Me llamo... Vanessa Fullerton. Quizá no sepa quién soy, pero mi madre estuvo casada con su hermano y...

No pudo continuar; la voz se le quebró en la garganta.

–¿Vanessa? –inquirió él con afabilidad–. ¿Estás aquí? ¿En Atenas?

Parecía asombrado, y ella se preguntó si estaría enfadado. Quizá le molestaba que hubiese ido a Grecia. Sólo Dios sabía lo que le habrían contado a Charlotte.

–¿Dónde estás?

Vanessa le dio el nombre del hotel.

–El empleado de recepción dice que es muy cerca de donde vive usted.

–Así es. Pero me dejas estupefacto. ¿Para qué has venido?

Parecía sinceramente interesado, y su voz era afable.

–Yo..., en realidad no lo sé, señor Arbus. Pensé... que tenía que venir. Es una larga historia... Tal vez deberíamos...

–¿Te gustaría que nos reuniéramos?
–Sí. ¿Le parece bien?
–Pues claro, querida. ¿Estás ocupada ahora?
–No, no.
–Estaré ahí dentro de media hora. ¿Te va bien?
–Sí, gracias, muy bien.

Bueno, estaba hecho, se dijo para sus adentros después que hubo colgado. Le había telefoneado. No tenía la menor idea de lo que pasaría ahora. Seguramente se presentaría solo. No llevaría a Charlotte. Pero al menos hablaría con él, y tal vez obtuviera algunas respuestas. El único problema era que no estaba segura de las preguntas que debía hacerle; sin embargo, quizá cuando le viera lo sabría.

Se quedó plantada en el vestíbulo, observando a la gente que entraba. Entonces se dio cuenta de que no le había dicho cómo era, y ella tampoco tenía idea de cómo era él.

Siguió allí de pie, preguntándose si no habría llegado ya, cuando de repente le vio aparecer por la puerta. No le recordaba en absoluto, y sin embargo, en cuanto le vio supo que era él. Parecía un hombre interesante. Y mientras él preguntaba en recepción y luego se dirigía hacia ella, Vanessa sintió que sus ojos poseían un magnetismo que la sorprendió. En algunos aspectos parecía muy joven, y al mismo tiempo, en cierto modo, se veía muy viejo. En realidad tenía cincuenta y ocho años, pero no los aparentaba. Se dirigió hacia ella lentamente, como si temiese aproximársele, con una expresión alegre en sus negros ojos.

–¿Vanessa? –Su voz hizo resonar una campana distante–. Soy Andreas.

Le tendió la mano, y Vanessa avanzó hacia él. Algo en sus ojos le inspiraba confianza.

–Hola.

Vanessa le sonrió, mientras él la observaba. El rostro de la joven no era muy distinto al de dieciséis años atrás.

–¿No me recuerdas en absoluto? –le preguntó él, mirándola con ternura.

Ella negó con un gesto y enseguida esbozó una sonrisa.

–Pero tengo un pequeño problema con mi memoria.

–¿Ah, sí? –La miró con inquietud, y luego señaló el bar con un ademán–. ¿Entramos ahí? Tal vez encontremos un rincón tranquilo.

Vanessa asintió con un gesto y le siguió. Había algo tan viril en su porte que ella se sentía más mujer a su lado. Él la miraba y sonreía, admirando sus hermosos cabellos.

–Te has convertido en una bella mujer, Vanessa. –Encontró una mesa libre y se sentaron–. Pero yo siempre supe que lo serías. –Entonces la miró con detenimiento–. ¿Quieres decirme a qué has venido a Atenas?

Vanessa lanzó un suspiro.

–Realmente no lo sé. Sólo sabía que tenía que venir.

Andreas no dijo ni una sola palabra de Charlotte. Se limitó a asentir con la cabeza. De pronto, Vanessa se sintió impulsada a contarle cómo lo había reprimido todo y sólo lo había recordado muy recientemente, al nacer el hijo de Teddy. Tuvo que hacer un esfuerzo para no echarse a llorar mientras se lo contaba, pensando que era absurdo hablarle de todo aquello a un extraño. Al fin y al cabo, era el hermano del asesino de su madre; pero sin embargo, no podía odiarle. Cuando terminó de hablar, advirtió que Andreas le tenía cogida la mano. Entonces se la palmeó para soltársela acto seguido, mirándola profundamente a los ojos.

–¿Te habías olvidado por completo de Charlotte?

–Completamente. Todo me vino de repente a la memoria.

Andreas meneó la cabeza como haciéndose cargo de su dolor.

–Debió de ser terrible para ti.

–¿Ella sabe que yo existo?

Él sonrió.

–Sí. Lo sabe todo acerca de ti. –Exhaló un suspiro–. Todo lo que yo sabía se lo conté. Tu tío no quiso que estuviéramos en contacto, y el juez norteamericano tampoco lo propició. Es natural. Lo comprendo... Fue un período terrible. –Esta vez aparecieron lágrimas en sus ojos–. Vanessa, mi hermano era un hombre muy extraño, muy enfermo. –Vanessa no dijo nada. Una parte de su mente se negaba a oír hablar de él, y otra parte lo deseaba–. No era malo, sino que tenía ideas equivocadas. Era como si hubiese tomado una senda errónea en su juventud. –Suspiró de nuevo–. Nunca nos llevamos bien. Él siempre estaba metido en líos: mujeres..., drogas..., cosas terribles. La penúltima esposa se suicidó. –Calló abruptamente, mirando a Vanessa, sin atreverse a seguir hablando–. Y luego, claro está, vino la tragedia que se desencadenó en Estados Unidos.

–¿Charlotte lo sabe?

–¿Que su padre asesinó a su madre? –Lo dijo de una manera tan cruda que Vanessa se quedó anonadada–. Sí, lo sabe. Conoce las cosas buenas y las cosas malas acerca de su padre. Y sabe todo lo que pude contarle sobre tu madre. Quise que lo supiera todo. Tiene el derecho de tratar de comprender a su manera. Creo que ella lo asimiló todo sin inconvenientes. Es horrible, y le dolió, pero Charlotte no conoció a ninguno de los dos. Para ella son sólo como los personajes de una novela –dijo con tristeza–. No es lo mismo que si le dijeran que yo había matado a alguien. Eso sería diferente; la destrozaría. Pero Vasili..., tu madre..., son sólo nombres para ella.

Vanessa asintió con la cabeza.

–¿Hubo alguna mujer que se encargara de su crianza?

Andreas negó con un gesto.

–Mi esposa falleció cuando Charlotte tenía dos años. Ni siquiera la recuerda. Tuvo a mis hijos, que son como hermanos mayores para ella, y me ha tenido a mí. –Un asomo de tristeza ensombreció su cara, pero Vanessa no supo interpretar aquella expresión–. ¿Y tú? ¿Se casó tu tío cuando aún eras niña?

Andreas la miraba como escrutando su rostro, tratando de descubrir algo que Vanessa misma no sabía que existiera. Al principio, a ella le causó extrañeza, pero a los pocos minutos ya se había acostumbrado. La atracción que ejercía aquel hombre era extraordinaria.

–No; se casó el año pasado. Hasta entonces vivíamos solos.

–¿Te afectó eso? –le preguntó Andreas, con interés.

Vanessa se encogió de hombros, sopesando la respuesta.

–No lo creo. Teddy fue como un padre y una madre para mí. Yo echaba de menos a mamá, pero eso era diferente.

–Creo que Charlotte siempre ha sentido una gran curiosidad por saber de ti. Cuando era niña solía hablar de su hermana norteamericana; imaginaba que jugaba contigo, y una vez hasta te escribió una carta. Aún debo de tenerla en alguna parte. Me preguntaba si volverías alguna vez.

–¿Acaso he estado aquí antes? –preguntó ella asombrada.

Andreas asintió con la cabeza.

–Algunas veces, con Vasili y con tu madre. Jugábamos a las damas tú y yo...

A Vanessa le pareció como si viese algo en la distancia. Cerró los ojos y empezó a recordar. Podía ver a Andreas, a su esposa y a sus hijos... Cuando abrió los ojos, los tenía llenos de lágrimas.

–Lo recuerdo.

–Eras una niña preciosa. –Su rostro se ensombreció–. Recuerdo cuando nació Charlotte. Viajé a Londres... –Meneó la cabeza y fijó la mirada en Vanessa–. Fue muy duro para ti. Tu madre nunca debió casarse con Vasili.

Vanessa asintió, pensando en la extraña forma en que sus vidas se habían entrelazado, para separarse luego y, ahora, volverse a unir.

–¿Y tú? –le preguntó, con una cálida luz en sus ojos–. ¿Aún no te has casado?

–No.

Por un momento, la expresión de Vanessa se volvió distante. Luego sonrió.

–¿Una chica tan bonita como tú? ¡Qué desperdicio! –le dijo él, apuntándola con el dedo.

–¿Charlotte se parece a mí?

Andreas la miró con atención, y después sacudió la cabeza.

–En realidad no. Tenéis un aire... Es más la manera de moverte, la complexión de tu cuerpo, que las facciones, los ojos o el pelo. –Miró a Vanessa de hito en hito, y ella sintió que su mirada la penetraba profundamente–. ¿Quieres verla, Vanessa?

–No lo sé –le contestó ella con sinceridad, al tiempo que fijaba sus ojos en los de Andreas–. No estoy segura. Lo deseo, pero... ¿Qué sucederá? ¿Qué efecto tendrá el encuentro en nosotras?

–Quizá ninguno. Tal vez os saludéis como dos extrañas y os despidáis de la misma manera. Quizás os abracéis como dos hermanas. O lleguéis a haceros amigas. Es difícil decirlo. –Y con cierta vacilación, agregó–: Vanessa, debes saber que se parece muchísimo a tu madre. Si la recuerdas, es posible que te cause una profunda impresión.

¿Cómo era posible que aquella chica a la que no había visto nunca se pareciera a su madre? El mero hecho de tener una hermana era algo que Vanessa no lograba comprender. De repente, se sintió de nuevo muy cansada. Al ver la emoción que se reflejaba en su cara, Andreas le tendió una mano.

–Tienes tiempo para pensarlo. Tardará quince días en volver. Se fue a hacer un crucero con unos amigos –explicó con renuencia–. Debería estar en la escuela, pero... Es una larga historia. El caso es que me habló y logró convencerme. Mis hijos dicen que la he malcriado, pero es una buena chica.

Vanessa sopesó sus palabras.

–¿Y cuándo volverá?

–Dentro de dos semanas a partir de hoy. Se fue anoche.

Vanessa se quedó reflexionando con exasperación. Si no se hubiese entretenido tanto tiempo en Roma, habría podido llegar a Atenas un día antes, y ahora todo habría terminado. En aquellos momentos estaría volando hacia Estados Unidos, marcada por las impresiones que había recibido. Ahora tendría que esperar catorce días.

–Supongo que podría irme a alguna parte y volver...

–¿No te gustaría quedarte aquí, en Atenas? –le preguntó, con la sonrisa de un anfitrión–. Podrías mudarte a mi casa, si el hotel no te gusta.

Vanessa meneó la cabeza, sonriendo.

–Es usted muy amable, pero no es eso. Es que no se me ocurre qué voy a hacer aquí sentada durante quince días. Podría ir a París...

–¿Por qué no pruebas a quedarte aquí? Haré cuanto esté en mi mano para que la estancia te resulte agradable –le aseguró él, inclinando la cabeza caballerescamente.

–No quisiera ser una molestia...

–¿Por qué no? –la interrumpió él–. Has estado dieciséis años esperando este momento. ¿Me permites que lo comparta contigo? ¿No quieres que te ayude a superar los temores, a desvelar las incógnitas, a ser tu compañero de conversación?

Vanessa hubiera deseado que Andreas se ocupara de ella eternamente. Era tan amable, tan generoso, que uno se sentía como si él le hubiera entregado una parte de su alma.

–Debe de tener cosas más importantes que hacer.

–No –replicó él, mirándola de una manera extraña–. Lo que tú haces es más importante que mis ocupaciones. Además –agregó, encogiéndose ligeramente de hombros–, octubre es un mes tranquilo en Atenas. –Rió roncamente–. Atenas es tranquila todo el año. –Y con una sonrisa, le preguntó–: ¿A qué te dedicas en Nueva York, Vanessa? Tu tío es médico, según creo.

–Así es, y también lo es su esposa. Yo soy mucho menos respetable que ellos –le dijo, sonriéndole–. Soy fotógrafa.

–¿De veras? –exclamó, complacido–. ¿Eres buena?

–A veces.

–Entonces tenemos que ir a sacar fotos juntos. A mí también me entusiasma la fotografía.

Comenzaron a hablar de una exposición que había tenido lugar en Nueva York y también en Atenas, y el tiempo pasó volando como si fuesen viejos amigos. A las diez se dieron cuenta de que aún no habían cenado. Andreas insistió en llevarla a un restaurante cercano, que resultó ser un lugar muy íntimo y muy bonito donde servían una comida deliciosa. Cuando él la acompañó de vuelta al hotel a la una de la madrugada, Vanessa estaba exhausta pero feliz, y tenía la sensación de ser una mujer distinta. Intentó expresarle su agradecimiento, pero él se limitó a estrecharla entre sus brazos, al tiempo que le daba un beso en cada mejilla.

–Soy yo el que debe darte las gracias, Vanessa. Te veré mañana. Iremos a sacar fotos de la Acrópolis, si te parece bien.

A ella nada la hubiera hecho más feliz. Se despidieron de nuevo, y Vanessa subió a su cuarto.

Se encontró rememorando las cosas que Andreas le había dicho, mientras se iba desvistiendo lentamente; al quedarse dormida, en su mente sólo flotaba la imagen de él. La perspectiva de tener que esperar dos semanas para ver a Charlotte aún no la entusiasmaba, pero por lo menos durante unos días podría pasar algún que otro rato con Andreas. Luego vería lo que resolvía hacer.

Cuando despertó a la mañana siguiente, la camarera le trajo un ramo de flores enorme. Estaban colocadas en un jarrón blanco muy hermoso, y Vanessa se quedó estupefacta mientras admiraba su belleza y aspiraba su fragancia. La tarjeta decía solamente: *Bienvenida. Goza de tu estancia. Andreas.* Quedó muy conmovida, y así se lo manifestó cuando él pasó a buscarla. Conducía un gran Mercedes plateado, y en el asiento posterior llevaba una cesta con dulces griegos para que ella los probara. Además, había llevado una cesta con el almuerzo, por si acaso no querían volver a la ciudad. Vanessa le miró extrañada unos instantes, como si no acabase de comprenderle. Él la miró a los ojos.

–¿Por qué eres tan bueno conmigo, Andreas?

Tal vez sentía pena por ella, o se creía en la obligación de hacerlo, como si estuviera en deuda por algo; sin embargo, la expresión de sus ojos no cuadraba con ninguno de esos sentimientos.

–En primer lugar, eres una joven adorable, posiblemente la más hermosa que he conocido en mi vida. En segundo lugar, te aprecio mucho, Vanessa. Ya te quería hace muchos años, cuando eras una niña. Entonces ya eras algo muy especial para mí.

–Pero ahora no me conoces –arguyó ella, aún confundida, y deseosa de saber qué veía en ella.

–Claro que te conozco, pequeña –repuso Andreas, mirándola fijamente–. Comprendí lo que te pasó entonces, y me doy cuenta de lo que ha sucedido ahora.

Era casi como hablar con un padre; y sin embargo, no tenía nada que ver con eso. Andreas era una persona poco común, y tremendamente atractivo, y Vanessa se sintió arrastrada por una corriente cuya naturaleza le era completamente desconocida.

–¿Cómo puedes saber lo que me ha sucedido? –le preguntó, adoptando un aire risueño, si bien estaba muy seria.

–Lo leo en tus ojos.

–¿Qué es lo que ves en ellos, Andreas? –le preguntó en voz baja.

Andreas aminoró la velocidad del coche y se detuvo en la cuneta.

–Veo lo mucho que has sufrido, Vanessa. Veo lo que Vasili debió de hacerte cuando eras una niña. Se diría que algo te afectó muy profundamente. –Y luego, como quien no quiere la cosa, agregó–: También veo que les tienes miedo a los hombres.

Vanessa quiso negar aquella taxativa afirmación, pero comprendiendo que no lograría convencerle, agachó la cabeza.

–¿Tanto se me nota?

–No –contestó él, con la más seductora de las sonrisas–. Lo que pasa es que soy muy listo.

–No bromees –le dijo ella riendo.

Andreas coreó su risa.

–Hablo en serio. –Entonces se volvió hacia ella y le formuló una pregunta que la escandalizó–. ¿Aún eres virgen, Vanessa?

–Yo... no...

Se puso colorada como un tomate y desvió la mirada.

–No me mientas.

–No lo soy. –Pero tras una pausa, le dijo en voz baja–: Lo soy.

–¿Hay alguien de quien estés enamorada?

A Vanessa le resultaba extraño contestar aquella clase de preguntas, y no obstante deseaba hacerlo. Era como si deseara entregársele.

–Tal vez. No lo sé. Aún no he podido determinarlo.

–Pero ¿te has acostado con él?

Ella exhaló un leve suspiro.

–No puedo.

Luego, mientras se acercaban a las colinas que rodean Atenas, Vanessa le habló de lo que le pasaba con los hombres, del temor que sentía cuando se le acercaban demasiado y de cómo les mantenía a raya, lo cual le ocurría con más frecuencia todavía desde que recordara la escena del homicidio.

–Un día, Vanessa, te olvidarás de todo eso. –Pero de inmediato sacudió la cabeza–. No, no es así. No lo olvidarás. Sin embargo, dejará de atormentarte. Sobre todo, debes dejar de tener miedo.

–Pero ¿cómo?

Vanessa se volvió hacia él como si creyera que poseía todas las respuestas, y en cierto modo así lo parecía.

–Con el tiempo. El tiempo es la mejor medicina. Sufrí mucho cuando murió mi esposa.

–No es lo mismo.

Andreas la miró.

–No, no lo es.

–Y Charlie..., Charlotte, ¿es como yo?

Andreas lanzó una risita.

–No, pequeña. –Sus ojos adoptaron una grave expresión mientras le palmeaba la mano–. Pero ella no tiene nada que recordar. Charlotte era sólo una niña. Es joven y bonita, y todos los muchachos la adoran, y ella adora a todos los muchachos. Es muy bromista, y una coqueta. –Puso los ojos en blanco y lanzó una carcajada–. Ésa va a volver loco a algún pobre hombre.

Vanessa sintió envidia de ella. Le parecía que formaba parte de otro mundo. Pero Andreas se dio cuenta de ello y se puso serio de nuevo.

–Resulta mucho más arduo ser como eres tú. Hasta ahora Charlotte lo único que sabe es que todo el mundo la quiere. Es el fruto de dos seres desdichados que cruzaron volando el firmamento, chocaron el uno contra el otro y cayeron como estrellas fugaces. Se encontraron y estallaron en millones de preciosos cometas. Charlotte es uno de esos cometas, y las estrellas fugaces simplemente se desvanecieron en el cielo al caer.

–Lo describes de una manera tan poética...

–Fue poético mientras duró, Vanessa. Se amaron con todo su corazón.

–Pero mira lo que pasó después –dijo ella con tristeza.

Andreas la miró con severidad.

–No; debes dejar de ver ese aspecto de la relación, Vanessa. Debes ver el comienzo de su amor. Si siempre contemplas la estela de polvo que deja el automóvil, nunca podrás admirar la belleza de sus líneas. –Vanessa encontró graciosa la alegoría y sonrió–. Todo es hermoso durante un tiempo. Algunas cosas adquieren un enorme sentido en la vida; lo que llegan a ser posteriormente no siempre importa demasiado. En el caso de tu madre fue trágico, pero a pesar de todo tuvo un sentido. Tuvieron una hija que es la alegría de todos quienes la conocen, y sobre todo lo es para mí. Del mismo modo que tú fuiste el fruto del amor de tu madre con tu padre. Cuando él murió, no se perdió la belleza de su amor, porque existías tú. Debes aprender a vivir el momento, Vanessa, sólo el momento..., y no tratar de abarcar toda la vida en conjunto.

Dicho esto, Andreas guardó silencio largo rato. Al llegar a la Acrópolis, tomaron las fotografías y luego almorzaron en las colinas. Durante el resto de la tarde eludieron los temas escabrosos, y se divirtieron y rieron mucho contándose chistes y anécdotas. Compararon una cámara con otra, se sacaron fotos el uno al otro, rieron y trotaron por el campo, y lo pasaron maravillosamente. Parecía que Andreas tuviese su misma edad, y no que fuese lo bastante viejo como para ser su padre. Cuando la dejó en el hotel, Vanessa lamentó que se marchara.

–¿Cenamos juntos esta noche o estás demasiado cansada?

Ella quiso rehusar la invitación, pero no pudo. No le parecía correcto monopolizar todo su tiempo, pero disfrutaba de su compañía y no tenía nada que hacer.

Se reunieron de nuevo para ir a cenar esa misma noche, así como a la noche siguiente, y la otra. Al quinto día fueron a bailar, y cuando la acompañó de vuelta al hotel, Andreas permaneció extrañamente callado.

–¿Ocurre algo, Andreas?

Al mirarle, Vanessa advirtió que los surcos en torno a sus ojos eran más profundos. Él le sonrió.

–Creo que estoy derrengado. Ya soy viejo, ¿sabes?

–Eso no es verdad.

En realidad, a juzgar por su aspecto nadie lo hubiera dicho.

–Bueno, se «siente» que es verdad, y cuando me miro al espejo...

Hizo un gesto de horror. Vanessa le invitó a tomar una copa en el bar del hotel, y aunque se veía cansado, él aceptó. Cuando se sentaron y pidieron *ouzo* y café, a Vanessa la invadió una extraña nostalgia. Los días que llevaba en Grecia habían sido los más felices de su vida.

–¿En qué estás pensando?

Ella le miró largamente, y sin pensar, las palabras escaparon de sus labios.

–En que te amo.

Por la expresión de Andreas se hubiera dicho que Vanessa había penetrado hasta lo más profundo de su ser y le había tocado el corazón. Era evidente que estaba muy conmovido.

–Lo más hermoso de todo esto es que yo también te amo.

–Es curioso –dijo ella, mientras Andreas le tomaba la mano–. Vine para ver a mi hermana, y resulta que en estos días ni siquiera he pensado en ella. –Por un instante, se quedó como desconcertada–. No hago más que pensar en ti.

–Comencé a enamorarme de ti en cuanto llegaste, amor mío, pero no me pareció correcto... Una joven tan bella y un vejestorio como yo...

–No insistas más en eso –le atajó ella, herida–. Tú no eres un vejestorio.

Andreas la miró de una manera extraña.

–Lo seré muy pronto.

–¿Importa eso? –replicó ella en voz muy queda, sintiendo su aliento sobre su cara–. A mí no me importa, Andreas, en absoluto.

–Quizá debería importarte –dijo él, en voz tan baja como la de ella.

–¿Y qué me dices de las estrellas fugaces? ¿Acaso no tenemos derecho a ser estrellas fugaces también, por un instante, antes de caer del firmamento para desaparecer eternamente?

–¿Eso es lo que deseas, sólo un instante en vez de toda una vida? Querida mía, tú mereces mucho más que eso.

–Tú me dijiste que estaba equivocada, que debía vivir el instante, y no toda una vida.

–¡Ah! –exclamó él, sonriendo–. ¿Te das cuenta...? Las tonterías que digo...

Pero la miraba con tanta adoración y con tanto amor que ella avanzó hacia él, y al cabo de un momento se encontraba entre sus brazos y Andreas la besaba como no había besado a ninguna otra mujer en la última mitad de su vida. Todo lo que deseaba para el resto de su vida era aquella espléndida jovencita.

–Te amo, Vanessa... ¡Oh, amor mío!

La oprimió contra su cuerpo, deseando llevarla a su cuarto del hotel; pero más que eso, quería llevarla a su propia casa. Dejó unas monedas sobre la mesa del bar, se puso de pie con una dulce sonrisa y le tendió la mano a Vanessa. Ésta no le hizo pregunta alguna. Le siguió hasta la calle, subió a su automóvil, y al cabo de diez minutos llegaban a la mansión palaciega de Andreas.

Calladamente, cogiéndole la mano, condujo a Vanessa a su habitación, cerró la puerta con llave, con el fin de que ninguno de los criados pudiese sorprenderles por la mañana, y luego la llevó hasta su estudio, donde él solía sentarse a contemplar el fuego. Arrojó una cerilla a los leños, y a los pocos instantes las llamas brillaban alegremente ante ellos. Andreas se sentó junto a Vanessa y la besó; luego se arrodilló a sus pies, al tiempo que le tomaba la cara entre sus manos. Le acarició las líneas del rostro y deslizó los dedos por sus cabellos, le tocó el cuello y los pechos, y le rodeó la cintura con las manos. Siguió tocándola y acariciándola, hasta que el fuego comenzó a debilitarse; entonces la miró con ternura y le pidió permiso para llevarla al dormitorio.

–¿Quieres venir, Vanessa?

Lo dijo con tanta dulzura que ella le habría seguido hasta el último rincón de la tierra. Le acompañó, dejó que la desnudara, y a los pocos instantes se encontraban tendidos en la cama, uno junto al otro. De nuevo Andreas recorrió despacio con los dedos las suaves curvas de su cuerpo, maravillado por su hermosura; y por fin, con suavidad al principio, y cada vez con mayor pasión, la poseyó. Ella gritó al comienzo, y él sabía que la estaba lastimando, pero la oprimió con fuerza contra su cuerpo, sensible a su dolor, y cuando todo hubo terminado la mantuvo apretada entre sus brazos, sin dejar de acariciarla y amarla. Momentos más tarde volvían a hacer el amor.

Cuando Vanessa despertó a su lado por la mañana, tenía una sonrisa en los labios y una expresión de serenidad en la mirada que nunca antes había tenido, no tanto por haber hecho el amor con Andreas como por haberle entregado su corazón. Vanessa había llegado a confiar en él, y con ello había logrado, en última instancia, abrir la puerta escondida que nunca, hasta aquel momento, había podido descubrir.

Capítulo 55

Los días siguientes pasaron demasiado rápidamente. Andreas y Vanessa estaban todo el tiempo juntos, efectuando largos paseos por Atenas, descubriendo mercados, haciendo excursiones en coche y saliendo a navegar, una vez, en su yate. Vanessa se mudó a su casa al día siguiente de haberse convertido en amantes, y Andreas la instaló en su bonito cuarto de huéspedes, situado al final del pasillo de su *suite*. Vanessa pasaba las noches en el dormitorio de Andreas, y por la mañana, como dos niños, corrían al cuarto de huéspedes y deshacían la cama, para que diese la impresión de que Vanessa había dormido en ella. A continuación se desternillaban de risa. Una mañana él insistió en hacer el amor en aquella cama, a fin de que quedase más revuelta todavía y el desorden pareciera verdadero. Vanessa jamás había sido tan feliz en su vida, y parecía haberse olvidado del resto de su pasada existencia. Teddy, Linda y el niño eran como personajes de un sueño lejano, y cada vez que se acordaba de John Henry alejaba aquel pensamiento de su mente. Ahora no quería pensar en él. Ella sólo quería estar con Andreas, con el fin de compartir con él, durante el tiempo que durara, así fuese un instante o una vida, sus horas y sus sueños.

Una o dos veces, Vanessa advirtió que Andreas parecía un poco ausente por las mañanas, y también notó que había una infinidad de frascos de pastillas en su cuarto de vestir. Pero le pareció indiscreto formularle preguntas al respecto. De cuando en cuando, él aún se mostraba sensible a su diferencia de edad. Deseaba presentarla a su familia, pero fue Vanessa quien le sugirió que aguardara hasta que ella se encontrase con Charlie. Se acercaba el día del retorno de su hermanita al hogar.

La última noche que pasaron solos fueron a cenar a un restaurante tranquilo, volvieron a casa temprano e hicieron el amor. Acto seguido, Andreas se sumió en un profundo sueño. Vanessa deambuló despacio por la habitación, contemplando la vista y preguntándose qué le traería el nuevo día. ¿Qué le parecería aquella jovencita que a pesar de ser una perfecta desconocida era su pariente más próximo?

Por lo que Andreas había dicho, sospechaba que era una malcriada, y puesto que vivía entre magnates de la industria naviera griega, resultaba casi seguro que ése era el caso. Andreas ya había intentado comprarle a Vanessa dos brazaletes de diamantes, pero ella le manifestó que no era eso lo que quería. Así pues, en vez de eso le regaló unas lentes maravillosas para su cámara y un anillo con una sola esmeralda bellamente tallada.

–¡No puedo aceptarlo, Andreas, es demasiado costoso!

A él le divirtió constatar sus escrúpulos.

–Te prometo, querida, que puedo darme ese lujo.

Entonces ahogó sus protestas con apasionados besos; pero cuando terminaron de hacer el amor, Vanessa volvió a insistir en el tema.

–No debo aceptarlo; es un regalo demasiado importante.

–¡Ah, qué alivio encontrar una mujer que quiere esmeraldas *menos importantes*! –exclamó divertido–. Créeme, querida, mi esposa nunca tuvo esas reservas.

Vanessa rió con él y meneó la cabeza. Al fin accedió

a aceptarlo, y ahora lo veía brillar oscuramente en su mano izquierda. En cierto modo, parecía un anillo de compromiso, y significaba muchísimo para ella. Simbolizaba el amor que ella sentía por aquel hombre y por todo lo que había hecho por ella. Andreas la había liberado de su torre solitaria para atraerla a sus brazos. Si le hubiese pedido que se casara con él en aquellos momentos, ella lo habría hecho; sin embargo, nunca se hablaba del futuro entre ellos. Él parecía vivir por entero en el aquí y el ahora.

A la mañana siguiente, Vanessa se levantó temprano y, cuando Andreas salió de su habitación, ella ya estaba vestida. Él iría a buscar a Charlotte al muelle y la traería a casa para que se encontrara con Vanessa. Ésta había dicho que no quería causarle conmoción alguna, pero Andreas repitió que Charlotte era una chica fuerte y feliz, y que la sorpresa no la alteraría. Finalmente, Vanessa se dejó convencer, y le acompañó. Se dirigieron al puerto en su coche, tras confirmar por teléfono que el yate de su amigo ya había llegado. Vanessa se quedó jugueteando con el anillo y mirando por la ventanilla, al tiempo que la invadía un torrente de emociones y trataba de tragar el nudo que se le había formado en la garganta.

Al parar el coche, Andreas se inclinó hacia ella y la besó con una sonrisa.

–¿Te sientes bien, querida?

Ella asintió con la cabeza, observando el hermoso rostro surcado de arrugas y acariciando los plateados cabellos de Andreas.

–Sí; gracias a ti, nunca me había sentido mejor. –Y con un suspiro, agregó–: Pero tengo mucho miedo.

–¿De qué? –Entonces, de repente, él comprendió–. ¿De que te rechace?

–Tal vez. No lo sé. La quería mucho cuando era una criatura, y ahora voy a encontrarme con una desconocida. ¿Y si no me quiere ni un poquito?

–Siempre te ha tenido afecto, en las historias que me contaba acerca de ti, fruto de su fantasía. Siempre fuiste su amada hermana mayor.

–Pero no me conoce. ¿Qué ocurrirá si me detesta cuando me vea en carne y hueso?

–¿Cómo podría suceder eso –repuso él, mirándola con afecto y pasión–, cuando yo te amo tanto?

–¡Oh, Andreas! ¿Qué era mi vida antes de conocerte? –Ahora ella casi no podía ni recordarlo siquiera–. ¿Qué haré? ¿Esperarla aquí?

Lo que Vanessa deseaba era escapar corriendo. Andreas le sonrió.

–¿Por qué no? Subiré a bordo y hablaré con ella a solas, y luego vendremos hacia aquí. ¿Te gustaría ver el yate?

Pero se dio cuenta de que lo que a ella le interesaba exclusivamente era ver a Charlotte. Una vez su hermana hubiese desembarcado, el yate podía irse a pique. Andreas no pudo por menos que sonreír.

–¿Qué piensas decirle?

–Que estás aquí, que has hecho un largo viaje desde Nueva York sólo para verla, que hasta ahora no sabías dónde se encontraba.

–¿Le hablarás de lo nuestro? –inquirió Vanessa, con preocupación.

De repente se preguntó si Linda no habría experimentado un sentimiento similar al suyo con respecto a ella.

Andreas negó con la cabeza.

–No, querida, ahora no. Cada cosa a su tiempo. Sólo tiene dieciséis años.

A Vanessa le pareció razonable. Era un alivio. Ya era bastante penoso enfrentarse con una hermana, como para decirle encima que estaba locamente enamorada de su tío y deseaba convertirse en su tía. Hizo girar el anillo en el dedo. Andreas se encaminó con paso tardo hacia la pasarela y al cabo de un instante desapareció de la vista.

Pareció que habían transcurrido muchas horas cuando apareció de nuevo, pero en realidad no habían pasado más de veinte minutos. Había llevado a Charlotte aparte después de saludar a sus amigos, y charlado un rato con ella. Le explicó que Vanessa se encontraba en Atenas, y todas las cosas que le había prometido a Vanessa que le diría.

–¿De veras? –exclamó Charlotte, con los ojos muy abiertos–. ¿Está *aquí*?

–Así es –repuso él, sonriendo ante la entusiasmada reacción.

–¿Dónde está?

–Charlotte, querida... –De repente, también él se sentía inquieto. Tal vez Vanessa tuviera razón. Quizá no fuese tan fácil–. Está abajo.

–¿En el muelle?

Charlotte se irguió en toda su estatura, con los lacios cabellos negros cayendo como hebras de ónix hasta los hombros. El pelo era de Vasili, pero el resto, hasta la menor partícula de su cuerpo, era de Serena.

–¿Está ahí fuera? –preguntó Charlotte señalando con el dedo, con todo el escepticismo y toda la emoción de sus dieciséis años.

Con una lenta sonrisa, Andreas asintió, y en cuanto lo hubo hecho, Charlotte salió corriendo del camarote, cruzó la cubierta, bajó al muelle por la pasarela y se detuvo, mirando excitada a su alrededor. Entonces vio a Vanessa, alta, inmóvil, junto al coche de Andreas. Era exactamente como Charlie la había imaginado. Tan exacta que, ahora que la veía en carne y hueso, le causó tanta impresión que se quedó pasmada. Tuvo la sensación de conocerla desde siempre. Toda su vida había llevado su imagen en el corazón. Vanessa, por su parte, se puso tensa al verla desde lejos. La había visto bajar del yate, con su cabellera negra, sus largas piernas... De repente, soltó una exclamación ahogada y se quedó como clavada en su sitio: era como si su madre se hubiese reencarnado en el cuerpo de aquella jovencita que se dirigía hacia ella.

Sin pensar, Vanessa echó a correr en dirección a Charlie, y no se detuvo hasta que ambas quedaron frente a frente. Las lágrimas rodaban por las mejillas de Charlotte, al igual que por las de Vanessa; sin pronunciar una sola palabra, ésta le tendió los brazos. Charlotte se arrojó en ellos, y ambas se abrazaron fuertemente. Andreas las contemplaba desde la cubierta del yate, con lágrimas en los ojos también. Las dos jóvenes permanecieron abrazadas largo rato, y se hubiese dicho que Vanessa no quería separarse de ella.

–¡Oh, mi niña! –repetía sin cesar–. ¡Oh, Charlie!

–¡Has vuelto! –exclamaba Charlotte, mirándola arrobada, con la cara de su madre y los ojos de una niña–. ¡Has vuelto!

–¡Sí, cariño! –Vanessa la miró, convertida por fin en una mujer. Una sonrisa le iluminó los ojos por detrás de las lágrimas–. He vuelto.

Capítulo 56

Durante las dos semanas siguientes, los tres se volvieron inseparables. Vanessa iba a todas partes con Charlie, salvo cuando ésta se encontraba en la escuela, y entonces Vanessa pasaba el tiempo en compañía de Andreas. Volvían a estar solos por la noche, cuando Charlie se había acostado; en esos momentos, su vida seguía tal cual era antes de la vuelta de la niña a Atenas. Fue un período idílico para los tres. Vanessa jamás había sido tan feliz como entonces. Tenía todo cuanto deseaba: un hombre al que amaba, una hermana a la que adoraba, así como también todos los buenos recuerdos, que habían surgido del olvido al erradicar los malos. Rememoraba momentos pasados con su madre, y la presencia de Charlie le retornaba todo lo que había vivido con ella. Ahora ya se atrevía a penetrar en el pasado, como si le hubiese quitado la mágica envoltura que lo había mantenido oculto para ella en el curso de tantos años.

Una mañana, durante la segunda semana de estar Charlie con ellos, Andreas no bajó a desayunar. Vanessa se inquietó al ver que no aparecía como de costumbre, con su impecable traje inglés, y sus camisas perfectamente almidonadas, los cabellos meticulosamente peinados y oliendo a lavanda.

–¿Crees que se encontrará mal?

Vanessa miró a su hermana con el ceño fruncido por la preocupación. La noche anterior Andreas parecía estar bien, pero ella no se lo mencionó a Charlie. Conservaban su idilio amoroso en secreto. También Charlie parecía inquieta mientras untaba una tostada con mantequilla.

–Puede que sea uno de sus días malos. Si lo es, después de desayunar llamaremos al médico.

La preciosa jovencita se echó los cabellos hacia atrás y comenzó a mordisquear la tostada.

–¿Uno de sus días malos? –repitió Vanessa, confundida.

–A veces los tiene. –Miró a su hermana, extrañada, con ojos interrogantes; Vanessa no entendió por qué la miraba de aquella manera–. ¿Estuvo bien durante mi ausencia?

–Estupendamente. –Vanessa sintió que la preocupación empezaba a oprimirle el pecho–. ¿Acaso está enfermo?

Charlotte guardó silencio por un instante. Sus enormes ojos verdes escrutaban la cara de Vanessa. Cuando respondió, brillaban las lágrimas en ellos, aunque su voz denotaba una gran serenidad.

–¿No te lo ha dicho?

Vanessa meneó la cabeza.

–Tiene cáncer.

Por una fracción de segundo, Vanessa tuvo la sensación de que la estancia daba vueltas a su alrededor; luego, mientras se aferraba al borde de la mesa, fijó su mirada en Charlie.

–¿Lo dices en serio?

Charlotte asintió lentamente, con la dignidad de su madre.

–Desde hace dos años. Me lo dijo casi enseguida. Decidió que tenía que saberlo, porque después no habría nadie que cuidara de mí. Dijo que debería madurar rápidamente por ese motivo. –Las lágrimas comenzaron a deslizarse por sus mejillas, y le costó seguir hablando–. Podía vivir con alguno de sus hijos, pero... –tragó saliva– no sería lo mismo. Y tiene razón. –Ahora lloraba desconsoladamente, sin apartar los ojos de Vanessa–. No sería lo mismo.

–¡Oh, Dios mío!

Vanessa circundó la mesa hasta donde estaba Charlie y se sentó con el brazo en torno a la cintura de ésta.

–¿No pueden hacer nada por él?

Charlie sorbió con fuerza por la nariz.

–Ya lo han hecho. Han hecho maravillas. El año pasado casi le perdimos.

Su inglés era correcto, y a Vanessa le encantaba su acento. Todo en ella era motivo de admiración.

–Pero luego volvió a experimentar una mejoría. Antes de marcharme no se encontraba muy bien, pero después pareció recobrarse, y me prometió que si sufría una recaída, me telefonearía al yate y podría volver enseguida. Le afecta al hígado y al estómago.

Vanessa pensó en las veces que habían comido juntos y recordó haber advertido que apenas probaba bocado. En aquellos casos, ella lo atribuía a la vanidad de querer conservar la figura. Ahora se sintió angustiada por lo que acababa de saber. El hombre de su vida se estaba muriendo. Por un instante, se compadeció de sí misma, al pensar que iba a tener que afrontar otra pérdida; pero casi al mismo tiempo le pareció oír la voz de Andreas diciéndole que debía aferrarse al instante... Además, ahora tenía a Charlotte en quien pensar. La muerte de Andreas sería un golpe terrible para ella. Las dos jóvenes permanecieron largo rato abrazadas; luego Vanessa consultó su reloj al ver aparecer al chófer en el vestíbulo.

–Llegarás tarde a la escuela.

–¿Irás a ver cómo se encuentra? Y no creas ni una sola palabra de lo que te diga. Si ves que tiene mala cara, avisa al médico.

–Te lo prometo.

Acompañó a Charlotte a la puerta, saludó con la mano hacia la limusina que se alejaba y volvió a entrar corriendo en la casa para dirigirse a la habitación de Andreas. Llamó suavemente a la puerta y entró al oír la respuesta de él. Lo encontró acostado, pálido como un muerto, pero esforzándose en parecer alegre al verla a ella.

–Andreas...

Vanessa no sabía qué decirle. Él quería practicar un juego, y ella no sabía cómo seguirle la corriente.

–Lo siento, me quedé dormido.

Se sentó con una débil sonrisa en los labios. De la noche a la mañana parecía otra persona. Charlotte le había advertido que así era como se veía en sus «días malos», y que luego volvería a recobrar su buen aspecto y a ser el mismo de siempre por un tiempo. Sin embargo, el médico le había anunciado que los días buenos no tardarían en acabarse.

–Creo que anoche me dejaste agotado.

–Querido... –dijo ella con voz temblorosa, al tiempo que se sentaba en el borde de la cama.

Él sonrió. En apenas un mes, Vanessa se había convertido en toda una mujer. Nada quedaba en ella de aquella joven asustada que había llegado a Atenas.

–Yo...

No sabía cómo decírselo, pero tenía que hacerlo. Le resultaría imposible disimular. Y puesto que Charlie lo sabía, no había razón alguna para que no pudiese saberlo ella también. Le miró con sus grandes ojos grises y le cogió la mano.

–¿Por qué no me lo dijiste?

Había lágrimas en sus ojos, y Andreas se sobresaltó, como si le hubiese cogido desprevenido.

–¿Qué es lo que tenía que decirte?

–He hablado con Charlie esta mañana...

Enmudeció, y él comprendió enseguida de qué se trataba.

–Ya veo... Así que lo sabes –dijo apenado–. No quería que nadie te lo dijese.

–¿Por qué?

En los ojos de Vanessa se reflejaba el dolor que sentía, y a él se le partió el corazón al darse cuenta.

–Ya has tenido que sufrir suficientes pérdidas en tu vida, amor mío. Pensaba mandarte de vuelta mientras aún estuviera bien, para que sólo te llevaras recuerdos placenteros.

–Pero, si la realidad es esto, lo otro no sería real.

–La realidad es ambas cosas. Todo lo que hemos compartido, todo el amor, la emoción, los momentos de felicidad... Vanessa –agregó, mirándola con ternura–, jamás amé a ninguna mujer como te amo a ti. Y si fuese más joven y... –vaciló, buscando las palabras– las cosas fuesen de otra manera, te pediría que te casaras conmigo; pero ahora no puedo hacerlo.

–Sabes bien que aceptaría.

–Celebro que me lo digas –confesó complacido–. Sin embargo, deseo que te lleves de aquí algo mejor que un matrimonio. Quiero que te conozcas mejor a ti misma, que comprendas lo mucho que has sido amada. Deseo que te lleves contigo no el pasado sino el futuro.

–Pero ¿cómo voy a dejarte aquí? Si estás enfermo, quiero quedarme a tu lado.

Andreas meneó la cabeza con una sonrisa.

–No, querida, eso no puedo permitirlo. Lo que vivimos es aquel breve instante de que te hablé. Quizá vuelva a presentarse de nuevo, quizá mañana vuelva a encontrarme bien. Pero de todos modos cuando esté bien tendrás que irte. Y cuando te vayas... –calló un momento, evidentemente atormentado por el dolor–, quiero que te lleves a Charlotte.

Vanessa se quedó aturdida.

–¿No quieres que se quede aquí contigo?

–No. Quiero que los dos seres que más amo en el mundo partan hacia una nueva vida. A mí me llevaréis en vuestros corazones. Durante todos estos años en que te recordaba cuando eras niña, has sido como un bálsamo para mí, pequeña. Ahora me recordarás tú durante toda la vida. –Ella sabía que era cierto; no obstante, no quería abandonarle. Andreas sacudió la cabeza, para acallar sus objeciones–. Mis hijos me cuidarán, Vanessa. No estaré solo. Y muy pronto –añadió en voz baja–, llegará el momento de partir.

Entonces Vanessa agachó la cabeza y comenzó a llorar, hasta que por último levantó los ojos hacia él.

–Andreas, no puedo abandonarte. No puedo renunciar a lo que tenemos.

–No renunciarás. Lo llevarás contigo. ¿No es así? –La miraba con tanta ternura que Vanessa se puso a llorar más desconsoladamente–. ¿No lo recordarás siempre?

–Tú has cambiado toda mi vida.

–Tal como tú has cambiado la mía. ¿No te parece eso suficiente? ¿De veras quieres más? ¿Tan codiciosa eres?

Por la expresión de sus ojos, ella vio que bromeaba; sonrió entre las lágrimas y se sonó la nariz con un pañuelo que él le dio.

–Sí, soy codiciosa.

–Bien, pues no puedes serlo. Además, debes llevar a cabo una importante misión en mi nombre. Durante dos años he vivido atormentado pensando en lo que sería de Charlotte. Decidí que se quedaría con mis hijos. Pero ella necesita otra cosa. Es una criatura muy especial. Necesita alguien que la quiera como yo la he querido. –Ahora también él tenía los ojos empañados–. Me encanta veros juntas. ¡Eres tan cariñosa con ella! –Y entonces, mientras una lágrima se deslizaba por su mejilla, y a Vanessa se le destrozaba el corazón, le preguntó–: ¿Querrás tenerla contigo?

Era como recibir un don sagrado, y Vanessa se quedó pasmada al ver que le pedía una cosa semejante.

–Por supuesto. Pero ¿no quieres que se quede aquí contigo?

–No, quiero que se aleje de todo esto. Sé lo que es. Será horrible. –Su rostro se endureció–. Y no debe volver para el entierro. Eso sería bárbaro e innecesario.

Andreas la miró ceñudo, y ella le hizo una mueca.

–Deja de manejar la vida de los demás.

–No, querida. –Ahora le sonrió con dulzura de nuevo–. Sólo la tuya, y eso porque te amo.

–¿Hablas en serio? ¿De veras quieres que me lleve a Charlie a Estados Unidos? –Él sonrió. Vanessa era la única que la llamaba Charlie, pero a Charlotte le encantaba–. ¿No se sentirá terriblemente sola?

–No, estando contigo. Ponla en una buena escuela. –Carraspeó ligeramente–. Tendrá una renta fabulosa, administrada por sus albaceas. Al morir su padre heredó una considerable fortuna.

Vanessa asintió con la cabeza.

–Yo llevo una vida muy sencilla. ¿Te parece que se adaptará? ¡Ella está acostumbrada a tanta grandeza!

–Creo que le gustará. Yo me ocuparé de que ambas tengáis todo el confort necesario.

Pero Vanessa sacudió la cabeza.

–No puedo permitir que hagas eso. Me conformo con lo que tengo. Sé que Teddy ha tomado las disposiciones necesarias para que no me falte de nada. Yo gano suficiente dinero con la fotografía. Es sólo que... –Pareció turbada–. No tendrá lujos.

–Charlotte no necesita lujos. Te necesita a ti. Vanessa, te lo ruego... –le dijo con ojos implorantes–. Llévala contigo.

Entonces Vanessa posó la mirada en él.

–Primero quiero preguntárselo a ella. Me parece que es lo justo.

Andreas pareció dudar un instante, pero luego asintió.

Aquella tarde, cuando Charlotte llegó de la escuela, Vanessa le formuló la pregunta. Su hermana pareció sorprenderse.

–¿Andreas quiere que me vaya?

–Eso creo. –Vanessa la contemplaba con tristeza–. Pero no te llevaré conmigo a menos que tú lo desees. Si quieres, puedes quedarte con él en Atenas.

Después de todo, él no podía obligarla a partir. Y por su parte, Vanessa siempre podía volver a su lado.

–No –respondió Charlotte, meneando la cabeza. Conocía a Andreas mejor que Vanessa–. Me enviará a París o a cualquier otro sitio. No quiere que esté aquí cuando llegue el momento final. –Hacía dos años que venía hablando del asunto. Y haciendo un gesto de asentimiento, le dijo–: Quiero ir contigo.

Sin decir nada más, Vanessa estrechó a su hermana entre sus brazos. Todo su sentimiento maternal, que ella creía que jamás afloraría a la superficie, lo volcaba ahora en aquella criatura, que tanto se parecía a su madre. Era como devolver algo que le había sido dado hacía muchos años. Ambas habían completado el círculo.

Esa noche le dijeron a Andreas que se habían puesto de acuerdo, y él les manifestó que pediría a sus abogados que tomaran las medidas pertinentes para la transferencia de fondos y todo lo que fuese necesario. Su secretario se informaría acerca de las mejores escuelas de Nueva York. Consideraba que lo mejor sería un colegio católico, regido por monjas, lo que no fue acogido con mucho entusiasmo por parte de Charlotte. Ella quería ir a un lugar donde reinara «el libre pensamiento y que fuera netamente norteamericano»; bastante había lidiado ya con las monjas de Atenas. Sin embargo, estaba tan contenta ante la perspectiva de ir a Estados Unidos que eso eclipsó todos sus reparos con respecto al colegio. En general, empero, el clima que reinó en la casa durante las dos semanas siguientes fue ni cálido ni frío, pues el entusiasmo era atemperado por la pena.

Tres días antes de la partida, Vanessa telefoneó a Teddy y Linda para avisarles que Charlotte viajaría con ella. Les había escrito largas cartas acerca de todo lo sucedido y de lo feliz que había sido en Atenas. Les contó lo maravillosamente que se había portado Andreas, pero no les dijo ni una palabra del idilio amoroso que había vivido con él. Se mostró reservada sobre el particular, si bien Linda presintió que había algo que no les había contado.

–¿Vendréis a esperarnos?

Vanessa hablaba en tono fatigado, pero no parecía sentirse totalmente infeliz. Les habló de la enfermedad de Andreas, y ellos comprendieron que estuviese triste por ello, a pesar de que no podían saber realmente hasta qué punto le afectaba. No sabían lo mucho que le amaba.

–Claro que iremos a recibiros –repuso Teddy, eufórico–. Hasta llevaremos al niño. –Entonces se le ocurrió formularle una delicada pregunta–: ¿Quieres que avise a John Henry?

–No –contestó ella de inmediato.

–Lo siento.

–Está bien. No te preocupes por eso. Yo le telefonearé cuando llegue –explicó de una manera más bien vaga.

–Ha llamado un par de veces para saber si teníamos alguna noticia tuya. Me pareció notarlo preocupado.

–Me lo imagino.

Vanessa sólo le había mandado dos postales al comienzo del viaje, y luego no le escribió más desde su llegada a Atenas. No pudo hacerlo. No pudo concentrarse en los dos hombres. Andreas la había absorbido por completo.

–Ya me ocuparé de eso.

Sin embargo, Teddy tuvo la impresión de que todo había terminado entre ellos, y así se lo comentó a Linda en cuanto hubo colgado el aparato.

–Me parece que aún no lo ha superado.

–Tal vez no.

Linda se quedó inquieta, pero el niño reclamaba su atención.

En Atenas seguían los preparativos, hasta que por fin quedaron hechas todas las maletas. Andreas le había dicho a Charlotte que podría volver por Pascua, pero no volvió a hablarle de ello. En los últimos días se hizo evidente que el cáncer progresaba rápidamente.

La víspera de la partida Vanessa se sentó en la cama de Charlie y le habló de la vida que llevaba en Nueva York, de Teddy, de Linda y del niño.

–¿No tienes novio? –Vanessa negó con la cabeza, y Charlotte pareció decepcionada–. ¿Por qué no?

–Porque no. Tengo amigos.

Al pensar en John Henry experimentó un ligero estremecimiento provocado por un sentimiento de culpa. En cierto modo, a él le debía aquel viaje a Atenas. Él la había obligado a prometerle que lo haría.

–Pero salgo con un hombre estupendo.

–¿Cómo se llama?

–John Henry.

–¿Me simpatizará? ¿Es guapo?

De pronto, tenía todo el aspecto de una adolescente mientras se arrebujaba en la cama. Vanessa le sonrió.

–Es bastante guapo, me parece. Creo que te gustará.

–Yo voy a buscarme un novio –dijo con determinación, y Vanessa hizo una mueca al tiempo que se ponía de pie.

–Bueno, primero duerme un poco.

Habían hablado muy poco acerca de Andreas. A Vanessa le parecía raro, pero daba la impresión de que Charlotte había aceptado resignada la situación. Había algo de fatalista en su actitud, como si fuese más madura de lo que correspondía a sus años. Andreas la había preparado bien.

–Duerme mucho. Hasta mañana.

–Buenas noches. –Y al llegar Vanessa al umbral de la puerta, Charlotte le preguntó–: ¿Vas a ver a Andreas?

Vanessa se quedó estupefacta. ¿Lo sabía?

–¿Por qué? –le preguntó a su vez, permaneciendo muy quieta.

–Sólo curiosidad. Él te quiere, ¿sabes?

Entonces Vanessa tuvo que decirle:

–Yo también le quiero. Muchísimo.

–Bien. –No pareció perturbarla en absoluto–. Entonces le queremos las dos juntas.

Se hubiera dicho que, tal como Andreas mismo había señalado, ambas le llevarían en su corazón cuando se marcharan al día siguiente.

Vanessa cerró suavemente la puerta y siguió por el pasillo hasta la habitación de Andreas, donde ambos pasaron la noche fuertemente abrazados; por fin, él se quedó profundamente dormido en brazos de la joven. En aquel instante, Vanessa comprendió que le llevaría en su alma durante el resto de su vida.

Capítulo 57

La despedida fue breve, heroica y brutalmente dolorosa. Charlotte apretó los dientes, abrazó a Andreas y luego se separó de él, sin quitarle los ojos de encima.

–Te quiero, Andreas.

–Yo también te quiero. –Y entonces agregó–: Adiós.

Con Vanessa se demoró un poco más. Le tendió las manos y la atrajo hacia sí; sintió la calidez de su cuerpo junto al suyo y luego la soltó.

–Aprovecha lo que has aprendido y utilízalo bien, querida. Te hice dos obsequios: te di mi corazón y mi valentía.

Lo dijo en voz tan baja que nadie pudo oírle, y al retroceder un poco, le puso un pequeño estuche dentro de la mano. Con la mirada la conminó a aceptarlo. Luego, ellas se vieron abordando el avión precipitadamente; Andreas desapareció, y ambas se quedaron llorando en sus asientos. No hablaron hasta que el avión despegó. Charlie se veía abatida, y Vanessa, mientras la observaba, pensó que era una chica espléndida. Era la jovencita más hermosa que conocía, y se había fijado en que, al pasar ellas por el pasillo, varias cabezas se habían vuelto para admirarla. La piel marfileña, los ojos de color verde esmeralda y los negros y satinados cabellos constituían una mezcla perfecta y deslumbrante.

Sólo bastante más tarde Vanessa abrió el estuche que Andreas le había dado. Contenía una fina cadena de oro con un diamante precioso colgado de ella, engastado de forma que parecía una estrella. Cuando Vanessa se lo abrochó en torno al cuello, comprendió lo que simbolizaba: era su estrella fugaz. Mientras la acariciaba con los dedos, se le llenaron los ojos de lágrimas. Hacía sólo seis semanas que conocía a Andreas, pero le parecía que era de toda una vida.

El avión aterrizó en Londres al cabo de una hora y media; tenían que hacer transbordo allí, pero se enteraron de que debían esperar dos horas antes de tomar el avión que las llevaría a Nueva York.

–¿Quieres comer algo? –le preguntó Vanessa a su hermana, que estaba muy excitada y tenía un brillo muy especial en los ojos.

Vanessa se maravillaba de lo vivaracha y franca que era, y de la facilidad con que se relacionaba con la gente. Ella no tenía ninguna de las inhibiciones de Vanessa, ningún temor de ser rechazada o herida. Estaba acostumbrada a ser amada, a sembrar alegrías, dondequiera que fuese.

Entraron en la cafetería cogidas del brazo, se sentaron a una mesa y Charlie pidió una hamburguesa, mientras Vanessa se conformaba con un té.

–¿No tienes hambre? –le preguntó Charlie, sorprendida; de repente Vanessa se mostraba muy nerviosa–. ¿Ocurre algo?

–No lo sé –replicó Vanessa, tensa–. Creo que es a causa de este aeropuerto.

En aquel instante la asaltaron ciertos recuerdos, de todas las veces que habían estado allí con su madre... y con Vasili, camino de Atenas, o cuando partieron de Londres la última vez para dirigirse a Nueva York... Vanessa miró a Charlie a los ojos y, temblando ligeramente, lo recordó todo, incluso la espantosa escena en el hospital de Londres, cuando ella telefoneó a Teddy para que acudiera a salvar a su madre.

–¿En qué estás pensando? –inquirió Charlie, preocupada.

Vanessa le sonrió.

–En el día que tú naciste...

–Andreas me contó que mamá estuvo a punto de morir.

–Así es –repuso Vanessa con voz grave–. Mi tío Teddy tuvo que hacerle una cesárea.

Charlie movió la cabeza en señal de asentimiento.

–¿Dónde estaba mi padre?

Vanessa respondió con expresión distante.

–No lo sé. Había desaparecido. –Exhaló un hondo suspiro–. Se portó muy mal con mi madre en aquellos días..., con nuestra madre –rectificó.

–A mí me daba mucho miedo. Al cabo de un tiempo, Andreas no permitió que volviera a verle.

Ella tenía cinco años cuando Vasili salió de la institución, y catorce cuando falleció. Pero sólo le había visto cuatro o cinco veces en todo ese tiempo. No volvieron a hablar de él, y Vanessa se quedó perdida en sus pensamientos.

–¿Cómo vivías cuando eras pequeña? –le preguntó Charlie, mirándola con sus grandes ojos verdes.

Vanessa sonrió.

–Depende de cuándo. Algunas cosas fueron maravillosas... y otras no.

Sin embargo, ahora todo parecía verlo con otros ojos. Todo había adquirido un aspecto diferente después de conocer a Andreas. Nada parecía tan abrumador como antes.

–¿Te acuerdas de tu padre?

Ahora Charlie sentía curiosidad por saberlo todo. Estaba loca por su hermana. Vanessa meneó la cabeza.

–No. Sólo por las fotos. Al único que recuerdo de cuando era niña es al tío Teddy.

Sin embargo, ahora recordaba a Vasili también. Le resultaba extraño tener un recuerdo tan vívido de él. Le parecía horrible, por las cosas que le había hecho a su madre, pero ya no le causaba pavor como antes. Cuando pensaba en él, lo hacía con ira y tristeza, pero también recordaba a Andreas y el amor que ambos habían compartido. Ahora, Vasili no era más que un hombre. Ya no era la representación de todos los hombres. De repente, volvió a la realidad, miró a Charlie y luego consultó el reloj.

–¿Es tarde? –le preguntó Charlie, que quería un batido.

–Aún hay tiempo. Voy a hacer una llamada telefónica.

–¿A quién? –quiso saber la jovencita, que la miraba con aquellos ojos que denotaban una curiosidad insaciable.

Vanessa se echó a reír.

–A un amigo de Nueva York.

–¿Desde aquí? ¡Te costará muy caro! –Andreas le había dado un sermón acerca de que no tuviese caprichos extravagantes en Nueva York–. ¿Por qué no le llamas cuando lleguemos allí?

–Porque quiero que nos espere en el aeropuerto, señorita Metementodo, por eso –le contestó con una mueca.

Se dirigió a la cabina telefónica situada fuera del restaurante, mientras Charlie pedía un batido de chocolate y un pedazo de pastel. Por lo visto, nada de lo que comía afectaba su silueta.

El timbre del teléfono sonó dos veces, y John Henry respondió. Su voz traducía una cierta tensión al principio. Ella le dijo que estaba bien y que llegaría en compañía de Charlie. Y luego, tras una incómoda pausa, añadió:

–Me gustaría verte, John...

No sabía qué otra cosa decirle, cómo explicarle...

–¿En el aeropuerto?

–Sí.

–Allí estaré.

Y cuando llegaron a Nueva York, allí estaba él. Al pasar por la aduana, Vanessa miró hacia la sala de espera, protegida por vidrios, y le indicó a Charlie el grupo que aguardaba.

–Allí están esperándonos, cariño.

En efecto, allí estaba Teddy, con Linda y el niño, y John Henry de pie junto a ellos, tremendamente serio y con los ojos fijos en Vanessa. La encontraba distinta, más sofisticada y, en cierto modo, mucho más madura que antes de marcharse. Cuando ella se agachó para hablar con el inspector de la aduana, John vio algo que brillaba. Era el diamante que Andreas le había regalado al despedirse.

–¿Estás dispuesta? –le preguntó Vanessa a Charlie con una sonrisa, al abandonar la aduana.

–Sí –le contestó la niña, casi sin aliento.

Cogidas de la mano se encaminaron hacia su nueva vida. Las puertas se abrieron automáticamente, y entraron en la sala de espera. Vanessa vio que Teddy, por un instante, contenía la respiración. Ver a Charlotte por primera vez era como ver a Serena rediviva. Teddy se quedó inmóvil contemplándola, con los ojos anegados en lágrimas; luego, con un gesto brusco, los enjugó y avanzó hacia ella, la había visto, cuando sólo era un bebé, en la sala del tribunal. Ahora, al cabo de dieciséis años, volvía junto a él.

Linda le observaba con el niño en brazos, mientras Vanessa se dirigía lentamente hacia donde se hallaba John Henry. Éste la miraba sin decir nada. No había nada que decir. Vanessa había ido a Atenas tal como él le había dicho que hiciera; había acariciado su pasado; se había reunido con su hermana, y había regresado. Ella notó que sus brazos temblaban al abrazarla, y cuando John la miró a la cara y la vio sonreír, comprendió que todo iba bien. John retuvo la mano de Vanessa, apretándosela con fuerza, Teddy deslizó un brazo en torno a la cintura de Linda, y Charlie emprendió la marcha en medio de las dos parejas, con una amplia sonrisa en los labios.

–Bienvenida a casa –dijo John Henry por encima del hombro.

Y Teddy musitó quedamente:

–Bienvenida de vuelta al hogar.

Índice

Título de la edición original: *Remembrance*
Traducción del inglés: Jordi Arbonés,
cedida por Ediciones Martínez Roca, S.A.
Diseño e ilustración: IDEE

Círculo de Lectores, S.A. (Sociedad Unipersonal)
Travessera de Gràcia, 47-49, 08021 Barcelona
www.circulolectores.com
3 5 7 9 9 9 0 2 8 6 4 2

Depósito legal: B. 615-1999
Fotocomposición: gama, s.l., Barcelona
Impresión y encuadernación: Printer industria gráfica, s.a.
N. II, Cuatro caminos s/n, 08620 Sant Vicenç dels Horts
Barcelona, 1999. Impreso en España
ISBN 84-226-7497-1
N.º 07716 A